张炜文存
插图珍藏版 11 散文

存在的执拗

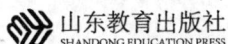
山东教育出版社
SHANDONG EDUCATION PRESS

前 言

从二十世纪七十年代尝试写作到今天，张炜创作发表了大约一千五百万字的作品，这还不包括他亲手毁掉的约四百万字的少作。就体量而言，现当代的严肃作家几乎无人可出其右者。这些文字至广大而尽精微，有宏阔的视野和抱负，也有对人性与存在最幽微处的洞察和发掘。张炜不但代表齐鲁文学的高度，也一直屹立在中国文学的高原。鉴于此，我们请张炜先生编选了这套颇能代表其个人创作实绩的文丛，也希望它能成为引领读者深入张炜丰茂的文学世界的一个精要读本。

阅读张炜，并不是一件轻松的事情。

四十余年来，张炜切实参与了新时期文学的进程，且在每个时段均留下具有范本意义的作品，如《古船》《九月寓言》《你在高原》《融入野地》等代表作无一不被允为中国当代文学的经典。有意味的是，除了在二十世纪九十年代前期以忧愤的态度参与过人文主义精神的讨论，在更多的时间里，他与所谓的文学热点和流行话题自觉保持着距离，他的创作也很难被妥帖地归类到某一文学思潮和概念之下。比如，在一些文学史中，《古船》是反思文学的集大成之作，在另一些文学史中，它是改革文学的扛鼎之作，还有一些文学史则将其放入寻根文学的专章中讨论。事实上，张炜对庞大之物近乎偏执的关怀，他那些让人战栗的道德诘问,他交织着时代的迫力、灵魂创伤与人类苦难的文字所彰显出来的写作的德性和思想性都决定了他不会是一个文坛的"弄潮儿",恰恰相反,他常常是潮流化写作的反动者。可是,当我们以文学史的眼光回头打量他所置身的文学时代,又会讶异地发现,原来有那么多重要的文学话题,张炜在它们成为热点之前便已做出实践或洞见。比如,批评界一度称许新历史主义写作,尤其推重以个人史、家族史取代阶级史和革命史的写作范式,在批评家们罗列出一通九十年代的重要文本之后,蓦地发现发表于一九八六年的《古船》已经几乎包孕了这个写作范式所有可能的向度,并且以家族史和阶级史并举的方式避免了新历史主义容易滋生的意义偏失。又如,近年来批评界强调发掘中国本土的叙事资源,激活汉语传统美学的意义,而多年来张炜持续与古老而灵性不散的齐文化和更古老的神话传统对话,他在演讲中说过:"怪力乱神基本上是文学的巨资。"他在《〈楚辞〉笔记》《也说李白与杜甫》等诠解古代经典的散文中所表现出与前贤思接千载的会心以及借此获得的启悟,在《外省书》中对史传记人方式的创造性化用,也显见他对本土文学传统的倚重。再如,新世纪的底层文学蔚为壮观,欲迷人眼,当批评界顺着"底层"的概念前溯时,即会注意到张炜很早之前即有这样的提醒:"一个作家心灵的指针要永远指向生活在最底层的人们。"甚至有时,张炜会因创作上的前瞻意识让他的作品陈义过高而逾越出时代的理解和逻辑框架,导致外界严重的错位式的误读,如对其"道德理想主义"的标签化概括,以及连带的反现代性的保守立场的质疑等,在我看来,即属此例。

关注张炜的人都知道,《九月寓言》发表后,他一直承受着来自标榜启蒙现代性立场人士的非议，认为他的作品存在着一个善恶、正邪、大地伦理与现代文明的二元结构，并以对后者的弃绝将自己变成一个与潮流逆势的具有强烈乌托邦气质的不合时宜者。张炜对此决不妥协，他把道德力量视作一个写作者才华和人格构建的关键部分，依旧以近于独战的姿态横对失范的科技理性和物质欲望。阅读张炜的这些文字，常常让人想到二十世纪思想史和文学史上被划归到文化保守主义阵营的那些名字，学衡派、新儒家、杜亚泉、梁漱溟、梁实秋……他们在历史潮汐的进退中也一度被时人视为逆流而生的卫道士，是螳臂当车的文化反动势力，但当后来的人们跳出时代的烟云却发现，他们的探求和思索与西方近现代以来尤其是启蒙迷思被世界大战轰毁之后兴起的新人文主义思潮遥相呼应，他们代表的是对人类中心主义和工具理性万能论进行自我反省与批判的另一现代性路径，是参与现代性对话的建设性思维，也是与主导性的历史行为和历史观念相对峙的必不可少的制衡力量。当代西方最重要的伦理学家麦金太尔在他的《德性之后》中曾提出一个重要的问题：谁来为失去形而上学品质的现代人的精神立法，或者说，在德性被放逐的时代还有没有对个人而言的至善的目标？他如此质问道："道德行为者从传统道德的外在权威中解放出来的代价是，新的自律行为者可以不受外在神的律法、自然目的论或等级制度的权威的约束来表达自己的主张，但问题在于，其他人为什么应该听从他的意见呢？"他认为当代人深陷一种"情感主义"的道德迷思中，走出这种迷思的根本在于为当代人重建德性，而"德性必定被理解为这样的品质：将不仅维持使我们获得实践的内在利益，而且也将使我们能够克服我们所遭遇的伤害、危险、诱惑和涣散，从而在对相关类型的善的追求上支撑我们，并且还将把不断增长的自我认识和对善的认识充实我们。"我们以为，张炜的"道德理想主义"也应在此意义上理解。他捍卫君子固穷的价值观、严守义利有别的守成文化立场其实是对上述现代人文主义思路的自觉传承，其间固然有接续"斯文"、承袭道统的传统天命意识，亦有在终极关怀的层面重建现代人的意义世界的激进实践意图。他坚守民间的姿态也绝非像某些批判者说的那样是蹈入了老旧道德的泥淖，这些批判者被时代困陷的局限让他们忽略或者说失察了张炜站在全人类立场的超越意识和存在意识。而且，张炜这一信念几乎在他写作之初就建立起来，它当然经过一个不断磨砺和成熟的过程，但并不像一些批评者描述的那样存在着一个从八十年代张炜到九十年代张炜的急遽转型。我们分明可以在老得、隋抱朴和宁伽之间看到一条贯通的精神的丝缕。我们也不应忘记，《你在高原》的写作所经历了漫长的二十二年，没有持之以恒的心力和不为世移的信念，这样一部描写五十年代生人意志、情感和命运的百科全书式的大书不会完成。

　　明乎此，我们也就不难理解为什么张炜的写作不能被简约地归类了，他的写作对应的并非时代，而是时间。他不存在趋时的问题，自然也就无法被时代利诱或者绑架；他能预知文学的热点，只是因为他内心有对文学恒常价值笃定的判断。也因此，我们以为，出于表达的权宜，人们可以用一些约定俗成的语汇来评价张炜其人其文，但必须警惕这些语汇对其文学世界丰富性的缩减。比如我们一再提到的"民间"。因为参照物的不同，"民间"至少有两重意涵，它既可以指与庙堂相对的知识分子的价值寄居地,亦可指与精英文化相对的大众化的文化生成空间。张炜的民间立场中和了这两种意义的理解,同时又对二者抱有清醒的审视。四十余年中,他像一个真正的地质工作者一样不断漫游在以其故地为中心辐射开的莽野林间,并反复倾诉这种"在民间"的行旅之于写作的滋养,因为这种跋涉不但是对民间的亲历和发掘,还构成与庙堂那种案牍之劳的有效区隔,是逃逸体制化和职业化写作伤害的最有效的方式,漫游让他的写作与那些想象民间的写作之间划开了一道鸿沟。与此同时,他赞美民间的苍茫与混沌,颂扬民间热辣活泼的不驯顺的生命热力,但并不以为这是可以豁免民间藏污纳垢的理由,事实上他也从未搁置对民间之恶的揭示和批判——把张炜的民间简略成浪漫的乡愁或野地的生趣显然是失当的。

  同样,我们也应当小心在时下生态写作的浪潮里,对张炜写作呈现出的生态伦理观念的简单追认。的确,他二十年前在《寻找野地》等作品中对大地之灵踪的追觅放之今日依旧是不可掩其光彩的,而他笔下还有那么多多姿多彩、栩栩如生的动物形象,有那么多对自然魅性的倾心书写,但仅以生态立场来解读他的这些作品是远远不够的。他写有情的生灵万物,写悲悯的山河大地,会让人想起《猎人笔记》《鱼王》《白鲸》《草原》《白轮船》,也会让人想起楚辞和诗经里那些精魂不散的草木花树,他以对自然的敬畏尝试建立连接"宇宙的神性"的可能。而且他并没有像很多生态写作者习惯的那样,因为要质疑人类中心主义的僭妄,便把人排除在自然万有之外,在他笔下,我们总能找到一个辽远的人,一个因为自然而获得性灵延展的人,用里尔克的话说,这是一个

"沉潜在万物的伟大的静息中"的人,他"不再是在他的同类中保持平衡的伙伴,也不再是那样的人,为了他而有晨昏和远近。他有如一个物置身于万物之中,无限地单独,一切物与人的结合都退至共同的深处,那里浸润着一切生长者的根"。某种意义上说,张炜文学世界的开阔和深邃来源于他对自然理解的开阔和深邃,来自于他作为野地之子深扎在大地中的根须。

阅读张炜的难度即在于习惯妥协和随顺的我们与一颗灼热的、忧虑的、高远的心灵对话的难度。"伟大的心魂有如崇山峻岭,风雨吹荡它,云翳包围它,但人们在那里呼吸时,比别处更自由更有力。……我不说普通的人类都能在高峰上生存。但一年一度他们应上去顶礼。在那里,他们可以变换一下肺中的呼吸,与脉管中的血流。在那里,他们将感到更迫近永恒。以后,他们再回到人生的广原,心中充满了日常战斗的勇气。"这是罗曼·罗兰在《米开朗琪罗传》的结尾部分谈到的,阅读张炜,我们会有庶几近似的感受。

本卷导读

"一个真正意义上的作家,他不仅是一个记录者,一个浪漫的想象者,他需要具备跟这个时代对话的能力。"张炜是这么说的,也是这么做的。在这个需要警钟长鸣又渴求静心思考的时代,张炜带着探究与拷问,始终将自己的目光投注在广袤荒凉的精神家园,精准地扎入时代的筋络纹理中。

《存在的执拗》,这篇写于二十年前的同名散文,一早便亮出了张炜的态度,"为了让杰出的艺术和思想存在着,并且被凸显和认识,就需要有人做出非同一般的顽强抵抗。"张炜对着故乡与野地总是怀着无限的温柔与缠绵,可对文学的思考却没客气地给过什么温情与闲适。他遥祭先秦诸子天地岁月,也不停地追问与反思当下,字里行间都是一颗问世忧世的拳拳之心。这是属于张炜的独特姿态与定力,看似退守平原一隅随性栖息,眼光却始终如鹰隼般锐利毒辣,为文学与时代的沉疴旧疾搭脉断诊,一问一个准,读来满目惊心,却让人无从反驳。

本卷还收录了两部散文集子,《葡萄园畅谈录》和《冬夜笔记》,从名字便可知,这里的张炜沉静温和了许多。《葡萄园畅谈录》用他自己的话说,是一部文学讲稿。葡萄园像是个让张炜精神栖息的岛屿,能够随心所欲地交谈切磋甚至幻想;但它又不是个浪漫悠闲的伊甸园,终日里依旧少不了对世间忧思牵挂,却多少化解了戾气给了他冷静,又像是我们习惯的那个拥着大地之美与灵魂之气的张炜了。《冬夜笔记》更是真实率性，自然万物，个人历史，文学创作，民间精神……他是个拥有野地和浪漫的歌者，也是个拥有坚韧与自知的行者。

"诗与真之核仍然存在着，人世间需要它的光，我们的一切快乐和幸福都是来自它的光的照耀。我们也是存在的。我们如果不倦不悔地寻求和传播，如果如此执拗，也是光荣和有意义的。"本卷以此为题，大抵也是想让读者们感受这般情怀。

目录

1　前　言
7　本卷导读

1　开拓和寻找
4　情绪
6　它像磁石
8　讨论"浪漫"
9　午夜思
11　像写信一样
13　冷静思
16　开端
18　案头工作
19　童年三忆
29　羞涩和温柔
45　一辈子的寻找
48　一种特别的健康
50　苦恼

53	读者有三种	148	悲观与喜庆之间
55	面对汹涌的	154	有一个梦想
59	危机潜入盲角	157	自尊与确定
62	艺术是战斗	159	从"辞语的冰"到"二元的皮"
64	艺术在本质上拒绝轰动		——长篇文体小记
66	自己的秩序	167	责任，理性和浪漫
69	寂寞营建		——第一届世界公民大会有感
72	选择的痛苦	174	纸与笔的温情
83	酒窝	181	人的用具
87	校园的琴声	189	济南的泉水、钟楼和山
	——大学生与文学	193	民族的不幸与狂欢
90	诗人，你为什么不愤怒	199	狮子山下鸣尺八
93	仍然生长的树	203	古镇随想
105	时代：阅读与仿制	207	难忘观澜
113	存在的执拗	210	安静的故事
116	感动的能力	233	冬夜笔记
119	窗前	305	葡萄园畅谈录
121	自画像		
123	马颂		
139	一条有树的路		
142	存在与品质		
145	冷寂之余		

开拓和寻找

如果我没有看错，那么这是一篇好小说。但总的看，从它的成就上论，或许比不上你的上一篇。我高兴的是事情的另一面。

你过去的作品写得严峻粗犷、锋锐有力。但我又一直觉得缺少一点什么。

也许你的作品缺少的是那种柔细委婉的笔触，是那种纤弱的、一丝一缕的情思，是极其微妙的、变幻不定的流动的色彩，是溟濛的、润湿的雾幕？……我不知道。我只知道你现在没有，而且以后也很难有这一切了。很遗憾的事情。

而现在，在这些作品中，我认为那些缺少的东西，那些命定不属于你的东西，差不多在开始滋生了。你在开拓自己的道路，并在这不断的开拓中寻找什么——这就是我为你特别高兴的地方。

"找到自己"是困难的。多少人写了半生，还是没有自己的东西，艺术风格上没有一点相对的稳定性。但也有人在不太长的一段创作实践中，就会找到一种比较适合于自己的形式，从表现的主题、人物类型以及题材的选择上，都明显带有他自己的印记。这时他的创作会表现出一股生气，敏感的读者也能从他的一系列作品中，感受到一种流畅、昂扬和激越的调子，一种艺术上的"自信心"。当然，如果再持续一个时期，厌厌的情绪总要有的。你会觉得他的作品变化不大，像一条波澜不惊、很少弯曲的河。于是你多少也要失了兴致。你想埋怨作者几句，但一时又找不到合适的话：不是苛责了，就是尖刻了，再不就有点偏颇。埋怨他什么呢？埋怨他过早地"找到了自己"吗？——只能埋怨这个，因为好像一切毛病都是从这里产生的。

可是我觉得，如果有谁这样去埋怨作者，就多少表现了他自己的一点迷惘和片面。"风格"无非是作家自身在作品中的一种表露。每个作家的艺术风格，大概都与他的一颗心灵紧紧相系。很难想象，一个生性缠绵、多愁善感的人总能写出"金刚怒目式"的作品；而一个火火爆爆、刚毅激烈的人却总在写一些淡淡的柔和的东西。考察任何一种性格的形成，大约都要从先天和后天这两个方面入手。仔细分析，既会发现性格中的主要方面，又会发现好多侧面；发现它在不断地、永无休止地演变。它原来极其丰富——世界上最宽广的东西是人的"内心世界"；世界上最复杂的东西，就是人的"性格"。作家的个性充分地表现在作品中，作品读来怎么会有单调之感？

看来有时不是"找到了自己"，而只是找到了自己性格中的某个侧面。发现自己是困难的。找到了某个侧面，认为是找到了一个完整的"自我"，于是顽固地坚守，唯恐偏离。创作像打仗，有时确实需要"以攻为守"，只守不攻，经营的地盘就会越来越小。作品中的主人公们长期生活在一个狭小的圈子里也一定十分厌烦了，于是相继出走，最后笔下就只剩了几个"老熟人"。还是开拓好。原来的地界里只有坚硬的山石，有一处入夏用来洗澡的水湾，还有一块砂土壤；但是没有草地；似乎也该让主人公们占有一片小树林之类,他们或许会喜欢上树林中的野花、清新宜人的空气……地盘就这样不断地扩大,主人公们生活得幸福了,活跃了,于是作品再也不显得单调了。

看来不能为一时的顺利而陶醉,失去了探索和开拓的勇气。如果把写作比做战斗的话,好的作者就应该像个勇敢的战士,在绝路中杀出一条通道。

你寻到的每一点都是极其宝贵的,像淘金者珍视每一点金屑。只固守已经占有的那一点就会止步不前;但如果抛弃了已经占有的那一点,就会彻底失败。你愿意丢开锋锐有力的笔势、丢开你津津乐道的乡间老农吗?你一定不愿意。

这仅仅是从气质、个性与艺术风格的关系上讲。当然,决定的因素还有很多……

一九八三年五月八日

情绪

很久以来人们就在谈论：生活需要积累。"生活"作为一个概念，在这里奇怪而又含混。"情绪"呢？我想也需要积累。一个人连续写上很长时间，即使体力上还好，而且也有很多要说的东西，比如一些出色的故事、有趣的人物等，可就是再也写不下去了。他失去了一种心情。再写下去，就是一些苍白无力的文字了。他清清楚楚地知道：必须停一段时间才能重新开始。

这当然不仅是个"生活"问题了，而更可能是个"情绪"问题。一种情绪被连续性的工作给耗光了，于是也就不能坚持下去了。"情绪"作为一个概念在这儿同样含混，它与平常说的"冲动""激情"是不是一回事？

生活的积累与情绪的积累之间有着一定的关系。情绪当然来自生活，没有生活就没有情绪。生理上的原因也会引起情绪的激烈波动，但这不是主要的。情绪说到底是一种感悟、印象，是生活的某种记忆方式。生活是因，情绪是果。它每时每刻都在变幻，演化，朦朦胧胧，语言有时也无法表达。所以人们才写了那么多东西来表现"情绪"。情绪强烈，作品就充满生气；情绪枯竭，作品就细弱牵强。

性格内向的人爱"闹情绪"，因而写好作品的机会就更多一些。外向的人，嘴巴不停，不断地将新获取的一点情绪感染了四周，所以再没有可能坐下来用笔宣泄了。

一九八四年一月三日

它像磁石

　　这真是一篇佳作。它能像磁石一样将读者吸住。它依靠的是什么？传奇性的东西几乎一点也没有。它总让人感到其中有一股奇怪的力量。作者在用他钢铁般的力腕控制着什么，所有的文字都像金属般闪亮。更奇怪的是，这是一篇永远不会被忘掉的小说。你会永远记住那个又幸福又可怜的母亲的心情，会记住那个美丽的、渐渐成了男子汉的逃亡者，甚至也不会忘掉他的弟弟妹妹们——虽然他们在小说中只是一闪而过的人物。

　　分析方法是一门必不可少的科学，没有分析，我们的文学就会荒芜寂死，我们的读者也会迷茫。但有些东西的确是抗拒分析的，分析方法的使用只会使其更加深不可测、更加糊涂。有些东西，实在只有靠读者和作者那种同样纤细的心去共同体验、用一只同样敏感的耳朵去小心地倾听。不能够分析——分析是逃不开逻辑的，而逻辑有时真能将人引入愚蠢。对待心灵的产物，可要小心！像这篇逃亡的故事，它的奇怪的力量是从哪里产生出来的？

　　……

　　有一份材料，不，它是一种教科书——这样的教科书也确实不少了——说他的代表作是一篇小品！

这种无知和误解，这种令人难以理解的诋毁，竟是以赞美的面目出现的。

他一生写了大量优秀作品，筑起了多么辉煌的文学宫殿。他的作品简直包括了生活中全部的含蓄和复杂；那些篇章美妙绝伦。奇怪的是一些教科书编纂者偏偏看上了一个滑稽小品。

长期以来，人们太满足于一种庸俗社会学了。它深深地毁坏了我们的心灵、我们的艺术，破坏了我们的理解。那些简单明了、包含了一种浅薄的小机灵的，往往成了了不起的东西。人们在这个时代已经错过了某种机缘，他们丧失了感知和把握复杂事物的能力，也根本不想弄懂表达复杂事物、揭示真理的全部艰辛和全部奥秘。我感到十分悲哀。

一九八四年一月八日

讨论"浪漫"

他们常常这样讨论"浪漫"：如果一个人占有的生活多，而且具有很高的"技巧"，那么他就一定不会满足于临摹和模仿生活本身了，而时刻都想把一种新的欲念表达出来，于是胆子也大起来，总想让作品中的一切稍稍离开人们所熟悉的生活轨道"飞动"起来。这样"浪漫"色彩即浓烈了。从技巧上讲，这必然具有高难度。但主观的东西多了，弄不好会使人觉得太意念化。作者显然在强加给读者一些东西，按照他自己的美学理想，他自己的艺术逻辑和生活逻辑。

这里差不多把艺术比为了一架车，沿着钢轨滑动的车。按照物理学的理解，一个物体超过了一个时速极限，或许会飞起来。"浪漫"主义就是飞起的一辆车，它已经稍稍脱离了正常之轨。

而我在想一个最根本的问题，即一个人生命的性质。激情、想象、才情……一切都是由它决定的。当然，阅历、经验之类会不断地修正和改变它，却难以从根上取消它。

这差不多等于说：这个人天生是"浪漫"的。这样说能够被接受吗？

一九八四年一月二日

午夜思

　　好像写得越来越慢了,手中的笔再也没有灵性了。如痴如迷地爱着它,把一切都献给了它。为它激动、沉湎,也因它而变得郁郁迟滞。不断地怀疑自己,顾虑重重,像山一样堆积,留给稿纸一片浓重的阴影。

　　我对生活总觉得有那么多的话要说,可一时又讲不清楚。我喜欢倾听,但别人讲的我又不全信。我只能把一腔热情、深深的牵挂,还有无穷无尽的猜测用手刻记下来。写作是多么累人的事情啊。

　　我想写一点真实的生活,写写属于劳动者的那样一种理想。这一切都必须是诚实的、朴素的。有时我总想去充当一个替人分辨的角色,事不关己,也耿耿于怀。我知道自己这时的心态更接近于律师的行当。但我不长于口辩,而且思路芜杂枝蔓,不会有人委托我的。这真是一厢情愿的事情。

　　我回忆了远远近近的人和事,从中梳理推导,不厌其烦。这种使人疲惫的思索让人败气,却不会使人丧志。我努力地追记,一旦想准了,就赶紧写下来,我的心常常被愤懑压住了,很沉重地搏动。我的文章渐渐蜕去了鲜丽的颜色,变得墨迹斑斑,深渍透纸,混浊了粗糙了,再也不被活泼的少年所喜欢。我答应他们再回来,可自己也知道归途漫漫,行程遥遥。

时间过得真快！我也懂得了如此叹息。我一心挂记着的那些认识的和不认识的人们，他们怎样了呢？白发一朝生出来，就再也不会变黑。文路如此漫长又如此短暂。无数的先辈走过去了，足音未逝，我们就重新踏上了他们的路。

思绪绵绵，夜色沉沉。不眠的时辰里并非总是想着文章。我不信真正的男人会单单去为文章愁。这无论如何不能算是一门职业、一个行当。可它又算什么？我不能够回答。

也许恰恰因为我不能回答，我才这样不停地劳作。我的每一个字、每一个标点，都在寻找着那个答案。

一九八四年八月十日

像写信一样

他通过自己的作品跟别人谈心，跟远方的亲人、异地的朋友，跟所有的可以交谈的人谈心。告诉他们，他自己有过多少欢乐、多少痛苦、多少不安和惆怅、多少喜悦和憧憬。他不由自主地讲出了那么多心灵的隐秘，特别是讲出了他的爱情。

这种交谈必须是质朴的，亲切的。

有什么就说什么，要尽量表达得清晰，满怀深情。皎洁的月光、绿色的树林、知心的朋友、家乡的原野、善良而美丽的姑娘……这一切都是美好的，让人不断怀念的。大概实际生活中很少有人厌烦这些、唾弃这些。那么，爱应该爱的东西，并且一往情深地在作品中表达类似的感触，有什么不可以呢？

那些欺压、不平，那些不光明，那些罪恶，却不能让人容忍。正直的人遭受诽谤，勤劳的人忍受贫穷，丑陋而尖刻的人横冲直撞——当我们看到这一切的时候，怎么能够安静下来？也只有把自己的忧忿与不安写进作品中去。国家兴亡，匹夫有责，一连串的变革，都关系到人的命运，他怎么能视而不见呢？

歌颂那些美好的，鞭笞那些丑恶的，一个作者也只能这样做。

美丑不能混淆，爱憎必须分明。没有对美的深切的爱，就没有对丑的深切的恨。他忘情地、沉醉地歌唱美好，也会勇敢地、坚定地揭露丑恶。这二者是统一的。执着地坚持着、勤奋地思考着，用心灵去和读者交谈，十几年、几十年如一日，这才是最难最难的。一个作家不是通过某一个作品说明和完成他自己的，而是通过他一生的创作。

创作不是做买卖，不需要那么机灵。文学是"愚人"的事业。有时可以嘲笑他的"愚气"，但到后来却不能不正视他这些年辛苦的耕耘、这些年有力的挖掘。他盯住了一个目标，决不游移彷徨，往前攀、往前走；也会有疲累的时候，也会有喘息的时候，但敢于走下去，就表现了一种不同寻常的力度。

敢于爱，才敢于恨，以诚待人，以诚待文学。像写信一样创作，一生写下那么多没有地址的信，有多么好啊。朋友们可以不间断地读到他的信，一块儿喜悦、一块儿思考，也为他放心。

一九八四年十二月十一日

冷静思

我觉得我们这一代文学青年的幸运,是因为生活在了一个思想活跃的年头。在我们前头,无数前辈为了共同的事业,勇敢地斗争过、呼喊过,也因此付出了沉重的代价。我们不会忘记他们,也不会忘记那个年代。没有大的战乱、饥饿,正是好好做文章的时候。可好文章还是太少。这当然并非我们这个民族的才华不够。这是十分悲哀的。

这次提出"给作家创作自由",我并不如预想的那么兴奋。我不认为"给了"什么,就会冒出一堆好文章。冷静下来想想,好文章真的不会一下子产生好多。原因是复杂的——这种复杂说也说不清。我想文坛上不会在一天早晨,突然就没有了烦恼和忧虑。今天似乎比昨天更需要一点独立思考的精神(也许是因为有了这种可能性),更需要多多地展露自己的人的个性。

我们从来习惯于让文学倚到什么上面。图解一项政策并且又做得十分巧妙,就会得到赞扬和鼓励。这样就必然毁坏了文学。我们需要眼光放得更远一些,胸怀更宽广一些,耐得住寂寞;需要用多种尺子去度量,多种角度去观察。文学要繁荣,还需要作家和评论家、出版家们的默契配合。而这种配合,以前没有也不可能有。文学事业破除各种阻力,越来越发达,越来越走上正路,按照自身的规律前进的年代,并非那么容

一九八五年在南京

易到来。文学变得勇敢、变得不那么急功近利的年代，也不会突然到来。这一切，大概是真的。

一九八五年一月四日

开端

一次会议就使作家们感到了如此振奋和喜悦，如此满怀了希望，是这次大会成功的方面。如果作家心有余悸，忧虑重重，他就会在作品中说假话，于是整个新时期的文学都会变得浅薄。

这是一个解放思想的时代，人们比任何时候都更愿意思前想后。勇于思索，葆有独立的精神，才意味着真正的解放思想。我们将自己的文学与其他民族的文学作一横向比较，就会更开明一些，不由得去想，我们写过了什么，没有写过什么，还应该写些什么？已经写过的，是否真的像想象的那么好？我们又做过了哪些可笑的事情或值得赞扬的事情？不能写的东西，果真就不能写吗？今天怎样写？

我们好像有信心做个体育大国。如果说体育项目的纪录标明了人类在征服客观世界、征服自然方面的生理技能的不断演进、一个时期的极限，那么文学就标志着人类在认识世界、在美的探求、在对各种关系的把握和概括方面的综合思维能力。而人是靠思想站立的。我们习惯于造神和个人崇拜，却不去崇拜圣洁的文学女神。

当然，我们的文学需要有接触各种矛盾的勇气；文学作品的重心更应该放在描写和剖析人本身，即人情、人性、人的复杂而多变的内心世界上。我们强调作家的责任心，难道可以放弃发现人，放弃写人生、写命运的巨大责任吗？作家的精神自由，实际上是产生大作品的一点起码条件。文学要解放，首先应该解放到文学的规律上来。应该让读者从作品中看出作家由挚爱而带来的深邃和精湛。从事文学难，知文学更难，创作是呕心沥血。真正的作家是善良的。文学的春天应该来到。但一切并不那么容易。现在还不是欢呼的时候，而是努力奋斗的开端。

一九八五年二月八日

案头工作

　　有人生活在田野上，有人生活在车间里。作家主要还是生活在书房里。当然，作家要到基层、到群众中、到陌生的地方去，但他一生主要还是应该在书架的间隙里寻找一种美妙的和谐。"书蛀虫"有时是个美称。多读书，除了求知，还能使自己宁静自然，举止质朴。我常常发现自己太外向、太浮躁、太武断，有时就是知得太少。好像是我们进入了一个信息时代的缘故，作家创作太随意、太即兴式、太才子气——这些往日求之不得的好东西一下子又来得太多了。

　　一部重要的作品需要大量的扎扎实实的案头工作。一个人一生的创作也需要扎实的案头工作。好像科学家才需要更多的案头工作，作家则不需要，其实是一样。多读书，让无数有力的手臂举起我们，我们才高一点。如今对作家的诱惑太多太新，好像通过一万条途径都可以成名。但愿在所有的诱惑中，书房对我是最大的诱惑才好。成名不等于成功，有些东西名气极大，但它没有意义。要紧的是写出确实好的作品，这对于一个作家比什么都重要。

　　"案头工作"——听起来就有些迷人。

一九八五年九月二十日

童年三忆

没有围墙的学校

我不愿回忆中学生活。在那个动乱的年代里,留给我的不愉快的事情太多了。我写这篇短文的时候,好像又回到了当年的同学们中间。我在心里与他们交谈着:当年是这样的吧?我们的学校,还有我们自己,是这样的吧?

我们的中学坐落在胶东西北部的小平原上,那是胶东自然环境最优美的地方之一。我们的学校不像当时一般的校园那样,围了高墙,又做了大铁门。她藏在一片果树林里。与果林相连的,是那无边的、茂盛的乔木林。一幢幢整齐的校舍在园林深处,夏秋天里看去,只见一片葱绿,要是没有人指点,只怕还不知道这里面有所学校哩。林中的鸟儿很多,树下满是野生的白菊花。当时的人也不像现在这么多,很少有一群群的人拥到林子里干什么。林子安静、美丽、幽雅,我现在想起来,还真感谢那些选择校址的人。

校址可以选择,上中学的时代可不能选择。我开始做中学生的时候,正好是六十年代末期。那时候社会上很乱,人们的日子都不很好过,林子边上村庄里的居民又闹起了派性,再老实的人也得不到安宁。有时人们从静谧的林边走过，竟然不由自主地想象起里面的生活来。他们往往想象得很美好。

其实，这所中学的教师和学生也忙成了一团糟。大家写大字报、开批判会，有时兴致来了，可以一连几天通宵不眠。林子边上静静的，林子深处却闹翻了天。

所有人都会写大字报，简直是无师自通。字越写越大，墨汁蘸得很浓，一句话的结尾，常常要使用三四个感叹号。开始是矛头向上，批判资产阶级，后来就在同学中找小牛鬼蛇神了。同学们出了教室，或者是在上学、放学的路上，不同班级的见了面，都皱着眉头问对方："你们班找到了吗？"

夜晚，南风送来一阵阵苹果的香味儿，白菊花更是香极了。写大字报用的墨汁放得久了，摆在桌上很臭，大家还是一下一下地蘸着。我们做学生的写，老师也写。有的老师一张一张地翻看着学生写的大字报，看到满意的词句，比如，"狼子野心何其毒也""反误了卿卿性命"等句子，一定要用红笔在下面划一道曲线。到后来我们也完全猜得出哪些句子将会被划上可爱的红线，就到处去寻找那些有趣的、但是怎么也搞不明白的古怪句子和词了。有一次，有人竟然使用了"怪哉"这个词——这个词本身就够"怪哉"了！果然，没有一会儿工夫，它的下面就有了红线了。所有的同学都看着眼热。当然他也有羡慕别人的时候。有一次他在大字报上写出了这么一句："岂非咄咄怪事！"另一些人一下子就给征服了。大字报上每出现一个新词新句，被批判的小牛鬼蛇神就哆嗦一下。这大约就是战斗性了。我们觉得"革命"和"造反"真有意思……我们大概是建国以来写毛笔字最多的一些中学生了，也是毛笔字写得最糟糕的一些中学生!

我们的学校是一所联办中学,其中还包括小学。记得一个小学生在田野里玩,摘了几个果子、扒了几块红薯,学校就决定开他的批斗大会。他很小,还没有一张桌子高,脸色蜡黄。批斗会是必须呼口号的,呼口号的时候,他自己也跟着举起小小的拳头。校园里的大字报,这阵子几乎都对着他,黑板报上的插图文章,也是批判他的。他连哭也不敢哭了,只瞪圆了一双惊骇的眼睛,痴呆地望着那些他永远也不会理解、一多半儿字还不认识的大字报……这个小同学今天哪去了?他即便长成了一个魁梧的汉子,会忘得了那些铺天盖地的大字报、忘得了那个声嘶力竭的批斗会吗?我相信他心灵上还会带着当年创伤的疤痕。

除了搞批判,就是"学工、学农、学军"——我们学校离一座煤矿的矸石山不远,因此主要是"学工"。我们"学工"就是爬到山顶上,从废矸石里面掘小煤渣。雨天,雨水可以把亮晶晶的小煤渣冲出来,我们就得冒雨登山了。矸石里含有一种化学物质,常年燃烧,发出一股难闻的硫黄臭。在风雨天里,有时燃烧得更厉害,矸石山上整天浓烟滚滚。我们自觉这就是在闯一座火焰山!心里有着莫名其妙的激动和自豪——没有过不去的火焰山!大家不知在黑泥水里跌了多少次,各自提着个小篮子,里面都盛着一捧煤渣。大家把煤渣倒在山下的一块平场上,等着外地人来买。当时很多煤矿不出煤,这样的煤渣也成了好东西。

卖煤渣得了一些钱,学校用来买了高音喇叭。高音喇叭安在学校的一棵大树上,一天到晚放着几支相同的歌。有一段京戏的几句词儿妙极了:"提篮小卖,唉嗨唉嗨唉嗨嗨!拾煤渣……"这真是唱绝了。这不是唱我们"学工"吗？活生生地唱出了我们提着篮子拾煤渣的情景——它知道它是我们拾煤渣的钱买来的，所以就这样唱了，它可真是个够朋友的好东西。我们大笑着，明明知道自己的推论是错误的，却偏偏要那样想，并大声地应和着唱起来。除了用它听歌、学戏，还用它讲话。批判大会上发言，被它扩出来的声音，威武而雄壮，势不可挡。把大字报对着麦克风一念，大字报的词句仿佛更完美无缺了，连我们自己都怀疑起来：这么好听的词儿，会是我们亲手写出来的吗？卖煤的钱除了买来一个大喇叭，还买来了一副篮球架。篮球架很漂亮，不组织一个过硬的球队是对不住它的。学校领导亲自挑选队员，条件是个子高、觉悟高、出身贫农。

那些日子里，我一个人偷偷摸摸地读了些有趣的书。我开始学着写些别的东西了，不求别的，只求有趣。我写了我们的果园、鸟儿、白菊花，也写了同学们的劳动。我有时也把文章送给信得过的老师看。老师看了我写的一篇文章，说好是好，不过怎么能用"漂亮"这个词呢？我听了挠挠头，真的，我写到一个拾煤渣的同学时，这样写道：她很漂亮……我的脸红了，立刻用笔把那两个字划去了。我从此认定这两个字是属于资产阶级的——直到后来，直到我走出校园很久很久以后，我才真正知道这两个字的含义：正好相反，它属于劳动着、创造着的健康的人们！

两年的中学生活一晃就过去了。在离别这个没有围墙的学校时，几乎所有同学都哭了。我也哭了。我们突然觉得我们的学校很美。令人遗憾的是我们大家在这么美好的校园里做了并不美好的事情。这很可惜。值得留恋的还有别的事情——接近毕业时上级分配来学校一个女教师，跟所有人都不一样，她唱啊，跳啊，不停地笑。她教同学们唱婉转的歌，还手持马鞭教大家跳"奔驰在草原上"的舞蹈……但,我们终于毕业了。我们的中学生活并不有趣,可是有一个漂亮的结尾:奔驰在草原上!

　　回忆到这里,我想起一个问题。我在想我们当时真是傻得可以。是因为年少幼稚吗?那么老师呢?结论只能是他们同样幼稚。可是他们毕竟年龄很大了,有的都到了中年或已过了中年 —— 这不能不说是一场人生的悲剧。我们的学校没有围墙,却并没有因此与美丽的大自然更亲近起来。一道道看不见的围墙正把我们围住、隔离开来,使我们远离了世界上那些最美好的东西……

　　告别了,我的中学时代!我在那个年头里,曾经浪费了人的一生中再也不会重复出现的、仅仅属于那个美妙年纪的热情。这是我今天最为惋惜的。我记住了。

热爱大自然

　　我怀念美丽富饶的胶东半岛。

　　渤海湾畔,是一片辽阔的海滩平原,平原上有一望无际的稼禾,有郁郁葱葱的林木,有汩汩流淌的小河……离海五六华里的一片树林深处,有一所学校。我的小学和中学就是在这儿读完的。

　　我们上学,要穿行在树林里;放学回家,家在果园里;到外边玩,出门就是树林子;割草、采蘑菇、捉鸟,都要到树林子里;去河边钓鱼,到海上游泳,也要踏过大片浓绿的树林……我们学校那时候上劳动课,

龙口西郊田野　田恩华摄

老师常领我们到林子深处采草药；有的课，比如音乐课，有时也到林子里上，大家把歌声撒落在枝枝叶叶中间了。我们写作文也常与林子有关——记得我有一次看到教室门口一棵苹果树上的果子不断丢失，就写了一篇文章，题目是《从一棵苹果树看我们的责任心》。校长看了十分赞赏，鼓励之后，又推荐给老师和同学们看，很使我兴奋了一阵子。同学们还在林子里学过舞蹈，有一个年轻女教师，能歌善舞。她教大家，说一声"预备——起！"大家就跳了起来。她的舞姿真美，我至今记得那林中跃动的身影……

那是一段永远让人怀念的时光。我想起我的中学时代，首先想到的就是那一片一片的林子、一片一片的绿色。我庆幸自己出生在美丽的海滨，也感激当年的老师尽一切机会让我们去和大自然亲近。我们没有把自己整天关在教室里的习惯，今天想，那样也许会变傻的。伏在桌上安安静静读一本好书是愉快的，而到田野里接受大自然的沐浴和陶冶就更加幸福。一个人在中学时期经历的东西很难忘掉，像我，至今记得当时跨越的潺潺小溪，看到的树尖上那个硕大的果子，闪着亮光的三菱草的叶子和又酸又甜的桑葚的滋味……那时候给我心田留下了一片绿荫，使之不致荒芜，使之后来踏上文学之路时，能够那么脉脉含情地描绘我故乡的原野。

我想一个人在他的中学时期，正经历由比较幼稚到比较成熟的特殊阶段，这期间他大半要学会做好多好多的事情，其中很重要的，就是学会去眷恋大自然，热爱大自然！这也会影响他的一生。像俄国的著名诗人叶赛宁，风景的优美篇章，他们描绘了那么多美好而多情的自然世界。

读他们的作品，你会感觉到那颗伟大而纤细的心是怎样搏动的，怎样去挚爱、去追随着祖国的瑰丽山川……我想，一个不热爱大自然的人，难以培养起很强的美的感受能力，也难以写出有华彩的文章，更成不了真正的作家。与作文的关系如此，与做人的关系好像也如此——我总觉得一个对大自然怀有满腔柔情的人，很难是一个品行低下的坏人。

让我们热爱大自然吧！

捉鱼的一些古怪方法

在没有网具的情况下，要捉住几条鱼是很难的。田野上的河汊沟渠，池塘小溪里，总会有些鱼，大大小小，引诱着人去下手。有的鱼很大，大得让人怀疑它究竟是不是这片水里生出来的。你兴冲冲地跳下水去，扑腾得浑身泥浆，最后还得空着手爬上岸来。你捉不着它。

实际上捉鱼有很多古怪方法。

"浑水摸鱼"被用得多了，也就不以为怪。其实这个方法简便易行，只需跳到水中胡搅一气，那些鱼也就昏头昏脑地探出身子等人来捉了。一片混浊的泥水之上，昂着一个又一个鱼儿的头颅，那是很好看的。

这个方法突出的是一个"搅"字。功夫全在搅上了。其他方法如果也都用一字概括，那么整套方法可称之为"推、搅、掏、堵、诱"。

推鱼最容易。如果你来到一条浅浅的小渠边，被水中清晰可见的鱼影搞得心烦意乱、跃跃欲试的时候，你最好先蹲到渠岸上拔一会儿青草。

然后，你抱着一堆青草跳下渠水，趴下身子，两手推着草叶往前走，直走到渠的尽头——水尽鱼存，无一漏网，真是个好方法。不过这个方法"太绝"了些，常常使人欣喜之余又有些不安：对鱼们太狠了？

堵鱼就是将宽水流堵成一个小豁口，使水流由此而变得急起来，并将一草篮放在豁口上。鱼儿随急水而下，不得翻身，常常在篮底积下一层。这种方法的唯一缺憾就是逮不住大鱼。大鱼力气大，翻身有何难。

诱鱼是比较难做的。诱饵香甜诱人，却不一定合鱼的口味。如果它们循着气味游过去，直游到那个人为的生命的陷阱里，你在岸上就会高兴起来。没有办法，鱼们平常就爱躲在深水里、草根处，只有用诱饵将其引逗出来，引到一个便于围歼的地方。这个方法可能受了某部兵书的启示：对付人的计谋有时用到自然界的其他生物身上，竟是同样奏效。

掏鱼大概算最古怪、最费解的方法了。这个方法是我们发明的。"我们"在当时实际是一群孩子。天真无邪，面对游鱼，也就想出了这个方法。大人们反而想不出，大人们太复杂了。我们不止一次地发现这一奇怪的现象：有人就因为失去了纯真，结果就失去了巨大的创造力。捉鱼也是一样……如果渠长水深，没法"推搅堵诱"，那怎么办呢？那就跳下水去，在渠的水线上挖一个个碗口粗、尺余深的洞洞。挖过之后，你就在渠水里来来回回地走动，像散步那样。走上一会儿，你感到疲累了，就可以伸手到那些洞洞里掏鱼！鱼已经装了很多，全在洞底，顺着掏下去就是——这究竟是为什么，谁也说不清。这简直像是一个梦境，一个非常美丽的、只属于童年和少年的梦。但它又实实在在是一个可靠的、古怪的捉鱼方法。

不难看出，以上方法只能用来捉淡水鱼。

有人说淡水鱼比海鱼更有滋味。我相信这个说法。但我不明白它们是怎么生出来的。如果有一潭水，只要不去管它，迟早里面会生出鱼来。而庄稼还需要播种呢，这鱼真是天赐之物。如果掌握了一些古怪方法，随随便便就可以从田野里携回鱼来，一食为快。

吃的方法很多，比捉的方法又多出几倍。用油炸、用水煮，有时还故意让活鱼下锅。但这毕竟是大人们的事情。孩子们如果捉到了鱼，常常用友好的、温存的目光看着它们，似乎从中感受到了其中那可以沟通的什么东西。他们总是把鱼儿养起来，心中充满了希望……

写到这里，我不由得想到：如果我是一条鱼，又逃不脱那"推搅掏堵诱"的话，那我希望败在纯真的儿童们手里。

一九八五年

羞涩和温柔

不知道人们心目中的作家该有怎样的气质、怎样的形象。因为关于他们的一些想象包含了某种很浪漫的成分，是一种理想主义。我也有过类似的想象和期待。我期望作家们无比纯洁，英俊而且挺拔。他不应该有品质方面的大毛病，只有一点点属于个性化了的东西。他站立在人群中应该让凡眼一下就辨认出来，虽然他衣着朴素。

实际中的情形倒是另外一回事。我认识的、了解的作家不尽是那样或完全不是那样。这让我失望了吗？开始有点，后来就习惯了。有人会通达地说一句，说作家是一种职业，这个职业中必然也包括了形形色色的人。这个说法好像是成立的，但也有不好解释的地方。比如从大家都理解的"职业"的角度去看待作家，就可以商榷。

不是职业，又是什么？

源于生命和心灵的一种创造活动，一种沉思和神游，深入到一个辉煌绚丽的想象世界中去的，仅仅是一种职业吗？不，当然不够。作家是一个崇高的称号，它始终都具有超行当超职业的意味。

既然这样，那么作家们——我指那些真正的作家——就一定会有某些共通的特质，会有一种特别的印记，不管这一切存在于他身体的哪一部分。

我看到的作家有沉默的也有开朗的，有的风流倜傥，有的甚至有些猥琐。不过他们的内心世界呢？他们蕴藏起来的那一部分呢？让我们窥视一下吧。我渐渐发现了一部分人的没有来由的羞涩。尽管岁月中的一切似乎已经从外部把这些改变了、磨光了，我还是感到了那种时时流露的羞涩。由于羞涩，又促进了一个人的自尊。

另外我还发现了温柔。不管一个人的阳刚之气多么足，他都有类似女性的温柔心地。他在以自己的薄薄身躯温暖着什么。这当然是一种爱心演化出来的，是一种天性。这种温柔有时是以相反的形式表现出来的，不过敏锐的人仍会察觉。他偶尔的暴躁与他一个时期的特别心境有关，你倒很难忘记了他的柔软心肠，他的宽容和体贴外物的悲凉心情。

这只是一种观察和体验，可能偏执得很。不过我的确看到它是存在的，因为我没有看到有什么例外的艺术家。一个艺术家甚至在脱离这些特征的同时，也在悄悄脱离他的艺术生涯。这难道还不让人深深地惊讶吗？

如果生硬地、粗暴地对待周围这个世界，就不是作家的方式。他总试图找到一种达成谅解的途径，时刻想寻找友谊。他总是感到自己孤立无援，所以他有常人难以理解的一片热情。他太热情了，总有点过分。有人不止一次告诉我，说那里有一个大作家，真大，他总是冷峻地思索着，总是在突然间指出一个真理。我总是怀疑。我觉得那是一种表演。谁不思索？咱就不思索吗？不过你的思索不要老让别人看出来才好。他离开了一个真实的人的质朴，那种行为就近乎粗暴。这哪里还像一个艺术家？

我认识一个作家，他又黑又瘦，不善言辞，动不动就脸红。可是他的文章真好极了，犀利，一针见血。有个上年纪的好朋友去看过他，背后断言说：他可能有些才华，不过不"横溢"。当然我的这位老朋友错了。那个人的确是一个才华横溢的人。我的朋友犯的是以貌取人的错误，走进了俗见。因为社会生活中有些相当固定的见解，这些见解对人的制约特别大。可惜这些见解虽然十有八九是错误的或肤浅的，但你很难挣脱它。我听过那位作家的讲演，也是在大学里。那时他的反应就敏锐了，妙语如珠，因为他进入了一个艺术境界，已经真的激动了。

我的学生时期充满了对于艺术及艺术家的误解。这大大妨碍了我的进步。等我明白过来之后，一切都晚了。我不知道内向性往往是所有艺术的特质，而是往相反的方向去理解。好的艺术家，一般都是内向的。不内向的，总是个别的，总是一个人的某个时刻。我当时的心沉不下去，幻想又多又乱，好高骛远。我还远远没有学会从劳动的角度去看问题。

一个劳动者也可以是一个好的作家。他具有真正的劳动者的精神和气质：干起活来任劳任怨，一声不吭，力求把手中的活儿干好、干得别具一格。劳动是要花费力气的，是不能偷懒的，要从一点一滴做起，并且忍受长长的孤寂。你从其中获得的快乐别人不知道，你只有自己默默咀嚼一遍。那些浪漫气十足的艺术家也要经历这些劳动的全过程——他的艺术是浪漫的，可他的劳动一点也不浪漫，他的汗水从来都不少流。

艺术可以让人热血沸腾，可以使人狂热，可是制造这种艺术的人看起来倒比较冷静。他或许抽着烟斗，用一个黑乎乎的茶杯喝茶，捏紧笔杆一画一画写下去，半天才填满一篇格子。

一个人不是无缘无故地选择了艺术。当然，他有先天的素质，俗话说他有这个天才。不过你考察起一个人的经历，发现他们往往曲折，本身就像是一部书。生活常常把他们逼进困境，让他尴尬异常。这样的生活慢慢煎熬他，把他弄成一个特别自尊、特别能忍受、特别怯懦又特别勇敢的矛盾体。看起来，他反应迟钝，有时老长时间说不出一句要害的、一语中的的话来。其实这只是一方面。这是表示他的联想能力强，一瞬间想起了很多与眼前的题目有关的事物，他需要在头脑深处飞快地选择和权衡。这差不多成了习惯。所以从外部看上去，就有点像反应迟钝。而那些反应敏捷的人，往往只有一副简单的头脑，蛇走一条线，不会联想，不够丰富，遇到一个问号，答案脱口而出。他是一个机敏的人，也是一个机械的人。

考察一个人究竟怎样渐渐趋于内向是特别有意思的。有的原因很简单，还有些好笑。但不管怎样，也还是值得研究。这其中当然有遗传的因素，不过也有其他的原因。

我发现一个人在逆境中可以变得沉默寡言，可以变得深邃。外界的不可抗拒的压力使他不断地向内收缩，结果把一切都缩到了内心世界中去。而一般人就不是这样，他可以放松地将其溢在外表。一般人是无所顾忌的，一张口就是明白通畅的语言，像他的经历一样直爽。另外一种人就不是了，他要时刻准备应付挑剔和斥责——即便这些挑剔和斥责不存在了的时候，他仍要提防。这成了一种习惯。他哪怕说出的是明白无误的真理，也觉得会随时受到有力的诘难而不断地张望。好像他是个涉世不深的少年，像个少年一样怕羞，小心翼翼。他一点也不像个经多见广的人。

内向的人有时不善于做一呼百应的工作。他特别适合放到一个独立完成工作的岗位上，特别适合做个自由职业者。当然，他的世界同样是阔大的，不过不在外部，而只限定在内部。

你看，这一切特征不是正好属于一个艺术家吗？所以我说我一开始不理解艺术，主要是因为我不理解艺术家。

也有超出这种现象的，那就是一个人在经过长久的修养、漫长的生活之路以后，也可以极有力地克服掉一些心理障碍，回到一般人的外部状态。他可以强力地抑制掉一些不利于他面向外部生活的部分，坚强起来洒脱起来。如果到了这一阶段，那就要重新去看了。你会发现遇到了生活中一个真正的超人，一个强有力的人物，他可能是一个社会活动家，一个群众公认的领袖和智者。

不过即便在这个时候，你如果细心观察，仍可以看到他的强硬外表遮掩下的一丝羞怯，看到他的悲天悯人的心怀。没有办法，他走进了一个世界，一生都努力走出来，结果一生也做不到。这就是艺术的魔力，是血统也是命。你必须从客观世界强加给一个人的屈辱和不幸、从人类生活当中的不公平去开始理解一个人。那会是最有用的、最实在的……

理解了作者再去理解作品，那就容易多了。你到最后总会弄明白，一部作品为什么可以写成这样而不写成那样，你会弄明白它的晦涩和烦琐来自哪里。一般讲一个作家的全部作品，包括他的书信和论文，所有的文字，都表现出惊人的一致性。他的作品构筑成一个无比宏大的世界，你走进去，才会发现它有无限的曲折。那是他的思想和情感挡起的屏障。

他充满了自身矛盾,他的一致性之中恰恰也表现了这种矛盾。

读作品一目十行,那等于白费工夫。因为你想捕捉一个人思维的痕迹,进入他的想象的空间,所以不可能那么轻松。它甚至一开始让你觉得不知所云,觉得烦腻。这些文字往往不是明快畅晓的,而是处处表现了一种小心翼翼的回避,使你一次次地糊涂起来。

他会多情地谈论他所感到的、看到的一切,所以他不可能一掠而过地跳进你所需要的情节。他对所有事物都细心地观察过了、揣摩过了,情感介入很深。他的叙述细致入微。这与一般的不简洁不凝练毫不相干。你初读它会感到不能忍受,但总会忍受下来。

他因为要回避很多东西,所以你在阅读中常常觉得不能尽兴。其中当然也包含了禁忌。他不乐于谈论事物的有些方面,起码是不愿以别人惯用的口吻和方式。作品中一再地表现出一种吞吞吐吐、欲言又止的意味,这就是回避的结果。这种回避的价值,就是展示了一个人的内心世界,体现了一种独特的性格魅力。他的拘谨是显而易见的,他丝毫也不打算遮掩这一点。他的全部作品,不论哪一章哪一节有多么泼辣,总体上看也还是像作家本人一样。这里面没有矫情,没有牵强附会,而是一个真实有力的生命的自然而然。

有些作品写得明朗而空洞,一层力量都如数地浮在了表面,有的甚至有些声嘶力竭。这样的作品不让人喜欢。因为它无论如何构不成一个艺术世界,不具有那种内向性。这是很多作品的共同特点。至于那些情节作品、故意催人泪下的作品,都常常会是粗疏的。因为它们没有隐隐的不安和娓娓道来的叙说意味,没有一种艺术的幽然色彩。

这种作品的气质恰恰与我们所理解的艺术家的气质相异。如果我们确立了一个大致的原则，我们就不会满足那种作品。带着这种有色眼镜去看作品也许是危险的、粗暴的、不近人情的，但你纵观文学史，纵观人类艺术史，就不能不承认它大致还是有益的准确的，近乎一个常识。

有一次我读了一部作品，第一遍喜欢一点，回味了一会儿才觉得有些扫兴。再读第二遍，简直有些讨厌它。我觉得它太自以为是，太肯定、太武断，什么都被它简化了疏漏了——我由这本书又自然而然地想到了作者本人，那个我素不相识的异国人。我想他是一个骄傲的人，自大的人，一个愿意先入为主的人。而他又有一定的才华，有艺术的修养，能把这些相对粗浅的东西运用艺术技能连贯起来。所以这部作品一开始也容易打动人，好接触。因为它的外壳太薄。

读作品必然想到作者。每部作品的背后都有一个面孔。

我们看到，现在有才能的人太多了，而真正运用才能做出成功事业的人倒越来越少了。这好像是矛盾的。其实这又合乎情理。看上去的才能都是浮在表面的，而真正的才能总是沉在深层的。所以看上去有才能的人越来越多，就不是好兆头。

一个人只要记住了一些书本理论，并且又毫无遮拦地说出来，看上去就有条理，有才华。书本理论比起你脚踏的土壤，再复杂也是简单的。一个人被沉重的生活折腾过来折腾过去，他就不会是一个善于背诵书本的人。他的疑虑重重让你感到厌烦，但你得承认他有深度也有力量。

我认识一个博学的人。他在青年时期出口成章——人家都这样对我说。他在人多的场合具有极大的演讲能力，而且声音洪亮。可是他现在却没有多少言词，吞吞吐吐。总之他是个相当拙讷的人，他甚至有点不好意思。我如果不是听人讲过他的历史，还会以为他从来就这样呢！看来他这些年背向着外部世界，大踏步地前进了。他进入的内心世界越广大，他看上去也就越笨拙和迟钝了。当然，他是一个作家，他的作品我十分喜欢。我亲眼见过他多么脆弱地生活着，他的脆弱与极大的名声有些不相称……他真的脆弱吗？你稍稍深入研究一下，就会发现他具有真正的勇敢。你怎么理解他？他的柔软的性情，小心翼翼的举止，这一切都是怎么变成的？他经历了什么可怕的事情？这都需要从头问起。有一点是可以肯定的，他是一个好人，一个不折不扣的好人。他热爱小动物，与植物也互通心语，显而易见，他将老成一个可爱的善良的老人。

　　相反，一些没有做出什么贡献、小有得手的人，在生活中倒处处表现得刚勇泼辣，好像什么都不在话下，喘气都是硬的。不用说，这是有知之前的无知，是不足为训的。生活有可能接下去教会他们什么，也许永远也教不会了。因为你还得想到人本来就该是各种各样的，想到人性中不屈从于教化和诱导的那一部分。

　　比较起来，这种人更少一些同情心，很难商量事情。他们装成了信心十足的样子，很少怀疑自己，生硬而且冷漠。他们欣赏指挥士兵的将军，幻想着所向披靡的机会。有时他们真的让人感到是果决而有才华的人。可惜你观察下去，就会发现他们的真面目：一个毫无创造能力的、循规蹈矩的平庸的人。那一切只是一种外部色彩，是伪装。他们远不是真切质朴的人，不愿意面对真实的客观世界——一个人对于一个世界总是微不足道的，人的迷惘和恐惧有时是必然的，不由自主的。

一个人有了复杂的阅历，才会更多地认识世界，而认识了世界，才会真正地看到自己的渺小。他怀着弱小的孤立无援的真实无误的感觉走向未来的生活，是完全正常的。所以他懂得了生命之间互相维护的重要，对一草一木、对一切的动物，都充满了爱怜之心。他常常把深深的情感寄托到周围的事物上，为一株艳丽的花，一棵挺拔的树而激动。多么好，多么值得珍惜，因为这是生命，是这个世界上最宝贵也最容易摧折的东西。他觉得自己也需要关怀和维护。他知道一个人的力量是微不足道的，所以想团结所有的人、所有的生命。

他仇视那些粗暴和残忍的东西。他知道什么是敌人，什么给人以屈辱。他自觉地站在了一个立场上。假使世界上所有的人都妥协了，只剩下了一个，那么这个人就会是他。他经历过，他爱过，他深深地知道要做些什么。只有这时候你才能看到他的满脸冷峻，看到激烈的情绪使其双手颤抖。可是谁也别想让他盲目跟从。他像一个孤儿来到了人间，衣衫上扑满了秋风。

你可以看到很多没有选择艺术的艺术家。而真正的艺术家，只一眼你就可以看到那个显眼的徽章。那就是他的多情和善良，他的内在的恬静和热烈。尽管他很可能在拣拾羊粪，放牧牛羊，可他品质上是一个诗人。他没有一行一行写下诗句，可他却带领着一群一群洁白的小羊。小羊围着他，与之紧紧相依。你跟随他走遍草原，他可以给你讲一个催人泪下的关于母亲和儿子的故事。他的脸被风吹糙了，可那也遮不住腼腆。

他为什么害羞？一个过惯了辛苦、接触过无数生人的老汉为什么还要不好意思？这一类人何曾相识！

我不知见过多少这样的人。我从来都把他们视为艺术家的同类。

反过来，你也可以发现很多根本不是什么诗人的人，安然地在白纸上涂来涂去。他们精明得很，很懂得利害关系，一心想着乞来的荣誉。他们有同情心吗？是一副软心肠吗？他们真的为大自然激动过吗？他们曾经产生过怜悯吗？我永远表示怀疑。因为做不成其他事情才来涂纸，这是最无聊的。而诗人首先是个好的劳动者，他可以去做一切方式的劳动而不至厌恶。艺术家必然是勤劳的人，他生活的中心内容只有一个劳动。而那些伪艺术家一旦获得了什么，就再也不愿过多地流汗水了。他觉得劳动是下等人的事情，是耻辱。他根本不理解劳动才是永恒的诗意。

你大概经常遇到被繁重的劳动弄得十分瘦削的人，他们已经没有工夫说俏皮话了。这些人头上蒙着灰尘，皮肤粗黑，由于常年埋在一种事情里而显得缺少见识。他们没有时间东跑西窜，听不到什么新奇的事情。他们干起活来十分专注，尤其不是夸夸其谈的人。说起关于劳动的事情，才有些经验之谈，但用语极其朴实。他们说得缓慢而琐碎，甚至不够条理。不过你慢慢倾听下去，总会听出真正的道理。

好像他们已被这种劳动弄得迟钝了似的。其实他们是沿着一个方向走得太远，已经不能四下里张望了。你只要沿着他前进的方向去询问，就会发现他是这个世界上最博学的人。他的心都用在一处，他的目光都聚在一方，看上去也就有些愚蠢。当然这是地地道道的误解，因为劳动者没有愚蠢的。

任何劳动都联结着一个广阔的世界，一个人如果可以深刻地阐述一种劳动，那么他就阐述了整个世界。与此相反的是，有些人总想分析和描述整个世界，到头来却没有准确地道出一种事物。这真是让人警醒的事情。

那些活络机灵的眼睛和光亮的面庞，都是没经历长久劳动的缘故。那不是天生丽质。可是在现实生活中，人们很容易就被一种表面现象所迷惑。人们就像误解一般的劳动者一样，一次又一次地去误解艺术家。他们不理解艺术，其实首先是从不理解艺术家开始的。那些把自己的一生贡献给文学的作家们，他们正是因为长久地沉迷于一种劳动而变得少言寡语。这里虽然也不排斥另一类型的作家，但实际上的另一种类型又在哪里？他们又怎么会始终地开朗活泼、面无愧色呢？这个谜由谁来解呢？他们是心安理得的艺术家、是在自己的世界里痴迷忘返的艺术家吗？我不知道。

我太熟悉在艺术之途上走了一辈子，到后来慢慢衰老也慢慢沉静下来的可敬的老人了。他们后来已经十分坦然与和善了，真正地与世无争。他们的骨节僵硬的手还是让人感到温暖和柔软，还是那么善于安抚别人。他们没有进入尾声的怨艾和急躁，而是微笑着看待一切。这就是一个成熟的、真正的、纯洁的艺术家的结局。这难道不是像镜子一样清晰地映照着一个人生吗？这是不能掺假的。

我想，这个老人在特别年轻的时候失去了欢蹦跳跃的机会和权力，以至于深深地伤害了他。后来他成熟了，一种性格开始稳定也开始完美，生活的奥秘向他不断展示，他已经不必像个孩子那样把喜怒哀乐挂在脸上了。至于到了晚年，他早已把心中积存的各种压抑尽情地宣泄了，早已痛痛快快地驰骋过了，这时候带来的是身心的放松，是无私无欲的怡然心境。

　　至此我们可以对比一下不同的人接近生命终点的情景。这会非常有意思。种种差异是特别明显的。或微笑地迎接，或力不从心。有的嫉妒，有的宽容。有的愈加狂躁，有的趋于平静。一个勤劳的人知道一生能做些什么、已经做成了什么，尽了自己的职分，于是也就感到了安慰。与此相反的是掠夺和索取，是蒙骗和乞求，他最后绝对不会安宁。私欲越多越不容易满足，必然不会善罢甘休。

　　我们研究一个作家，过去很少从劳动的角度去进行。其实日复一日的、不间断的劳动的确可以改变一个人的秉性。只要这种劳动不是强加于人的，不是超负荷高强度的，那么它就可以使人健康。真正健康的人总是淳朴的。他给人的感觉是持重、谨慎，很能容忍。这一切特征难道不是一个好的作家也应该具备的吗？

　　童年对人的一生影响很大。那时候外部世界对他的刺激，常常在心灵里留下永不磨灭的痕迹。差不多所有成功的艺术家，都在童年有过曲折的经历，很早就走入了充满磨难的人生之途。这一切让他咀嚼不完。无论他将来发生了什么，无论这一段经历在他全部的生活中占据多么微小的比例，总也难以忘怀。童年真正塑造了一个人的灵魂，染上了永不褪脱的颜色。

你能从中外艺术家中举出无数例子，在此完全可以省略了。不过你不可忘记那些例子，而要从中不断思索，多少体味一下一个人在那种境况下的感觉。一个人如果念念不忘那种感觉，就会设法去安慰所有的人——他有个不大不小的误解，认为所有人都是值得爱抚和照料的。当然他也很快醒悟过来，知道不需要这样，可那种误解是深深连在童年的根上，所以他一时也摆脱不掉。

昨天的喝斥还记忆犹新，他再也不会去粗暴地对待别人，不会损伤一个无辜的人。他特别容易将心比心，推己及人，懂得体贴那些陌生的人。他动不动就会想到过去，想到他曾经耳闻目睹的场景。他往往长久地、不由自主地处于思索的状态。所以放声言说的时间也就相对减少。一旦把自己想过的东西说出来，他会觉得不及想过的广度和深度的十分之一。于是他为自己的表达能力而深感愧疚。久而久之，他倒不愿意轻易将所思所想表述出来，因为这往往歪曲和误解了自己。自尊心越来越强，任何歪曲都不能容忍。但生活总需要他公开一些什么，总需要他的表达，于是他就一再地呈现出一种羞涩不安的情状。他自觉地分担了很多人的责任，以至于属于人类的共同弱点和不幸，都可以引起他的自责。这种种奇怪的迹象，都可以从童年找到根据。所有这样的人，都具有艺术家的特质，无论他从事什么。

当然，也许有人虽有上述特征，却没有那样的童年。我想，那一切特征只是外部世界对一个人的童年构成刺激，反射到内部世界才形成的。也许看上去一个人的童年经历平平常常，但他自己却有永生不忘的感触。比如那些不为人知的细枝末节，比如仅仅是一个场景甚或不经意的一瞥，都有可能造成长久的后果。这些也许十分偶然地发生了，但对于有的人却极其重要。它不一定从哪一方面刺中了他，他自己清清楚楚地记住他受伤了。接下去是对伤口的悉心照料，或欣喜或恐惧或耿耿于怀。所以，我们不能仅仅从外部去查看一个人的经历。

有人天生就易于体察外物，比常人敏感。童年的东西，一开始就在他的心灵上被放大了。不管周围的人多么小心地爱护着一个儿童，这个儿童心中到底留下了什么映像，你还是不得而知。

把一种事物搞颠倒了是经常发生的。比如我们就常常把健康视为不健康，把荒谬视为真理。在艺术领域里，对于艺术家和艺术品的理解也同样是这样。庸常的作品往往更容易被认可，而博大精深的、真正有内容的东西却长久地被忽略。一部作品的背后站立着一个人，作品与人总是一致的。好作品无论有怎样激昂的章节，整个地看也还是谦逊的、不动声色的。它好像根本就没有想过被误解的尴尬，好像一个与世隔绝的人在口念手写，旁若无人。这样的作品所洋溢出的精神气质，是我深深赞许的。

有的作品尽管也曾激动过我，但那里面隐含着的粗暴成分同时也伤害了我。有人可能说它的粗暴又不是针对你的。可我要说的是，所有的粗暴都可以认为是针对我和你的。他没有理由这样，因为他是一个艺术家。他应该和善，应该充满同情。因为所有花费时间来读你的书的人，十有八九需要这些。

至于那些流露着伪善和狂妄的作品，这里就更不值一提了……从作品到人,再从人到作品,我们就是这样地分析问题,这样地寻找感觉,汇合着经验,确立着原则。

当然,我们并不轻易指出哪些算是伪作,但我们却可以经常地赞叹,向那些终其一生、为艺术倾尽心力的人表示我们由衷的景仰。我们更多的时候不发一言,可是我们内心里知道该服从什么、钦敬什么。一切都可以在默默之间去完成,让其永远伴随着我们的劳动。创作事业的甘苦得失是难以言说的,这也正好留给了不善言说的人去经营。这个工作对于他们来说,不存在什么失败。因为只要不停止,就是一种愉快,就是一种目的。

我认为要从事艺术,不如首先确立你的原则。要寻找艺术,不如先寻找为艺术的那种人生。我为什么要一再地谈论这个?因为我所看到的往往都是相反的做法,并且早已对理解艺术和传播艺术构成了危害。如果社会上一种积习太久,慢慢俗化,形成了风气,比什么都可怕。

人人都有理解和选择的自由。但是你必须说出最真实的感觉。我这里只是说了我对艺术和艺术家的理解——这都是时常袭上心头的。我觉得在我们这个世界上,那些由于各种原因忍受着创痛,维护着人类健康的人,是最为尊贵的。他们有自己的生活方式和习惯,正像他们有自己的才华和勇气一样。我们应该理解他们,并进而指出他们这种方式的意义。如果一个人总要寻找同类的话,那么我希望我和我的朋友们都能走进他们的行列。在这个队伍中,你会始终听到互相关切的问候的声音,看到彼此伸出的扶助之手。他们行动多于言辞,善于理解,也善于创造。

他们更多的时间沉浸于一种创造和幻想的激动之中。由于怕打扰了别人，有时说话十分轻微，有时只是做个手势。但他们从不出卖原则，也从不放弃自尊。

　　归入了这一类，不一定就是个艺术家；但不归于这一类，就永远也不会是个艺术家。

一九八五年四月

一辈子的寻找

我觉得我踏上了一条奇怪的道路。这条路没有尽头。当明白了是这样的时候,我回头看着一串脚印,心中怅然。我发现自己一直在寻找和解释同一种东西,同一个问题——永远也寻找不到,永远也解释不清,但偏要把这一切继续下去。

可以解释的只是某一个阶段的,更具体更浅近的什么问题,它们汇集一起也不等于我要解决的那个大问题。但我相信这样做可以接近它。有意义。

我相信它在远处待着,像太阳又像狐狸。

——太阳很大,大得不可想象,于是你迎着它走,自觉步步接近,到头来它还是那么远。事物大到了一定程度,世上的尺子就不折自废。但顽强的人永不放弃自己的尺子,他要寻找崭新的刻度,通往上帝。

——狐狸有一个故事。它在深夜伪装成一个姑娘泣哭,哀婉动人。有人从床上起来,到窗外去寻找哭声。可他进一步,哭声就远了一步,永远在前方的黑暗里。似乎顷刻可至,实则无边无际。那人明白过来,骂一声狐狸便上床了。我想自己苦苦寻找的东西就好比幻化的精灵,它游动跳跃在空中,可望而不可即。它是一个存在,以我们无法明了的方式存在着。它的周围有一股神秘的力量支撑,变化多端。比如它的远离,竟然是因为我们的逼近。这多么让人费解！难道寻找是错误的吗？难道人类不该前进吗？可它又明明因此而愈加遥远。

我是快乐的吗？我是痛苦的吗？都不是。我不停地往前走，一直走，浑身汗渍，口干舌燥。有一只超人的手指像犁一样划开了一条游戏的通道，我视沟底为坦途。人的视野太有限了。那些极其怪异的曲折，由上帝一手策划的阴谋，我们望也望不穿。

这就是共同面对的悲哀。

那些我喜欢的、理解的作家们，我明明看到他们一辈子也在寻找一个东西，解释一个问题。不过我没有他们的脚力，不能像他们一样走得很远很远。但我相信这种消耗是自然而有益的。

作家与作家间寻找的大问题可以是相同的，就是说可以面对共同的太阳和狐狸；但他接近的方法却绝不相同，好比世上没有两个相同的指纹一样。为了奔向它，有人可能直走疾趋，有人可能踏着之字；有人不歇气地跑，拼尽力气；有人却歇歇停停，一路上吃着补药。

作家身上负担着人类中多么伟大的责任。

人类又派出了他们中多么坚韧的儿女。

我的怯懦和小心翼翼就是在明白了那么一点点后开始的。我尽量在别人倒下的位置上起步，尽量鼓起勇气。可我最后还是沮丧透顶，因为这种寻找不像赛跑时的接力，它更多的还要靠每个后来者从头干起。这真是苦不堪言。

这种巨大的责任甚至也不能让哲学家来承担。因为他们过于简单，好像一下可以说清所有的问题。世界被他们误解得太多了。于是一部分人聪明地观察起来，小心地描摹，隐隐地接近，用幻想和谜语旁敲侧击。这样做的结果是产生了作家，并且果然干得好多了。

我如果不是这样，那么我也会是徒劳的。

一九八五年四月二十六日

一种特别的健康

人对自身的奥秘所知甚少。一个作家对于身体与创作的关系理解得又如何呢？不知道。身心的健康、倦怠、疾病，会在作品中留下怎样的痕迹，我极其关心。创作有时真像做着类似的奇妙试验。我曾经十分自信地认为：一个作家的身心状况甚至可以从他的作品中看得出来。如果字里行间充满了焦灼不安、如果字里行间始终有什么在燃烧；如果行文像水流一样畅顺、如果整个篇章无比地从容和谐——这一切难道可以忽略、难道不是在流露着显示着一种什么秘密吗？

创作需要一般意义上的健康，也需要一种特别的健康。一部力作写完，即便身体仍然强健，也无法再写、无意再写。原来是身体中用来写作的那种健康像金钱一样花光了。维持"那种健康"的，不知是液体还是气体，反正只能凭感觉去了解它的存在。有时作家要以"一般意义上的健康"作为基础，也就是说，有病有灾不宜写作；而有时又要损失一般意义上的健康以获取那种"特别的健康"，去倾吐诗情。这真是复杂极了。

有些作品一看就知道是凝聚心力写成的，而有些作品一看就知道作者心力已经涣散。文坛的芜杂，除了其他原因之外，还有一个原因就是作家不了解自己身心的状况，缺乏对于自身健康的把握。一个人的身体常常处于病与不病之间，必然会无病呻吟。心灵上的疲惫无比可怕，无数的作品带着疲惫的痕迹走出家门，它们没有生气流动，没有生命的绿色，感觉混乱，失去了方寸。

所以说，写得太多，一般都不太好。我牢记。

一九八五年七月十日

苦恼

有一个问题常常使我苦恼。我尽可能不去想它，一想就很不愉快。为了逃避它，也为了做一个勤劳的人，就不停地工作——写作。一个字一个字地填进格子里，反复斟酌，费尽了心血。格子上的文字到底是什么化成的，只有作者自己才知道。可越是呕心沥血，那个问题就越是逼近我。

我常常在工作间隙里问自己一句：你在干些什么？你可能要一生为之痴迷的这一切又有什么用处？

就是这样简单的问题。

它缠绕着我，使我不得脱身。我怀疑了自己献身的行当，陷入了深层的苦恼。这种苦恼不是一个突然降临的灵感或是偶尔得手的妙文可以冲淡的——它一直跟踪着我。我的任何创造的快乐比起它来，都显得弱小和短暂了。

文学这一界，有着自己独到的东西，它可以称为规律，也可以叫成秘密。隔行如隔山，不是作家，从一个意义上说，也就是处在了山的另一面。你承认文学是一个行当，一门专业或一项工作，也就承认了它的相对独立性。但如果将它再分成几个相对独立的部分呢？

比如说，它有着永远属于自己的东西，这一部分起码包括形式、技巧一类；还有一部分是与界外发生联系的，也只有在联系中才显示存在。这就分成了两部分，还可以更细地分下去，分出若干。

我渐渐发现我和很多朋友努力去做的这一切，在生活中显得微不足道。大多数人似乎不需要它。我们的冲动、惊悸、心灵上一次又一次的战栗，对别人没有多少意义。甚至人们也不觉得有趣。

你写出了作品，或者有人谈论，或者有很多人谈论；但我们的交谈不是局限在文学本身，就是仅仅站在界内去生发议论。文学说到底还是这个行当自己的事情。

当然，作家可以理直气壮地进行文学的自身建设，并且可以毫无顾忌地使用其他人听不懂的特殊语言。一代代作家都在继续着这种劳动，才使文学之树枝叶丰茂。但危险的是具体到一批人或一个人身上，这又极可能只是一种重复，没有给文学本身增添任何新的东西。一个生命在不知不觉中做出了巨大的牺牲，这种牺牲又看不到多少意义。

进行自身建设的过程，也是与外界发生联系的过程。这时候仅仅使用那种别人听不懂的特殊语言，必然达不到目的。于是各种试验和探索最终都会反弹回来，在界内积成一球。结果也只能这样。这是真正令人悲哀的。

因而我常常疑惑：我的、他的创作活动，最终会不会只成为这一部分人之间展开的一种娱乐活动？

它真的是谁也不需要的吗？

我不敢回答。假设还有一小部分人需要我的劳动，那么这部分人又代表了这个世界上的什么东西？他们代表的东西对于这个世界又有什么意义？这部分人是极其重要的吗？我想不出来。

谈到需要，又极容易把问题搞混淆。我不是指一般意义上的需要，即不单单是指一部作品有多少人在捧读，不是。因为你很快会发现一些粗浅甚至卑劣的作品有时也能够轰动、能够抢手。一部书这样获得了读者，就好比一个人在生活中多交了一些酒肉朋友，没有什么实在意义。大人择友甚严，大书也是如此。

我说的需要，是心灵深处的一种渴念。

总之，我要时常跳到文学之外去审视我的劳动。我要努力寻找与文学相衔接的那一部分。我不能不问，我和我的朋友为之献身的事业，与我们所处的这个世界更紧密的联系在哪里？这种联系又是什么？

谈到光明和黑暗，生存的乐观与悲观，人类的明天……这一切不是也应该与文学有关吗？文学不参与这一切，真的也就等于没有了。

不言而喻，文学应该更勇敢地去接触生活、人生、面向正活着的这个世界。它一时一刻不能放松对于自身形式的探索的同时，也必须执拗顽强地去思考人的本身、人活动着的意义。

这样做了，写作时才能稍稍安心。太阳升起又落下，一天完了。我怕每天都做的事情，反而容易忘掉"为什么要做"之类最基本的问题。

一九八六年

读者有三种

大概所有好作家都喜欢两种读者。一种是普普通通的——通常他们是劳动者，手上有老茧，工作效率很高，他们极可能喜欢文学书籍。另一种是受过良好教育，有着极好文化素养的人：无论如何他们是世界上的精华，视野开阔，思维敏捷，他们常常离不开文学，有时干脆以文学为工作对象。

你不能将一些虚假和混乱的东西送给众多的读者，让一双有茧花的手去捧读。他们粗糙的手指很用力地捻开书页，口中喃喃。有的字他们不识。不过你的书即使深奥他大致也还能把住方向，还能理解——如果你的心灵是正常的话。他们是人类当中最接近大自然的一部分，他们有着进入真实和情理的本能。当我与他们接触交谈的时候，常常为此而惊讶。我不能将这种本领的来历搞得更具体。我只能说，他们是劳动者，他们有一颗正常的心灵，这种心灵与作家的心灵最容易在深处沟通。因为作家也是劳动者。想到这里我不由得要说：我只为那些正常的心灵写作。

被理解的幸福来自更广大的方面，这是很值得庆幸的。他们无论是赞扬还是指责，对你都是一种安慰。

当另一些人（即使数量很少）以深邃的洞察力捕捉你闪烁游动的神思，连字缝里的小小隐秘也不放过，你能不深深地感动吗？你明白这是你的同路人，是漫漫长途中可以结伴而行、至少是可以在歇息的间隙里促膝长谈的人。那是怎样的兴奋。这种机会对于任何人都有些吝啬，但你心中留下了长久的欢欣。你会难以忘记。他们在生活中得到了特别的滋养，他们被羡慕或嫉妒是自然而然的。一部作品放到他们面前，那是再合适不过了。

夹在这两类读者之间的一部分人倒是可怕的。"一本书未读的人不可怕，可怕的是只读过一本书的人。"这句话可算说得妙极了。

我怎么也不明白生活的浆液如何能够腌制出这样的古怪东西。真的，由于读了几本书而变得不可理喻的人可太多了。或者成了斜视眼，或者成了偏激狂，不辨稼禾，竟然在白纸黑字面前失却了起码的进入能力。我想这是一个人在蜕变的过程当中调节上出了偏差，心灵已经不正常了，并且很可能是不可挽回的。这部分人不仅注定了自身没有希望，而且常常被聪明人利用，惹出一些大大小小的祸患。

我可得远远躲着那些古怪的东西。

一九八六年八月十五日

面对汹涌的 ~~～～～～～～~~

面对汹涌的生活浪潮，每个人都会激动起来。我们的农村出现了从未有过的一些现象。明天会怎么样呢？欲望点燃了越来越多的人。我亲眼见到人们怎样卷入生活的激流里，决心记录他们的痛苦和他们的业绩。

因此，我写下了李芒和小织中篇小说《秋天的愤怒》中的男女主人公的故事——昨天的故事、今天的故事。

我不想平面化地写一点矛盾，因为矛盾都是立体的。今天的好多问题，都可以从昨天找到因果关系。应当有从历史中去追究和探索的勇气与信心。当然，我绝不仅仅想通过这一切，展现农村中一些人物与另一些人物之间矛盾的深刻性，以及这种矛盾的历史渊源。我想传递出一种隐隐的声音。

农村有很多李芒式的青年。他们遭受了数不清的磨难，经过了远比别人曲折痛苦的心理历程。他们曾经充满了希望，为我们的事业付出了更多的汗水；开山修路、垒堤造坝，往往是在最累最危险的场合出现他们的身影。

在那一段苦难的岁月里，到底是什么东西在愚弄我们？……如果用政治、经济的尺子来度量，我们会发现伴随它的，是对科学最愚昧无知的践踏、对社会生产力的巨大破坏；如果用道德这把尺子来检验，我们

《秋天的愤怒》书影,人民文学出版社一九八六年版。

又会发现它残酷地扼杀了友谊和爱情，也扼杀了一切希望。它毁坏了瑰丽的人生。

多少人的心灵留下了永难愈合的伤口，留下了大大小小残缺的痕迹。历史翻开了新的一页，但这些痕迹仍然不同程度地影响和制约着今天的各种关系。

农村像海洋一样宽广，那里更多地聚集了各种各样极其优秀的人物，包括李芒这样的思索者。事实上农村也有很多精神上很痛苦的人，这种痛苦同样也常常来自无法排解的苦恼和忧虑，来自做不成"自由人"的那样一种人性底层的焦渴和愤懑。

小织属于最可爱的那种农村女青年，她坚贞、赤诚、纤弱而坚强，不久就可以做一个好母亲。她已经为真理做出过了不起的牺牲。

至于肖万昌的出现，是非常不幸的。其原因不仅是封建土层的淤积太厚；不仅是我们实行了几十年极左的农村政策的缘故；不仅是限于农村政治和文化建设的条件而不能将权力完全有保证地交到更好的人手中；也不仅是多年来干部体制上造成的问题。而是有着更为深切的缘由……广袤的土地上确实活动着肖万昌这样的人。令人忧虑的是，有些地方正将这些人当成农村生活的顶梁柱。

要不要毫不留情地否定这些人物？这实际上关系到中国的前途。

而要对这些人有一个哪怕稍稍准确一点的估价，就不得不去剖析一段历史。

为了上下纵横地考察我们今天的生活，我只能用较多篇幅记述昨天的生活场景。这不同于一般的回忆和倒叙，而是有意地把昨天和今天的生活放在同等重要的地位。

　　李芒和小织是一对夫妇，当然是不同的两个人。但我又要把两个人当成一个人 —— 就像同一个人具有的两个不同的方面。李芒规劝说服小织的漫长过程，何尝不是战胜自己的弱点、苦苦反思的全过程 —— 大丈夫敢喜亦敢怒，但愤怒必须来自思索，而不是来自毛头小伙子式的争强好胜和一时的冲动。

一九八六年

危机潜入盲角

也许有一种情况在创作界是最容易被忽略的。那就是一位作家的勤奋、他的不停制作、像闪电一样爆亮的思想火花、被奇妙惯性推拥而至的绚丽……这一切掩盖之下的一种危机。

这些往往潜在生命的盲角里。

这很像在谈论一位作家悄悄来临的疲惫、激情的过分消耗对创造的影响。然而这是不同的两个问题,即一个是那么易于理解,而另一个由于稍稍脱离了简单的生理和精神范畴就变得多多少少有些神秘。

它简直需要我们去默默地感悟和体察,屏息静气。

每个人都追求那样的一种境界,让自己在想象的王国里自由欢畅。一时你觉得有无数的东西需要去重新描摹、用灼人的火焰去再次熔铸,给它以新的不同凡俗的灵性;没有往日的拘束,故事在频频发生,灵感接踵而至。于是我们在心中默祷:让这样的时刻永驻。

那时他不愿停止、也不能停止。他觉得在逐步告别一种迟滞、苦涩、泥土气味,而慢慢地向一个新的世界迈进,当时脚背还轻轻地擦了一下门槛。新的世界里充满芬芳,脚下引力减少,动作轻捷灵快。这是多么诱人的、易于接受的情景。我有过这种时刻,心中充满希望,对艺术有了更多的奢求。我难以察觉隐藏在下面的究竟是什么 —— 我至今也说不清。但我可以感觉到它的存在：矗立在原地，一动不动，像个黑色的巨人，标志着一种永恒的规律，远远超越了艺术的含义。

它是什么呢？

它是否在顽强地表明：生命只有一种意义、是完整一贯的、不可分割的、不能以任何理由去扭曲……？生命依赖于泥土、繁衍于泥土，就必须作用于泥土，对泥土负责。它可以飞翔得很高很高，但维系着泥土的丝脉不得稍有损伤。

我们的制作如果离开了土地所给予的最原本的一种能，也就失去了力。

当生命进入任何一个行当（世界）、沉迷于任何一个行当的时候，都要谨防异化。

我们不止一次看到这样的情形，就是一个作家的作品在越来越精致完美的同时，也变得越来越没有力量 —— 真正动人的力量。他终于走向了死亡的胡同，走向了技艺化。于是你不难辨别，这所谓的轻灵和绚丽都来自一种机械操作般的运动。

有一根埋于心底的生命的弦，很粗很沉，已经好久好久没有去拨动了。让它发出声音很难。它真的太沉了。如何让我们的手指获得这种力，并且一直保有这种力，是最为重要的。而对于读者（一切读者，更包括评论家）来说，要具备倾听那根弦的能力，也非易事。它在振响，有时又混同于风鸣，谁不忽略它呢？

于是你会发现，很多作家在不那么知名和成熟的时候，他的作品倒有可能是真正动人的、长久的，有一股难以言喻的东西在其间左右你，使你怀念至今。

　　当我们面临着这种尴尬时又怎么办呢？我不知道。鼻子闻够了某种气味，而又要保持对这种气味的敏感，就必须远离这种气味。这就涉及了美妙的关于停歇的话题。我猜测，停下来，让日复一日的惯常生活——比如为求温饱而投入的劳动、为起码的公正而进行的抗争——去滋养自己，使心中悄悄地恢复一股生气，或许不失为一个可行的方法。不过这也真难。

一九八七年七月八日

艺术是战斗

作家一辈子处于征服与被征服之间，伤痕累累。这是真正需要心力和体力的好活儿，一辈子汗水淋淋，不甘失败。渴望的东西越来越遥远，像等水、等能够替代水的某种流汁似的，焦躁无比。头发像枯草一样脱落，失眠，越来越丑陋，让亲人深深失望。跟艺术折腾可真得一条好汉子啊。若干得好，也切不能期待别人的公正和某些安慰，这种机会不多。世上也许只有最优秀和最愚蠢的两类人才来干这个。

有时候艺术的优劣是无法评判的，只有你自己心里有点数。委屈算得了什么，人都是委屈的。凭什么一定要过这样的日子，凭什么要当个搞艺术的人。比如一个人一九五六年以前还没有来到人间；他如果晚来几年说不定饿死了——我指一九六〇年的大饥荒——那时还搞什么艺术。什么都很偶然，不必过分看重自己的理由。唯有一点才是神圣的，那就是一个人的战斗精神。

多少艺术家节衣缩食，磨坏了筋骨，过完了为艺术的一生。一场多么壮丽的搏斗。

选择了艺术，你差不多也就等于宣布了你是个永不妥协、格外拗气的讨人嫌的人。你不会放过揭露黑暗和抨击丑恶的机会，与强暴和专制斗争到底，只为自由而歌唱。

一个拒绝了战斗的作家，有可能是一个不平庸的作家吗？

一些很好的青年战死在疆场上，他们不足二十，嘴唇上刚刚生了一层茸毛。因为要投入战斗，才死这么早。战斗原来是要付出全部代价的——一个艺术家常常想着那样的青年，就不会怕什么了。战斗之神与艺术之神紧紧地结合了，谁也不能将二者剥离。

在这片土地上，再多的喧闹和欢呼、再多的浪笑也掩不住呻吟和泣哭。我熟悉这种声音。我也许做不了什么，但我要做什么。我爱艺术才爱弱者，爱一切善良的人。我的深深的牵挂才使我勤奋、使我勇敢和坚韧，也使我有了成长的希望。我不会忘记这个。

我崇拜的大师们留下了战斗的记录，而不是闲情的描绘。他们的著作是我的教科书，纸页里有他们奋不顾身的影子。这种战斗还包括了与自己灵魂的搏斗和撕扭，那是更为深刻的勇气。正因为他们比较起来更无私，所以他们比较起来才更无畏。他们是上帝派下来控诉与指证的人，是扑扑跳动的良心。揭示所有的隐秘吧。我听到了战友们在轻轻呼唤。

一九八七年七月十九日

艺术在本质上拒绝轰动

艺术在本质上,应该有拒绝轰动的一面。追求轰动效果的心理会导致艺术总体上走向浮浅吗?我想大概是。

渴望被更多的人理解是人类的天性。但是这对于一个深刻的灵魂来说等于是不可能的。共鸣的效果只能是暂时的、偶尔的,或者是一种对天才的误解。有些问题不能通过语言来交流,而只能依靠敏悟、依靠奇怪的传递方式。这样的属性恰恰切合了艺术,所以说产生了一开始就担心的问题。

对待艺术生产和艺术消费方面,艺术家自身充满了矛盾。这种矛盾会继续下去,因为它没法调和。作者在创造的时刻里绝对依靠艺术之神的守护,而当奇妙神思离开肉体的那一刹那,就开始背叛誓言。艺术家在这一点上有时就靠不住。他不像处于创造时那么严厉地拒绝平庸、拒绝妥协。他多多少少有点侥幸心理滋生出来。

但始终守住了一点拗气和纯真的人总是有的。他们默默地把刚刚完成的工作放到一边,恢复着体力。他的心血刚刚灌注到作品中去,脸色苍白。别人要进入他刚刚退出的世界是困难的,因为除了一个能力问题之外,还需要有一个专心致志、一丝不苟、呕心沥血的精神——作者心中十分清楚,因此他并不期望过多的收获。或许有一些看不见的力量从作品中散射出来，悄悄击中世俗也说不定。但那纯粹是另一回事。艺术家的清高气又一次显露出来。

如若不是这样的心理准备，那他或者是深深的失望，或者是背叛艺术，大概没有第三条路。这对于一个作家、一个从事艺术的人是多么冷酷。这注定了是孤寂无声的相伴，是一个人在跋涉。

有人将获得众多读者视为一种责任感。其实恰恰相反。责任感似有深刻与肤浅之别。一些渺小的目的性不值得讨论。实际上他正好是以放弃一个艺术家的巨大责任作为代价的。再也没有比一个简单明了的口号更能集合人群的了——这个口号必然是折中的、通俗的、便当的、外向的，它与艺术的独守和冥思精神简直格格不入。

一件艺术品如果饱和了轰动效应，那只能说它还比较地简单，没有进入艺术的高度纯洁性；它往往停留在一个比较粗疏和脆弱的阶段，是比较容易认可的带有一定戏剧性的东西。从创作主体上考察，也往往是缺少做大学问的信心，缺少对艺术的沉醉和狂想。大艺术家的作品用一种更久长、更神秘的震撼力量存活于世上；不过它的效果、它在现实生活中的运气，我们很难用"轰动"两个字去概括。

一九八七年七月六日

自己的秩序

你会发现：生活中留给自己选择的部分原来是这样少。以前，比如更年轻的时候，以为差不多有一万种生活的方式。实际上当然不是，世界上没有那样的地方。我们人类也没有那样的历史。以后也不会有。你发现了这一点会感到悲哀，但随着时光的流逝，你会觉得可选择的部分愈来愈少。

但总还有选择的可能性，有那么一点点。

于是应该在这一点点上开拓，这是每个人自己的权力。与此相反的是自己对自己的束缚，是彻头彻尾的循规蹈矩。生活中有一种看不见的力量在驱赶你，将你赶到一个人烟稀少的角落里，让你在那儿慢慢衰老下去，走完一个圆周。这简直就是一个对每人都适用的圈套。谁能挣脱呢？艺术家能吗？艺术家在想象的王国里奔波，已经疲惫不堪。这对于每个人都存在的巨大问题同样摆在了艺术家面前。

我知道一个人也许真的不具有那种本领，即在一个大秩序之下建立起他自己的秩序。这很难很难。秩序不等于习惯，不是权力的简单实现。我是指一个人的强烈的生存愿望与生存方式在一定程度上的自由吻合，使他的生命尽可能地、最大程度地排除了摩擦和损耗。我们在一个自然旋转的圆轮上转动的时间太长了，连歇息的工夫都没有，虽然每个人的精力及其生理状况差异很大,却必须遵守共同的时刻表。

我必须在强大的惯性下猛然止步。这不亚于一场生死大搏。千百人都沿着一条路滑行过来了,大家都遵循着同一股力。我何尝不愿意如此,我何尝不想去掉设计的烦恼。可是我要劳动,我要工作,我要做一个健康的人要做的事情——我应该有这样的权力。我不能将最神圣的一切拱手交给面貌丑陋的世俗。

怎样建立一个小小的秩序呢?怎样让它变成自身的事情而又不至惹得别人恼怒呢?方法很多,烦琐无比,并且这些方法随着时间的变化而变化,让人煞费苦心。这是多么劳累的事情。然而对于一个意志坚定的人我想还不算是最难的。

对于一个艺术家来说,它的意义远在生活和创造之上。这是一场多么痛苦的扭杀,一次多么长远的跋涉。他在战胜那些不可战胜的、无时不在的力量的同时,一次又一次地升华了,进入了更加自由的境界。他的搏斗过程就是最好的诗篇,他的一切作品,无形中都变为他所有行为的注解。

我们的作品有时不够有力,重要原因就是它们还没有化为自身行为的注解。我们的创作与我们的生活分得太开。这一切到了应该结束的时候了,这已经太腻了。当我们来到一个新的地方——走出书屋,走到绿色的近海的原野上,不觉得更来劲一些了吗?必须改变已有的生活、必须改变生活。挣脱委屈的结果也许更委屈,但它留给你的是一颗甜美的果实——没有遗憾的苦涩了。

我相信一个勇敢的歌手会永远前进。他的歌都是沿途所见所闻,所以一直新鲜迷人。向着远方去，去寻找崭新的生活、崭新的歌词。陈旧的一切抛在身后，马蹄得得，尘埃飞扬，痛快得很。多少往日的苦恼，和多少熟悉的旧楼房一块儿退到身后了，连老友也暂不牵挂。

　　生活到底有什么理由让我们一直重复别人的痕迹？人生即作品，难道一部作品永远复述古老的故事不是抄袭吗？

一九八八年一月二日

寂寞营建

我不信过去的智者们在运笔之初曾计划过征服。因为那样他最终也难逃浅陋。可以信赖的只是昼夜不舍的劳作，是银匠似的打磨精神。创造物上遗留了指纹摩擦的光亮，有着心的刻度。日复一日，寂寞营建，从不指望有过多的收获。

我怀疑今天那些堆积如山的纸页中是否真的掺过了一滴心血。破烂不堪的印刷品像挟了虫卵的枯叶一样覆盖大地，反而遮去了自然的绿色。有多少人在匆匆的时光里自忖自愧，笔墨吝啬。不负责任的倾倒和排泄已经使这个世界垃圾成灾。

你如果想看到一篇有真性情的文章，有时真比发现一颗崭新的星体还要困难。这是个不能过多地渴念奇迹的年代。好像人类的精神生活史上，一个世纪过去了，接下来的寻觅将漫漫无期。

我每逢看到自己或别人的一本新书即将面世，心中就涌过类似的念头。这绝对不是苛求——我知道长久沉迷于一个艺术世界的人会理解此刻的心境，并给予他的宽容。怀疑精神与创造精神从来都是并存的。一点怯怯的欢欣、一丝淡淡的惆怅，像云雾一样在案头缭绕。在与心灵记录告别的一瞬，一个负担道义的人会出奇地拘谨。

再也没有更好的机会来审视自己了。亲手扳动闸门，让墨汁流向陌土，

一九八八年冬在龙口

最需要勇气和果决。因为这一切很快就将变为昨日星辰，你需要迎接的只是明天的阳光。行程遥远，举步匆促，可以用来徘徊的时间太少了。

有什么可以依赖和可以信托的呢？有什么能够稍稍弥补必将来临的遗憾呢？只有真诚——一种生命本色的力量。除此而外，我们还会幻想什么？借助什么？在这块本来应该是极为圣洁的土地上，在一次比常人远为艰难的生活中，不会再有别的选择了。

堂皇印出的谎话和轻浮之言随处可见，以致使劳动者的书斋变馊。它对于文坛和世风的戕害无可挽回。一个在这样的情形之下勤勉为文的人有多么艰辛。他的执拗和刻苦、他的势必造就的事迹难以磨灭。谁向着这个方向跋涉，谁就心怀了使命。这种考验才真正称得上严峻和冷酷。

当我在书林中漫步、遥望漫漫文路的时候，总想把如上的话写给那些善良的、长存奢望的读者。我知道在如此芜繁如此聒噪的世界上，他们甚至失去了独自苛刻的权力。

但人们还是希望看到始终如一的坚持和诚笃。没有比那里再沉寂无援、再冷清淡泊的了。甘于忍受的人才会编出美丽传奇，默默无声的人才有锦绣文章。

不过那样的境界谁能够进入呢？谁能够抛却世俗呢？谁能把无法言说的困苦和忧烦磨碎呢？

一九八八年十月二十二日

选择的痛苦 *

我们常常谈论一个文学工作者在基层的生活和创作。有人不止一次地指出他们没有时间，没有更多的机会开阔眼界。对于代表这个时期的最重要的作家和作品缺少接触的机会，受到的局限大。他们知道的最多，也最少。你很容易看到这样的情况：一个默默无闻的作者，一旦到文化经济政治中心城市生活几年之后，或许艺术上很快就会获得突破性进展，有的甚至变得光彩夺目。

究竟是什么激素改变了他们，使他们至少看上去像个"知道最多"的人？

一个人生活在基层，没法拒绝一些低俗的文化刺激；同样，他在上层也没法拒绝一些高层次的文化刺激。环境每时每刻都在暗示你，进而改变你。这一切往往是在不知不觉间发生的，你拒绝都来不及。

生活在基层的作者，他更知道田野和绿色的奥秘，知道满身泥土和汗垢的人生是怎么一回事，知道人对另一种生活渴望的滋味。比如在农村劳动的一般人，比城市的一般人认识的虫子要多，更懂得四季，懂得夏天下水洗澡的准确时间。

把这一切写出来就是属于他自己的好诗。

---

* 一九八九年四月十八日在烟台笔会的发言，标题为整理时所加。

不过，既有趣又有力地写出来可不容易。

很多人教导基层作者，教导他们学习进修的方法，说："读你喜欢读的！听你喜欢听的！"

这看起来很对，但事实上一个人不可能一开始就具有非凡的判断能力，不可能总是做出对他有利的抉择。比如，他一开始喜欢的作品很可能是浅薄低劣的，是恰恰对他造成危害的那一类。

应该说："请读那些应该读的！请听那些应该听的！"

什么才是应该的？大概古往今来众口一词的名著名篇总应该读一读，《二泉映月》及肖邦贝多芬也应该听一听吧？读不懂，听不懂——我也这样。不过不敢不读不听啊！

人总要千方百计地接触一些高层次的文化刺激才好。因为从艺术制成品来讲，包围我们的总不乏低俗的粗陋的东西，总是一些只嫌其多不嫌其少的东西。

这是谈了一个拒绝，一个接受。

要做到一种自觉太难了。一时一事上容易，坚持数年，一直坚持下来简直就做不到。你如果观察研究一个好的作家，发现他首先是在阅读上与我们不同。他的职业习惯比我们好。长期的艺术生涯在一切方面那么好地训练了他，使他本能地养成了接受和拒绝的一些习惯。他像是巧妙地、千方百计地绕开了一些低劣的创作品，而能够目光敏锐、出其不意地一把抓住那些最深邃最必要的艺术品。实际上，这只是他的一种本能。他的选择有时是不自觉的。

越是这样，他的前进越快，也越是有力，形成了一种良性循环。他仅仅凭借嗅觉就能分离出两种根本不同的创作，知道回避也知道亲近。

我们现在的印刷品太多，从上往下直压到基层来，来寻找市场。最大的市场总是在基层，在我们生活的地方。而好的东西，蕴藏真理和力量的东西总是太少太少了。它们像是一种有害的药物，是中医学上讲的"败气的东西"！

千千万万人吃着这种药，直到麻木平庸。一个艺术工作者想葆有起码的敏感，就要远远地躲开那种药。你只能阅读大师的作品，阅读那些虽不是大师，但却是你心目中的英雄的作品，阅读大自然——这是大师中的大师。

一些文学朋友沉迷于一类伪造品中，沉迷于一代一代连绵不绝的效仿者的呓语之中，最后是痛苦和无望。

生活在基层的与泥土接近的人们，本来应该是生气勃勃的、不信邪的、高大健康的人才对。他不至于那么快就学会了呻吟、学会了华而不实的毛病。

唱歌的，没等学会发音就学会了激动万状地闭眼；写作的，没等学会通顺的表达就学会了通篇不加标点——这难道不是让人尴尬的事吗？看到这些"现世报"，你想到了什么？你是否想到了搞艺术还不如去做一个质朴的体力劳动者更好？抡锤子、种瓜种菜、用锹翻土，都是实实在在的劳动。一个基层的作者多把写作与这些比较才对。

因为一般作者往往不将艺术工作看作是一种劳动，所以他就有理由不质朴。有人振振有词地谈论现代派，难道一个现代派作家真的就是不质朴了吗？也可能。不过他如果是一个大师或具有大师倾向的人，就一定是质朴的。

有谁去阅读人在这个世界上的劳动？比如农民和田野、茂长的庄稼和雨水、镰刀和麦茬？没有。记得一直这样做的就有《诗经》的作者，只有大画家凡·高和米芾。

农村文化馆的创作人员接近田野，接近他们所言称的生活。他们的创作应该大气，像土地像绿原一样无垠，茫茫苍苍生机盎然。可是他们不少人的作品都程度不同地带出了一股"文化馆气"。畏畏缩缩、保守自喜，津津乐道于一种编造出来的乡村文化。

而真正的乡村小说却难以出自他们手中。这是为什么？

低劣的、庸俗的文化制成品在他们眼前挡起了一道屏障。他们没有能力抹掉它们推倒它们，而是感到了赏心悦目，在屏障里过起了文化上的小康生活。

也只有这种小康生活才使他们见容于当地人的生活。他们没法也没有勇气使自己超脱和蜕变。他们不可能过多地改变心态。因为他们不能在现实生活中伪装持久。

从做人的角度看，一切都是可以理解的。

不幸之处在于他们搞了艺术，而且还要投入正常发生的必然的竞争。

人类抛却了竞争心理是不可能的。人的痛苦来自这里，也消失在这里。人直到最后的关头，也还是想到了竞争。竞争是生命的主要特征之一。

减免痛苦的方法就是自我肯定。自我肯定一种价值观容易，但必须严格控制在感觉这个范畴内。它没有丝毫的客观性。试想把自己的创作看得一钱不值、看得可笑的作者会很多吗？我试了试，做不到。不过价值总会有惯常的尺度。所以才有了时间和真理的审判，有了一开始我就谈过的"自古以来"和"众口一词"。

我们再也不能陶醉在一种所谓的"乡村文化"里了。因为它是不真实的，是一部分没有学习透彻的人编造出来的。乡村文化不仅具有氤氲和秀丽，还有厚重和博大。不仅仅包含俚俗和粗犷。还应有渊源的力量、神秘的力量，有难以言喻的那一切信息。而你所享受的那种"乡村文化"中，这一切又在哪里？

它在你手里变得浅薄了、丑陋了。你心满意足，可是乡村本身呢？这块培育了城市也培育了天才的土地呢？它不是因为你的无知而被生生误解，因为一些虚假的渲染而显得更加寒酸吗？

我们于是感觉责任重大。

我们需要重新选择。当然这是十分痛苦的事情。有时我们觉得留给自己选择的余地是这样狭小。很多东西是在你之前就已经规定好了的，选择等于原地徘徊，而不能导致有效的行动。这样的选择还有什么用处？已经不能选择了，可我们还要做出选择。这就是痛苦的所在。

但是我们仍然时刻面临选择，仍然具有自己的微小的机会。

那些抓住机会的人也就脱颖而出了。他们寻找到了事物的可能性，做出了自己的分析。没有这样做的人往往迁就一种惯性。他们随着莫名其妙的力量往前滑行，对其他一切浑然不觉。日复一日，损失也就积累起来。他们必然落伍，感觉越来越迟钝。到后来，对所有新鲜的有生气的有创造力的东西都反感起来，走到了艺术的反面。

在这里我们可以领悟到，那些真正具有先锋性质的艺术既是他们的对头,又是他们的解药。先锋艺术常常能使"乡村文化"的固守者大吃一惊,让他们惊呼艺术和生活的大限已到,有一种毁灭感。恐惧延续下去,直到镇静下来,看到日月运行正常,又会无比惆怅和失望。他们永远不会相信,也永远不会认同,对先锋艺术的排斥和反抗心理与日俱增。但奇妙之处是他们就在这种谨慎和警觉中被悄悄地化解了。

那真是一味好药。

什么是衰败的、死亡的,什么是前进的、生长的,很容易就看得出来。

我们这样评价先锋艺术,难道还不够吗?我们对先锋艺术的估价,难道还不充分吗?我们深深地知道,一切真正的艺术家,一切用心血浇灌着艺术之树的人,都必定具有这个时代的先锋意义和先锋性质。它是自内至外的、一个完整的生命的性质,而绝不是某种荒唐之至的外壳,一点古怪吓人的丑恶油彩。在一些好的基层作者中,倒是最有希望产生先锋艺术。他一定会是这其间随时准备着选择的那些人,是主意坚定的少数派。真正的先锋艺术家不会不懂得泥土的奥秘。不懂,即是伪装出来的人物,与"先锋"无关。

有人不用说做了一些庸俗故事的普及者和传播者。这些冒充的土故事其实离泥土才真正遥远。它们矫饰、虚假、不朴素,毒害人。车床螺丝、老班长、大娘大婶、喂猪涮碗,生活的基层故事原本的色彩,本来应该是基层作者的拿手好戏。可怕的是我们习惯于把它们赋予一种浅薄的时兴的意义,胡乱扭曲它们。这样做只会让那些生活中的畸人高兴,而健康向上的生命只会觉得无聊。这与艺术没有丝毫关系。

你在生活中发现了什么实实在在的意趣?什么苦恼和不安?被什么

深深地触动了？你在强烈地期待着什么？你完全可以写出来！

　　人本来没有被这样划分：你关怀巨大的事物，他注意细小的事情。没有。选择的自由、选择的机会有时就是这样来到你的面前。一个生活在基层的作者更有理由关怀巨大的事物。你是土地流失的直接受害者，你是海洋污染的直接受害者——土地面积减少，海里捕不到鱼，洗不成澡，等等。你还可以感受到上层建筑对你的生活的种种影响，感受到某种舒畅或窒息。你的激愤和不安更有来由。你有什么理由不去关怀这些巨大的、与人类生存紧密相关的事物呢？

　　我们基层作者有时就是把表达的权力、关怀的权力，一拱手让给了那些脸色苍白的人。他们与这些问题隔了一大层，可是他们谈论得最起劲。他们起劲的原因不是知道得更多。你对比一下就可以坚信这一点。他们知道得多的方面，是词汇，是书本，是崭新的观念，是那股帅劲儿。我们刚才讲的是"文化馆气"——自满的傲视乡邻的、度量狭小的、斤斤计较的、自鸣得意的、沾沾自喜的，这样的一股劲儿。比上不足，比下有余，谈音乐懂得刀来米法，讲洋码认识ABCD，知道屈原李白福克纳，不太知道乔伊斯普鲁斯特。格式塔波普都是古怪东西，一口一个"俺要做人民的代言人"。

　　什么叫"人民"？什么是"代言人"？其中的严峻深邃意味又在哪里？他说不出来。

　　艰辛的生活一天天过下来，到底教给了我们什么东西？泥土蕴藏着的一切，开掘出来，就有着足够的力量。它包罗了一切，概括了一切，你可以带着它赠予的一份简简单单的礼物，走遍世界也不寒酸。可怕的是我们不认识这些。

怎样获取这份简单的礼物？它就摆在我们面前，我们伸不出手。刚才讲了，有人从老远把手伸过来，不利不索地拿走了。他们胡乱改造一下卖出去，多少糟蹋了那份礼物。

有什么办法？谁要我们生活在基层？

这到底是幸运还是不幸，一时简直判断不出。我看是我们没有把基层的日子过好，而不是其他问题。

那些大师几乎是无一例外地长期生活在基层，或有过这样的经历。他们有的后来离开基层了，有的四通八达了，周游世界。可也有基本上不太游动的，也有足不出户的。

不能简单地封闭自己。我不止一次看到一些长期封闭自己的作者，心态已经不太正常了。那是一种急于求成、焦躁愤懑、怨天尤人、不爱劳动却又渴望收获等等复杂情绪的交织。这多么令人同情。当我出现这种情绪的时候，我就明白自己是怎么了。解决的最好办法就是勤苦地、不间断地劳动。身心疲累，出一些汗水，会洗掉不切实的幻想和攀比。

一切普普通通的劳动者都不急于让人尊重，相反总是给别人以尊重。

前面讲过，再也没有比基层的作者更有条件去对比体力劳动者的了。他们可以从中受到多少有益的启示！一个再大的作家也没有必要看不起其他劳动——但必须是劳动。至于设法管理别人劳动的人，可以不必看作是劳动者。"劳动劳动，我们永远的歌声"——这句诗歌让人聪慧。

关于被尊重的话题总是一个敏感的话题。放松了想一下，如果我们谁也不奢求它，转而去一块尊重劳动，岂不是更省心省力的事情？大家都快乐了，同时也都得到了相应的尊重。

有人埋怨寂寞总是伴随着他。不过寂寞就不是一种尊重吗？当你受到无数打扰没有片刻安宁的时候，你会呼唤另一种尊重，那就是允许你寂寞。

"站着说话不嫌腰疼"——寂寞者会一齐这么说。可是有谁真的不寂寞吗？

难道寂寞也像重金属一样，总是沉淀到基层吗？

到热闹地方去并且也真的热闹起来之后，他会有伤心的一天。他留恋的生活也是即刻可以获得的，因为干什么、干成什么都不容易。你的选择就是在事物的两极徘徊，非此即彼。其实真正有意义的选择在中间地带，在惯常的生活中，在心灵的内部。客观上的一些改变不是根本的方法。从基层到上层，或从上层到基层，那是比较清晰易辨的一个路线。

有的基层作者表面上突出了抗斥时尚的品格，与那些时髦作品格格不入。这当然好，但其中情况复杂。大部分人这样做不是出于自信和坚韧，而是无可奈何的一种曲折表现。仔细分析，是会发现他不是在倔犟地固守，恰恰相反，他更勤于学习他人，过目不忘，只是更多地记住了一些浅近的、粗疏的所谓范本罢了。一个具体的人的历史不应该折射出这样的意思来，之所以这样，是因为他在学习中自己扭曲了自己。就是说，他不看重自己作为一个劳动者个人的历史，而更看重的是作为一个工具和符号的历史。

抗斥时尚，应该也包括过去的"时尚"。只抗斥今天的时尚，那也许是没有追赶时尚的脚力。昨天的"时尚"和今天的时尚都不值得选择，这不是两极，而在本质上是一个东西。

有人会发现艺术在基层是尴尬的，并以此为理由解释自己。这是偏执。因为你深入观察分析，就可以设问：艺术在哪里不是尴尬的？再问一句，真理不是尴尬的吗？它们总有一天不是尴尬的，也总有一天又会回到尴尬。这符合认识论。

这又涉及选择了。你不怕尴尬才选择了艺术，正像不怕挫折才追求真理一样。一个基层作者同样必须是勇敢的。选择是一种智慧还是一种机智？这必须讲清。我们知道机智与智慧可不是一回事。智慧更通向勇敢，而机智总是通向世俗的幸福。看来选择不是机智，是思辨的智慧，是艺术家和哲人的事情。

我们之所以一再说不喜欢"文化馆气"，主要是因为它太看重了那种机智。

身处基层的作者如果笨不起来，他也就没有多少希望了。笨拙朴素，大器自然，更有理由常驻基层。跟着别人巧妙不行，封闭愚昧也不行，一直处于两难状态。艺术之路就是这样。

前面说过的伪先锋派，也是过于看重了一点点机智，他们没有大智慧。我们基层的作者不能跟随，因为没有大智慧的人不会把我们领出迷谷。我们最需要的不是机智。因为没有生理缺陷、营养较好又受到现代生活熏陶的新一代人从来不乏机智，缺少的倒是智慧，是修养，是坚毅的品格。

我们把知道的最少的那一面充实起来，就会变得有力量。我们也可以把知道的最多的那一面，用自己的——我们基层的声音告诉别人。那才是独特的，新鲜响亮的声音。

我们的生活环境几经改变,但我们一直认为自己始终属于基层,仍是一个基层作者。这是给人安慰的一个事实!正因为我们是基层作者,我们才更可能拥有自己的发现、自己的声音。

　　文学在基层,这多么美好。

一九八九年四月十八日

酒窝

当我们的汽车刚刚驶入郊区的时候,同车的一位姑娘突然惊慌地喊了一声:"哎呀!"我问:"怎么了?"她伸手指一下路边的宣传牌,嚷道:

"上面写着'谨防酒窝!'……"

我琢磨了一下,不太明白。车子再往前,路边墙上出现了"谨防酒祸"四个字——这儿是中外驰名的葡萄酒城,酒后开车不乏其人,所以才有了这样的警示。

姑娘显然也看到了,不好意思地笑了笑,脸上立刻显出了两个酒窝。

她突然使我想到了当地的一个传说:这里的葡萄园里常常藏了葡萄的精灵,她们就生了一对酒窝,专门迷惑男人,男人一旦遇上她们也就完了。

最近的例子是关于一位英俊青年的。

据说那个青年长得挺拔黝黑,平时显得内向,常常沉默。别人说话的时候,他闪动着一双大眼睛倾听,从不插话。该笑时他也笑,笑得很有节制。他的衣服总是整洁得不染一丝灰尘,裤线笔直。他有时像姑娘一样羞涩温柔,还有长长的眼睫毛。

有很多姑娘爱慕他喜欢他,跟他开玩笑,赌气,再不就小心地给他拨个电话。他在一个机关上工作，按时上下班，循规蹈矩。冬天下雪，他总是第一个出来扫雪；夏天在办公室分吃西瓜，他只吃薄薄的两片。

就是这样一个青年，没有苦难，没有悲伤，似乎也没有太大的前程。可是有一天，他突然做出了一个惊人的举动：辞职回原籍经营一大片葡萄园去了。要知道种葡萄的人太多了，干这种事的风险越来越大了。

这起码应该商量一下父母啊，两位老人事先却一无所知。以前他们对自己的儿子都感到满意，现在却连连叹息。父亲年轻时候是一个勇敢的骑兵，在四周乡村里都是有名的人物。老军人拍着粗糙的大手说："俺有这么个莽撞孩儿！"

在人们的记忆里他是多么老实本分，长到二十多岁了还没有学会吸烟。"别燎坏你厚敦敦的嘴唇啊！"邻居大婶说一句，其他姑娘就小声随道："就是啊！"酒城里生产各种美酒，他只试着喝一点甜酒。

有一天家里人等他不来，父亲出去找儿子，发现他喝醉了，躺在半路的一个葡萄园里。醉酒的儿子变得陌生了：头发蓬乱，双目欲燃，两只手臂有力地挥舞，满嘴都是豪言壮语。

"好孩儿！我的孩儿！"父亲疼惜地唤他。

那天他随上父亲踉踉跄跄回家了。好像就是从那天起，小伙子变得更加沉默了，做事情再也不愿与人商量。就这样，不久他就辞了职，回乡种葡萄来了：这个园子已经濒临倒闭，满园的葡萄树差不多死了一半，连园内小屋也快塌了。小伙子买来了一辆双轮摩托，一踏引擎轰轰响。他头戴护盔，身穿皮衣，来来去去风驰电掣。

"俺年轻时候骑大马，一边跑一边劈刀啊！"父亲看着儿子的背影，更多的却是担心。因为附近村子里经营葡萄园失败的人家不在少数，而年青人谋得一份公职、做一个收入稳定的公务员是多么难啊。

从此在原野上拼搏的日子开始了。人们都看到一个面容白皙的青年变成了烤红薯，他在烈日下，在大风大雨中左冲右突，简直像换了一个人。

园子里的女工高兴了，她们都说："他是俺们的司令。"这一年里她们付出了怎样的劳动，只有她们自己知道。可是没有一个人抱怨。大葡萄园一望无际，像是没有边缘。姑娘们跟上她们的司令，从春到夏，日夜辛苦，眼看着葡萄树抽出碧绿的叶片，长大、展开，长出弯曲的攀丝，长出米粒大的葡萄……想想这个冬天吧，培土施肥，小推车的吱吱声从傍晚响到黎明，北风刺在脸上，想把她们的脸庞全都弄粗。好不容易迎来了秋天，好好爱护成熟的葡萄吧，别让人偷食，别让害虫噬咬，别让灰喜鹊啄洞。淘气的灰喜鹊一群群飞来葡萄园，把一支支长嘴插进葡萄里，轻轻吸吮，像人吸酸奶那样。它们是受保护的动物，谁也不准伤害它们，于是种葡萄的人在秋天里老要和它们生没完没了的气。

"哎——！啊——！"姑娘们拍着手，呼喊着，赶走成群的灰喜鹊。她们仰着脸，太阳把一张张脸庞照得闪亮，其中的一个正好让人看到有一对深深的酒窝。

这个富足的香气四溢的秋天哪，却是葡萄园的又一个关口。卖葡萄难，酒厂饱和了，葡萄汁罐装不下了，传来的都是坏消息。人们的记忆中，不止一年葡萄干结在架子上，卖不掉，也没人摘。

人们啊，多喝酒吧，喝吧，开怀畅饮吧！让葡萄酒厂买卖兴隆，让葡萄酒像河流一样奔涌！那样，一片又一片的葡萄园就发达了！

就这样，小伙子的命运和葡萄园的命运连在了一起。

人们说，这一切的发生，都是因为那个酒醉的夜晚。原来那天晚上他与平原上最美丽的一个姑娘相遇了。这个姑娘长了一对深深的酒窝，谁看她一眼就要神魂颠倒。小伙子做梦也想不到的是，她正是那个人人畏惧的葡萄精灵——男子一旦被她遇上，她就会用自己酒窝里的酒——像月光一个颜色，无穷无尽——从暗中灌他，从此他也就魂不守舍，什么事情都做得出来。

就这样，小伙子当晚就喝足了她酒窝里的酒，跟上她迷迷糊糊往前走啊走啊，最后一头扎到了一个葡萄园里。

……

那个长了一对迷人的酒窝的姑娘，那个不祥的妖冶的女子，你究竟藏在了哪里？

如果我没有猜错的话，那个生了一对酒窝的姑娘如今就在葡萄园里，她的两腮斟满了美酒——像月光一个颜色，无穷无尽。

一九八九年七月

校园的琴声
——大学生与文学

一遍又一遍地翻看着大学生们的作品……

这些文字所显示出来的真挚和纯洁才最为动人。它们是来自校园的琴声,令人心醉神摇。那儿汇集了四面八方的青春,因而也最生动、最活泼、最富有希望也最无可挑剔。

我保存了很多关于校园的美好记忆,于是这琴声成为我回想的伴奏与和弦。那儿是天地间奇特的一角,站在那儿展望世界,当另有一番情怀。我看到了投射过来的各种各样的目光:热烈、激切、凝思、期待……

生活该用什么去回报这些目光呢?

他们走进来还要走出去,走到自己的远方。校门大概是人生记得住的一条界线,虽然界线两旁各有一份纷纭复杂的生活。他们沉思昨天和明天,不断吟哦,是正在成长的歌手和哲人。

看到街头熙熙攘攘的人群了吗?那是又陌生又熟悉的一个画面,切近而又遥远;你时而融入其间,时而退居一隅。你怀抱一本珍爱的书,它在你心中价抵千金。也许这时人群中有人伸手一指说:看,一个大学生。

是的,多少年来,关于大学生的故事讲也讲不完。大学生与文学,大学生与书,大学生与人心和历史……一个人的学生时期终会过去,他单薄的身材终会浑实，可他将永生葆住那颗炽热的、不同凡俗的心。

  一个人从学会倾听自己心声的那一天起，就开始了真正的站立。心声引导生命，而不是其他。听从它的召唤才是幸福，辨析它的踪迹才会聪颖。让鲜花跟住春天，让肉体跟住心灵。

  这里汇拢了多少歌喉。不同的音色，不同的光彩，都让人屏息静听。年轻的歌、诚实无欺的歌、自由自在的歌。比起这些歌来，那些花哨的嗓子变得一钱不值，那些阿谀的歌手也难掩耻辱。我只赞扬洁净和挚爱、只赞扬一个人的纯粹。

  说到洁净，我是指，它使人想起了带着露滴的浆果。有的涩一点，有的则甘甜入口；但它们都从绿野中挺出，没有污痕。它不仅给人欣悦，还给人希望，给人有益的滋养。

  我回想自己的校园，首先想到的竟是那里蓬蓬勃勃的文学社团。我甚至想我们这片土地上真正的好诗也在那儿发芽。忘不了校园，忘不了诗。诗与人的生命同在、同行、同荣同衰。我深知：一个人能拨动诗弦，就不会背叛。

  这儿，我从一种诗说到了另一种诗，从书和笔说到了人与路。但无论怎样，大学校园对于你都是一次新的开始。

  翻动这些纸页，就像翻动我自己的日历。时间飞快流逝，可日历却能留驻。人心的记录弥足珍贵，因为它不可复制。从这个意义上讲，它就成了一个人的生命之书。

  在任何专门学科和技艺行当中，比较起来，还是文学艺术与人的灵魂结合得最为紧密，它类似于青春和爱、感激和忠诚……它甚至由于深深抵触学科性质而变得多少有些虚幻，不可言说；于是那些健康的人就直截了当去爱它。显而易见的是，它总使人变得更完美、更有趣、更有意义，也更自觉了。

  一个人终要走出校园，但他会带上自己的诗。有一天他们在路上相会了——那就不仅是同学的相会，而且还是诗人的相会。

一九九二年六月十二日

诗人，你为什么不愤怒

1

人的心理上也有个边界，所以才常常有被侵犯的感觉。这当然纯粹属于精神范畴的。现代人越来越敏感，知识界就更加敏感。我们知道要伤害一个诗人是很容易的。可是这些年我们又发现，现在的"诗人们"倒越来越"宽容"了，好像什么都行，怎样都行，真的能够"入乡随俗"了。有人可以伸出手去为污脏鼓掌，有时自己也做出一些污脏。怪不得人们开始怀疑：这些"诗人"从根上讲是不是冒牌货。

也许他太苛刻了，总也不合时宜总不讨人喜欢；但现在的问题是这样的人太少，跟随潮流的人又太多。"潮流"埋葬的诗人不计其数。

在那个横行无忌的年代里，不少人在用一支笔去迎合。在如今的商品经济大潮中，又有不少人在用一支笔去变卖。不同的时代构成了不同的刺激，在这种种刺激中，总会有人跳起来。

这也算人生一种。不过诗人的笔等于他的一颗心。我们不能变卖自己的心。

现在的好诗越来越少，是因为纯粹的诗人越来越少。这只能是诗人的光荣。我们进入了一个检验和观察的时代，所以大可不必沮丧绝望。

随着时光的流逝，到头来总是一个诗人的纯洁、坚定和安静令人钦敬。

亲爱的朋友！现在正是相信理想、好好劳作的时刻。我们今后首先要叮嘱自己：不滑脱，不松懈，始终朴素而又勤奋。这是一种自然的成长。

对流行的荒谬要有抵抗的习惯。

杰出的诗人不会太多。但我们坚信在这个任意释放和挥发的时代、在一个人口众多而又不断超生的民族，他们终会出现。

2

不抵抗表现在很多方面。也可能是过多的、比比皆是的侵犯使人失去了敏感，文学已经没有了发现，也没有了批判。一副慵懒的混生活的模样，只有让人怜悯。乞求怜悯的文学将是最令人讨厌的东西。

无论贫穷还是富有，一个民族在精神上应该是生气勃勃的。自我游戏，窃窃的欣喜，无病呻吟，还有更多的迁就、苟且，可怕的疲惫……当污泥浊流围拢淹没的那一刻，连一声尖利的长叫都没有。无声无息。

文学已经进入了普遍的平庸状态，不包含一滴血泪心汁。在这种状态下，精神必然枯萎。

在一种麻木、无可奈何、袖手旁观的情势之下，倒是沉渣泛起。舐痔求荣者也自感光彩地走到了大街上，得意扬扬。你听到了呼唤吗朋友？呼唤的声音尽管弱小，但它是存在的——

快振作起来，像过去一样骑上三岁快马！

他们正用恶意和嘲讽的目光盯视你。看来像是讥讽一个诗人，实际上在嘲弄一个民族。他们以为具有五千年灿烂文明的伟大民族真的会昏头昏脑，一直昏沉下去。

　　如果能在十二亿人口中找到一万双纯美的眸子，你就幸福了。他们会把你崇高的心灵珍藏起来，代代相传。

　　诗人，你在哪里？

　　诗人，你为什么不愤怒？你还要忍受多久？快放开喉咙，快领受原本属于你的那一份光荣吧！你害怕了吗？你既然不怕牺牲，又怎么能怕殉道？！

　　我不单是痴迷于你的吟哦，我还要与你同行！

一九九三年二月十日

仍然生长的树 *

现在是模仿太多，虽然模仿也时有必要。到处都能看到简单的模仿，东方模仿西方，穷人模仿富人，郊区模仿闹市。这种模仿从衣着到说话的口气、举止，再到恋爱的方式、开会的形式，更包括写作……有人坚信模仿会使生活发生质变，发生飞跃。其实笼统的模仿中，积极的因素也会被不断抵消，剩下的往往是有害于生活的部分。

我们杜绝模仿是不可能的，开放的目的之一也是相互模仿。但模仿要有一些很自觉的因素在里面，要研究对象的本质和意义，不能使自己尴尬。

大多数模仿是不自觉的。有时我们倒要顽强地抵抗某种影响，因为如果对方的影响是足够大的，那就有可能把你心中最重要的东西一块儿摧毁掉。

模仿的层次、质量都不同，性质也就不同。我们常常嘲笑简单的模仿，认为那是浅薄的。可是跳开这个怪圈却要靠自己强大的生命力——巨大的创造的欲望会冲决它。

志气、个性，这些东西才是最珍贵的，应千方百计使这些东西凸现，而不是让其淹没。挣脱影响的过程往往也是很美的。

---

* 一九九三年十月十五日至一九九三年十月二十二日，于山东师范大学、烟台师范学院演讲，根据录音整理。

一九九三年在烟台师范学院，与母校新生一起。

一个民族、一个人，在这方面的道理都一样。

一个时期，有的作品极力学习国外的写法，不学就受鄙视，就有"外省气"。可是那些学得太像的，特别是学发达国家的，也是硬撑，硬撑那点儿富人的烦恼和洒脱。我们烦恼的其实是另一些东西。

这种普遍的仿制是一种瘟疫，我们无法与其同步，于是就有了另一种不便——难以对话。比如有人为了让一个作者高兴，说其作品让人倾倒，他在作品中由于大力借鉴了拉美才取得成功。事实也许相反，对方重视拉美，但努力学习的也许是俄罗斯作家。

有的评论者随着季节转换。他们这一段理所当然地多读拉美，抬起眼看看，四周都像"拉美"。这有点莫名其妙。

读书少的人也容易长出一双套路眼。

还有一个模仿古代的问题。这也是蹩脚的。古代的东西离我们更远，时间方面的距离总是比空间上的距离更难以克服。于是有不少作品首先从语句上简单地抄袭承接，结果弄得不伦不类。古腔古调地写东西，如果作者又是一个青年，读起来会是受折磨的一件事。

人生活在两难状态下。比如一个社会责任心非常强的人，必会介入生活，深深地介入；而且他的勇敢和正义也只有通过介入表现出来。试想面对不平，一个人连句话、连句诚实的话也没有，那是讲不过去的。但这样常了，另一个结果就会降临，就是各种干扰、争执频频围拢，使你的创作生活受到致命的打击。这又怎么办呢？

在最好的艺术家那儿，他的全部作品只是他这个人。而一般的写作者，人与作品就分得很开，作品对于人而言，独立性就大一些。

这么看来，一个艺术家或者命定了要充满磨难，或者就是不得不落到一种较平庸的艺术上去。这是不能兼顾的。

这个时代——特别是二十世纪后半期，没有出现很早以前那样的大师，其原因恐怕是太过迁就了眼前的生活造成的。眼前的生活与过去不同的是，高科技成果对社会的渗透和制约都加大了，这样一来对人的干扰力也大得多。一个艺术家为了艺术不得不一再地、有效地回避，其结果就是介入小了、浅了，人格力度也会减弱，所以他的艺术也在变小。

为艺术的一生是多么艰难。

苏联文学对中国当代作家的影响可能算是比较大的。这种影响长时间都不能消失，更不会随着那个国家的解体而消失。那时活跃的作家，比如肖洛霍夫和艾特玛托夫、阿斯塔菲耶夫，甚至是前边的普里什文、普库林等等，影响都一时难以消失。

这些作家正是继承了俄罗斯文学美好的传统，是具有生命力的代表人物。所以中国当代文学应该感谢他们。

在不少人的眼睛盯到了西方最时新的作家身上时，有人更愿意回头看看他们，以及他们的老师契诃夫、屠格涅夫等。米兰·昆德拉及后来的作家不好吗？没有魅力吗？当然有，当然好，可他们与苏俄作家还是不一样的。

不是比谁更新，而是比谁更好。年轻的一代，往往更容易否认那些"过时"的。其实哪个作家不会"过时"呢？哪个真正的艺术家又会"过时"呢？

　　一个社会缺乏对杰出的艺术家、思想家的保护，这种缺乏既表现得非常具体，又综合呈现在生活之中。这样的社会往往都是人民蒙受苦难最多的时期。像当年俄国的莱蒙托夫一再地被处罚，而普希金据说是死在"黑道"手里，即死于阴谋。那些上升为知识分子和思想家的大科学家，如爱因斯坦等，也一再地迁徙、逃避。

　　一个知识分子的命运与民众的命运在深层上是结合紧密的，无论从外部上看他们之间的差异有多么大。可见谁代表了民众、深深植根于民众。知识分子本身就是最艰苦的劳动者，他们是手中没有镐头的苦力。

　　看一个政权与民众的关系有好多角度，其中最重要的就是看知识分子的命运、遭遇。

　　我们也正是因为普希金、莱蒙托夫等等艺术家的遭际，才更深刻地认识了沙皇时代的罪恶。

　　一个社会尤其不能让年轻的知识分子、特别是艺术家失望。当年俄国的那些艺术家多么不幸，可他们又多么年轻啊。当然，当时也有快意的所谓艺术家，但他们留下来了吗？他们的作品有价值吗？年轻人应该是快乐的，因为他们的生命刚刚进行到一半或三分之一，他们如果悲观了，说明社会太黑暗。

　　金钱和性，这一直是剥削阶级——叫成黑暗势力也行——愚弄民众最得力最方便的武器。它们可以轻而易举地从精神上扼杀人，消解人的斗志。正因为它们伴随着人的生活，可以溶进人的欲望之中，所以才最危险。它们是准暴力——如果有一些阶层公然作为手段来使用的话。

所以剩下的就是抵抗。作为个体也许有无可奈何、无能为力的感觉，但任何一场抵抗，特别是有效的抵抗，都是从个体的坚持开始的。这是一个起点。

那些有良好教养的人、曾经在精神生活上拥有自己的一份的人，如果在这个时期也被麻醉掉了，那才是真正可悲的。

有的人想得很透，说"反正怎么都是一辈子"，因此就放纵自己。这绝不是悟力过人，而是颓丧的开始。正因为"怎么都是一辈子"，因为"只有一辈子"，所以才更要警醒惊惧，不然就再也没有机会了。放纵自己、不再坚持，也并不会拥有真正的幸福。

现在正是需要文学的时代，需要文学来启示和倾诉，表达人们生存的意义和危机。无论如何，现在还是中国人最缺少信仰的时期之一，特别在几十年里看是这样。文学因此既要深入民众，又要化为个体的生命追求。

物质和金钱的欲望尽情挥发倡扬的时代，也是大多数人在精神和物质两个方面受到严重掠夺的时代。这个时期人们感到的贫困才是真正的贫困——这个时期人们还剩下了什么？如果再没有信仰支撑，那真是一无所有。

文学帮助人们寻找信仰。文学通向信仰。

在这样的一种情势之下，最好的写作者就会出现。这就是平常所说的"时代的召唤"。这样一种环境会把人磨炼得特别顽强、特别有探索力，也会早日丢掉幻想。有幻想和虚念的人是不会成为真正的作家和思想者的。

我们过去常常把受到多数读者特别是民间读者喜欢的、即"人民群众喜闻乐见"的通俗作家叫成"人民作家"。这个说法是不严密甚至是不能成立的。真正的"人民作家"在精神上是独立生存，并为此常要牺牲自己的人。杰出的作家与那些一心要娱乐民众的作家是有本质区别的。如果仅仅是让自己变得"喜闻乐见"，那就太廉价了。

我们共同的不幸、共同的敌人是什么？它真的是贫困吗？我们经常听到来自掠夺者和诱惑者的声音：你们的全部不幸都是来自贫穷。于是我们就不顾一切地追逐起物质财富来，花尽了所有的力气，甚至弄丢了起码的尊严。

结果我们仍然贫困。这是一个陷阱。

成功的掠夺者总是站在一边，看着大多数人挣扎忙碌，以获取一份满足和愉悦。

其实很久以前那些智者就揭示了一个谜底：共同的敌人不是贫困，而是滋生掠夺者的那块土壤。

人不过是分成两种：容易屈服的和不容易屈服的。屈服了，然后再做其他事情。屈服是变得可怕的开端，是不值得信任的开始。从已经屈服的人群当中，所能找到的最好的人也不过是些忍受者。稍稍退一步，就是出卖和背叛，是对丑恶的尾随和援手。

屈服是无罪的。但屈服容易变得有罪。经验告诉我们，很难找到一个洁净的屈服者。

在不断受到侵犯的当代生活中，人最需要的是勇气。

与写作者交谈，有人并不认为自己的著作发行量太少。相反，还认为它们发行得够多了。当然，由于书是不同的，其中的一部分或许发行得更多一些才好，但大多数书发行这么多也就可以了。他们觉得自己没有理由让这些书飞得满天是。

有人说，哪个作者不希望自己的书发行得越多越好？不见得。有人真怕自己的作品发行量太大。有时恨不得将流通在市面上的书悉数收回——不少写作者都有类似想法。

只有不自重的人才一味追求发行量。那是一种单纯商业性的要求，而作家不是商人。

所以那些一味打扮自己、推销自己的人，是很不让人放心的。我们总担心他要把很坏的什么兜售出去。

人们期望当代大学生更爱文学，努力阅读。

可是来自各个方面的刺激很多，让人眼花缭乱。现在大学生很难再像过去一样，将目光盯在一些名著上，或许会在花花绿绿的流行读物上转来转去。这就既浪费了时间，又移动了自己的根。

作为一个"界"，文学这一团是从来污浊的。这个"界"一般而言，真正的作家反倒望而生畏。好的艺术家是非常内向的、自尊的、不妥协的，他们不会出卖别人，更不会出卖自己。

也许一个在人生之路上没有受过极大磨炼的人，最好还是不要进入"文学界"，而是找一份其他的工作，用业余时间写作。这是非常现实的。

"文学界"也许离文学是最远的。

新时期以来的中国文学，"形式"本身接受了很多西方影响。这也许是当代文学史上的一件大事。开放首先是文化上的开放。一切回避了文化的所谓"开放"，都只会是虚伪的。形式上的广泛吸取当然是文化开放的一个结果。

这一来，中国文坛形成了很活泼的一个环境。可能一般的读者并不在意形式，而文学家自己对形式却很敏感。一般的读者更重视它的内容。

是的，内容是非常重要的。而且一个有才华的作家，无论怎样写都有巨大的魅力。比如说苏联的阿克萨柯夫吧，他很大年纪了才开始创作，主要写了一部《家庭纪事》。今天看那种娓娓道来真是很传统，可它依然能够吸引人，给人以美的享受，当年受到一些俄罗斯大作家的肯定。相反读今天的好多"现代主义"作品，其中一大部分远不如阿克萨柯夫有魅力。

今天如果再出现阿克萨柯夫这样的朴实的、并且同样有才华的人，他会成功吗？一定会。看来"形式"只会激活某种东西，而生命力更长久的，还是内容——是综合展示的才华，是作家自己灵魂的质地，是他品格的力量。

《家庭纪事》，阿克萨柯夫著。

现在不少人一谈起建国到"文革"后期这一阶段的作品就觉得不值一提。其实事情远非那么简单。他们特别不能容忍的是那时作品的"主题",其次还有所谓的"社会主义现实主义"的手法。

其实,真正要害的问题是那些作品是否朴实而真诚,是否有才华,而不是"主题"如何。文学作品表达了错误的观念,但如果作者是真诚的,并且确有才华,就难以影响这部作品的艺术质量。它的艺术的纯洁性也不会受到太大影响。

可怕的是迎合,是矫情,是那一点"左"气激发出来的造作——那样就全完了。现在看,那个时期有几部通俗小说还是相当有趣的。那个时期的最大缺憾,是没有产生什么更好的纯文学作品。看来,纯文学所要求的条件——社会条件——更苛刻一些。

不少人谈到"大学生下海(做工、忙生计)"的话题。或许这根本不值得讨论。正读大学怎么又要"下海"?有人说大学业余可以经商,这样既练本领又挣钱,补贴学业,会是有益的——许多人却真的害怕这种高论。也许是在这种高论的影响之下吧,听说现在不少大学生已经做起了大买卖——有的还做汽车买卖。

这还算是一个大学生吗?有的说,不要管他干什么,只要功课没有耽搁就行。能不耽搁吗?还有,难道经商只是他自己的事吗?他通过这一行为散布出的病菌,难道不会感染大学校园吗?我们真的可以在金钱面前来一个全面妥协吗?

现代嬉皮士嘲笑这个世界上的一些词儿:艺术、道德、理想、牺牲、革命、殉道……一切曾经被认为是有意义的东西，美的东西，都不值一提了。他们认为活着就是那么回事。对于人，对于这个世界上的一切，不再负有责任。他们那儿几乎没有什么神圣的东西可言。

他们的理论大约是：反正这棵树早晚要死，于是怎么折腾都有道理——立刻刨掉也有道理。这是他们的荒谬性和残酷性。

可是这个世界无论如何还有明天，而且对于每个人而言，就尤其是这样。事实上，这是一棵正在活着的树，并且仍然在生长。所以我们就必须维护它，小心翼翼。以任何形式、任何面目去摧毁它的，都只能是人类的敌人。

一九九三年十月十五日至十月二十二日

时代：阅读与仿制

小说家在今天应该感到恐惧，在恐惧中才会规避一般的阅读。他在最后一刻也许会找到自己的角落：它小得要命，但只有这个小小空间才能存放自己的灵魂。

在这个时代，如果不是将"作家"作为一种职业去理解，从事起来就会极其艰难。比较以往任何一个时期，现在的作家在接受文化制成品方面都要开阔得多容易得多，所以职业性的操作也就简单了。新科技使传播效率大幅度提高，声像和文字信息每天都在成吨地进行抛撒轰炸。这对于一个人保持精神上的独立，其伤害是致命的。

现在到处都能看到简单的模仿，从人的衣着到说话的口气、举止，甚至是恋爱的方式、会议开场白……模仿代替了真实的生活，模仿就是生活。在这种模仿中，积极的、有意义的因素被不断抵消；一个生命对主客观世界的感悟、判断、分析和发现，都降到了非常次要的位置。

相互模仿的结果就是一起走进了盲从。

一个作家的盲从实际上等于自我取消。一个小说家现在极容易找到借鉴或移植的标本，他从中借取的可以是气韵、结构，也可以是思想本身；而当代读者不断受到时代风气的训导，又极有可能在拙劣的模仿品中找到一丝亲切感，这也是一种盲从。

我们对于不同民族不同时代的作家的相互影响、交流和渗透带来的收益往往估计过高——杜绝模仿既然不可能，于是就尽可能从中发掘出有意义的东西，这恰是人类的某种怯懦在起作用。

艺术与自然科学的不同之处在于，它在纵的积累和横的比较中都缺少突破性的、明显的效果。心灵的精神记载很难是一种"不断进步"。比如说我们不能断定今天的艺术超过了古代的艺术，而自然科学的承接跃进却是不容置疑的。

对于一个小说家而言，阅读带来的优长是显豁的，而造成损害却是潜隐的。阅读能够开发小说家的心智，但艺术创作主要不是进行心智的较量和比试，而是释放灵魂和生命本身。

在一个人的全部创作过程中，最有意义的常常是一种悟想。悟想是排除干扰和影响、尽可能封闭的结果。给人的悟想以帮助的，主要就是他寄生和依赖的那片泥土。

现代小说艺术逐渐失去了一种永恒的力量，主要原因就是舍弃了悟想，不自觉地走入了烦琐的阅读和仿制，这是一个时代的命运，难以逃脱。

在一个塑料化纤和集成电路的时代，人就不可避免地要告别和脱离悟想。表现在当代小说创作上，就是其作品越来越没有了个人思悟的色彩和质地，而总是急不可耐地加入贴近了一个时代的主题和气质，比如共同的牢骚和伤感，共同的嘲讽和颓废。

对于这些危险，警觉和发现将是困难的——表述上和感知上的双重困难。即我们一时难以分清某种思想和联想在多大程度上必须借助外力推动，对客观世界的顺从与反抗而带来的某些自觉又有多少意义，等等。

我们面对一种无可奈何,常常发出"只能如此""必须如此"的叹息,实际上当然不必这样。

一个作家如果要奋力摆脱一些文化制成品的影响,整个过程有时竟会表现得十分壮美。事实上也是如此。这就足以表明当代作家已经无路可逃,而不得不进行风格、观念,以及与之有关的一切方面的拼死突围。

世界上没有两片相同的大陆,可是我们却很容易发现大致相同的两个作家。于是我们从中分辨那剩下的极少一部分异质,已经具有了重要意义。作家不可能成为群体。我们总是在一个群体中只发现一个人:唯有这一个人才具有意义。其他的只会是一些充填剂,是被涂过相同颜色的一种粉末和颗粒。

交流的意义是什么?我们从一个小说家的角度去考察,不由得陷入了迷惘。没有人敢于公然否定它的意义。但是实际上我们已经不自觉地将欣赏的快感当成了全部,遮盖甚至混淆了我们所要讨论的那种意义。我们阅读来自另一个大陆的作品,其实是在注视某一个生命的奇迹;我们很少时刻告诫自己:这个生命与我是不同的,极其不同,他只是他自己。相反我们总是更多地寻求共同点。对于一个小说家而言,关于不同点的提醒,关于奇迹的发现,才是最为重要的。

真正的小说家极有可能不属于他的时代:他从阅读和仿制之中走了出来。

经验告诉我们,这种可能性是存在的。我们有时会从一个时代文学潮流的总体演进中发现一个陌生人。他不属于那个时代,但一个世纪过去之后,我们又会惊讶地发现,他生活过的整整一个时代都属于他。

在今天，不自觉的仿制每时每刻都在发生，而且难以找到一个例外。除了以上谈论过的原因之外，还有一个自古而然的原因：向往"中心"。经济和政治中心是存在的，而艺术的中心是不存在的。因为艺术不是数量的堆积，而是因为难以取代和归类才得以成立。对于"中心"的认同，就是取消艺术的开始。

如果一个小说家是一个真正的艺术家，那么他必定是一个"自我中心"论者。除此而外这个人还会是一个土地崇拜者，多少有些神秘地对待了他诞生的那片土地，倾听它叩问它，也吸吮它。土地的确是生出诸多器官的母亲。小说家只是土地上长出的众多器官之一。

在那些自觉和不自觉的仿制者眼中，"中心"不仅存在而且会随着时间移动，比如说从古希腊到巴黎再到北美。仿制是一个复杂难言的过程，它不是一般的模仿和抄袭；在今天，一个小说家熟练掌握一种语言——时代的语言——已经不是难事；同样，掌握一个时代的主题与人物和结构，也并非不可企及。这是一个普遍走入了聪慧的奇特时代，到处可见举一反三的行家里手，到处可见拼接组合如行云流水、让人叹为观止的人。天才的小说家几乎成了匠人的同义语。

没有人反对艺术的个性、个人化，没有人否认它是艺术的生命。但今天问题的核心，是怎样剥去覆盖其上的附着物，如同拂去水流之上的苔腻。仿制的方式和方向都是千差万别的，比如可以仿古，可以由东方模仿西方，郊区模仿城市，也可以做得完全相反。在今天，好的仿制者已经可以自觉地回避潮流，刻意走入一种虚假的"个性"。揭示这种误解和危险才有意义。我们可以讨论：背向潮流的仿制是否更好？讨论的结果只能是：任何仿制都违背了艺术创造的本质；进一步讨论又会发现，仿制几乎是不可回避的，但如何仿制却是可以选择的。

既然生活本身是延续的、要借重经验和规范，那么人的创作活动也只能如此。今天的小说家与上一个世纪的小说家的不同之处，是进一步失去了安宁，是更为频繁的打扰，是更多的精神上的侵犯和损伤；这其间，高科技的飞速发展对于打破封闭的个人世界起到了关键作用，从而使小说家失去了独守的最后一点可能。

这就逼使小说家纷纷放弃个人见解。他们难以发出自己的声音，而不得不加入合唱。

这样，我们在分析各民族的作品时清晰地看到，除了外在色彩、表述能力方面的差异之外，除了智商的差异之外，其他的更本质的区别越来越少。包括一些非常活跃、著作等身的作家在内，总常常让人觉得缺少强大的"根性"——而这一点在十九世纪前的作家身上却是极少发生的。

大约是小说家们也多少发现了这些隐忧，于是就有了各种各样的反抗，比如说出现了这样的小说：对于一个地区的生活给予相当粗粝的描绘。有力的文笔、闻所未闻的风情、富于刺激的场景——这让人耳目一新，但这一切就会触动本质吗？同样让人怀疑。因为这也是被多次实验过的一个方法。可见创作的真实状态是让人绝望的，从艺术的本质而言，仅仅依靠机智仍然于事无补。

其实一个真正的艺术家所追逐的主题既不可能是"世界的"，也不可能是"地方的"。对于他而言，二者都不存在。所以人们对于一些"代言人"式的艺术家总是有充分的怀疑理由。艺术家既不能代表别人又不能被代表。真实的世界是没有主题的，主题是某一个阶段由盲从织成的。

所以一个人最偏僻最生鲜的认识，才有可能属于他自己。而今天令人悲观的是，这种偏僻和生鲜又往往被视为粗陋。一个人在信息和认识的漩流中，决不会产生自己的心灵之果。小说家在今天应该感到恐惧，在恐惧中才会规避一般的阅读。他在最后一刻也许会找到自己的角落：它小得要命，但只有这个小小空间才能存放自己的灵魂。

不知是否有一个小说家愿付出这样的代价：从根本上告别精神的侵扰，包括各种渗透和影响，最大限度地放弃现代视听，从而封闭自己。封闭的目的当然是要看看自己的心灵里到底有些什么？那时的发现就是我们所需要的。

这大概是做不到的。因而这实际上只构成了一种比喻和假设。挽救一个小说家感觉力和悟想力的，主要不会是他的同类及其创作，而是我们常常谈到又总是忽略了的那一切："土地"。

对抗现代阅读的损害，只有"土地"。我们在放下书籍、特别是流行性的文化制品时，才有可能去捕捉天籁。如果说"土地""天籁"之类概念在此显得抽象和虚幻的话，那么它们提示和代表的意义却是非常坚实的，它们是足以支持一位艺术家的。

比较起那些敏捷的、走在一个时代的前列的、外向的所向披靡式的小说家；比起那些不同程度地显示了某种统帅能力、高扬着一种声音的小说家，我们更应该重视喃喃自语式的写作，重视一个人近似于沉默的状态，重视一个作家长期的劳作成果交相辉映中的意旨。因为后者更有可能是自我寂寞的——这种寂寞既指他的日常生活状态，又指他的精神状态。一个好的艺术家的孤寂是无法选择的。

而当代创作中有极大一部分是喧嚣的，顶多是多少掩盖了一种内在嘈杂。像屈原和卡夫卡式的作家越来越少，而只有这样的作家才会发出一个世界的独语。他们的声音是无法复制的。他们的创作具有真正的朴素性，正是这种朴素性才抵御了阅读中的消极影响。因为他们有可能与另一个心灵对话，除此而外的嘈杂难以进入耳膜。对于一位优秀的小说家而言，朴素既是必备的品质，更是一条原则——所有违背了这个原则的，都会自觉不自觉地制造赝品。

科技方面的突破性进展促进了人们的现代思维，特别是所谓的"理性思维"。但它对于人的情感世界却是越来越细致和琐碎的分割。一方面在不断地"发现"，另一方面又在不断地遮盖。阅读的危险还在于它对一种稳定情感的破坏，而缺乏这种稳定就会走入仿制，在无意识中放弃人的自尊。频频袭来的冲动和浮躁掺和一起，源于生命深层的激动反而失掉了；缺少这种激情，就无法摧毁来自他人的桎梏。

广泛阅读的结果，会使一个著者机械制作的效率成倍提高，使机智的著作者越来越多；这些制作虽然不尽是垃圾，却足以淹没生命的青苗。这是当代小说失去魅力的一个重要原因。

专业小说家在阅读中往往缺少足够的放松，这就从快乐的欣赏上又退离了一步。阅读中进入了自觉的学习，这会增添双重的危险。不同的大陆和时代，作品的交错投影是非常严重的，这些作品几乎无一例外地缺少"原力""原气"——某种来自繁衍生命的母体——土地——的力量。

我们常常一般化地、缺少分析地提倡交流和阅读，而忘记了它对创造力造成的难以挽回的损伤。我们把与广大的世界对话的能力寄托在表层的知与见上，而极大地忽视了生命的个体深度。人对苍茫世界是具有感知能力的，这种能力有时甚至是神秘的、不可思议的，这种能力需要保护。小说是传递感知的最好形式之一，但又很可能仅仅剩下一具躯壳。

　　阅读是一种交流，它是有陷阱的；在一个现代化了的世界上生存的小说家，仿制是不可避免的；正因为如此，才需要一再地提出警醒，并对其进行分析。

一九九四年四月十九日

存在的执拗

不同凡俗的艺术和思想,有时是——多半是——要经过比较漫长的时间才能被认识和肯定,它们最终化为历史、融进和织入时代的经纬之中。当然,淹没的可能性也很大,因为时间太长,其中经历的政治经济文化风习的变动调整又太多。

为了让杰出的艺术和思想存在着,并且被凸显和认识,就需要有人做出非同一般的顽强抵抗。通俗化的浪潮轻而易举就会覆盖一切,形成一种比预想强大得多的力量。它可以借助人类的媚俗倾向、文化上的小康要求,迅速地推广蔓延。

人会在不知不觉间背离自己准备坚守的东西。对人的引诱是无所不在的。

生活每一次发生跃进,都是潜在核心的诗与真被开掘出来的结果。它们一直存在着,不过是藏在了深处,如果长久地掩埋它们,生活就会暗淡无光。

不负责任地通俗化,就是一种妥协。通俗化是有价值的,我们人类至今做的许多极重要的工作,就是解释、说明和传播,是普及和实践,只为了将深奥的费解的玄思的化为通俗的、可感的、可以触摸的。真理会在这个过程中突发它所蕴含的力量。但通俗化的过程不是歪曲和遮掩的过程，那样就走向了真实的反面。

现在令人担心的是，我们的不少报刊广播电视刊物，即一般的新闻媒介和某些专业性刊物，在对待思想与艺术方面，不仅仅是止于"不负责任地通俗化"，而是在此基础上更进一步地传播低俗和谬误。即他们不仅是轻率地解释"存在"，而且还要将糟糕的覆盖物指定为"存在"。

这样做的后果不堪设想。

我们几乎都在这个喧嚣的时代里放声呐喊，唯恐淹没了自己的声音。但这声音都是大同小异的。我们并没有沉着地发出自己的见解。不停地追逐和标榜时髦，将其当成了"见解"本身。"时髦"本身只是一种"通俗"，而不是"通俗化"。真正的"见解"从来不会是时髦的，一部文化史可以说明这一点。

一个批评者如果没有抓住"核心"的能力，而又勤于发言的话，那就有百害而无一利。一种功率较大的传播工具如果抓不住"核心"，也同样糟糕。"核心"即一个时代的真与诗之核，是深埋地下的矿藏，是岩石和泥土包裹之物，有着稍稍的隐蔽性和陌生感。

批评者或智识阶层的全部，他们的一个重要工作和责任就是挖掘和扩大——将角落里的声音复制仿真然后送到街头。这是一种责任。如今有人做的一切恰恰相反，就是跟上街头的声音喧嚷，将凡俗之声进一步通俗化和扩大化。这样做没有自尊。

诗与真之核仍然存在着，它不会腐烂，而将永世长存。

尽管这样，我们也不敢让其永远深埋地下。因为人世间需要它的光。迄今为止，我们的一切快乐和幸福都是来自它的光的照耀。

它是存在的。

那么我们呢？我们也是存在的。我们如果不倦不悔地寻求和传播，如果如此执拗，也是光荣和有意义的。

它的存在是神灵的事情，而我们的存在是人间的事情。

我们如果顽强不屈地寻找它表述它，就有可能极大地靠近它。

不是为了让人听到自己的声音、显示自己才发言，而是为了真实才发言。长期地存在一种朴素无华的求真之声，这个声音是无私的，所以它不会劳而无功；它的质地坚硬，消磨不掉。

我们梦想抓住"核心"，并一生坚持开掘和扩大。

一九九四年九月十二日

感动的能力

麻木的心灵是不会产生艺术的。艺术当然是感动的产物。最能感动的是儿童，因为周围的世界对他而言满目新鲜。儿童的感动是有深度的——源于生命的激越。

但是一个人总要成长。随着年轮的增加，生命会变钝；被痛苦磨钝，也被欢乐磨钝。这个过程很悲剧化，却是人生必须付出的代价。不过人是相当顽强的，他会抵抗这一进程，从而不断地回忆、追溯、默想。这期间会收获一些与童年时代完全不同的果实——另一种感动。

感动实在是一种能力，它会在某一个时期丧失。童年的感动是自然而然的，而一个饱经沧桑的人要感动，原因就变得复杂多了。比起童年，它来得困难了。它往往是在回忆中、在分析和比较中姗姗来迟。也有时来自直感，但这直感总是依托和综合了无尽的记忆。

人多么害怕失去那份敏感。人一旦在经验中成熟了，敏感也就像果实顶端的花瓣一样萎褪。所以说一个艺术家维护自己的敏感，就是维护创造力。一个诗人永远在激动中歌唱，不能激动，就不能吟哦。

可是从很久以来我们就发现了一个奇怪的现象：许多诗人可以无动于衷地写出诗篇……诗人即便在描写腾腾烈焰，也是冰凉的、平淡的。他无法写出烈焰的形与质，他的心无法点燃。

这样的诗可能徒有其表。

诗篇永远在传递一份心灵的感动。他在那一刻、那一瞬中的震颤被文字固定下来，才不会消失。这样的文字掩藏着怦怦心跳，那脉动即使在千年之后也会被读者摸到。

相反，有一些文字涂得老泪纵横，一片淋漓，也仍然不能使人在阅读中产生共鸣。作者只是凭借某种语言惯性往前推进，只是适应一种语境而任其衍生。他面对着表述世界的同时并没有面对着灵魂，不曾热烈地拥有，没有惊叹、狂喜、沮丧和战栗之类的情感因素生成并从心底泛开。他不过在操作和游戏。游戏也有好多种：热情的游戏，冷漠的游戏，痛苦的游戏，酸腐的游戏，胆大妄为和道德沦丧的游戏……

这个世界上真的就没有令人感动的东西了吗？

或者说，既然不再感动了，又为什么会有成群结队的诗人呢？

他们从哪里来，又要到哪里去？难道他们真的是从幻想中来，又要到物欲中去吗？在这熙熙攘攘的生之旅途中，就是一只动物也会狂欢和号叫，但它并不等于人的感动。

诗人的父母和兄妹、与他们差不多的人群，以及承载了这一切的土地、土地上的城市和村庄……值得牵挂的东西太多了，到处都与诗人十指连心。痛楚能顺着青藤传感，哀伤会伴着秋雨扑地。流逝的时光催逼着你我他，不停地劳作也驱不尽内心的孤单。为昨日今朝的爱怜，为那些无望的真实，或感激，或焦思如焚……

激动不会频频而至。它作为与生俱来的一粒种子，只要不霉变，就会潜藏心底。它在适宜的时刻会突然萌动，让人难以忍受地胀大生芽。

那一刻人会觉得被什么拨动了、摇撼了，心灵的重心轻轻一移。这种感觉才真正难忘，它能刺伤一个人。为了修复，他就不停地吟哦。

诗人会抓住那难忍的一刻，记住它形成之初的一霎。它正缓慢地成长发生为一个事件，一个故事，用稍稍松软的躯体将这个核儿包裹起来。可是一个真正的诗人会固执地追问和辨认那短短一霎：到底是什么使我感动？它藏在了哪儿？

那是一个点、一个关节。要抓住的就是它。

它与一个生命的全部奥秘纠缠一起，它不过是刚刚被牵了一下，全部生命就立刻震抖，人在这个世界上也就困意全消。

要抓住它却非易事。有时得从头索起，小心翼翼。要把整个感人的事件或故事的环节拆卸数遍，推敲抚摸，最后把滚烫的一环留住。

这之后他将轻轻惊叹：啊，是它啊，是它伤了我，碰了我，撩拨了我，让我百感交集。天啊，是它啊……为了安慰和报答这一刻，他默默念想，自我叮嘱，用清洁的思悟之流把自我从头冲洗了一遍。

所以说，一个人葆有感动的能力，往往会比较纯粹，也才有可能是一个诗人。

一九九四年十月十五

窗前

山里人的生活,有人可以回忆,有人可以好奇。做过山里人的人,会看得双眼发热。

一面黑色的木格窗,再简单不过,它是从旧屋上拆下来的。它安在新垒的石墙上,显得很不协调。然而山里人是不会轻易抛却过去的。他们珍惜往日的一草一木,一砖一石。上面挂带着昨日烟火气的东西,他们犹其喜欢。山里人与平原人不同,与城里人更为不同。山里人比平原人更为珍惜木头,比城里人更为强调来路。人有来路,所有的东西也都要有来路。眼前的这个小小的木格窗可有许多的故事,讲不讲它们都存在,都凝聚在它的上面,渗透在木质之中。

窄窄的石头窗台上摆了两双鞋子、一盆海棠花。

一双鞋子大一点,是男式;另一双鞋子小一些,是女式。可以想象这儿住了一对年轻的夫妇,想象他们的辛苦和操劳,他们的幸福。那盆海棠花代表了他们美好的想念。他和她,有一处巢,有劳动,这就足够了。可见这种生活的简单和清贫,不过也清澈。清澈的生活,这在所有的生活之中,往往也是最好的生活。在城市,的确就有许多浪漫青年向往这种生活。他们有时甚至要不顾一切地挣脱,为拥有这种生活而奋斗。结果是求而不得,或者是得而不悦。真有勇气过这种生活的城里人,倒也需要一些真勇。

　　新垒起的石屋多么坚固，因为这石屋所代表的生活，是更广大的生活的基础。基础当然要稳固。没有山区就没有平原，没有平原就没有城市。大建筑的基础往往是石头或类似的坚硬之物做成的。

一九九七年三月十二日

一九九七年访问韩国济洲岛

自画像

我觉得中年这条线非常关键,人一到了中年,也就有了许多变化,这变化大得足以让自己惊讶。以前的许多激动,激动中的创作,现在都能让我平静下来了。只是没有多少后悔,一方面是后悔没用,另一方面是我基本上在做那个年龄段的人一直做着的事情。再说,人也的确应该珍视青春。

匆匆忙忙地走过来,草率而充实。争取中年之后有个大的改变,即做得充实而不草率。

一个人越来越不喜欢自己,这是很可怕的事情。一切都要慢慢来,慢慢觉悟。

觉悟会增加勇气,而不是相反。人有了深沉的勇气,才是真勇。

有时觉得自己像一匹奔跑的马。马太美了,人比马只会自羞。可也果真是一路奔跑下来……

一九九七年三月十二日

龙口港栾村春耕　　田恩华摄

马颂

一节

1

园艺场的饲养棚里有很多可爱的动物。小时候,那是我们获得欢乐的一个重要去处。它在果园深处,大约是在西北角的一片丛林里,四周有高高的、红砖砌成的围墙,有大烟囱,有白杨树,树上有一群群的灰喜鹊。饲养场养着一些牛、羊、猪、鸡、驴、骡,主要的还是马。饲养员有好几个,他们各自管理不同的动物群,戴着套袖、帽子,扎着围裙,手里总是提一把铁勺或扫帚,忙忙碌碌,一边做活一边咕咕哝哝。

他们大多是年过半百的人,几乎无一例外地叼着一个烟斗。

养马的是一个叫老安的老头。据说他以前当过兵,在部队就养马。在我看来,只有他才更像一个饲养员。老安当年在一个骑兵连里喂马,由于没有文化,自己也讲不清那是一支什么队伍。有人怀疑他当过白军,甚至是土匪。老安极力否认,可又拿不出证据。

就是这样的一位老人,和善、安稳,对所有的人都不敢得罪,因为他的身份还是一个悬案,所以他要讨好所有的人。

那一排大马油光闪亮，红色的、棕色的，甚至有一匹接近纯白色的，可惜它的尾巴那儿有一点儿灰黑色，耳朵上有着黑斑，肚腹那儿颜色也不太纯；要不的话，它该是一匹多么漂亮的白马。比起它来，它身边的另一匹灰色的马却完全是统一的颜色，而且这匹马微胖，毛色也更亮一些。我们都觉得它是一位女性。

老安告诉我们它是一匹骒马。我们从这位老人的嘴里懂得了"骒马"就是"母马"的意思。

2

我最喜欢的就是这匹灰马，它的名字叫"灰子"。我却固执地在心里叫它"慧子"。老安一直没有发现我称呼中的这个秘密，当我叫"慧子"的时候，他总是应和着，说灰子如何如何，如何如何。

平时我们绝对被禁止进入那一道木栏的内部。它隔开了我们和那几匹马。它们在木栏的那一边喝水，咀嚼草料。它们吃草发出的那种"切切"声非常诱人，它们吃得香甜，干燥的草秸被坚固的牙齿毫不犹豫地嚼碎，才能发出这种清脆的声音。

它们一律长着灰蓝色的水灵灵的大眼睛，有着长长的睫毛。我从来认为所有的眼睛都不如马眼漂亮。它聪慧、机智，明亮而且永远有着女性的温馨。

有一段时间，大约每个周六我都要到饲养场去，几乎是直奔马棚。

那一溜大马并不是总在那儿,有时候这一匹不在,有时候那一匹不在。所有马的名字我都叫得上来,谁不在,谁就是出去工作了。它们大半就在园子里劳动,驾车或是做点别的。也有的要"出差"到更远的地方,比如到南山或海港。它们总是从海港那儿运回很多东西:煤炭、粮食,或是什么机器。

有一次就由慧子拉来了一台从未见过的机器,现在回想起来还非常神秘。

机器拉回来,又用两领席子小心地盖好,下面也铺了席子。我们掀起席子一角仔细端量。四周没有人,我们就更大胆地端详起来。

这是一台柴油机,当时觉得尽善尽美。两个大大的轮子多么奇怪。它让人想起什么?想起碾盘。还有排气管、一些神秘的输油管和水管。

现在回想起来,还记起那台机器上有几个菠萝果似的东西。

总之,它精致、完美、神秘,几乎在一切方面都达到了一个极限。

后来,场地上的那几张席子就不见了,机器也不翼而飞了……许久之后我们才在粉丝厂里看到了它。它在那儿"嗵嗵"鸣叫,带动起无数的齿轮一起转动。它原来有那么大的力量,这是我们始料不及的。但是那儿绝对禁止参观,我们只能俯在窗户上往里望。

这种兴趣并没有保持多久。后来我们就从窗户跟前走开了,又回到了马棚那儿。

3

我相信慧子认识了我,而且与我产生了友谊。它在没事的时候就抬头看我,眼睛里似乎装满了对我的问候与关切。老安不在的时候我就小声对它诉说,想把心里的隐秘告诉它。因为在这个世界上没有第二个人可以倾听这些;有些话我甚至在母亲身边也不曾说过,更不用说在同学之间了。

我好几次大胆地钻过木栅栏,站到它身边。我一点也不觉得危险。而在这之前,老安多次吓唬我,说千万不要走到马的近前,它们的蹄子如果踢过来,你也就完了。

我站在慧子旁边,它喘气的声音我都听得见。好几次,我想伸手抚摸一下它毛茸茸的双耳,它的脸颊,还有它柔软的嘴巴。我不太敢,甚至有点羞涩。

是的,我清楚地记得当时我在一匹马的旁边所感到的那种羞涩。我觉得我的衣服太寒酸了,由于个子长得太快,裤脚吊在那儿;鞋子也有些破,虽然穿了袜子,但袜子也已经很旧了。我觉得站在这么完美的大马跟前,真是显得分外寒酸。而且我觉得比起它来,我显得那么丑陋,而它竟然如此漂亮,干净,身上连一丝灰气都没有。我试过,在它的毛发上抚摸一会儿,手上一点灰尘都不沾。

我大着胆子去触摸它的茸毛了。它激动地一抖。我继续抚摸。它瞥了我一眼。后来我终于去摸它的耳朵了。一种温煦的、春阳一般的感觉顺着手臂传遍全身,喜悦没法表述。我又去摸它的脸颊、柔软的嘴巴。

那柔软的嘴啊，只要抚摸一下就再也不会忘记。它的尾巴一动一动的，蹄子似乎也颤动了一下。

但是我敢肯定，它从来没有想过踢我一下。我抱住它丰硕的长颈，一下一下地搂抱、依偎。

4

有一天正在这样做，老安看到了。原来他早就站在栅栏外边吸烟斗。他的目光垂下来。我发现了他，手立刻从慧子颈上拿开。他说："这一匹可以，那几匹不行。它的脾气好，只有它行。"

我明白了，老安对慧子也比对其他的马好。

有一次慧子离开了，一连两天都没有见到。老安说它到南山去了，它驾辕，比它小一点的一匹棕色马和它做伴。老安告诉我，他真舍不得它们哩，那个赶车人毛手毛脚的，而在这之前都是他亲自赶车，他对它们照顾得才好。那时候他经常驾车到海港、到南山，甚至到更远的地方。"风里雨里啊，"老安磕着烟斗，"那些日子经历了多少事情，可真不容易呀！人啊、马啊，其实都一样。有什么不一样？"他握着烟斗比画着："我觉得人和马都一样，拉一辈子车，吃一点儿草、草料，就这么着。"

老安的眼望着天空，眨动着，像是害怕阳光。

三天之后，慧子回来了。

我吓了一跳：它身上满是泥巴、草屑，样子有些疲惫。老安过去给它洗刷身子，我帮老安提水。后来我发现老安的刷子挨上一个地方，慧子就全身抖动。老安的刷子颤了一下，烟斗从嘴里掉了。

天哪，那里有一道伤口，一寸多长。我哭了。老安没有哭，他转身就走，一会儿取来了一些药水。当他涂抹的时候，慧子全身的皮毛都抖。它甚至闭了一下眼睛。但只一会儿，它又像原来一样安静了。

老安这一天一声未吭。我很久都没有离开慧子，可是我说不出什么，只抚摸它的脸颊。当我搂着它那长长的颈部的时候，觉得它也在一下一下磨蹭。它的脸贴到了我的脸上，我感觉到了。

我问："那个人欺负你了吧？他到底怎么了？路上遇到了什么？"我问了很多，它没法回答。

慧子无法与我对话，这是令我惋惜的事情之一。我没法弄明白它在想什么，它怎么看待我、我们，怎么看待自己，还有它与其他动物的交往。这一切都搞不明白了。

二节

5

我不知自己叫什么名字,他们叫我"马",还叫我"灰子"。当他们喊"马"的时候,我和同伴一起抬头;当他们喊"灰子"的时候,我知道那是针对我自己的,这时候一股热流就从我的下颏那儿泛上来;它们涌到我的双眼,使我差一点儿渗出泪水。

站在我身边吱吱喝喝的都是人,他们比我高,可是他们没有我长,他们的体重、他们的规模远没有我大。他们的模样在我看来很怪,尽管有时候显得非常可爱。我总在路上看到那些树木、电线杆,还有烟囱,都跟人的模样有许多相似:它们都是高的,而不是长的。就因为人的缘故,我对所有高的东西,都存几分敬畏,主要是害怕。

有一次我到南山,正走在路上,听到一声钝响。原来有一个人在路边的草丛那儿,手拿一个棍子模样的东西,指向一个奔跑的野兔。挺好的野兔,它的尾巴就像一朵会移动的花。那根棍子冒出一股烟,小兔倒地死去了,流了很多血。这样的情景我后来还见过好几次。

一只狐狸,漫长脸,很漂亮,我认识它,也认识它的母亲。它的母亲叫小梅。就是人自己也起不出这么好的名字。它的女儿刚两岁多,就被人用这种会冒烟、发出暴响的棍子给打死了。

人在我眼里是非常奇怪的东西,残暴、温柔、性格开朗。有时又阴沉、凶险。我不知该怎样对待他们。在他们当中，我大致可以这样排列：小孩比大人好，女的比男的好。我非常喜欢的是那些长着很长的毛发、甚至是把它们辫成辫子、穿花衣服的人。她们的眼睛比较好看，更亮一些，她们的嘴角往上翘，湿润润的。她们看我的时候，双眼都发出儿童似的光芒。我发现这些有很长的头发的人，要衰老非常慢，她们的目光里永远有孩子一样的神情。我很少能把她们区别。

有一个孩子在衣兜里装了很多花生果，看到四下没人，就把它掏在我很大的四方木碗里。多么甘甜，我忘不了他给的宝贵食物。

有一天，就在我驾车从南山走出时，在一个下坡地上，赶车的年轻人把车停了，我们一起歇息。他招呼路边的一个人，看来他们都是熟人了。我顺着他的喊声望去，见那是一个头发长长的人，就是那种非常可爱的、有着儿童一样眼睛的人。她在喊声里高兴了，蹦起来了，又从一个地方提来了水。我知道那水是给我的。

我喝上了她给的清凉甘泉。我喝着，忘记了一切，因为我出汗很多，太渴了。正这时候，我被身边的一种声音给吸引了。

那是非常熟悉的一种声音。我一抬头就看到：赶车的青年和那个姑娘贴紧在一起。姑娘很矮，跷着脚尖去吻他，他们的嘴巴对在一起，就发出了那种好听的声音。小伙子又在姑娘耳朵跟前咕哝，发出哈气声。那个姑娘的脸一下红了。我觉得她的眼睛里有火苗在闪跳。

他们分开，每个人都把手按在我的脊背那儿。他们的手像烙铁一样热。这时不知为什么，我抬起头，在小伙子和姑娘的脸颊那儿一个挨一个地吻了他们一下。他们皱着眉头，一边擦脸，一边怨怒地盯我。

后来小伙子吆喝我，要我上路。姑娘把水桶提起，竟然也跃上车去。小伙子用鞭子敲着我的后背，只是一个习惯性动作。我加快步子。

那个姑娘在车上坐了很远才跳下车去。他们就这样告别了。很远了，我还看见她站在田里，头上包扎着红头巾，多么鲜艳。野地是绿色的，而她是一个红点，一把火。

回来后，受人的启发，我也想去吻同伴。我旁边是比我大一岁的棕色雄马，脾气暴躁。他烦躁的时候，甚至用蹄子踢我。那是无缘无故的发泄，我总是迁就他，他什么也不懂。他还比我大一岁，可是我比他懂得多。一天半夜老安来了，他总不忘给我们饮水、上草料。他离开后，我看到身边的棕马有些高兴，他正看着我，目光里有渴求、有微笑。我明白他在渴求什么，有好几次他想来拥我，只是他的缰绳太短了，很难挨近。我们只能把脸颊贴在一块儿轻轻磨蹭。这一天我主动贴近了他。

我们在一起相挨了很久。他全身都抖，每一根毛发都抖……正这会儿老安来了。他发出"哼"的一声，烟斗取下来。他在看着我们。月光下我看得清楚：老安眼里闪着泪花。他的眼睛离开我们，望望天空，望望月亮，又蹲下。他不停地吸烟，火头一闪一灭。他咳嗽。

就是这天早晨，那个送花生果的孩子又来了。他这次从衣兜里掏出两个苹果，一块儿放在了我的面前。我咬起一个，毫不犹豫地送给我的棕马伙伴。他高声大叫。

我们细细地享用了这一枚红果。孩子抱住了我，他的脸贴在我的脸上。我一刻不停地吻他。这个孩子哭了。

你为什么泣哭？我仰起脸来问他，他听不懂我的话。他不停地哭。

三节

6

有一只刺猬，常常在半夜到马棚来溜达。它想找一点东西吃，更多的时候是想嗅一嗅这里的气味。它的长鼻子一动一动，就能嗅到马身上所散发出来的那种好闻的劳动的气息。还有，从它们身上，大约是脊背那儿吧，经常散发出一股太阳的气味，"很好闻，很好闻。"它这样咕哝着。

它特别想离这些大马近一点儿，想瞅一瞅它们完整的形象，可是做不到。马太高、太大，四根腿就像宫殿的柱子，眼睛差不多比得上它的整个头颅；还有朝上竖起的一动一动的双耳，长长的脸……"天哪，这是一种什么神奇的动物？"

过去，刺猬非常崇拜人。因为它从一个奇怪的角度才能看到他们的整体，他们的脸庞。它觉得这是一些向万物发出召唤的动物，而且能言善辩。好多人在一起，也可以一个人在一个地方。他们做很多事情，其他动物都听他们的话。有一些动物长着四个圆圆的腿，一走路就发出吭吭的声音。人可以骑到它们身上，指挥它们。人可以搬得动、挪得动、指挥得动许多比他们大得多的动物。他们高兴了简直可以移动山峰哩。

有一段日子刺猬非常喜欢喜鹊和燕子。因为它亲眼看到它们打一个漂亮的旋儿，飞上一道道高压线，在那儿排成美丽的一行。它在心里想：

如果跌下来,那该怎么办呢?它们的身子一翘一翘的,眼看就要跌下来了,最后还是没有。它们旋动着,飞向更高更远。

有一个非常大的鸟飞到了云彩那么高。它问年长的刺猬,年长的刺猬告诉:那叫鹰。从那儿以后它又最崇拜鹰了。

它最同情的是在地上蠕动的蚯蚓,还有在植物的茎秆上爬的七星瓢虫之类。至于说那些蜜虫,它连正眼都不瞧一下。

它崇拜马有一段时间了。最初它是看到灰子拉一驾大车,车上装满了石块。"天哪!"它惊叹了一声,眼看着灰子拉着这车从山坡到大路,滚滚而来。它吓得躲到了路边。像雷声一样的车子隆隆走过,它还在那里惊愕不止。

从此它知道了马竟然有如此巨大的力量。有一只灰喜鹊停在低矮一点的枝丫上,那圆圆的小脑壳摇来摇去。刺猬问:"看到了吗?"灰喜鹊说:"这是自然的了!""你怎么想呢?"灰喜鹊圆圆的脑壳又摇动了一下:"你还没有看见它们独个的时候跑起来,那才叫漂亮,那是电光啊!"

灰喜鹊说过这话不久,大约是一个傍晚吧,刺猬听到了咯噔咯噔的声音。近了,真的是一匹大马,火红色的,就在霞光里蹿跳。它跑到原野上,打一个漂亮的旋,又奔向远方。那鬃毛啊,在晚霞中燎动,燃烧。大马那么快地蹬上山岭,又冲下慢坡。它望不见了。有一群鸟雀追赶它,在高处叽叽喳喳为它叫好。后来,这匹马又箭一般地射过来,"是啊!它是闪电啊!"刺猬心里说。

刺猬甚至在一个夜晚听到了一只狐狸、草獾,还有一只黄鼠狼之类的,反正是五六种动物在那儿叽叽喳喳地闲扯篇儿。黄鼠狼说："在所有的动物当中，我最喜欢的是马。它老实，从来不欺负别的动物，而且只吃草，不像有的东西，乱咬。"草獾说："马又大，身体又亮，比人好二十倍。"另一个动物说："我一想到马就很害羞。它美丽，只是自己美丽着，它什么时候以自己的长处来比我们的短处，又什么时候嘀嘀咕咕说过我们的坏话呢？"狐狸说："是啊，我虽然一张脸也很漂亮，许多人却憎恨我。虽然他们憎恨我，但我仍然也还是漂亮。连那些高傲的人也承认我的智慧。可是马呢，像我一样漂亮，人却从来不憎恨马，可见马身上有高人一等的地方。"草獾说："人算什么？他们身上有一股不让人喜欢的神气头，而且还总要骑在马的身上。我亲眼看到一个人骑在马的身上，用鞭子不停地抽马的屁股，让马飞快地跑。"

　　另有一只动物一直躺在那儿呼呼大睡，它的体积也很大，刺猬不认识它。这时候它好像刚刚醒来，瓮声瓮气地加入了谈话，说："我的父亲以前咬死过一匹马，为这事，我的妈妈害羞、难过。她从我刚懂事的时候就嘱咐我，再也不要去伤害马了。马是善良、和蔼的朋友，马浑身上下都没有一点儿缺点。"刺猬在黑影里尽力地看去，这才看清：它是一头豹子。豹子打着呵欠："你们快快走开吧，我正在学马吃草。可是在学会之前，你们在我旁边都是很危险的——我这才算是说了一句实话。"

　　它再一次伸着懒腰、打着呵欠。这时候所有的动物都"轰"一声散开了。

四节

7

老安有时候不得不离开马棚,他是被一些持枪的人给押走的。他们吆吆喝喝把他拉到一个地方,后背拴着他的手,牵着他走。

老安走的时候总要恋恋不舍地看着他的马,所有的马也都一齐抬起头来目送。

我站在一个角落看着老安。我知道他要被拉到一个会场上,在那儿有很多人威吓他,吆喝半天,甚至有人要揍他几个耳光。我对这些场合绝不陌生,看过很多。我替老安难过。

每一次老安回来,身上都带着伤。他一声不吭,弯下腰去给马添草料,后来又抽烟斗。

有一次他叹息说:"我呀,这辈子都离不开马了。我因为它们才遭这么多罪,可是……还得干这一行。我喜欢它们。就因为它们比人好,比好多人都好。马呀,我离不开马。"

我知道他是什么意思。他在说:就因为他给一个骑兵连喂过马,所以那些背枪的人就一次又一次地折磨他。他们逼他,问他到底是哪一个连?是什么样的队伍?而老安一个字也不识,记忆又不好,所以吞吞吐吐总也讲不清。讲不清,他们就不放过他。这样已经有十几年了。

"再有十几年,"老安说,"也许差不多了。"我知道他的意思是

说自己那时就要死了。我问老安:"为什么离不开马?"老安不吭声。我反复问,他才说:

"为什么?那原因太多了,说不清。孩子啊,我这样的人没有多少愿意跟我说话的,除了你,再就是这群马了。"

"我从来也没看到你和马说话,马也不能回答你的话啊。"

老安摇头:"我和它们讲话一般不用嘴,"他举起满是茧花的两只手。我明白了。

他总是一匹匹马抚摸,摸它们的脸、后背、尾巴,摸它们的腿。所有被摸过的马都那么温顺。当他的手挨上它们身体的时候,它们的身体就倾过来,给他的手掌以重量,有时全身打抖,把嘴巴贴在老人的手上磨蹭。

的确是一种对话。老安的脸色与过去不同,眼角的皱纹不停地抖,嘴角也不停地抖,有时候泪珠就滚落下来。这样的情景我看过不止一次。

8

老安告诉我:有一年,大约就是他从部队回来的第二年吧,他除了喂马还要驾车。有一次从南山拉了一车石头,走到半路上,倾盆大雨就落下来。泥汤滚动,车轮的一大半都陷入泥汤。还好,路基是硬的,这样车就陷不进去。驾辕的是一匹枣红大马,前边的是一匹更年青一点的棕马。

雨越下越大,停下来不是办法,走下去又很危险。这么重的石头,又是下坡路,这马稍微失一下前蹄,车杆往下一冲,也就坏了。他身上淋得精湿，跋涉了一天，疲惫极了。他没法停下来给马喂草料，所以马也很疲惫。正这时，他一不小心栽到了车轮前面。那是脚下的一个泥坑。他的头嗡地一响，知道这下完了，车子很快就会从身上压过。

就在这时，那匹驾辕的枣红马猛嘶一声，那响声啊，压住了闪电雷鸣。接着那马使出全身的力气抵住下滑的车子，四蹄深插泥土，低头一口咬住了老安的后背，猛一下把他甩出来，甩到了路边。

"就这样，这匹大马救了我一命！"

老安说着，紧盯正在低头倾听的慧子，仿佛就是眼前这匹骒马救了他一样。

我走过去抚摸慧子。

老安说："有什么比马更懂事呢？有什么比马的心更软、更和善呢？"

我回答不出，我只记得马辛苦地劳动，温驯地对待大家，不记得它伤害过任何一种动物。

9

有一次，我问起灰子从海港拉来的那台奇妙的机器，老安不安地搓手："你知道吗？将来什么都要改成机器，驾车是机器、犁地是机器，一切都是机器。到那个时候马就没有用处了。"

我不信。老安说："你不明白，忘恩负义的人啊，只要没有用处了，他们也就不会再养它护它。所以说到那时候，这个饲养棚也就不会有了。

他们不会白白地喂它们草料。"

我惊讶极了："那时候就会没有马了？"

老安点点头："因为人不需要它们了。"

我吸了一口冷气，"天哪，没有马的世界该是多么可怕。这么大、这么漂亮的马，难道它们真要……"我不敢想下去。

老安说："人什么事情都做得出，马有一天会从这里走开的。那一天到来的时候，如果我活着，我就会给它们解了缰绳，把它们放到山里，放到荒滩上。我也跟它们去，我在那里伺候它们吃喝。反正我要和马在一起。"

老安说着咯噔一声把烟管咬住了，脸背向了黑暗里，好久才重新转过来。点亮的桅灯下，我看到老安满脸发亮。他使劲抹了一下脸，说："恐怕这也不成，为什么？因为他们还会把我抓回来。他们会把所有的马都杀光。"

我用力摇头，打赌般地喊："不会的！不会的！"

"你不懂，孩子，人从来都是这样。许久前的那个骑兵连，有一次我们在路上没得吃了，粮都光了，就杀了两匹马。那是两匹老马，它们立了多少功……"

灰子一直垂头倾听。它的眼睛里有一层什么。

我们对这场交谈都有些后悔。我们该离它远一点说话。

我抱住灰子的脖子。老安的手掌在它的脊背那儿抚摸、拍打。

一九九八年四月二十日

一条有树的路

我们多么渴望有一条浓荫遮蔽的路。有这样一条路,大家来走,大家都会幸福。可是我们居住的地方一般不可能有这样一条路。我们也很少看到这样的路,更不用说拥有了。我们甚至不能够一饱眼福。

不过这样的路也不是没有。它一般都是藏起来的,藏在一些被隔离出来的地方,一般人想不到,做梦也想不到。我们的国家其实是有这样的路的。

好好用心去找,就能找到。不过一般的人都忙着自己的衣食,哪有找一条路的心情。

有时候,不经意的一瞥,说不定就能看到这样的景致。那时双眼立刻就会一亮。我们会在心里感叹:这是多么好的地方啊,住在这里的人会是多么幸福、多么健康。他们是谁?他们为什么能住在这样的地方?浓浓的林荫路的后面,不远处,往往又闪烁着红瓦顶的小楼。

赶紧走开吧。

我们所居住的地方,过去曾经有很多树。这一点上,一些上年纪的人会告诉我们,会出来做个证明。后来,是因为有一些人不喜欢树,就让人一点一点砍伐光了。他们为什么不喜欢树,这是我们许久都搞不明白的。竟然有人不喜欢树,甚至于发展到仇视树,把它们一棵棵地砍光,这真是一件怪事了。不过这是真的。有谁怀疑，那就让上年纪的人来讲讲过去吧。

很多老人讲起过去的树、林子都满怀深情。可见树在人的心目中并非是可有可无的东西。而在有的人眼里，树算什么！据说首先是要解决温饱。这本不错。温饱都解决不了，还谈什么树？不过那些最爱把温饱挂在嘴上的人，又往往是最能够大吃大喝、穷奢极欲的家伙。这不是一对矛盾吗？还有，我们应该问一句，树与温饱真的就是那么水火不容吗？

这一问我们就找出了破绽。因为我们很容易就会发现，那些没有树的地方，往往也是真正的贫穷之地。而哪里只要树木葱绿，哪里就一定土沃人丰。

土地是否肥沃，固然有一个天然地理问题；但也不可否认，也还有一个维护和培植的问题。人类的愚蠢把一个水草丰润之地弄得寸草不生，这早已是屡见不鲜之事了。

由此我们看出，有砍树癖者不是解决温饱的人，而是使千千万万人遭受贫穷的根源之一。

但因此就简单地判定，说那些把树林搞光的人厌恶树木，回避绿色，又有点冤枉了他们。因为他们总是设法让自己住在一些树林葱茏的地方，而且还要用一道道高墙围起来。他们对浓绿如此地贪婪。他们要将绿色据为己有，完全地独占独享。

我们长期以来就是寄希望于这样的一些人来解决温饱。最后的恶果就是，我们自己弄得连一条有树的路也找不到了。这真是一个极大的讽刺。

让大家都有一条树木葱茏的林荫路走一走，这个要求大概并不过分。

可是要做到，却比登天还要难。

　　要真正地获得这条路，首先得从心上去找。这里不是说要借助于想象才能满足的意思。这里是说：要从心里认定和寻找失去这条路的根本原因，就是说要有一条正确的心路。

一九九八年四月六日

存在与品质

1

作为一份报纸或刊物,有的引人注目,有的基本上被淹没。现代文字传播方式已经是如此地普遍,如此地繁衍更迭新旧交替,以至于不能标新立异就只有萎蔫消亡。这种现象其实也不是所谓的信息时代所独有,而只是在今天才变得格外凸显。

一份报纸存在了五十年或更久,也确乎不易。她只有在强有力的支援下才能得以存在,也只有在这种种支持下才会有所发展,有自己相对稳定的道路,才会确立和形成自己的品质。

她要长久存在下去还是要靠优异而独特的品质。任何一份拥有自己悠久历史的报刊都会有灵魂,有相当顽强的追求,都会在这个过程中建立起自己不言自明的某种传统。也就是说,她将在文明的接力和继承中变得面目清晰,真挚感人。

她如果属于青年,就会有激情,有内在的激情;她有生命力,于是就有勇气,就能够更加坚持真理。

2

有一些十分庸俗甚至恶俗的报刊读物，很长时间里竟拥有着极大的读者群。它们像是不会消亡。它们的生命力来自何方？但从另一方面看，也一定有什么力量在遏制它的繁衍，因为不然的话就会有一场更为可怕的泛滥，会满溢无边。那种遏制之力真的存在着，但实际上却非常陌生，尽管这种力量就寓于我们自己心中。

是我们的自尊，我们向上的精神在遏制它。有人认为任何时期对于恶俗的有力阻挡只会来自行政干预，来自类似于一纸命令之类的东西。这真是过于天真。那根本就不会是一种长久的可信的力量。

恶俗毕竟是在成长和延续，那么其维持之力又来自何方？

这种力量同样也只能来自我们自己心中——而且这种力量人人都熟悉，人人都不会陌生。

艰难的生存使人想到去找一些庸俗无聊的读物，它们会是一剂痛苦的缓解药。但我们最后总是发现，它们不仅无济于事，而且还往往加剧我们的痛苦。

3

现在的文化商品，常常把成功寄托在偷袭般的智量上。这多么可怕。他们已来不及回顾和前瞻，更不愿寻找文化史上真正的不败的英雄。瞬间的快感，吸毒般的获取，积累着他们的孱弱和短命。

这时满纸驮载的已不是文字，而是书写的痉挛和抽动。我们面对它们只是在感受痛苦和不幸，只是在倾听我们匆促奔向末路的那种绝望的长嘶。

他们一再地表示，他们已经不再相信，对善的力量不再相信。他们也不太相信所谓的美。即时欢乐，并不断强化这种欢乐，对于他们才是真正重要的。一切可以延长的传统都要被埋葬，都要被藐视。他们妄想替代一切的成功经验。

这样不幸的时代来临了吗？我们正恐惧地面对了这样的一个时代吗？我们不能相信。

我们仍然依赖着品质，我们一直仰望着她的存在。只有她才会真正长久地存在下去。

一九九九年六月二十四日

冷寂之余

人们总喜欢围绕一些数字作许多游戏，也生出许多感慨。好像人类生活离开了量化就真的没法料理。结果我们的岁月到处都划满了刻度。生命正是在自造或认知的刻度中消逝和更替。所谓的"世纪"之类，它的区分，也是人手造出来的。自己造出的东西常常让自己感到恐惧，现在，记录世纪的数码让人害怕了。这就是所谓的"世纪末惶恐"。

人世间的纪年法不止一种，那么关于它的数字惶恐大概也不止一种。不过不同的是，现在的惶恐是被夸大了，并且又挟带着某种文化时髦一起播散开来（西方惶恐什么我们就跟着惶恐什么；正像西方的大街上有要死要活的球迷，我们很快也有了一样）。其实真正值得惶恐的事情还有很多，只不过并非此类罢了。这其实是很可笑的事情。

不过无论如何人们还是要不时地总结，要憧憬，要自觉不自觉地进行这种工作，要低头与抬头，要生出一些希望。就此而言，这并不可笑。

我对现在和未来感到不安的，倒不是几个人为的数码，不担心它们会带来什么厄运，因为幸运与厄运与这些数码没有关系。我忧心的是其他，比如飞速发展的技术，它在当下和未来对人类的制约和摆布。我才没有多少心情去为技术的进步欢呼，因为技术的进步并不在本质上标示着人类的进步。从历史上看，科学技术如果不能与人的道德精神一起强大，那么它的结果只能是更快地使世界走向劫难。

比如电脑，它是靠数字运行的。在这里，数字又一次通过某种形式左右了人的生活。如今我们常常被告知：数字，只有冰冷的数字，是它们在变幻组合，正是它们的不同组合才表述着一个斑斓的世界。

世界真的如此简单吗？

诗，悟想，爱力，它们也都是数字的不同组合吗？如果技术真的可以制造和再现它们，那么它们也就成了我们所熟知的比较廉价的东西。但实际上我们知道，它们不是那么廉价。而目前最可怕的，是这个世界上那些自认为最聪明的人，那些每个时世都不会绝根的灵动人和快腿人，都成了技术主义者的知音和宠儿了。他们带着深奥的浅薄，正忙着总结和策划这个不幸世界的未来。如果真是这样，前途说不定就会毁在他们手里。

任何时代，冷静的思索者常常都被当成了保守主义者。其实保守是人类至为可贵的能力之一，是很了不起的一种力量。正是保守主义者平衡了这个匆忙而草率的世界，使她不至于倾斜，使她能够生存下去。极而言之，就连技术本身，它的保存和积累也要最终托靠给保守主义者。

在技术的时代，就特别需要她自己的道德家。

道德家也许并非比技术专家更实用和更显赫，但他们总是因为格外稀少，也因为其超乎寻常的坚韧性而显出了珍贵。他们对于人类的伟大贡献从来就无法估算。是的，有他们在悲悯地仰望星空，有他们伸着警醒的手指，我们会觉得安全得多。

这里我们不由得又想到了这个时代的不幸之一——文学。文学在跟从与唱和方面,起码在几十年里是做得如此地出色、如此地卖力。现在呢?现在它所能做的自感光彩的事情之一,也就是为技术唱和了。它恨不得立刻拥抱这个世界上最新奇的发现,铭誓般地宣告自己与时代潮流的协同不二。它剩下的一点点质疑对准的倒是自己的迟钝不敏,它希望自己能够如光速一般跟进,而不再像过去那样快疾如风。的确,风速在计算机时代又算得了什么。

文学嘲弄和清算保守的年代终于来临了。殊不知这也正是它自己的末日。

与西方不同的是,我们许久都没有感受过为物质丰盈所迫的滋味了。还有,经过儒教的几千年濡染,中国艺术的"嚎叫"与"垮掉"大概也没有什么文明基础。要论起数字,用数字表述,那么盲目的清算和盲目的模仿都早了(或晚了)半个或一个世纪。太早了。由于对技术的推崇指数并不能马上换算成货币,因而财富也就来不及折磨这许多人,不能使他们真的痛苦起来。

可以设想的是,日后的时间(下个世纪吗?)会有怅怅的冷寂生出来。这冷寂对于我们都是好的。冷寂中,我们会,也许会设法独自思考一些问题。

冷寂之后是自尊。但愿如此。

一九九九年十月十一日于济南

悲观与喜庆之间

1

"发展"是个令人兴奋的话题，但是今后人们将不得不更多地盯住自己的生存环境，自觉不自觉地进入权衡，以判断自身的承受能力。

在这样的时刻，无论是个体还是群体，都会隐隐渴望把握当代的伦理依据，用以消除置身现代潮流中的悬空感和自卑感。下个世纪也仍然不会有什么幻想的奇迹，有的只会是劳动、喜悦、受苦、勤奋、煎熬、伤痛、欺骗、情爱，这些日常的东西。

每个时期都有一团时髦围逼过来，但其中的大部分不是解除而是加深了大众的痛苦。所以，下一代好的艺术家一如上一代，也仍旧是怀念，是自我的怜惜和自尊，是背向大大小小各色各样的啦啦队。今天，看看模仿中的滑稽和失态，再看看寒地的星星炉火，真是无言。

但是，新的时代毕竟来了，大声喧哗中的美好吟哦时有发生，人们已经在断断续续的喜庆中忘记了悲观；当然，有人认为悲观也是没用的。

2

由于智识阶层更多地居住在城里,所以他们能够敏感地体味所谓的"数字时代""全球经济一体化"的含意。现代传媒在使世界变得更加容易沟通的同时,也让人丧失了思考沉浸的空间和独立想象的可能。

在这种状态下,知识分子或许要警惕自己变为一个时髦群体、一个浮浅喧闹的喝彩者。恰恰是今天,我们必须一再地提到文字的作用。因为在两个世纪交替的时刻,文字理应显示自己在现代交流中的核心力量和主导性质,进一步提醒和确定自身与声像技术的区别,担负起提高一个民族文化自觉的重要责任。

任何一个时期,离开了对思潮、特别是对技术主义的批判和质疑,就会失去一个时代的伦理依据。在今天,大概比以往任何一个时期都更加需要关注和认识基层,特别是广袤乡村的边地山区——因为现实生活既可以做任何知识的化学测纸,同时也是它们的主要来源。所谓时代的伦理和时代的深刻,实际上也正是取决于我们能否深切地关心民众。

3

整整一个时代不知不觉地陷于声像麻醉,并不特别令人吃惊。也许我们会察觉一个可怕的隐忧,发现以电视传播技术为代表的现代传媒对第三世界的损害无法预计。它会远远大于第一第二世界。贫穷单调的生活,狭窄的娱乐空间，精神和文化接受能力的局限，文盲和准文盲的巨大比数，等等一切都决定了他们在现代传媒面前的悲惨境遇，即进入彻底的无抵抗状态。接受，只有接受而难以拒绝，更难以选择。

因为历史和现实的原因，也因为其他——或者还包括了一些文化方面的禁忌，第三世界与第一第二世界的文化核心人物一样，总是更多地脱离现代传媒。这就使第三世界的声像技术进一步沦为浮浅载体。与其它国家的主要传播渠道一样，它们总是分属于某一些权力集团。此乡与他乡一样，也不会有其他声音，只有来自一个方向的震天的轰鸣。当然，这里早就不存在对于声音的选择和判断，不存在这种权力。需要个性化的见解吗？这里将因为没有"见"而失去了"解"。

因为浅薄，怯懦，更因为粗鄙的物欲驱使，一个民族会在极为强大和单一的声音牵引下，走入自己命定的歧途。

4

我们慢慢接近了一个最悲观的命题。即便是再大的喜庆也不能抵消它的哀伤。我们还会发现，所有的喜庆都来自他人的需要。有人为了将这场喜庆强化得更真实，非常需要一个普遍的误解：这喜庆是自己的。

很少有人认识到：对于节令的误解会导致可怕的后果。

因为说到底，节令不过是人类关于生命意义的最大程度上的一次认识趋同。于是，利益和权势集团最乐于做的一件事，就是强迫人们接受他们制造的节令。他们为了自己的目的而制造节令，编造庆典。

在现代，要进行这一切活动就越来越离不开传媒。传媒在此是真正的同谋者，事端制造者，当然也是民众意识的扼杀者。如果有人提出对现代传媒来一次生硬而彻底的拒绝，那就一定会被指斥为当代的歇斯底里。可是，民众又会有多少选择？具体到一个人，他又会有多少选择？答案将是非常悲观的。而彻底的悲观必会产生极端的行为。

飞速发展的技术与精神的极度衰落，生成了我们这个失衡的世界。我们越来越对技术失去了控制，这就是我们悲观的根源。

5

技术的强大是因为它的自身属性，即它与精神的根本不同——技术能够有效地积累。而精神，道德伦理范畴的东西，却很难继承性地呈现线性发展。精神总是在不断的质疑和否定中，在绝望与颓丧的交错中，还有——在理解和表述的双重晦涩里，一次又一次失去。

果然，我们多少年来一直特别害怕"清谈误国"。可是我们没有能力向另一个方向伸展思维，没有问一句：丢弃了清谈的实干能否掘掉自己的未来？奇怪之极，回避"清谈"的同时却常常也在回避民众。因为我们意识中的民众往往与"实"而不是"虚"连在一起。我们差不多完全忘记了，正是那些大"清谈家"当中出实证主义者，出民粹主义者，出清新而深刻的思路，更出高屋建瓴的风范。只有真正伟大的民族才会有自己的大清谈家。

这个时刻我们不由得想到了战国时代的稷下学派。那是一大帮清谈家，时代宽容了他们，他们也恩惠了时代。没人会忽略了历史上的这个繁荣的"百花齐放"时期。

物质主义者对于其它，特别是对于思想，从来谈不上什么崇敬之情。物质主义者误认为自己才是世界的创造者。其实物质主义者的能力充其量不过是一种自然的力量，具有一种自然属性。它本身并不能创造，它只能被用来创造。而使用它的，也只能是思想家。

6

人们会问自己，人类处于一个数字时代还能做点什么？在技术称雄的神奇时代，作为一个人，似乎更加不必束手就擒。只要不是被数字缠得死紧，只要尚可以呼吸，就能够有所作为。我们如果能在深刻的悲观中进一步理解这个世界，我们也就有可能走进自己真正的喜庆。反对技术主义正是为了求证科学，正是为了推进人类的认识。没有一个繁荣的时期是被单纯的技术主义牵引出来的，也没有一个思想家会同时又是一个技术主义者。

实用主义者正因为是目光短浅的人，他们讲求效率，力倡务实，所以也就掩盖了特别有害的一面。他们的自私与狭隘是时代性的，所以他们耗损与伤害的会是整整一个民族。

这里自然又回到了"深刻的悲观"这个话题。是的,在这个新世纪之初,我们的确需要从这里起步。

二〇〇二年二月十四日

有一个梦想

杜甫在当年有两个悲叹让我难忘，因为他看到和感到的哀伤愁苦都是人世间最基本最常见的东西。一是他的"朱门酒肉臭，路有冻死骨"，二是他的"布衾多年冷似铁，娇儿恶卧踏里裂……安得广厦千万间，大庇天下寒士俱欢颜"。

一千二百多年过去了，杜甫的悲叹如今仍在人们耳畔震响。一边是炫目的网络和智识阶层的扯淡，一边是诗圣濡湿千年的长泪。鲁迅先生当年说要"睁了眼看"，就是不回避，有真心，能牵挂。这已经成了世纪末的难事。因为任何人，只要想分得一杯羹，就不能冲了欢喜和吉庆。现在许多人都学得乖巧聪明，连最基本的梦都不敢做了。

将朱门多得快要烂掉臭掉的酒肉分出一点，让路边冻饿濒死的人活命，这似乎不难。让无一床像样的被子、无一间房屋遮风避雨的人得以苟活，这好像也不难。

可是看上去不难的事从来都是最难的。好像难到谁也做不到。因为从古到今，任何时候都会有人振振有词地"看主流""成绩是主要的"——这样说着千年不变的鬼话套话，以维持千年不变的"杜甫之悲"。

我看过不少富庶之地，那里伟大的"开拓"真是空前绝后，已经学得很像欧美。我也看过更多的边地远野，那里的贫寒之象让人不忍卒读。无论从这一极到那一端，到处都有食不果腹者，有在雨水和寒风中嗦嗦打抖者。还有,伴随这些的,到处都有成行的进口车,成排的盛宴和欢庆,一掷千金不眨眼的官场。

这些就是千古不变的风景?这些就是人类的命运?

一个人会因为害怕自己的"茅屋为秋风所破",为了逃避本该属于自己的那床"冷似铁"的"布衾",为了免做"路倒",不得不小心谨慎,精明再精明。这样的结果就是两个字:逃出。可是一旦逃出险境,逃出所谓的人生哀难的险途,立刻变得尖牙利齿了。他们一朝得意,再无心肝,连起码的怜悯也没有。无论是谁,逃出一个算一个,几乎很难找到例外。

智识阶级逃出了,于是他们学得油嘴滑舌,卖了良心,合伙鼓噪。小官人逃出了,于是他们仗势欺人,横行乡里。真的没有个例外吗?不,应该有个例外。我们曾经寻找着例外。

有谁敢于统计,一个发达或不发达地区一夜的公费挥霍到底是多少?又有谁敢于统计,这同一地区大面积贫民一夜的衣食住行所需花销总值仅是多少?更有谁敢于统计,走马灯般的轮换升迁背后藏下了多少罪恶?还有谁敢于统计,那些得意者一个个是怎样逃出了贫困,背叛了祖先?要知道他们的祖先大多是穷人,他们自己是一朝"胜出",愈加后怕。祖先痛苦的经验累积心头,正是又凉又沉呢。

这些就是千古不变的风景?这些就是人类的命运?

"阶级斗争,一些阶级胜利了,一些阶级失败了,这就是历史,这就是几千年的文明史。"毛泽东如此概括,简洁扼要。"胜利"之后呢?还有,一个阶级是如此,那么一个人呢?一个人所谓的"胜利"之后呢?

一个人难道真的不可以有人道和怜悯吗?最基本的东西难道真是不可企

求,是人世间最大的高调吗?最基本的,即最低调的——"低调进取"还不行吗?

不,这仅仅是一个梦想。在新世纪开始之初,这也仍旧是一个梦想。现在如果因为高科技和发展的喧哗嗡嗡震响,因为总是一味梦想移民太空,因为不能即时追赶现代繁华而忧愁,那也不过是患了一种现代昏胀症。我们的现实告诉我们:一切远不是那么回事。

智识阶级讲体面,讲风度,下笔之前只是惦记三坟五典,西洋拉美,已经厌恶人间烟火。这是可悲的。这种悲其实也连着当年杜甫之悲的源头。智识阶级的背叛与另一些人的背叛在本质上是完全一样的。背叛的知识阶级眼里没有焦灼,没有激愤,也没有什么真正紧迫的问题。他们正忙于无耻的拜金时代所交给的一切。

"全球经济一体化"的甜饵挂在那儿,于是无论地方小官人和庙堂小书生,一个个都学会了几句时髦。辫子刚刚剪去,洋文三三两两,人也足够聪明,就是没有良心。

话说到了这里,我们都会问一句怎么办?宏论已经太多,先是应该打住,然后去大街上,去寒风里,扶起垃圾堆旁摇摇晃晃的饥汉,给无衣无被漏屋破锅的贫民想个办法。今冬也寒,江南落雪,中原悬冰,瑟瑟抖抖的打工者于路上挣挤,好端端的客轮在近海沉没。仅是这一副图景就让人在大节里高兴不起来。

还是那句话:我有一个梦想,梦想在未来的世纪里,中国出现了大悲悯,真人道,把最古老的牵挂去掉,除却杜甫当年悲。

二〇〇〇年二月三日

自尊与确定

人的思维和倾向不是完全独立于客观世界的,每个时期都必然会与外界有个对应。我现在痛感需要好好阅读中国的典籍。这样说,就想到了五四前后的那场文化之辩,想到了历史的嘲讽。历史嘲讽了谁?我们今天需要新的眼光,历史的眼光。

港台处于中华文化的边缘,典籍的影响历来薄弱,在长期的外来文化、商业文化的覆盖下生长出了一些文化怪胎。然而我们也要看到,港台在长达半个世纪的时间里,汇集了众多学者,并没有经历接二连三的传统文化大扫除,有可能继承中华典籍,使文化传承没有中断。这方面要远远好于大陆。

所以我们今天在学习这些地区好的坚守的同时,理解其意义的同时,也要看到其局限性。港台这许多年来的大众娱乐文化,其低俗的走向、物质主义气息,实在不足为训。

中国寄希望于其他文化的时间不短了,可是我们学来学去,总是留下了异地文化中最坏的东西。原因可能是我们没有记住也没有分辨中国传统文化中什么才是最好的。西方文化源远流长,不可轻言。西方文化不完全是、更不等于是我们今天的一大批时髦人物迷于其中的消费文化。看来要有放眼世界的气度,先得自己有根。

有人开口就是外国如何如何，一心向往它的消费主义，多么浅薄。

从五四以来批了许久的四书五经之类，今天还得从头好好学起。我们或许明白：没有从此地走出来的文化人，一切的夸夸其谈都是可疑的。我们一开口就乐于夹杂的那三五句外语，似乎大可不必。能够口吐洋物，原本是好的——它们是有用或有大用——当然要获得这个技能也须熬下苦功；可是它们不能代替一切，尤其不能取代深长悠远的民族传统。

我个人所面临的大问题也许与人不同。我现在最需要做的事情六个字即可概括：读古典，下农村。

这六个字既是我的任务，也是对自己的警醒。我希望自己能够有勇气，不倦地寻找真实。

二〇〇〇年十一月二十二日

从"辞语的冰"到"二元的皮"
——长篇文体小记

谈长篇文体不过是研究形式问题,算不得高深的学术。但它又关乎文学的品质。所以如果从灵与肉的不可剥离处入手,似乎也可以认真起来。人一思索,上帝就发笑。然而人总还是要思索,比如它缘于诚恳之约,则似不可违。

辞语之冰

长篇贵短。长短又不能以字数论,而是以感觉上的极限来论。一百万字,可能是短了;十万字,可能是长了。现代好长篇都是文学人士耳熟能详的"冰山":五分之四在水下。冰山极沉,虽能漂浮,其主要部分还是在水下。这就不给人轻浮感。廉价,轻浮,不为人重视。沉潜,含蓄,下边重,自尊就有了。形式是有自尊的。文学的自尊有许多就是从形式上开始的。

一部长篇要做成一座冰山,那么堆积它的辞语首先要是冰。它要坚固,有硬度,不能是棉花,不能太膨胀。"文革"前后形成的语言是有套路的,学校里形成的语言是有套路的。不必要的夸张，状语和定语部分特别发达，话说多了。物极必反，多了就是少了。读者想象中的追求全给破坏了阻断了。

商业时代的语言是有套路的。这个套路除了承袭"文革"的套路，还多了更令人厌恶的毛病。商人重利轻别离，富人腔，没感情，盲从发达国家的语调。还有，迁就孩子和市民，说一些类似拙劣电视剧的语言。

动词和名词最重要，要用得惯。它们使人的语言直爽。聪明的现代人更重视也更信任直爽。语言技巧不会因为直爽而破坏，形式的力量也不会被直爽所毁掉。直爽是一种诚，更是一种朴素。各种矫饰都经不起后想，都会引起厌烦。

感情不会破坏诚实，激动不会影响朴素。但它们都不能强调，一强调就破坏了影响了。商业时代和"文革"前后期，语言中的强调总是太多。

第三世界走向商业化的过程中，写作人在强调什么？这是藏不住的。他们强调自己的现代与潇洒，强调自己与发达国家的情感同步，强调自己的颓废和厌烦。他们多多少少都害怕动词和名词，要尽力遮蔽它们。朴素是淡水，名词和动词是水分子，虚幻的热度一旦降到了零，辞语就结成了冰。

"二元"之皮

文学风水轮回，几年或十几年一变。如今现实主义在中国时髦者眼里，比西方发达国家的艺术家眼里显得还要土气。物质极大丰富之后的苦恼与对这种苦恼本身的模仿，现代社会的病态与对这种病态的模仿，在文学作品中不难分辨。前者是血肉，后者仅是蒙上的皮，即形式。在当代中国文学中，现代苦恼与沮丧与种种病态，正已经走向了"文体化"。

所以在这里稍稍探讨一下长篇小说中令人却步的"二元对立模式"，仍旧是值得的；而且，这的确也是在研究作品的形式。"文革"前后的文学与现在的文学，其区别之所以一望而知，当然首先源于皮之不同。那时候人物的好坏优劣、道理的是非曲直、环境的阴晴云雨，一切泾渭分明，罗列纸上。有人称之为"二元对立模式"。

今天谁的作品倘若敢蒙上一张"二元"之皮，必是白痴。因为今天有通行于今天的皮。

如果今天尝试着揭掉这张流行与通用的皮又将如何？这大概需要勇气：首先是不怕当"白痴"。现代艺术好像离开聪明没法存活。那就选择死亡，死而后生。原来生与死，白与黑，香与臭，是与非，阴与阳，都是"二元"。原来就是这"二元"才衍生出无限的复杂。原来进入这"二元"就是进入复杂之门。

现代流行的皮是被污油浸透的。它已没有纹理。美丑清浊搅拌一起，浑水方可摸鱼。惯常使用的手法就是：先缩在一个保护性的龟壳里，再镶一层个人主义和自由主义的衬里。谁还能拿他怎么办呢？这个时期，人在许多时候是普遍屈服于个人主义的。于是胆怯自私的大流货可以在一张时髦的皮下轻取智者美名。

两个时代，各有其皮，形异质同，毒汁俱在。

有人要我们警惕"二元对立",或是好意。但结果成了送给青年,特别是送给这个时代的蛊毒。要除去这个时代的油皮,最好的办法,也是必由之路,即首先要心存"二元"。因为这是底线,是立场,是求真的可能。一个人总要有所承担,因为我们人类还想生存。

两种故事

小说家应该是最会讲故事的人。这不容怀疑。所要阐明的是,今天的小说家讲的是文学故事,而不是一般意义上的故事。时至今日,已经进一步拼入现代商业板块的小说,作家对故事好像有了重新发现一样。很好,但可惜这种发现更多不过是顺从了一种市场旨意,是商业催生的产物,而不太具有写作学的意义。

我们要求今天的小说故事以文学的方式讲出。要求它大致区别通俗读物,如言情和演义类的故事。至今,对现代长篇小说,我们并没有给出一个新的概念。但它在诗性的承载方面,它的语言品质,已经在实践中被大致界定和厘清。

所以我们说,现代小说仅仅是重视故事还不够,而更多的是要重视区别。

现代小说的故事较之一般意义上的故事,更简洁凝练,更朴素内在,更具有抗挥发性。它的兴奋点在深处,在更高的层面上。它矜持,庄重且又吝啬,极大地压缩传统的衔接链条,而肆无忌惮地放大个性的局部。

那些最好的现代小说家都不是传统意义上的故事高手。但他们又的确是最会讲故事的人。他们的故事所蕴含的深层魅力，对一种语言的倚仗，对其内部的独到发现，使其具有了不可重复性。所以，一般的故事是可以随便讲述的，而作家的故事别人无法转述。

我们现在研究的就是：怎样写出无法转述的故事，即当代小说故事，而非其他。

现在一些长篇小说中的非文学写作，一个主要的结症在于作者没有能力讲述文学故事。

莽撞的告别

中国当代长篇小说年轻而又苍老，它一路前行，就要不停地告别。这才有可能使它获得自己的高度。"文革"前后的写作方式，还有传统话本中的一部分皮色，正在自然蜕脱。这是一种必须。

但是，它在更加靠近西方作品的同时，又露出自己的浅薄气。长篇小说失去了民族的中气和底气，就会从形式到内容走向怯懦。最后虚脱，没有前途。告别固然可贵，丢失尤为可惜。现在或许到了好好检点的时候。

其实在我们现代最好的长篇那儿，告别的东西比如上谈到的还要多得多。追随西方传统小说的冗长沉着，在数字时代显然是个败招。从形式上评判，它也不比革命话本好上多少。好的当代长篇已经磨出了一把快刀，削铁如泥，纵横斩伐。这样，它才开始轻装上路。

现在的问题是研究一个致命的缺憾：我们披起的现代西方皮毛美观与否是一个问题，能否过冬还是一个问题。我们有理由认为它既不好看也不保暖，与国人体量性情不合。我们通常认为传统文学中没有或较少现代意义上的小说，此说成立；但小说仅是一个民族全部文学积累中的一部分，在中国而且是一小部分。现代小说为什么不可以继承自己民族伟大的文学传统，如中国的诗与散文的品格气质？它们的语言，还有形式的诸多方面，都是最易复活的。它们比起生冷的西餐，可能要好消化得多。

中国长篇传记，具有现代文学故事所要求的诗性深度。而且其凝练淳雅，紧缩坚实，远比当代长篇小说故事的视点要高。如果我们忧虑网络时代的文字，如果我们想催生新的、能够生存且又具备了文学自尊的现代长篇小说，那么我们就仍然需要求助于传统。它不可轻易抛弃。

现代文学语言的走向是这样的：它并非是影视网络传媒等等语言的混合与变种，而是越来越强调其本质区别的一种语言。

竹简刻字是古人书写之方。这让他们不啰唆。现代人的文学，从形式上看首要解决的，也许就是不啰唆。我们已经告别了远近传统中的一部分，如革命话本和志怪传奇之类。但我们不能什么都告别，那样就太孩子气了。

"反艺术"

正当我们皱眉论技,奢谈文体之时,那边厢行走的却是"反艺术"的大道。西方走了几十年,大师云集,挥袂遮日。当代长篇不"反艺术"已经不成气候。也正是这类形形色色的中华门生,逼紧了文学操练。它们起码进一步令好端端的中国清官戏露出了尾巴。割尾巴,即便是一个当代准作家也毫不含糊。

并行于荒诞的世界,我们需要从文体出发的一场颠覆。只要置身现代,就会看到恶之花。可恶的主题与可恶的形式不期而遇,失常的里与丧情的表同存共生。它不再装饰与矜持,尽扫浮浅于毫厘。不必讳言,许多当代文学作品是以反文学而取得成功的。它们甚至饱含了对文学和艺术的敌意。这是时代的一次强烈的馈赠。

面对"反艺术",我们似乎可以收起惯常的法则。

面对这种深刻的刺激,我们也许会痛感当代文学中越来越缺少谦卑了。其实我们已经忘记,我们更缺少的还是真实、勇气和激情,是与生俱来的被矛盾死死盘住的那种纠缠。我们缺少的太多太多了。

但是无论怎么说,"反艺术"这张皮也仍然长在肉上。有血性有气概的人,勇者,他们无论是否变成真正的绝望者,都有可能生出这样的一张皮来。他们的情感经历和直观的人生经历都无法杜撰。

同时我们也会看到,再也没有什么比将"反艺术"变成一场闹剧更简单的了。一不小心就成了闹剧。胆小,骗子,目光短浅者,刻薄鬼,都乐于头顶这样的一张皮上街。招摇可不是"反艺术"。

还有,"反艺术"即便在现代也并未获得赦免权。特别是中国这样一个农民国,庄稼人正警惕着呢。它如果仅仅是作为一种手法,作为一种丝毫不连带血肉的东西,似乎意思不大。它的出现和发生与深刻的危机,畸形的物质丰饶,个体的非凡阅历等等,连在一起掰也掰不开。而在我们这儿一切却常常相反。强说愁,光腚客有了第一条裤衩之后的幻觉与微薄的喜悦,这些都不足以催生真正的"反艺术"。

如果我们真的有了紊乱谵妄大痴大傻,有了以自我为前线的血淋淋的书写,有了以毁灭自决交出的生命分量,那又是另一回事了。

我们总是认为,只要是高明的艺术,都是朴素自然的。

二〇〇一年三月

责任，理性和浪漫
——第一届世界公民大会有感

经过了十五年的辛苦准备，第一届世界公民大会于二〇〇一年十二月二日，终于在法国北部的工业城市里尔开幕了。这次大会的组织者来自许多国家，从发达国家到贫困的第三世界，都有人参与，并且在十五年漫长的准备时间里始终如一地勤奋工作。这个过程中，欧洲梅耶人类进步基金会提供了至关重要的支持。本次大会的主要发起者和组织者，是东道主法国。

里尔是法国北部一个历史悠久的工业城市。这个地点的选择极具象征意义。大会开幕式上，主持人特别指出：这次大会的会址（国际会展中心），离当年《国际歌》响起的地方大约只有一百米。可见这个会议地点的选择绝不是一种巧合。在法国许多人的心目中，《国际歌》不仅仅是一曲砸毁旧世界旧秩序的号角，更是一支人之歌，是人的尊严之歌，生存之歌。这支歌号召人们马上动手去争取一个美好的明天，丢掉幻想，并且从即刻起就开始反抗。

会议代表来自全世界的每一个国家和地区，共四百多名。会议组织者的理念是：代表们来到了里尔，也就成为"世界公民"，不论是总理还是部长，是市长还是农民，是联合国特使还是将军，是艺术家还是欧

二〇〇一年在法国里尔参加首届世界公民大会

盟发起人，是白人还是黑人，此时都是同一个身份同一个面孔：世界公民。大家具有平等的发言机会，面对的是一个共同的责任。

十二月二日下午三时，旷敞的里尔国际会展中心会议厅里座无虚席，在一阵阵热烈灼人的非洲鼓声中，四百名身着本民族服装的与会代表开始入场。每个国家和地区的代表队伍前面都有一个裙装少女，她手举木牌一路引导，很像奥运会入场式。在全场人群的欢呼声中，在密如骤雨的鼓点声中，代表们不由自主地举起了双手，一个个都举起了双手，向着全场摇摆不已。

台上的大背景是一阔大银幕，它由三个大画面组成：中间一个是会场的动态映象，两边分别是会标和主题辞。台上摆了三组圆桌，偏向最右一侧的是司仪台。斑斓的光饰与绚丽的背景交相辉映，给人一种梦幻感。其实整个会议就是一种梦想。坐在台上圆桌周边的三组发言人，此刻很像童话中的角色。然而它的热烈与庄严，肃穆与梦幻，却是得到了完美的结合。这样的场景与情致，确是一般的大型国际政府间集会所罕见的。

会议一开始就向大会逐一介绍与会代表：从非洲开始，国别，职业，角色与业绩；随着介绍，该代表的巨大头像就映在了中间的大银幕上——就这样一一介绍下去。这不禁使我心生疑惑：四百多个人呢，就一直这样数叨下去？这要占去开幕式的多少时间，难道有必要吗？是的，人家就有这样的一份耐心，而且介绍起来无一遗漏，不厌其详。会议的主体是世界公民，它有赖于公民的直接参与和倾力支持。

开幕式上，各洲都有一二位代表登台，即席发表激情演讲。给人印象深刻的是几位欧洲老人的发言，他们这会儿既是白发苍苍的智者，又是天真烂漫的孩童。精美的文辞，真挚的情怀，强烈的责任感，永不褪色的浪漫主义。他们对今天的世界充满了不安，对全球范围内的公民行动寄托了深长的期待。

在几位代表发言的间隙，还穿插了一位非洲歌手的吉他弹唱。一时间，全场都在一种稍稍野性的歌喉中深思和陶醉，大家不时回以阵阵热烈掌声。非洲歌手之后是法国前总理的讲话，尔后又是欧盟创始人……当会议进入了后半时，一位年逾花甲的里尔歌手又登台演唱了一首家喻户晓的当地民歌，这马上引起了全场的共鸣。许多人与之迎合，击节连连。此时已是太阳落山，夜幕四合，而会议大厅里仍旧灯火通明，群情激越，心潮逐浪。

整个会议将历时八天，这期间要有许多次不同的分组讨论，如按职业类别分组，按语种分组，按主题分组，按地区分组等；最后一次是大会的总结和报告；尔后就是闭幕式。会议期间将穿插多次晚会和表演，还有特别主题的小型报告会和讨论会等。

说第一次世界公民大会是一个伟大的梦想，是指它的浪漫与雄心、胆略与气魄。在长达十五年的准备工作中，会议发起者已在全世界范围内进行了卓有成效的实践与探索，以基金资助运作的形式，先后与二百三十多个国家和地区组织建立了联系，展开了广泛的合作。十五年来，基金会共建立了"农民农业""社会与现代化""地球未来""文化间交流""反对社会排斥""国家与社会""建设和平"等七大项目和十多个工作班子，确定了十大工作主题：一、价值体系及其体现的演进；二、科学技术的重新定向；三、尊重他人与生物圈的生活方式；四、新生人类与生物圈的生产模式；五、充实而平衡的交流；六、领土整治管理；七、为负责与团结的世界服务的公共结构与政策；八、国际社会的管理；九、人类与生物圈之间关系的管理；十、进行变革运动的条件和方法。

第一届世界公民大会得以召开，走过了一段漫长而曲折的道路。早在一九八六年，八位法国社会学家和科学家聚在一起，希望以集体智慧的形式对重大的技术危险进行思考。这就诞生了有名的"威泽雷小组"。梅耶人类进步基金会给予了经费组织等各方面的支持。当时的研究主题有四个：高层大气压演化；民用核工业的危险；生物技术；技术演进中监控机制的阙如。第二年，第一份小组文件就产生了，它强调：面对重大不平衡的危险和新的大自然，一场全面的变革势在必行。这一变革不仅是技术和经济方面的，而且涉及价值、权利、政治、教育等各个方面——我们社会的传统管理、调整方式已经不能完成对变革的实施。

在接下来的十三年间，"威泽雷小组"经过了无数次的努力，在全球各地展开了广泛的接触与对话，先后召开了七次大陆级会议以及著名的国际工会大会。这些行动的结果，就是一九九三年形成的《协力尽责联盟纲领》，还有一九九二年起草的《地球宪章》讨论稿——该宪章被视为当今世界共同体的三大支柱之一：它的最终形成，将是继《人权宣言》和《联合国宪章》之后的又一基础性纲领性文件，势必对未来世界产生深远的影响。一九九六年，六十多个工作小组建立起来，并在巴塞罗纳召开了第一届联盟成员大会。至此，"威泽雷小组"的使命完成了，取代它的，是新的联盟。

一九九七年十二月，联盟于巴西的圣保罗召开了第二届大会。两次大会中遇到的组织困难、误解与复杂性，使得成员们意识到，联盟不仅要有自己的行动方案和哲学，而且十分需要思考自身的运作方法和组织模式。因此，大会产生了一个方法协调小组（EIF）以沟通各组成部分。它所思考的问题有：一、联盟自我定位——是否是"反资本主义"和"反全球化"？是否是受排斥人民的代言人？或者它更应当是一个不同领域、不同观点的对话空间？二、行动方式与权力——是否作为压力团体出现？或一个体现现实复杂性的场所，在那里会有新思想产生？

作为法文本的联盟纲领，固然有一些概念使用中的缺欠和文化多元性的不足，但它对当今世界存在的问题的深刻把握，它所准确捕捉的人们共同感受到的无力感，以及它的激情和清新的精神面貌，都令人十分振奋和感动。联盟的存在，它的全部行动，的确是由公民的理性和浪漫、由一种深长的感悟和责任作为支撑的。

在讨论中，各国代表趋向一致的看法是，当今的世界确乎是由一些最基本的矛盾构成的，比如：人类迅速增长的科技能力与伦理水准的急剧下降；强烈的商业欲望与可持续发展；个体的创造自由与人类生存原则……所以，大会上需要通过的宪章草案最初命名为《世界伦理宪章》；后来，仅因为"伦理"作为一个概念需要太多的解释和界定，才更名为《世界责任宪章》。

在九天的会议中，有那么多的争执和讨论，那么多的慨叹和感动。看到一个个年迈的欧洲妇人，一个个来自第三世界的民间活动家，艺术家、官员、将军、农民、律师，他们为一个观念和见解的永不气馁的争辩和强调，你就会觉得每个人会者都或多或少肩负了世界的明天。这种不可承受之重令人松懈不得，游戏不得。果然，会议间，每个人都陷入了一种伟大的精神，都在展开自己的忧思。

也许是代表们的思索太沉重太剧烈了吧，会议组织人员特意在间隙里安排了许多有趣的活动——几乎每个夜晚都有简朴的冷餐会、酒会；主会场外的大厅里，从未间断过歌手的演唱。而且大厅的背景由别开生面的劳作组成：一群非洲或南亚艺人在忙着手工编织。整个会议期间他们都在认真工作，那披挂起来的地毯绠线和其他织造材料好不绚丽。这是一种有关会场布置的奇思妙想，大约属于现代主义；但更是关于整个会议主题的切近关照：民间性。

特别令我难忘的是会议结束前两天晚上的酒会：一边的舞台上是艺术家们的精彩表演，一边是一群孩子在作画。酒会过半，孩子们突然涌了过来——他们原来要把自己的作品赠献给来自各地的世界公民。孩子们纯稚美丽，仰脸看人；当代表们分别收下他们的作品时，一副副小脸上那种羞怯而又幸福的神情啊，让人过目不忘。

别了，里尔，《国际歌》奏响之地。

这儿再次让人感受到人类庄严和伟大的一面，并领会了商业狂潮也无法淹没的理性，以及作为人的那种——纯洁。

二〇〇一年十二月二十五日

纸与笔的温情 *

尽管最早的文学不是写在纸上的,但用纸和笔成就文学却是很早以前的事情了。它简直是很古老的事情了。更早是用竹简木片、兽皮锦帛加刀锥羽毛之类,用这些记录语言和心思,传达各种各样的快乐和智慧。后来有了纸,也有了很好的笔,如钢笔。这就让文学作家更加方便了,快乐了。

他们有可能因此写得更多了吗?当然是这样。但是并不能保证写得更好。

纸与笔使作家写得更快了一些,特别是钢笔,内有水胆,不用蘸墨水了,所以中国人一直叫它为"自来水笔"。墨水自来,多么方便,那么写作者在写作时,等待的永远只是脑子里的东西了。而在古老的时期就不是这样,古老的时期,人想好了一句话,要费许多力气才能记下来。

现在我们不得不正视这样一个问题:是谁处在等待的地位?是工具还是思想?这可能是不一样的。这在写作中也许是一个不小的问题。有人以为工具的问题只是一个可以忽略不计的小小的问题,我不那样看。特别在今天的作家那里,总愿意证明电脑打字机的诸多好处,证明它的有益无害。也许真的是这样。不过另有一些人心里装着的却是一个反证明,

---

* 本文是作者在法国里昂第三大学的演讲。

他们很想证明它对写作是有害的，只苦于无法像数学家物理学家一样得出求证罢了。

在缺纸少笔的时代，在竹简时代，人们为了记录的方便，就尽可能把句子弄得精短，非常非常精短。读中国古文的人都有个体会，那时的文字简洁凝练到了极点，大多数的词只有一个字。现代汉语的词则要由两个字或更多的字组成。把一段古文翻译成现代语文，一般要增加两到三倍的长度。

中国古典文学的美，美到了无与伦比，难以取代。有人说中国现当代文学的美也是不能取代的——那也许，那是因为它就这样了，它已经无法变成另外一种模样了。但是起码现在的人普遍认为，中国文学的最高峰仍然在古代。为什么？理由很多了，我看其中的一个理由大概是不能忽视的，那就是因为书写工具的变化，是它的缘故。

西方的文学是不是与中国文学走了同样的轨迹，我手里没有更多的资料，还说不准。

总之从古到今可以这样概括：工具变得越来越巧妙越来越灵便，文学作品的数量也随之增多，品质也在改变，但却不是越变越好了。其实文学写作无非是这样：用文字组成意趣，它一句话的巧妙，思想的深邃，着一字而牵连大局——这一切都得慢慢来才行，要一直想好了，再记下来。这个过程太快了不行。工具本身既然有速度的区别，那么速度快到了一定的程度，就要催促和破坏思想了。这是个简单的原理。

显而易见，现代写作工具的速度在催逼艺术，催逼它走向自己的反面，走向粗糙的艺术。实际上，许多古老的艺术门类就是这样，它一旦离开了对原有的生产方式的维护，背弃了这种方式，也就开始踏上了死亡的道路。它会慢慢消失。文学似乎仅仅是一种写在纸（竹简、帛）上的、一种语言的艺术，这个事实是有目共睹的。现在越来越多的人发出惊呼，说文学阅读正在被其他的方式所取代。他们这是在悲叹文学的命运，它极有可能迎来最终的消亡。

如果这种恐惧有一定的真实依据的话，那么我认为它其中的一个原因不是别的，正是因为今天的文学大多已不是写在纸上的东西了。这一来它就与其他的视听产品，与其他的娱乐方式没有什么根本的区别了。它们的品质大同小异。

现在的文字通过键盘，以数字方式输入，闪现在荧屏上。阅读和传递也是以数字方式实现的。我们都知道，现在还有个要命的网。当然，现在主要的文学作品最终也要印在纸上，但那只是以数字方式输出来的东西，是一种数字转化而已。就在这种转化当中，有一些最重要的特质被滤掉了。这种特质是什么，我们暂时还不能准确地知道，但我们大致可以明白，那是诗性——文学中最为核心的东西。

数字的传播和输入方式影响了思维，改变了文学作品的质地和气味，这已经不难察觉。作为时代性的转变，渐渐蔚成风气，终于使各种文学写作发生了流变，甚至也波及传统的写作：那些仍然使用纸和笔的人，也在自觉不自觉地跟进，无形中模糊了与数字输入品的界限。

我们都知道，中国汉语使用一种象形文字，那么写字就等于是对物体形状的一次次描摹。当然了，文字进入记录功能愈久，这种描摹的意识就会大大减弱以至于没有。但它的确是有这种功能的，它在人的意识中潜得再深，也还是有的。它也许藏到了人的意识的最深处，藏到了潜意识之中。所以说，从本质上来看，写字是很诗意的一种事情。所以中国有书法艺术，而其他国家的拼音文字就难以做成这一艺术。

以数码形式输入的文字仅仅是一种代码，它的过程取消了描摹的诗意。而人在纸上无数次的描摹所引起的生命冲动，它的快感，它不断重复的联想功能，也都一并取消了。从这个角度看问题，看待写作工具的变化，就不仅仅是个速度催逼思想的问题了。

文学在很大程度上是一种描摹，文字的书写，也是一种描摹。可见它们同质同源。

所以，真正意义上的文学作品，读者首先看到的总是"文字"，而不是"代码"。这里所说的"文字"不是一般的文字，而是具有强烈"文字感"的文字。而现在的许多作品正好相反，我们在阅读中首先感到的不是文字，而是一些符号在眼前匆忙掠过，它们只是充任了符号的功能，相当急促地、直接地表达了一种意思或故事。没有了文字感，当然也就没有了传统意义上的语言。而文学是一种语言的艺术——没有了语言，也就没有了文学。所以，人们痛感文学在消亡，这原来是有道理的。

现代传媒中出现的文字、它所运用的语言，一般来说只具有符号和代码意义。作为一种代码，它需要简便快捷，因而突出的也只能是文字的符号功能。

最终，如果文学作品的阅读过程中没有了文字和语言的深刻感受，没有了关于它的快感，文字和语言就真的只能成为一种代码和符号，它在使用中也就与一般的现代传媒没有了根本的区别。既然没有区别了，文学又如何能够存在、如何具有存在的必要呢？既然从文学作品中读到的东西，所要取得的一切信息，如阅读的快感，种种的期待，几乎从其他的艺术门类、从其他的传播媒介中也能够获得，甚至更为强烈和方便——读者为什么还需要文学作品呢？

由此可见，文学赖以生存的基础就这样给抽掉了，如此下去的消亡也就是必然的了。

在当代，恰恰是文学写作者自己，而绝非其他任何人，造成了文学的危机。有人说现代传播手段的发展促成了文学的萎缩，挤掉了它应有的空间——这是一种似是而非的说法，是一种夸大其词。因为艺术本来就有各自不同的功能与空间，文学，诗意，它的创作与接受本是一种生命现象，源于生命的本质需求，说白了就是：只要有人就会有文学。如果有人想在这个越来越缺少诗意的世界上彻底消灭诗，那么至少也得先在这个世界上消灭人类自己。

可见只要人类存在一天，诗也就会存在一天，这是无须怀疑的。这不是关于诗的什么大话，而不过是一些实在话罢了。

文学既要存在，就要独立，独立于其他的传播方式和表达方式。而现在许多人做的正好相反：不是强化这种区别，而是淡化这种区别。具体到文字，就是漠视和削弱文字感——不是在写作中走进语言的艺术，而是逐步取消语言的艺术。从文学写作发生发展的历史，从它的现状来看，可以说从来没有过的大浮躁弥漫过来了，写作活动变得急切而匆忙。它像数字时代一样追求速度，当然不会有好结果。

其实文学应该做的恰恰是要慢下来，越来越慢。这就是文学与时代的对应。笔和纸当然是这个时代的宝贵之物，它们比起冷漠的荧屏来，当是很温情的东西。写作与纸笔为友，互为镶助，这才是天经地义的事情。依我看，纸与笔较有可能让现代写作者耐住心性，并且在其中再次找到文字的那种非同一般的特异感受。

感性一点讲，真正的文学语言不是呈现颗粒状的，而是一股浓浓的热流，是非常黏稠的。文字首先要不是冰冷的颗粒，词也不要是。它们本身是有生命的，有毛茸茸的感性，有令人难以忽略的个性。只有这样的文字流，才谈得上是语言，才谈得上语言的魅力，也才谈得上文学。

作家脱离了纸与笔的温情，总是令人惋惜的。脱离了，就不能谈文学了，这样说有点耸人听闻；可是我们知道，文学这个古老的东西，最初是一个人在寂寞空间里展开的手工，这恐怕是不能否认的。

说到文学的现代性，会产生出许多伟言要义。不过再大的要义，也要首先考虑文学的生存。现代化的、数码时代的文学，要生存就要回到自己的本质。于是，对于其他艺术门类，对于一般的传播和表达方式，文学当然不是去靠近，而是要疏离。文学与它们的区别越大越好。

纸和笔比起数码输入器具，更像是文学的绿色生产方式。古老的艺术魅力无穷，比如文学。其实这不是因为别的，而仅仅因为人是魅力无穷的。

二〇〇一年十二月十二日

鞋拔子

人的用具

鞋拔子

鞋拔子作为一种日常生活用具，现在又渐渐多起来了。这之前大约有十几年的时间里没有见过它，无论是城市还是乡村，好像都不再使用它了。鞋子还在穿，但是没有鞋拔子也并不觉得少了什么。而在小时候的记忆中，鞋拔子都放在一个显著的地方，以便用时能马上摸到。它大多是铝做的，最好的还用黄铜做成，总是磨得闪闪发亮。记得很早以前，鞋口的后缘总是收得很紧，这样在穿鞋时就要费力一些，甚至是非用鞋拔子而不能为。我至今还记得这样的场景：急着要穿鞋子而又找不到鞋拔子，那真是又烦恼又尴尬。这在今天看来好像是不可理解的，不理解为什么穿鞋子要那么难。可是这种情况在今天的鞋店里又出现了，顾客试鞋子时常有小姐从旁递上那个久违的用具。在过去，新鞋子，特别是手工鞋子，刚穿的那段日子里非要使用鞋拔子不可。

关于鞋拔子的消失，以前我曾经以为是生活进步的标志。好像鞋子越讲究，那种用具也就越是可以免除似的。另外的原因可能还有，格外奔波的生活需要鞋子的后口收得更紧，因为只有这样才不容易在匆忙的追赶中掉鞋子。如果人处于更清闲的日子里，就可以穿拖鞋了。可见鞋

火镰

口收得紧不紧，的确与生活情状有关。但是这种理解又很快被推翻了，因为我们发现今天的繁华商业区的高级鞋店里又有了鞋拔子。许多名牌鞋子的包装盒中直接就配有一副鞋拔子，当然是非常廉价的塑料制品。卖这些鞋子的人，并不都是生活匆促的人。

其实不仅是鞋拔子，还有许多用具的消失，往往不是生活水准提高的标志，而是生活变得粗糙的结果。只要回忆一下，就会发现过去有一些非常讲究非常细腻的东西，现在已经再也找不到了。那是一些至今仍然实用之物，但是没有了，并且连制作工艺也一块儿流失了。与此道理相近的还有其他许多，不仅是用具，还有思想和精神，我们总是因为匆忙和遗忘，因为不懂得保留既有的珍贵，而荒废和遗弃了许多。这就使我们人类的生活更添了很多困难，有时是——苦难。

火镰

火镰是火柴发明前后的取火用具，是当时最普遍最流行的东西，差不多等于现在的打火机。过去谁家没有几把火镰是不可思议的。它是由好钢制成，长不过三寸，厚仅五六毫米。用它击打一种纯白或白中透红的石头，迸发出火花，再点燃火绒草。这里的火绒草是至关重要的，它是山野里生长的一种白绒草，晒干后沾上火星就着，所以称为火绒草。如果没有火绒草，还可以将高粱秸秆的内瓤烧成嫩灰代替。总之要用易燃之物充做星火的媒介，一场燃烧才可以发生。

过去的抽烟人必有几样用具随身携带：火镰、石头囊、烟斗、烟口袋、火绒盒、烟钎子，这些缺一不可。我小时候爱与抽烟的男人在一起，就为了看他们怎样咔咔几下打出火花，看神奇无比的火星落在草绒上立刻冒出白烟，看烟斗上红色的火头瞬间形成，看他们香甜地吸上第一口烟。由于用火镰打火是他们每天进行无数次的工作，所以那真是熟得不能再熟，一般情况下只是"咔嚓"一下，顶多两下，烟就会冒出来。我那时学习这种取火之方，不知试了多少次，一次也没有成功。可见仅取火一项，也足可见过去生活之不易、之有趣。

火镰与火柴不同的是，只要火绒护好，就绝不怕雨。因为生火的两大关键物器是铁与石。不知是传统习惯还是其他原因，在火柴发明后的几十年时间里，竟有许多人仍然不愿意舍弃火镰。记得在春天的艳阳下，我蜷伏在白沙上看着他们咔嚓咔嚓击打火镰时，心里常有一种难以名状的激动。有的男人的确很固执，他们就靠了这种固执，会把一些不乏美好的事物一路送上很远。我爱他们。

电脑

我们这一代人遇上了一种极不平常的东西，叫作"电脑"。机器自己有了头脑，这是最值得重视的事情。我从很小就遭遇了机器，那是嘭嘭响的锅驼机，还有柴油抽水机等。它们不响的时候常用一领席子盖上，我们就蹑手蹑脚上前掀了席子看。但我们惊讶中并不害怕，因为我们知道它没有脑子没有心眼，是不会思索的；它需要我们人来好好指导调弄才能工作，尽管它们力大无穷。今天的电脑稍有不同，它一经戳弄就举一反三，据说它们自己还会做出一些大为令人恐慌的事情。

于是有许多智慧人士开始为世界的未来而忧虑。电脑的运算能力是人教给的，但由于是多人多次的教给，它的运算能力就几乎不可限量了。它的一个不太可怕的方面，就是它的不会想象。智慧的最重要的部分是想象，是思想里面蕴含的诗性，这是电脑所没有的，所以电脑还不是那么可怕。从电脑推及人类，我们于是就可以明白为什么有的人运算能力极强，但就是够不上第一量级的聪明，原来是因为他们的想象力不够，因为诗性不足。电脑总而言之在算一笔死账，刻板如一，强大然而僵直，将来会是一个冷面杀手。

家里有了电脑，可以上网，写字，画画，还可以用来进行一些简单的管理工作。公家有了电脑用处就更大了，它们的思路一经设计，就可以为公家做一些意想不到的大事。从某些方面来看，电脑使公家变得更强大了，而不是我们个人。电脑为个人带来的方便，远没有它带来的麻烦大。这个倾向，这个事实，会随着时间的推移而变得越加明显。

每个人都有自己的个性，他们都要追求自己的完美，总要有许多的想象。所以电脑基本上帮不了个人的大忙。而公家不需要多少想象，公家所要做的事情大多经过了折中，从思想到举措都取一个平均数值。这些事情机械而繁多，所以电脑在公家手里就有莫大的用处。

手机

每一代人都会享受自己时代的科技成果，接受科学技术的恩惠。虽然个人的事业成就与时代的科技水准不一定成正比，但总会有密不可分的关系。一般而言，社会科学领域的人物对于时代科技的敏感度往往有别于其他专业人士。他们需要人文关怀，需要多维视角。因为周密的思想要来自一次又一次的综合，在这个过程里面，必然包括了对科学的历史和现实的纵横考察，包括了对于科技与历史进步、科技与社会道德等诸多方面的复杂思索。这种种思索要求思想者本身与科技、特别是技术保持一种稍稍疏离的关系。他们对于科学和理性极为重视，然而同时又十分警惕蔓延在社会上的技术主义。技术主义是将技术凌驾于科学和理性之上的、并在一定程度上取消和替代了社会伦理的极为有害的东西。

九十年代末开始广泛使用的便携电话，是引人注目的一种现代应用技术。它在多大程度上改变了当代人的生活，一时还难以概括。报刊上关于这一现象的动人而平庸的描述是："手机进入寻常百姓家"。使用手机的普遍化，是一个时期生活和生产工具进步的标志和象征。不过就像当年人们对于无线电技术、对于收音机的惊叹一样，也将很快成为过去。科学技术的迅猛发展，主要取决于它能够有效积累的自然属性。人类对于科学的经验和经历是难以忘却的，所以可以做到代代接力，比如电子传播技术的从有线到无线——有线传播从普通电话发展到了今天的电脑网络；而无线传播则发展成了卫星电话，这就有了我们现在谈论的手机。比起社会道德伦理范畴的东西，科学技术的发展总是较少曲折的，总是能够做到有效的积累,呈现出一种线型进步。

我们今天手持一部手机,有时等于是抓住了一个欣慰。享受着,思索着,心里充满了新的憧憬,以及无以名状的忐忑不安。

二〇〇二年十月五日

二〇〇三年在济南东郊

济南的泉水、钟楼和山

一

在济南住了二十多年,心中藏下的是最初几年的美好。济南素有三宝,即人人知道的杨柳泉水和湖。我记得第一次去大明湖,沿岸走下来,踏着自然质朴的砖道,头上是飘洒的杨柳,再加上阳春三月,心里总是窜跳着一个响亮的字眼:济南。

的确,当年走进青石铺就的街道,石隙里就有水。不知有多少泉,大大小小,或在一处喷涌,或在默默渗流。它们想必是一个泉的大家族,在地下交织串联,然后分头出世寻找阳光。还有杨柳,印象里总是迎向太阳,总是在微笑。

说到济南,除了泉水和杨柳,然后就是具有异国风味的车站广场钟楼了。苍黑的建筑肃穆沉静,蒙着一层岁月的烟尘。这是济南的象征。我每逢出差归来,远远地一眼看到钟楼,心里就涌起一股热流,马上泛起的就是对自己城市的亲昵情感。

济南的龙洞山在东郊,是我所看到的北方最绿的山。我第一次看到它时,简直没有发现一寸裸土。到处都是生旺多汁的植物,是藤蔓纠缠。野果多得摘也摘不完,小兽四处乱蹿,头顶上盘旋着鹰。这里的古迹残

济南老火车站　革丽绘

趵突泉　侯贺良摄

址不止一处，虽然让人痛惜，但也令人生出一种追怀的伤感。遗址上总有高大异常的白果树，有精工细凿的石柱。

龙洞山，神秘幽深的山。它同样可以作为济南的指代。

总之济南的泉和柳、钟楼广场、龙洞山三宗，是一座城市永久的标志，更是她不朽的纪念。我甚至想，当它们有一天消失或破损之时，也就是这座城市衰败的开端。

我爱济南，爱她的得天独厚、她的不同凡响的拥有。

二

现在的济南是干燥的城市，给人的印象是尘土飞扬。湖还有，泉水不多了。杨柳和其他各种树都活得勉为其难。模仿外国人盖了几座高楼，像中国的许多城市一样。我多么热爱自己的城市，可是泉水和杨柳在退却隐没，湖给整得惨不忍睹：沿岸安了摩天轮、各种塑料物件、玩器。我总是远远地躲开这个湖，因为我害怕触景神伤。

记忆中的泉水蹿起足有半尺至一尺高，现在什么也没有了。和泉水一起消逝的还有著名的济南火车站。那个美丽的钟楼，那片广场，曾经是济南的骄傲。可是它们令人难以置信地被拆除了，取代它的新火车站是半截凹在地下的庸俗建筑，灰头土脸，毫无可以让人记忆的风采。

不爱树，也不会有水。没有树和水，也不会有可爱的城市。几乎每一条街道马路都难免开肠破肚的命运，几乎每一个居民区都忍受着噪音的折磨。我相信这里没人能忘记夏天的酷热、冬天笼罩在城市上空的深棕色云气。

再说龙洞山。如今的绿色少得让人难以理解。动物也消失了。它们原来存则并存，失则共失。一座在干燥中等待什么的山，像济南四周所有的山一样。多了几座小楼，游玩之所。那一个个神秘的苍绿峰头哪去了？雄鹰哪去了？

除了缺水少树，我所爱的城市很快还将被汽车拥住。可是尽管这样，有许多人还在不停地为济南的种种进步而欢歌。

当它到了林木葱郁的那一天，我会从中找到自己遗失的城市。

二〇〇三年四月二十四日

民族的不幸与狂欢

一

一个人是可以成熟的，一个民族呢？一个人可以是伟大的，一个民族也可以是。一个人的幼稚与苍老，只存在于几十年的时段内，而一个民族的存活却要经历上千万年，有时甚至是不朽的。一个人不可能不犯错误，一个民族也是一样。但一个人的错误容易被确认和追究，而面对一个民族就将变得极为复杂。人们，特别是历史，在追究和探讨一个民族的责任时，只寻找她某一时期的代表人物；而一个民族中的个体优异者，特别是一些伟大人物，却无一例外地代表了他所从属的整个民族。

一个人的成熟依赖于他的经历、经验，以及以此为依据的各种探索。一个民族也只能这样。只要不是天性浅薄，只要较少遗忘，人的心灵深处总会积累。生命当中唯有积累才是最可宝贵的，人类的一切当代成果，无论是道德伦理范畴还是科技领域，都来自这种积累。

与积累相反的是丢失，即遗忘。遗忘是人类一切罪恶中最大的罪恶，一切恶习中最大的恶习，因为遗忘就是浪费生命的光阴，导致人类自身从肉体到心灵全部丢失的危险。

一个民族的成熟来自组合她的个体。但实际上无论是谁，无论其中的某一个体多么强大和杰出，无论施加了怎样的影响，也仅仅是他自己。

他可以催生成熟的果实，但他并不等于整个民族。

所以我们寄希望于个体的，永远只是他的催生能力，他对于战胜遗忘的巨大贡献。是的，这种光荣在不同民族、不同历史时期内，的确曾经属于某些个人。他们是不朽的。

个人与民族的记忆方式存在巨大差异。一个人的亲历和间接经历随时都可以作用于生命的全部；而一个民族却由于要经历不可思议的时间长河，几乎无法"亲历"自己的全部。于是她的记忆就不得不更多地依靠各种形式的记录、倚重那些本民族的精神接力者。

记录的方式是各种各样的，有目击记，有追记，有不同时期不同方面的记忆汇总，有关于比较的记录和记录的比较；但无论怎样，这一切劳作都是贡献于他所从属的那个民族。丢失了这些记忆的历史和未来，将变得惘然，或变得不育。

一个民族移动发展的轨迹是相当神秘的。她有时不得不说是难以预测的。可以清晰地指出某一时期某一有力的个体对她的改变作用，但从邈远的时光的角度去看待这些作用，往往是微乎其微的。她仍然在自己神秘难测的轨迹上运行。她肯定自己，她否定人为的一切。这就是人的悲观、个体的悲观。

二

但是人类的希望即在于有一些不屈服者。他们的顽强是无法也无须用语言去形容的。这顽强也同样是神秘难测的。他们可以感受各种困苦，比如死亡和流血、贫穷和屈辱，还有绝无机会洗刷和表白的误解。什么都不能改变不能阻止他们的努力：保持自己民族的记忆。

正常的状态是，一个民族在有了一千年甚至是五千年文字记录的历史之后，是不该犯重大的、不可挽回的错误了。但事实远远不是这样。

人类在不断地重复她的一切，美好的、丑恶的，善与非善。重复的是时光，是磨损，是走向苍老。但由于某一种至可宝贵的东西没有得到有效的积累，所以她从来没能根治自己童稚期就存在的痼疾，直到最后。

看来有个怎样运用和对待记录和记忆的问题。它们处于休眠状态，即等于濒临死亡，将来有一天也必定死亡，于是等于没有存在过。不能让珍贵的记忆停留在黄色的纸页上、某几个人或某一群人之中，而要呼唤它，让它从角落里走出，从某些人的脑际间飞出，让它在昏睡的卧榻上一跃而起，精灵般地飞舞。记忆应该这样存活，应该日日擦拭得鲜亮。它化为整个民族的记忆之后，才会催生成熟的果实。

不幸的是，芜杂的生命和生命的芜杂都在覆盖、扭曲和扼杀活鲜的记忆。有意无意的动作在折伤真实的蓓蕾。恶与善都有自己的盲目性，但又常常是主动的、清晰的、具体的。有人就是要充当恶的使者，就是恐惧记忆，就是害怕某一类积极因素的积累。在各种各样的遮掩、逃避、混淆、阴谋、自然遗忘、误识和谬传、浅见、昏聩……之后，人类丢失了一次又一次机会。

失去比较鉴别、失去回顾总结的机缘才是最大的不幸。这种种比较和总结必须放在一个更阔大的历史背景和时空背景之下。困难的是人类在任何一个阶段，几乎总要面对一个全新的世界。时光就是水流，它随着一代人的流逝而远去，迎面而来的是今世和未来。上一代人或几代人所能讲述的故事，遗留到当世的已是微乎其微；即便有很多，也被当代人分头领受。一个民族缺少的是她自己共同的历史、相似的故事。作为个体，他们有可感可触的历史之弦；而作为整个民族，这根弦却不知何故、不知何时，一次次地绷断了。

于是一个民族往往行走在没有旋律的时空之间，盲目而侥幸地往前漂移……

三

人们会永远歌颂生命的激情。它是创造的源头，是猝然生发的，也是支持久远的力量。失去了这种心灵的孕育之物，就意味着生命活力的丧失和萎缩，将丢失希望。

可是激情和理性是一种什么关系？没有理性导引的激情和没有激情支撑的理性，不是同样可疑吗？我们如何分辨盲目的冲动——它是否包含在人的激情之中？或许我们要说，人的激情是深源于生命底层的，它从生发的那一刻就饱孕了理性的汁液；而冲动却是浅表的、被偶然之物引发的，只具有短暂的方向性和临时性？

这些类似的辨析是重要的。因为个体的盲目冲动会组成集体行为；而几乎一切巨大的灾难都与之有关。人在拍空而起的、带有浓重情感色彩的喧嚣面前，是没有多少正常判断力的，这是人的特征之一。这其中只有极少数极为优秀者才能排除喧嚣，进行独立思索和辨识。但可悲的是他们的声音非常之弱少，对于一个时期的历史已经失去了作用。他们的意义只在于后来，如果不被遗忘的话。

盲目的群体冲动总是在长久的、一连串的遗忘之后。有时一个经历了几千年文明史的民族仿佛在一天早晨丧失了过去。他们变得疯迷、急切，纷纷效仿地投入。这种行为的后果是无一例外地不幸。

好在这种神秘的冲动和疯迷是有迹可寻的。人们会在许久之后将行为的碎片加以组合，并在极为耐心地探测其中的元素之后，得出一些有益的、大致正确的结论。这是一次经验的获得，可惜已时过境迁了。分析中人们会发现，突发的冲决原来是来路漫长，来自遥远的旅途，来自四面八方；它在不经意的岁月中酝酿和发酵。这整个过程既是人们所熟知的"从量变到质变"的公式，又是人们所陌生的"从质变到质变"的公式。

那个"质"早已包含在历史之中。

原来，所有令人类束手无策的狂飙激流都有一个遥遥的源头，它可以是涓涓细流，也可以是谁也未曾注意的渗出。它们会渐渐地涨起，浸泡，腐蚀和漫过人类记忆的标尺。紧接而来的就是无可回避的那个时刻，是痛快淋漓的一场涤荡和宣泄。在这场冲刷之中，谁也无法区分每一滴水的作用和倾向，它们只有汇合、交融，既被裹挟又参与了裹挟，一起卷向那个难以预料的陌生之地。

面对着一个白茫茫的大地、一片狼藉，我们能够责备和惩罚的只是一些具体之物。我们没法去对付一种抽象的东西。它们既近又远,好像伸手可及又遥无边际。比如我们可以使一条河流改道以根除泛滥,却无力面对所有的"水"。

四

激情来自我们的心、血流、灵魂。它伴随着生命。一个人、一个民族,失去了激情的那一天也就形同死亡。它推动着爱、恨、幻想和迷醉,它唤来山崩般的猛烈和细羽般的柔顺。它常常闪射着不同的光泽,在不同的时刻里有着不同的质地。于是它既让人膜拜又令人恐怖。它埋下了深深的欲念,或者说欲念深深地埋下了它。它们密不可分。

人类的激情使其完成了最辉煌的业绩,人类竟然如此强烈地追求完美,向着梦境前进,百折不挠,简直没有什么可以阻止这种努力。她已完成和即将完成的那一切,会让神灵发出惊叹。所有破坏这完美的,都将被摧毁。

可与此相反的是,愈来愈盛的物欲主义,它的新一轮狂欢,已经开始……

二〇〇六年五月

狮子山下鸣尺八

在香港,爱文学的人有一个好去处,就是浸会大学的文学院。这儿来来往往的尽是世界各地的文学人士,校墙上走廊上包括饭厅电梯处,都常见一些文学演讲会研讨会的海报,可见文事很盛。这里的人如果逢会就赴,也会很累的。

我有一天见到了一张海报,上面有"狮子山诗歌朗诵会2010"的字样。我走开时还在琢磨"狮子山",正想着它与诗摽在一起的气势,活动主办者就送来了请柬。

原来浸会大学位于狮子山下,他们自二〇〇四年起,每年必要举办一次诗歌朗诵会,邀请的大都是海内外著名诗人。来这里诵诗的人,自己有一份光荣,听他们发声的人也十分兴奋。

这是一间基督教堂,通常在每个周日里举办礼拜活动。诵诗这一天,能容纳几百人的大厅里坐得满满的,来听诗的人个个穿戴齐整,男士大都结了领带,女子则穿了漂亮的裙子。

每次朗诵会都有一个从远方请来的"焦点诗人"。诗人放大的名字印在海报上,这会儿又投射在朗诵会场宽大的银幕上。除了这个主角而外,还有香港当地的许多诗人参与。诵诗会同时也是一场音乐会,因为每位诗人的朗诵都要协配一位演奏者,他们操持的乐器笛筝钢琴黑管琵琶等

二〇一〇年四月在香港中央图书馆

等中西皆备，大多都是在各种音乐会上得奖的有成之人。

这一天，我除了听到动人的诗句，还特别认识了一种前所未见的乐器：尺八。记忆中，似乎从前人的诗句中读过这两个字，模模糊糊，未曾留意和追究。而这一次算是亲眼看见并近距离领略它的发声了。

它的面貌有些土气：不过是从竹子柢部斩下的一截，长约二尺，上边有四个洞眼。靠近柢部稍粗一些，弯弯的形似一个小小的喇叭，并因为有许多根须削后留下的斑点，让人想起这是一种"有根的乐器"。演奏者就像吹箫，将一端对准嘴巴。但它发出的声音与箫却大为不同，那么悠远那么凄凉，幽深而旷渺。从近处听，其音不觉大；从远处闻，其声又不觉小。它最上有一个半圆形的端口，这就让演奏者可以将其紧紧按在下巴上，吹奏时频频颤动或摆动头颅，从而发出特异的声音效果。

它悲伤时，不是呜咽胜似呜咽；它欢乐时，似乎正掩饰着顽皮的窃笑。但无论怎么，这声音还是太沧桑了。

这一天，由尺八伴奏的诗人坐了轮椅。诗人在轮椅上垂目低语或昂首咏叹时，尺八就在一旁声声陪伴。一种难言的意境笼罩了偌大的厅堂。

诗会结束时，诗人钟玲教授在我和尺八演奏家之间做了介绍。原来尺八在中国古代常属僧人：雨打芭蕉，头戴斗笠，悠悠吹奏。中年演奏家先是在日本、后来又去澳大利亚，前后跟从两位不同的尺八大师学习，这才有了目前的身手和功底。我问他："学习这种乐器很难吗？"他点头："难。"

一节竹根出妙音，它源自中华，留在异国。这不禁让我想起许多中国妙物，更包括思想和手艺，就这样被我们自己遗忘和疏远了，却被懂得品味的异族人保存下来。而我们自己，则常常费尽辛苦从大洋那边搜索，得了一些宝贝，也找来一些怪物，结果难免要误了大事。

很机械的西洋乐器如今通行，它们能发出精确的器械之声。而尺八这一类简单朴拙的东西，似乎更要依赖血肉身躯，二者更要紧密依存才行，其韵致也更传天籁。

诗歌当然如此。我们本是一个诗书之国，可是在实用主义物质主义盛行的当下，它在世俗之中突然变得有些陌生和费解了，就活像一节归来的尺八。

二〇一〇年三月二十九日

古镇随想

在四川与贵州、重庆交界处有一座古老的小镇,叫"二郎镇"。它处于三区交界的边缘,锁在重叠深山中。

踏上这里的街巷,身处有些突兀的静谧,令人忍不住猜想:这里太远了,究竟有哪些多情的趣人到过这样的镇子?这里又为何热闹起来,涌动着不息的人流?

古镇有许多时候隐在浓雾中。雾幔扯不掉,它就长时间挂在山的半腰。峰峦秀丽,一色灰白陡立的石壁,青翠的山顶。一道深水从山间流泻而过,那是声名远播的"赤水河"。镇子建在河边有限的平地和山阶上,随意自由。

我们漫步其间,想象这座镇子生成的种种缘由。它首先是当地山民的祖居地,因为随便一方水土都会诱惑生民,成为他们休养生息的地场。最早那一条条蜿蜒小路是山水冲刷出来的,再由人和兽一天天拓宽。无数生命的痕迹就这样连接起山里山外,沟通了一个越来越大的世界。

在外地人眼里这里偏僻而幽美,也许最适合做隐居之地。现代人的确陷入了新的窘迫,深刻感受着文明的挤压和追逐,说不定会逃到这样的深山僻地里躲藏起来。但是在遥远的农耕时代,是否也会有这样的隐士?他们又为何而来?为避祸,为求悟,为放浪,为修行?

山川大地之上,人就像种子一样撒开,然后顽强地生长。人与山水相依持久，渐渐生出浓烈的情感，好比母子之情。在深壑高岭之间，一代代人开拓雕琢出一方方小小的田园，上面长出一层嫩嫩的葱绿。

这种人与山的相守多么辛苦，多么寂寞，又多么超然安静。这里的劳作和收获，与大山之外当有许多不同。就为了品咂山中岁月，让其变得更有滋味，他们慢慢开始了酿造。这里的河水格外凌冽清新，粮秣最为单纯饱满，思悟愈加内向深沉。三者合一，日日演练，于是好酒出世。

世人都知道赤水河两岸是美酒的滋生地。随便扳着手指数一下，就能吐出一串串名酒的名字。

饮者说：在漫长而又短暂、悲伤却又欢娱的人生之路上，如果没有了美酒陪伴，那还了得。或许果真如此，于是就有了这样的酒香浓烈，代代不绝，赤水河一带已成为海内外神往之地。

二郎镇人造郎酒，技法灵异，如有神授。他们在大山里找到一处奇怪的天然溶洞，它竟然分成上下两层，阔如神仙厅堂；洞内四季常温，正好用来囤放酒瓮。那一排排黑色陶瓮就安歇在大山腹中，不管世外风雨吹打，只默默孕育自己。待度过了几十年上百年，它们才开口吐香，一瞬间醺醉了整个世界。

走在二郎镇的古街上，踏着百年前的石阶路，一层层往上蹬去。两旁是木墙青瓦，是来历深长的建筑。整个一条街巷渍痕斑斑，简直就是一首写在大山深处的七律，或者是李白《蜀道难》那样的长吟。被乳雾浸染成暗红色的木墙，脚下滑腻的石头，都给人神秘幽深的感觉。攀登时人要大口喘息，这时满鼻满腔都是酒香。因为镇上人已经酿造了几百年，天长日久，这里的一切都被醇酒给笼罩了，化成了朦胧一体的美酒世界。

外地人在这里一边吃着山菜,一边饮酒思源。

喝过酒再来赤水河边,端量着比它的名声小了许多倍的深色水流,自然要问来问去。当地人手指两岸裸出的河道、被流水切割出的道道深痕,言说往昔的争战和大水故事。这里是码头,那里是航路,首尾不断是盐船,欸乃声声帆影远。不远处的自贡为古老的盐都,赤水成为要途,所以才有深山里的繁华和忙碌。盐使山地有了重味,酒令劳民多了品咂。

航道,战争,美酒,这三样事物加在一起,就不再是寂寞边地了。人类历史上还少有比这更富戏剧性、更多蕴含了诗意的天然组合。多少篙橹,多少弹痕,多少沉醉,多少爱与恨。时间就这样弹指而过,一闪就是百年,连那些活生生的记忆也变成了飘忽的神话。而今这河道上,只有坚硬的石头还在,上面刻满了细密紊乱的水痕,让后人阅读不尽。

当一切故事消失之后,古老的酒瓮还矗在那儿。它是深山溶洞里的珍藏,是秘而不宣的滋味。对于无法度量的时光而言,我们常常觉得也实在只有痛饮一途了。大山幽处有琉璃,云雾层叠生兰花;鞭马难上九重岭,回头一盼是古刹。那就在这里安营扎寨,与默默无闻的日月长相厮守吧。

打开一瓶封存五十年的老酒,从中品尝千古赤水。主人解释着"酱香"二字,令人遥想起东方人情有独钟的"酱"之使用。无酱不炊,颜色深邃,百炼成膏。一个"酱"字绘出了中原,荤素不论,蔚为壮观。一瓶酒即牵出千万条文化的长丝,好比做酱的人挑开了一坨酵豆,低头深嗅无法言说的民间气息。

人偶有长饮和沉醉,以感受美好和虚幻,眼神明亮,心情舒畅,长于忘却短于记忆。人需要这清纯而浓烈的液体，这古怪又辛辣的芬芳。

望遍赤水河畔，全是酒坊；探过无尽街巷，无非醺香。我们踩着湿漉漉的石板路，一直登上古镇最高处。引领者一路指点战争旧痕、盐船泊地、异人事迹。不远处是颜色深沉的芭蕉叶子，它们谦虚地垂着，和我们一起倾听。

我们在二郎镇宿了两夜，然后离开。

同行的人当中没有一个是酒徒。

二〇一二年一月四日

难忘观澜

"观澜"是深圳市内一个村子的名字。这里如今已成为海内外版画家的云集之地,所以人们都叫它为"观澜版画村"。

从深圳的高楼林立之间走出来,忍不住要长长呼吸一口。然后就到了这个村子,它就藏在市区之内,车子三拐两拐就到了。搓搓眼,一个愣怔:这是到了哪里?满眼的黑瓦白墙,一片静谧。下了车,两脚马上踏到了陈年石板路,路两旁全是一层两层的古旧民居,一眼看上去就知道是原貌故态,而不是后人仿盖的。一股浓郁淳朴的气息像老酒一样挥发出来,让人产生了醺醉感。

迎面有一棵大菩提树,它立于村子大街正中,枝叶繁茂。这棵树像有一股巨大的吸力,让所有人都靠前停下步子,行注目礼。它是这个村落的灵魂,已经在此地生长了好几百年。

我的心静下来——不是刚刚从闹市带来的那颗躁心静下来,而是将许久以前的、潜隐的浮躁悉数按抚,变得平平静静。这儿有一种罕见的能量,这能量可能就潜藏在这棵大菩提树上——还有四周,这片安然自如的民居街巷之间。

在这个世界上,我是说那些海内华埠,繁荣都市,都应该葆有这样的一片清静温煦才好。现代人以高耸层叠和奇形怪状的建筑为能事,移植沿袭，竞相追逐，气喘吁吁。伴随这类建筑的一定是从西方抄来的各种游乐，是彻夜不息的放肆嚎唱，是大型舞台上扭动蹿跳的花男绿女。

东施效颦的激烈与轰鸣，成为一场热病之源。在阵阵鼓噪声中，劳动和创造的生命一天天被耗尽，收获的却只有一丝肤浅的、转瞬即逝的所谓"幸福"。

就为了建起一座座时尚之都，无数的"观澜"在消失，而且不留一丝痕迹。从南到北，一座座百年村屋被摧毁，连接童年的长巷业已推倒，标志和象征着一座古城的钟楼被炸掉。文明传承正处于危险的时刻。

心怀恻隐的旅者来看看观澜吧，你也许会在这里得到一点启示和安慰。

观澜除了低矮的民居，还有两座高起的建筑，那是矗立了上百年的碉楼。这就使整个小村呈现出另一番情致：既有贴近土地的朴拙生存，又有努力向上的抬头仰望。

刚拐出一条巷子，转身又是一道窄门：入门是一处芭蕉低垂的院落，院里有炽红如火的三角梅在盛开，有石桌，还有一口古井。

一个身着素衣的男子从一间屋里走出，垂着两只粗手，是从版画作坊里出来的师傅。原来这里不少房子虽然外部形制依旧，内里却被版画艺术家们使用起来，作了创作室和印制车间。

多么古朴沉寂的村子，这里的一切简直随处都可入画——艺术家们置身其间，不是有福了吗？他们在此地挥洒灵感，凝思，养气，一切都再好不过了。

就因为有古村落的气质笼罩一统，有那棵大菩提树的安定守护，所以尽管与商都大埠近在咫尺，空气中仍然没有染上什么异味。如果它的明天仍如今日，喧嚣止于白墙黑瓦，那么这里就永远有着诚笃的向往，有着神圣的朝拜。

一个金发碧眼的女子，来自西域，是个版画家，在这里产生了自己的得意作品。看她一手卡腰，一手揽住村里的同行，笑着，留下一幅照片。

鲁迅当年曾为版画在中国的复兴热情呼唤过，据说先生当年鼓励过的一个青年版画家，就出生在这个小村里。

我不由得想象：鲁迅穿着灰布长衫，手持香烟走在观澜的石板路上，仔细地瞧着这里的一切，满眼都是欣慰。

二〇一二年一月六日

安静的故事 *

一

"安静的故事"可能是我们这个时代的一个大故事,因为它是关于我们每个人的,是每个人都要参与的,每个人都要在这个故事里扮演一个角色。

说到安静,我们会觉得这种要求越来越奢侈,除了极少数人,一般人来说简直是不可能获取的。从一个地区看也是如此,比如这座城市,就变得更加热闹了,生活节奏更快了。这里有一所著名的大学,十四年前来看过,那时让多少人齐声赞叹,一片惊讶:园林别致,安静美丽,鲜花簇簇……这之前有人以为只有西方的名校才会这样,草坪,园圃,静谧和清新,整个大学的气氛都吸引你,让你觉得在这个地方读书是最幸福的,在这个地方教书是最幸福的,来这个地方看一看也很幸福。

这所校园让我们有自豪感,并将这种感觉一直刻在了心里。那些没有看到它的人,算是孤陋寡闻。

可是现在,仅仅是十几年之后,同一所校园却变得人山人海,到处是拥挤的车辆,是小商小贩的吵卖,一片震耳欲聋。这里不仅不是一座

---

* 本文是作者在华中师范大学的演讲。后附"讨论"部分的小标题为整理时所加。

令人神往的校园,而且根本就不像是一座大学校园。这里只能让人惊异,让人快快逃离。

一般来说,一座历史悠久的大学校园会有很多高大的树木,地阔人疏,气氛中给人一种肃穆感。这是由它的传统、由生活其中的人的气质与自然环境的气质一块儿合成的。可惜现在这样的校园已经难得一见了,它们大致上与喧闹的市井大街没有什么两样:车辆日夜穿梭,到了深夜三点还要把人惊醒,商贩林立。

记忆中的大学校园已经失去。它们被淹没在市场和人潮里。

一切关于大学的美好记忆只成为过去。在当今响彻南北的叫卖声中,大学的一道围墙实在显得太单薄了,它无法阻隔这个吵叫的世界;而西方绝大多数校园虽然没有围墙,大多却是非常安静的。

南南北北走一下,到任何地方,首先就是一个"吵"字把人裹住。去哪里都是人流如织,都是呼号之声震耳,根本没法安静下来。

可是人如果一直处在这样的环境里,总要在剧烈旋转的浊流中生活,那会是十分可怕的。一天到晚被声音、被速度、被欲望追逐和包围,有再多的钱,再高的地位,都不会获得最起码的幸福,也谈不上做人的尊严。

有人认为吵闹混乱是自然而然的事情,因为我们是一个十三亿的人口大国。但我们知道这不是一个说得过去的理由。有些国家和地区的人口密度要超过我们许多城市,但那里并不一定像这里一样吵闹,比较起来可能还是要安静许多。

人们从电视上看到了很多现代的喧嚣和繁华,比如纽约曼哈顿、拉斯维加斯等,好像那里更加热闹。人们不自觉间会把发达与热闹等同起来。

但是美国的国土面积很大，它大量的城市，更不要说村庄了，都是非常安宁祥和的。人们在各自的地方安静地生活着。即便在那些西方大城市中，与我们比较，他们也是相对安静得多，比如其中的小环境还是十分安静的。

他们在自己的角落里做事情，互不打扰，即便是聚到一起，也会尽量保持一种安静的状态。

前些年发生了一个事件，就是有人在欧洲的某个场所大声说话，对方一再制止无效，最后不得不把他们驱赶出来……有人对此感到不解，认为欧洲人做得实在过分，自己无非就是大声说说话而已。好像如此。不过他们也的确是太吵了，并且已经习惯于在公开场合这样吵，忘记了自己是不能用声音打扰他人的。

在我们这里，只要到了餐馆里，哪怕只有四五个人在用餐，那么整个餐馆都不会安宁。即便是图书馆等十分需要安静的地方，也往往是人声喧哗。到另一些国家和地区，去图书馆、歌剧院，那里安静得掉一根针都能捡起来。即便到餐馆去，即便是很多人在用餐，也没有什么大声：每个人都在轻轻地挪动自己的椅子，用最小的声音交谈。因为他们知道，自己没有权利侵犯别人的安宁，要给他人留下享受安静的空间。

即便桌上摆满了山珍海味，被肮脏的语言垃圾包围起来，那也不会有好的享用。

人在日常生活中，无论是工作还是吃饭睡觉，无时无刻不被吵闹惊扰，没有一个地方、一个角落可以稍稍地躲避一下——这不是很糟糕很狼狈吗？我们又将如何解脱这种困境？

二

我们的确已经没有地方能够安静一下了。到哪里去？到农村？记忆中的安宁之地已经不多。农村也不是一个避风港——比如以前到胶东半岛地区，很愿意到一些小山村里去，因为那些地方交通不发达，入村后会觉得到了另一个世界，树、石头、河水，一切都保留在那种原始的状态里，安安静静地跟人对话。进入那个环境，就犹如走在一幅画里，人们愿意看它的树、它的石头和水，也愿意看在这种环境下生活的村民。他们的表情像周边的环境一样，安详、自然、亲切、和蔼；他们见到外来人，那种笑是从心里发出来的，非常纯朴；他们对陌生人的友善毫无做作。

因为这个地方实在太偏僻了，村民们在这种自然安宁的环境里，心身养成了这样。吃这里的杏子、樱桃，那种愉悦和甘甜是从心里滋生的。

可是现在怎样？也仅仅是几年过去，再到那样的山村会看到什么？感觉完全不对了。人的神情不对了，他们对人不再那样微笑、那么和蔼了。眼神里有一点警觉甚至是敌视。原来这里拉上了电视网络之类，路也修好了。与此同时恶性事件时有发生，村风大坏。各种开发者一批批拥来，各色人等川流不息。

享用现代生活是山里人的权利。可是外部世界通过一根网络线和视频线送来的，又是一些什么货色？

我们全都明白，大家对电脑和电视上那些乌七八糟的东西绝不陌生。在海量的娱乐信息中，庸俗和拙劣已是家常便饭，因为点击率和收视率就是一切，要追求利益的最大化。

说到那个小山村享受现代化的权利，那也并不等于有了电视和网络就是一切，还应该有更多更重要的内容。只送给现代的喧嚣和肮脏，这就把一个小山村最好的东西给摧毁了，比如他们不再相信人，比如村风的破败。一个电视机一个网络，竟然就能在两三年里把一个村庄给改造成这样，可见它的力量是多么巨大！那么我们可以问一句：现代通过网络和图像送给整个世界的危险，究竟会有多么大？

就是一台电视机，就是一个网络，一根光纤，改变了这个存在了几百年上千年的村庄。从一个村庄到一个社区，一个国家，道理其实都是一样的。

我们现在面临着一个巨大的现实，就是进入了数字声像时代。一切都在改变，无论接受还是不接受，无论愿意还是不愿意，这都是一个事实，一个客观存在。它的出现让人类猝不及防。有时候我们觉得无非就是多了一些娱乐和广告，无非就是网络输送一些海量讯息，但是也就在这种日夜不停的输送和堆积之中，巨大的危险把我们覆盖了。

它的巨大毁坏力，比核武器来得更隐秘更长远，后果也更严重。它也许暂时夺不走我们的生命，但是却会从根本上改变我们的生命，让我们在不知不觉中变成另一种人。它有可能把我们全部的幸福，把我们美好的未来，在暗中窃取一空。这一切都是缓慢进行的，是隐隐发生的。它不会像原子武器那样，一瞬间造成血流成河。

它杀伤的是我们的心灵。

我们看一下现代生活如何提速：出门可以坐高铁和飞机，移动一只鼠标的分秒间接通整个世界，当然这是一个虚拟的世界。什么生活我们都不陌生，千奇百怪的故事我们都会知道。再加上每个城市出现的各种各样的地方小报、广播，所有人就在这样一个纵横交织的信息空间里活着。无论愿不愿听，愿不愿看，谁都无可回避，都要在这种剧烈旋转和沸腾的状态下存活。

这种加速度使人类失去了基本的和自然的平衡力，变得不知所措，昏头昏脑，一时没有了准确的方向感和判断力。

现代人再也没法慢下来，无法获得肃静，所以也就没有了深入思索的可能，更没有了感悟力，这是非常可悲更是非常危急的。

快节奏的生活给我们提供的方便只是一种表面的小利益——更大更致命的剥夺却被我们忽略了。我们权衡一种事物，最终还要看综合的和最后的结果，要问一句：我们获得了更多的幸福吗？如果新的技术不能带来幸福感，只是使我们变得更忙碌更焦灼，更浮躁更六神无主，这个新技术就是我们的克星。

我们不得不想办法来遏制它和规避它。我们不得不思考现代技术带来的一切——它的功与过，罪与罚。

我们因为提速节省的时间好像很多，但是省下来的时间又做了什么？没有用来寻找个人的生活、理想的生活，而只是一味模仿机器和技术，想着提速再提速——在想象中要像它一样快或更快。在这个时代，我们的心实在是比网络还要快——我们总是嫌网络慢，因为我们的心已经飞起来，比网络要快得多。

真实的情况是，我们人类在各种技术的教唆和引导下，已经慢不下来了。有人说快有快的好处，已经快过了，再慢就会急死人。所以我们总是追求用最快的速度从乙地到甲地，可以用最现代的工具，在一天时间里完成七天的工作。但是省下来的六天我们做了什么？原来我们在这六天里也没有慢下来，而只是想着更快，正度过更加匆忙的六天——问题就在这里。

最后要问的就是：我们能不能在快速旋转的生活中找到一个安静的角落？

如果这样的角落真的存在，那么它会属于我们吗？不一定。因为一颗心已经改变了性质，它现在已经慢不下来了。看来我们首先要做的一件大事，就是先改变自己的心，让它稍稍安静一点。

人是很奇怪的动物，他看到什么就会学习什么、跟随什么。有时候这种学习是不自觉的。我们身旁是迅速跑来跑去的摩托、汽车，它们就在无形当中引诱着人，引诱人像它一样快，跟上它。网络诱惑了人心，让人渴望无限地提速和信息扩张。我们的双眼每天看到的都是飞速奔驰之物，一颗心怎么会不跟随而去？我们又怎么能不去渴求快速的生活？

到处都吵吵嚷嚷，如果哪一个人不吵，对方就听不到他的声音。可见周边的环境对我们性格的形成，对我们生命的改造，是既深刻而又缓慢的，这种改造简直无时不在、无处不在。所以我们说：风里面都是教导的声音，它让我们赶快随上这个时代的脚步。

前面说过的那个山村的美好宁静，人们脸上的那种笑容，说到底都是周边的环境给予的。所以要改变自己，就要改变环境。于是才提倡更多地到大自然里边去，去接受它的培育。我们如果总是看到挺立的树木，潺潺流动的河水,时间长了,就会变得和它们一样安静和坚定。因为我们也会不自觉地学习它们,跟上它们的节奏。

人类不要忘了,他们是山川大地的儿女,不是汽车摩托,更不是网络的儿女。我们要和诞生自身生命的那个环境相亲相爱,和谐一致起来,这才是人类的根本利益。我们的生命是那片土地给的,所以才有"大地母亲"一说。我们要学习母亲:看树多了,就像树一样挺拔安静;看花儿多了,心情也像花儿一样。

有一个研究,说养猫的人身体好,首先是心血管系统好。这种研究采用了一个对比组,从对比中发现了一个规律:经常和猫这一类动物待在一起的人,不自觉间,个人的生命节奏就与它趋同了。猫的行动是和缓的,人与之相处日久也就变得和缓下来了。

三

的确,猫是多么温柔和安静啊,可是一旦需要,它行动起来却像闪电一样迅疾。是的,还很少有一种动物像猫一样敏捷疾速。它跳到空中猎获,再落到地上都不会失去平衡。可见最安静的动物在一瞬间爆发出的那种能量,竟是如此之大;可见安静也是积蓄能量的一个过程。

我们许多人到了关键时刻就没有了力量,其中的一个原因就是缺乏一种能量的积蓄。特别是思想的能量,它更是需要安静下来才能获得——如果人群吵吵嚷嚷积成一坨,所谓的人多热情高、力量大,什么人间奇迹都能创造出来，更多的只是一种愿望和神话。事实上许多时候恰好相反：个体才有力量，因为思想才有最大的力量。

任何高深的思想、能够影响世界和历史的思想体系，都是由个体产生的。无论是康德，孔子还是弗洛伊德以及达尔文，还有梭罗、里尔克和狄金森等，只要是对我们这个世界发生了深刻影响的巨大思想能量，都来自个人。人多了只会吵成一团，产生不了深刻的思想。两个人可以商量事情，四五个人也勉强，几十个人扎堆就很难产生一条清晰的思路了。因为这时候没有了独处与安静，生命中的大能量无法在心里缓缓聚集。

许多人愿意到大城市里去，到人多的地方去，享受所谓的人气。但是他们忘记了，人多的场所也是语言和思想最为平均化的地方。一个人只有退回自己的空间里去，在沉默中，才能够好好地思索，好好地享受属于自己的一段时间。

时间这个东西会在匆忙中悄悄流逝。速度越快，节奏越快，时间溜走得也就越快。有时候我们觉得经历的某个事情好像就在昨天，可是扳指一算，那既不是昨天，也不是前天，而已经是很多年之前的事了。因为现代生活的流速实在太快了，我们哪里还有心情去琢磨时间、享受时间、与时间耳鬓厮磨。

那一年的"人文精神大讨论"，因为涉及自身较多，所以印象还算深刻。这场长达两年、波及全国文化界的讨论，仿佛就是近四五年里发生的事情。可是仔细算了一下，准确点说已经是十七年前的事了。

整整十七年了。十七年可以成长为一个青春少年，可以让一个中年人变得苍老。可是它真的是一闪而过了。时间就是这样无情和快速，我们没有任何办法阻挡它。有人会说，既然以任何办法都难以让时间凝固，总要以自己的节奏往前流动，从不以个人的意志为转移，那就随它去吧。是的，但是如何随它？

时间具有客观性——但是时间却不仅仅如此，它还会在感觉当中存在，这时候的时间就不是一个客观的东西了。

我们回忆一下就知道，小时候的"一年"是非常缓慢的，可是到了四五十岁以后，"一年"好像缩短了十倍。这就是时间的主观性。因为我们的生命蜕化了，它已经陈旧，视野里再无新事，外部世界很难留下鲜明的印象——既然没有接受足够深刻的刺激，所以一切都将飞快地被我们排除到记忆之外，不再咀嚼和享受它了。时间就这样失去了细节，于是很快就溜走了。

有一对小城夫妇，孩子去一座大城市读书，毕业后就留在了那里。他们原来指望孩子能回到小城，觉得这座小城生活质量高。可是孩子被大城市的热闹吸引住了，这儿车水马龙日夜不息，什么高档服装、咖啡店和摇滚乐，各种东西都在诱惑她。她最终找了一份工作留下了，有了爱人和房子，也算是个幸运的人。她的父母到了那个大城市，发现人多得不可想象，到处堵车，到处轰鸣。孩子住的楼房有三十层，它的不远处就是高架桥之类。

这是一个日夜旋转的城市，整幢大楼仿佛每时每刻都在巨大的轰鸣声里发抖。父母心疼孩子，问：你就在这个地方睡觉、过日子，就这样一辈子吗？孩子说是啊，我们住的地方还是好的，我们已经习惯了。

父母听了以后久久没有说话，只有泪水在脸上流淌。

他们已经没有办法把孩子从嘈杂中拉回去，因为她已经习惯了，顺从了，也就是说，她的心已经变化了。她认为这就是现代都市生活，她认可并享受着这种生活。

父母回到了小城，从此却再也不能安心，因为一想到那个大都市的轰鸣、想到挤成一球的人群、在轰鸣声里发抖的三十层大楼，他们就难过得睡不着。

可是他们不知道，自己小城的安静也只是暂时的，这种情况已经不会坚持太久了，因为城市化的浪潮正席卷而来，各种所谓的"大开发"已经排上了日程。用不了多久，这座小城也要变得喧闹起来——总有一天，它也会变得像那座让他们流泪的大都市一样，嘈杂喧闹，一刻也静不下来。不仅是他们，我们所有人，都将找不到一个安宁之地。

我们不停地追逐物质，目标是那些发达国家——如果那里才是我们的未来，那么这个"未来"有可能有点太漫长了——因为我们可以看到，那里的大部分地区，无论是城镇还是乡村，并不像我们这样闹腾，那里大致还是非常静谧的。

比如十几年前到过的一些西方小城，觉得它是那么安详美丽，从任何一个地方拍下来都是一幅画。在我们这儿的哪个景点拍照，都要好好选择角度和位置才行。可是到了那些美丽的小城，只要镜头没有拿歪，随便照下就是很好的自然风光图片。这儿无论是图书馆、咖啡店，还有街道，都安安静静的。汽车消音也好，它们基本上是默默来去，像这个城市的人一样收敛。

而我们这儿的车和人也是一样的：常常突然就爆发出脾气。

几十年过去了，今天再去那个小城，发现它竟然一点都没有变。路还是那条路，房子还是那些房子，教堂的尖顶凝在那儿……一切都如同昨天，记忆中的那棵大树还在，房子的颜色依然如故，街道清洁得像被水一遍遍洗过一样。

这里给人的突出感觉，就是它的安静与不变。为什么？可能这里的人和我们不一样，比如他们不那么浮躁和急切，做事情之前，尽可能把一切想好了再做。而我们的一些城市是怎样的？总是不断地改建，永远都是一副"百废待兴"的模样。"待兴"是将来和可能，而"百废"才是现在的实情。我们总生活在一座"百废"的城市中，这怎么受得了。

我们的城市，楼房和街道，今天这条路剖开了，明天那个楼拆掉了，后天又一个区要改造；这个村庄刚刚扒掉，那个新区又在崛起……就在这样的环境中苦干了也忍受了几十年或者上百年。不停地变，不停地改，那么多鼓舞人心的口号，那么多开拓型人士——我们经验中知道，一个地方如果来了一个开拓型的人物，这个地方的麻烦就大了。他们会让一个地方不停地折腾。

在一些时髦人士眼里，这恰恰是社会的发展和进步，"伟大时代"就该如此，这说明我们的社会有生气，所谓的日新月异。可恰好就是这种"生气"，让我们再也找不到一个休养生息的地方，到处都在吵闹，都是灰头土脸，没有草也没有树——种了草栽了树，用不了多久就蒙上一层灰尘。四下都在刨，都在挖，都在拆。

为什么我们不停地拆和建，却很少弄出一座像样的城市？就因为每一次都是对上一次的否定，不停地否定自己，又不停地犯下新的错误。

显而易见，我们每一次都没有考虑好，总是匆忙急速地去做。

四

这样看来，慢下来，想好了再做有多么重要。世界上的事情有多少是因为缓慢而做错了？有多少是因为认真考虑而失去了宝贵的时间？没有，大多都是因为急躁、拥挤、吵闹，因为追求速度和虚荣才搞坏了的。历史上的"大跃进"是这样，"文革"也是这样。荒唐的事情常常是这样搞出来的。比如文化领域的革命，它尤其不能那么快，我们知道，文化是一个缓慢演化和培养的过程，是和传统不能脱节的、循序渐进的一个过程。谁想在一两年里改变整个民族的文化，谁就只能去进行一场大摧毁和大破坏。做任何事情都需要相应的时间，都要在相应的时间里完成它。

一些朋友到西方去，谈起那里的印象，常常说那个城市漂亮极了，阳光好，海水好，城市街道好，人有礼貌，长得也漂亮，总之是溢于言表的兴奋。说到不好的方面，他们会说，那个地方的人太懒——比如总是在海边的躺椅上晒太阳，每天懒洋洋不太干活等等。这又让人觉得那些人实在太不像话了——但是后来想了想，又好像不对——人家那么懒，却能把城市建设得这么美丽！空气和水，精神面貌，都令人赞叹。这肯定不是懒人做出来的。

我们一直是以勤奋著称的，那怎么把环境搞成了这个模样？这是一个令人深思的大问题。

我们可以用简单的推理方法总结一下了。比起那些发达的国家和地区，我们更勤奋，而对方给人的印象是国民懒懒的，更有甚者闲了无事又读书又写作，非常浪漫，还想当作家艺术家。他们喝咖啡聊天的时间不少，总是忘不了休息日、总是到教堂里去。但是他们人均国民生产总值比我们还是高多了，而且在可以预见的未来，我们大概很难超越他们。

这其中的问题在哪里？推敲起来，无非是他们的无效劳动要少得多，他们更会利用时间。他们要做一件事情，先要好好想一下。这其实只是个基本的道理吧。

我们每天没白没黑地忙碌，哪有时间思考，一个劲地追求速度和效率，结果大量工作都是浪费的，甚至是破坏性的。这种勤劳有什么用？它常常起到的不是建设和积累的作用，而是极大的毁坏和浪费。

勤劳固然是一种美德，但却不是一切。勤劳也不是只有一种方式，读书是勤劳、思考是勤劳——坚持不懈几十年如一日地恪守自己的宗教信仰，不仅是勤劳，还需要意志。这些东西恰恰是人生最可宝贵的。我们的确到了好好反思自己的时候了。

现代科技加快了生活节奏，增加了噪音，但这在不同的地区造成的后果是不一样的。在我们目力所及的范围内，还很少有哪一个地方像我们一样被现代科技所害。我们如果是嘈杂的族群之一，是混乱拥挤的地方之一，那么现代科技的确又进一步加剧了这种趋向。这是摆在我们面前的一个事实。

到发达国家的一些地方，到他们的家庭去，就会感受某些明显的不同。他们家里有书架，宁静而温馨。这种气氛让人觉得有点异样和陌生，因为这个家庭的中心少了一个东西——电视机。我们这里是怎样？客厅里一般没有多少书，中央却一定有一个非常大的电视机。显然，电视机才是全家的中心，它在引导整个家庭的生活。

五

对待电视的不同，看来只是一个小的方面，但从这鲜明的对比中，却会发现很大的问题。我们实在是太爱追赶现代科技、太爱娱乐了，受数字传播的影响实在是太大了，花费在这方面的时间也太多了。我们听任自己在花花绿绿的视听世界里沉浮，时间就这样无情地耗掉了。

打开任何一个电视台，它往往都是十足吵闹的，有的还是相当庸俗的。比如开始的片头，总是伴随快速的音乐迅疾地切换画面，给人一种数字魔术和飞驰的金属感。这加剧了人的急躁和不安，因为它完全违背了我们的人性特征，血肉之躯不是机器，它不能那样疾速切换和旋转。

电视、车辆、网络、电台，我们身边所有的一切都在提速，它把人弄得慌促和焦虑——既跟不上这种速度，又担心被甩在后边。结果就没有了从容的生活，将日子搞得一团糟。谁如果想慢下来，对不起，周围的一切都与你不协调，不对接，一切的声音都在呼唤一个"快"字。

我们身边总是有一股呼啸而过的巨大噪音，这样下去，会是怎样一种生存？

比如我们将没法阅读，因为既没有了安静也没有了时间。看文学作品不能像看电脑一样快速浏览，因为它是语言艺术，需要进入它的语境，随着它的标点符号，语汇调度来享受创作的愉悦，还原它的思想、它在产生那一刻最具有巅峰意义的犀利状态。文字是符号，它要人还原，要人思索和想象。

但是轰鸣和快速的现代生活中，我们已经失去了正常阅读的条件。越来越多的人只是在电脑前看各种各样的文字垃圾，这是数字浪潮推上来的花花绿绿的芜杂，一掠而过，看得很细既不可能也不值得。这就形成了恶性循环。人们不再可能理解高雅的艺术和绝妙的艺术，最好的东西被这个时代所冷落，价值标准荡然无存。

阅读是一种幸福。但这需要时间和心境——读书最过瘾的时期，也极有可能是一个人生活最困苦、最挣扎的那个时段，可见关键还是人的心灵状态。

这需要我们痛下决心，在飞速旋转的当代生活中争夺一块属于我们个人的空间。这对每个人来说都是一个重要的命题。我们或许发现，在这个时代里似乎存在着一个生存谋略：那些制造和催促我们飞快转的巨大力量，与这个时代却是另一种关系。或者说那些有巨大资本或权力的人，可以将每个人都安在一个飞速旋转的轮子上，让其日夜不停地飞转——推动者是不会让这轮子慢下来的，而他们自己却躲在世界最安静的某个角落里，好好享受缓慢与安静。

这个世界的某些人，一些所谓的"胜出者"，他们一定住在那些最安静、绿色最多的地方。这些人歌颂速度，制造飞速的现代生活，而他们自己却生活在完全不同的另一种环境里。如果说这是一种骗局或阴谋的话，倒不如说是一种天性，一种不自觉的、潜意识里形成的对自身、对生命的保护。这就生成了双重的生活哲学和生存格局。

那就让我们自己动手挽救自己、打破这种格局吧。无论是贫穷还是富有，我们一定尽可能抓住人生唯一的一次机会，去获得安静的权利。我们也要拥有自己的一杯茶一本书——我们改变不了别人，却要管住自己。也许面对纷纭复杂的现代世界，对付它的办法以及全部的奥秘，就存在于这两个字之中：安静。

寻获安静，要下最大的决心。

想起小时候曾经享有的安静，就觉得我们真是不幸，遇到了这样一个剧烈动荡、不是几十年而是好几十年的折腾生活。除了残酷的阶级斗争，再就是激烈潮涌的商业主义物质主义，整个社会喧声四起。我们现在只是追逐物质，其他一概都可以忽略，人文环境和自然环境遭受的巨大破坏在所不惜，而且很可能是一种万劫不复。

记忆中的河流和森林不见了，夜晚躺在树下枕着白色沙子看星星的时光完全消失了。那时的星星一颗是一颗，那么明亮。我们现在到哪里去寻找这样的星空？

这样的星空都没有了，再多的物质拥有又有什么意义？

这种记忆只属于我们自己、个人？当然不会。

记得小时候住在一片林子里，孤独的时候就去最近的村子里玩。有个少年伙伴叫"爱长"——因为他父母个子不高，所以就把希望寄托在唯一的儿子身上，整天呼叫"爱长"，结果儿子真的就像接受了魔力一般，长得很高很高。

爱长的重要的工作就是去放猪,那是一头小黑猪,很通人性。放猪就是把猪赶到收获过的红薯地和花生地里,让它寻找遗落的果实。猪的嗅觉特别好,哪里有食物它就在哪里拱土,而拱出的食物有时就被我们拿走。

我们最大的享受就是一起放猪,还要占猪的便宜:把它找到的东西抢过来,放到火里烤了吃。

有一次我们只在一边闹玩,玩得不管不顾,结果一抬头才发现小猪跑了。四周全是一片浓旺的丛林,是各种灌木,到哪里找它?爱长哭了。跑走一头小猪可是一件大事,我们慌了。

爱长吓坏了,料定要被家里人揍一顿,于是拉上我一起回家。结果他进门不久就被暴跳如雷的父亲狠揍了一顿,连我也差点揍上几下。这时已经是天黑了,但是再怎么也要找到小猪。后来他们想起邻居家有一条叫花虎的狗,非常聪明,就借出来。

我们一起到红薯地里去。

爱长的父亲提着桅灯,跟那条狗认真说了一些话:告诉小猪是怎么跑的,请它将丛林中的小猪找回来,会给它很多好吃的,等等。花虎仰脸倾听,甩甩尾巴,然后一头钻进了黑乌乌的林子里。

半个小时过去了,花虎真的把小猪找回来了——我至今记得它从林子里走出来的模样:嘴里咬住小猪的一只耳朵,一边用尾巴频频拍打小猪的屁股,从紫穗槐灌木中把小猪乖乖地赶出来了。

现在想一下,我们拥有的"时间"就好比这头小猪,只有好好看住它才行,不然它就会溜走。我们不能过分地喧腾,如果无视它的存在,它就会跑得无影无踪了。

"文学"是什么?文学就是回忆,它大致在写"过去时",记下了一些往昔事情,朋友的故事,那条河,那片海,所有经历过的生活细节——这等于是把丢失的时间再找回来。

通过描述和回忆,咀嚼失去的时间——在这里,文学就好比是那条狗,即花虎,它能够帮我们把丢失的时间重新找回来,让我们像爱长一样幸福:拥抱着失而复得的"小猪"。

讨论:

传统文化的劣根／现代化是一个漫长的安静的故事

商业主义和物质主义,会把人心慢慢淹死,让人的思考力在不知不觉中丧失,最后找不到我们自己。我们追求事业的成功,可是任何成功都要建立在独立思考的基础上。它依赖一个基本的条件,就是安静。个人如此,一个民族也是如此。中国所谓的现代化的过程,就应该是一个很漫长的安静的故事。中华民族未来的希望,就是看能不能安静下来。我们的传统文化是非常好的,但是我们这种文化中也有劣根性,我们不能说自己被西方的商业主义改造了之后才变成了今天的紊乱，而肯定是自己的文化基因里就有坏的东西。正因为有，所以在一定的气候条件下，坏的东西就长大了，好的东西就扼杀了。

我们有一种对物质永不满足的欲望，没有理性，没有信仰，庸庸碌碌，实用主义，这就是传统文化中固有的劣根部分。过去一谈到自己的民族全是好话，什么勤劳勇敢之类——我们太勤劳了——可惜这没头没尾的劳碌只为了基本的口腹之欲，大脑却是懒的；至于勇敢，那倒不一定。

作者与象征／推荐书／经典和当代

我作品中的红马不是什么象征，它在书里一再出现，是因为作者心中的印象太深了。评论者愿意去寻找象征，寻找主题思想、反现代或者"理想主义"等等。但作者并没有太多的象征和主义，因为他要投入感情，写好人物和故事，很朴实地去写。个人经历很重要，投入情感很重要。

每个人口味不同，我推荐的书有一部分可能会令人失望，我在很多地方推荐书，让人觉得没有学问，因为不能推荐一点他们不知道的书。我总爱推荐一些经典著作。有人说，就不能推荐点闻所未闻的新书吗？这要确实好才行，新或畅销都不是标准。把经典读得烂熟更有意义，可能会重新发现一次经典。

有人总是以为自己很熟悉经典作家了，其实未必。经典的意义在于我们每一次重读都会有新的发现和激动。这些作家之所以如此，成为千百年不朽当是有原因的。文字太有魅力，思想太有魅力，作家本人魅力无穷。

当然古典作家也不能取代那些和我们生活在同一时空下的当代作家。不过选择当代需要有一双好的眼睛，因为离得太近，没有时间的帮助，我们不太知道哪个好或不好，这就看个人的才华、悟力，看目光的穿透力。杰出的当代作家也会创造出一个属于他个人的深邃世界。

有阅读癖的民族是打不败的／问题的核心

有人以为极大地富裕之后我们就会安静下来。这只是一厢情愿和自我安慰。我们的文化里有一种物质主义膨胀的劣根，这种劣根又与西方商业主义嫁接起来，于是不可能因为物质的增多而减少物质的欲望。一个重要的途径还是要提高整个族群的人文素质，拥有信仰，这才是最重要的。革命性的行动取代不了日常的学习，这种坚持收效较慢，却是真正有效的。

有人觉得中国十三亿人口，素质提高起来十分麻烦，那也没有办法，没有其他道路可走。谁都想省事，想一天早上把所有积弊全部革除，于是就要爆发革命。暴力其实是很无力的，靠这种办法改变一个族群的素质，负面作用也很大。只有当我们的人文素质提高了之后，很多事情才会向好的方向发展。

所以想来想去，阅读是多么简单的一件事，又是多么重要的一件事。

如果我们中国人能够多读书,也许比挣来金山银山更有意义。外国人谈对中国的观感,常常说到中国人不读书。这是我们的耻辱。有阅读癖的民族是打不败的。同样遇到技术主义和物质主义,文盲是最没有抵抗力的。

有人说物质丰富到了一定程度才会安静,这是虚妄的谬论。低劣的群体一旦拥有了更多的物质,就会干更多的坏事。所以说不要寄希望于物质的增长,而要寄希望于人文素质的提高。强调培植一个民族的阅读习惯,致力于此,才算找到了问题的核心。阅读可以挽救一个民族。阅读是最了不起的事情,也是最简单的事情,最普通的事情,却是这个民族最迫切的事情。没有阅读就没有未来,没有希望,这就是我们的结论。

二〇一二年四月三十日

冬夜笔记

自然与人的意义

人直接就是自然的稚童。无论他愿意不愿意,也只是一个稚童而已。对自己与自然的关系稍有觉悟者,就会对大自然有些莫名的敬畏。人的所有社会活动,都是处于自然的背景之下、前提之下。这是我们不能忘记的。现代人对自然虽然不能说完全是依从和服从的关系,但也差不太多。人力不可能胜天,人只能在大自然的允诺下获得一定程度的自由。现代人的技能提高了,但这更多的不是表现为科技水平的提高,而主要是在对自然属性的理解方面有所提高。所以对人类的能力、人类的局限的认识,往往是人类经验中最重要的部分。

所以说人类到目前为止,也极有可能在未来所能预见的岁月中,其欢欣得意的程度大致上还是要由大自然来做决定。它会给出一个总的规定和限度。有时候局部的、微小的人类活动会在小范围内造成一些悲喜的假象,但这只是一种暂时尚未褪去的幻觉在起作用。根本的决定力仍存在于大自然之中。人类所有的改造自然的成功活动,都是在理解自然的基础上、在得到大自然应允的基础上取得的一点点机会而已。所有违背了大自然意愿的事情,一样也不会成功。

从这个意义上讲,一些高级的人类心智活动,比如文学,其中的一个最重要的内容,就是直接或间接地表达人与自然的关系。人的敬畏、恐惧,还有那些依顺的心情,都是这种种表达中不可避免、不可缺少的东西。如果人类的文学活动从根本上脱离了这些内容,也就成了井中之蛙的愚昧行为。当然,表达人与自然的关系不一定要没完没了地描写风光景物，因为人对于大自然的感受和悟想是渗透在一切方面的。

一些文学大师的作品在对待大自然方面，其敬畏之心是非常明显的。他们常常写到的人物、在作品中反复追究的人物，也大多是一些心存敬畏的人。我们的当代文学关注的却不是这一类人，于是我们没有写出这种敬畏，所以从总体上看还是卑小的文学。大自然有时是以上帝、神的面貌出现的，每到了这时候表达上就更方便一些，但意义差不了多少。

万物之间

当代文学除了没有对神、对大自然的敬畏，还缺少与大自然中的其他生灵的联系。好像这个时期的人是真正的孤家寡人，是天地之间的独夫。这多么可怕：人处于可怕的孤独状态，却没有多少孤独感。我一直认为人不可能是这个世界上最聪明的动物，更不可能是品质上最高贵的动物，也不可能是在许多方面显得最可爱的动物。有些动物的智慧不被我们人类所理解，却并不表明它不存在。它们当中的一部分对于我们还是相当陌生的。它们没有与我们相同的语言，所以我们不会理解它们。我们不理解的东西在这个世界上还有许多，简直数不胜数，这是我们都明白的道理。这个世界太大了，从高山到陆地再到海洋，我们人类所探究和接触的范围太小了，这其中潜藏了多少智慧生命，我们怎么会知道？这里面潜在的各种各样的可能性，我们也并不知道。

人类好像主宰了这个世界，战胜了其他动物。但是我们这个世界上也许还有从未交锋的动物、一些其他的生命存在着，它们到底能否被战胜谁也不知道。已经知道的有些菌类和病毒，如艾滋病和癌病毒我们人类目前就战胜不了。可见我们并非是无敌的。从另一方面看，我们所战胜的生命，不一定就是智慧低于我们的，更不说明它们在价值上就一定低于我们。因为从历史上可以发现，古代战争中胜利和失败的族群里面，有许多低级战胜高级、野蛮战胜文明的例子。我们对于其他动物的胜利，有许多时候也完全可能是野蛮的胜利。所以我们要避免以胜败论英雄，所以无论从哪个方面看，我们在对待动物的观念上都存在许多问题。

　　人类向动物学习的阶段不仅没有结束，而且才刚刚开始。过去我们只向动物学习技能，比如仿生学；今后，我们还将向动物学习品质。我们之所以饲养一些动物，就是觉得它们在许多方面比我们自己更可爱。一些鸟，还有猫和狗、小熊小鹿之类，在许多方面比我们人类还要可爱得多——这是大家都公认的道理。它们的可爱，除了姿容体态，还有性格。它们从目光到举止，那种单纯清澈真是无以言表。人在何种程度上、以何种方法，才能学到这些东西呢？还有它们的激情，比如狗的激情，你只要稍稍注视一下，就会感到震惊的。大作家海明威就曾对狗巨大的、循环往复的激情惊讶不解。

　　有人会说动物们不懂事。是的，它们离完美还有很远。不过人类的缺陷是不必细说了，他们的罪恶不是一句"不懂事"就可以了结的。以我们对动物道德上的苛求，以这个标准的十万分之一要求我们人类自己，恐怕我们人类早就不配活在这个世界上了。

　　人与它们在多大程度上、在哪个层面上需要平等？以最低最低的要求吧——让我们和动物能够共同生活在这个世界上,这可以了吧?事实上没有动物的人是悲凉的,孤独无告的,他们往往都因为得不到安慰而变态和烦恼。

我们如果实在没有精力和条件,哪怕仅仅是在家里养一条金鱼也要好一些。小小的金鱼,不言不语,可它的不平凡处、令人震惊之处在于——它不是我们,它不是人,它是一种完全具有自己的生活法则和生活方式的动物,是一种特别的生命。我们凭自己在生活中的一点观察可以认定,只要是那些非常喜爱动物,时常把它们挂记心头的人,几乎没有一个不是善良的人,也几乎没有一个不是内心丰富的人。这样的人绝不枯燥,他们对面前的这个世界有更多的理解力和关怀力,而且大半都有很强的正义感。之所以他们具备了这些特征,这难道会是一种偶然吗?

"葡萄园"和象征

我写了许多关于葡萄园生活的作品,有人以为是象征,那么它可能真的不自觉地就"象征"起来了。但它对于我来说一点也不是什么象征,而是一片具体的葡萄园。因为龙口是中国上百年的葡萄生产基地,这里的葡萄生产历史十分悠久,举目四望,到处都是葡萄园。所以很简单,我的笔下更多地出现它是自然而然的事情。不能把葡萄园理解为出世之地,不能以一部分人的少见多怪为准,竟然自觉不自觉地就把葡萄园等同于什么亦仙亦幻之地。

我从未把葡萄园的情形、它的生产状况写得虚幻缥缈。我只是如实地写出来。葡萄园里有我们生活中熟悉的一切：痛苦、欢乐、挣扎、爱与被爱，等等这一切。今天的文学阅读，我是指学院式阅读，如果离开了寻找符号和象征、字里行间可能含有的什么古怪的寓意，简直就没法进行下去。他们已经被烦琐怪异的知识和不可理喻的向导给弄愚了。在对于作品的表述上，有人离开了一些古里古怪的、与文学无关的舶来语，就没有了其他更好的语言来说话，就会失语。不过说说象征也可以，只可惜与事实不符。为什么不能实际一点对待作品，为什么不能朴素一点，和作者创作时的心情一致起来呢？

不仅是葡萄园，还有林与海，这些与当今繁闹的都市生活相去甚远的东西、与当代知识人闷在书斋中的生活反差极大的情状，都极易在一部分人眼中化为符号和象征。这种不正常的状态令人十分费解。看来当今的创作和理解，更有一些研究工作，都需要更多地走向野外。"文革"的上山下乡热过去了，但其中的益处和启示却并未消失。从书斋到书斋显现出越来越多的弊端。理论一旦挤成了球，就会出问题。自我繁衍的理论越来越与艺术无关，无关痛痒。一些写作者与关门大吉的阅读者，更不要说那些研究者了，心理上的反差会越来越大，最后等于是生活在两个完全不同的世界中。如果让一个常年生活在林子或海边葡萄园中的人来读这样的书，他们就会觉得一切都再平常不过。

其实一个人无论是生活在海边还是闹市，无论在林子里还是书斋中，都需要一种正常的判断力，需要一种朴素的心情。

那些生活在田野上的人并没有以特别怪异的眼光去端量学院和城市。

在他们看来，学院就是学院，城市就是城市。学院和城市并没有向他们"象征"什么，也没有多少隐喻；起码不是每时每刻都在忙着向他们"象征"什么。真的，如果不是经过了长期而特别的培训，一个人一打眼就能从任何一种事物上首先看出了"象征"之类，是非常之不易的。

如果以朴实的心情阅读一本书，这本书也会随之一起变得淳朴了。

"女性"的历史

男性作家眼中的女性当然不会是中性的。在他们眼里，关于女性的历史也不会是中性的。女性所参与的历史将具有特别的意义。由于我们的世界还仍然是男人主宰的世界，所以女性参与的社会生活会有明显的不同。从历史上看，这也是社会变革中最有效的试验。哪里有女性，另一种声音也就出现了，整个局面也就活泼起来了。一般来说，没有女性参加的历史是过分地阳亢了。不过完全由女性决定的历史，那也一定会过分地阴柔。一些历史事件似乎也可以说明这一点。强劲无情的历史需要女性的中和。我们的历史不是因为女性参与得太多，而是太少。

但是这个道理在女权主义者那里的理解又会多少有些不同，如果回到二十世纪初，女权主义者恨不得把全世界的马车都交给女人来赶。

有的人愿意让女性参与工作，但他们选择的女性更多的是男性化了的女性。她们没有更好地代表女性。女性的温柔贤淑的特性越是充分，越是具有女性的代表意义。现在却常常搞反了，现在或者不让女性沾边，或者干脆就找一些所谓的"女强人"去参与事项。一位女人如果成了"强人",她怎么能代表女性呢?我们太乐于培养一些特别的女性了,结果她们有点不男不女。"文革"期间选中的女子先进典型,往往都是大胆泼辣,只差没有长出胡子的人而已。那时我看到的一个被大肆传颂的女强人,实际上真的长出了胡子。

我们所说的女性参与历史,是指让历史印有女性的指纹。那些只有勉强的性别意义的女性,而没有集中女性本质特征的人,是不会去温柔我们的历史的。

文学中描述和呼唤的,是让历史仁慈起来的那种力量,这正是女性的力量。女性的心肠如果不是软的,如果颇能下得手去,只不过长了一头更长的头发,那就会空有其名,达不到目的。那就不会是我们的理想。前人,我是指诗人,曾经大声问询:"诗人何为"?那么我们这里也可以问一句:"女性何为"?女性如果没有组成我们的一半历史,那么社会就不会是健康的。

事实上我们看到的往往是这样的女性,她们像男人一样贯于说时髦的话、套话和大话、假话,说一些冷酷无情的话、没有同情心的话。这样的女人应该自觉地退出她所代表的阶层。因为她们使我们痛心地想起了雨果在《悲惨世界》中说到的那个女性:"她只需添两撇胡子,就成了一个马车夫;她睡着了时还露着两颗獠牙;她自吹说自己曾经一拳捣碎了一颗核桃。"这样的女人与莽男壮汉何异?

真怪,生活中的男人一般都喜欢温柔无比的伴侣,可是当他们挑选共事的女人时,就立刻注意寻找一些勇猛过人的女性了。有的女人也并

《蘑菇七种》书影,作家出版社二〇〇九年版。

《外省书》书影,作家出版社二〇〇〇年版。

《九月寓言》书影,上海文艺出版社一九九三年版。

《家族》书影,香港天地图书有限公司一九九六年版。

非是凶悍的，只不过她们一到场面上去的时候，就注意模仿起来，要学到一些严厉的手法。可惜她们模仿的都是坏的榜样。这样一来，参与历史的女性本来就不多，结果仅有的一小部分又学着生硬起来，作用反而更坏。

她们带领我们

我们的文学作品，特别是男性作家在写异性和理解异性时，不自觉地就写起了人类的希望。人类是女性孕育的，这一点还有什么话可说。但是清晰的理想主义者会写到各种各样的女人。我算不上这样的写作者，只是要力求自己做到这一点而已。我尝试着写了《九月寓言》中的大脚肥肩、《蘑菇七种》中的女书记、《家族》中的麻脸三婶，她们都是比较坏的；还有一些虽不太坏，但的确是有大毛病的女人，如《外省书》中的马莎、《家族》中的小女匪，等等。当然，我笔下的女性大半是极可爱的一类，这是我的见解和情感，也还包含了我的希望。

我总是觉得，我们的这个世界完全被破坏掉了，环境糟得吓人，如果连女性也撒了泼地一个比一个坏，那么人类生活起来就太艰难了，就简直没有什么希望了。我们在回忆中，总是以更早的生活为主。那时生活给我们的总的色调，也构成了我们回忆的基调。在过去的生活中，我们愿意相信、实际上也正是如此：女性带给了我们许多的温暖。她们指导了我们，带领了我们，送我们上路——真正是送了一程又一程，风雨无阻。在这个苦泪风程的世界上，对于男人来说，除了女人还愿意这样做之外，谁还能找到其他的人？

我不理解那些用惨烈笔法去写女人的人。这样的笔法最近据说还得到了赞誉。而且据说近年来还特别得到了女性的赞誉。这真是可怕。赞誉这个干什么？不要说女性了，我们观察那些女猫和母狗，发现它们也会有些不同，比起公猫公狗来，它们就是有些羞涩。没有办法，上帝在创造生灵之时就是这样，这是神界的铁律。我们人类如果不能理解和发现女性的羞涩，在这方面感觉木讷，那就是极不正常的。这个世界正由于还有女性在做一点对比和反衬，才使男人终算有个模仿，不至于一路滑跌到残暴粗野的最深渊。男人坏起来时，女性会劝阻。好女人会劝阻。好男人帮助女人干活，好女人在一边提醒他们。世界从诞生的那天起就是这样的两性秩序。男人有时要在女人的唠叨声中费力地思考问题。所以男人偶尔也要离开女人一点。

气质和心地

我们的历史有时候是非常粗暴的。有一些历史片断甚至给人一种冰凉彻骨之感。历史一旦回到笔下，不自觉地就走进了重新孕育的过程。这在一个作家那儿就有点类似于女性的工作。当然，每个作家的气质和心地是不同的，他们的表达也将千差万别。

我总觉得商业时代是不够温暖的，这样的时代对知识分子来说不够优雅，对众多的生命不够体贴，对弱小阶层更显得冷酷。这样的时代缺少真正的激情和浪漫。人们的想象力在萎缩，因为回答各种美好想象的，常常是残酷的竞争。商业时代不让人存在幻想，它作为一架巨大的永动机，足以轻而易举地粉碎一切虚幻。竞争无所不在，每一个角落都找不到莫扎特式的抒情，也找不到柴可夫斯基式的多思的气质。人们已经无暇顾及生命当中那些最美好、最无可责备的要求了。通常这样的要求更多地体现在女性那里，而今连女性也被牵扯到剧烈的竞争之中了。

我们人类必有一些永恒的追求。它们不应该熄灭。文学的伟大的意义、艺术的伟大的意义，正在于它能够想象和抒情——只要有一个小小的角落，它就要开始自己，就要这样做起来。没有这样的开始就不是艺术，无论它有怎样辉煌的外表和巨大的宣称，也仍然不是。既然开始了，真正的艺术还会继续向前走，一直走到自己更开阔更辽远的境界。

每个时期都有许许多多沉默的人。这些人是真正的艺术和思想的支持者和传播者。正因为他们更多的时候是不语的，所以我们走在大街上常常失望，因为听不到更有意义的声音；但是我们在文学和艺术的历史中又会感到欣慰。可见沉默者的力量是强大的，他们不在大街上呐喊，但是他们会在时间中顽强存在。文学和艺术不是最顽强的东西吗？写出沉默者的内容，就是写出了艺术本身。

沉默者是最善良的人，也是最有力量的人。我们必须坚信这一点，我们愿意坚信这一点。

文学不是科学

　　文学不能进步，而科学能。许多人强调文学是一门科学，用心良苦。我们知道他们的本来意思是为了不让平庸的东西染指文学。但不能区别文学与科学的关系，又会有另一种平庸掺和进来。文学当然一般来讲有它自己规律性的东西，但这并不能表明它有多么强的科学性质。科学的一个最主要的特征也许就是它的线型发展规律，而文学绝不是如此的。文学不会在一个接力点上前进多少，尽管许多文学史家往往乐于分析这种接续性。其实它是不存在的。作家的相互影响是有的，今天的作家受昨天的作家影响，并且要多多少少有所继承，这也是事实。但就文学的总体来看，基本上还是没有多少进步性和连续性可言。

　　我们没有发现今天抒写月亮的诗章中，有多少超过了当年的李白。在写月亮这个问题上，没有进步。即便是最新的、最先进的世界观，也帮助不了后来的作家去超越前一个世纪的作家，超越不了他们的艺术。在面对灿烂的先秦文学时，被各种所谓的现代思想武装到牙齿的新锐们，也只能望洋兴叹。科学就不是如此了。后来的科学家在前一代人的基础上探索不止，就会有收获，有前进。

　　将文学当成科学的思想，还会造成极大的庸俗见解。比如像管理科学一样地管理文学操作文学，就很可怕。文学像科学一样得到解剖和分析，就差不多要搞成了物理学和化学，这恰是学院式研究的拿手好戏。很可惜，他们无一例外地都是糟蹋文学的好手。我们不止一次在最时髦的当代文学课堂上听到一些文学的莫名高论：真的把文学讲成了物理。还有的讲成了数学或化学。这多么荒唐。问题是这样的伪学正日益成为显学，误人子弟。

文学的不可分析性，它的感动心灵的性质，才是它的本质特征。也就是说，它的远不同于科学的那一部分要素，才是它得以存在的根据。分析的文学存在着，分析的写作就存在着。然而这样的写作是没有血脉和呼吸的东西，当然也无生命。文学是等同于生命的、具有各种可能性的、气血流通的鲜活的存在。

把文学充分科学化了的倾向和传统，极有可能是来自现代的西方。那不是艺术的一个好的方向。真正的现代艺术，在它健康发展的初期是向着东方的。后来这种艺术自卑了，又回到了西方的拿手好戏上来：理性分析，逻辑，拆解。结果艺术给弄得七零八落，越来越离题万里。肢解梦境、潜意识、各种幻觉。这个工作好像富有成效，但其实不过是在撕裂艺术的肌体。他们把现代艺术解剖完毕之后，剩下的只能是一具艺术的残肢败体，而且，当然，它完全死了。

爱文学的结果

从世俗的意义上来说，爱文学可不完全是好的结果，这很容易就可以由现实中、更由历史中得以证明。爱文学对一个生命来说很可能是自然而然的事情，但也很可能因此而变得倔犟无理。是的，这是一种无有来由的挚爱，一种不能自拔的情感。只有爱下去而没有任何办法，没有退路。这种爱由于它的可怕的深度而被人责怪甚至非议。

对于那些极端实际的物质主义者,这种爱好顶多是精神上的一点优越标志,并不能带来什么实际性的东西。世俗中的亲密合作大多发生在没有什么诗意的角落。这种角落琐屑而干燥。真正的爱也不一定会在本行当中找到更多的同志。其实所谓的同道更多的只是艺术的憎恶者。他们之间最亲密的暗语就是相互嘲弄几句文学,冷讽几句诗,并且认为越具有挖苦意味越好。

浪漫的天性,不可改变的追求和质询,一心一意的向往,对弱者不能释怀的牵挂;还有与年龄不太相称的天真 —— 从模样上看,他多少有一副老小孩的神气,甚至有一口洁白的、多少显得有些细碎的牙齿。也许皱纹不少了,但是每一条皱纹都清晰和简洁。

像对待艺术的真挚一样,对生活的真实的强调丝毫来不得含糊。厌恶媚俗,厌恶与一切强势同流合污的行径。这就使一个人走向了自我的孤单 —— 至少是一种孤单。独自享受一种光荣的日子离他还很遥远,那至少要等到他很老的时候,那时候说不定人们因为他的衰老而给予一点点私下的同情,不再去赤裸裸地表示那种厌弃了。如此而已。

当代文学的伦理内容

当代文学当然具有自己的伦理内容。它比起以往的文学已经发生了变化。比如说它从来也没有面对如此多的传媒,面对它们震耳欲聋的喧嚣。

还有,没有面对一个极度现代化的信息社会以及过分发达的商业社会。同样是以前的文学感到陌生的,就是一个民族大步走向另一端的疾速转向。即便是自己的内部,也出现了那么多的顽童和浪女,这一切让风气流转,阴雾四合。

各种声音和力量都在一起分扯文学的肌体,要把它挣个四分五裂。似乎正因为它再也没有完整的躯体,这种鸡零狗碎才更有资格进入真正的现代艺术的殿堂,让看上去似乎正在等待死亡的文学有可能获得长命百岁。恍惚匆忙的布景升起复又落下,没有什么人愿意在它的面前停留,更不用说感动了。一切都可以说是毫不在意。一河漂着脏物的涨满泡沫的水,一池散发臭气的死水,仅仅是等待必要来临的彻底干涸而已。

可是任何时期的文学都命定了要有自己最后的呐喊。这是尖叫或撕破喉咙之喊,是人的一生仅有一次的机会。世界上还有什么在隐隐期待,期待你最终吐出自己专有的那个字。那是一个"不"字。仅有这个字还不够,它还要有又长又强的余音。它的余音由于长久相持的共振而变得更为浑厚和充实。

有人仍在尝试,试图朴实无欺和脚踏实地。他们尝试坚持一点东方的道德——无论它有多么陈旧过时。是的,它比起西风吹奏中的破烂还是优雅了许多。现代主义需要质疑,物质主义需要揭露,振振有词的关于西方文明和它的一切游戏规则,都必得在冷漠的目光下重新审视。文学不能成为消费文化的一部分。文学千万不能辱没自己的名声。

五四的艺术传统

五四的文学传统是什么，这并非一个简明畅晓的问题。五四以来的文学流脉在不同的中华地区是如此地不同。就我们所熟悉的这片大陆来说，它对于中国传统文化基本上是扬弃的。五四的初衷是一回事，后来的积效又是一回事，我们上百年来的文学从形式上看是走向白话，走向西方散文，并让一代又一代人对自己的传统陌生起来。文学的表达是一条逐步西化的道路，这是不可否认的事实。

它在不长不短的道路上，真的形成了这样一个传统。

但是这个传统让我们不加分析地一直坚持下来是不可能的。因为五四的最后结果表现在文学上，并不是没有争议的。从创作实绩上看，五四后的代表性作家，即那些现代作家，他们的偏激并没有妨碍自己业已形成的深厚的国学根基，因为他们就是由那样的水土做成的。结果表达出来的还是他们的学贯中西，是他们的兼收并蓄。但是他们有时说与做是稍稍分离的，好像并未考虑自己从哪里来、到哪里去的问题，一味强化自己的西方主义，最终遗害无穷。

我们的文化传统在五四之前是多了一些畸形，可这畸形的责任并不能由一种伟大文化的创造主体去担负，而是有着其他诸多复杂的原因。我们不能也不必完全抛弃自己的文化。

说到文学，它如果不能从自己的传统中走来，就不会有什么像样的归宿。来路是最终决定去路的。我们在潮水一样涌流的西方艺术面前，无论见到多么蹩脚的作品都要实行拿来主义。这种做法或多或少是将五四传统发挥到了极端。今天基本上是四书五经不读，屈子不尊，无论如何也不会是什么中国文学的吉兆。

网络意味着什么

有人惊呼网络的出现，并预言它所承载的文学会让传统的文学彻底完结。我们不太相信。还有电视，有人也曾惊呼它将是文学的终结者。电视的存在有多长的历史了？文学在这段时间里不是萎缩而是大步前进了，仅就文学制作的规模而言也空前发展了。相对于文学而言，各种形式的艺术冲击从来就没有停止过。从古希腊时期的戏剧表演到明清时代的驴皮影和再后来一点的拉洋片，它们都曾强烈地影响着文学阅读。但是它们也都没有从根本上终结文学。

现在电视与文学争夺受众的关系，与当年的驴皮影和拉洋片是一样的，从比重到性质都没有多少改变。文学作为艺术的内核从根本上规定和左右了一般意义上的传媒，而不是相反。掌握不了文字，在这个世界上就掌握不了其他——在当年掌握不了驴皮影和拉洋片，在今天则掌握不了电视和网络。

那么网络时代对于艺术意味着什么？就像当年的驴皮影和拉洋片激活了同一时代的其他艺术形式一样，它也势必使这个时代的艺术再次更新和生长。没有人不埋怨这个时期的浮躁、它愈来愈烈地滑向商品的文化制品。可是这种浮躁和商品化在更加冷落和干扰了真正的艺术的同时，对于真正的艺术的成长又成为多么好的腐殖层。其他时代是不会有这么丰厚的腐殖的。

浮躁是一种风，它可以吹拂更多的人早醒。人在匆忙地满足别人、满足时代的同时，会激发从未有过的创造的生力。这形形色色的各种力的交织最终仍会有利于真正的思想和艺术的生成。所以，经典出现的机会只能比过去增多，而不会更少。浮躁的社会在艺术创造上会进一步打破一个平均数。这才是一个了不起的时代机遇。许多痛苦不堪荒诞不堪的西方世界，为什么反而出现了大量经典？其原因就是，只有大片的渣滓之后才能寻到坚硬的钻石。以前不行，渣滓固然少一些，可都是半渣半石的东西，平均了，精华散失在各处了。浮躁之风吹得不够强劲，就没有什么催生力。大喧哗大排泄的时代里，有人如果极冷静笃定地存在那儿——这样的人是必要出现的——他就会获得空前的成功。我们完全不必担心淹没过顶的泡沫，因为伟大的才华会推开一切。

语言的基础教育

语言的社会教育与基础教育相互作用，形成了恶果。文学有纠正的责任和使命。我们最早接受正规系统的语言教育，读和写，就是从幼儿班或一年级开始的。从这种起点上，我们会看出许多问题。今天的问题可能更多。几乎没有人向初学写作的人指出，要怎样写出干净有力的、清晰准确的句子。我们知道，语言越是肯定地表达那些能够肯定的事物，就越是生动。但现实中却完全不是这样。教师在千方百计向学生灌输另一种古怪的、相互矛盾的原则：要写得生动或华丽，但可以不肯定，也可以不准确。结果就出现了这样极其荒唐的做法：不停地堆砌形容词，最后把一个句子的装饰部分弄得非常复杂——几乎找不到多少没加装饰的句子。

  这些我们早就习以为常了。这种教育的恶果就是，整个社会上的人都在一种华而不实的语言风格里生活。我们知道，人是一种语言动物，语言会极大地规定他们的生活性质和品质。操着这样的语言生活的人，怎么会简洁朴素、又怎么会最大地诚实呢？事实上，在这样的语言背景下生活的人，很容易虚荣，容易逻辑混乱。我们翻翻报纸，打开电视，就会看到和听到没有个性、千篇一律的表达和表述。这些语言就是我们从小沿用下来的、装饰过分的、拖泥带水的套话。这些文字充满了令人厌恶的情感夸张却没有什么真情实感，不停地强调什么却让人在麻木中忽略它的本意。

  如果我们能根除这样的语言恶习，就会有更多的人相信并重视我们的每一次讲话、每一行文字。所有的语言中，简练和节省、准确和朴素是最美的，也是最基本的要求。多用了一些词之后，应该有羞愧感，因为我们浪费了。目前最宝贵的资源——语言——被无端地消耗却没有指责。于是花花哨哨的副刊散文、千篇一腔的政府公文堆积如山。

粗鄙化

我们本来就是一个文明程度不高的社会，一些体现文明成果的标志性产品，比如文学作品，艺术产品，却大肆玩弄起粗鄙化、提出了"审丑"之类。我们的读者基础会支持类似的倾向，然而这一切却没有什么可以得意的。我们对粗鄙恐惧的理由太多了。我们还远没有因为过分精制而产生苍白贫血以致厌烦无聊，说白了，这一类情绪不过是舶来的。第三世界，农民，一穷二白，这里本来就不乏粗鄙。这里的街头已经堆积了过多的垃圾，它们集蝇散臭，不仅粗鄙，而且还肮脏。于是，文字和影像之类也就不必继续搞这个名堂了。等到我们达到了那一步，等到我们被无边的精致给害得叫苦连天的那个时候，我们再一起动手干点粗鄙的事。也许我们到了那一天会好好折腾一下，彻底摧毁所有的精致连同文明，因为我们活腻了。

现在还不行，现在是从精神到物质一起脱贫的时期。现在我们甚至在一切方面都没有达到小康，在物质和精神两个方面都处于最基本的向往。

流氓无产者在文化方面是有代表的。他们主要写侠义小说，有时也写其他，写一些街头演义之类。他们通常是赞同粗鄙的。有时他们也使用温文尔雅的言辞，但他们却用情节和故事演练流氓精神，什么侠客、帮会、颓废，不停地展现和罗列嗜血之勇、匹夫之志，以及市井无赖的油滑。

他们唯恐我们的社会生活没有变得越来越可怕。其实随处都是不难发现的粗野和蛮横。在这样的生活中，不要说我们很贫穷，即便在将来的一天真的像有人给我们许诺的那样暴富起来，也不会有什么幸福。因为幸福的感受远远抵不住一句痛骂或迎面而来的一顿侮辱。况且在一个粗野的社会中，富裕一般是不会光顾的。你可以设想，这个世界上那么多文明之地，又干净又明朗的地方，绿树蓝天笑脸盈盈的地方，富裕为什么偏偏要降临到无情无义的肮脏之地？

看来粗鄙就是一种绝望，一种绝望的毁坏——毁掉一切的阴暗之心。

一个极其狭窄的地带

在商业时代，一个真正的作家，他的创作，并没有人们所想象和期望的那么大的空间。当年的卡夫卡出版艰难，基本上没有什么空间。类似的极优秀的艺术家可能空间更小，像凡·高，空间几乎为零。因为自有人类社会以来，精神的潮流和规律大致就没有什么大的改变：一股流向庙堂，一股流向众生。前者擅长什么我们并不陌生；而后者所为也并不美妙，他们的文字要生存就必要迎合。人们对于前者的鄙夷不曾俺饰，而对于后者就时有恍惚。其实二者的性质相差无几，说白了都一样，不过是趋炎附势。

世界上真有一种自诩的大众立场吗？"大众"在哪里？没有人能够向我们确指。

大众是沉默的，于沉默中沉淀出的一些个体。他们是自我、是无可取代的精神。

如果有四十万人争相阅读一本书，这本书也不一定是大众的。因为十几亿中的四十万只是极小的一部分。而沉默的莽野中却极有可能沉淀了一亿或者更多。所以，人数论是说明不了什么的，它构不成什么答案和注脚。沉默的时间又是绵长无尽的，在绵长无尽之中求得大众的真意，有时候倒是泛出了一点实在。比如鲁迅，他当年的书只印出几百本一千本，可他是大众的。因为时间、因为沉默的莽野选择了他。他的书在漫长的时间中印数已大到了难以统计。

在任何的时代滔滔之中，真正的作家艺术家几乎都是站在了庙堂与大众这两条巨流之间——它就像一个狭窄的沙洲、一个小岛。他们就在那里生存，他们仅仅是在那里生存。他们的生命仿佛被流放了一般。然而就因为这世俗的流放，他们才显得更为高贵。

时代的背景价值

空前巨大的诱惑是空前巨大成功的条件和前提。如果没有这种背景，就不会产生世纪的巨人。世纪的巨人是以世纪的喧嚣为前提的。一切的条理和升平如意并不能刺激出非凡的精神。在我们的记忆中，这也许是文学的最好时期。无聊太多，浮躁太多，表演太多，恶俗太多。这所有的一切加到一起就足可以成为一种背景。激发，震荡，惹怒，填充，启示，综合，绝望，冷静，总之该有的大条件一样不缺了。

八面来风，网络交织，不爱热闹的人一颗心早就吵死了。哀莫大于心死，心都死了，文字必会惊世。以前要心死却又不能，谁活在世上还能不存奢望？各种交织纠缠的念头总要汇集。现在则是一个退而自为的时代。走进拼争最烈之都，无义的世相让敏感悲悯的艺术家看到了，不愿饶恕。他抚摸起心底的长吟。这长吟即是不朽的艺术。

有人不停地抱怨。怨声载道，怨声多大，载道就多大。大得无边，形而上，凄茫缥缈，悲凉。这里面肯定会有大艺术。

现在比以往任何时候，艺术家用来参照的东西都多了。他见到了文化方面的各种例证、各种可能性。以往需要十几年才能观察到的事物，现在一年就差不多了。时间好像被压缩了，事物流动的速度也空前加快。人的心与眼的使用律都大为提高。如果能够经得住频繁的刺激和连续应对的疲劳，一个人在这样的年代成长和成熟是必要加快许多倍的。对于世界的认识力，一个健康的人会大幅度强化。

当然也有相反的情形。被加速的水流携带而去的人肯定不在小数。但这是自然而然的，是一个时期必要付出的代价。

沉默者的言说

我们现在还有另一种担心，这就是唯恐无边的汹涌把一切都淹没。一切有价值的东西都会在这种不堪收拾的芜杂中被混淆和被忽略。真正的艺术也将被时间的沉渣埋掉。是的，这是正常的忧虑。一种我们从未见过的现实生活，更有它所喻指的那个不可描述的明天，让我们为恪守的传统美学、传统价值观，以及所有人类千百年来积存起来的健康信念而痛惜，有时甚至心灰意冷，不寒而栗。

越来越多的人患上了一种"现代主义精神恐怖症"。这是谁也没有办法的事。这是逼近的一种真实。

可是如果我们上溯百年甚或千年，人类又是怎样置身其中的？那时的人类就一定有足够的勇气，会完全避免一种类似于"现代主义"的精神恐惧吗？我们无从考查。

其实大胆假设一下，可以说任何时代都会有那种类似于"现代主义"的焦虑。这样说可能更为真实一点。因为"现代主义"的具体内容虽然有时代差异，但由于它仅仅是个相对的概念，所以不同的时代将面临不同的"现代"，不同的感召和诱惑。即便在石器时代，青铜技术的任何苗头都足以引起那个时代的喧哗。那时的人类身置石器岁月，必会觉得科学技术的不可预测性，时代正一日千里。新的发现与各种可能性、想象与实际操作的杂陈并置，这所有的一切都汇拢一起，形成一股不可抗拒的石器时代的"现代主义"潮流。

然而有人不愿意承认如上所述的"现代主义"观。他们固执地认为现代主义运动是今天所特有的，我们以往的任何一个时代都无缘领受"现代"两个字。也就是说，只有我们今天的人类才遭遇了"现代"。所以我们面临的一切问题都是全新的；于是我们所做的一切都没有必要从过去寻找参照。我们这样就成了不需要经验的判断者，不需要尺度的度量者，我们虽不能说后无来者，但已经可以说前无古人了。这种结论显然是靠不住的。我们这样说的时候也会心虚的。

如果我们还能够面对、愿意面对漫长的人类文明发展史，我们就不会为今天的所谓"现代化"所迷狂。也许在未来，在千年之后，那时候的人类会为我们今天的傲慢和焦虑感到好笑。其实天下本无事，庸人自扰之。时光之河本来就是这样流淌，我们的耳边本来就是这样喧哗——有一些声音会留下来，有一些声音会被忽略；有的声音会产生误解，有的声音会越来越高亢，以至于变成可怕的尖音。

那些沉默者的声音会更多地留下来。因为比较起来，这是更自尊的声音，更经得起打磨的声音。这些声音的确是不同于一般的。

令人震惊的表达与批判

每个人都在生活中表达自己，用各种方式。但作家是这所有人中最独特的一种。这部分人的表达往往是令人震惊的，而且他们的自我批判有时也同样令人震惊。

他们的令人震惊，首先是表现在他们不是简单的道德论者。他们那儿的道德观有些复杂，但更深刻，也更贴近于人生的真实状况。对于道德的极大的宽容和对于精神生活的极度苛刻，也许看起来有些矛盾。但就是这种矛盾造就了他们的不同凡俗。他们心中的道德律其实是真正严格的，但并不混同于一般人的通俗见解，也较难与平常的一些共识达成谅解。他们对于社会生活的尖利批判，就包含和贯穿了这种严格的道德观。这种道德观通常是极为个性化了的、充满了自我分析的、有着内在依据的，所以看起来反而是松弛的、莫衷一是的和各种各样的。仅就两性关系的原则态度来看，人们会惊讶地发现，一些代代流传的世界名著甚至在歌颂和肯定"第三者插足"。从通俗的层面上看，插足就是插足，这没有多少好解释的。但深入人性的内部，人与人的关系的内部，又会发现事物的极度复杂性。婚姻只有爱的依据才是道德的，爱这种东西又不会是恒定不变的。如何爱，如何婚姻，细究起来简直不得了。只有作家的纤细之笔才敢于碰这种"不得了"，这需要多么强大的逻辑依据，又需要多么大的道德勇气。他们的道理实在难以通俗化，而且永远难以简化为社会常识，那样一切都将乱了套。

如同婚姻和爱情的复杂性一样，他们眼中的诸多社会和政治问题都具有这种性质。他们就是这样甄别辨析，从事一种世界上最为困难的工作，提升着我们人类精致的文明。

在这整个的过程中，他们甚至没法免除自身的某些标本功能。这是一个自觉不自觉的行为。所以我们又要说，作家是一个个自我批判者，而且一生都没有、也不可能有停歇的时候。

西方的负面

不必讳言，自五四以来，中国小说起码从形式表达上一步步走向了西方化。它在这个过程中完成了一个了不起的转变，就是让其从完全的通俗化中脱离出来，走进了诗与散文的行列之中，并最终包容了它们。这个过程更早一些可以追溯到《红楼梦》时期。但《红楼梦》并不是做得太彻底，它也不可能一步到位。只有五四以后的大量翻译活动、白话文运动才加快了这个进程。当然，起到决定作用的还不止这些，还不止于新文学运动本身。整个西方思潮的涌入，是催生中国新文学的基础和条件。这是一个了不起的过程，但可惜没有适可而止。

我们的文学由此开始，永远跟在了西方文学的滚滚扬尘之下喘息。我们今后必得走出这种热汗交流的污浊尘土。

这里面应该包含了一种文明的命运、她在选择中的限度。没有这样的选择我们是痛苦的，但如果不能在这种选择面前有所觉悟，也是可悲的。中国新文学走过了上百年的历史，最辉煌的时期已经过去。我们也许处在那个合理的转弯处而没有转弯。我们甚至没有停下来想一想，只顾一直走下去了，浅薄地高兴着。我们已经完全失去了自己。

必须回返吗？答案也许是肯定的。我们可以尝试着往回走，一直找到那个转弯处，然后再重新起步。那样将有一个大步走向传统的时候，走回我们自己。我们寻找的是自己的语言，色彩，气韵，一切的一切。

如果循着当年的道路走下去，它的转弯处大约就在传统小说与诗和散文结合的那一段路程。结合了，使小说能够站立在文学之林了，能够跻身散文与诗的行列了，也就完成了它自身的变革。剩下的事情只是它的建设，是进一步的完善而已。可我们还是不愿停息下来，还是继续走个不休，一直向着大洋走去，最后把一切全都丢在了海里。

缺乏民族之血的文学是苍白无力的。它不能新生，不能焕发，因为它失去了自己的泥土和大地。

诗的膨胀和消失

　　诗作为一个单独的品种或许正在消失。但是它从很早开始就已经植根于现代小说之中了，所以说它又在新生和膨胀。从这个意义上说，单纯的诗人既是光荣的，又是艰难的。他们在引领，他们也在牺牲。只从小说走入现代之后，一种纯粹的诗消逝了，萎缩了。它寄居或含孕在另一个肌体之中了，它的生命因之得到了延长。这个肌体就是现代小说。

　　现代小说是膨胀的诗。所有未能在二十世纪发生过这种膨胀的小说，都不是真正意义上的现代小说。我们的新文学史其实更像是一条小说的蜕变史。叙事艺术与诗的紧密结合，这在中国，也包括其他民族，都是越来越加强化的一个大趋势。几乎所有在诗中完成的东西，如今都包孕到了现代小说中。当然，现代小说大肆吞噬的还不止于诗，更有历史和哲学，戏剧等等。但比起诗而言，它对其余品类的侵犯还远不是那么醒目和显著。

　　我们传统意义上的诗真的消失了吗？永远不会。它仍然处在光荣的高地。不过它更多时候是作为光荣的伴声而存在的。一场合奏，更雄壮更丰富的现代艺术合奏中的伴声——不，是领唱，是高音，是被时而淹没时而又激越起来的那几个音符。现在听起来，它真的不太连贯了，它只是断断续续，但它存在着。有它的存在，就有高贵的记录，有永久的向往——文学永远向往着诗意就像旅人永远向往着归宿一样。

　　我们不过是阐述了这样一个事实：最好的现代小说家只能是、也必然是最好的诗人；否则，二者都不是。

和时代如此合作

诗人与自己的时代合作的情形真是复杂难言。怎样合作，以什么样的方式合作，这类问题无论怎样讨论都不显得过分；当然，也显得有些多余。因为有一种高论认为，一个诗人只有最大限度地与自己的时代合作，他才能不朽。然而这种高论由于过于含糊而令人怀疑。

因为我们看到的是各种各样的诗人，包括合作与不那么合作的诗人。他们都是悲伤者和不幸者。即便是一个看上去诸事顺遂者，也不见得就是一个传统意义上的合作者。因为要弄清这个问题，就首先要问"时代"是什么？他所面临的"时代"有多长？像他的生命一样长，还是更长？有人说"诗与帝国对立"，那么诗与时代呢？是简单的合作还是简单的对立？

我们需要一些例子来说明。"俄罗斯白银时代"，马上跳到我们脑海中的是这么几个字。因为这是一个典型的、可以用作标本的时代。我们还会想起前苏联。很奇怪，总是想到我们的近邻。不必列举一个个名字了，因为都知道他们分别是合作者与不合作者。可是我们这里想说明的是，与时代的关系并不完全等同于与体制的关系，它们是有区别的。我们再寻找另一些人，比如美国的海明威与福克纳。他们仍然不是一般意义上的时代合作者。惠特曼？爱默生？梭罗？似乎仍然不是时代的合作者。

时代与民众的关系？不，时代与我们听得见的群声并不是一个东西。因为真正的"大多数"在沉默，所以又不能简单说时代就是民众。时代有时可以看作折中和妥协的东西，如浮面的一些声音，一些面孔，一些脚步，如此而已。就此而言，我们未见得一个真正的诗人与自己的时代合作过。可是时代又可以是隐含和潜在的，它们会在更深层上、会以另一种方式与诗人合作。所以又可以说，任何诗人都属于他的时代，没有一个例外。

诗人不会背叛自己的真实和诗意。这是他一生的追寻。这种合作与不合作，都是挚爱，是对生命和生活的挚爱。没有人比诗人更爱自己的时代、这个时代里的那些生命。

传授与不可传授

我们所看到的文学教育，有时候是非常糟糕的。速成，简单，复杂，玄妙，机械，更有无聊。与这种教育形成讽刺的，是他们不屑于或根本不曾欣赏过语言艺术。从不进入文学之门，却又热衷于充当文学向导。这慢慢把文学分析做成了世界上最无聊最枯燥、最可怜的学问。谁来激发受众那颗敏锐的心？他的感悟和同情？他的陶醉？他对于人性的迷恋？

严格讲来，我们这个世界上的文学只有启示和激发，而不可能有按部就班的传授。

文学不是数学和化学，也不是天文学，更不是物理学。这里面只有惊叹、感激、会心、震惊、激赏，而没有供来制作"定理"和"原理"的那类材料和依据。

我们如果在某一天遇到这样一个人：他同样站在讲台上，却不怎么宣讲；他没有多少通常的理论和分析，没有那么多可怕的结论；他只有一些朴素的感想，一些局部的展示和印象，一些关于语言的叹息或激赏。当有人问他"通过什么、说明了什么"的时候，他立刻变得谨慎起来。他甚至有些羞涩。他真的因为自己一时如此缺少概括与综合的能力而变得多少有些不好意思。他说：是的，这是很难的；正像作家在阐述中颇费力气——你们看他花费了二十多万字来解释这一切——的道理一样，我现在也很难简单地说出它的意思，特别是你们所要的"主题"。"就那么难吗？"是的，很难，很复杂，这就是文学。也许我们要用许久的时间去领悟，去感觉。不要急于寻找结论，文学不是为了结论而写的，所有的文学都不是为了这个结论，这是我必须告诉你们的。"这么费劲儿值得吗？"是的，你完全可以这样问。不过我要告诉你们的是，你如果觉得值得就去做好了；如果觉得不值得，也完全可以去做别的——世界上的事情本来就是很多的。我还想说一句，一个研究文学的人，如果在魅力无穷的语言面前无动于衷，那就是罪过……他站在讲台上，如此质朴和坦然。

我们多么尊敬他。这个人多么亲切。我们的文学是为他而写的。

背叛是一种时髦

我们常常为这样的现象发出叹息：一个很好的艺术家在某个时刻背

叛了自己的事业。不仅是艺术家，还有科学家，他们有时候会背叛科学。他们在这样做的时候并没有什么难为情。

一个科学家要始终葆有科学的良知有多么难，有时还要面临可怕的困境。科学在世俗世界中是要经常学得很乖的，它要更多地让步于技术主义，因为技术主义才可以大行其道。文学与科学的情形一样。文学要变得实用，至少要变得有趣。还要喜闻乐见。实用再加上有趣和喜闻乐见，真正的文学也就差不多折腾光了。强加于文学身上的世俗要求日甚一日，一个作家一直不去满足这些要求是极为困难的，是需要相当顽强的。

不仅是因为困难而改变自己，这样的情形还算是好的。可怕的是将背叛当作了这个时代的时髦。商业时代的确是有这种时髦的。怎样都行，现世主义，消费至上，在这样的世态之下，我们所谓的文学还能剩下什么？

但是真正的科学家和文学家一样，他们都长了一颗古怪的头颅，在迎面耸立的世俗大墙面前，此头甚硬。这就是头破血流的文学。所有留下来的文学，都是这样的文学。从荷马到鲁迅，简直无一例外。

发言方式

知识分子的独立思考精神比什么都重要。只要有了这种精神，他就会有自己的声音。但这种声音通常并不等于谩骂，更不等于溢美之词。真正的知识分子要谈问题必有强大的根据，这种根据可能是数字，也可能是其他。当然，最重要的根据只能是人的良知。现在我们觉得在许多领域里，围绕一些基本的或常识性的东西反而谈得很少，而不着边际的大话和洋话又谈得太多。外国话，一些概念和问题，由于语境和国情的区别，来到中国大半是纠缠不清的。也正因为其模糊性，又仿佛变成了极大的、令人生畏的学问。其实即便是真正的学问，如果化不开，有时候也会成为最不可靠的东西。对于文学作品的判断，僵死的学问使用起来总是有百害而无一利。对社会问题的判断也是一样，那些僵死的无根无柢的学问往往是靠不住的。在这个时期，因为认真生活而获得的意义，特别是一个人在生活中长期养成的品性，倒可以成为判断的最为可信的要素。

　　有时候我们很希望看到人的倔犟，但观察下来我们又会发现，倔犟也是各种各样的。没有多少根据的倔犟，使性子式的倔犟，除了偶尔博得一点喝彩之外，别无其他意义。朴素的精神和性格，这才是任何时期最为缺少的东西。人的勇气、见识、表达，所有的这一切一旦失去了朴素和真实，都要大打折扣，都难免表演的嫌疑。

　　我们也许应该自问一句：我们如果还算是知识分子，那么我们对于那些重复了一千遍的俗见和谬误，更不要说谎言了，亲自动手揭破了多少？我们又采用过什么形式发言、坚持和强调了什么真实？这里说的只是真实，而不是真理。因为真理是更为崇高的、深邃的东西。我们不能要求一个人时时揭示真理，但我们却能够要求一个人更多地说出真实。有时候真实也具有足够的力量。知识分子如果害怕真实，就会成为一些善于搞语言贿赂的人，就会让人心寒。反过来，知识分子不朴素，爱使性子，爱表演，或者为了自己的一点微小利益而相互攻击滋事，也很窝囊卑可。

　　我们以前有过这样的讨论：现在常常能看到这样的情形，一些所谓的知识分子在面对荒唐大谬时从来不敢发出一言，可是对他们当中的更优秀者却决不肯放过——他们这时候倒是颇能下得手去，所谓"无所不用其极"。

这常常让人觉得"人"是很脏的一种动物，给人一种丑陋感和无望感。

人的一生实际上能做成的事情是很少的，人这一辈子聚精会神、倾尽全力于一样事业，能做得比较好也极为不易，也就算胜利了。但现实的情形是大多数人并不专注。为什么？因为要有许多时间用来嫉妒和虚荣。我们都知道嫉妒不好，嫉妒会产生出致命的恶果。但虚荣也很可怕，我们只要稍微注意一下就会发现，过往之间有多少人被虚荣所害。一个人虚荣了，就失去了力量，就再也不会为求真而努力，更不会为真正有意义的工作而劳累终生。

我们如果要立志做一个知识分子，就必得时常叮嘱自己。我们首先从说话即发言开始——最要不得的就是尾随大流说话；另一方面，也不能为了说出与众不同的话而故意出语惊人。朴素，真实，力求说出自己的见解，这就是一个人对于生存其间的这个世界做出了自己的贡献。一个人一生如果总在说一些人云亦云的话，那就等于徒有其形，等于不存在。人要存在，就要及时强调他看到的真实。

基本精神特质

我在长篇小说《柏慧》和《外省书》中写了知识分子的情感和生活，

它现在看起来也仍然让人高兴或不高兴。我以往写的知识分子不多，因为我觉得还是写写田野和大地、写写令我感动的大海、丛林的苍茫、写写我热衷的那些故事更好。可是随着时间的推移，我发现知识分子的问题在视野中突出起来。它的突出，却并没有淹没和遮盖我心中的田野大地。原来它们在同一个故事里，从属于同一个问题，它们在今天尤其不能分离。所以我的故事里越来越多地出现了知识分子与大自然如何相处的关系。今天的知识分子怎样对待自然环境，已经是不可能绕过去的问题了。

好的知识分子像泥土一样质朴，而且具有强大的滋生力。好的知识分子不仅仅是依附在皮上的毛，而是皮毛共生的整个世界的面貌。在九十年代，头脑最清晰的人，最有情怀的人，很容易激愤和悲凉。但是他们并没有止于此。他们还保持了更多的进击力。如果只有前者而无后者，那么他们就显得不那么可贵了。为了我们共同的世界，知其不可为而为之，并尽一己之力坚持着，这才是真正的英雄主义。

我们常常在不同的领域里看到一些视野开阔、知识准备充分，同时又具有强大关怀力的人物在行动。这些人物在每个时代里都是最可宝贵者。他们把悲悯化为了质询，而不是一味地呻吟。人的手指看上去纤细无力，可是只有人的手指才能指出真相。一个人如果在属于他的时刻里不能伸出手指，那么让谁代他去做？我们重视激愤和悲凉的人，但我们又害怕他们仅仅停止在这种状态里。他们本来就是一些敏悟多思的人，所以他们总是拥有更多的根据。他们的发声比起其他人，总是具有更充分的理由。

今天即便在知识分子那儿，生活的理想和标准也成了最突出的问题。

《柏慧》书影,北京十月出版社一九九四年版。

因为在许多方面，西方化已成为新的时髦和新的尺度，在它的面前，人们已经束手无策。很少有人敢于去认识和表达那些最基本的事实，比如说现代化本身所蕴含的危机、它的粗暴性和野蛮性。现代化当中反文明的部分并没有被认识，或者说我们压根就不愿意去正面谈及。这种粗暴和野蛮的成分已经让人类付出了沉重的代价，也许有一天还会葬送人类的全部希望。在许多知识分子的意识和潜意识中，一种倾向和愿望从五四到现在一直浓烈不化，这就是彻底抛弃自己的民族文化，转而求洋。他们推崇商业扩张主义的生活理念，实践那样的生活准则。这一切将造成多么大的侵犯性和破坏力。今天，如果是一个真正的知识分子，他就必得具备超越的眼光，即超越一般意义上的现代化思维，对现代化有一个冷静而科学的认识。

从历史上看，中国知识分子有一个警觉和反对技术主义的伟大传统。可是这个传统今天并没有坚持下来。反过来，把技术主义混杂在现代化的幻觉之中来一起膜拜，这成了一种普遍状态。人们不敢讨论重要问题，变得非常务实也非常现实，害怕"大言"。他们不知道有一部分人，比如知识分子与其他人的区别，就是在每个时期都有自己的"大言"。大言是超越之言，无私之言。简单点说，大言即是大写的人的语言。而我们知道，现代商业社会的挣挤，许多时候"人"字是要小写的。

不幸的是，在整个世界范围内，我们的占压倒多数的文学和思想制品，都是在歌颂和肯定这种小写的人。他们认为人的庸碌和倾轧、欲望中的挣扎，都是天经地义的、理所当然的。有谁来说一声"不"呢？

我们希望出现这样的人，希望他们说话，并且在发声的时候更稳重、更从容，而没有一点中空和虚脱感。

置身于风中

如果真正的知识分子的声音被一片最廉价的喧嚣所覆盖，这就不仅令人痛心，而且还令人惧怕。一些既通俗又流行的谬误大行其道，久而久之让那些以思想力著称的一部分人先是无声，进而也开口应和起来。我们总是一再地强调人的独立性，因为没有独立性就没有思想，也不会思想。一个人放弃了自己思考的权利，剩下的事情就是重复街上的声音。有人以为街上的声音你传我递，一般是不会错的，其实正好相反。要知道任何在风中吹动的声音都是合成的，而任何深刻的见解都不会是合成品。街上的声音极易消融个人的思想。我们都置身于风中，所以往往还来不及警醒就被风吹透了。

说到人在这个现实世界的使命，人的道德和义务，是非常令人沮丧的。事实上为数不少的知识分子不仅无声，而且已经成了这个丑恶世界的共谋者。在面对西方商业扩张主义的全境压进，今天还有谁在顽强地揭露物质主义？谁在坚持阐述自己的不安和继续表达忧愤的心情？很少了，很少有人做这些不合时宜的事情了。不必讳言，从东方到西方，我们这个世界千奇百怪的创造力正与恶的破坏力一起释放出来，已经不可避免地导致了人类、特别是弱小族群的空前痛苦和悲伤。这是大悲伤。面对这种全球性的动荡和丑恶游戏规则的因袭，知识分子的反应竟是如此地不同。有人身在弱小族群，却成为现存世界秩序的最大肯定者。可见人很容易变得无情无义，在他们那儿，已经完全无视世界范围内的弱者、被侮辱与被损害者。后者以任何形式做出的反抗，都不会得到他们的同情和认可。

现存的世界秩序，其中的很大一部分是根据掠夺者的游戏规则划定和形成的。东方和西方的知识分子应该有相似的使命，他们绝不能为这种秩序寻找根据和理由，不能甘做金钱和权力的附庸。他们尤其不能充当霸权的解释人。令人不解的是，在第三世界，许多人已经沦为现代资本主义最理想的传播者和专门的解释人，成为一种通行规则的翻译者。他们唯恐普通大众听不懂资本主义的残酷声音。

在稍远一点的时期，大概是清朝后期，中国北方俗称不同语言的翻译者为"通嘴子"。今天，横亘在民众与西方商业扩张主义物质主义之间的通嘴子，就是某些知识分子，他们相对于弱小族群而言，就是最为可恶的一帮。

当然，今天的全部指斥和不安，还有警醒与觉悟，都必须建立在理性和科学的基础之上。任何的偏激放言只能适得其反。我们仍然需要现代商业规则；我们尤其需要与之相匹配的东西方文明的交融。但这也不仅仅是体和用的关系，而是人类面对严酷的客观世界、面对未来的一种需要。正像西方的文化遗产必然属于全人类一样，东方的智慧与精神能量也要渗透和弥散到全人类当中去。这是东方的责任。

"个人"与"历史"

从历史上看,知识分子有无发言的机缘是一个问题,有了机缘怎样发言又是另一个问题。一个人面对既往与未来的时候,有一种浑然不知其渺小的气概和愚钝,才能做成一点大事情。回头想一想,所有在自己的时代做成了大事情的人,多多少少都有这样一种特征。

其实我们可以注意到,作为个体、个人,他们的普遍合作与强烈拒斥,恰恰是形成某种历史的前提。历史是可塑的,历史中的个人应该这样认为。同时"历史的潮流"又是荒诞的,没有什么"历史的潮流"是经得住推敲的,因为潮流总归是在较低的认知层面上得到的一种折中,是一种勉为其难的结局。具体到一个历史时期,越是有更多的人逆潮流而动,这个时期的"历史潮流"就越会是涌动更高更猛的浪头,使整个的历史平面得到抬升。所以我们总是格外尊重和注意那些逆潮流而动的人,希望听到他们未被喧嚣淹没的声音。在任何时期的潮流中,人们只会看到历史,而很少看到个人。有一些"个人"其实是不存在的,他们只是潮流的代表和象征。他们恰恰是可以忽略不计的。真正的个人有时是在角落里的,我们这里呼唤和发掘的是真正的个人、个人的声音。

人类历史上真正理解"宽容"这个概念的人不如想象中那么多。在现实中,"宽容"更多是被当成一种人生策略来使用,或者被当成一种做人的姿态来理解。其实真正的宽容精神与以上两种理解没有什么关系。我们谈论宽容应该是肃穆起敬的,是从人类进步的责任上来强调和贯彻的。哪一段历史没有赋予一个人享受宽容的权利和条件,那段历史就会粗暴无知。有人认为现代知识分子从历史中过多地吸取了反面的经验，这就造成了他们性格的萎缩。但是这种原因被夸大了。相反，许多萎琐的例子不是因为他们更多地记取了历史，而是因为他们对于历史的遗忘。无情无义的生命、简单迎和的生命有一个共同的特征，那就是他们遗忘的本能更强。自私性、个人利益至上、犬儒主义，这一切都会让其在现世生活中寻找一个安逸的角落。

"启蒙"立场

在消费文化盛行的潮流之中，知识分子的启蒙立场实际上已遭背弃。历史呈现出这样的特征是极为不幸的。我们今天说的启蒙，不是对于现行的资本主义运行规则的解释，不是对于物质主义的尾随。真正的启蒙是站在它的对面，是继续下去的一场质疑，是一种精神传统。这样的启蒙立场，应该是知识分子的立场。

我们的世界正进入新的亟需启蒙的时期。有人认为民众是知识分子的导师，知识分子要接受民众的教育。这就把民众与知识、而不是与知识分子对立起来了。民众是什么样的民众？知识分子本身属不属于民众？在数量上具备多少人才算民众？众多的知识分子算不算民众？还有，如果有人认为只有缺少知识或相对缺少知识的人才算民众，那么这样的民众是绝不能作为知识分子的导师的。笼统地讲让民众教育知识分子，只能是一部分知识分子对另一部分知识分子的说辞，往往只有政治意味而没有什么科学性。知识如果不是来自民众、不是来自民众的历史，也就不成其为知识了。真正的知识分子只能成为民众的代表。

知识分子在这里是一种群体形象，是类的概念。个别人自诩为知识分子，同时又不经授权地自愿代表这个群体，并通过矮化和弱化自己来达到贬抑整个知识分子的目的，其实是可以一笑了之的。知识分子不是什么简单的你我他，而是一个崇高伟岸的概念。它甚至不可以在现实中给予具体命名。所以知识分子是生活中最重要的希望和依赖，是人类在黑暗中长期摸索的领路人。没有知识分子就没有人类的明天。这是简单的、不容置疑的道理。

对知识分子的误指误认是危害至大的一件事。因为这其中包含了一些极高的指标，如果降格以求，种种麻烦就会接踵而至。受过某种教育、有了什么学位、掌握了什么技术，这并不能理所当然和顺理成章地成为知识分子。知识分子要有强大的认识力和关怀力。有了这样的力量，才能够具备以单薄的一己之躯，去抵挡和反抗整个世界的荒谬的勇气。而且也只有这样，他才会有韧性，有果决，会常发大言而不羞惭。知识分子可以微言大义，但不能总是"微言"。必要的"大言"还是不可缺少。

我在一个中篇小说(《瀛洲思絮录》)中写了一些东渡日本的古代学人，这些人是由徐福（市）带领过去的。传说中徐这个人很了不起，《史记》上也有记载。他当时算是一个隐蔽下来的知识分子，为避秦祸，历尽千难万险东渡到了当时还处于石器时代的日本，以先进的思想与科学成果，使日本马上进入了弥生时代。这在日本现代考古学中是得到支持的，有充分依据。我按照传说，在书中让这个人当了皇帝。他当政后的第一件事就是成立了各种不同的机构,其中的一个机构叫"大言院"。这个院专门接纳各种大知识分子,成为典型的放言之地,徐福要求他们所言必大,越大越有利于国计与民生。为什么?因为生活中琐屑庸常之言太多,它们需要大言的中和。我对自己的作品不满意者居多,但对此篇心存喜欢。

消费文化对启蒙立场的软化是显而易见的。实用主义可以直接导致人们对于思想的冷漠。实用主义瓦解思想、毁坏理想,往往是任何时期的机会主义者最乐于采用的武器。消费至上的文化潮流是西方商业扩张之舟赖以运行的基础,而实用主义恰恰在怂恿这一切。从历史的观念和角度看待问题,可以发现实用主义的狭隘性和虚伪性。实用主义是一种稍稍经过了包装的愚民主义,是与启蒙立场和科学思想相对立的东西。知识分子可以在思想的压力下发出一点声音,但却常常在物质的压力下丧失声音。这是最为不幸的事实。知识分子是社会的良心,哀莫大于心死。消费至上是西方商业扩张主义文化的内核部分,它泛滥的结果,不是将"心"扼死,而是慢慢淹死。

何为民间

关于知识分子的民间立场,已经有过许多著述,出现了大量创见。我对此没有什么学术见解,只能从感觉上谈及。我认为民间是一片苍茫,在苍茫中表达的可能性增加了二十倍。对于我的写作而言仅仅是这样。

民间立场就是土地的立场,是生长的立场,是最有生命力的。民间精神是积极的,所以才有生生不息。民间精神用来粉碎概念化思维、可笑的八股和套辞之类,还有浅薄的团体冲动,伪先锋和假前卫,都是最有效的东西。民间的容纳和宽容,率性和自由,都是无可比拟的。

但是民间立场不等于藏污纳垢的立场。更不是堕落的最后容身角落。民间精神要在腐殖中更加生长。最纯洁最稚爱的,往往也在民间。最苍老的人间智慧,当然潜在民间。这里于是包含了民间的博大与丰富、各种转化与生长的可能性。今天看,坚持民间立场会是一个斗争的过程,一个摸索的过程,最后的结果是去伪存真;还有,将民间立场所包含的内容逐渐清晰化,而不是将其弄成了单薄的符号和概念,或者护身符。

民间不可能不是芜杂的,但这芜杂只可以是生长的背景和基础,而不可以是我们最终的追求。如果知识分子以芜杂为追求,那么他就不可能不是一个机会主义者。民间精神的本质具有自己的纯粹性,所以说它是积极的。把民间精神弄得表面化、形式化,就会走向它的反面。

永远的鲁迅

进入新世纪,知识界开始重新认识鲁迅。我们发现鲁迅在一般人最容易妥协的一些方面,始终坚持着。这需要多么大的理性和韧性。他的清晰与坚定无可比拟。他是一个人,却抵御了无边的黑暗。他能够把巨大的勇气和朴素的精神紧密结合在一起。无论污浊与黑暗以怎样的伪装出现，他都给予及时的揭破。他在无情的揭破之中，给予弱者的却是真正的生的温暖。鲁迅的宽容和仁慈，是他的力量和勇气之源。这一点是从他的文字中最易发现的。更为让人惊愕的是，在他的已经远离我们几十年的墨迹中，我们却一再地感到了当代的贴切和鲜活。几乎所有的犀利都可以针对刚刚开始的这个世纪。

　　这就不由得让我们思索文学和思想的所谓永恒的道路。原来执着于当时，也就拥有了未来。只要是人的世界，就需要人的执着。真正的人的声音才是永恒的。阅读鲁迅，我每每为他的宽容和仁慈而感动而惊讶。当然还有他的勇气和锐利。可是后者不仅覆盖不了前者，而直接就是由前者派生出来的。

　　谈到鲁迅先生的作品，许多人议论，说他的短文耽误了大师。好像一个人只要写出了长篇巨文就先自伟大了一半似的，好像远离了现实的纷争就一定有了更广博更深远的思想一样。其实鲁迅最伟大之处恰恰就在于他的不回避。一个人的力量和自信达到了这样的地步，一个人的胸襟里充盈着这样的正义，才会有这种不回避。看起来是面对一人一事，看起来是应付了具体的挑战，实际上是回答和面对了永恒的纠缠。这种事业是真正伟大的，因为这其中包含了鲜活的永恒。可以说，没有杂文鲁迅，就没有我们今天看到的大师鲁迅。这种真正意义上的世界级的大师，在中外文学史上是极为罕见的。

　　一般的专业人物是非常害怕那种具体纠缠的。因为他们没有能力和勇气，更没有信心对付和解决这种种切近的问题。人与人的纷争在当时与未来都极易被误解和歪曲的，这是需要冒极大风险的。只有真正的伟人才敢于直面这种风险。还有，在这种看去时而屑琐和无聊的纠缠中，一个人即便有再大的精力也会弥散不守，于是就不会有太大的造就。敏悟如鲁迅当然不会对这些起码的道理失察，不会对这些基本的问题都失去了理解。他的伟大和不凡，就在于能够超越一般的体认和理解，直接迎进。而我们现在遭遇的现实往往是：所谓的知识分子总是有着极大的精明和超脱，他们能够如此达观和谅解，他们先自学会了不与凡人过招的孤傲。实际说白了，不过是小聪明，是通常的自私和冷漠而已。

如果是一个作家，这种自私和冷漠必会毁掉他的大创作。

一个人时时回避具体的挑战，可能不完全是因为他的过于博大和崇高，也不是因为其视界的特别开阔辽远，而大半是勇气和能力不逮的问题；当然，主要还是人格——是它最终决定和框束了一个人的选择。

流浪的知识分子

知识分子与流浪，这个意象和主题在我的作品中一再重复。思想的自由与躯体的自由总有一些关系吧。其实一个自由或渴望自由的人总是不断地幻想他乡、想象远方，遥望另一个世界的景象。人的有限的生命，总是靠了这种想象的自由和无边而变得更有意义、更富有生命气息。

还有，作为一个生活范围相对狭窄、所见不多也不广的个体来说，尽可以把羡慕写进文字之中。我们要让想象去补偿自己。我们可以看看中国文学第一人屈原。他可以说是现实和艺术两个方面的最大流浪者，也是最长于想象的人。一方面看，他有忠君的不自由；另一方面看，他又有叛逆和狂想的冲荡气概；他的诗章中甚至充斥着对庸常和专制、污浊和黑暗的深刻诅咒。

今天的一部分文学人知识人有个局限和不足，就是安居之心太重。这对于一般的过日子是再好不过的，可是对于想象和寻找这一类事业来说就多少变得有害了。艺术是需要不安的，思想也需要不安。我们可以看到许多随从潮流而行的所谓的文学人士，看到许多小心翼翼遵从时下艺术趣味的所谓的文学创作，它们的一个致命弱点就是安于现状。已有的、集体营造出来的东西，包括精神的、思想规范的、色调和氛围的，才是最可靠最保险的，他们从不敢离开半步。

我们时时都在幻想，期望在今天呼唤出一种真正而非虚假的浪漫主义。一个时代没有这样的浪漫，就没有领衔的艺术和思想。而我们看到的是，前些年的浪漫彻底倒了我们的胃口，虚伪，空洞，连同可怜的媚上之态，要多讨厌就多讨厌。一个时代缺乏真正的生命的激情，就不会有真正的浪漫主义。所有的激情几乎都是模仿而来的，几乎都是止于浮浅的冲动，这多么可怕。要知道一个人的激情不与顽强的坚持结合在一起，不能焕发出生命的灿烂诗性，这种"激情"会出现怎样的结果也就可想而知了。

现实往往是这样的：愈是具有想象力的人物，愈是具有拼力一搏的勇气。比如我所写到的为避秦祸而远徙东瀛的徐福，就是一个大幻想家，一个浪漫的人，也是一个大冒险家。在"诗与帝国对立"（俄国布罗茨基）的时代，他赢了。

"现代性"的质疑

现代性作为一个相对固定的模式和概念，它意味着什么是不言自明的。在思想、现实、生活表相等等方面，人们会对它有一些大致相似的描述。要具体论述什么是现代性颇费笔墨，但人们可以在心照不宣中去尝试着把握它。人们通常认为，现代科技加商业规则，差不多就囊括了它的全部。其他都是无关痛痒的说辞。

这样稍稍剥落一下它的外衣，现代性与经济强势国家的近亲关系也就一目了然了。他们在把自己的规则强加给我们，这不是愿意与否的问题，而是势在必行的问题。这个强加的过程实际上已经进行了一百多年。不过今天，它作为一个经过了精心准备和处心积虑打扮的怪物，已经弄得知识分子有些茫然无措，眼花缭乱。他们不是赞同不赞同这些规则的问题，而是怎样使自己尽快厕身其中的问题。好像今天谁背离了规则，谁就要被这个时代剔出去一样。

可是我们无法回避的是，与现代性同生共长的诸多可怕的问题，都是性命攸关的问题。思考这些问题并始终大声疾呼这些问题的，本来应该是一个时代的知识分子，是他们最自然不过的工作。很可惜，这样的知识分子寥寥无几。面对现代性能够做出一些起码质疑的人，成了这个时代的被嘲弄者，或者是被误解和被围困的保守者。现代传播手段与个人精神空间、思想的基本权力与技术侵犯、发达指数与能源消耗、生态危机与信息革命、竞争规则与民族暴力、战乱与西方文明、经济强势与文化侵吞，每一个题目都连带着弱势群体的生死血泪，可是我们的知识分子或对这一切表现出淡漠茫然,或是直接为"现代性"去盲目欢歌。

全球性的现代化从某种意义上来看,只能是一场使这个世界加速毁灭的疯狂的欲望行动。

我们反对现存的"现代性"内容,是因为我们要追求人类生存的真正智慧,遏制追逐财富的无限欲望,引导人类的理性思维,以抵达物质与精神、人类与自然的和谐幸福。

因为物质的贪欲从来没有止境,历史的经验一再告诉我们:这种欲望必会引发和呼唤出更大的毁灭的力量,把几代人辛苦积存的财富打扫一空,让人类一次又一次从贫穷如洗的零度开始。更加危险的是,这种欲望会彻底伤及人类的存在。

这一切,需要真正意义上的知识分子的大胆揭破。现代性高歌猛进之时,恰恰也是衡量一个知识分子的真伪之时。如果一个人对于"现代性"所蕴含的野蛮与粗暴视而不见,那么九一一事件足可以给我们上最警醒的一课。这种惊心触目的恐怖之源不在于基地组织和族群宗教之争,深究起来它只在于"现代性"本身。许多人是不愿承认这个事实的,因为这会让他们更加痛苦和绝望。"现代性"是人类的一个必然的过程;但是"现代性"可以改变和修正自己的具体内容。

人文知识分子

正因为"现代性"的狭隘道路,自然科技与实用主义和消费主义的合作空前默契。其实任何时候，人文知识分子对于社会的发展更具有决定性的意义。没有头脑，人的一切都谈不上。作用于世界道路的思维，浪漫的想象与诗情，就是人文关怀的主要内容。其实科学家、一切的人，都可以是一个人文知识分子。人文与一般意义上的社会科学还不是一回事，尽管今天越来越多地把它们混而为一。人文的专业化专门化从某种意义上来讲是荒谬的。过分的人文专业化，会使其走向自己专业的反面。这必然使其丧失应有的视野开阔度，越来越偏离工作的本质意义。局限式的专业工匠往往是知识有余，而理想不足，这对人文知识分子也完全一样。

人文知识分子如果对于现实生活有大觉悟，并充满了底层经验，就会有怜悯，有痛苦，不断地发出真声。因为任何一个时期，声音高亢的往往是强势阶层，而这个阶层是消耗的阶层；创造的阶层在底部，他们的声音却不能集中，也没有人代表。只要创造的阶层可以发声，他们行为中所包含的理性被发掘和扩展开来，社会也就生机勃勃了。

现在的问题是人文知识分子太少。这不是从职业上看。社科专业工作者的数量与人文知识分子的数量不是一回事。一大部分专业社科工作者恰恰是人文精神颓丧者，他们没有什么情怀和理想。还有一个问题就是，技术主义在今天不可能不盛行。人的迁就、短视、欲望、自私、从众、机会主义，都是一种本能。这些本能限制了人文知识分子的思想空间，也激励了庸俗社会学和实用主义。而人文知识分子生来就是与庸俗做斗争的。

作家的独特性

我们不能将作家的工作说成一种职业。因为通常作家是一些更复杂的人。说到作家,许多规则就不适用了。我们没法不对艺术家给予宽容,因为我们知道艺术是无常理常规可遵循的。有人总是给艺术制定一些原则,认为他们发现的这一切是放之四海而皆准的,其实大半是简单了;有的甚至直接就是错的、极为荒谬的。文学方面有无数成功的方法和经验,我们一时还难以定于一尊。至于作家应该怎样去做,怎样做,这就更难说了。总的来说我们倾向于极大地信任和容忍作家,支持他们各种各样的尝试。

作家的人文关怀与别人不同的是,它在作品中的表达常常来得曲折而隐晦,只有某些时候是鲜明而透彻的。作家的关键问题是写得好不好,写得好,怎样的特征都不会妨碍他。作家用意境和情节人物之类完成的东西,不是三言两语就能够概括的。所以我们有时候可以不读一些所谓的文评大论。我们理想中的文学评论最好是这样:它尽可能不去概括和发掘什么大义,不做结论,而只是展现赏读的细致微妙的过程。因为结论是多么不易的事情,文学阅读中的大多数时候一有结论就是错的。可见作家正因为难以得出结论,才使用了几十万字甚至更多,还动用了比喻、暗示、景物描写等等复杂难言的方法,简直是使用了十八般武艺。为什么?其中一个主要的目的,就是要千方百计地接近那些极难以表达的东西。既然如此艰难,那么动不动就要做出结论的文学批评也就危险了。它们通常会把作家苦心经营的东西给破坏和歪曲掉。他们这时候的无尽的论述与作品已经没有什么关系，与文学也没有什么关系。

在我们看来，一个作家或文学研究者在文学作品面前不能陶醉于语言，在语言的魅力面前无动于衷，简直就是一种罪过。难道文学不是一种语言艺术吗？中国古代有一种"以诗论诗"的传统和经验，其良苦用心就是要极力抓住那些极易飘逝之物，要千方百计接近艺术的本质部分。没有"以诗论诗"的能力，就失去了进入的条件。

现在的学院式批评是让人痛苦不堪的。文学和这种批评纠缠在一起没有前途。这只是一种在内部自我繁衍的东西，它寄生于文学，却与文学毫无关系。这一类文章在批评和议论作品时，基本上不得要领，却常常花哨异常。他们一直致力于创造的所谓"体系"、可以传授的不无神秘的方法，讲白了都是文学的天敌。文学的理解和批评是在感动中进行的，更是在领悟中生发的。在世界范围内的学院试批评中，更多的是在进行一些人世间最无聊最不幸的工作：捏造和呓语。我们寄希望于新的学院，寄希望于学院内的一种新的反证，一种充满前途的生长。目前已现端倪。

那些学院式的捏造和呓语当然经历了长期的、有时甚至是极为严苛的训练过程。它们在表述上是严谨的，但也是冷酷的。它们在使用概念、推导方法，以至于词汇运用方面，都沿着一条僵死刻板的学术轨迹行进。冷漠，超然，生僻，只是与文学越来越无干系。它们不断地输出自己的理论和学术，并扰乱二十世纪以来创作界的先锋实验，背离文学，走向无聊和死亡。这种文学的研究和文学的实践由于没有血肉生命、最终并不进入活泼生动的生命世界。

与这种批评差不多、可称为孪生兄弟的是那些看似率性而随意的批评，一种与网络时代极为适应的朋克式话语游戏。这一类批评完全不再顾及基本的道德底线与学术规范，也没有相对固定的学术见解和人生立场，只图一时的利欲达到或话语快感，一种姿态自赏和自慰仪式。他们重视采用中学生式的稚嫩而斑斓的辞藻，渴望"颠覆"，却完全没有起码的生活阅历和艺术感受能力。

无论如何，世上没有免费的早餐。文学的感受力是需要磨砺的，这甚至是一个不无痛苦的漫长过程。我们这样谈论文学与批评，最终还是为了反观什么才是作家的劳动，他们工作的真正独特性。

如果说我们的批评面临着生死存亡的关键时刻，那么我们的一部分文学也同样如此。它们之间的共生性正在引起足够的重视。

"朴素"和"劳动"

我们经常谈到的"朴素"这个概念，在这里应该是简单明了的，它不该超出一般的意义，也不能附加独特的解释。写作中的朴素应该成为一个原则，这是因为所有的读者都不希望受骗，不希望花费宝贵的时间去与一个不诚实的人交谈。如果作者的一切文字都是有感而发，是真心实意的吐露，是真正的激动或愤怒，就会更有价值。

一个矫情卖弄的人不会写出朴素的文字。不同程度的卖弄会不同程度地引起反感。有的写作学曾专门研究怎样卖弄文字、以巧制胜，因为他们觉得外国有这样的大师。其实哪里会有这样的大师。那些在技艺上让人眼花缭乱者如果真的是大师，那么也必定是因为他的朴素的表达——那种非常的表达。艺术需要真实的感情，这是从来如此的。进入二十世纪之后，有人才渐渐发现感情是个坏东西，真情也是个坏东西。他们说"零度"写作最好。可是零度从哪里来？真正的零度也需要从炽热的消耗和燃烧中来，这一点，那些研究制冷设备的专家没有一个不明白。

这儿的朴素往往还涉及形式问题。任何形式贴近了作家的心情，都会显现它的朴素无华。我们不会使用上个世纪早期的语言，因为那得好好模仿，不够朴素；我们也不会刻意追求翻译语言，因为那是异域腔调，也不朴素。甚至有些新的词汇在一些作家那里也不会使用，因为它们太新鲜太时髦。总之任何不朴素的东西都需要离开一些，再离开一些。

从学习的角度来说，我们实在没有发现一个现代作家、更不用说古代和十九世纪的作家，竟会有一个真正重要者优秀者会矫情卖弄。从道理上讲，矫情和卖弄是个别学生、个别尚处于学习阶段的人才偶尔感兴趣的东西。

至于说到"劳动"这个概念，那就更简单一些。将写作说成劳动，是很朴素的一种理解方式。劳动的过程即是创造的过程。有人愿把劳动与创造对立起来，认为劳动太平凡了。其实所有真正伟大的事物都大半发生在一种看似平凡的过程中。努力地写下去，认真执着，伏案，这都给人劳作的感受。

要把卓越的工作朴素化，只有这样才是实在的，才会有大性格的出现。我们往往不信任那些把自己的创作过程说得神乎其神的人，因为通常的写作不会是那样。我们看到有人被灵感弄得疯狂，就知道那是不对的。人在工作中有时兴奋一点、激动一点，都再正常不过，但仍然还不至于疯狂。还有人说自己的写作正在进行时，他已经完全不能控制书中的人物了，那些人物想干什么就干什么，其自由性和自主性让作者自己害怕、痛苦甚至是慌恐起来。我们看到这样的情形就觉得是夸张了。一个写作者完全不必害怕自己虚构的人物，这是稍有写作常识的人都能明白的。其实他说的不过是写作要贴近人物去进行，这是多么浅显的一个道理。

还有一些作家在写作时，至少看上去是刻板和平庸的。他们甚至每天像上下班一样进入工作，难道灵感是这样准时地到他家里去的吗？但实际上他并没有骗我们，因为最后我们会明白，写作是没有灵感的，起码是没有通常所夸张和形容的那种"灵感"。人的脑子有时好使一点，有时不太好使，这都属于正常情况。这首先是与休息的状况有关。好使的时候也不必说成"灵感"。实际上越是守时工作的作家，越有可能是最好的作家，这一点我们不必怀疑。

最重要的

作家的创作当中究竟是什么条件和因素才最重要？一时不好说。最优秀的作家是由综合因素构成的，是这一切凝结而成铸造而成的。也许先天条件、学习准备、灵魂性质、生活经历——这四个条件最为重要，而且不可相互取代。它们之间当然会有关联，但并不是同一个问题。

先天的因素不会有人否认，因为艺术技能的高低有一部分是天生的。比如特别的敏感、直觉力、跳跃的思维、极丰富的情怀之类，不可能依赖后天的训练去最终完成。学习准备是不必多言的，因为一个人的学养、接受的人类文明成果，特别是文学阅读，会极大地决定一个作家的创作。灵魂的性质既有先天的因素，又有后天的改变。总之不同的灵魂与心智和能力并没有太大的关系。灵魂的性质在相当大的程度上起着决定的作用。人与人的灵魂是不一样的，这甚至不是学习和改造就可以改变的。有一些高贵的灵魂是不可改变的，正像有一些低贱的灵魂是不可改变的一样。高贵与低贱之间是一个广阔的地带，这中间会有千奇百怪的灵魂。灵魂真的决定着作家和作品的色泽与倾向。生活经历作为又一个要害的条件也是无须饶舌的，谁都知道经历单薄的人不会讲给我们多少新的东西。想象的触角是要借助现实的根柢攀生的。特别是苦难的经历、心灵的痛苦，是一个作家最可宝贵的东西。它使他更有可能走向深刻。

如上的这些，包括了生活经验、精神立场，也许还有写作技巧。我们知道技巧受心灵的影响有多么严重。技巧可不是中性的。高度的技巧只能属于其他条件同样优越的人。我们不能设想一个思想苍白的人却拥有最完美的技巧。个别一心炫技的了无内容的写作者，并不一定以技巧见长，而是除了可以谈谈技巧之外已别无他话。技巧在作家那儿是极少谈到的，因为它是不言而喻的东西，是生长在活的文学肌体之中的。

文学在任何时代、任何时候都会有自己的道德要求。当然，我们已经进入了二十世纪的宽容；但是我们对于道德的极大的宽容，并没有促使我们对文学放弃这种最基本的要求。

忍住和回眸

苦难是人性中最不可超越的那一部分。苦难对于我们人类来说简直就是天生如此。我们用宗教的乐观主义也好、用革命的乐观主义也好，都不能真正地战胜它和驱除它。苦难既然是天生的，人类的历史中就会充满苦难。我们人类也在自觉不自觉地制造各种苦难，这是我们的老本行。人类最害怕的是遗忘，因为遗忘会使我们造成更大的、重复出现的痛苦——那时我们就会觉得分外划不来。可遗忘又是最基本的生活方式。一个人怎么会做到不遗忘？因为生存的需要，对于痛苦的遗忘就尤其显得必要，对于一个灾难深重的民族来说，遗忘甚至应该优于一切。不然我们就会被可怕的记忆压迫得没法生活。这是一种显而易见的道理。可是如果仅仅如此的话，我们这个民族就只能永远地、频繁地在苦难里辗转了。这个民族的历史就会成为一部辗转的历史。这就更可怕了。看来还是有一句话说得好：忘记了过去就意味着背叛。

今天看，最可靠最划得来的做法，就是先忍住，然后回眸。哪怕只有一小部分人专注于记录历史也好。对于这一小部分人而言，他们的责任和职能既然如此，所以痛苦也是必然的，不能抱怨，因为抱怨也无济于事。我们的民族，世界上的其他民族，所有有出息的人类，都在这样做。也就是说，我们仍然需要对苦难的记忆和追究，仍然不能对其一概淡漠。我们只有拥有了自己的记录员和时代的秘书，才能避免遗忘。他们有时不免要向我们大声宣唱；当然，他们也不免会让我们觉得是一些不合时宜者。

可是人类永远沉浸在节日般的气氛中是可笑复可悲的。穷人陪着富人过节、天天过节，对于穷人来说就是一种可怕的惩罚，穷人就会显得更加可怜。可是过节的欲望会让一部分人染上一种病毒，让他们上瘾，而根除和戒掉这种毒瘾的唯一办法，就是打开关于往昔生活的一切记录。于是，最悲惨的一页来了，我们的心慢慢冷下来，右手就会悄悄地把为庆典准备的蜡烛撤掉。我们没法忘记那些情同手足的人的悲伤，他们的死亡。

让人感到十分悲凉无望的是，现代消费文化是如此彻底地改变和戕害了我们。一个七八十年代以后出生的人竟然可以对刚刚逝去的往昔遗忘得那么彻底。他们厌烦历史和真实，蔑视父辈的痛苦，压根就不想知道母亲当年为什么洒下了成吨的泪水。这样的一代会是可靠的吗？我们永远不信。我们只能担心他们会制造更大的苦难，会用那双把电子游戏机玩得烂熟的手，把自己的同胞兄弟一次次推向苦难的深渊。我们甚至感到自己这一代人，上个世纪五十年代出生的一代，有一个不能推卸的责任，就是反复地不厌其烦地讲述过去的一切。

"文革"可以不讲吗？三年自然灾害可以不讲吗？公社化运动可以不讲吗？这一切都与东方农民了不起的理想和巨大的浪漫连在一起，同时也是一段最可怕最痛苦的历史。我们无权遗忘。我们这一代人生来就是要讲述的，生来就是要把活鲜的往昔而不是干巴巴的数字告诉给后来者。我们要细细地舒展历史的皱褶，无论这会引起多少人的不快。我们的心中和口中命定了只有一种故事。这正是我们贯穿在写作中的道德。

"想象力"和思想

一个作家的想象力简直是无从考察的。但我们又不能简单地说一句话，说这一切都是天生的。它当然也会有形成的过程。想象能力和思想能力不完全是一回事。但它们会纠缠一起发挥作用，难以分开。正是它们决定了一位作家的质地和量级。作家在表达思想时可以是直接倾诉而出，也可以于浑然不觉中完成，将其埋藏得很好。这并不说明一种比另一种更好。因为好作家和好作品的标准千奇百怪，我们永远没有一个共同的尺度。一切要看不同的方法在具体作品中的临场发挥、看它自己的运气。

如果我们说想象力比思想力更重要，那同样是一种荒唐的说法。有人说思想的能力会压制他的想象，那也不能完全令人同意。有人会指出一些个案，说谁的思想力强大而想象力弱小，感性的触角由此迟钝。我们也不会被说服。因为想象是各种各样的，思想本身就是一种想象。意识完全可以停留在意识本身，意识并非时时都要由存在决定着。想象的触角一直在舞动，它没有一定的章法和规律。我们不能给想象规定一个模式，认为只有变形、星外故事、奇特的两性演义才是想象。思想可以在概念的丛林中攀援不息，可以在悖论的山峦里穿行寻索，更可以在言说的平原上大步跋涉。怎样都是想象，也都是思想。我们常常分不清它们之间的区别。

总起来说，我们不太相信那些"想象力"很强的作家。他们的文字比较起来往往还不足以使人信服。一个作家执着的探究精神、他的不妥协性、与平庸和荒谬对抗一生的坚韧，比什么都重要。这时他的思想力、想象力、浪漫主义，都是自然而然的，它会更加真实充盈。

复杂难言的"本质"

文学最本质的东西是诗吗？是对于过去的一种最鲜活的呈现吗？是人性的投射和描摹吗？是秘史的特殊记录方式吗？都是，又都不仅仅是。文学的本质是蕴藏在无数次的死亡与再生之间的一种神奇之物。有人多次想概括出它的本质，比如指出它的永恒的诗性和回忆的旋律，它对于人生的神秘的纠缠和诱惑。结果仍然是困难的，说不清的。在这方面，教科书同样是无能为力的、靠不住的。

有人宣称他一伸手就抓住了文学的本质，其实一旦这样说过了还会反复，因为还会后悔。有人试图用外文来表达它的本质，结果仍然与使用中文一样，甚至还更加模糊不清。文学是爱，也是恨；是想象在驰骋千里，也是执拗忠实于时下。木讷的表述和机灵的言说都可能是最好的文学。人间的一切故事一切可能都存在于文学之中：它们一起指向了本质，本质就变得复杂难言了。

被忽略的阳光

文学的力量从过去到现在没有变过。有人以为变了，那是一种错觉。

文学作用于人的方式就是这样，能够被文学感动的人也就是这样。这些不好改变。一些微小的改变是存在的，但它可以忽略不计。人与文学的距离和关系好比人与太阳——每天被照耀却不太在意，每季每年都在远离或接近许多光年，却同样被忽略过去——因为太阳实在太大了。太阳也是有寿命的，但我们不必常常谈论它的死亡。因为太阳比起人来，其寿命还是长得无边。

在托尔斯泰和雨果的时代就有人发出预言，说文学马上就要死亡了，时代的发展注定了文学是要消亡的。他们为自己的担心搬出各种各样的理由加以论说。关于这些，看看两位大师的文集就清楚了。他们当年的回答是不同的，但有一点是一致的，就是他们对于这种推断的否定。现在看，问题就简单多了，因为当年的讨论已经有了结果：时间过了快要二百年，时代发生了工业革命和信息革命，纳米技术和克隆都出现了，我们，更包括世界各国，还在一再地印刷他们二位的文集和全集。而且越印越漂亮、越印数量越大。看来文学仍然还没有死亡的征兆。

近来我们又看到了一个高论，说总而言之文学是农业文明的产物，它必然要随着农业文明的消逝而消逝。我们不知道他的根据是什么，为什么就是农业文明的产物？如果人是野蛮时代的产物，那么人随着野蛮时代的消逝也要必然消逝？用他们的逻辑看，今天的纳米技术、电脑火箭，更包括网络，都是工业文明的产物，也要随着工业文明的消逝而消逝——早晚要消逝。不过具有讽刺意味的是，即便它们全消逝了的那一天，文学还是要存在。为什么？因为唯有文学不是什么农业文明或工业文明的产物，它仅仅是生命的产物。生命还存在于这个不幸的世界上，生命还硬要赖在这个世界上,怎么会没有文学?

有人错把文学当成一种手艺了。他们以为文学也像修理石磨、铜锅等民间手艺一样,在今天终要绝迹。这真可笑。其实文学比一些人从心里恐惧的帝国的大厦还要长久不知多少倍。文学与我们生存所需要的水和空气阳光之类一样,是须臾不可分离而又常常忽略之物。

文学的作用不变,它被接受的程度和方式也没有变。人世间总是有一些心灵要由文学去护养。有时读的人多一些,有时读的人少一些,这都无大碍,也更无妨。这都是非常正常的。

我们完全不必为一时的阅读人数和印刷量的增减而痛苦或过分欣喜。翻开俄国著名女诗人阿赫玛托娃的自述就会读到这样的话:"那时,巴黎……诗——无人问津。""1912年我的第一本诗集《黄昏》出版。只印300册。批评界对它的评价尚好。""1914年第二本诗集《念珠》问世。它的生存时间只有六周左右。"由此再想想托尔斯泰和雨果遇到的问题,我们也就可以明白,文学很难说什么时候就一定是风行于世的。它既非随着时间而上扬,也并非是一路走向下坡。文学的空间不是肉眼能够观测的。但即便是极小的空间,它妨碍了阿赫玛托娃成为杰出的诗人了吗?它妨碍了她的作品超越国界和时间、神秘地走向无边的遥远了吗?

文学走入人的心灵不是没有条件的。真正的文学是不会像香肠一样在人群中成束地传来递去的,如果出现例外,那也要有特殊的条件。真正理解文学的人,从来不会期望文学以非文学的方式被接受。像阿赫玛托娃所遇到的情况,应该说是最正常不过的。她当时没有感到文学要灭亡,也没有感到文学的力量在减弱。因为她大概从未想到让文学一夜之间或两夜之间会改变生活中的什么。文学不是机枪,也不是法律条款。

"历史感"和"现实感"

就文学而言,现实感不强,历史感也未必强。反过来也是一样。我们如果听到某人说谁的作品历史感不强,但是现实感很强,那么他一定是在骗我们。因为文学是在历史的行进中做出表达的,从来没有割断时间的现在,也从来没有截断未来的过去。时间在文学中是一个无所不在的东西,它不会时而出现时而消逝,时而与书中的一切紧密结合,时而又离心离德。一切的表达都被时间所左右,它永远在神秘地领导我们。

有人在作品中把现实写成了前无古人的卓越或伟岸,那是因为鼠目寸光。历史的光线要时刻将一位思想者的额头击中,这样的思想者才不至于胡说八道。这就是历史感:历史的权衡,历史的恐惧。没有历史恐惧的人可以随意涂写现在而不知羞耻。他们的作品与现实无关,因为那只是一个杜撰的现实。真正的现实是从上游流过来的,它流个不停,直流到作家的眼前,把人濡湿。

一个生活在今天的人书写历史,就是逆流而溯。他的脚上必有今天的泥泞。也好比一个一大早醒来的人在咀嚼夜间的梦境一样,他的头脑虽然沉浸在那个情境里,可是他的脸上映照的已经是这个黎明刚刚升起的霞光。

我们常常看到这样的文学现象:有的作品在最初问世时并没有怎样

大的反应,几乎是无声无息。但一年或几年之后,它的阅读者越来越多了,它吸引了越来越多的目光。许多人正在从这本书中获得感动和共鸣。为什么?因为它有预言性,它的思维超越了现实中大多数人的思维——这种超越可能是一年,也可能是两年或三年,甚至是更长的时间。于是只有等到了它超越的时间界限,人们才会恍然大悟般地理解它。这样的书其实是最具有现实感的。它穿透了现实,直接向前独自走去。这是真正了不起的书,这样的书每个时期并不会太多。

反过来看,那些一面世即获得普遍响应的书,一般来说是简单的现实的描摹,不会有更深邃的思想。以为这样就是文学受到青睐,就是表现了文学的"力量",其实是一种误解。这与文学没有多少关系。这往往是借文学之名在传播另一种东西,它通过别的传播也一样。文学的力量是永存的,但这种力量的存在有自己的方式。

思想的立足点

人要有立足点。思想的立足点当然比什么都重要。没有世界观的作家是不能成立的,他顶多是精神和思想海洋里的一个浮游生物,大概不是很重要的。我们以前多次提到作家的持重,他的起码的自尊和矜持,还有他的"不慌"。作家真的应该是一些有老主意的人,他们面对一个迅速变化着的世界能够思考,能够多方面地去看问题。本来是挺好的人,挺有见解的人,一慌就全完了。

记得大约是八十年代初，一个比我大许多的作家从北京出差回来，到我这里玩。当时正赶上吃午饭。他坐在饭桌旁沉默许久，然后突然说了一句："到了信息时代了。"那时候不是现在，"信息"这个词极少有人知道和使用。所以我听得非常认真。我发现他说过这句话之后又沉默了，而且脸色苍白。我最终冷静了一下，觉得他说的事情虽然新鲜却还遥远，所以也没有什么值得惊慌的，因为起码看起来周围的一切还是照旧，我们大概还有时间应付。所以我劝他还是先吃了饭再说。他默默不语。

时过二十年了，我仍然能记得他那个中午的惶恐。二十多年过去，我们所居住的城市基本上没有什么根本性的变化。有了几样新的工具，比如写作用的电脑，还有了互联网等。但这些变化都是小的方面。它们虽然使我们方便了一些，但也增添了新的麻烦。还是大致未变的多，比如我们的街道仍然脏乱不堪，生活仍然是那样艰难。可见一点新技术用到一些地方并不难，难的是我们的生活究竟在实际上改变了什么？看来任何时候都要对自己的生活有一个基本的判断。一个作家遇到一点小事情，比如一点小利益小恩惠就冲动得不得了，有的甚至捶胸顿足，感激得号啕，你还能指望他写出什么有内容的东西。

一个知识分子，比如一个作家，如果能做到见了机器不慌也并不容易。在这个技术主义盛行的时期，要做到这个并不容易。相反，我们倒要特别注重思想的力量，注重研究新的技术与商业扩长之间的关系。疾速发展的技术与人的徘徊不前、不断倒退的伦理水准，是我们这个世界充满危险的根本原因。作家如果是一个怎么都行、得过且过的物质主义者，一个跟着消费主义的花车吵吵嚷嚷的角色，那将是非常悲哀可笑的。

一个在新的技术、新的观念之间跟跟跄跄的人，一个不断被所谓的新思潮新手法所鼓舞的人，一个在思想上反复改变和尝试的人，既不可信也不重要。这样的写作是不会有什么力量的。我们重视的是那些足踏大地的人，因为这一部分人才能够发力，能够投掷。他们有立场，有方向，因而才是可信的。他们并不慌张乱跑，起码可以让我们在抬头寻找的时候，知道他们在哪里。

　　我们从历史中可以总结出一些经验。我们知道科学和文学不是这一部分专门家的专利。在一些时期里，科学家们背叛科学可以成为时髦，作家们背叛文学也可以成为时髦。一个优秀的作家，应该用自己一生的工作去做出反抗：抗议平庸生活和平庸环境染指艺术。我们也不必在现代艺术的冲击下头昏脑胀，更不必慌乱。早在音乐家瓦格纳的时代，这位伟大的艺术家就曾尖锐地指出：现代艺术是商业神的博学的奴仆；艺术的真正敌人是商业神。他的结论在今天来看，真是一点都没有错。

感动的一部分

　　我们常常并不满足于这样一些作品：它们试图努力表现当前大众迫切关心的问题，却没有自己的色泽，没有自己的声音。只有问题和事件，但没有作品自身所必须具备的独特的生命形态。

　　我们这里其实是在讨论怎样进入真正的文学写作。我们常常谈论文学与生活的关系，有时却忽略了什么才是与文学发生关联的"生活"。

文学所理解的生活只能是进入个人感动的一部分，是极为个性化的一部分，它不会是大众的。如果是大众的，那就一定不会是文学的。把进入文学的生活平庸化、普遍化，也就同时取消了文学。所以我们只要一听到有人提出要写这个时代群众迫切关心的问题时，就不由得格外警醒起来。作家又不是新闻家，他怎么表达、如何表达那种"迫切关心"呢？

即便是一个报告文学家，他也不能只报告而不文学——文学是一种除非他自己、而别人无法表达的一些意蕴和思绪，它不会等同于大众的。他所感兴趣的生活内容，经过汲制与吸纳，已经生长在血肉之中了，这个生长的过程可能是很长的。在一个如此漫长的时间里，大众的兴趣不会一直等着他，他们又会转向新的兴趣。

生活是各种各样的。什么地方没有生活？我们至今还找不到一个没有生活的地方。我们只能找到我们更喜欢的生活，或遭遇我们极为厌弃的生活，比如强加给我们的生活。作家在生活的选择上一旦被号召着，也就等于是被拽离着，直到离开了文学。作家的生活是与独特的视角、与自我的表达不可丝毫分剥的。长期以来，有一些过于急切和简单的思想，一些极易普及到群众中去的所谓的"文学与生活"的思想，被反复传播。其实关于文学的一切，也包括文学与生活的关系，还没有通俗到那个地步。它们之间的互动与弥补有时是微妙难言的。现在连一些没有多少文化的人也夸夸其谈起来，大谈什么文学与生活、作家怎样才能写出无愧于时代的作品，等等。这对于一个民族起到了不好的作用。因为连高深复杂的文学也给我们搞成了如此简单和廉价，更何况其他，这样就会渐渐培育出一些极为粗陋的思想习惯，并多多少少教导和提倡了一种不求甚解的浮滑作风，一种不懂装懂和喜好虚荣的不良品质。

一方面，我们都知道这是一个知识的时代，学习的时代；可另一方面，我们又极善于蒙着脑袋，将想象中的歪理强加到真正的知识中去。

有些所谓的"深入生活"活动，说到底只是一些与文学无关的室外活动。利用这样的机会放松室内工作的紧张是有效的、也是必要的。但所有热衷并相信这种"深入"理论的人，相信它的永恒效用的人，往往都是最可爱最单纯、同时又极可能是最蹩脚的作家和理论家。

二〇〇二年十二月二十四日

葡萄园畅谈录

前言

这是一部文学讲稿,在几年的时间里完成。今天看,它是那么浅近和粗陋,但作为一段时间的记录和痕迹,仍然让我觉得有理由保留下来。

……

无论以怎样的方式、因为什么缘故,当一个人得以亲近一片土地的时候,心里必会充满感激。

在没有预料的情况下,我就开始了长期旅居胶东半岛的生活。时间流逝得飞快,转眼已近八年。

八年时间对于一个人当然非常重要。我在这期间跨越了一道线,即中年与青年的分界。

这期间我到过许多省份、许多城市,但主要还是住在半岛上。离开省城后,我没有像很多人所理解的那样生活,也没有像很多人所希望的那样生活。我只遵从心灵的召唤,走向自己的内心。在苍茫野地、山区、滨海林场,我努力寻找了过去、今天和将来。

痛苦和欣悦掺进了生活的每一章。我在这里接受,也在这里拒绝。有时不停地奔走,有时又长久地滞留。我出现了,我消逝了,我接近了,我退远了。在巨浪翻涌的冬夜海岸,在火夏的城郊树林,常常只有我一个人……

这片"文化和艺术"的偏僻之地让人宁静。

离开别人强加的一份生活，让自己像一棵树，在此地自然生长。冬天披霜挂雪，夏天淋雨沾露。远望城郭，渺渺无踪，大地如此开阔……

有多少个夜晚，挚友们一起在林中、在田野和斗室、在海边，畅谈倾诉。这是沉浸和回忆、向往和拒绝，希望和企盼。这声音被我们播撒在葡萄园中。

不记得在何方见过这么大、这么繁茂的一片葡萄园。它无边无垠，郁郁葱葱。漫漫的半岛旅途中，我常常在焦渴疲惫中抬头一望，就看到了生机一片的葡萄树。

它安慰了我、帮助了我。

我幻想着在葡萄园中永居，并继续着自己对生命和土地的呓语。

一九九五年八月二十五日

上篇

第一章　精神的丝缕和火种

陌生感和千篇一律；安定与排遣。人的抱负和奢望。

这里是一片沉默，也是一片喧嚣。就看怎样感知它、发现它和接受它。从地图上看这里只是一个犄角，伸进海里，又可怜又精巧的大陆的边缘。与之呼应的是海中那几粒岛屿。这儿在古代称为"登州海角"。

很久以前，当老铁海峡还没有发生陆沉的年代，这里与辽东半岛连为一体。

如果不从现代的角度去看，这里可算偏远的"东夷"。文化的寂寞，边地的寂寞。两千年前的孔子传礼也没来这里，他认为这里的人原本懂礼。可能那也是一种"夷人之礼"吧。

对这里本应极为熟悉：它的人文地理。可是一切却触目皆生。像来到了一块生僻之地。偶尔能看到十多年前的痕迹，但只是一闪，另一种感觉就将其覆盖了。

四周响起的声音也是如此。它显得久远、深入，不由得让人疑惑：这是从哪个世界飞来的声息？自己的声音与之同源同根吗？是，又不是。

从哪里来？从这里和远方？是归来还是离去？是旧友还是新朋？是主人还是客人？

隐隐希望看到真正独特的东西。这显出了天真和浪漫。其实到处一样，更多的是千篇一律。现代风习的感染力同化力比过去的时代大了十倍百倍。处处都给翻造了，改变了，此地与彼地必须一样。房屋是这样，街巷甚至植物、人，都是这样。这才让人吃惊。

最好能拨开表面的浮障，探寻到不同的、个性强烈的内核。这应该是久居此地的目的之一。

烦恼和愉悦、欣喜，被种种情绪纠缠也是必然。偏远之地给人安定，也给人一些焦躁。关键是能够排遣，能够与这片土地在心灵深处沟通和对话。平静的、温暖和从容的心情一点点泛上来，从此也就住得下了。

没有什么隆巨的事业。谁也没有那么大的抱负，起码是外在的抱负、世俗物利的抱负。只是寻个安静的读书地场。这个地场对人的磁性大，正在把他吸附，如此而已。人如果能借此休整和修正，培养起好的心情，生成明亮的眼光，就该非常感激了。他对其他并无奢望。

他害怕打扰，也不想打扰别人……

一九八七年十一月二十二日

无边无际的葡萄园；另一种危险。可怕的反差；虚假的繁荣和真正的贫困。

这里最引以自豪的，是无边无际的葡萄园。而且在海滨，离另一片无边无际（大海）只有四五百米甚至一二百米。这种壮观和美丽足以震慑一些人了。

这种美的生成自有原因。当然有经济因素，也有其他。这里的土质适合种植葡萄，含糖度高，色香味俱佳。这就不仅是人为，而且包括了神秘的命数。

十几年前这里主要是林场和园艺场，丛林比现在密，但葡萄园和现在差不多。

一些建设工地从南到北、又从北到南地铺展，这大概要毁掉一些葡萄园。还有煤矿的开采。有些所谓开发区围了大墙，墙内空空如也，无端地毁掉作物，不能不说是一种罪孽。这是和平年代里的一种摧毁，是特别的危险。

战争年代不能贯彻法度，又难以遵循理性，所以当时这片海滨毁灭了许多美好的东西。现在则不同，现在应该是得以休养生息的时期，是建设时代，应该从容规划，着眼全局。如果不能，就是野蛮的肆虐。

模仿的可怕后果比预料得还要大。舞厅、馆舍，还有各种消费场所，都从开放的窗口模仿而来，迎合了浅薄无知和贪婪的心性。一方面制造了虚假的繁荣，另一面到田野上看看，陋巷，穷人，泥泞的乡下小路，拥挤可怕的集市，街道，贫寒无靠的山民……又是真正的贫困。这种反差的存在，是一个地区最无耻的表现。

对待这种耻辱，人要有义愤、有表示，心中无愧。面对这样的时代，每个人都像迎接一场考试，对意志、品格……一个人在今天也许不能成功，但不应失败。

龙口海边葡萄园田野　田恩华摄

丑恶的势力、丑恶的人性，在一种风气中会蔓延和复活。要抵抗先要战胜疲惫，有忘我精神。这将是艰难的人生……

一九八七年十一月二十三日

没有真正的隐者。现代生活及一块土地对隐者的腐蚀。

有人要学做隐者，其实没有那样的隐者。当然有些名号也是强加的。那些挂出牌子的"隐者"往往都是策略之人。

有名的"隐者"也就不"隐"了。记得鲁迅先生在谈隐者时，曾有过精彩的剖析。

在一个地方久居，就得忍受。

几年前拜访过一个隐者。他居于偏僻之地，但焦躁明显可见。他不能忍受遗忘，对世俗的喧声格外敏感。

现在与过去不同，传播信息发达得不可思议，这既刺激了隐者，又发掘了隐者。现代生活不断制造隐者又不断毁掉隐者。制造，是它的荒谬、紊乱的生活节奏对人的逼迫，不断逼迫的结果就是终于使人奋起决绝。他们一旦告别了，总是愤怒而坚决。可是他们接下去又会发现，他们已经离不开现代生活了。物利得失尚可忍受，其他呢？误解甚至是侮辱、各种令人难堪的遭际，也能忍受吗？

真正的隐者必须心冷如冰，放弃了"文明人"的"体面"才可以去做。

隐者追求的是自尊，可是现代生活除了破坏这自尊，还有无时不在的腐蚀。

任何土地既有培植力又有腐蚀力。它往往通过腐蚀得来养料，再去培植所需要的一切。

土地的强大拗性可以对人的个性视而不见，无时不在无孔不入地牵引、诱惑和教导一个人，使他在不知不觉中改变和就范。他被消融了，同化了；当他发现这一点时，就开始挣扎和呼号。这一叫，一个隐者的形象又破坏了。

这个地方自旧社会就是一个商业发达之地，人很精明。隐于此地可太难了，他必须先变为一个商人，然后才能隐下。如果要抵抗，要叫喊，隐是隐不住的。

这个时代，可见宁做个战士也不要做个隐士。

隐而不成的无聊和悲凉，不是一般人所能想象的。

现代社会里，唯利是图的人多了，好奇的人也多了。过去发现一个隐者，如果他居于特别偏僻的山地边陲，那么要传达出隐者的消息会很困难。他骑上最快的马跑上一生，又能传播多少？现在则不同，不要说卫星电视、报刊传真之类，单是电话，揭露一个隐者也很容易，"喂，这里有个'隐者'，快来看看吧！"

自然地、旁若无人地生活，真是一种必须。

一九八七年十一月二十六日

时代的上访者；基层与环境。今天与明天的生存。

与过去的上访者不同，他们现在是因为自然环境被破坏而愤怒。过去只有知识分子关心环境之类，今天是农民。他们在为自己的生存而抗争。

环境的灾变不到了一个严酷的时刻,农民就不会站出来。他们是时代的上访者,崭新的上访者——这是悲剧还是喜剧?

整整一个村庄失去了活鲜清澈的水源,这是对一个地区发出的最可怕的警醒。可惜极少有谁真正重视。

一个时代有一个时代的主题,一个地方有一个地方的主题。地方的主题是小主题,如果它不与时代的大主题结合的话,就没有前途。这个时代的大主题应是"人类与环境"。人类的发展、生存,都依赖于怎样对待环境、产生一个什么样的环境。有些问题已经不能再等待。因为未来的环境,不久以后或很久以后的结局,都要依赖于现在的认识和动作。自然环境的现状是积累的过程,有时这种积累是相当缓慢的,所以说在灾变发生之前的许多年,就应该有所对应,有牢固的防范措施。

现在的基层人不择手段地搞钱,几乎完全没有地球生态的概念。他们认为自己人微言轻,不是管那种事情的人。可是生产部门大多在基层、准确点讲环境问题也主要是从基层产生的,不抓基层,不改变基层的认识,还奢谈什么地球的未来?到了顾及农民上访才考虑一下环境问题,毕竟太晚了一点,也愚昧了一点。

现在的某些人,与之谈环境,他们只是敷衍,认为那是书生意气,是当代的"奢侈"、知识分子的毛病。他们不知道这是一个今天的人能不能活得好、而明天的人能不能活的大问题。他们没有迫切感。说白一点,这才是"要命的话题"。

因为破坏环境而受到严厉惩罚的负责人很少,甚至在一个广大地区内没有一个。

有的大城市已经到了难以居住的地步，烟尘、噪声，大得让人吃惊，连最泼辣的外地农民、打工者、耐受性最高的重体力劳动者，进城后也大咳不息，嚷着要快走。这里出现了如此恶果，责任者是谁？他们又受到了什么惩罚？

他们是不受责备不受追究的，因为他们损害的是平民。

不仅不受责备，而且在一个城市里，几乎所有高一些级别的领导人都迁到了靠近郊区的无污染地段，住到了最好的楼房里，那里有警卫，有草地雪松之类。

这种不加掩饰的丑恶堆积如山，已经司空见惯，这片土地还有什么希望？

一九八七年十一月二十八日

劳动者的被掠夺。艺术的自尊与自在。高雅艺术与劳动者的力量。

在工人和农民中间，在县市乡村，阅读高雅文学作品的人越来越少。他们都在忙"更重要的事情"，为挣钱糊口而奔波。有人不仅是不读这一类书，其他书也不读；有的甚至在一两年时间里没进过一次影剧院。

他们在冷落艺术吗？不少人责怪艺术家：不更多地写写大众所关心的现实生活，所以这种冷落也是必然。这种说法似乎略有道理。

但我们看到的却是一种相反的情形。我们觉得他们在享用高雅艺术的权利方面，被粗暴地掠夺了。劳动者现在已经疲于奔命，没有了时间和精力，更没有机会。除此而外，劳动者还受到了其他伤害，比如金钱与性、粗俗的文化制成品,等等。

由于这种掠夺的隐蔽性,所以让人视而不见,只更多地去谴责艺术和艺术家。

其实艺术有自己的自尊与自在性。它有时是既不懂得也不能够迁就的。它为人类服务、为劳动者服务的最好途径,只能是使自己变得更好。

从根本上说,高雅艺术是属于劳动者的,因为艺术家本身也是劳动者,他们的创造物深深浸透着劳动的精神,是同一种灵魂。

如果揭示出这个奥秘,那么人们就会更多地把注意力转向掠夺本身,而不会过分地去责备艺术和艺术家。

要研究劳动者被掠夺的全过程,被掠夺的方式和被掠夺的严重性。

有人说贫困是失去接受教育的机会、进而又失去享受高雅艺术的机会;这当然不错。可是需要指出的是,使其贫困,正是掠夺的一个主要方式。其次还有其他,比如精神的伤害、破坏其对高雅艺术的注意力等等。

劳动者一旦享有高雅艺术、有了高层文化的滋养与引导,就会变得力大无穷。

而丑恶的势力最惧怕的,就是劳动者的力量。丑恶势力要愚弄一拨能够阅读屈原和托尔斯泰的农民或工人,那大概是难而又难的。

在劳动者中间播撒艺术之子,实在是功德无量的事业。

一九八七年十二月二日

不妨"好为人师"。从一点一滴做起；精神的丝缕和火种。

现在的聪明人在某些事情上是会格外犹豫的，比如走进讲习班，比如面对学生。这令人深思。

在偏远而喧嚣的古海角上，现在更多的是挚友而非学生……但是在今天，在这样的时刻，人也不妨"好为人师"。关键是否具备老师的资质、境界，还有传授什么内容。

伐树取材者比比皆是，可是谁来植树？

且做个植树者，不停地培土和施肥。不必贪图回报。有一天回头遥视，会感到安慰的。为了那一天和那个结果，现在就要快做。

这是微小而细致的工作。但一株树可以结籽数千。这是个私念，它将慰问劳作的心情。

那种高扬手臂、声音远达的呼喊是必须的，也值得尊敬。可是从一点一滴做起的人，在近处小声叮嘱的人，也仍然需要。就像鲁迅先生所说，人也只能做人的事情。先生还提到了"精神的丝缕"这个概念、"火种"的概念。

决定了，然后是选择和设计。不必求多贪巨，永远也不要舍弃"微细"；要"浸润"和"导引"。

在长久的过程中，"为师"的反而被感动、被点染、被深启。他会由此获得力量，从"土地的派出者"身上获得力量。

一九八七年十二月三日

对人和作品的遥视；距离感。人需要时间的帮助。微小与伟大的颠倒。

除了少数人之外，大多数人是极为重视当前舆论的，它可以因此而严重地改变自己的真实印象。人需要一种与别人大致统一的意见和观念的支持，这与人追求安全、喜欢群居的心理相类似。

其实"统一"的看法是不存在的。"统一"是妥协的结果，是互相迁就、盲目跟进的结果。对有些艺术家和艺术品所形成的"统一"看法、传递的感觉，有时正大可怀疑。

因为艺术是极具个性、甚至是难以言传和表述的，所以更需要一份特殊的敏悟。对艺术的理解，有时的确需要先天的才分。它需要爱和知，但爱却不等于知，爱只会增加知。

对当代艺术，需要有个遥视的习惯。这非常重要。这是解决和打破局限的唯一可能。遥视可以使人放松，使人达观和平静。时下的喧闹从耳畔退远，人也公正多了。人变成了自己，判断力才是自己的。有了设想的距离，与没有这种设想的距离，其结果是大为不同的。

可以想象十年或五十年之后、一百年之后，有些嗡鸣和热闹可能都化为屑沫。因为它没有坚硬的内核支撑。相反，有些寂寞无声的角落，却极有可能在未来的重新发现中熠熠闪光。因为这个角度仍有热量不能消失，有什么在一直燃烧……

人无论多么睿智，都需要时间的帮助。人无论多么愚钝，在时间之河的冲刷下，也会变得犀利聪明。

因为要不断接受世俗之见的蒙骗和诱惑，真确的思路时而覆盖，常常把微小和伟大的事物搞颠倒。这种巨大的、不被后人所原谅的错误，实际并不罕见。

用这种观点和方法对待自己，一切也就释然。应该更加相信劳动，劳动的过程才是美的、有意义的。一切自我膨胀都是可悲的、不必要的。

真诚无欺地对待劳动，这样做很难。因为这样做不仅需要毅力和品质，而且还会遭遇那些惧怕劳动和厌恶劳动的人，受到鄙视和谩骂。

人应该虔诚地对待劳动。谩骂者总是孱弱的、难以为继的、经不住时间检验的生命。

一九八七年十二月六日

前后一贯的分析能力。真诚和坚守；不为时尚所动的精神和力量。

我们常常看到令人惋惜的现象，这种现象即便在智慧人物身上也时有发生。从比较长的一个时段看，他对事物的判断相互矛盾，有时甚至破绽百出。有时是尖锐的、有力的、有内容的和明晰的；而有时又陷于混乱、迁就、变幻不定……他缺乏前后一贯的分析能力。

思想界的混乱和误解，有时正由于这些现象的交织而形成。人们缺少可以较长时间依赖和信任的思想者，缺少对比和鉴定的援引、某种标尺。

不能保持前后一贯的分析力，是一个人的素质所决定的。他的血液里缺少那种因子。于是他继承着一种传统，又常常丢弃另一种传统，不得不在时间和空间中闪烁摇摆。

一个人长期真诚坚守，就会深入追溯和探究。他可以走向很远，但不会突兀地转向。一切变化都有可信的脉络可寻。他只沉迷于自己的世界，这个世界完整而博大，并且与其他世界相衔接。

平时对严肃的学术和艺术的干涉打扰太多，身陷其中的学人不得不前后顾盼。但这种顾盼应是坚定自己的根据，而不应慌张游移。专注于原来的思路，推动这条思路，是抵抗干涉和打扰的最有效的方法。

漫长的学术和艺术生涯，应该锻造出一种有硬度的性格，逐渐获得一种不为时尚所动的力量。

缺少和丧失了前后一贯的分析能力，就不能推进科学的思路，就会中断和丢弃至为重要的研讨。最后的结果是即将建立的宫阙破碎坍塌，留下一片瓦砾。

一九八七年十二月七日

野蛮以及野蛮的伪装。最危险的误解。文化建设和经济建设的一致性。

现在最令人害怕的是一个地方的所谓"开拓型"人物。他们让人看不到开辟的作为和能力，也没有拓展出任何新的领域。在特殊时刻，"开拓"成了蛮干无知的同义语，没有法度、没有禁忌，也没有操守，更谈不上信仰。这样的"开拓者"兴盛之时，就是大地一片狼藉之日。

真正的"开拓型"人物，应该有丰富的精神生活，有内向性，有现代思路。他可以是相当拘谨的人。不懂得拘谨，不懂得畏惧，放肆起来就不可收拾。这些人顶多是些所向披靡的破坏者、孟浪汉和冒失鬼，而不会是卓有成效的建设者。

现在也有人喜欢一些野蛮的人。使用这种可怕的力量即便是权宜之计、即便仅仅是借用，也会带来巨大的、难以消失的灾难。他们留下的臭迹将难以消除。

流氓无产者一旦稍稍伪装，比如伪装成"开拓型人士"，就会得到相当广泛的喝彩声。野蛮的东西可以打扮、变种，骨子里是不会变的。让最原始最低级的一类去操作现代化，这是最荒唐不过的了。

在野蛮的力量盛行之地，素养较好、卓有才具的知识智者也许真的难有作为。但从长远看，还是他们能够贯彻理性。

有人对这一点长期存有误解：把责任交给一些"开拓型"的人，事业才有发展的希望。这是人类最危险的误解。这种误解会把一个地方引入毁灭。

战争年代一度利用过流氓无产者。但简单的打斗拼抵、冲锋，与胸怀全局的运智是不一样的。破坏推倒摧毁，与建设完善确立，原本就不一样。其实在任何时期，流氓无产者对事业都弊大于利，得不偿失。

现在有一部分人搞起"现代化来"，简直是疯狂。别人引进一个项目，他可以引进十个；别人围千亩良田搞"开发区"，他一口气可以围上几十万亩。不计后果，不思民意，不管得失，完全以推波助澜为快意。

一个时期的经济建设出现这种倾向，文化建设也必然如此。文化建设与经济建设总是呈现出某种一致性和同步性。学术界、艺术界的冒进人物、自大狂、二流子、冒险家，简直像蘑菇一样破土而出，他们蜂拥前台，招摇过市。喝彩者很快出现，喝彩也是一种时尚。

现在缺少的是批判，无情而尖锐的批判。这种"恶声"有利于民族，有利于明天。一个个唯唯诺诺,跟从尚且不及,生活就要一塌糊涂。

凶猛和自大、傲慢的一类,必然没有根柢。一个人文化视野狭窄,就不知天高地厚,当然没有什么顾忌。本来就有横冲直撞的传统,而且有绵绵不绝的继承者。

善良的人应该警惕,应该有声音。

一叶知秋。不能忽视局部倾向。况且这也远远不是局部了……

一九八七年十二月八日

谨记的责任和无奈的心情。不停息的劳作的意义;积极和积累。

有人往往对他人的期望值太高,这只能促人三思。比如远离闹市的生活,不过是有了沉入基层的可能性。一个人的力量微小,但和基层融为一体,就得到了延展。起码可以记录、了解、思索和传递认识。

有人说这样还远远不够。但人也只能做人的事业。一个人在自己的时代没有荒废,这已经是难能可贵了。

从未像现在一样,感到有这么多的事情需要赶快去做。但愈是如此,愈要好好判断。我们责任重大,但能力微小。我们怀着不能遗忘的责任,同时也怀着悲凉的心情……

在这样焦躁急切的状态下,更应该鼓励劳动的精神,让越来越多的人明白,不停息的劳作具有真正的意义。往往是呼喊的声音大,只不愿伸手去做;有些事情虽然烦琐,但却非常有意义。人人都渴望某种突破、突变的痛快,却不愿投入促成这种突变的积累。积累是缓慢的,但通过积累完成的变化才更可靠、更真实也更稳固。

激烈的呼喊、急剧的要求,是一种积极;但这不是唯一的积极。真正的、坚持下来的积极,还是劳动和积累。劳动绝不是消极。

急躁而激烈的要求者,有时只是要求别人,而并非严格地督促自己去做。这种急躁的声音是有害的。他们认为寄一个很高的期望于别人,总是不受谴责、总是不会错的。但让一个勤劳的人负重再负重、辛劳再辛劳,恐怕也是别有用心。

一个人先要守住自己,不苟且、不跟随、不嬉戏,然后才是其他。每个人如果都有这样的操守,那么社会就会变得好多了。"你还应该更加勇敢啊！你应该去管啊！你早应该站出来了！大家都盼着你代表他们说话啊！去回击和揭露啊！……"类似的声音则要警惕。

这种推向别人的、辉煌的期望,总是害人的。他们不太问自己做了什么。他们的理由是别人更有力、更合适、更有资格甚至更有才华。好像历史总把牺牲选择了别人,他们仅是牺牲的看客,而且留下了评说和鉴定的自由,非常光荣地预见过、投入过,自己将来俨然是更大的、存活下来的英雄了。

善良的人要关心劳动者,并且自己也要勤劳。

一九八七年十二月十一日

验证美的本源。心绪和观察。激动和安静的交替出现。

那些难忘的体验和感觉将会记住。不是一般的激动,还有战栗、冲动、感激、羞涩、跃跃欲试……一些复杂的混合的情绪和心情。这就是面对它们的时刻。

什么构成了"它们"？是大自然？比如一条大河、大山旁的落日、茫茫海涛、丛林浓绿？具体的动物、人？"它们"是美的、可感的、打动人心的，所以才让人长久不忘。

多数人体验过，仅此而已。但作为一个渴望走进艺术之中的人，这还远远不够。他或许要重新去面对"它们"。他应该更细微更谨慎地接近、观察、回味和咀嚼，徘徊流连。要走近、退远，在不同的心绪下与之神交、触动。

是"它们"的美打动了我们。那么"它们"就是美的本源。美的本源需要验证。如果"它们"是大河入海口的黄昏，那让我们再一次去观察和感觉。橘红色的太阳、晚霞慢慢变得色彩浓烈起来，连接河口的大海在微风中加大了浪花，如火焰轻轻燎动。宽阔的河湾却愈加平静，芦苇、荻蒲，都安然挺立，纹丝不动。如一面圆镜似的河湾，橘红之中又掺了银亮。偶尔有跳鱼在响，苇莺躲藏。在河对岸齐整肃穆的黑松，一排排站直了，呈现出铁蓝色。松树上空云气稀薄，颜色也在一丝一丝改变。整个河湾有一种亲切感人的气氛，好像触动了童年的某一幕、或是其他旧有的印象，它正与某一天的欣悦交叠？

河湾美的构成，是潜在与明朗的全部事物，是一次综合。它有无限的层次，有推动和支撑这美的无限生命在运动。我们在不同的心绪下接近和观察，所接受和感知的侧面都有所不同。这样的重复、交叠、咀嚼，也就有了验证和分析，有了更多的领略，美的印痕于是深烙心扉。

这期间激动和宁静的心情是交替出现的。这有点像生命的呼吸，像大海的潮汐。这种律动也是一种美。美的本源既是"它们"，也是观察和面对"它们"的这个生命本身。他的灵魂、心情，会焕发出美的感受，在此，他不过是刚刚得到了一次验证而已。

一九八七年十二月十二日

艺术家只向一小部分人讲话。因"小"而"大"的世界。

在艺术的追求和表达、艺术家的责任心、品格和情怀这一切方面，常常存在各种混淆的矛盾的理解。其实要弄清也并非不可能。

在艺术史上，人们渐渐发现，那些对自己的读者（或观众）要求特别高、选择上特别苛刻的人，往往才是极为重要的艺术家。同时也发现，这样的艺术家，又是人民性（或叫成"责任心"）特别强的。这就似乎产生了不可理解的矛盾。

一般而言，一个艺术家既然要用自己的艺术去打动更多的人，较深地介入社会生活，那么就必须与大多数人对话，读者和听众越多越好——这样理解可能是不成问题的。

但是，一个艺术家的对话者——内心的对话者，有可能很多很多吗？那样，他就必须迁就很多的眼睛与耳朵，就必须用无数的口吻和角度去阐发自己。可以想象，这最终会是一场多么令人疲惫的、无数次妥协的过程。至此，艺术家将变得没有风格和个性，变得非常紊乱。他试图表达更广泛的道理，更复杂的意绪，但由于每一次表达都太狭窄太短促，结果也就会适得其反；他的整个世界即由这些组成，所以这个世界会呈现复杂中的简单、宽泛中的逼仄，既不可能深邃，也不可能辽阔。

事实上，在一个真正的艺术家那里，无论他讨论的问题有多么重大，也永远只是向着一小部分人讲话。这一小部分人是装在心中的，与之交流、倾诉。他直视他们的眼睛，交换神色，心心相印。

这种专注是能够带来一种纯粹的；而艺术的纯粹性才能使其变得多解、博大，变成诠释不尽的极为丰富的一个大世界。

由于艺术家选择的对话者是极重要极少的一部分，所以他在对话的过程中也不断地提升了自己的艺术品质，即变得更大和更高。而后又会对对话者产生更苛刻的要求，即有了再一次的品质提升……如此下去，就进入了良性循环。

这样的艺术和艺术家，其听众和读者将是非常之多的。因为纯粹的艺术较之芜杂浅近的艺术，更为具备欣赏的普遍性和长久性。这一代和后一代，都能够从中获得共鸣。从累计的人次上看，这种艺术的对话者也将是最多的。

内心的对话者愈小，展现的艺术世界就愈大。

一九八七年十二月十五日

不断保持诚实的爱情。无欺的精神生活。感激和怀念的状态。

无论是就一个人生理的健康还是心理的健康而言，这种要求都是至为重要的：不断保持诚实的爱情。这当然包括对异性，但包括得还应该更多。爱得真实、厚重和诚恳，爱的质量就提高了。爱之中不能有牵强和应付，不能有策略和权宜之计，尤其不能掺上其他芜杂，比如名利之类。

诚实的爱情可以是青春的，也可以是成熟的。但它都有利于人。不被爱情方面的亏欠折磨，人性和生命就得到了滋养。无论被爱者怎样，爱者自身是诚实的，爱者即是美好的。这美好会常常帮助他（她），让他（她）越过生活的坎坷。

如果这个人是一个艺术家，那么诚实的爱情将会有力地支援他（她）。它是善与美的境界滋生的基础；它本身就是善与美。他（她）从爱的、留恋和依恋的、倾慕的眼光看去，这世界都在一种动人的韵律中鸣奏。从此他（她）的喜乐多了，嫉愤少了，如果有什么将这个世界破坏，他（她）的勇敢也将增加，卫护也将有力。他（她）歌唱的愿望增长了饱满了，歌声愈加打动人心。

由于严酷的现实、世俗的逼迫，一个诗人精神上极易陷于痛苦。可是这一切都不应使其变质。不仅是诗人，任何一个好人，都应该有一份无欺的精神生活。磊落和诚恳朴素、率直和认真、坚守的意愿，什么时候都不能放弃。在爱和被爱之中，没有世俗利欲的位置。

美好的东西一旦在内心生成，就需要保护和维护。这个过程是不断坚持、勤勤恳恳和小心翼翼的过程。不间断地、不悔倦地保持它，人心才有安宁和踏实感，才有幸福的享用。

在现实生活中，人常常不得不进入各种状态。人会有被逼迫被欺凌的时刻，有尴尬的时刻，有难堪之时；但是人也有感激和留恋、怀念的时刻。后者的存在是最可宝贵、最为有益的；人在这样的状态中，是灵魂最健康、最洁净、最美好的时刻。

不断地追忆友谊,并维护自己的友谊;不断地感念来自他人、周围的一切帮助、支援、爱、关怀,并能够在沉浸中确认这感念,是多么幸运。怀念往昔的岁月、亲人、植物、一个个生动有趣的场景,等于让流逝的生命之水再次冲洗自己。生命的刻度加深了、丰富了,时光也更具有弹性。

勇敢的人、安逸的人、宠辱不惊的人,都是经常处于感激和怀念的人。

一九八七年十二月十六日

确认操作者更重要;好的用心和设计如何实现;陌生而又真实的痛苦。

常常可以见到动员起来的忙碌和奔波。这近似于一场运动,有发动,有动员,有计划,有大规模的宣传。大街上的标语挂牌又出现了,不过内容与十几年前不同。现在是呼吁致富,是"现代化"。方向不容怀疑,要求直接明了。

在一个地方和一段时间,为实现一个目标需要有具体的"操作者"。我们确认操作者才是更重要的。我们有时会发现一些完全不具备现代思维的人、使用完全原始的方式操作所谓的"现代化"的人。他们的文化素养差到令人吃惊的地步,却俨然一个指挥者和指引者。

无论多么好的用心和设计,要化为现实都需要条件。它必须通过具体的人、具体的步骤去落实。如果一个操作者对自己的目标一无所知,或干脆就是这一目标的直接抵触和障碍,要实现这样的目标就完全没有可能。

名义可以不变，"目标"可以照旧，但操作出来的可以是完全相反的东西。追求幸福，却迎来了灾难。

所有藐视真理和科学的人，都是幸福的阻碍者。这样的人胆大妄为，直取利益，所向披靡。他们可以用自己的拙劣方式、粗俗的要求去改变一切，而且看去"顺理成章"。他们能够在一定范围内维持自己的秩序，建立自己的规范。

只要操作者没有改变，无论怎样的设计，对于大多数劳动者而言，结果都差不多。

但是，较之十几年前，由于目标的改变、设计的改变，有些痛苦看上去就有些陌生和费解。这是崭新的痛苦，比如环境污染之类；但这痛苦又很真实。还有大面积的腐败，这在过去，在一代人的记忆中，好像也很生疏……但它送来的痛苦也是真实无误的。

并非所有的改革、所有从事改革的人都是积极的。鲁迅先生说过，如果缺乏理性和科学，如果这种变革不能从改变人的素质方面着手，不能触动风俗和民心的"大层"，那么很可能非但没有进步，反而发生严重的倒退，即先生所说："改革一两，反动十斤"。

一九八七年十二月十七日

文化的薄弱，地方的失尊。一场旷日持久的跋涉还没有开始。

尽管有人一再发出了叮嘱，结果仍然无动于衷。因为一个地方没有这种认识和觉悟，叮嘱很快就会消失，并且一开始也不被理会。

文化成果既没有被保护，也没有被积累。文化和知识不仅得不到推崇，而且还不同程度地受到嘲弄。精神和物质的极度贫困、可怕的诱导的结果，使为数极多的当地人只趋向权力和金钱，遵从一种可怕的实用主义、犬儒主义。

结果，稍稍长久的打算、一些远程设计、开阔一点的眼界，都被视为可笑和不正常。微小的追逐、精明的盘算，反被尊为当地智者的行为。长此下去，风气败坏，人心涣散，人变得唯利是图。这就根本谈不上什么原则，人与人的关系只是利益的互置。

一方面是诡计多端，另一方面又表现出可怕的无知愚昧。小当不上，大当常上，糊糊涂涂中可以损失无法计算的珍贵。他们心中早已丧失了最基本的原则，所以也就谈不上正常的维护。

人类最美好的思想成果和艺术成果，在这里几乎没人知晓。展读严肃书籍的人微乎其微，对相术气功大师的迷恋却几近疯狂。因为视野的狭窄和不负责任，在侵犯面前表现了难以置信的无能。忍受、苟且、模仿、仰人鼻息，这些频频发生，已成平常。一个地方因为文化的薄弱而造成的失尊，达到了令人吃惊的地步。

改变这一切从哪里开始？要回答也简单得很：从提高人的基本素质入手，开展教育，不厌其烦，不厌其细，从头开始……回答容易，做起来却非常之难。我们会发现这是一场旷日持久的跋涉，而且尚未开始；它将耗掉我们无数的时间。

也正因为如此，人们才懒得去做。在短时间内收效甚微的工作，往往都是伟大的工作，却往往都是当代人必要舍弃的工作。可怕的是这种舍弃必会招致报复，规律和科学的报复。一个地方的平衡被打破，生存的基础发生倾斜，挽救起来将非常困难。

为数众多的一个群体失去了准则，失去了标尺，不懂得尊重什么、鄙视什么，把鄙俗之物捧为灵器，把令人生厌的家伙抬上高位，就必得一起在黑暗齷齪中摸爬挣扎，结局当然可想而知。

一九八七年十二月十九日

技术性事物强烈地吸引着一般化的艺术家。特殊生命的突破能力。

各种频繁的技术性试验以及类似的一些追求，现在是一个个热点，但只限定在艺术界。有人甚至头脑昏昏地指出乙地比甲地在艺术形式上、作品的技术上差距有多少年。这些荒唐之至的说法，也堂而皇之地出现在权威杂志上。看来他们把产业技术革命的那一套也搬到了艺术上。艺术不会进步，也没有对错之别，艺术只有优劣之分。古代写月亮的诗，"技术"上比现在落后吗？现在火箭飞船可以登上月球，但这是工业科技的问题，而不是艺术的问题；今天写月亮，就一定能超过古代吗？

艺术永远是生命隐秘的流露，是生命、是特殊生命的迸发，是激情的倾泻，是灵魂的战栗……离开这些去理解艺术，就永远不得要领。

但艺术仍然有技术层面的意义可以探讨。

不过技术性的事物总是强烈地吸引着一般化的艺术家。他们以此来补救不再激越奔放的心灵、不够敏锐觉悟的生命。技术只可以弥补，不可以生长和根本性地挽救。技术在必要的时候使一个艺术家微微喘息，但技术不可能让其复苏。技术是一种麻醉,麻醉得长久和频繁,就会伤及生命。

最完美的、不可思议的艺术只能来自一些特殊的生命。这些生命有巨大的突破能力,而且这能力不仅作用于内容,还作用于形式和技术。艺术的技术,也纯粹是生命力的铸造。

一九八七年十二月二十日

野蛮的力量;野蛮与通俗。同一种力在文化艺术上的表露。

当野蛮的行为一般化地出现在我们面前,我们既容易识别又容易拒绝。比如乱吐乱倒乱骂,比如抢夺和直接的拳脚相加。这一类好办。但没有这些出现在街头,也不等于没有野蛮。野蛮的力量只要存在,就会以各种方式施于生活。无论是什么方式,只要是野蛮的本质,是这样一种力量,那么就对人的幸福、对美好的事业构成了破坏。

专制之地的好大喜功、虚报产值、欺和瞒、霸地一方、盲目建设、不计后果、伤损自然,都是常见的野蛮和犯罪。但以这样的形式表现出来,就有了一定的隐蔽性,反而容易被认可。其实这样造成的危害,比一般的街头野蛮,面积要大得多,程度要严重得多,后果也要可怕得多。

一个人如果缺少理性,就不会有好的判断,也就不知道什么是稍稍调整和改装了的野蛮。人性中多少都有野蛮的成分,血液中有野蛮的因子,所以也要警惕自身;这种警惕一方面是约束自己,另一方面是绝不迎合野蛮的行径,不要姑息也不要失去批判力。野蛮的行为有时也会与自身的这一类因素潜隐地契合，这时就会发出盲目的赞同。

野蛮的力量可以在社会上畅行，另一个重要原因就是它的通俗性。它往往抓住人们的一些浅表要求，推动自己野蛮的实质。人们的任何短视、盲目、自私、不求甚解，都容易被利用。人们的冲动、无逻辑无理性，正是野蛮行径大肆泛滥的土壤。

无论进行野蛮操作者以多么美好的前景去诱惑我们，无论他们用怎样漂亮的言辞去打扮自己，我们也绝不能与之合作，而要给予揭露。

目前，赤裸裸地使用的，是金钱和性的力量。这是人类文明史上危害最大的"准暴力"。它具有空前的侵犯性，是人类幸福的最大破坏者。它的横行驰骋，留下的会是一片狼藉，是民不聊生、贫困和死亡。历史一再地验证了这一点。

性的泛滥使人民心弦松弛，失去了正常的追求能力和批判能力，在昏昏然中被掠夺和践踏。金钱的巨大欲望最后只能满足极少数野心家，大多数人的金钱总是被榨走，他们褴褛的衣衫上藏不下一枚铜板。

野蛮的克星是文明。所以抵制它的最有效的武器就是人类的一切文明成果，是这些成果的倡扬普及和一再渗透。野蛮主义盛行之地，那里文明的使者、文明的承载者，无一例外都要遭受打击、迫害和伤损。

在现代社会，野蛮主义对待文明的戕伐和进攻，也在变幻新的、隐蔽的形式。野蛮主义在文化领域培养和制造自己的代表者、代言人，并且常常以"学者"和"专家"、"艺术家"、"作家"的面目出现。当然他们都是"伪制"，他们以这样的伪装出现只是为了出手方便。他们的对手就是文明的捍卫者和承载者。他们的最终目的是要毁坏和战胜文明。

他们充分地利用和使用了整个野蛮主义在人类历史上施行的一切经验，包括成功的和不成功的经验。他们根据一个时代的思潮和倾向，有时伪装激进，有时又放肆地嘲弄和推倒，一切的原则、理想、道德，都在直接攻击之列。他们有时甚至公开地宣称自己是美和善的敌人，佩戴赤裸裸的野蛮的徽章。

文化领域中的野蛮主义，这种力量，一旦以"艺术"的面目出现，就特别难以判断，因为他们有时也可以跻身于"现代主义"艺术的行列，与曾经出现的"后现代""颓废派"相混淆。但只要认真辨析，我们也仍然能够区别，这就是看其品质、目标、根柢和素养，看其思想和艺术的转折历程……

一九八七年十二月二十二日

旧地给人的特殊感觉。童年与少年的土地；葡萄园的变化。

旧地总是给人特别的兴奋。短短的时间，想把所有地方全跑一遍。很多地方自一九七三年到现在一次也没去过。

近二十年了，时间的犁铧把童年和少年的土地给翻了一遍。但有时又有一种特别的感觉：好像一切都尘封原地，一草一木都没有更动过……

记忆中的那个林场没有了；园艺场也大大地往北退缩了。给人最大感触的还是林场的消失。记得场部是一两排青砖瓦房，房子西部打一个拐角，变为南北向的一排青砖瓦房，围成了一个大院落。当时场部大院东部有机井，南部还有当地方圆十几里唯一的一台手压水井。井旁永远是湿漉漉的，拴了一头大牛……

　　让人怀念的是林场场部东边——南北一排茁壮的枫树。这些枫树长得很直，叶子也大，秋天彤红的枫叶铺了一地……后来再也没有看到那么好的一排枫树。

　　现在这一切都没有了。无影无踪。代替它们的是矸石山，是煤矿掘出的一座座黑矸石……到处都坑坑洼洼，土地下陷。而过去这里是一望无际的平原，它的西边和北边是黑压压的一片林子。

　　只有葡萄园比过去大了。但现在因为要搞新法栽培，几乎再也看不到过去那种大棚架了，所以现在的葡萄园也没有过去那种深不见底的蓊郁感。现在的葡萄架子矮得很，有的只达到人的腰部，进了园子就像进了麦田。不过一望无边的葡萄树仍然是壮观。

　　过去搭这种矮架子的葡萄园也有很多，但记忆中仍好像比今天要高……现在的葡萄园不给人过去的那种感觉了，也可能是园子四周景物的变化造成的。过去的园子是与农田、与树林相依衬的，而现在与矿区和工厂、与车辆隆隆的大马路相邻。

　　这里的楼房比过去多了十几倍，但一幢幢模样都差不多。比起城区，乡村的变化——特别是建筑方面——就要少得多了。那些存在了几十年上百年的乡下老屋显得又朴实又贫寒。四周的树木被割掉了，只剩下它们裸露在平原上……

　　猫和狗少了，特别是猫。过去每一户都有猫，有的一家就养了好几只。猫在一个家庭里是很重要的，它常常与家里的老人和小孩在一起……

一九八七年十二月二十四日

破坏的寺庙群。不可复制的历史；不熄的大火。

树林总算还有一大片一大片，但寺庙已经很少了。从书上的记载中、从老年人的口中可以知道，这里原来寺庙成群。很大的庙宇、在方圆几百里数一数二的建筑多极了。看过在原庙址建起的两处中学，从它判断原来的建筑规模，再看看留下来的平面图（有人根据记忆复制），发现大得不可思议。

看看负有盛名的少林寺，还有南方几个有名的寺庙，对比一下，这里的寺庙规模要大得多。

据说是在四十年代初烧掉的，理由是担心敌人用它屯兵。

现在有人想修复，大约已不可能。没有那么大的财力。而且那种规模、建筑，都是在历史中一点一点汇聚积累的，渗透着那个特定时期的人文精神。历史总是难以复制的。

有些较简单的古建筑曾按图纸修复起来，结果拙劣得可怕，还不如没有。

当年做出破坏和摧毁决定的，后来不仅不是罪人，还大多成为了不起的"功臣"。道理很难讲得清。我们现在心疼的是另一种东西，是遗产，文化遗产历史遗产，人文景观……我们实在难以相信当时没有更好的办法阻止敌人，而非要放一把大火不可……

这场"大火"一直未熄，它一直烧到后来很久很久……

一九八七年十二月二十五日

午夜的海；孤单的人与茫茫的海。

到海上去。晚上，星月不亮的时候更好。倾听黑影里呼呼的海浪，或者看看平静的海，感觉特异。记忆中常常一个人到海上，特别是晚上。当时逃避别人还来不及，所以很少结伴。那时奇怪的是不太害怕。

现在找一片安静一些的海岸多难。只有东北方那一段好些。从那儿稍稍往西不远就糟透了。有呛人的碱味儿。那是造纸厂和其他工厂排放在海里的东西。

在海边，一个人可以畅想和沉思，想什么都非常方便。很容易就找回了过去的那种感觉……一个人只要不忘记过去的一些感觉，就可以写作了，也可以干好其他很多事情。

一个人的变质大概就是从忘掉少年感觉开始的，一切都是从那儿开了头的……

一个人在世上生活着，差不多就是一个人在茫茫夜海上的情景。一个人太孤单太弱小了，而他面对的却是这么大的、未知的一片……

一九八七年十二月二十六日

不回避那些"大家不喜欢的人"。弱者、体面人、贵人。

不止一次有当地人这样提醒：你们频繁接触的某些人，在当地大多是不受尊重的、威信不高的。他们觉得一个人刚来一个地方，不了解市情——特别是人的情况。他们希望一切"正常"：应该与另一些"体面人"

在一起才正常。他们很不理解。开始令人费解，后来才一点点弄懂了。

这都是好意。可是我们觉得接触、与之交流的这部分人也不坏。他们不过是有点个性而已；还有，主要是因为他们在生活中几十年里都是弱者——原来实际生活中并没有多少人真的尊重别人的个性，更无人同情弱者，大家都自觉不自觉地以地位和权力来衡量人的价值，甚至以此来取代通常的道德标准。在任何地方，不歧视弱者是很难的……

想到这些会令人气愤。我们相信自己的判断。一些人有毛病，有的也的确不让人喜欢，但他们终究还是比那些"小官人"可爱十倍。因为他们从来不给人卑劣的感觉。

尊重他们也绝不能出于怜悯，一点也不能。他们天生应该被尊重，他们的优长远不是另一些所谓的"体面人"所能具备的。

在这个以金钱为中心的现代社会里，我们强烈地感到了自己属于这一部分人，而不属于另一部分人。我们应警告和叮咛自己绝不要背叛，不要走出这个行列。

那些所谓的"不让人喜欢的人"，在我们看来比"体面人"更丰富更有趣，也更朴素和真实。同时我们也看到了，他们在人群中差不多更能受到理解，他们的"不让人喜欢"只是在某些特定的场合，比如在一些"体面人"面前。有人害怕这些人的出现会把喜庆场面"搞砸"了。

我们恰恰认为这些人比那些"体面人"尊贵十倍。

一九八七年十二月二十八日

《古船》书影,人民文学出版社一九八七年版。

一九四七年的过失。走访和怀念；至高的原则。

《古船》中曾写过一九四七年的一些情况。这些史实不一定都发生在此地。而且作为一部作品，不能与现实的具体生活一一对照。但它反映的事件确是逼真的。

这个地方一九四七年的恐怖何等严重，这从一些老人的记述中，从档案资料中都可以了解。教训是惨重的，遗留下的问题也影响了后来的生活。这在今天仍然可以找到那场灾难带来的负面影响。

曾经实地考察过一些地方，走访过一些老人。这只是为了求证一个真实。这对于作者非常重要。

在一个历史关头，人的冷静总是极难的。人哪，有时真要警惕自己的热情。

雨果曾经说过：在一切的原则之上，还有一个绝对正确的人道主义原则——我们不能说雨果的人道主义就是虚假的，是"资产阶级"的。

与当年一个最勇敢的乡村负责人谈起那一切。他如今很老了，经历非常之多。他回忆沉重，讲起当年，几次难过得说不下去。这包括了对敌人的痛恨，也包括了他自己的忏悔。失去了人道，人将变得非常可怕，人就是非人。

我们再也不能忍受"非人的折磨"。在这样的互相折磨之下，多少美丽的人生给毁灭了。

在尖锐的阶级斗争之中，更需要有坚定的"人道主义"——即真正的人道主义，这是至高的原则。

从这里往西三十华里不到就是那个有名的大镇。那里当年发生的事情触目惊心。将来应该有一部真实的镇史。这个工作比较重要。现在的修史还不行。

《古船》中的记录还太简略。那个气氛是写出来了，但因为篇幅和其他原因，写得太粗略太匆忙了……

一九八八年二月十四日

第二章　　特殊生命的特殊表达

一个作者的工作计划。深入民间。

一个写作者的确应该有一个较长的计划：他过去的创作中有很大一部分是小说，还有散文、随笔、文论、诗等。甚至写过报告文学和戏剧。他准备用几年时间离开中心城市，到边远地方生活。这是深入民间的机会，也是非常重要的选择。计划中收集一些资料，准备将来使用；如果再有时间和精力，可能会写一些随笔散文，并在业余修一两门专业……

任何一个写作者，他的计划看上去总是比较庞大，可惜难以落实。很容易过高地估计自己的能力和精力。生活中的烦琐太多了，对人的干扰特别大。几年的时间一晃就会过去……

一九八八年三月二十二日

熟悉的面孔。不快的回忆。

这儿有时常常会引起不快的回忆——不仅是被破坏的自然景观，还有人。常常能遇到一个熟悉的面孔，尽管这张面孔在微笑，但令人想到冰凉的往昔。

那个冷肃时代的全部感觉都一下回来了。没有办法。

他记得那一天正下大雪,学校放假,本来照例要开放假大会,但由于要参加一个批斗会,也就省略了学校的会。已经在学校住了很久,不太知道外边一些事情,一路匆匆到了会场,台上站的人吓了他一跳……脑海里一片空白。

当年的那些面孔凶神恶煞一般,让人永远难忘……微笑,握手寒暄。但是生活中全部的不幸、苦难和不义,这一切感触又从头涌来。

不能将昨天的一切都推到时代本身。不同的人、不同的灵魂在同一个时代会写出不同的历史。直到今天,有些人还是难以好好活下去,他们正被历史的重负压得无法呼吸;而有些人则不配活下去,他们给这个世界播下了罪恶。

永远不想见到那些面孔,有时却又相反——直视着,沉浸到往昔……

一九八八年四月十四日

大片砍伐的果园。矿区的"土法上马"。

整个西北部小平原快要完了。除了没有远见的规划、各种建筑造成的损坏之外,最让人不能原谅的就是一些工业项目造成的可怕后果。这些影响是难以消除的、长期的。污染严重,当地的生活完全被破坏了。这一切让人痛心疾首。

有人说起这些,痛楚即从心底泛起……如果一个人在一个如诗如画的环境中长起来,那时的情景就如在眼前。到处是渠水,是树林,是大片大片的果园。连接这些的,南部是一望无际的平原,北部是蔚蓝的渤海湾。

现在大片的果园都被砍掉了,大部分被煤田矿区占领。这些煤矿基本上是"土法上马",没有什么总体规划,难以控制污染,谈不上综合治理,使整个平原变得千疮百孔。

煤矿开采需要毁掉大片土地,到处造成沼泽化,一片肥沃的农耕区将不复存在,一代又一代人面临失去土地的痛苦。没有了田园,人生也就没有了着落。而且这里以前环境如画,是无法复制的。

失去的将永远失去。居住和劳动的环境一变,人心、民风也就很快会变。在这样一个破破烂烂的地方,今后发生什么也不会令人吃惊。

人们将永远怀念过去,怀念往昔……

一九八八年四月十五日

会议发言。滤掉鲜活的内容。自己的心声。

倾听会议发言是一种痛苦。发言者的稿子是按照上边的要求统一准备的,他们要一字不改地读下来。

他只把它读一遍,从不离开稿子发挥什么;如果遇到比较同意的字句,他或许可能加重一点语气。在这种会议上,发言者本身只化为了一个符号。

而真正的发言完全应该是他自己的。真正的演讲需要抛开讲稿。有人说宣读稿子为了庄重和周到,但也极可能滤掉鲜活的内容。有时稿子会把人的兴奋心情、真实的心情和当时的激动,一并给遮掩过去。这毕竟是一种损失。

一个民族都在照本宣科中消耗着,无头无尾,无始无终。这种刻板呆滞中埋藏着所有的残酷和黑暗，一切无法言说。

每个人都发出自己的心声，这是困难的。我们不得不生活在一个言不由衷的世界。

一九八八年四月十八日

忍受日常的磨损。对生活不存一丝奢望。

很多到这里访问的朋友常常产生一些费解，因为他们惊讶地发现：一个写作者在这儿竟然能够"忍受"下来。他们将这种忍受、这些磨损视为"奇迹"。其实这有什么，一个人能够忍受的东西还多着呢。我们对一些非常非常难以忍受的东西，不是也都忍受下来了吗？

忍受有助于理解，只要你想理解——这儿不是指理解当地一些具体的事物，而是理解人的命运——那么就得忍受。

什么能比"忍受"更勇敢和更平凡？

也许这里的一切与有些人的性情相去太远了。但也唯有这些才能让人时不时地想到过去，想到各种各样的苦痛，如果一个人的少年时期在这里度过的话。有人听了这个想法会觉得奇怪——他们认为，既然昨天与今天正好相反，那将多么难以衔接！他们错了，他们不知道一个人会在这种种忍受中想到什么，也难以明白这种忍受的性质……这是局外人难以体察的。

在不同的时代，有些东西已经改变，但仍有相当多的东西骨子里并未改变。如果只看表面现象，以为真的"一切皆非"，那么后来发生的事情一定会让其分外震惊……

对生活当然要心怀希望,但不能存有一丝奢望……

一九八八年四月二十四月

可怕的陋习。游街示众。喧嚣的小城。

无论时代怎样变动,有些可怕的陋习是很难改变的。仿佛有一些很长的根须扎在土里,每到了季节就要发芽,长出叶子。要阻止它的滋生是徒劳的,有时甚至是适得其反的。

无望地注视。野蛮的力量没有什么能够遏制。我们对付野蛮有时也仅仅是使用另一种野蛮——结果如何也就可想而知了。

人们看到的、相信的,只是"野蛮"本身的力量,而不是文明和法度的力量。得出这样一个结论的民众,会是非常可怕的。

只为一种短期效果,有人总乐于借助恶的力量。这样无论取得了怎样"好"的结局,最终也还是一种"恶"。不同的是,"恶"经过了这样一番曲折的使用,反而会变得比过去更加"成熟"和不可战胜。

由此让人想到了托尔斯泰的"不以暴力抗恶"。联系实际,对他这个主张可有深一层的理解。"暴力"也是一种"恶",而使用了"恶",最终还是不能消除"恶"。"暴力"即是强暴之力,它不能等同于善,它对恶的反击和惩罚是虚妄的。

游街示众在这里的小城街道上每年都要上演几次:犯人胸前挂着大纸牌走过观望的人群。这与清廷时期的做法没有什么不同——有的东西要改变是如此艰难缓慢。像耕作方式，如今大西北仍然是几头牛拉一个横杆，后面跟上人和犁。这与我们出土的秦汉文物上刻的耕作图一模一样。可见几千年了，没什么改变。不要说大西北，就是以农业现代化著称的这个小平原，前些年牛拉犁耕的情况与古代也大同小异……现代化的主要指标还是人的思想，没有现代思想，只会流于简单的模仿，而模仿有时并无方向，有时仅仅是一种因袭。

"尊重他人权益"成了新鲜事物。只要睁开眼睛，就会发现对他人的侵犯比比皆是。大街上到处是高音喇叭，吵得人无法工作无法休息，而且极少有人认为这有什么不当；还有人荒唐到午夜燃放鞭炮，而且不在节令中。有一次许多人突然被一阵猛烈的鞭炮声惊醒，起来看了看，是凌晨三点。荒唐，毫无法度。再比如打电话，接电话的人会把对方盘问得清清楚楚，像查户口——这之后才给叫人，有时干脆告诉要找的人"不在"——"不在"也要照旧盘问一番。

这一切烦琐已经让人习焉不察，但它们的确组成了我们生活中丑陋的一面。

一九八八年五月二十一日

如何开始想到写一篇小说。色彩的组合。

讨论一篇作品怎样开始，怎样有了创作冲动，怎样构思作品——这些充斥在所谓的创作谈里。不过实际上每篇作品开始的时候并不一样，作者也许想得并不多。有时他们故意不去想得太多。一个人如果注意一下自己就会发现,他平时闪过的各种念头可真不少。这些念头天天在眼前飞动,要阻止它都做不到。有人会抓住一些有用的念头,用来写作。写作之前,更多的会感受到一种情境、一种氛围、一种韵致,这些与故事、与某种想法不同,它们常常让人觉得无法转述无法表达,于是他想竭尽全力将其写出来,用各种各样的办法。他只想完成这些艰难的转述,而不想过多地去琢磨人物和思想,更顾不得去费心地编织故事。最初令其动心的这些东西有些飘忽,但只要将其抓住并好好写下去,其他的东西,如故事和思想等等,一点一点都会到来。它们刚开始就存在着,不过都躲在一些角落里,一时不想走出来。动笔了,就等于一点一点拉开了帷幕。

我们在创作中对色彩总是十分入迷——有时甚至想,这简直是在用色彩组合什么。没有缤纷绚丽的闪烁和跳跃,总是想不起写作。许多人差不多总是最先想到色彩。

也可以叫作色调……那是一种时时袭来的、有颜色的、有气味的某种元素——只有他们才是通向无法言说的那一切的。这样讲也许格外让人糊涂,不过不这样讲就更不清楚了。

一九八八年五月二十二日

小说长短非材料所决定。结构的自由和心的把握。

有人在谈作品时,常常说这个短篇是个中篇的材料,这样写有些浪费等。这种说法倒是令人生疑。也更有可能的是,那篇小说本来就是一个短篇的材料,如果拉成一个中篇可能就完了。一个小说的长短大概不仅是由材料决定的，它更多的是由激情之类、比如大家常说的"气"所决定的。他当时写了那么长，说明他当时的"气"就那么长。再写长了还要运积新的"气"，还要等待。不过到时候再写出来，可能就不是原来的作品了。

有人愿意说这篇该是长篇，那篇该是短篇、中篇。如果真的是，怎么作者当时没有写那么长？还有人说"短篇结构""长篇结构""中篇结构"——这些说法极可能都是纸上谈兵。小说的结构不一样，或者可以说一篇小说一种结构。把结构根据体裁固定了，进而又寻出一种规律，那多少有点不妙，有点让人费解。如果某部长篇是个"短篇结构"——那作者怎么当时写成了长篇？反过来也很可能又有人指出哪个短篇本该是个"长篇结构"——那他还要把它再拉出几十万字来吗？

其实结构是自由的。一部作品该写多长，只有作者自己的心能够把握。

一九八八年五月二十三日

停止不前的感觉。向上的攀登。

在连续的写作中，谁都有过停止不前的感觉。有时觉得越写越难，真想完全停止下来。有人将此比为"爬高"：向上的时候总觉得吃力，但却明显地感到是在向上；可是当登上一个山顶的时候，也就暂时滞留在一个平台上了。徘徊在平台上，就会感到停止不前。实际上这是一个必经阶段，只有站在这个毫无前进感的平台上喘息、总结和积蓄，才能继续爬上新的高度——那时又有了明显向上的感觉了。

写得多了，还会把一些新旧想法搅到一起，使思维凌乱和迟钝起来，对文字减少了新鲜感。但这凌乱无序毕竟是思索和寻找的后果，所以最终仍然有益。害怕凌乱，总想固守在一点点清晰之上，小心翼翼，就很难向上攀登。

一九八八年五月二十四日

雅俗共赏。永久的矛盾。

有人极希望一部作品能够雅俗共赏。可真正的艺术品往往又很难与俗连在一起。好作品常常不知不觉地回到了少数人手中，这也没有办法。也许它有一天会获得众多读者，但那要历经一段漫长的路程。雅俗共赏只是一个美好的愿望，是期待。实际上雅俗是一对矛盾，永久的矛盾。让一个诗人去竭尽全力追求所谓的"共赏"，那可能要毁了他。

一部大雅之作，可能其中会有一部分内容让许多人喜欢和理解。但这毕竟不是理解和喜欢整部作品。这是两回事。

一九八八年五月二十五日

作家的神奇发挥。神秘的调节器。

作家的神奇发挥，是一生中的奇遇。长久的探求和努力，才有可能抓住那个美妙的时刻。一些如有神助的、超常的表现和表达，有时连他自己都难以置信。时过境迁，人已经从梦中走出。

那个特别的领悟和感知能力是几十年如一日的磨炼换来的。才华和力量原来一直在堆积，累叠一处，其体量达到某种程度时，会有一些爆发的机会。而平时，它只是潜隐不露——尽管作家本人总想让其呈现出来，可惜蕴藏之物却十分吝啬。好像每个生命深处都有一个神秘的调节器，本人不能具体地、及时地控制它。

一九八八年六月二十六日

一本港台小说集。南方与北方艺术的区别。

手中的港台小说集里没有太好的作品。其中好像没有包括那个地区最重要的一些作家。人们说艺术品的气质、优劣，有时候起决定作用的会是地理地域的关系。那一块土地相对大陆来说没有发生过更大的历史事件，没有十几亿人共同投入的历史场景，一些不幸和灾变，那里的作家没有亲历，而且这一切经验又不可仅仅凭借转述。

从地理角度上看，它属于南方气质。那是一种纤巧、优美，较精致也较柔软。从戏剧上看也很能说明问题，北方的剧种粗犷有力，音调高亢。总的说北方的艺术是大的，而南方的艺术是好的，但"虽好却小"。

有人总是依据如上道理，提出自己的否定。但这只是一个方面，只是一种看问题的方法。

艺术的品格是多方面的。每一片土壤都会产生自己杰出的作家。

一九八八年六月二十八日

一篇短篇小说。个人化；特殊生命的特殊表达。

这是一部六二年写出的小说，获得了盛赞。但这不像是一个职业作家的创作。一般讲社会写作力量会产生这一类作品。作者行文准确，规范而雅致，但仔细看，其中没有多少真正称得上是作者自己的独特之物。一个艺术家成熟的过程，就是逐渐脱离集体的情感表达方式、走向个人化的过程。而这部书仍在写一种集体情感，而没有表现出多少真正的个人。

小说中描述的那些场面、情景，都是对于现实的集中和概括，显现了一些惯常的对事物的反应，使用了惯常的表述方式。而诗人并非如此。

真正的艺术品，总是一个特殊的生命，对生活的特殊感悟和特殊表达。那可能是陌生的、使人畏惧的、在惊悸中渐渐被接受的某种东西。

一九八八年七月一日

应力戒不洁。回避声嘶力竭。形容与修饰。

我们看到的一篇不错的作品，里面往往也有很多问题，有时甚至是不能原谅的。比如最大的毛病是"不洁"。这个不洁不光是描写和叙述上的用语等小问题，而让人想到更致命的方面。它最终会影响一个人能不能走远。我们心目中的艺术家是有洁癖的。

洁净不等于拒绝那些细节和那些特殊字眼。关键是怎么写，在什么样的氛围和语境中使用什么样的笔触。要看作品是否提供了容纳它的场景和空间，是否为更高的目的服务。要看能否从有教养的读者眼前通过。有些不错的、好的作品中也有那一类东西，但读后不要使人太为难，不要使人不舒服。记忆中的一些好作品,有的甚至写到了社会最下层最肮脏的地方,从小偷到妓女,从监狱到嫖客,可读者总能时时感到一种洁净。他是让人去感受的。让人感到的东西比直接裸露出来的要有力得多。

心理上不洁净,一股污迹可以牵引他走入歧途,使他流入庸常。

还有声嘶力竭——小说中一些强烈场面的描写,本来应该是相当有力的,结果全被表面化了。它应该沉下去、有某种程度的收敛和张力。这时候去掉一些不应有的形容和修饰,尽量不用或少用形容词更好。

当然,这样要求也太苛刻了些。

一九八八年七月三日

艺术家与"世俗"的人。留住勇敢。

艺术家也首先要解决生存问题。艺术是生存着的人创造出来的。但不能为了生存出卖原则。

艺术家既不能自戕,又不能过于自爱。艺术家都是很聪明的。不过现在的艺术家又太聪明了。人在生活中活得不自在,不轻松,时常遭遇尴尬,有时倒说明他心智很高,志向特异。

艺术要求真诚和纯洁,不能虚伪和浑浊。

这儿在说两个"世界"。这两个"世界"其实是共通的。

总要强调做人的操守和禁忌。人不能没有操守,不能突破禁忌。这就是艺术家与俗流的最大区别。

所以说艺术家活得很累,比常人要付出双倍甚至更多的心力。

有人在生活中谨慎小心，如履薄冰，但这并不说明人胆小到什么都不敢作为，他还有惊人的勇敢。

有人仔细到了十分注意服饰的地步，这也可以理解。一个人应该和蔼、有风度。还要保证有一个好身体。因为生理上的气不足，精神上难保不会无病呻吟。

一九八八年七月四日

写作如同搏斗。保持充足的"气"。脑子像镰刀。

行文中戒备声嘶力竭，大致不动声色，写向深层。不能用形容词去乱戳。面对痛苦的场景，一个人可以是号啕大哭，另一个可能是站在那儿沉默。不能说后一个一定不如前一个痛苦。人的心灵刻度深浅不一。重要的是作者自己的人性深度如何？

一个朋友开玩笑，说他看见一个作者每天进入工作室时，一到门口就不由自主地把腰弓了，两手垂在身侧，一步一步走进去。那种虔诚与沉重绝不是装出来的。那个朋友注意了，说看模样他就像去搏斗一样。

我们可以理解这种搏斗是存在的。有的作者会严格掌握写作时间，一天只写两三千字，再顺利也不多写。他想保持很足的气。决不能兴之所至。那样就把笔写滑了，文字浮了起来。虽然每天写得少，但只要不间断，这个字数就不得了。

这就像农民用镰刀割麦子一样，一天只割那么一点，磨好了镰，一天只用那么一点时间，割出的麦茬肯定漂亮。决不多割。第二天要割，得再磨。用粗石磨完，再用细石，最后到田里只用那么一点时间。写作和割麦子相同。有人把脑子用钝了，还要硬写，于是就不会出现清晰有力的文字。我们的脑子像镰刀，钢火不行，就只得小心着用。

一九八八年七月五日

强调"古典风范"。回忆青铜与生铁时代。

有人总是强调艺术的"古典风范"，起码是偏爱。如先秦文学，古希腊古罗马文学……那是另一种品格，让人入迷。那时候讲究描写重大历史场景和重大历史事件，写英雄，注重人的行动。

亚里士多德说悲剧是行动而不是品质——这概括了古典主义的一条重要美学准则。现代主义作家呢？他们恰恰相反，是从品质到品质……

从建筑上可以领略古典风范。比如长城的雄伟气势，还有古罗马斗兽场。那时的建筑格外高大。古罗马皇帝澡堂内的一间浴室，今天就可以改为一座大教堂（西斯汀教堂）。古代的人更讲究威仪，讲究场面的阔大。走廊长得吓人，有人指出长得像"阿尔卑斯山的隧道"。现在全翻过来了，讲究小巧、舒服，越来越精致。文学作品也是这样，巧了，也小了。过去是青铜和生铁的时代，现在是集成电路、计算机时代。如此悬殊的时代，两种艺术怎么会一样？科技发展了，艺术却从某个边角上衰落下来了。一个作者如果不想让作品一味地向内开拓，那么就请回忆更早一些时候，那时候的心灵与艺术。

芦青河与永汶河；幻化为一条北方河流。

芦青河与永汶河是同一条河流。永汶河发源于南山，它的上游叫永汶河，到北边就不是了，而随流经的村庄取名。

现在那条河干了。过去印象中河苇青青，遮满了河道。所以为它取名"芦青河"。

河变了，关于河的经验也大大改变。老一辈人过河得先看看上游有没有白色的水头，没有才敢过。上游的大水说下来就下来。到了我们那时候，就不用那么看水头了。到河边只需看看淹没淹河桥，淹了河桥就绕着走。现在一切都用不着了，人们可以躺在河套里睡大觉。世界变化如此。

最早作品中的芦青河就是永汶河，后来就幻化成了北方的一条河流。随便哪一条河都可以。可以把它看成黄河，也可以看成夹河（烟台）。芦青河在这儿是北方河流的总称。

记不住自己的作品。即兴与创造。

作者凭着那一刻的兴致写来，不深虑，也没有提纲。体育竞技讲究爆发力——写作者也寄希望于此。一瞬间的劲力，上就上去了，下就下来了。那一瞬间脑子里出现的新鲜之物会极大地刺激他，让其再爆发出另一个"一瞬间"。文学的神奇创造有时依赖即兴。很多东西提前没有想到，以后也不会想到。所以事过之后也就忘记了。有人能把自己的作品通篇背诵下来，真是奇迹。他在心里翻煮那么熟透，得失参半。预先

芦青河上游　田恩华摄

故意想得少一点，不全是一种懒惰。实际上也更增加了"创造"的意味。

一九八八年七月六日

大事与"诗人"。一部分人的奇特胸怀。

诗人的浪漫是否利于实践，这往往无人讨论。大的事业又总与诗人连在一起，这又是一个事实。诗人才能干大事，不是诗人也能干大事，不过诗人干的大事和一般人仍然不一样。诗人干的大事更大，因为诗人的胸怀更奇特。

诗人所做的大事业不一定合乎世俗情理，不过那完全是自心中而出的。是一种旺盛的生命力的结果。一般人的举动往往来自经验，来自现实的参照判断，这些事情相对拘谨而稳妥，但不会是太大的事。

诗人的想法足以激励人，但实践这些想法又是另一回事。没有诗人，世界就会麻木平庸，目光短浅，缺少了很多飞扬的想象。

有人以为诗人只在吟唱的队伍中，这是一个错误。相反，有时那些大声吟唱者当中并发现不了几个真正的诗人。悲哀就在这里。写文章、著书立说，不用说是在干大事。可惜有些大事被做小了。

一九八八年七月七日

不可以学习的幽默。油滑从来多于幽默。

幽默才是一种天生的素质，这尤其不可以学习。大艺术家都很幽默，

《秋天的思索》书影,台湾风云时代出版股份有限公司一九九四年版。

有点古怪。艺术家走到了一个境界里怎么能不古怪？有人一直在努力地幽默，结果使作品充满了俏皮和机智——可见幽默还是不属于他。有的作家世人都夸幽默，实际上油滑多于幽默。油滑从来多于幽默。懂得并深深体味幽默也不容易。都说鲁迅是战斗的，但这并不妨碍他又是个幽默家。鲁迅实际上是那一茬作家中最幽默的人。

文字能否完全表达作者。输送的损失。

文字要完全表达出作者的内心大概不可能。一方面是一个作者掌握的文字技巧总也有限，另一方面是由文字本身的性质所决定的。文字可以用来传递极复杂的意蕴，它有这个功能。那些语言大师可以很好地使用文字，但他们深知文字的毛病。写作者心中的一切好比是电能，而由文字组成的语言是输送电能的导线。再好的文字在输送过程中也要造成能量的损失。至于语言大师，他运用文字不过是尽量把导线搞得好一些。比如金、银、铜、铁，从这其中选择最好的导体。作为艺术的导体，文字在不同的作者那儿"电阻"自然不同。

难忘的葡萄园。夜间的大海。

一个人在葡萄园中长大，就难忘这个出生地。因为迷恋，他会一再回返。童年的绿荫遮护一生，它们恩惠了他。

这里的人从小都要去海上。渔民让他们去偷葡萄，孩子们就去了。不过他们很少让葡萄园的人抓住。

不记得多少次与葡萄园的人一起守夜，煮东西吃。在记忆中，护园人都是些能吃能喝的人。当然了，孩子们也常常把海上的鱼带给他们。一部分护园人好像没有家，冬天也住在园子里——护园人都有一杆枪。

"老得"（《秋天的思索》主人公。）这个人算有"原型"。他跟作品中写的那个人长相差不多。前些年我们与外地人一起来海边葡萄园，与园中人说起了老得的长短——有人怎么也不信老得实有其人，正说着，一个奇瘦奇高、头发脏乱的人，骑一辆早就淘汰了的"大国防"牌自行车，吱吱嘎嘎从园中小路上过去。我们赶紧大喊一声："老得！"他猛一回头，下了车向我们走来，眼白很大……那个人于是信服了。

一九八八年七月八日

当代艺术渐渐变"小"。外部世界的宏大开阔。

当代艺术在渐渐变"小"，这是有人从阅读中得出的结论。

科技发达了，高楼大厦林立，人越来越多，人与人都挤在一起，抬眼一望看不到更远处。作为一个人，直接面对大自然的机会少了，间接面对大自然的机会多了。可以想象，当年秦始皇修筑长城，他或手下人总要站在山顶上，要直接面对群山规划。而现在的人要干点什么，总是看不完的图纸，搞不完的计算，听几百次汇报，还要借助沙盘。有了电视，人不出门就可以看遍几大洲……社会和自然对人类的暗示就是这样发生的，它用一种虚拟物不知不觉中改变了你，使你的心灵变小。

高楼大厦挡人眼，再加上领导和朋友在背后胡乱喊叫，让人匆匆忙忙。人的世俗欲望越来越强，扭曲了人性。

一个人的内部世界拓展了，外部的宏大开阔却没有了。现在的艺术写尽性与异化，后现代，越来越深入人性内层。现在的人连小猫眨眨眼也能写一部厚厚的书稿。可是谁也不能和托尔斯泰、歌德、但丁那一伙人比，更不能和那些英雄史诗比，一比就会逊色。那个时代的大师们差不多都具有严整纯洁的理想主义，有痛苦的追究。而现在的人只满足于顽皮捣蛋的艺术，只想跟这个荒唐的世界开个玩笑，顶多洒几滴悲凄的眼泪。可是历史上哪有依靠顽皮的艺术成为巨人的呢？

时间不会倒流，想什么办法既能保留古典主义的磅礴，又有洞幽入微的现代探索？

一九八八年七月九日

鲁迅。作品与人的奇特。

鲁迅是个大师，也是个古怪的人。他的作品差不多都古怪。看他的照片，总是感受着他的深邃与奇特。那么多作家，谁也不能取代鲁迅。他从人到作品整个充满了平凡而神奇的质地。他说：从血管里流出来的都是血。正是如此，从他手里出来的东西，哪怕是一封短简，都渗透了属于他的强烈个性。

福克纳也是个古怪的人。阅读他的文字，一再感受着常人不可能具有的安然和沉着。他几乎是不慌不忙地、自信而平静地过完了为艺术的一生。但他极其执着，又很有趣，绝不枯燥。他还画过一些素描，一些极有趣的画。哈代也是个古怪的人。有人去拜访他，发现他是一个矮小的、背弯弯腿屈屈的小老头。托尔斯泰也古怪，他一辈子都在鉴定自己，完善自己的道德，并以此匡正世事，成就了一种不朽的哲学。

这些人一般都能安于一种平静而激越的劳动，一生如此。

现在一些作品的平庸，首先是人的无趣。他们的哀怨痛苦和忧郁兴奋表现出来也没有多大意思。他们写的东西比较一下都差不多。主要是他们作为一个人看起来还没有意思。

一九八八年七月十日

风流倜傥的人。默默劳作者的成功。

那些看起来太聪明的人不愿意也没有耐心一生"爬格子"。别看有人反应很快，常常口若悬河夸夸其谈，可惜记录下来是经不住推敲的，并没有真正深入的思想。聪明人、有才华的人很多——特别是现在，一个人接受的外部刺激太多了，并急于发言转述，所以现在走到哪里都会看到一些风流倜傥的人。于是我们常常会感到惊讶，觉得智者到处都在堵塞道路。但实际上恰恰相反，真正拥有让人重视的、使人惊奇的见解，据有独特心灵的人，不是太多而是太少。

仅有聪明甚至才华还远远不够，因为更可贵的是品质和灵魂，是某种强盛的生命力,是一种忍韧——百折不挠的精神。

最有意义的还是劳动。真正的艺术家、学者,总是朴实无华,默默劳作,把一切希望都寄托在平凡的不间断的工作上。他们从来不想在一天早上意外地获取什么,也不空待灵感。他们那种严谨的治学精神始终如一。

艺术形象的实感。现成艺术品的不良影响

有人认为自己创造的"人物"在作品中活动起来,往往也就失去了控制,并认为控制是徒劳的、适得其反的,会损伤艺术的肌体。这是许多创作谈中的拿手好戏。可是反过来,一个没有得到掌握的"人物",又会在一种惯性中滑向荒唐和轻浮。在"艺术思维"炽热的状态下,会忽略笔下"人物"的生活观,不再注意其人生态度的现实感和世俗性。

被诗化的"人物"和作者一样,照例不会过多地考虑社会生活的可能性,什么复杂的政治关系、经济关系、人际关系,以及他们在世俗生活中有可能采取的现实态度,可以全然不顾。作家对待笔下"人物"的态度,不知不觉间受着其他一些现成艺术品的影响和制约,让他们的行为屈从于模仿来的艺术。这种损失、失误比比皆是。作为一个艺术品,虽然在韵味上似乎是完整的,但由于对生活的作伪,所以那种"韵味"总是弄到令人生疑的地步。

当笔下"人物"充分艺术化了的时候,就会随着作者规定好了的轨迹滑行,一再迁就自己的艺术脾气。这就走到了艺术的反面。

"人物"总是处在一个复杂的彼此制约的网中。在生活中，在一些重大的原则问题上，有他自己固定的行为方式。无论多么花哨的艺术，这些固定性还是超越不了。

这似乎在谈艺术与现实之间的关系，一个陈旧的话题，但认真想一下，又是在研究一个艺术形象完成过程中的一些毛病，即诗化的危机。

一九八八年七月十二日

第三章　　朴素是至高的艺术品格

"理想主义"和自由心态；透明和简单、朴素与曲折。

我们希望自己是一个理想主义者。但我们有时谈论的"理想主义"与这里所谈的理想似乎并无太大关系。其实理想和自由心态结合得最为紧密，理想是最纯洁最自由的。

心怀理想者常常对一些集体行为无法苟同，但也不能轻易反对。因为集体行为与他纯洁的理想有一致的一面，也有不一致的一面。集体行为常常包含着巨大的真理性和巨大的谬误。理想主义者这样理解问题——再也没有比一些庸俗社会学的东西更容易鼓舞人、集中人和号召人的了。真理总是深邃曲折的，它的这个特质就决定了自身的孤独。真理有时又是出奇地透明和简单，但也正因为如此，它就朴素到让人不能理解的地步——至此它又回到了曲折。

一个真正的心怀理想者或许不仅在一般的社会生活中找不到同路人，而且在可以称之为"朋友"的人中也找不到同路人；尤其在社会的所谓"上层生活"中找不到同路人。

作家的特别复杂与特别简单；同一个思想。

我们看到，一个杰出的作家不仅特别复杂，而且还特别简单。一个作家无论写了多少作品，形式上无论怎样变换，数量上无论怎样增殖，似乎都在阐发、寻找、展示同一个思想。福克纳，托尔斯泰，总离不开他们自己的"那一套"。"那一套"大概就是"同一个思想"。他每时每刻都在重复。与一般庸人的不同之处，在于他的重复不仅不给人单调的感觉，相反还给人极其复杂的、无穷无尽的感觉。大师和一般人的相异之处还在于，他能够更早更敏锐地发现这样一个奥秘——任何一个单纯的事物总是与这个世界上最复杂的万千事物广为联结，他抓住了那个单纯的东西，也就抓住了这个世界上的全部复杂。

一九八八年七月十七日

小说应有自己的韵律。对一部作品的怀疑。

一篇好的作品应该有它自己的韵律。创作中常常有这样的感觉——写着写着，渐渐地，似乎找到了一种韵律……回想一下，很多时候都有这种情况。一个作家要让一篇作品回旋在独有的韵律之中是很难的，它需要寻找和把握。

一个人的全部创作会有独自的风采和韵律，但具体到每一部每一篇作品，又会有属于这个作品的风格和色彩。有时作者会陷于一种假象，误解自己的作品，以为正在创作的这部作品真的捕捉到了那种至为宝贵的东西：声音、节奏、韵致。事实上如果不是这样，他就会觉得枯燥，没有激情，写不下去。

实际上，那种"捕捉到"的感觉往往是一种虚幻。也许只有过了很久之后，他回头再看这个作品，才会发现当时走入的所谓"韵律"并非自己的创造和发现，不是自己的孕育，而只是从以前读过的其他作品中转借过来的。"生活"是自己的，人物、细节，什么都是自己的，可唯有神采是别人的——他在组织这些材料的时候要借助别人的韵律。也正因为如此，所以回头再看这些作品时，常常有一种嫁接感——好比是挺立在那儿的一棵树，它不是一开始就由作者自己浇水培植起来的，而是借用了其他的根柢。

可惜在创作中发现这一点很让人痛苦，也很让人为难。当他发觉这些的同时，已经有些迟了，他的创造力也快衰退了。事实就是这样，一个人在最有能力创作的时候，却忙于嫁接；而他在失去创造能力的时候，才逐渐懂得了使用自己的心汁去培植出一点什么。

当然借鉴和模仿对谁都不可避免，一种既成的强大的韵律对人的影响和制约也是巨大的。但一个更有出息的写作者总要设法早日摆脱它。这就像一个音乐家在创造一个新的旋律的时候，要极力摆脱其它旋律的干扰和左右一样。

人们以前谈得更多的是主题、思想、人物之类，这容易讲得清。而什么是韵律，却比较复杂。它大概由风格、境界、趣味、节奏、意象等等组成——这些难以讲清，而只可留给意会悟想。

写作中容易从他人那儿转借韵律，却无法转借别人的情节和人物，一转借就能对照出来，容易识别，被人指认为抄袭。可是转借韵律，他人即有口难言，难以指责。但只有写作者自己知道，到了一定阶段，索求一种韵律比索求一个主题、一个人物和一个情节更难更难——唯其如此，才更需要自我警醒。

一九八八年七月十八日

强调"周到";认真是一种修养的深度。

之所以在创作中要常常强调"周到",因为我们有时觉得"周到"简直就是才华。

看大师们的作品,里面无论怎样千回百转,也无论怎样漫不经心,总是照应得很好,天衣无缝,滴水不漏——怎样分析怎样有道理,字里行间充满了学问,到处都在隐匿匠心。当然,他只有看上去是漫不经心的,即他的匠心是极其含蓄极其隐蔽的。这种隐蔽同样也是一种周到。他的"周到"多到一般的读者都不易察觉的地步,即处处都在处处都不在,一切只在文章里中和。他们考虑得如此细致。

谁也不相信大艺术家会是粗心人,虽然他们平常生活中显得"粗心",常常遗忘,丢失东西;可当他们面对艺术的时候,比任何人都更为精细,两眼雪亮。作品中的任何一个细部,每一个标点符号,他都要求精准严密。

一部作品是要长存于世的,或许它只是在某一个角落里存活 —— 有的活得好,有的活得不那么好 —— 有一天阳光一照它又伸直了腰,露出脸来,让世人再次看到它的模样 —— 或美丽或丑陋,难以遮掩。这就是创造的规律和时间的魅力。所以一个作家在创作中难以忽略时间。

优秀的作家从来不存幻想,只是扎扎实实地工作。他们首先从写字做起,字写得工整,笔画清晰准确。他们不写别字、代字,不写大街上的简化字,并保持书面整洁。我看到一个老作家,他写错了字,就另外剪一个小方格贴上,贴得很规矩,如果不拿起来迎着光亮看,根本看不出有贴过的痕迹。

这些仔细的、认真的做法,不仅是一个态度问题,而是一种训练,一种习惯,也是一种修养的深度。一个人弄明白一种道理很容易,可要按这道理做就不容易了。

文章写不好,不是也可以看作不周到吗?有人说,太周到了,或许就不自然潇洒——那为什么只想到一种"周到",而忘记了自然潇洒呢?忘记了,也还是不周到。

一九八八年七月十九日

编辑删除作者的得意之处;割伤纤细的神经。

稿子中最得意之处反而被删除了:很多作者都有过这种经历。一篇稿子寄到编辑部,发表之前,他最担心被改动的地方,也就是他最看重最得意的地方,后来恰恰被改动或者被删除了。这是为什么?既可能是作者自己的误解,仅仅是一种偏爱,也更有可能是编辑的平庸。

文章中的闪光部位,恰是一个人创造思维最活跃最灵动的那一刻的产物,它具有大大超出庸常的特性,具有非同一般的绚丽色彩,对惯常的思维方式有着巨大的冲击力——当一个人用平凡的思路去接受它时,第一个反应往往就是感到突兀,是不能容忍,所以就要自觉不自觉地将它删削改动——它终于适应了固定的思维框架,让人心安理得了。

这一切都发生在不知不觉之中。因为对方是一个在通常的思维轨道上运行惯了的人，阅读的一刻也远没有进入创作的激动，没有飞扬的才情。他更平静一些，这很正常。

艺术创作有些非常奇妙的照应和关联，只有在一篇作品中耗费了心血的人才会更多地了解这些隐秘。他知道各个不同细部所折射出的色彩怎样互相辉映，照耀篇章，怎样完成一种综合的效应。有时候，那种微妙的连接都是依赖在一些纤细的神经上，稍一孟浪，就会碰断——那些感觉也就不通了。

诗人的劳作，内里的苦衷，许多时候无人述说。

于是我们对待他人的作品，万万不可失之武断：在总体把握上可以自信，进入细部的时候，就要格外小心谨慎了。因为我们完全可能碰到一副比自己缜密得多的头脑，对方已经预先把所有关节、一些细枝末节全都考虑好了，就连小小的疏漏都不会存在。事实上，创造的热情可以把一切都冶炼得这样熨帖，以至于你冷静下来的时候，会感到深深的惊讶。

一九八八年八月十九日

过晚见识大海的遗憾；人与江河海洋。

一个人到了中年才第一次见到大海，不能不说是一种遗憾。我五岁就看见了大海——因为出生在海边上，准确点说离大海五华里半。

那时满耳朵都装满了别人议论大海的声音，听他们说大海如何如何。只想亲眼看一看大海。有许多次一个人悄悄向大海走去，都没能如愿。小路弯曲，杂树丛生，等于是童年的雪山草地。过早地接触大海是要被阻止的。

想象的大海是另一个天空：好像把天空展平了又放在地上一样。水天一色不可分辨，浑然一体。

后来他们终于领我去看大海了。那种感觉没法言说。记得一路上不知穿过了多少树林，走过了多少草丛，小路弯弯看不到尽头。登上一个沙岗又一个沙岗，还是不见大海。大海对人有一种神秘的吸引力，而且这种吸引力一直存在着，有时甚至能明显地感觉到它的存在。

后来我生活的地方离大海越来越远了，但描叙大海的文字却从未间断。好像写作就是不断地从大海中汲取什么。即便不是写海的作品，也有海的气味在里边。那是一种遥远而又切近的回响，它一直在震荡，一直留在心灵之中。

大江大河、海洋，对一个人的影响是太大了。这不仅仅指那些文学中人。所谓"见世面"，许多时候是指见过大水。

一生中经历的事情，深深浅浅，或牢记或淡忘，但第一次看海的情景却一直清晰。

一九八八年八月二十日

成片的玉米；对大自然保持新鲜强烈的感觉。

我相信一个人来到平原，整天闻着玉米的气息，花生的气息，会获得一种健康。这是真正让人健康的气味，这是田野的气味。谁知道空气中这种味道——甜丝丝的气味从哪里来？他们可能不知道，这是从玉米缨上来的，这和西瓜刚刚切开时散发的气味一模一样。田野里的草、土、树叶，还有泥土里的秸秆埋在那里，都散发出一种综合的气息。它们都是质朴的气味，因而也最能让人健康。

看这长长的玉米叶片，乌油油的，中间一条白线这么有力；玉米多么茁壮，像一棵树。它显示了多么强盛的生命力。一个沉浸于艺术之中的人常常热衷于表现自己的生命力，可是容易忘记了一草一木、一砖一石的生命力。其实他对自己生命力的表现，莫过于通过自然界的这一切去表现更好的了。它们在生长，向上，一直都有力量，有韧劲，根部结结实实地抓住了泥土。这让人想到书写的感觉。

一个人待在这茁壮的玉米林里，嗅着它们的气息，听着它们发出的细小声音，会隐隐地激动。看一会儿，看看它漫成一片的气派；一种潜对话。

一个人最可怕的就是生命力的衰竭，是那种敏锐而强烈的感觉的衰退。本来这是一个正常的生命所应该具有的，它会感到外部世界的运动、生长，感到静物的脉动……一个人童年时代对什么都感到惊奇，那是一个崭新的生命对整个自然界本能存有的那种强烈的新鲜感。可是人长大了以后，这些感觉就迟钝了。这是生命的蜕化和变异。作为一个从事艺术的人，这恰是最可怕的。那些伟大的艺术家，他们整整一生都对大自然保留了一种新鲜强烈的感觉。

谈到生命力，使人想到一个人在日常生活中不能不有所节制。那些无谓的耗损、名利之欲，这一切其实都在加速磨钝他生命的感知。

一九八八年八月二十四日

第一篇小说；对神秘的反抗。

何时写出第一篇小说？大约是一九七三年。这之前已经写了许多散文和诗歌，但一直没有尝试写小说——小说不是轻易就可以写成的，当时看到印刷出来的书籍，惊叹不已，甚至对它分成的整齐的自然段落都觉得神秘。我们不知道自己到时候能不能分理出来。

记得一些试图学习写作的初中高中同学在一起，围绕一本书议论横生：这个段落为什么要这样分？为什么要那样分？为什么要分？没有一个令人满意的回答。特别是小说中的对话，有的要连接写出，有的一句写成一行；有的在句子前后有"他说"的字样，有的只加上引号。这些在当时看来都很奇怪。而散文和诗歌就简单得多——散文和我们学习的作文很接近；而诗仿佛就是押韵的长短句。

对小说的这种神秘感产生的同时，内心里也滋生出一股反抗的情绪，好像一定要写一篇小说才行。

写什么呢？想编一个故事，又一时编不出来。记得过去在林场的一个饲养场上，看到场门口放了一个废弃不用的木头车轮。车轮上还留有一些黑钉帽，看上去像贴满了膏药。车轮和辐条全是木制的，连转轴也是木制的，这在当时让我们觉得好不新奇，阵阵神往。

想围绕它编出一个故事出来。可以想象：如果在普及了胶轮大车的当时，林场大路上还咯噔噔奔驰着这样的一架木轮大车，那一定极其有趣。那时我们一定会争坐这辆木头车而不坐胶轮大车。

这辆大车由谁来驾驶？他又怎样拥有了它？坐在车上的，除了我们之外还会有谁？他们坐在车上要干什么？这辆奇特的、不甘消失的老式大车会派做什么用场？想来想去，就写出了第一篇小说，它的名字就叫《木头车》（收入一九九〇年明天出版社短篇小说集《他的琴》）。

一九八八年八月二十七日

初学写作者与熟悉的题材；盲目的激动。

一个初学写作者总是写自己熟悉的题材。不过有时这种"熟悉"也是相互的——他会发现许多人都在写同样的东西。也许凡是比较熟悉的、常写的内容，大多都被他人反复表达过了，这种熟悉感其实更多的是来自阅读，而不是来自生活。

这如何独创新意？你能把它提高到一个崭新的境界吗？你能找到一个全新的角度吗？反过来说，如果选择一个在大多数人看来比较生疏的事物去写，那么也就不存在这些麻烦了。还有，它真的生疏吗？

平时的文字艺术在熏陶你，那些经常被描写过的事物对人的影响也会最大。那些艺术品的格调，作者的情怀，都曾经打动过你，你难以摆脱它们业已形成的气氛、主题和格局。所以在一开始，你不能放弃"陌生"的事物，它们或许会唤醒你崭新的感触，诱发出一段新颖的笔致。

人往往对真正的"自己"、对周围的真实世界感到陌生。

事实上翻一下报刊就知道，大多数人都在重复着一些老旧的话题，连常用的词汇都很相似。即便在题材领域也没有多少开拓，何况其他——在艺术创新方面，题材本身的开拓往往是最容易不过的。由此可见，惯性思维对创新的损害会有多大。

与此相反的是，那些艺高人胆大的写作者面对书写对象，身心放松得很。写什么是一个问题，但任何事物在他们眼里都瞬息万变，新意迭出，于是怎么写都是好文章。

初学写作者在接触材料时，总是反复思量，极尽犹豫。往往那些写滥了的东西最容易引诱其下手，使人处于盲目的激动之中。那时候就不会察觉自己要说的话已经被别人说过千万遍了，要展示和追寻的东西也被重复过无数次了。这儿，留给你自己的东西实际上已经没有多少了。

一个真正的艺术家，他创造出的艺术品不仅要具有一种形式美、一种完整性，而且更重要的是与此同时体现出的一种"原生性"。他在自己的艺术土壤上培植，让其强盛地生长。这就是有根的艺术。

一九八八年八月二十八日

拉美文学的影响；两片大陆在文学上的本质区别。

好像拉美文学对中国当代文学的影响首次超过了苏俄文学。而过去苏俄文学对我们的影响最大。但拉美文学至今在社会读书阶层中的影响还远不如苏俄文学。当然这种情况正在一点点改变。拉美文学对中国当代文学的影响主要是表现在新时期，在更年轻一代的作家身上。过去的一代作家，比如左联时期和解放以来的一些作家，他们主要受欧洲文学特别是苏俄文学的深刻影响，再加上国际共产主义运动当中逐步形成的一些文学传统，形成了中国式的现实主义文学。

新时期以来的新一代作家是试图重新开拓的一代，不过他们的辛苦，在于找不到形式上的突破。拉美文学恰是在这个时候传入的，于是带来了崭新的气息。学术领域和经济领域也受到了开放的冲击，正是这一切形成了一股综合力量，催化了当代文学的变异，出现了中国式的"意识流"和"结构主义"，中国式的"超现实"和"荒诞"。

拉美文学的冲击比欧美文学的冲击来得更为猛烈，因为中国的现实生活——文学赖以生存的这块土壤与拉美极其相似。有人说我们都有过殖民地半殖民地的经历，都有过贫穷和蒙昧，都有过军阀割据、内乱、强权等等；而且两地文学上的演变也都经历了从欧洲文学借鉴的历史。所不同的只是，拉美文学在经过长时间的沉寂之后，终于喊出了自己的声音——这个民族找到了自己的艺术家和自己的文学。

中国文学直到今天还停留在拉美文学的前期。

这种对比和参照具有极大的鼓舞性和启迪性。所以拉美精神很容易在我们这个大陆上得到复制，以稍稍改变了的形式继续延续。当然，即便对拉美文学也应该有一个消化的过程，可惜这个过程被急于求成的开放的时代给硬性地省略掉了。一个显而易见的事实是，它给中国当代文学注入了空前未有的活力，诱发了作家们崭新的灵性和从未有过的激情。他们敢于揭示生命的力量、生命的性质，敢于表现无与伦比的生命力本身。

但是，如果冷静地比较一下，就可以发现一个巨大的差异，那就是拉美文学的确是从拉美的土地上生长出来的，带着一股刺鼻的拉美气味；而我们的当代文学中有很大一部分还只是某种复制，还没有散发出我们自己这块土地上的强烈气息。这就是两个大陆在文学上的联系以及它们的本质区别。这两点是我们面对辉煌灿烂的拉美文学所应该想到的。

越是优秀的作家越容易被误读；天生伴随的寂寞。

越是优秀的作家，越是具有思想和艺术上的深邃性，具有坚韧的不妥协性。这一切有时又恰恰是一个平庸的读者所不能理解的。不过，真正的艺术家从来不急于寻找那种被尽快认可的快感。他们只沉醉在自己的世界里，两眼始终盯住一个目标，决不游移。平庸的读者往往是不求甚解的，他们面对一部著作，常以一颗狭窄之心面对一颗博大之心，他们在最认真的时候也不免陷于一种褊狭和无知。他们不可能具有那种宽容性，也没有那种包容的力量。一个真正的艺术家的邈远神游、精致的思维，在他们看来无异于痴人呓语。面对这样一种读者，有什么办法？难道还有比一个浅薄糟糕的伪艺术家更适合他们胃口的吗？

伪艺术家通常研究的都是一些庸常的题目，他们的折衷主义，他们的世俗经验，他们哗众取宠的本能，以及能够迅速博得好感的那些油滑和笑料，都能像冬天的病毒一样迅速流行起来。他们往往是自己所处的这个时代的幸运者。他们不需要期待，不需要时间的淘洗。他们把时间老人撇在一边，懂得及时行乐。

而那些杰出的艺术家天生就伴随着寂寞，只有一切开始凋谢的时候，他们才显现自己顽强的生命力。那简直是独一无二的。在这之前，他们一直被误读。他们的书，除了在历史上遭受冷落、贬损、滞销之外，有时甚至受到烧毁和查禁。这就是一个大艺术家的命运。

主要原因是他们活得英勇，不甘平庸。

一九八八年八月二十四日

作者的不盲从；反复重演的场景。

一个人要超脱于一个时期的文学潮流，置身其外是最难的了。因为他是这个时代的参与者和创造者。一股文学潮流的出现是非常复杂的，它必有长时间的积蓄期和形成期，每个写作者都在不知不觉中参与了一场文学运动。也许他离这场运动的中心地带十分遥远，也许在这场运动中他只是个微不足道的小人物，但他毕竟还是参与了。

一股潮流掠地而过，犹如山洪，所经之处的一切都随之顺流而下了。如果一个人能够安然挺立，不被裹挟，那么他必须有足够的重量，或者是深远的根基。潮流的不可抵挡性还表现在它的无测：一个人对它的没有防备，它等于是突如其来的，是在不知不觉间默默演化而成的。

当然，一个好的作家总是很好地借助了一股文学思潮：在这个思潮中，他或者是诱导的先锋，或者是冷静的观者。他可以从整个的过程中汲取极大的营养，总结出很多经验和教训，省去了他必须亲历的失败的试验。

在每一次涤荡文坛的文学潮流中，总是有极少的人获得成功，而绝大多数的参与者都无声无响地被淹没了、消失了。好比一伙人搬动了无数砖石，却盖起了一座完全不属于自己的宫殿。这是令人悲哀的事情，不过这是一个规律，是文学史上反复重演的一个场景。

如果每个人都更多地注视自己的内心，更坚定和更冷静，那么也许会有完全不同的文学格局。那样，文学的天空就会变得更加群星灿烂。

一九八八年八月三十一日

艺术家的"工作节奏"；宁静与从容不迫。

每个人都有自己的工作节奏，并从其中获得收益。一个人的工作和生活习惯，取决于他的素养，并因此形成了不同的工作质量。有些艺术家往往能够像控制一台奇妙复杂的机械一样，从容不迫。他们对自己和自己投入的生活、在四面围拢的种种欲望中，都能够处之坦然。仿佛一切都了如指掌，安然有序。生活的节奏感，这简直是一种迷人的东西，这在他们那里既是形式又是内容，既是手段又是目的。他们好像从来没有惶惑和匆忙，既高效率又按部就班。

我曾看到一个在事业上左右逢源的人，初看好像处于特殊的紊乱时期，最后才知道他把一切都分得很细，因为众多的头绪需要一个强有力的手去梳理。他好像在同时完成至少是一打的事物，奇怪的是他能把每一个事物都落到实处——而一般的人倾尽全力，也只能做好这诸多事情中的一件。

是他的精力过人吗？是他在运用一种特别的技能吗？不，是他自身长期的研修通向了一种笃定和畅达境界，他轻而易举就可以抓到诸种事物之间的本质联系，并且习惯性地找出它们的差异和共同点。他能以最节省的"力"做成最大的"功"。

一切良好的工作习惯，都于宁静和从容不迫中滋生。如果在前进道路上缺乏自信、行色匆促，大概就很难进入那种状态。

一九八八年九月一日

"质朴"与升华；朴素是至高的艺术品格。

也许在艺术之路上，最重要的就是能够首先确立一种朴素的精神，这才是得以升华的一个基础。飞扬的才情，浪漫的想象，都是从这个根柢上生发出来的。事实上，所有具备强烈的先锋意味的作品，质地上也都是非常淳朴的。而有些人，为了凸出自己的某种现代技法，就容易附加给作品好多形式主义的东西，宁可故弄玄虚，也不愿追求真实。那些花哨的、炫人眼目的东西，总是对比较缺乏精神内容和生活经历的读者更有吸引力。

现代主义作品在形式上的意味，会在传递过程中变得隐含不露。于是就仅仅剩下形式本身，另一个民族的读者即没有机会观察和体味它在自己的土壤上生长的全过程。你站在遥远的这一端就没法理解形式的意味，没法理解它朴素的本质。民族与民族的隔阂，说到底是一种文化上的隔阂。你如果脱离了浸泡了祖祖辈辈的一种民族文化，离开了它的滋养，转而生硬地效仿或复制其他民族的艺术，无论如何也是困难甚至尴尬的。

朴素精神的确立，说到底还是一种人格的确立。不再追求一种坦然放松、视野开阔的人生，就不可能具有朴素的精神。作者的克制和阶段性的认识是不重要的，关键是质地的改变，不然遇到合适的气候、机会和场景，总要流露出轻率的卖弄，这不是意志可以左右的。

一个人如果不在他的整个生活过程中贯彻一种自我批判精神，保持一种清醒的自省力，那么他就难以做好一项事业——即便是他自己努力追求的一种事业。自我批判说到底是一种坦率。一个人离开了这个途径，就没法走向完善自己的道路，就等于放弃了某种道德要求。这对于一个一般的人来讲是一回事儿，而对于一个从事诗与真的工作的人来讲，那就是一种致命的缺失。

在艺术品的所有品格当中，朴素是最基本的、是至高无上的。朴素的对立面必然包含了矫情和虚伪，如果一部作品不那么自然真切，那么它的所有绚丽和深刻都失去了根基，都变得难以接受。一句话，那个艺术品也就不成立了。一个艺术家也许最值得安慰自己的，就是他的淳朴的思想和行为，是他求真求实的那么一种精神。他的这种品格的力量，必然会渗透着、贯穿着他的所有创作。

小说的区别：可以讲叙与不可讲叙。

小说作品确实有这样的区别：可讲述与不可讲述。大概那些叙述得十分生动的小说，总有比较完整的故事，有公众容易接受的那种外向性。

比如高潮，结局，鲜明的人物个性，等等。只要不是主要表现一种境界和意绪的，总可以复述，也总可以使听者兴味盎然。当然，有的小说并没有什么曲折的情节，可是它会有特别迷人的人物。有的虽然这二者都没有，可是它在阐发一个明朗的问题——这个问题是那样地通俗易懂而又那样地引人入胜。

与此相反的是，一个作者如果在他的作品里只是表现了一种漫漫思绪，一种深奥的玄思，或者微妙而独特的情感方式，那么就只能阅读而不能倾听了。当你需要了解这个作品的时候，也只有面对它去细细品味，而不能仅仅求助于别人的一种复述。那是缠绕在笔端的一团虚无缥缈的云雾，离开了纸页，云雾也就消失了，你无法追踪。

现代主义文学潮流中，不可讲的作品越来越多了。作家的笔触越来越深入到人的内心角落，深入到人的潜意识里。我们不仅面对着一个文本，而且还同时面对着一个潜文本。这一切意会尚且困难，言传又岂能做到？现代艺术就是这样使读者进入了一个复杂的、又烦琐又奇特的领略和欣赏的状态。有时候读者也是作者的直接合作者，是故事的直接参与者。作品面对二十个读者，也就有了二十个文本。

现代艺术进入了非英雄的时代，它越来越多地告别了那些外向的、戏剧性的场面，告别了那些可以一代一代传颂的史诗，抛弃了我们长期以来所迷恋的明快的节奏，而进入了不得已的晦涩、隐幽，进入了一种象征和魔幻。它是急剧变化和演进的现代生活的折射，是我们正在生活着的这个客观世界的再现和表现。

当然作品的不可复述性，以及与之相反的倾向，仍然会长期并存。

但它们却是截然不同的两种品质,一种是对古典主义的怀念,一种是对未来世界的图解。它始终吸引着两种不同的读者,或者是公众,或者是长久地沉浸在读书生活中的人;或者是老人,或者是大学生。

一九八八年九月七日

被损伤的创作心境;面对一种绝对强大的世俗潮流。

谁要想真正沉迷于一种工作,就得强迫自己把精神收拢起来,收入自己的内心。闭上眼睛,注视自己的心灵,堵上耳朵,倾听自己的心率。一个人过多地接受了外界的干扰,就会心神不定,就会张望,就会变得拘谨惶促。因为我们还没有一种超乎常人的抑制力量。任何创造完美的工作,要想达到一种至境,都必须寂寞自己。而平常听到看到的那一些都不过是极其具体的、临时性的东西,在历史的长河中不过是一瞬中的一瞬。你所追求的事业,是比石头还要坚硬的永恒。

今天的忧伤,明天的狂喜,没有尽头的慌张、议论、言传,只能汇入市声,加入一片喧嚣,没有什么意义。我们的参与往往是不自觉的,自然而然地去议论一些使人不得安宁的消息。我们平常所说的一个人要稳重,决不仅仅是指一个人的言谈举止,而是要从笃定心、从忍受寂寞的能力上去理解。一个人不能真正地超脱于庸常,不豁达,不能如此深刻地热爱一种事业,哪有什么稳重可言。

面对任何一种绝对强大的世俗的潮流,都不能背离和动摇一种创造工作所需要的正常心态。淡泊和节制,自信和清洁,这才是最难追求的一种品格。一个人在心绪上要做到一种清洁很不容易，尤其是陷入混乱和纷争的时候。那时，他的思维也会纷争和混乱起来。清洁的思维表现了高度的修养和智慧，是一个人入世至深而又能超拔的那样一种境界。他们会本能地去除那些一般意义上的紧张和慌乱，远离世俗浊风。这同时也是一种自卫的能力，是回避的智慧——一旦由于缺少这些而陷于痛苦，即造成了某些难以挽回的损失。

较多的景物描写；作家是自然之子。

比较起来，有的作品确实更热衷于景物描写，而另一些作品几乎很少有大段的景物描写。这大概因为他们是两种完全不同的作家：情怀不同，素养不同。一种可以为大自然深深地激动，而另一种相对来说就淡漠一些。那些能够倾心于自然的诗人，比如俄国的屠格涅夫和普里什文，就是长期陶醉在大自然中的人。苏俄一直有这样的诗性传统和文学血脉，像后来的帕乌斯托夫斯基、阿斯塔菲耶夫等等，都继承了那种传统。他们笔下流泻的绚丽迷人的自然风光，彩色的瞬息万变的河流，让你沉醉，让你迷恋。置身其中，也就接受了美的洗礼。

如果是一颗干枯的心灵，就不会滋生出柔软湿润的绿色。他们不会有那样的摄入角度，不会对自然界倾吐他们的眷眷柔情。这样说，并不是过于偏爱那些长于描述自然风光的作家，而是说，他的这种情怀的性质，足可以包容一切，可以使任何题材都变得光润，其纤细的诗心可以把事物间最曲折微妙的部分也镂刻出来。

一个真正的诗人可以不写大自然，但仍然会让人感到他是一个大自然的歌者。他的那种柔情，来自于一种艺术基因。一个诗人如果连篇累牍地描写自然风光，如果他在这期间真的感到了什么，真的在激动，那么读者在阅读时就不会烦腻，也会像他一样始终兴致勃勃。对自然风光的描述不是一种点缀，不能矫情，不能图解，不能掺假。它绝对需要一颗诗心，需要源于生命深处。

作家是一个自然之子，他一生都会满怀深情地忆想和描绘母亲。

一九八八年九月八日

小说的注重细节与整体厚重；两种不同的作家。

一般而言，只有那些很优秀的作家才能写出一个连一个的漂亮细节，才能把局部打磨得闪闪发光。好的文学作品就应该是这样，不然的话，阅读就成了一次次折磨。没有那些随处可见的神采飞扬的细部去撩拨你，打动你，你就会觉得枯燥难耐。

不过也确实有不少名声很大的作品，局部上似乎表现得十分平庸，使你一时看不出它到底好在哪里。然而你只要耐心地读完全书，也许就不得不承认它还是有内容的——言之有物，十分厚重。作者或许把深邃的思想藏在一种平淡无奇之中，他更多地从宏观上把握自己的作品。

当然，这是两种不同的作家，他们往往具有不同的艺术观念，不同的审美理想。但无论如何我们不得不承认，前一种作家比另一种作家更灵捷更有才华，前一种作家比另一种作家的思维要活跃得多，联想能力也要强得多。但是，如果一个人经受了难以言说的诸多变故，有着复杂的坎坷经历，这一切强有力地改变了他，使他的一颗心变得苍老沉重，那么他也可能成为一个对局部色彩无动于衷的人。他这样的人也许会缺乏一些奇妙的具体的神采飞扬的章节。他当然有一些重要的思索，但只能混混沌沌地展开，苍茫厚重，像他整个人生一样。这样的作品从来就不取小巧，只求一个大的效果。但他为此付出的代价也不算少，那就是整个作品都变得有点质木无文了。这样的作家很少有那些才子型的作家所惯有的特征：妙语连珠和汪洋恣肆。

作为一个读者而言，他很容易陶醉在意味无穷的局部，愿意玩味和欣赏。而就一个文评者而言，他倒是不得不平心静气地去权衡和度量了。他会极其认真地考察这两种作品的总体价值，它们的份量和级别。他不会过多地给那些好的细节和精彩的局部打上高分。这就是一个文评者与一般读者的区别了。

当然，也有在这两方面结合得非常好的作家——那只能是通常说的"大手笔"。但那总是少数。好像绝大多数作家都不能二者兼得。一般讲南方型的作家和北方型的作家就有这些不同。

一九八八年九月十日

人物在小说中的重要性；现代小说的倾向。

人物在小说中的重要性本来用不着讨论。这个问题之所以也成立，完全是当代小说观念变化的结果。按照传统的小说概念来讲，没有人物还会有什么？写不好人物还会有什么？人物在小说中是毫无争执的最重要的一个艺术组成部分，写好了人物也就写好了整部作品，甚至可以说有了一切。但现在的文学进入了二十世纪的现代主义时期，问题变得再也不会这么简单了。我们不用列举，大量的现代作品中，有时人物真的已经退居到一个次要的地位上了。有的作品虽然也写出了很好的人物形象，但这些形象比起这部作品的其他因素来，还不能说占据了最重要的地位。很多小说根本就不是写人物的，即便在传统小说当中，其中的一类着重写境界的作品，人物的地位也在悄悄地降低。

在这种情况下，研究塑造人物的重要性就有意思了，你可以看到一部作品怎样因为写出了几个独具特色的、活灵活现的人物而使它身价百倍，成为某个时期的重要作品；你还可以看到有的作品恰恰也正是因为过分地把注意力放在了他的人物身上，而导致一部本来有可能成为最庄严沉重的作品变为了一部特色作品。仅仅热衷于写人物，完成一两个绝妙的形象，往往很难是一个更高明的选择者——他们完全有能力写好一个人物，但他们却很少把主要的力量放在这上面。托尔斯泰不是那样，歌德当然也不是那样。他们胸中始终装着比人物更重要的东西。人物在他们那里，既不完全是手段，也不完全是目的。

以写好一两个人物为目的者，在我们这个时代里还不是最背运的。因为以历史的眼光看，我们甚至不敢奢望在几年内、在一个广大的地区里看到几个真正有内容的特色作家。"写好人物，一定要写好人物，给文学画廊增添几个崭新的形象吧"——我们总是牢牢记住了这样的劝诫，并把它作为最高鼓励。长此下去,我们也就无形中接受了一种心理训练,让一丝平庸气悄悄地从心底滋生出来。

反过来,我们又看到了一大批这样的作品:苍白、空泛、故作声势又言不及义。他们倒确实没有专注地写人物,可他们同样也没有写好别的。对于这样的作者,我们倒希望看到他能写好几个人物,因为一个不能使自己笔下的形象在稿纸上站立的人,无论如何也不会是一个优秀写作者。

晚上不写作;对世界的更真实的感觉。

夜间是否写作,主要看每个人的习惯如何。有人认为晚上正是好好休息的时候,晚上就是晚上。写作需要光亮,而自然光是最自然的。你在白炽灯下或者是荧光灯下去看稿纸、墨迹,以及你写下的话语,总有些异样感,仿佛它们脱离了常规常态而稍稍变得不好判断了似的。这就有一种恍惚的感觉在周围蔓延开来,使人不坚定、不执着,这是一个原因。可能还有一个原因就是,你在人造光亮下工作,在一个比较安静的时刻里,被四周的一片夜色包围着,对这个世界总有一点不真实的感觉。好像这只是你刻意选择的一个时刻,而不是一种惯常的、让你身不由己的时刻。眼前的世界突然失去了常态,在这个时刻里,你总觉得或多或少改变了什么——惯常的生活所给予你的那种参照性和制约力在减弱。不错,夜晚可以滋生出一些奇奇怪怪的想法,更可以任人想象,一些想法可以飞驰很远——但又会因此而最终弄得无法收拢。

前面说过，人在夜晚判断力会受到限制，受到干扰，那么在最适合想象的时刻里失去了最好的判断，又意味着什么？

有个伟大的作家，可能是托尔斯泰，他甚至认为这个世界上之所以有那么多文学垃圾，主要是因为有一些作家不愿放弃夜间工作的习惯。难道他说的没有道理吗？难道没有一点道理、不值得令人深思吗？

老天爷把时间一分为二，很明确地告知你一半时间工作，一半时间休息。我们按照这种自然的、也是最终的规定去行事，就必然有益。也许对于一个从事精神生活的人来讲，这一点就尤其重要。因为世上使你的思维走入歧途的因素太多太多了，你必须小心翼翼，必须在阳光的注视下从事你的活动。黑夜里什么不能发生？我们还是避开黑夜为好。一个人如果一天里总要休息，那么他为什么不选择黑夜呢？

不言而喻的是，这里实在有些个体差异，还有难以改变的工作习惯。有的甚至白天根本就没有时间用来写作。我们有什么理由苛求一律呢？

不过尽管如此，我们仍然认为最好的创作应该属于白天。

一九八八年九月十一日

强调情节的重要性；文学与小说的区别。

有人始终认为情节是小说中最主要的一个因素，特别是国内的一大批读者，更有这样的想法。实际上现在，在现代主义潮流中，情节就像以前谈过的人物——甚至比人物的地位还要往后排列。

实际上我们现在所说的"小说"已经是一个含混的概念。

我们一直有个想法，就是将"小说"这个概念固定到通俗文学上。我们现在使用这个概念的时候，常常是专指通俗文学。因为"小说"两个字来自我们传统的一个说法，它大抵是指一些街谈巷议的通俗故事，可短可长。短即短篇，长即长篇，像很早的《世说新语》和《搜神记》等等。再到后来的《三国演义》《水浒》，都是继承了真正的小说传统。但是后来产生了《红楼梦》，那就是一部书卷气相当浓的、具有深刻诗意和现代感的古典文学作品了。中国白话文学运动之后，即五四运动之后，所出现的一大批文学作品（笼统可称之为"小说"类的这一部分），已经借鉴了很多欧洲文学传统，从精神气质上有了很大的改变，总的看它的书卷气越来越浓了。我们于是就有了一批只可以读、而不大可以讲的所谓的"小说"了。从此，纯文学和通俗文学之间也就拉开了距离，起码在形式上变得雅俗分明。

在这种情况下我们如果一直使用"小说"这个概念，就容易把事情搞混淆。

传统意义上的"小说"中，情节当然是最主要的因素，而人物还要次之。那是环环相扣、跌宕起伏的一条情节链条，讲究伏笔、悬念、回环，什么"花开两朵，各表一枝"，什么"且听下回分解"，什么"看官你道怎地"，都是那样的"小说"作品中不可或缺的佐料。这样的"小说"与其称之为文学作品，还不如称之为曲艺作品。我们这里说的，是它的品质靠近曲艺，而不是说曲艺就低于文学多少。我们只是讲，它们是不同的两个大类。

现在的文学作品，已经是集哲学、美学、历史、小说和诗于一体的散文。我们认为,一个这样意义上的短篇小说,不妨称之为"短篇文学",而中长篇就可以称之为"中长篇文学"。戏剧、诗、散文、报告文学等等,都可沿袭原来的叫法。而通俗小说则可固定为"小说"的叫法。这样既名副其实,又清晰明了,有利于各类艺术的繁荣和发展。

至于情节的重要与否,这就要看它放在哪个门类当中了。如果属于以上讲的"小说"类,那么它就是根;如果属于"文学"类,那么它就是叶。

李芒的生活原型;描红的衬字与真实的靠山。

只要熟悉《秋天的愤怒》里所描述的那段历史,那么对作者笔下的李芒就绝对不会感到陌生。像李芒一类(出身和教养)的人物遍布大江南北,塞外高原。你要找到一个李芒式的人物,其实是再容易不过的事。当然,你要找到一个完全和李芒相同的人物,那又最难不过。他们之间的差异也就是生活与艺术之间的差异。可见,要在生活中寻找李芒式的人物做原型,加以补缀和想象,并不困难。

有人在阅读中常问"原型",其实没有什么必要。这是刚刚养成不久的一个"小传统"。很多没有受过严格训练的创作人员,在执笔之初往往就要按葫芦画瓢,把创造活动变成简单的记录工作,把表现搞成了再现。于是,他们就必然遵循一个寻找"原型"的老习惯。

在一个平庸的写作者那里,更多的不是借"原型"而唤起飞扬的想象力,唤起无比丰富的联想力和创造力,而是把"原型"等同于描红的衬字,当成所谓"真实"的靠山。这种传统的认识实际上是窒息文学,使文学变质,并变得呆滞刻板、毫无光彩。

　　作品中的人物,每一个都是飞到作者笔下的精灵。它们或者不期而遇,或者姗姗来迟。他们占据你的思维空间的形式也是千变万化,千奇百怪,是整个艺术思维的一部分。在整个作品的境界当中,他们只是一个游动的分子。至此可以明白,问一部作品中的"生活原型"、真实的生活占多大比例,简直毫无意义。李芒是谁?李芒就是一个平原青年,他活动在一片无边无际的黄烟地里,他目睹了一棵老柳树的死亡,他美丽而娇小的妻子即将生育,他刚刚愤怒过……仅此而已。

一九八八年九月十四日

第四章　诗人与"金字塔尖"

内心里没有纵横驰骋的开阔；现代艺术的得失。

每个时代里，作家们都没有停止过这种努力：向传统挑战。因为他们面对以往矗立下来的巨峰总是不免沮丧。是攀登它还是绕开它？踌躇的结果是，大家都不约而同地选择了后者。可是反传统、反古典、反范本，如果没有足够的功底、足够的准备，弄不好就容易出现相反的情形，显得矫情和尴尬。我们这一代本来就很拘谨，如果心灵的自由度达不到，内心里没有纵横驰骋的开阔，那样做下来只能是更糟。

要完成一次反传统非常复杂，它大概要经历一个漫长的积蓄过程。这也是许多人努力和探索方能达成的事业。

传统总是由前人建立起来的。一种传统、一种规范，从来不是靠一己的力量筑成的。而最先向传统挑战的人，往往也是勇气可嘉，底气不足。他们有时也许缺乏一个认真的总结和分析，难免流于简单的冲动，所谓的意气用事。如果掺杂着过多的私欲，那就更不会成功了。

所谓的规范也是相对的，是相比较而存在的。实际上每一次挑战，都往往是意味着另一种传统和规范的开始。"破字当头，立也就在其中了。"这种破往往是在不自觉的状态下发生的，是一种自然而然，有"量变引起质变"的可能性。参与完成这个事业的人，需要自觉，又不能太自觉。

完全的不自觉就会成为艺术之途上的平庸者和莽汉，而太自觉了就会变成牺牲品。

在漫长的文学史上，很容易发现这样的情况：文学态势多变，总是从不和谐到和谐，从和谐再回到不和谐——从单纯到复杂，再从复杂回到单纯。周而复始，永不间断。当然这并不是一次次简单的重复。这种观察和结论尽管有些牵强，但它可以刺激下一代人更快地完成一次新的循环。历史似乎在开玩笑——似乎一代人更比一代人的性子急，现代人的否定意识更强、更重。

有人说这难道不好吗？当然很好。可是它也带来了一个致命的弱点，一个不可弥补的损失，那就是当艺术探索尚处在一个环节、一个阶段，还没有深入到一个周期，当它还没有完成，没有走向极致的时候，就已经匆匆转向。特别是所谓的现代艺术，无论其怎样具有突破意义，也总会让人感到一种缺憾、一种没有完成感。这是现代的痛疼。所以在现代艺术里面，比较过去，以我们心中的刻度而论，好像越来越难以找到真正意义上的大师了。

这里面的利害得失看起来很清楚，但作为一个从事艺术的具体的人，却又无力回避和改变什么。我们只能这样做：既尊重古典，又批判古典；既是苛刻的，又是敦厚容的；既是勇敢的，又是保守的——以此走向一种自然而然的循环。

一九八八年九月十五日

阅读技巧；读者为一个作家而激动。

因为浮躁和慌促已成世纪之病，所以越来越多的人在谈论阅读方面的技巧。在大多数人看来，这只是不成问题的问题。飞快阅读，在书海里掌握了一种神技，并且相信许多博学者都有这样的神技。我却非常怀疑。在我看来阅读就是沉浸其中，就是认真和迷恋。阅读还有什么捷径？不知道。

沉迷于一个人的世界里，是不会有什么技巧的。当然，随着一个人的成熟，他会越来越采取宏观的方式去看待作家和作品了。一般而言，一个人在他创作和阅读上都是同步的。一个比较成熟的作者，不可能仅仅把注意力放在他喜欢的作品上——当他喜欢上一篇或一部作品时，那么这只等于找到了一个向导。它可以带领他走进一个更加繁复和绚烂的世界——作家的全部作品所构成的那个开阔无比的世界。对于一个作者来说，要想了解你所喜欢的这个作家，那么你最好搜集到他全部精神活动的记录，哪怕是几句谈话、一封短简、一篇小小的随笔，都可能是重要的。一个大作家与一般作家的区别当然很多，不过有一个重要的区别，就是那些伟大作家由于对问题特别专注，他整个思维过程的探索意味和连续性特别强；思维的痕迹重重叠叠，纵横交织，构成了一个紧密相连的整体。这时候，如果你仅仅研究他的某一部分作品，或者是仅仅研究他的"代表作"，就远远不够了。

一个具有良好修养的读者，严格讲来，他阅读的往往不是作品，而是作家本身。他整个的阅读目的，概括起来无非只有一个，那就是尽可能清晰地透过一行行文字，望到那个独一无二的、又陌生又熟悉的、无比亲切的高大身影。

当我们为一篇作品激动的时候，这种激动往往处在较浅近的印象中，而且这种激动不会持续太久。而当我们去为整个作家激动的时候，那将是深深的、难以磨灭的一次经历。"人"的丰碑在心中耸立起来，就是这样的一个过程。

可是在社会上泛泛的读书生活里，我们很难看到那些试图去理解和寻找作家的人——即便在创作界，那种读者也是凤毛麟角。每逢想到这些，我们就觉得似乎不配在茂密的书林里行走，不配享受前人留下的绿荫。我们都是些目光短浅的可怜的人。

每次创作前的状态；又一次开始。

创作冲动非常强烈的时候，往往还不是即刻动笔的时候。那种冲动往往只能让你做出某一个决定。而什么时候开始，什么时候进入那个独特的世界，却是另一个问题。一个作者捕捉到一种境界、一种韵律和色彩就可以坐下来了，就可以让想象驰骋了。可是仅仅如此仍然还是不够的。你也许需要有一个更适合的心情……

一个作者总是在觉得与自己所处的周围环境有了某种隔离的时候才开始这一切。因为这是新的世界，这是完全不同于现实的呼吸。尘世的烦恼和欢乐都离他而去了，日常的喧嚣也渐渐消退。于是他成了一个宁静而独立的人。他不需要在世俗世界里向别人乞求什么,也没有向别人施舍的义务和愿望。他仿佛走进了一个安宁的、馨香四溢的、绿色的幻想之园里——四周没有一个人,静谧而不寂寞——或者是深深的寂寞。他仿佛是坦然平静的,可内心又充满了冲动。他的一次次激动不是因为什么具体的人和事,而是为这片幻园而激动。如果说到具体的人,那么在这个时刻里,他的眼前总是升华出一个个永恒的图像,这中间可能包含了他(她)的微笑。

他因为快乐而悲伤;他因为幸福而沮丧。他陶醉了,也清醒了。他浑身灼热,又异常冷漠。他轻轻地呼吸一口,慢慢地展开稿纸。这时候,他觉得稿纸最洁净、最美丽。

到了这时候,对他来说,是又一次开始。

一九八八年九月十六日

作家与自己作品的关系。精灵对人的选择。

一个作品完成之后,就成为一个独立的生命体。

一个作者对自己作品的认识,只能产生一种奇怪的印象,就像一束反光,它闪烁不已,投射过来。

一部卓越之书,也许并非他自己一手完成。他所处的时空中有一些神秘的射线击中了他,他被时光渗透和笼罩。他是回声,是出口,是被拣选的人。

朴素而言,他人间接地付出了劳动。许多人的探索,被一个人自觉不自觉地总结了，借鉴了。另外，还有整个时代的机遇和运气、一个时代的综合营养，等等。

你生活在一个时代里，这个时代的所有元素都关乎你的心灵。几乎是每时每刻——即便你睡着了——都会有时代的声音在启示和告诫你。它的卓越，在于它真实地体现了这个时代的精神和气质，它由时代老人"口授"而成。

一个写作者如果不能产生这样的觉悟，就会凝固在自我幻想的狭小空间里，不再举步。他在过高地估计自己的同时，也就过低地估计了自己。因为他只相信自己的力量，相信自己的创造。这并不是自信。反之，他才能更深入地吸入一种时代的力量。

一个人一旦有了无私的高尚的情操，整个时代都会帮助他。一个时代有可能达到的高度，也就在他那里表现出来了。每一个时代的精灵，往往都会自觉地捕捉那些真正无私和宽容的人，让他"神魂附体"。每个时代都有自己的神魂，它们都要附在几个具体的人身上，这当然是一种选择。

一九八八年九月十三日至十一月六日

作品与"世仇"；社会话题与艺术话题。

"世仇"，一个坚硬结实的大词，它代表的是深不见底的仇恨的渊薮，是阴冷逼人的颜色。它出现在作品中，经常是由大手笔调理和调度的，因为它往往过于复杂。就像一块顽石，一般人击不碎也搬不动。它一直吸引着艺术家。有人一再地去探索它，比如莎士比亚。当代文学作品中极有分量的那一部分，也不可避免地涉及了它。它好像一出现就表露了独到的魅力，呈现出一种奇怪的精神气质。

"世仇"往往贯穿了一种冷峻的气概，具有真正的正剧和悲剧的精神。再也没有比写"世仇"更能够体现渊源的了。当然，这其中常常也包含了许多宿命的东西。

也有人在笔下将"世仇"给庸俗化了。他们写到的矛盾纠葛都比较浮浅。好像"世仇"就是老一辈人在无休止地打架和流血。他们不考察一个家族的韧性和血脉，不深入分析这个家族与这个变幻着的时代的奇怪对应关系。实际上"世仇"往往是一种失去了人力控制的东西，即包含了许多非理性的东西。没有一种"世仇"不是以双方付出的巨大代价而告终结的。这种代价大多是看得见的，也有的是看不见的。不管怎样，有人类历史、有社会生活就会有"世仇"，有这种极其深切的恩怨纠结。

文学的解剖刀如果锋利，自然就会来面对"世仇"——这是一个谈不完的社会话题，也是一个诗的、艺术的话题。

报上的精致小诗；诗人与"金字塔尖"。

我们的"精致小诗"也许是不可或缺的，报上总也不缺这样一些东西。它们的确很"精致"，有时甚至玲珑剔透，锤炼得让人不得不佩服。不过看久了就会发现，这种小诗原来很多，一代一代人都会写下去，层出

《小城畸人》，舍伍德·安德森著。

不穷。这就渐渐让人怀疑了什么。仔细分析可以发现它们制作上的套路。诗情的抒发如果也要有个套路，这大概就不是什么诗情了。

报章杂志上常常看到的这些不断涌现的小诗——它们一会儿写几句君子兰，一会儿写写瀑布、落日、菊花、海……作者一看见它们就激动，或者就想出了一种哲理——可称之为抒情诗或哲理诗了——不过看得多了，才知道它们是以稍稍改变了的形式轮番出现的。这很接近于另一些东西，比如让人想起了报上根据季节出现的小文章，如《夏天话西瓜》《秋天话柿》《冬天话羊肉》，等等。这些小文章也确有道理，正像那些小诗也确有哲理和情怀一样。但人们渐渐不太喜欢那么琐碎的"哲理"和"情怀"。

这种小诗的要害是没有真正的内容。它的关键不是短，而是巧妙地利用所谓的哲理遮掩下的无病呻吟。它不质朴，充满了矫情。

真正的诗人不这样写，要写也只写一点点而已；当然，那一点点也是真正的诗。

在整个人类社会生活中，有人将各种职业各类人士比做一座金字塔，以为诗人高居塔尖，是最高层次的；而其次才是哲学家历史学家什么的。这和一个人在群众之中的知名度是两回事。这种划分当然有一定的道理。不过攀上了塔尖的人，更不应只写些"夏天话茶"之类的小小诗章。

而不久前读过一首长诗，它让人激动得几天都笼罩在一种情绪里。

一九八八年九月十七日

最喜欢的美国作家。有一部现代纪事。

让人喜欢的美国作家很多,从欧文、库柏,一直到今天的梅勒,都让人喜欢,给人留下深刻印象。当代作家从他们身上汲取了很多营养。这儿不说海明威和福克纳了,因为已经说得太多。今天谈一下舍伍德·安德森。中国译出的他的东西不太多,主要是短篇集《小城畸人》,以前翻成《温士堡,俄亥俄》。这本书可以读上很久而不至于烦腻。许多人对它有说不出的喜欢。有很多作家的作品,看了会受到深深的震撼,产生一种崇敬和钦佩的心情,可是并没有觉得他们多么独到、多么完美无缺。而安德森的这本书,却可以真正称得上奇特而完美。这本书薄薄的,矜持庄重,简直像一本经书。没有见过多少作家能够像他那样精粹、神奇和探幽入微。他能够揭示人性角落里最最隐秘的部分。说到这里,必须讲一句,作为一本书的概括,译者将书名翻为"小城畸人"是让人特别不能同意的。因为作者笔下的所谓"畸人"并不是什么畸人,他们其实是再正常不过的人。他们所具有的一切,我们身边的"正常人"都有。不过,我们正常人缺少一双安德森那样锐利的目光将其透视出来罢了。所以说,我们不能在心里跟着译者一块去叫什么"畸人"。

这本书既是古典主义的,又是现代主义的;它具有经典的性质,又是一部只有特别放松心性才能创作出来的现代纪事。作者的敏感和精细达到了不可思议的地步。大概作者在创作它的时候,他的精神一定处于最冷静、身体处于最健康的那么一个时段——完全回避了世俗的纷争而又能够深深地沉浸在艺术之中,是这样的一种产物。

像这样完美而精粹的作品，在翻译过来的美国当代文学包括欧洲文学中，已经很难找到了。包括马克·吐温的一些代表作品，也都没有给予我们这么大的快感和满足感。美国现代文学史上，有另一位著名作家，叫斯坦培克，他的中篇小说《托蒂亚盆地》（另译《煎饼坪》）和《罐头厂街》，也是使人沉醉的两部绝妙的艺术品。但它们都不具有《小城畸人》的那种经典性和精粹度，更谈不上那种完美性。那本薄薄小书真正是让人百看不厌。作者的作品翻译过来的很少，这就让许多中国读者更多地想象和企盼。

一九八八年九月十九日

文学作品中的神秘主义；没有权力告知的话题。

我们所看到的文学作品中的神秘主义起码有两种情况：一种是大师们手中弄出来的神秘，而另一种是随处可见的、即一些故弄玄虚的"神秘"。对前一种，人们心向往之并记忆深刻；对后一种，我们会从怀疑到厌恶，并生出许多不安。再也没有比那些浅薄的、模仿来的"神秘主义"更可恶、更能伤害读者自尊的了。它对文学的损害当然是显而易见的。它可以把创作引向另一种公式化和概念化，引向另一种肤浅和滑稽。

当一个人的思维尚且不能穿越眼前的现实生活的时候，当他在对现实生活的逻辑关系的把握上显得特别力不从心的时候，这时候反而要去刻意追求某种"神秘"，真是让人费解。这种神秘主义，实际上仅仅是作为一种外部色彩而存在，是彻头彻尾的形式主义。没有任何内容，他们对这些东西其实毫不理解。他们的层次距离关注和研究这些问题还极其遥远。而这种距离很清楚，它不是靠一时的勇气、冲动就可能消除的。对于大多数写作者来讲，这种距离会一直存在。而只有一些好作家在他的创作生涯接近顶点的时候，在他精致幽思的某一个时刻，那种距离才开始消失。他的目光突然在某一个早上穿越了现实的沃野，看到了朦胧的彼岸。

他们的神秘主义是建立在坚硬的逻辑基础之上的。他们穷尽了生活当中的很多神秘之后，才迎来另一种神秘。他们首先是洞悉现实生活的内幕，其次才是面对神秘的迷茫的目光。他们在任何一个境界里的探索都充满了质朴和诚挚。他们每时每刻都试图和未知世界达成谅解的那种积极态度，最终才保证了他的"神秘主义"的可靠性。他笔下的虚无缥缈，光怪陆离，高深莫测，都是属于他自己所独有的。

而那些平庸的作者，却看不到这个本质。他们看到的永远只是外部特征，只是那一点点色彩。他们误以为这是一种点石成金术，是通向杰作的必由之路。一个真正的实事求是的、具有严谨治学态度的人，不会轻易搬弄"神秘主义"。一个人只要不是切身地经历和感受了那种不可化解的生活之谜、不是靠无数次的经验所能够推演的事物，那么，他就没有权力告诉别人一些关于不可知范畴的话题。

一个作家的警惕：只需抓住一个话题。

如果说刚刚开始的写作，刚刚伸展的道路，依赖的恰恰是一种连续性，一种坚持的韧性，那应该是对的。哪怕是一点点属于自己的东西，都弥足珍贵。也许接下去值得警惕的倒是另一种东西：彷徨在十字路口的游移。一个专注执着者才会走向遥远。而我们自己常常并不具备这一点。我们最容易犯下的就是这方面的错误，是半路放弃而造成的遗憾。如果研究一些范例，会发现很多人的独到和深邃，主要是因为他们极端的专注和执着，他们的始终如一的探寻。

有人面对一个命题，只要进入了这个过程，积累了一定的经验，那么他就很难放弃：或者花费一生的时间，或者花费他一生中极重要的一段时光，直到倾尽了他所蕴藏的所有力量。

而我们自己恰恰不是这样。我们会不知不觉地走入一种轻佻，本能地热衷于表现和表演，好像具有多么敏锐的警觉力、多么宽广的视野，对诸多问题有多么强的关怀能力、多么灵活多变的艺术手段，等等。我们最好的创造时光，就在这种频繁的闪回和动荡之中消耗殆尽了，结果是既丰富又贫乏，既开阔又肤浅。我们没有、也不可能在任何一个方面达到一种比较完美的境地。

实际上，一些著作等身的写作者，一生都没有变换话题。而作为我们，根据自己的力量和才华来判断的话，大概仅有一个话题就足够我们去做一生的探究了。试想如果我们抓住了一个人生问题，不断追寻下去，就会越来越走向开阔，走向深远。

一九八八年十月二十八日

粗糙的文笔与更强烈的印象；两种情致。

有时粗糙的文笔反而给人更强烈的印象，确实有这种情况。大概是因为那些粗糙的生硬的文笔往往具有很强的辐射力吧？它们比较起来显得更外向；而那些细致的笔触描绘出来的事物，曲折精微，往往也比较内向。粗糙的文笔进入你视野的速度好像更快。它压迫你的第一印象，而且它把你的想象力直接引入一种现实状态，向你提示一种客观性。它有一种先入为主的坚硬逻辑，使你在阅读欣赏的同时，毫不犹豫地把一切都接受下来。

但这种"粗糙"仅仅是一种外部色彩。它有时会用来掩盖作者的良苦用心。它的内里还是精细微妙的，是严谨和精密。那种粗糙的外表严格讲来也是一种独到的技法部分，是严格的有目的的掩饰的结果。

与此相反的就是那些纤细秀丽的文笔写下的文章了。它们可以动人，可以朗读和玩味，但很难获得一种强烈的印象。它们往往没有那种粗烈逼人的气势，整个儿显得文弱阴柔。如果把文笔本身也加以性别区分的话，那么前一种属于"男性"，而后一种就属于"女性"。

两种文笔各有千秋，互有所长，属于两种情致。

小说的"寓言性"与自然朴实。"寓言"的真伪。

有人说：小说的寓言性太强就会不自然不朴实。这真不好理解。真正的寓言性丝毫不会伤害它的真实度，更不会影响它的质朴。在我眼里，那些好的寓言故事才真正是朴实无华的。一部小说具有了寓言的倾向，一定会更加美丽和淳朴。

他们所指责的那种"寓言性"，很可能是指一种功利主义的、比较浮浅和低劣的文字游戏吧。不过那算什么寓言？那不能算。

我们倒觉得当代文学中缺少的恰恰就是那种真正的寓言意味。因此，我们的创作在总体上也就容易偏离具有生命力的、具有真正人性深度的幻想和浪漫；没有了那种迷人和绚丽，无形中放弃了自己的梦想。

前面已经说过，该警惕的只是那种伪寓言式的作品，只有那样的文字才会出现矫情和粉饰，最终也一定会远离质朴的精神。我们只要仔细观察一下，就会发现很多著名的作品都具有浓烈的寓言色彩。

一九八八年十月二十九日

对人类的思索和对生活的思索；二者不能分割。

有人问对人类的思索与对生活的思索是不是一回事？多么含混的一个大问题。大概这里所说的"生活"也无非是指人类的生活。实际上对人类的一些追溯和思考也不外乎是探索他们生活的意义，即怎样开始、怎样发展，这种生活最终又会通向哪里；人在生活中究竟占据了什么地位，生活又强加给人类什么东西——可见它们二者并不能分割。"生活"和"人类"当然不是一回事，可是关于它们的思索总该是一回事。

一九八八年十月三十日

作家刻意创造出自己的世界：平凡和幻想。

自己的世界大概不是故意编造出来的结果，不是独辟蹊径的结果。作家会从劳动中发觉，有时候愈想创造那样一个世界，反而离那个世界愈远。作家心中总是装着两个世界：一个平凡的世界，一个幻想的世界；但他往往会把幻想的世界当成艺术世界——他重新构筑的一个世界。

实际上，艺术世界就是艺术家头脑中的平凡世界——它的一次次重新构筑。怎样坚持在这个平凡世界中不倦探索，怎样坚持在现实的土地上艰难跋涉，是一个艺术家走向自己的艺术世界的最可靠的办法。有人不屑于在这种平凡的探索中消耗热情，而只想象一伸手抓住一个奇异，结果适得其反。人们至少没有看到这样成功的例子。

一个作家忠诚地记录了自己的心路历程，记录了自己攀登的足迹，也就是记录了一个生命，记录了他的独特的世界——这个世界与现实是不同的，是不可以复制不可以重复的个人世界。

这种记录的奇异之处不在于它具有多么鲜艳的外部色彩，不需要加上什么徽章，而是靠它的内在的气质，靠一个生命的基本特质去做出规定。他的世界是与生俱来的，他寻找到了自己的"原来"，也就寻找到了一切。

我们无数次地看到这样无聊的行为：灼热地、夸张地去赶制一种"奇异之作"，把希望寄托在可能出现的机会上，结果显得莫名其妙。他们离开了自然而然的生活，离开了泥土，依靠别人的历史和经验，幻想一步跳上新奇的土地，开始一场全新的舞蹈——这一切只是一种幻念。我们许多人大概都被这种幻念折磨过。

后来才会明白，一个人一个世界，一个艺术家一个世界。我们的目的和任务，只是寻找它、完整它。如果是有足够的才华和能力的话，如果是一个极富想象能力的、精力旺盛的、记忆力超群的人物，那么他就会完成它，实现它。一个人的清晰的思路、旺盛的生命力才最终保证了他的个人世界的独特性。而这个世界必须是用现实材料构筑的，除此而外不会再有其他的途径了。

当然，这是一个无限烦琐而又复杂的过程。这可以从别人，从那些大师身上得到一点启发。他们是自己的世界的建设者，也是这个世界的主人公。他们就是世界，世界就是他们。

一九八八年十月三十一日

补充创作激情。旺盛的生命力迫使他关照越来越多的事物。

一个杰出的诗人，他与常人的最大区别就在于他有不可遏止的激情。他冲动的情怀，他常常涨满的心潮，往往都是常人所难以理解的。这一切，都是由他这个生命的性质所决定的。他的旺盛的生命力迫使他去关照越来越多的事物，他对各种各样的事物都比常人敏感许多。

当然了，正像任何一个生命都会枯竭一样，一个诗人也有疲惫的时候。他不可能总是具有饱满的热情。他的激情之潮确实也有起伏动荡。

比如，一个人可以从大自然中寻找和汲取激情。你如果到大海上，在不同情况下接触大海，就会有完全不同的感触。半夜里的一场大风非常可怕——在黑暗中只听得一片轰隆，不断有什么给大风破坏掉了。到处漆黑一片，狂风大作。这个时候你因为恐惧而不能入睡，突然就想到了北面的大海。你会想象大海边上一定有非常可怕的场面：一片漆黑，巨浪一个接一个地腾空而起，有一种雷霆万钧的力量在运动，在撞击，而且像是没有来由。一个人孤零零地站在海岸上，在一片墨一样的夜色里，孤立无援，独自面对着神秘狂暴的大自然，必会感到恐惧——生命的底层也会荡动，会深深地记住这个场面。

同样是一个夜晚，你如果到一片茫无边际的丛林里，倾听着飓风扫打着林木，发出刺耳的千奇百怪的啸叫，听着各种野物被惊动奔逐，看着一幢幢似人非人的黑影，也会感到巨大的不安。

同样是恐惧，同样都来自大自然，但恐惧的深度和方面又都是绝不相同的。再比如，你如果在一个阳光明媚的上午来到碧蓝的海边，看到平静浩瀚的一片大水，水上的渔帆、海鸥以及脚下的白沙，看到沙滩上苍老的鱼铺，不远处的渔翁，又会有另一些感触。你的心灵又会在另一种自然中融化，你的灵魂又会沉入另一种激动。

大自然千变万化，你勇于在它不同的时刻里去亲近它，既寻找月亮又寻找太阳，既寻找飓风又寻找漆黑，既寻找荒野又深入丛林，既享受孤寂又参与热烈……大自然的不同时刻不同气氛都让你这个生命经历和感受了，使你的每一根神经都不能够一直昏睡。无比丰富的感觉在心里积淀起来，这些东西最终在你的肉体里活跃不已，诱发你推拥你，让你获得阵阵冲动，于是你又感慨、又幻想、又孩子般地单纯和夸张……这一切就可以称为人的激情。

一九八八年十一月二日

成功的"闭门造车";"生活"是什么。

一个写作者说:他可以成功地"闭门造车"。如果真有这样的人,那么他就肯定是一个极有才华的人。从生活中好像真的可以找到这样的先例:他们所活动的外部世界似乎特别狭小,他们更多地生活在想象的国度里。可是他们有写不完的东西,简直任意驰骋。这不是一个奇迹吗?作品源源不断,新意迭出,推涌起一次又一次的波涛、一个又一个的高潮。他们总是把崭新的意绪、新奇的想象,栽种到一个时代的土壤里。在一般人看来,他们好像做得毫不费力,举止随便而又流畅,并且富有节奏感;有时你甚至觉得他们在凭借自己的才气开一些有趣的玩笑。

这类艺术家真正具有天才的气质,是属于他那个时代的为数极少的"才子"。用我们今天的观点来看,他们都不是一些占有很多生活的人。可是我们要问,占有了生活等于占有了什么?生活本身又是什么?仔细想一下,生活包括事件、过程、印象,也包括经验和感觉,包括感触。也就是说,生活可以直接作为思维材料,也可以作为修身的养料。一个艺术家更重要的是占有一个客观世界所给予他的无数的、一再重复的刺激感,这对于一颗诗心的形成是重要的。占有一般意义上的生活,并不能说明占有了那种刺激感;而我们刚才所讲到的天才们,却总是接纳和收受了大量的来自生活的刺激。这种刺激可以在他的心田里一再地繁衍和生长,以至于无穷无尽、无边无际、无头无绪。整个外部世界对于他来说,是强烈的阳光,是具有极大穿透力的某种射线——只要一打开心灵的天窗,这些东西就会一涌而入,刺激得他泪流满面,激动不已。

他常常在一种狂喜的痉挛中挣扎、蜕变。整个外部世界交叠的印象一次次压迫过来，敲击在他的心弦上，发出震耳欲聋的回声。

这一切对于一个顽强而又敏感的生命来说不是足够了吗？还有什么生活的角落需要印上他们自己的足迹、需要他们去亲自丈量、需要他们去亲手触摸呢？似乎已经完全不需要了。他们会自然而然地展开奇异的联想，会举一反三，会千变万化——经验可以滋生经验，幻想可以诱发幻想，循环往复以至于无穷。

这就是那些"闭门造车"或曰"足不出户"的天才吗？

一九八八年十一月三日

不可思议的创作力。质朴的劳动。

对一些人的创作常常有不可思议的感觉。看到他们那些无比完美的作品，看到那些鸿篇巨制，有时总不免在心里泛起这样的念头：这真不是人干的事情啊！我们作为一个现实生活中的人，完全不能够理解他们是怎样开展自己的工作、怎样完成自己的工作的。比如说，一个作家可以写出一千多万字，而且精当结实——他怎么会有耐力、有韧性地一笔一画刻下这些繁复的文字？又比如说，他们怎么会创造出如此激动人心、如此辉煌绚丽、如此完美无缺、简直是永远不会磨灭的艺术品？

我们知道，一个人生命的力量、创造的力量，都是我们在现实生活中所能够理解的范畴之内去把握的。我们理解和衡量事物通常有自己的法则、自己的规律，有我们自己的经验尺度；而且这些法则和尺度，在烦琐的生活中经过了无数次的检验，从而得到了证明。

可是一旦这个尺度和法则运用到一位大师身上，就会难堪起来。我们会发现这对于他们是完全不适用的。因为大师们身上有一种超人的力量，有一种神奇的特异的力量。这种力量就像我们今天所看到的一些具有特异功能的人一样。你如果看到一个人一掌把钉子砸入木头，一拳将石头打碎，一定也会觉得不可思议。实际上这是一个人通过某种方式或条件引发了体内的一种不可理解的能量。它是完全不同的另一种逻辑。寻找这个逻辑恐怕还不是近在眼前的事情。由此来推论一些大艺术家，道理完全一样。他们由于几十年如一日的磨炼和诱导，已经激活和引发了身内的某种东西，于是那种难以言喻的一种创造的能量就从体内爆发出来，他们能够做成的事物也就会使人目瞪口呆。

不过我们觉得所有的道理还是建立在忠诚和专注上。忠诚就是忠诚于一种道理，专注就是专注于一种事业。这就是一种朴素，一种爱。爱得越热烈，越深刻，它也就越强大。如此下去的结果，很可能就会达到一种神奇的阶段，好像有什么神灵在相助和守护一样。

但是只有傻瓜才会坐等神灵。如果神灵是坐船来的，那么你必须先让劳动的汗水淌成一条河流。

那种巨大的非凡的劳动成果让人一时难以理解，可是他们的日复一日的永不间断的劳动本身却是显而易见、通俗易懂的。人世间的万事万物多么令人感叹，可是大师们往往连感叹的时间都没有。他们以最快的速度投入了劳动，把平凡而神奇的一生交给了劳动。

我们每逢站在书架前面，每逢伸手触摸书脊的时候，总有类似的感觉，有些胆怯。无数巨大的身影笼罩了我们，无数枝巨笔屹立成林，我们既不能逃出又不能穿越。

但是大师们所进行的工作与我们有一个相同的名称，那就是劳动。

昨天的劳动和今天的劳动都同样质朴，都是同一个颜色——我们就是从这样的角度去试图理解那些永远也不可理解的事物。

这难道仅仅是对自己的一种安慰吗？

一九八八年十一月五日

文学与宗教。一生心往神迷的艺术家。

"文学与宗教"，这是多么大的一个题目。这个题目实际上常常被讨论，并且有专门的著述。我们的学识决定了我们不能谈得更好，只是凭印象说，那些杰出的作家往往都是宗教意识很强的。当然了，真正的艺术家总会有自己心灵上的刻度，有自己的禁忌。那些标榜历史唯物主义和辩证唯物主义的艺术家，也并未完全排除自己的宗教意识。宗教与艺术时而融为一体，表现为同一个东西：一些宗教经典本身就是绝妙的文学作品。

一些宗教经典包含了大艺术品才能具有的深邃性、神秘感和至上的尊严。这样的例子不胜枚举。可以看《金刚经》《六祖坛经》，当然也可以看《圣经》。很多文学作品首先从思维材料上就常常索取于宗教经典，这在中外文学史上绝不罕见。《圣经》被人演义过多次，描叙过多次，其他经典就更不用说了。《圣经》在西方文学作品中，它的故事脉络直接作为作品的结构框架出现过多次。如果从文学作品所涉及的主题来看，那么它与宗教思想、与宗教经典的关系就更密切了，简直一时不可分离。我们即便描叙极通俗极现实的事物，也要自觉不自觉地在一些宗教观念之间徘徊。一些宗教思想，说到底是一些文化结晶，是从人类生活中提炼而成的，实际上构成了人类历史的几大主题。它充满了玄思的智慧、思辨的智慧。我们不可能使自己的思维回避这些根本的、绝大的主题。展望文学史上那些伟大的作品，比如说十九世纪和二十世纪大师们的作品，像陀思妥耶夫斯基的《卡拉玛佐夫兄弟》，像托尔斯泰的一系列作品，等等，都没有什么例外。

说到底，只有一颗博大的心灵，才会与那些绝大的主题——即宗教的主题相衔接。那是古老而又崭新的思想，是一种永恒的庄严。

从宗教与文学两种经典的产生上也可以看出它们至为紧密的联系。它们都是专心感悟的结果，都是出于世俗、又反照世俗的那样一种关系。从事宗教活动的人往往要回避尘嚣，潜心于自己的世界，过一种清苦平淡的生活，过一种精思妙悟的生活，而一个艺术家又何尝不是如此。他们沉浸在自己的艺术世界里，一生都心往神迷，迷离不知所之。他们都在走向一种神性。

一九八八年十一月六日

一个作家使命感的产生和确立。持续不断的漫长接力。

一谈起使命感，就会涉及艺术领域里最敏感的一些话题，这如同在谈论"责任感"——实质上没有任何一个人能将它们真的回避掉。因为从绝对意义上看,既然我们排除了没有功利的艺术,那么也就同样可以排除没有任何使命和责任的艺术家了。

当然,可以在完全不同的层面上谈论这个问题,关于它的那些肤浅而动人的陈词滥调可以不在讨论之列。我们也可以不谈一个艺术家的使命,而首先去谈作为一个人的使命。

一个人与一个世界构成某种关系的时候,他就自认为不是可有可无的了。实际上也正是如此,他与整个世界那么紧密地连接着,如同一个分子可以测知整个世界的性质一样,整个世界也正是由这些分子组成的。这就是彼此的关系。一个人没有探究世界的愿望,也就等于失去了生命,任何对这个世界表示冷漠、表示一种独立无倚的精神的人,都不过是一种强化出来的边缘色彩,是他作为一个人拥抱客观世界的那种热烈和急切的曲折表达。我们如果看到那些皱着眉头演算生活的人,我们就觉得他富有责任感,怀有某种深刻的使命;可是我们看到那些游戏的"孩子"、那些现代嬉皮士,就说他们失去了责任,说他们背弃了使命——这准确吗?

一个艺术家真正深刻的使命感正是从关心人本身开始的。他不会对生活本身、对人生过于冷漠,虽然这一切并非时时构成他思维的核心。他关注的始终是人类和生存的最大奥秘,是一代又一代人一次持续不断的漫长接力。它只有起点,没有终点……

我们这样谈论"使命感",为了表示与惯常所谈论的那种"使命感"能有一个区别。我们总是要追问这样一些字眼:"本源""始终""最后"……这些命题足以使一代又一代人探究下去,伴随一代又一代人的衰老,一代又一代人的新生。这就是我们所说的"使命"。

一个真正的艺术家有可能摆脱这些根本的问题吗？有可能不去牵涉这些问题吗？诗人的不安分的灵魂如果不是来自这里，还能来自哪里？来自琐屑和浮浅庸常吗？我们也可能看到无数人将"使命"两个字挂在嘴边，实际上不过是在遮掩那种急切近利和苟且。他们从来没有抵达一种境界，也不会展开自己阔大长远的艺术生涯——当我们谈论这一切的时候，我们自己也自然而然地感到了深深的不安和恐惧。

我们实际上在进行一次检验和叮嘱，因为一谈到"使命"这两个字，都会变得小心翼翼。

"使命感"在一个人心中的确立和产生，总是因人而异。它在每个人那里都会有不同的理解，不同的色泽。如果承认人和人有先天上的差异，那么就得承认：有人天生就善于触及那些敏感而又重大的命题；有人对这些命题完全地迟钝，却对另一些根本不值一提的俗腻表现出浓厚兴趣——他们注定了是一些很现实的人。如果他们是一个从事艺术的人，那也只会是一些职业色彩很浓的匠人。他们不会变成哲人和导师，不会变成在精神的隧道里高举灯火的人。这部分人为了掩饰，有时也可能搞起什么"颓废的"艺术——以为颓废的艺术就一定是嘲讽"使命"的艺术，而嘲讽"使命"的艺术就一定是深刻的艺术。这本身就是一个笑话。因为现实中的情形恰恰相反，在这个世界上，我们看到的，总是一部分怀有强烈使命感的艺术家走向了颓废。

这与其说是一个艺术家的悲哀，还不如说是这个世界的悲哀。

我们能埋怨艺术家吗？能埋怨"使命"这个绝好的字眼吗？

一个人的经历对这一切的影响；心路历程。

一个人的经历，当然会对"使命"的理解产生影响。如果没有影响，那就非常奇怪了。不同人所经历的不同生活，可以使他对世界有完全不同的看法，对生活的目的、生活的意义，以及他在这个世界上所处的位置，等等各个方面的问题有完全不同的看法。生活也可以毫不费力地腐蚀一个人——这里主要指腐蚀掉他的责任心和使命感，腐蚀掉一个人坚韧不拔的探求精神。这种生活既可以是磨难重重的，又可以是非常优越的。

生活与人之间有着奇妙的对应关系。我们无数次地看到这样的例子：苦难的生活改变了一个人的心灵，使他坚强勇敢，自觉地投身于一种无私的事业。他的献身精神使人惊讶。生活的火焰已经把他充分冶炼、进一步提纯了。这样的人无论从事什么职业，无论在任何一个角落，都是一个有力的破坏者或是建设者。他们也必然依托到某种集体和主义之上，从而使自己的生命变得更富于力量。与此相反的是，同样是那种苦难的生活，却可以使另一种人消沉无望，让其对整个世界都充满了怀疑。人类花费了几个世纪追寻的意义和价值，他可以在一个早晨将其全部否定。

我们谈论一个人的使命感是怎样确立的，当然不可能离开一个人的经历去谈论。作为一个艺术家，他的使命感主要是通过作品去表达和实现的。从完成一个作品的角度来看，一个人的经历往往起了决定作用。我们确实看到了无数幻想的天才，但却不等于说这些人没有什么重要的经历。经历在我们这里也许可以换一个说法，从而变得更加确切：我们可以把它叫成"心路历程"。一个诗人，艺术家，他的心理状态、内心世界的痛苦和欢乐，有时极难于从外部去考察一清。生命的质地是千差万别的，同样的事件附加在不同的生命之上，那种感受会是截然不同的。一个人的心的历史，只有这个人自己才可以说得清楚。

　　一个从事精神活动的人，对外部世界的态度简直是曲折晦涩，一言难尽。这个话题非常复杂，尽管一再谈论，我们还是难以用"世界观""阶级性"之类字眼去涵盖。

第五章　难以复制的声音

一组短篇。靠运气摸索的失败。

这一组小说让人昏昏欲睡，可是忍耐着看过之后，回味中又觉得它的立意、事件，还有人物等等，都应该让人激动、让人留下强烈的印象。这其中甚至充满了色彩强烈的东西，比如死亡、报复、仇杀、逃奔、性爱，等等。为什么引不起人的兴趣？肯定是没写好。就像我们经常讲的，这里面存在的问题是"怎么写"，而不是"写什么"。

我们发现它的让人昏昏欲睡，主要是作者自己不得要领，整个作品面对需要表达的事物，就像一对聚光不好的眼睛，看上去浑浊而朦胧。不错，这些小说在表达上，最终都找到了自己的重点部位——很多至关重要的想法，作者也一点点清晰起来 —— 只可惜这一切来得太晚了，来不及了。

大概一个作家在一段时间的创作过程上，可以是缓缓的永不间断的寻找和探索；但具体到一篇或一部作品里，大概就不能这样了，不能"摸着石头过河"。相反，他应该胸有成竹，志在必得。在一篇或一部作品里到底要写什么、要突出怎样的重点部位、要使哪一种色彩闪亮夺目，必须做到心中有数 —— 争取一开始就决定胜负。与此相反的做法，就只能是一种懈怠和恍惚，是不可为而为之的心理。他早已动笔了，可是应该清晰的那一切还远未清晰，心中无底；那就只能凭借熟练的文笔的牵引，靠惯性往前行进，在行进当中，慢慢摸索到一点东西，摸到多少算多少。这时候作者长叹一声，作品也就该结束了。

于是，这些作品在阅读时给人的感觉，首先是言不及意和似是而非。你努力地辨认和琢磨，仍不免昏昏，进入疲惫的状态。

好的作品，当然也会将最有能力控制的部分深藏起来，但这样做是一种表达的需要。这与迷茫和模糊、与缺乏控制能力完全是两回事。

一九八八年十一月九日

"神来之笔"；自己的"神"与共同的"神"。

我们常常看到一些"神来之笔"，那大概是一种神奇的思路，是他们在写作中被某种东西突然触发而成的，而不会是原来的设想和构思。如果说一个人的写作过程是一种创作的话，那么真正具有创作意味的还是这些瞬间的产物。你发现一部作品再奇特，它大多也还是由一些习惯性的词汇和思路衔接组合而成的。也就是说一部作品的局部和细部并没有多少创造性——再好的艺术家也难免要借助于机械运动、借助于一种惯性来往前滑行，从而完成自己的工作。而一旦他的语汇、意味、某些细节脱离了那种习惯的轨道，也就必然会出现所谓的"神来之笔"。

一个人总应该有他自己的"神"，没有这个"神"，人与人之间就没法区分，就会是一种色调，即千篇一律。每一个人使自己区别于这个世界上其他事物的最有效、也是唯一的一个办法，就是守住自己身上的

"神"。这是自然而然的。具体到一部作品的创作上,有时也像具体到了一个人的日常生活一样。

作者已经在不知不觉间让旷远的历史和千百万人的活动所形成的经验和概念束缚住了,自己的"神"潜下去,共同的"神"泛上来。一个人难以放松地活着,自己的"神气"就不会在自身的血脉里流动。所以,他的创作就不知不觉地流于庸常和概念。

不言而喻,生命毕竟是顽强的,它必然要时刻尝试着挣出,显示一种力量,显示自己的本色。它必然要有那么一个时刻里是挣脱了束缚的、完全自由的。我们看一个作家处于这种状态下所写出的东西,也就是那种"神来之笔"。

一九八八年十一月十日

写作中的一再停顿;工作的弹性,周到和完美。

有人写作中要一再地停顿,大概说到底这主要还是一个精力问题。没有任何一个人能够长久地、连续地使自己激动和神往。写东西一气呵成,这在我们看来是一件很危险的事情。那是对神气最大的一次摧折。我们试一试,发现一口气写到底的长文(如果足够长),无论当时感觉怎样好,到后来都能看出仓促和急就的意味。所以要一口气写下来,那一定是当时出现了什么足够新鲜的东西,刺激了作者的胃口。那时我们容易过高地估计自己的力气。实际上,这种工作不同于其它的体力活儿的方面,就在于是否胜任不那么明显,往往不是一下就可以试出来的。

激动的思路可以引出奇妙的想象，也可以遮掩深入的思索。而只有思索与想象同时处于良好的状态时，才会产生清新的文字。

要回到最良好的状态，唯一的办法还是停歇。中断了它，也就是遏制了自己的欲望。这种遏制的后果，只能是产生出更加强烈的欲望。这种情形犹如被阻止的水流，一旦撤掉阻止，水流会更加汹涌。你在停止工作的间歇里，会不自觉地逸出一些游思，它们会在暗中修补和加固什么。因为你由于连续的工作，意识已经完全地疲惫，不敏捷也不锐利了。不停止地重复，会使你产生内心深处的厌倦，而且长久地压迫了你自己的潜意识。停歇的目的，从一个方面讲，也就是为了唤起自己的潜意识。当你不停地描述着自己的感觉时，也可能恰恰长久地忽略和压抑了自己潜在的感觉。而那种感觉总是在更高的层次上、在更隐秘的世界里，与诗意结缘。

另外，艺术创作说到底即兴的色彩还是很浓。人在一个时刻里有一种思维的方式，在另一种时刻里又会是完全不同的方式。不同的时刻，作为一个作者就会有不同的运气和机会。你仅仅依赖一个单位时间，仅仅从一个角度出发，就不如寻找不同时间里的各种变化。即便是一部十分单纯的作品，也需要各种复杂的关照。有时一部作品不够周到、片面、直白，主要原因就是构成这部作品的思路还不够丰富，因为一条思路的角度变化太少。而一种角度的产生，总是与作者在那个特定的时间和空间中所具有的生理状态、心理状态紧密相关。气氛不同、环境不同，甚至是极其偶然的某一种因素，都会改变一个人的思路。正是这些难以预料的变化，促成了错综复杂的层次和极大的丰富性。这一切你不可能通过别的途径去获得，而只能通过停歇。当然，这样既可以缓解紧张的神经，又可以使工作富于弹性和张力，进入一种周到和完美，一种厚重和浑然。

一气呵成的做法，一般讲来是不值得提倡的。这样做，一般都是有什么急事，必须赶紧做完。如果来得及的话，就不妨分段多做几次，慢慢地完成它。

一些怪小说。焕发青春的象征。

这期间常常谈论一些"怪"小说，并时有责备。其实这几十年来的中国当代文学，主要是写得太"大路"、太不怪了——就怕别人看不懂，普及了还要普及，"提高"了还要"提高"。比如说，艺术应该属于大众，但艺术手法却不仅仅是属于大众的；它可以属于小众，可以属于教授。如果一个教授为大众而写作，写出了晦涩的文字，我们怎么评价他的工作呢？难道我们就一定要彻底否定他吗？一个著名专家不会是白痴，一个高级知识分子的晦涩必然有他自己的道理。他在自己的世界里愈走愈远，说明他（她）有很好的韧性和耐力，有力量，我们没有必要去把他（她）呼唤回来——有能力走得远的人，亘古至今都是极少数，而大部分人都是浅尝辄止，唯恐做得不适度，怕扭了脚踝。他们不敢手执火炬走进幽暗的深处。

往往不是那些小说太怪，而是有些小说太直白。那些富于个性的创造品，常常因为没有表达一种惯常的思想，以及因为这种表达方式本身的缘故，结果很容易就被指责。但这一类作品极有可能来自活泼的年轻人。有人可能觉得他们缺乏根基，其实也正是因为这样，他们才可以垒起自己的建筑来。有时那种坚硬的根基使他们巩固，也使他们守旧，使他们不可能搞出全新的建筑。他们的开拓精神也在于冒险，在于否定，在于能舍，并以此来求得自己的收获。

当然也有的怪小说是故弄玄虚，这样的东西我们也不会喜欢。健康的人都不会喜欢——它们没有内容，几乎没有告诉出任何值得注意的东西，完全没有传递新的消息。他们的"怪"往往是由于交叉模仿形成的一种怪胎，是一种习惯性呓语。这种行为一再重复，又会形成自己的逻辑根据，于是就有研究者拍手叫好——越拍手叫好，他们就在自己的逻辑上走得越远，于是拍手的声音也就越响。这是一种多么有意思的循环，当然不是什么良性循环。实际上，这种小说也算不得什么怪，倒是更接近于一种癔症。

那些现代主义大师们手中出现的怪小说，骨子里仍然是一种诗和真，是一种焕发青春的象征。

一九八八年十一月十三日

"自己的语言"。语言的气质比它的内容更具鉴别意义。

语言要成为"自己的"，大概这是一个写作者最起码应该具备的了。因为语言如果不是自己的，那么作品就不会是自己的。现在好多作者"失去"了自己的作品，首先就是从失去自己的语言开始。"文学就是语言艺术"

——有多少人在深层上理解了这句话的意义?其实很多人写了一辈子,甚至"著作等身",可就是没有自己的语言。也就是说,他在讲一些大路话。我们至今还没有看到一个作者可以用大路话讲出极不平凡的故事来。

有多少人把一个作家的品质和他的语言结合起来考察?如果不从这个角度考察,就永远只是谈些问题的皮毛。语言的性质实质上是由生命的性质决定的。"什么人说什么话",这句话大致是对的;不过,这个"什么话"在这儿更多地是指它的构成方式,而不是指它的内容。也就是说,语言本身的气质,有时候比语言的内容更具有鉴别意义。一个有力的强健的生命,往往不用装饰味很浓的语调说话,也不用干枯的语调说话;而一个质朴的实事求是的人,也不会习惯于一种矫揉造作的语气。一个在生活中自然生长的蓬勃向上的人就必然有自己说话的方式。他作为一个人的独立性,首先就是从他语言的独立性上显示出来的。说到这里,我们似乎就可以得出这样一个结论了:一个真正的人怎么可能没有他自己的语言呢?

看来我们有时候要刻意追求一种语言,还不如重新估量一下自身,对自身已经具有的一切重新做一次判断。我们如果放弃了那些烦琐的、莫名其妙的义务,抗拒那些无时不在的世俗的腐蚀,剥掉覆盖在我们身上的一切,那么就必然会显露出一个全新的、鲜亮动人的个体。这个个体所发出的自然的声响,就会是自己的。

我们当然要学习语言。我们进行语言交流的基本能力也是学来的。可是你如果注意一下就会发现,那些始终保持了自己强烈个性的人,他们首先学到的虽然也是一种语言的模式,但他们除了留下一些共同的规范、遵守共同的符号规则之外，他们很快将其注入了全新的生命。与此相反的是另一种人所持的另一种语言，那就是习惯于一种鹦鹉学舌。他可以学得惟妙惟肖，但就不是自己的。而有些人评判语言的标准也莫名其妙：只看这种鹦鹉学舌的质量，而不看一种语言究竟渗透了多少生命的颜色。那些非常老练的模仿者，从来都是破坏语言的人。他们相反总是得到赞扬，总是受到鼓励。为了维护人的语言的纯洁，就必须远离这种模仿并且与之进行斗争。当然，一种语言受到另一种语言色彩的浸染是在所难免的，问题是，这种浸染上的颜色是否盖过了生命本身的颜色？

我们不止一次听到这样的高论，他们把语言纯粹视为一种形式和工具，仅仅从技巧角度去谈个不休。好像只有这样，才算承认了语言的艺术；他们忘记了任何称得上艺术的东西，都是与生命与激情紧密相连的。哪有离开了生命的艺术？哪有干枯的艺术？语言的气味是从灵魂深处散发出来的，而不可能是冷漠的机械的组合。如果不从这个意义上去理解语言的性质，就永远也不会有自己的语言。

看看那些翻译作品的语言，给人留下极深印象的地方总是那些来自对原作者的生命律动的深切理解。译者也许不把主要的精力放在语言的技术层面上，而是穷追不舍，紧紧咬住原作者语言中真正牵动魂灵的那么一股神思。

当你逐渐形成了自己的语言格局的时候，还要谨防蜕化。因为你的语言、你的惯有的叙述方式，随着时间的流逝往前慢慢延续和滑动时，已经不知不觉地在渐渐死亡。这是因为作为一种语言的总根，即生命本身，正处于不断的变化演进状态，或者强盛，或者衰弱，它必然引起你的语言性质的起伏波动。你如果不是很敏感地感知和追踪这一点，那么自己的语言里就必然有一种东西会悄悄滑脱，使它流于一种干瘪的技术性的操作。这时候的语言，如果说成熟，也真的成熟了——但由于过分地成熟，接下去也就是一种死亡。

看来，真正的自己的语言，就必然是处于动荡不安的、不断更新的状态；它充满了弹性和活力，它像一个健康的生命本身一样，永远都是生长着的，永远不会停止新陈代谢。

一九八八年十一月十五日

非情节类小说；艺术对人最深层的吸引。

就我们个人的阅读经验来说，我们会认为，当我们比较成熟、比较懂一些事情的时候，那些情节类的小说并不见得比非情节类的小说好读。实际上，真正编出新鲜的有特色的故事来，难而又难。有很多老套故事，却吸引了一代又一代的读者，这真让人心酸。故事编来编去，无非就是那么一些，生离死别、阴谋暗算，等等。这些东西我们当然不会感到有多少吸引力了。如果它们对大家都失去了吸引力，那倒未必不是一件值得庆幸的事。有教养的读者，他们的读物当然主要会是一些非情节类作品。在我们看来，一部小说要真正做到好读，使你不觉得冗长，仅靠情节的紧张曲折是绝对不行的。在真正有深度的读者那里，他一眼就可以看出你的字里行间是否流动着一种激情，是否有着心灵深处的颤动。如果真有，它就会像火焰一样在纸面上跳荡。这些东西远比一些情节因素更为新鲜和刺激，它要打动你，最终也就依靠这些。一些平直的作品，之所以干枯无味，主要是被滤干了生命的汁液。作为一个读者，他面对着的是僵死的东西，当然无论如何与之交流不起来——这样的作品怎么会好读呢？

有人也会从形式本身去寻找问题的症结，实际上总有点似是而非。形式本身固然可以造成一些效果，比如晦涩或者流畅，比如华丽的文笔引起的阅读好感，等等。但是，事情的本质不在这里。起决定作用的，恐怕还是作者本身那一切难以言说的生命隐秘。即便是形式造成的，那么形式又是由什么造成的？你很快就会回答，它是由内容决定的。那么可见即便是形式问题，也还要回到创造这个形式的人本身上来。

一个生命力特别强盛的人，总会把他"这一个"生命的个性、独有的色彩，顽强地、随时随地泄露到纸面上，没有任何东西可以压抑它、可以遮掩它。作为一个读者，你的双眼会不断地受到刺激，灵魂为之颤抖；它让你看到的完全是另一个世界，是全新的东西。你是被一个生命所吸引，而不是被一些技艺性的堆积所诱惑。所以说这种吸引才是最深层的，也是最有力的；其他的一切吸引比起这个来，只是一种可有可无的游戏，一种浅浅的消遣，一种无聊时打发时光的代用品。

原来我们面对一部部书，它们虽然同样是吸引人、同样是好读，那之间的区别仍然会很大。

作品的"原生性"；在生活的沃土里久经培植。

我们在阅读一些作品的时候，感到最大苦恼、最不能够容忍的就是大量的印刷品都充满了简单的模仿、复制、借鉴、组合……我们从中看不到一个人对他所站立的那片土地的直接的感触——他发现了什么？他得出了什么结论？他还有什么疑虑和不安？我们看不到。有人把自己的艺术同世俗生活隔得太开，好像艺术就是艺术，是一种专门的、可以互相传授、互相转手的一种匠事。结果就造成了这种混乱，这种表面的繁荣，叠床架屋，新意迭出，实际上都是一些假货色；是从文字到文字的、没有任何生命力的东西，说到底还属于文字游戏的范畴。有些人不是给文学喝彩，而是给一些游戏喝彩。他们只懂得什么游戏更有趣，而不懂得激动和悸动。他们本身是苍白的，同时也在指导一种苍白的文字。

在说这些的时候，我们也会怀疑自己的作品。哪一些是来自真实的生命体验？哪一些在我们自己的心底留下了刻度？我们真正地激动过吗？我们确实有效地孤独了这颗艺术之心吗？我们在多大程度上遗忘了我们所读过的范本和接受的教条？当我们被一个天才激动之后，我们又怎样疏远了这个天才？我们怎样处理心中的崇拜和手中这支笔的矛盾？我们真的能够做到把湿漉漉的、蓬蓬勃勃的田野准确无误地移植到稿纸上吗？我们所经历的又漫长又短暂的生活，真的让我们记住了什么、学会了什么？我们又怎样将这一切化为我们奇特的声音？我们做到了吗？如果还没有做到，我们将来能做到吗？我们有可能做到吗？难道这仅仅是一个人的才力问题吗？它在多大程度上关系到一个人的道德素质和品格修养呢？……我们就是这样怀疑着自己的文字。我们真怕它们是简单的嫁接，是一种毫无意义的重复性劳动。

我们曾经看到，有的作品尽管很粗糙，但它们就像一株矮小的树，确实是从潮湿的泥土中一点一点生长出来的。它朴素、平凡，是我们常常看到的一种东西。它的确是活着的，的确是在往上生长。从它身上你可以看到土地的性质，土地的面貌和力量，可以嗅到土地刺鼻的气味。

可惜这种作品太少了。因为生命的呈现是很难的。在很多看起来十分成熟的作家那里，你甚至也没有多少机会看到这些。他们的"哲学"和"主义"，让人眼花缭乱的技法，很老练的手段，都层出不穷。可是，这些东西还不是真正消耗生命的，还不是最难的。它们可以交给别人的最有意义的东西，当然不是这些。他们对这些不会吝啬。他们走入了简单的制作状态，还可以维持一种表面化的丰富，实际上内里早就干枯了。

只有在生活的沃土里久经培植的人，才会永远连带着泥土的颜色和泥土的气息，才会真正有希望。即便是一个天才，也没有太多的例外。你观察一片土地上生长的稼禾，会发现它们需要季节，需要漫长的时间的经历，这样才有一次成熟和一次收获。可见并不是随意可以收割的。那是一种人工难以改变的大自然的力量——对于一个艺术家和他的作品来讲，道理也是一样。

一九八八年十一月十七日

时间越来越快；望不到尽头的迷茫。

时间好像过得越来越快了，大概所有人都有这个感觉。很少听见有人说时间过得越来越慢……说到这里，让人心中不禁一动。这种感觉到底是怎么造成的？当然是年龄的关系。一个人的年龄增大了，不是应该更懂得时间吗？不是更善于利用时间吗？怎么一切恰恰相反——时间会更快地流走呢？我们常常会想到这些。

记得小时候，我们曾经觉得一年是那么漫长。那时的一年大约比得上现在的五年或者十年的长度。我们越来越相信这样的感受差异。我们觉得时间是属于主观的东西，属于感觉，而不是什么纯客观的东西。时间在每个人那里都是截然不同的。你是不是想起这样的一句俗语，叫作"天上方一日，世上已千年"，这就是两种不同的时空。这真像童年与老年在时间上的感觉差异。童年时候的一个月，比我们现在的一年所要感觉到的要长得多。这也可以证明我们是长大了，长老了；在一个出世不久的儿童那儿，整个世界都是崭新的陌生的，各种刺激对于他都足够有力，足够留下各种深刻的印痕。所以他就特别不容易忘记事情。由于积累的事情多了，由于他对于整个世界还处于最初的摸索状态，所以一切也就显得漫长了。一个更年青的生命，对客观世界、对时间，才会有那么敏锐的触角。可是这个触角随着时间的推移就会渐渐蜕变、老化。它终于迟钝了。

在一个老人的眼里，事情往往都在不断地重复。对于他，全新的东西已经几乎不存在了，似乎总是对等的平行的事件在眼前交替出现，很难留下什么印象，也不太值得追念。相反，一个人随着年龄的增长，他需要承担的义务倒是加倍地增长了。他对大自然对客观世界再也不是那么单纯，再也不会那么专注；他要没完没了地为生存而搏斗，脊梁压弯了又直起来，最终再让生活把它压弯。假设他能够摆脱这一切烦扰，恢复那种新奇和无所不在的专注，时间就一定会像橡皮一样重新抻长。

我们根据这个道理，曾无数次地想让自己返回"原来"的那种状态，但还是理所当然地失败了。因为这毕竟不是由主观意愿可以决定的——也许可以决定的仅仅是那么极小的一部分——因为你没法阻止生命之水的消退。任何人都没有办法。

回忆写第一篇小说的时候，不足二十岁，大概刚刚上高中读书。今天这样的年龄在文学界也是年轻的一茬，当然还有更年轻一点的。可是在我而言已经有整整十几年的创作历史了。一个人有几个十几年？一个人不停地写了十五六年，把生命在这个阶段的最主要部分悉数投入进去的十五六年，该是多么漫长、多么巨大！我每逢想到这些，就有些莫名的哀怨和沮丧。不舍得再浪费时间，不舍得去做那些不情愿去做的事情，因为我要和这十五六年连贯起来，对得起自己的青春和生命。

话题扯远。不过这实在是一个很庄严的话题。一谈到这个话题，我们就不由自主地在心里盘点自己所做过的一切，重新回头遥望那一段既不太长、也不太短的路程——还有我们的前面那望不到尽头的迷茫而邈远的路途。

一九八八年十一月十九日

小城的建筑；匆忙搭起的布景；绿化。

这些建筑很明显地反映了当地的文化气质。它们的格局小，变化小，不是那种富于想象的产物。不仅这里，其他地方七十年代留下来的那些楼房，样子都差不多，颜色也差不多；再看旧社会留下来的那些建筑，风格更是千篇一律。但是它们比较实用，也算结实。不过，从过去到现在，你都会感到它们缺少的正是一种创造精神，是一种地方个性。

而且，这些建筑从外部看上去，总还过得去；有的甚至很华丽，比如采用玻璃幕墙，马赛克墙皮，你看了以后不由得会想，屋子里面该有多舒服啊。可是走进去就会大吃一惊：它们粗糙简陋到让人不能容忍，大多几乎没有经过什么装修，用的材料也极差，工艺粗俗到了极点。也有的铺了地毯，有所谓的"软包"、壁纸，有锃亮的家具。这一切或者简陋、凑合，好像主人们很不情愿地做了这一切；或者庸俗得可怕。建筑内部的粗糙与整座楼房光亮的外观形成了尖锐突出的矛盾，使人大惑不解。

你会觉得这些房子的建造者，主要是他们的主人们，是一些极其虚荣、只愿做表面文章的人。他们不是那些一切从实际出发的朴实健康的人，而是自觉不自觉地为了炫耀，为了让人误解什么东西——他们自己也从误解中获得一点奇怪的满足感。相反的是，我们曾经在别处看到过这样的一些建筑物：它们看上去甚至有点陈旧和粗糙，可是走进去之后，你会发现它已经被精心安排过了，很精致，很温暖，也很实用。这才是正常的。因为房子的主人是居住在建筑物内，而不是建筑物外。

那些小气的格局，向你隐隐约约透露了建造者和设计者的胸襟。那种相当固定的模式让人想到他们严重地缺乏想象力，只会模仿。好像在这一个街道上，越来越难以看到那些精雕细刻的建筑了。你走在人行道上，会有一种奇怪的感觉，觉得道路两旁的楼房好像是为了赶拍一场电影匆匆忙忙搭制起来的，是布景。它们不坚固不牢靠，相反地却涂上了鲜艳的漂亮的颜色。那些建筑都很单薄，没有厚度，质地也很差。这不由得会使你去想，建筑者都很匆忙，很急躁，根本没有一点忍耐的心性，没有像对待自己心爱的家园那种精心打扮的热情。你觉得他们缺少一种健康的正常的恒心。

当然了，在这座小城里，你不会有什么深远的历史感，不会被一种历史的情愫撩拨起来，不会因此而追忆和激动。久远的房子大多拆掉了。这就说明，他们自己不能创造，却又嫉妒已有的创造，不愿意在历史的纵的参照下总结和鉴定自己。这同样是一种肤浅和虚荣。

这儿根本就谈不上绿化。这里没有自己的树林，没有自己的草地。你想寻找大自然的安慰吗？很难。有人心目中的文明，就是水泥涂抹起来的东西，那是一种牢靠和富有，一种富裕的存在和象征。他们的心是枯的、板结的。他们不需要绿色。实际上，有些人天生就不需要绿色的安慰。如果让他们来管理一座城市，这座城市很快就变成了灰色，很容易就走向了干涸和死亡。

爱护每一株树木，向往绿色的丛林，在我们看来是自然而然的，而在有些人看来，这倒成了病态的呻吟。实际上，时间将会证明，到底哪一种人才是病态。那种丧心病狂地破坏自然，跟一切善良的行为背道而驰的人，正越来越不可饶恕地毁坏着一片土地。

我们哪里是在谈绿化？我们是在谈道德和良知，谈这个世界的厄运，谈整整一代人素质上的演变。这实际上是最令人悲哀的一个话题了。

经济和商业的发达；小城自身的尴尬。

这儿经济和商业稍稍发达，但这个方面的发达不发达与文化、与人的素质，在许多时候并没有什么直接的联系。像世界上那些有名的商业区、经济发达地区恰恰也是文化沙漠。那里缺少文化上的精英人物。实际上浓烈的商业气氛总是对一些艺术的、哲学的——这一系列营建活动构成了一种压迫和排挤。

而这里的经济和商业上的发达还没有上升到如上的层次，还基本上是为满足温饱而斗，或者因为某种机缘而造成的不平衡所产生的超常的竞争。在这个层次上的所谓的"发达"尤其有害于一种文明的成长。这样的生活容易从方方面面制造出一大批狭小、可怜的势利眼，制造出一大批心理猥琐的人。

我们曾到那些所谓的贫穷地区看过，那里属于南部，比这里经济上要落后得多，不过人也质朴得多，所以在那里，很多应该受到尊崇的东西也就自然而然地受到了尊崇。比如他们对大树，对体育明星，对艺术家和教授，对稀罕的古迹，都有一种说不清的景仰感。因为那片土地基本上还是淳朴的。

我们可以从这种对比中感悟到一点什么。事物总是有着非常奇怪的关系，借一句俗话讲，叫做"充满了辩证法"。生活无论发展到任何一个阶段，都有它自身的尴尬处。

我们在说这座小城，可是你放眼望去，小城的四周被什么包围了？是小平原，是一望无际的葡萄树。你走进葡萄园里，跟那些手上带着绿屑、脚上踩着泥巴的种葡萄的人交谈一会儿，又会被对方的善良和直率深深打动。他们被这一片绿色、一片泥土熏陶得很好。从某一方面讲，他们才真正可以教给我们很多东西。他们自己不知道，他们恰恰是诗意、是艺术的最亲近的人。

一个真正有力量的自信的文化人应该投身到大自然的怀抱中去，去与这一切结合。如果能够真正做到脑力劳动和体力劳动相结合，那真是达到了至高的境界。从古至今，有多少人追求这种境界，实际上总是只有极少的人才能够达到。一个人成天在土地上、在山野上活动，胸襟必然开阔。那些褊狭、嫉妒、吝啬，都是一种变态，是从事严肃事业的克星。可以想象，有人正是因为怕自己变坏，才不断地从大城小城逃奔出来——因为他们越来越不能容忍。

一九八八年十一月二十九日

创作如同耕作；节气的影响。

创作如同耕作，也要受节气的影响。其实有很多作家不止一次把写作比作种植庄稼。若果恰如这样，那么我们就会明白，收成如何，除了取决于人的勤奋、土地的肥力，更重要的就是有没有天灾——要有好的适合庄稼生长的气候，既不太冷，又不太热，最好是四季分明。

恶劣的气候，直接会破坏庄稼的生长，同时还可以使种庄稼的人心情恶劣，失去信心。大家见面谈论的更多的就是天气如何，而很少去研究怎样争取一个好的收成。作为一个作家，他一生的创作，也会不自觉地分出几个季节。有那么一个时间段里,在他的那片土地上总是连连丰收,收获总是比他自己期望的还要大得多。可惜这样的时刻并不会很多。如果走入了创作低谷,那也不一定会在短时间内走出——有时简直会陷入绝望。

但愿我们不要绝望,只相信这是一个季节,它终会过去,好的时光还会重返。

每个人都会遇到自己的冬天。当然有时候是大家一起抵挡严寒。这是令人沮丧的不幸的时光,我们只好咬紧牙关熬下去,只要不是彻底放弃,只要是坚守住那么一点点,就会走向春天的彼岸。

当然了,也可以从纯粹大自然的角度讲一下节气,它对创作也有影响。由于每个人的生理和习惯的不同,什么季节更适合于创造力的发挥,那肯定是不一样的。比如说:很多人喜欢秋天,像普希金的那个秋天;也有人喜欢冬天,他在那种冷峻的空气里反而可以进行庄严的思考。一般讲春天是令人疲惫的,慵懒的,可是有人竟然可以借助它的气氛写下明丽烂漫的辞章,也有人可以在那种瞌睡的困乏的日子里写下昏昏的文章。什么文章都是一种收获。

显而易见的是,大自然的变化可以影响文章的颜色和气质,可以规定你的选择,限制你的运气。一个作家好像对季节更敏感一些。

一九八八年十一月三十一日

"西部艺术"。反对滑入另一种矫饰。

关于"西部艺术"这种称谓,本来是一个好题目,只可惜外国已经先有了"西部片""西部文学"之类的提法。实际上这些年,外国人已有的说法,我们迟早要学得会,这本来没有什么不好。可是涉及文学和艺术,就是另一回事了。这是一个以创造精神为生命的领域,简单的鹦鹉学舌就显得太窝囊了。

土地有决定性意义,在那片辽阔粗犷的大野上,必然产生相应的艺术。土地气质决定了艺术的气质。那里有传奇,有适合在温室里欣赏的浪漫故事。所以,它们成长起来并受到热烈欢迎,完全成立。

我们觉得"西部艺术"有一个最大的优点,就是它有可能持久下去的那种生命力。这是由它的艺术精神、它的独特的品格所决定的。因为我们如果深入观察一下,就会发现,总是那些过多的巧思、雕琢,那些靡靡之音,把艺术引上了萎靡不振的死胡同;而要令其恢复生机,哪怕只是寻找一味好药,也要寄希望于那种野性但却是质朴的、粗悍的创作——用这样一种精神去改造和冲击苍白的文坛。

在这里,我们需要提防的倒是走入另一种公式化和概念化,即过多地依仗了它的外部色彩,过分地看重了它粗粗的打扮、它的服饰,反而把它滚烫灼人的血肉之躯悄悄地抽掉了,这才是真正不幸的。实质上,现在已经有了这种征候。你可以看到那些为粗犷而粗犷、为野性而野性、扯破嗓子表现力量的可疑做法。再清楚不过的是生命的力量完全可以用各种不同的方式表现出来,它是火热的、奔突汹涌的,也可以是涓涓柔情的、千回百转的。如果对于表现生命的力量、表现生命的性质做更宽泛、更实际的理解也就好了。我们反对一种矫饰,我们也要反对滑入另一种矫饰。也就是说"西部文学"也并非就一定是质朴的 —— 而失去了质朴的艺术就不会有更大的希望。

总之,从当代效果当代意义上来看,所谓的"西部艺术"的繁荣发达,真的推动和丰富了我们时代的艺术。可是我们不能停留在简单的喝彩上。

越来越多的作品讨论会;人走向了会场,原则放在了家里。

现在的讨论会越来越多,但要用它来研究和解决问题一般是很困难的;不过它具有某种辐射力,可以把一种讨论的气氛扩散到社会上去。讲到底这才是它的意义。好像我们真的要认真地、好好地研究研究艺术了——它作为一个现象出现在社会生活中,也许会让人喜悦。

可惜现在的讨论会就是那么回事,开会的人都很轻松,一般讲,他们人走到了会场上,却把原则放在了家里。这是一种高高兴兴的场合,是一种办喜事的场合。不过,我们觉得也没有必要指责和贬低这一类事情。因为有一些工作太寂寞了,用这种方式热闹一下也没有什么不可以。

不过,在任何一个讨论会上都可以看到一些真诚拗气、十分单纯的人。他们风尘仆仆而来,仍然要咬文嚼字,要争一日短长。有人觉得他们令人同情,而更多的人从心里尊重他们。是的,这并非一种无聊。

你想没想过把所有的文学讨论会都弄得像一首诗、一首歌那样美好纯真?

音乐给我们长上翅膀；人的思维安装了"万向轴"。

作家一般对音乐都非常喜欢。我们这样讲大概不算附庸风雅——我们有时简直离不开音乐。特别是在勤奋创作的日子里，音乐会与我们形影不离。那时候我们是形，它是影，我们在一个共同的美妙时刻里产生了共振。我们所倾听的是差不多完全个人化了的那么一种声音，一种倾诉。它在我们眼前变幻出纷繁的颜色，我们为它长久地激动、感叹不已；脑海里无数奇怪的、突如其来的闪念频频飞动——这正是音乐给它们长上了翅膀。在一种旋律里，我们可以追逐着，奔跑着，踏入那些平时常常是封闭的隐秘世界。

音乐令我们进入不可遏止的冲动。比起文字制造的世界来，它显得更加深邃和辽远，无边无际。它提供了也规划了各种各样的可能性，人的思维好像被它装了一个"万向轴"，可以向任何一个方向滑翔。

它对于我们，远远不是可有可无的东西。它慢慢变得像空气和食物一样，不可分离。可它又是平凡无察的，只有我们凝神静气地正视它的时刻，才会感到它的神奇。

我们会觉得森林、海洋、河流、雷电，还有大风，它们之所以深刻地打动人心，让人产生震撼，很大的成分上是来自它自身的旋律——它的力量。可以想见，任何一个接近了这种天籁的人，不可能不懂得亲近和理解音乐。当然了，人生中一些最朴素的要求，往往又包含了至高的要求。

一些作品多次写到鸽子；作家求助于大自然最好的儿女。

鸽子是让人欣喜、令人动心的一种动物。很多人都喜欢它，把它作为爱、作为和平的象征。它的安静、温恬，会让我们想起很多。鸽子有一种慈祥的美，一种女性的美——艺术中的一多半应该也具有类似的美。这个形象，不仅仅代表她自己。她可以拨动我们的心弦，可以唤起我们的温柔。当人的脑际萦回着这个形象的时候，同时就会想到爱，会平静，会充满了同情，会向往一种没有纷争没有激荡的世界。鸽子的美丽紧凑的羽毛，特别是它的丰满的胸部，红润的小脚掌，短粗结实的嘴巴，和光润小巧的额头，这一切都会使人感到一种无比的和谐与完美。你还会要求什么？你还会奢望什么？你把洋溢在它身上的这一切情愫捕捉下来，就会长长地舒一口气，感到某种安慰和满足。也许是我们觉得应该向善，觉得这种向往的力量和恒心还远远不够，于是也就自觉不自觉地求助于大自然的这个最好的儿女。

与鸽子的形象、与这个形象所折射出的那一切色彩相对立的，是粗俗和残暴，是愚昧和丑陋。而要接触这些就必然有深深的愤怒，有仇视；而要战胜这些，就必然需要勇敢，需要深长的思索和舍身的果决。于是，我们同样多地写到了这一切。你看到鸽子，就应该想到这一切；看到这一切，也应该想到鸽子，它们处在一个共同的世界里。

一九八八年十二月一日

有人懂得许多民间趣事；对外界事物的接收能力。

常常发现有人懂得许多民间趣事。这样有意思的人在各个阶层里都有，他们能够不时地讲出一些奇妙的传闻故事，好像取之不尽——这样的人在知识分子当中有，在工农当中也有。总之，在任何一群人里都可能找到一个懂得特别多、收集了许多特别奇异的事情的人。虽然人和人的年龄差距不是太大，可是要论他们知道的事情，差距倒是相当悬殊。一般的人都只是传递着大家惯常所谈论的一些故事，在内容上如果有差别，也相差无几。可是我们以上谈论的那种人就不同了，他们身上的信息量特别大，好像把他们闷在一个罐子里，他们也会比别人知道得多一样。

可以设想，人好比是一个半导体收音机，他们对外界电波的接收能力是不同的——同样放到一个空间里，有的极其敏感，触角好像特别多，那些遥远的声波都被他毫不费力地接收了；而有的却极其迟钝，只能选收一两个台，而且音质也不好。

人的这种接收能力在很大程度上决定了一个人的智力，决定了一个人创造的能量。那些杰出的艺术家总是一些接收能力很强的人，即便在最平静最寂寞的时刻里，他们用来感受的触角也是大张着，收受着人间的万种情事、诸多故事。从这里看，他们的鸿篇巨制、著作等身，也就不难理解了。有的人之所以不能成为好的艺术家，首先就在于他在单位时间内，不可能比别人知道得更多；而且在感知事物上，除了数量问题，还有一个角度问题。有的人能够在接收的同时很自然地加以过滤，留在他心中的全是一些极其特别的、闪着异样光彩的东西——它们交相辉映，于是就可以再生和养殖出别样的美文。

人的这种能力，大概不是训练而成的，不是凭什么主观意志可以解决的。好像有的人天生就具有那种素质。

一九八八年十二月二日

边远落后地区出现的好作家；心中的期待。

边远落后地区常常出现一些极好的作家，就像这样的地区反而产生一些名酒一样。那些地方缺少一些精致的文化制成品，这看上去是不利的条件。但是，你如果分析一下就会发现，所谓的那些精致的文化制成品中，应时的东西居多。它们是令人眼花缭乱、使人兴奋和激动的，但却并不一定是耐久的。经过很长一个历史时期以后，这当中可以流传下来的恐怕只会是极少数。实际上，这样的精致也包含了一种芜杂。由于边远地区经济文化的不发达，文化制成品的传播、各种新鲜的刺激，都比沿海地区少得多。那里的人缺少开启心智的机会，好像成熟缓慢，这是一切封闭地区的特征。不过，从另一方面讲，那里的人又可以避免各种目光短浅的、轻薄的艺术的干扰，可以独立成长。

对于一些悟性很高的人物来讲，一种封闭的状态只会增加他的幻想、他的发奋。他的心灵必然更多地寄托在那一片辽阔的土地上，和大地的节律合为一拍，这样下去的结果往往会令人大吃一惊。这样将会产生更有力更本色更浑然的艺术。这与那些在一些文化制成品的缝隙里拐来拐去、东拼西凑的所谓艺术会是截然不同的。

那些经久不衰的艺术品，一般来讲，即便在边远地区也能找到。我们知道，一本好书抵得上一万本平凡的书；一本好书可以指导人的一生。那些名著经典，要找到一些并不困难，困难的总是那些随季节而衍生的、五花八门的、红红绿绿的所谓的新潮作品——它们过了一个季节也就消失了——而缺少了它们，正好是一种回避，正好使人免于干扰，使人能够安心静气地接受更好的东西——大师们无言的指导。而我们在所谓的文化经济中心地区，虽然受益，可也整天烦腻得很，老想逃走、逃走。

不过，在一个寂寥无声的世界里默默成长，需要怎样的耐力！从那片陌土上大步踏来的人总是太少太少了。也许这只是我们心中的一个良好期待？

远方是一本本打开的书页。远足的困难。

我们走动的地方太少了，这恐怕会使我们的视野受到极大妨碍。我们流连在书上的时间太长了，慢慢地，我们只习惯于这一种学习和感受的方式了。它会使我们渐渐僵化、硬化，变得麻木不仁。其实在远处，正有我们从来没有见过的一片绿地、苍黑的树林、萧瑟的草原，有热烈喧嚷的都市和人群。这一切都闪耀着不同的色彩和光景，传递着奇怪的讯息。它们是一本本打开的书页，更丰富更深邃，变化多端。接受这些"书本"的指导，成长更快，因为它真正能够渗透到你的心里去。

走万里路的主张，很久以前就有人提出来，可是要实践这一主张会多么难。你走得开吗?你有能力走得很远吗?你在路上能够做到身心欣悦吗?你不牵挂身后那些熟悉的事物吗?你能够放弃一些所谓的义务吗?你能够摆脱那些严格的生活规范吗?等等。可见,人要远足是多么困难。读书尚难,行路更难。正是因为生活中的难难相叠,所以一个人要真正站立起来,才显得那么不容易、那么珍贵。

植物学。对五彩缤纷的大地有一个科学的理解。

我们对植物所知甚少,简直可以说一无所知。我们真该利用这类书籍杂志搞一次进修,像学外语一样下下苦功。要干成任何一件事都是非常困难的。世界上可没有那么多便宜事。不错,我们从小生活在一个地方,会认识当地很多植物;我们自认为比好多人都要认识得多一些。可惜那只是做到了"见过"而已。它们属于什么科,它们的性质,叶片,茎,花,根,以及这个植物自己的名称,到底怎样叫我们都不知道。这算认识了植物吗?

我们看到好多作家热衷于写到大自然里的万事万物,特别是田野上的这片绿色——绿色培植了多少激情,诱发了多少想象。绿色当然就是植物组成的,它渲染和确定了生机勃勃的自然景观,可是作为一个写作者,一个所谓的自然的歌者,却没有表现出多少关于植物的扎扎实实的学科知识。你围绕着它们思想,可是却不知道它们的名字,这不是很可笑吗?比如说你长久与之交往的一位挚友,你谈论他的时候却叫不上他的名字,不是很别扭、不是不可原谅吗？

植物的种类非常繁复，像我们常常写到的兰花，我们可能只知道虎头兰，象耳兰，墨兰，等等。我们是否知道兰科植物有多少属、多少种？如果翻一下资料，我们可以发现，仅四川植物区现知的已经有八十八属，四百三十六种，及五个变种。可想而知，这门学问多么艰深！我们不要求人人成为这一门学问的教授，甚至不要求你登堂入室，仅仅要求你略知一二，也要付出极大的努力。

设想一下，你胸中储藏了五彩缤纷的植物形象，对它们有一个科学的理解，会怎样大地丰富你的思维。当写到它们的时候，你的笔力必然会更加坚实、更准确和更有力。

我们自己缺少的东西太多了。一想到这里，我们就不由得有些急躁。

作品写作和发表时间的间隔；作家等待铅字感觉。

有些作品写作与发表的时间间隔很长，这是因为我们有时候不太相信自己的判断力。一篇作品写完了，写作时的热情还没有完全消退，思维没有冷却，也就很难冷静地、客观地去进行评价自己的劳动。再说，你为一篇作品刚刚付出了这么多心血，总是充满了一种劳动者的情感，这就极容易产生偏爱，会不恰当地夸大成绩，甚至很可能把缺点当成了优点。如果搁置一段，让思路渐渐生疏起来，这样回头再去判断原来的思想痕迹，就会比较客观了。

如果有条件的话，还可以把手稿打印出来，这个目的就是为了消除熟悉的笔迹，加强整个作品形式上的客观性。这样，你在阅读它时获得的印象，也会有所改变。你在评价自己作品的时候，尽量回到一种陌生的、严厉的状态。即便如此，你的态度还会自觉不自觉地滑入一种偏执，使自己的具体评价远远高于一般读者的评价。从这个意义上讲，作品写完之后放得时间再长一些更好——你把它遗忘掉才好。这样，当有一天你拿起来一看，尚觉得它有可取之处，能够打动你，使你激动，那么这个稿子就可以成立了。从修改的意义上看，也是这样。到这时候，你的目光就变得富有挑剔性了，就没有过多的感情上的干扰了，可以痛快地删削增补——很多人的经验主要是删削。因为在写作热情的推拥下，好多应该隐蔽下来的东西也如数浮上了纸面，有些放任；时隔很久之后再来研究它，就想把那些廉价的东西删削掉。这样，你删削的东西，有经验的读者也能够体味到。为了训练一种刚劲有力的文风，为了真正做到简洁，就必须"握笔如刀，心狠手辣"。

　　作者的一篇文章改好发走以后，就一直处于忐忑不安之中。为什么？因为他在等待那种奇怪的"铅字感觉"。那个时候，你对作品的印象与以前会有许多不同。那时候的作品好像才真正地脱离母胎，咬断了与你相连的那根脐带，开始独立生长了。从此它和你本身一样，依靠这个世界上的水谷去喂养；像你一样地在人世间跌跌撞撞，碰着运气。你对它的态度是同情、疼爱、怜悯、挑剔、责备，等等复杂情绪的交织。它究竟是怎样的一副面目，你这时候才算是真正有底了。总之，这是时间所能给予作家的一次最有意义的判断机会。

作品失去了"先声夺人"的机会；难以复制的声音。

有人说稿子在手中耽搁久了，会失去"先声夺人"的机会。我们可能也多次担心过这个，也多次遇到过失去这个机会的痛苦——只要写作，就会有这个痛苦，谁也难以避免。但是，为了文章我们呕心沥血，衣带渐宽，已经付出了很多——我们终于明白，这种劳动的主要意义之一，就在于它首先是安慰了自己的心灵，而不是贪图某种戏剧效果，不是为了获得他人的喝彩。这样一想，我们也就渐渐平静和淡泊起来。一句话，为了让文章真正地走向完美，任何其他的损失都变得微不足道了。

而且你渐渐将会发现，一个并没有走入这种冷静和淡泊的作家，一个对读者常存奢望的作家，很难写出什么真正卓越的作品。

你还会发现，真正有个性魅力的作家和作品，是难以埋没、难以重复的。有谁能够复制他们？只要他们存在一天，就永远是"先声"，永远会"夺人"。当然，我们也常常发现这样的现象：一个敏锐的作者感应到了某种东西，就把它写出来，可是在漫长的修改过程中，其他的作者可能也不同程度地感受到了同一问题，发表之后很快将读者的热情撩拨起来——等到最早写到这个问题的作者发表出他的那部作品，读者的热情已经开始消退了，被激动过的那几根神经已经疲惫了。

但是，我们前边已经讲过，这种外在的一些效果仍是微不足道的，尤其当时间流逝一段之后，当这两个作家和作品面对着共同的时代、共同的读者、共同的气候和条件、处于共同的起跑线上的时候，它们不同的分量和色泽就自然而然地显现了,他们的个性就凸出了,谁也不能掩盖谁。既然如此,你还要担心什么呢?

一九八八年一月十二日

第六章　青春的源泉

人不断发展的爱力、它的顶峰和衰弱。走向自己的生活。

什么是"爱力"？我们面对它，觉得这是一个不可取代的词汇，而且无法简单地回答。有人可能答为"爱的能力""爱的力量"之类，但仍然没有传达出具体而准确的理解，等于没有做出回答。

人显然是有"爱力"的，它也确是一种能力、一种力。这种力的特别和怪异，无论怎么形容都不过分。它潜融在人的心灵和肉体之中，与人的生命合为一体，难以分剥。人的爱力彻底丧失的那一天，人也就死亡了。爱力伴着一个人的生而生，一开始比较弱小，游荡飘移，不专注不确定，也没有多大的力量。但随着一个人的发育，他思维力的增加、肌肉的结实、身躯的增高，爱力也一天天壮大强烈起来。大约到了十八岁，人的这种力量会以各种方式、从不同的方面表现出来，并迈向它的顶峰状态。

人在这时候变得特别敏感多思，情怀丰富特殊。人简直充满了幻想、思念，最易冲动，特别脆弱又特别坚强，急躁而又非常能够忍受——一种难以理解的坚韧和坚持。他的创造力突破力都出乎预料，可以为某一个时刻的、源于生命的追求而舍弃一切。

人的爱力最发达的时候，也正是最慷慨无私的时候。

人的爱力当然首先表现在对待异性上。

但却不仅仅如此。比如说，它可以同时化为深刻的知性、动人的辞章、对人类的宽阔情感、强烈的道德意识……总之一切良好的心意、美丽的愿望，都与爱力的驱使有关。这种力与垂死的心情是一种对立。人类就是依靠这种力，去抵挡死亡的无望和悲凉的心绪。垂死感化成的力有时也非常之大，它是爱力的死敌。它的表达常常是无理性的、歇斯底里的、破坏的和残酷的。垂死的力有时也要证明自己的强大和永恒。它与爱力的较量，贯穿了人的一生、人类的一生。

生命受到损伤时，爱力会逐渐衰弱。最大的损伤当然是时间。人体的良好机能被削弱，爱力就无以寄存。爱力在肉体徘徊再三，最终又回到心灵上去寻找居所。如果心灵宽阔到足以容纳，那么它就在心灵里贮藏下来。如果一个人的心灵也被毁坏了，那么它只得凄然离去……这是极为令人惋惜的。

人失去了爱力，垂死之力就会失去扼制，从而也就发展起来。这后一种力是黑色的，它蔓延的结果可想而知。几乎所有蛮横而残暴的破坏，对生命的践踏、对人的嫉恨，都是这种力促成的。

一个衰老的人、正在走向衰老的人，他的爱力一定就会减弱至很少很少吗？或者说，一个老人，他的爱力就一定少于一个青年吗？

难以回答。

大多数人的回答也许非常简捷，这就是：老人的爱力一定少于青年。起码从一般情况看，从总体上看会是这样。

如果仅仅从生理角度、从外在现象上看，我们也会同意。爱力的发展、生成和存留都是有条件的，而这些条件当中，有的直接就是生理条件。比如内分泌的改变、人的敏感力冲动力连同视力肌肉弹力的同时下降……这些都好理解。一个人的爱力在达到顶峰之后，在总量上是否只能逐步下降，这才是问题的症结。

我们认为，爱力既然是一种奇怪的综合力，那么就一定是随着年龄的增长，有的因素在下降，而有的因素却能够相对保持稳定，甚至是能够增长。这样一来，如果增长的部分大于或等于下降的部分，人的爱力也就不存在逐步减弱的问题了。

但无论如何，爱力会随着时间发生变化。

在有些人那儿，这种力不是减弱，而主要是它的外部形态、它的表露和显现方式在改变。比如说，它更多地寄托于心灵而不是肉体；比如说它在岁月的沉淀发酵中变得更为内在和含蓄……

可见一个人生活着，最为重要的就是保护和培植自己的爱力，让它随着岁月的增加，像积蓄山水一样汇聚，让它在付出的慷慨中变得生气蓬勃。关键是滋润自己的心灵，修筑自己的心灵，让其变得越来越适合于成为爱力的居所。一旦人的心灵之巢被爱力盈满的一刻，他就会变得更有力、更从容、更自信和更坦然，他就真正地走向了自己的生活。

一九八九年二月二十日

人的狂欢：盲目会带来不幸。不可能容忍的。

某种生活对于有些人就像节日。他们需要制造节日的感觉。狂欢的感觉能让人忘掉各种不快甚至不幸，也忘掉最后的结局。人是这么需要节日。可是节日、狂欢，需要众多的人参与。这是非常消耗人力物力的一件麻烦事。我们知道，大家认可的几个节日也就那么多，而且都很短暂。所以有人难免产生失落感。调动起众多的、数不清的人、人山人海……去开展节日，他们才会满足。他们要抬头看到兴奋的人群、涌动的人群、奔走相告的人群、冲动的人群……

可是有节日幸福感的，弄到最后只是少数人。多数人要落个奔波的疲惫，要忍受狂欢之后长得没有边沿的寂寞、失落、空荡荡的感觉。

从过去到今天，都是一样。

制造节日要有蓝本、有计划，有个大致的目标。要明白无误地、非常通俗地告诉参加者：这不是一场游戏；而即便是游戏，我们从中获得的也将是很多很多。

许多人抛却了怀疑，参加了这场游戏；由于心头充盈着节日的冲动、喜悦和热情，所以从未想过游戏的概念，也远没有那么轻松。他们一味模仿着远方和他人已经结束的节日或正在进行的节日，完全失去了创新的能力、思辨的能力，只是傻傻地进行下去，跟随着，呼叫着。

这是彻头彻尾的盲目，这盲目会带来不幸，它本身就是一种不幸。因为这盛大的漫长的节日，这虚假的愉快，会消耗和浪费掉人间最宝贵的东西：人的激情和信仰。

那些制造者、最积极的跟从者，也许最后会在这节日的混乱中捞个满足。因为他们要贪婪地得到一切。

一九八九年二月二十二日

令人惊讶的荒谬；不可遏制的什么在弥漫。土地的承受力。

这儿曾经是让人羡慕之地，从很久以前就是这样。现在不同了，它让人惧怕。人们在随心所欲地改造它，使之变得面目全非。

不少外地人说：地方是个好地方，如果这里的人能够再好一些……言外之意、明白说出的，都很清楚。这让人心中充满苦涩。极想辩白几句，为这里的人；但由于意绪复杂，一言难尽，也就没法更多地说什么。

这儿美好的自然有口皆碑。一望无边的绿畴，海滩大平原，南部的山地秀丽多姿，有《史记》记载的"四大名山"之一的莱山，有中部丘陵，随着地势起伏不息的梨园和山楂园、桃园；北部即是丰饶的平原，大片的葡萄园、麦田；而它自己还拥有最美丽的一个小小半岛、两个岛屿。有哪些地方具有如此的地理优势呢？即便从历史上看，这里也没有发生过频繁的自然灾变。不必夸张，这里完全可以说是"得天独厚"。

可是出于短见和拙劣的模仿、盲目的跟从，这里开始大面积毁坏土地，没有遏制地乱占乱挖，再加上矿山采掘，已经变得目不忍睹。随处可见令人惊讶的荒谬，只有惊讶，而难以疾呼和谴责，更难以嘲笑。这种状况，任何熟悉并热爱它的人，都只能呆立失语；没有了要说的话，只悄悄压下一个震惊……

这股摧毁的力量来自何方？追溯起来并非来自某个失策的计划，不是来自某个目标的荒诞。因为再好的计划和目的，由不同的人落实下来，结果会是完全两样。所以我们只能说：这荒谬来自人们苍白污浊的内心。

源于内心的污浊一开始无影无踪，弥漫起来就难以遏制。要遏制就先得达成遏制的共识，先寻找共同的语言——这是可能的吗？大面积改变人的心灵，这似乎在短时间内是绝无可能的。

这种毁坏的力量、陌生的力量，它形成的时间也许是非常漫长的。在这长长的时间里，我们藐视了最可宝贵的东西，即诗与真、一切美好的教化、心灵的指引。人们不再崇敬知识和真理，变得相当鄙俗，唯利是图。这样直到今天，顽症已经形成。

这一切芜杂，都需要土地去承受。可是土地也像人一样，只有一定的承受力。于是我们看到了可怕的、频频出现的疾病，还有灾情，如环境的巨变、大自然对人的无情报复。

一九八九年二月二十五日

坚持自己的思想和立场；"有用"与"心亏"的选择。

当我们认真思考的时候，当我们面对着生活之流说出自己的判断的时候，我们常常会遇到一个嘲弄的质询：你们激动认真的样子、甚至是痛心疾首的样子，有什么用？

"有什么用"的询问，不仅来自外部，也来自内心。这时，总是希望回应的痛苦时隐时现。人有时仿佛在荒漠中呐喊。不过我们会因此而禁声缄口吗？我们又真的企求看得见的、即近在眼前的功效吗？

当然不是。一个真正的人总会听从心灵的召唤，坚持自己的思想和立场。在精神的探索和坚守方面，一切追求"有用"的念头和质询，都是狭隘和荒谬的。一个热爱真理的人，是生命力的催促和牵引，他也只有这样不同凡俗的选择。热爱着，不问其他，也许才是最正常的状态。

人有时是要发言和慨叹的。这时候心灵指导了他，他才去做了。良知在催动他，他这样听从了，于是也就心安了。宁可无用，也不能心亏，如果说人的生存有各种原则的话，那么这大概是最重要的原则之一。在"有用"与"心亏"的选择上，一定要先使自己不"心亏"，其他再讲。

凡事只问和先问"有什么用"的人，必将成为一个世俗小人，这种人最终对于他人来说，必将是一个"无用"之人。

精神和思想的关怀，即是对人的灵魂的关怀。谁的眼睛能看到——直接看到灵魂的波动和改变呢？

还有，那些远大的关怀，必有远大的改变，那些鼠目寸光的人又怎么能望到遥远之地呢？

一九八九年二月二十六日

真诚的收获；醉心于别人的个性。纯粹者的生命轨迹。

在一个商业时代，特别是一只脚刚刚踏入商业之河的地方，人们会对原有的规则进行质疑，并逐步在行为上修正自己。这是必然的，但却要谨慎。人的率直和真诚，这个时候最易受到怀疑甚至抛弃。

这是悲剧的源头，是一个地方的风气走向没落的开始。人们不断地运用微不足道的小智，生成了越来越多的机灵，就会变得气量狭小，眼界逼仄，失去思考重要问题的能力。其实那些智者并非缺少机灵和小智，只是他们不屑于使用，因为它会误事，会自伤。他们仍然真诚地待人处事，率直地表达。真诚是会有收获的,这种收获就是在行为和思想的结果方面。但他们不是为了这种收获而去真诚,而是真诚的方式和原则带来了必然的结果。

既看重自己,又看重别人,这就是敬畏生命。庸人对生命并无敬畏感,对人世间的最大奇迹感知麻木。面对着一个人,如果对方是诚恳朴素的,那么理应感到他作为一个生命的重要性、真实性,他的不可取代的存在。这种生命间的交流具有最大的意义,包含了真正的智慧。

现在比试机智、运用手段互相征服的人多起来了。这些渺小无知的做法,采用者一生也难以觉悟,于是必将走完不磊落的、毫无意义的一生。现在已没有多少人醉心于别人的个性,既缺乏这样的能力,又丧失了这样的机缘。人变得再不愿倾听和探讨他人的意见、情感,不在乎他人的心灵之声。

其实每一个人在朴素的状态之下,都丰富得难以言说。他(她)在此刻简直就是一个奇迹。感受这奇迹,领略这个性之美,是人变得深刻、进入生命本质的重要途径,同时也包含了对他人的最大尊重。

缺少对于他人的美好心情,一个人就没有幸福。人的幸福从根本上讲,是建立在友爱他人的基础之上的。如果研究一下那些纯粹的人,会发现他们独特的生命轨迹,他们一生都在尊重和理解着他人,不断地接近和触摸其他的心灵。

一九八九年二月二十九日

不同的阅读；领略书籍的境界。读出作者的神采和目光。

不必谈通俗作品的阅读，即便是对经典作品，阅读方法也是千差百异。学者通常是一种读法，他们大概侧重寻找其间的逻辑脉络，区分作品的各种层次，并在做这些的同时，给予"史"的纵横比较和关照，在"类"上稍稍鉴定。更好的学者也许将这些工作做完之后、或者是做的同时，有更多的艺术悟想，并在欣赏中逐步沉浸其中。

但也必须说，无论是目前还是过去，都有为数不少的研究者忽视了或缺失了对一部书的艺术把握。这当然不是偶然的方法造成的，这是生命的属性、一个方面的能力缺失所决定的。这种能力，我们指感悟的能力，简直是与生俱来的。有人就是缺乏对艺术品的判断力，这里，人生的经验、学术的造诣，都不会产生多大的弥补。

一般的学者在对一部复杂的作品进行分析时，不得不割裂一部艺术品血脉筋肉相连的躯体。他们总是着眼于"通过什么、说明了什么"这一老旧而又基本的思维框架，并联系时下的思想和政治经济，加以参照判断。他们对于创作者极具个性的一切，神秘的思悟、敏锐到不可思议的感知触角、灵魂底层的波澜，既没有感觉把握的能力，又没有这方面的习惯。这就无从进入艺术，也无从进行艺术的判断。

而大多数读者中，其中的一部分也有拙劣的学术工作者同样的毛病；另有一大部分因为没有受到扭曲心灵的专业训练，所以还能够以自身这个生命的自然，去接近另一个生命的表现和表达，反而减少了误解。生命的自然感知有时是无法表达的，一方面阅读者没有明确的认识，只是听任潜隐的某种能力的牵引；另一方面也缺少通用的、时新的词汇去概括和传递。但他们的确是有所悟想、能够怦然心动的。他们较之一般的专业评论者，在本质上要高明得多。

一个最优秀的读者，比之一个最优秀的作者而言，大致上是一样的。他们都具有一种能力，能够领略书籍最微妙的境界。

每一本书的境界都有所不同。逐步地把握和进入一本书的境界，是非常愉快的事情。这是与另一个生命进行深入而开阔的交流的开始。作者在创作的全过程中，心理状态、精神的波动，甚至是不得不掩藏的心情和意绪，都会被察觉、领会。作者眉宇间的神情，特有的爽气清纯或愁闷哀伤，也都在境界的包含之中。作者的胸襟、原则性、包容力、关怀力、道德感……一切都在其间。

能够读出作者的神采和目光的，才算是一个合格的读者。

一九八九年三月五日

评判周围的生活；人是最可宝贵的。

他们固执地认为这里的一切都变好了，并指认了不起的进步和成就。他们列举工农业产值、花花绿绿的商品、拔地而起的高楼、星级宾馆酒楼，甚至是蜂拥的高级轿车和农民的电视机冰柜之类。这种浅薄的认识与其说是能力问题，不如说是心灵问题。他们既缺少知性，又缺少道德感。权衡进步与否需要道德感吗？当然需要，因为它才是其中一个最重要指标。丧失了道德的进步是虚假的进步，所以抽掉了道德感的评判者，充其量只能是一批喧嚷者，不具有科学性和真理性。

物质的进步是劳动延续的结果。只要是真诚勤奋地劳动，进步就会产生，它不会令人吃惊。但仅有物质的进步是不全面的。弄清退步和进步的不同方面，这是理性时代的必须。

怎样评判周围的生活？这首先要制定我们的准则。我们要在诸项指标中，排列出最重要的、比较重要的和一般化的、不太重要的若干等级。还要找出这些指标之间的联系、它们的相互影响和促进关系。这是非常复杂的一个过程，绝不是兴之所至即可完成的事情。

建筑、车辆、钱的数量、治安、纪律、人口状况、人的文化素质、人的道德修养、酒楼馆舍水平、自然环境情况、医疗与人的健康状况、贫困地区与富裕地区的差异和比例、民主状况、人的觉悟与判断力、动植物生存状况、土地及耕作状况、居住状况……要列举会有很多。但不能怕麻烦，要一一开列，然后经过科学、充分的比较，以做出真正的判断。这个判断将包括：哪些方面、较之哪些时期，是进步或后退了；其中进步或后退的方面，是否是至关重要的或微不足道的；从总体上看，从各个指标的综合上看，是进步了还是后退了？

经过实事求是的、充分的反复的比较之后，我们或许才可以从周围的发展变化得出一个结论。我们会看到，路边、市街中心地带的建筑物新颖高大起来；各种车辆，特别是走私或进口的高级车辆多起来了，乘坐者大多是干部或经济部门的负责人；钱多了，但仅集中在一些部门和人手里；治安情况空前恶化；纪律情况，无论是机关还是社会上，都有极大退步，许多人几乎羞于谈纪律；人口难以遏制，不久将有惊人的数字出现,就是现在,也是历史记录上最多的时期;人的文化素质极不均衡,不读书的人越来越多,由于视听文化制成品的发展,绝大多数人放弃或减少了阅读,文化教育上呈现严重缺失;人的道德修养大为退步,在商品经济和竞争的现实生活中,不少人信奉拜金主义,人与人之间的关系进一步物利化、脆弱化;酒楼馆舍水平大幅度提高,并出现了历史上从未有过的奢靡豪华、其他服务项目,如卡拉OK、桑拿浴等;自然环境遭到了历史上最为严重的破坏,空气、噪声和水污染大大超标,有时整整一座村庄的饮用水全部破坏;医疗条件在城市有所改变,主要是设备改善,但患者大量增多,住院和治疗难度对大多数人是增加而不是减少;人的健康状况,从平均寿命上看增加了,但恶性病及呼吸系统的患病率处于历史上最高水平;地区的贫富差距急剧拉开,越来越大,内地山区与沿海和闹市开放区比较,差距极大;群众当中的贫富差距也空前拉大,一方面是百万富翁的大量出现,另一方面是流民、打工潮的陡增暴涨;民主状况方面,地方上的负责人、实力部门的负责人,信奉"权力就是一切"的信条,对下实行野蛮管理,而群众又大多不具有明确的民主意识和要求;人的觉悟和判断力有的方面上升,有的方面下降,但大致是随着一个时期的思想经济潮流而变化,有极大的盲目性,并缺少必要的批判能力;动植物的生存状况处于极低水平,大量物种面临灭绝的危险;耕地面积减少速度空前,已面临粮食危机;耕作技术大为提高,出现了联合收割机等器具,但忽视精耕细作的现象越来越多,轻视土地;居住状况出现极不均衡的现象,严重程度达到前所未有,如实力部门和实力人物住进豪华建筑,大多数群众居住条件极为恶劣,最差的为一般市民、工人和知识分子……

通过这些基本的、实事求是的比较分析，我们不难得出结论。这结论也许并不让人乐观。我们发现，所有增长或增加的方面，都是努力易于得来的，或比较起来不那么重要的；而且它们的增加或增长，往往又是以损害其他至为重要的指标为代价的。而所有退步或减少的指标，大都是最重要、甚至是一旦损失就难以复制的东西，比如自然环境、动植物，再比如人的道德水准等。

那么大致的结论呢？我们退一万步说，也许一个地方的变革使一切都发展了、富强了，而唯独这里的人给弄坏了：人变得比过去更自私、更危险，人的道德文化素质大大退步了——仅此一条，我们的这种变革也需要极大的修正了。因为我们任何时候都要承认：人是最可宝贵的。

一九八九年三月七日

令人生畏的筛选；科举制。对胜者的约束。

决定一个人升迁、走上领导岗位的原则，从理论上讲往往是非常好的，圆通而缜密。但实际操作起来难度甚大，反而生出无数弊端。这情形十分类似"文革"当中实行的大学生升学推荐选拔制，从理论上讲是选取经过实践检验的、品学皆优的青年，而且要经过层层推荐、考察等等，看起来远比坐在桌前考上几天要可靠得多、科学得多。因为谁都知道，人的能力、优长，恐怕不是几张考卷就可以准确表达的；尤其是品行方面、其他一些特质，也是考卷所难以体现的。而推荐选拔制就兼顾了许多方面，特别是人在实践中的表现,这是最了不起的综合鉴定和判断。但可惜的是,任何好的方法,都要与执行操作者的素质结合起来;一种办法虽好,如果没有对于执行操作者的有效制约,那么这种办法的实行只能带来相反后果。推荐选拔制也是这样,由于具体承办者的量取标准不一,没有定量分析,所以就给了各种人掺假欺骗、假公济私的机会,结果不得不于一九七七年取消这一制度。

对干部的任用选拔,结果人人皆知。除了品质优良、才干出众者的不乏任用之外,为数甚多的庸人、卑劣小人、胆大包天者被层层筛选上去。整个过程不是择优,而是无可奈何地选劣。这是整个操作过程中,对操作者完全失去控制和制约造成的必然结果。一个地方的主要任免事项,大致是由一两个人说了算,其他人负责举手,做一点极为有限的表达。

人性固有弱点,这种弱点的被利用,将会引出意想不到的可怕后果。正是出于这一原因,人们经过长期实践,运用理性,制订出一些规则,弥补和战胜这些弱点。如果失去了理性,任凭发展,结局当然可想而知。卑劣者之所以卑劣,就是以利用人性弱点作为他的通行证。在一定的时期一定的范围,这种卑劣的行径是百发百中的。投机钻营者的机会,从概率上看也完全大于不投机不钻营者,这是个基本事实。

一个地方把比较恶劣的人集中到负责的岗位上,对大多数平民、其中包括一大批品行高洁、富有才干的人实行领导,殊为荒谬。

可以重新认识古代科举制。科举制的僵化可笑、迂腐误国尽人皆知。但它的兴盛期大概决非那么可笑。也正是这种选拔制度,支撑了一个个王朝长达几百年的历史。

同样可用大学高考制度来比较和分析，它们之间相似之处颇多。让考生面对几张试题，依此做出取舍决定，当然会有遗漏、偏颇甚至刻板教条之弊。但由于舍取标准清楚，并有定量分析，这就极大地制约了操作者本身，使其难以用自己的好恶作为标准。所以比较起来仍比推荐选拔制要准确得多、合理得多。

此地选拔干部并非必得走古代科举之路，但照此原理、接受启示、总结它的成功经验，大概不为虚妄。

有决定取舍之权的，可称为"胜者"。对于"胜者"的约束，应是现代文明的一部分。对胜者没有约束，即便胜者是最伟大最纯洁者，也会出现可怕的结局。胜者既是文明的推动者建设者，也可以转化为猛烈而野蛮的破坏者和扼杀者。

一九八九年三月十日

保卫自己的敏感。立场与责任；执拗的目光。

一个人在漫长的经历之后，会渐渐感到疲惫、倦怠和迟钝。一切都适应了，习惯了。这往往被赞扬为"成熟"。这其实是很可怕的。这种状态来临之后，人将变得无所作为，也渐失激情。人的捍卫力和判断力将全面下降。这样，当我们面临毁坏和侵犯时，也只得全面退却。

看来人生的一个重要任务就是要保卫自己的敏感。保卫它，即是强化自己的生命力。

人最初是敏感的，随着时间的推移，这份敏锐就会被生活的锉刀给磨钝,被岁月的长河给淘空。人的逐步丧失敏感,也是生命现象的一部分。所以人的保卫有极大难度,说到底是一场人生硬仗。

有了这份敏感,就可以迅速抓住转瞬即逝的灵感。灵感是生命的电火,是照亮愚昧的强光。灵感的白白消失是最大的遗憾。有了这份敏感,热情和冷漠、欢欣和痛苦、喜乐幸福与忧伤悲凉等种种感觉,就强烈得多也真实得多了。人将变得对平庸和丑陋不能容忍,将不遗余力地追求完美。人将变得多思、求真、率直而真诚。

保卫敏感的最好办法是加强自己的责任和立场。不妥协地生活,就是最好的坚守。坚守的时刻,人是分外敏感的。这个过程即是勤奋地学习、调整和丰富自己思想的过程,使自己观察事物的目光既不断更新,又非常执拗。这种目光下的自然与社会,当是一片新鲜,楚楚动人。

一九八九年三月十一日

冲动之后的平庸;激情之可贵;更深沉的灵魂。

对当代文学艺术的各种责备都有道理,但也常常显得过于简单。他们失望了,这种失望既早又晚。如果缺乏一个纵的观照,就会对时下的艺术格外心灰意冷,而且增添许多疑惑:中国的艺术从昂奋到衰落竟会这么迅速——这是怎么了?

其实一切都非常正常,动转如初。

新时期刚开始的那种激越和冲动是最可宝贵的。艺术失去了类似的冲动、激昂、道德义愤,也就失去了灵魂。但那毕竟是开始,当时的内容冲决了形式、代替了技法,也遮掩了思想的贫弱。艺术的本质要求,被刚刚获得解放的艺术家们很自然、也很简单地抓住了。那是个美好的开端。

但接下去,仅有激情和道德冲动就远远不够了,还需更扎实更可信、更丰富得多的艺术准备,需要一颗在生活中磨洗沉淀的灵魂。这个过程当然会十分漫长。于是中国艺术走向冲动之后的平庸,是可以预料的。

激情虽然可贵,但在长长的艺术生涯之中,在遥远的精神跋涉之途,尚需要更为深沉的灵魂……

对于伟大艺术的期待当然可以理解,但过于急躁就是一种误解。文学和艺术的历史告诉我们,在长达一个世纪的时间内,一个地区一个国家有时并产生不了太多——起码不会是像预想的那么多——长存于世的杰作。同时也会发现,在特定的历史时期、特定的地域内,有时杰出的人物却会密集地产生。这里存在着奇怪的命数。

一九八九年三月十四日

艺术的批判性。吸收力强盛是一种健康。模仿的过程。

我们不断听到这样一些埋怨,说某些作品太过揭露了、调子太低沉了,等等。有时这种埋怨是很委婉地表达的。他们其实只期望出现平时那些报刊式的图解,一些艺术化的复制品。

让艺术更多地欢歌时事,这等于取消艺术。艺术有好多特质,其中之一就是它的批判性。它的欢歌必须是来自生命的激动,这种激动必须是一种真诚。来自生命的激动,往往是当生命面对美的时刻。世俗时事当中自然有美,但要达到足以引起生命深层的激动才行。

艺术只欢歌它欢歌的那一部分,艺术却永远批判着、不满足着、抵抗着。

也有人不断地责备这里的艺术太多地学习和吸收了域外的东西:从技法到思想。新时期来,窗户打开,猛然涌入这么多新鲜营养,一顿饱食也可以理解。这是对封闭的一种回答和报复。封闭可不是艺术的要求,也不是艺术家的决定。

其实强盛的吸收力恰恰是一种健康的表现。那些忌食各种东西的人,肯定是脾胃虚弱。

在这个过程中,模仿可以由心尽性。几乎文学史上的所有伟大艺术家都有自己钟爱的模仿对象。由于他是个强大的生命,他的生命力必会突破这模仿的外壳。这个过程是自然而然的,无须担心的。一直停留在模仿的阶段,那不是一个成熟艺术家的自尊所能忍受的。

一切好的艺术,它无论有怎样的模仿,灵魂也会强烈地闪耀着个性的、自我的光芒。

那些多少有些失望的、彻头彻尾的平庸者、"思想"者,在倍感干枯无奈的时候,一致责备的对象是什么,我们心里都明白。

让年轻的更年轻,让成长的更成长吧。

一九八九年三月十五日

一般与卑劣；善导与恶声。对选择的预见、趁早落定的心情。

　　热爱了艺术就必然要与一群特别的人增加过往和交流，这些人即平常所称的"作家"或"艺术家"。结果却不会令人愉快。他们当中不乏人类中最优秀、最高贵和最洁净的人，但也的确夹杂了大量骗子、懒汉、无耻之徒、真正的小人。

　　如果尽可能地远离这一群，倒不失为一个良策。这时候唯担心失去接近优秀人物的机会，失去与之交往的机缘。这同样是一种不幸。在一个时代里与他们失之交臂，这当然是莫大的悲哀。

　　但人是靠心灵的性质分流和归属的。只要是洁净的人、优秀的人，他们必会以各种形式加以汇合接近；这就像污浊总要合流一个道理。

　　除了两极人物之外，为数甚多的是一般的人，他们仅仅是靠朴素的情感和追求而迷恋了艺术，他们也愿意经营自己的艺术天地，投入对这个世界的思索。这正是令人感动的。我们觉得自己身上常常会发现这种特征和倾向。我们因自己的"一般"而努力，并借此理解着那些"一般"的人、他们的诸多盼念和要求。

　　优秀的人物应该对其发出善导，应该充满了爱。因为心向艺术，就是心向神圣，心向劳动，就是向善的努力。任何人都没有理由去轻视他们。他们的存在，正是生活的希望。如果舍弃了大量"一般"的人，那么必定是一种不幸。而且优秀的人要有大量"一般"的人，有他们的无形的帮助，自己才能成长。"一般"的人最寄希望的，就是自己这一群中，有一个或数个（这个人可以是他自己）脱颖而出。

而对于那些同样为数不少的混子和懒汉、骗子、帮闲们,却要毫不犹豫地拒绝。对其不存在"善导"的问题,而要像鲁迅先生所言,发出"恶声"。时代需要这"恶声"。

不能对这群人存有丝毫奢望。要远离,然后才是判断。真正的同类必会走到一起,不必焦急。热爱艺术,不等于盲目地进入这一群去厮混。这一群常常与艺术毫无关系。如果热衷走入,也必得走出。人的热情用得不是地方,就会遭遇凄凉。人应该有这份选择的预见。这是必然的结局。有没有这个预见大不一样。从事艰苦的艺术劳作和探索,几次走入寂寞无伴、无援的境地,是最正常不过的。这是一个诗人应有的一份心情,而且要趁早落定下来。

一九八九年三月十八日

受民众心情感染的能力。朴素和慈爱的文学,向往基层的思想。

为数不小的所谓"作家",已经不再关心大多数人的生存状况了。他们只顾"自我"的渲泻,沉浸于一种莫名其妙的辞藻之中,走入了无聊而狭窄的思路,让阴沉潮湿的蛛网缠住。事实上,许多人都需要大地和阳光,需要打开窗户,不然艺术生命就会腐败。

由于这些感觉是时代的,切近的,所以绝不是什么"老生常谈"。这忧虑饱含了近在眼前的痛楚。

一个思想者、艺术家,如果失去这样一种能力,就会丧失一切。这就是受人民心情感染的能力。民众,或曰大多数人,有自己的哀伤喜乐、有各种各样的情绪,他们有自己的心情。这种心情应该强烈地打动一个思想者、一个知识分子。

有人就是能对众人的心情视而不见。在他们那里,只有自己的心情、个别人的心情,而没有众人的心情,没有"基层"这个概念。这想起来真有点荒谬可怕。

文学像一个人一样,必须是朴素和慈爱的。朴素的心灵让其走入民间,慈爱的心怀让其悲悯众生。人类的艰辛、具体在一个时代的哀痛,会让其泪湿心扉。这样的思想和艺术,才是真正有力的。

我们发现一切心向基层的思想者,如果不是非常重要的,也是非常令人感动的。基层包含了什么?基层即民众、土地、清贫、辽远、莽茫……这样的总和。它支撑了思想,是永恒的基础。背离了基层的思想家和艺术家,等待他的会是什么?

一九八九年三月二十日

普通人的情感。"中产阶级"情结。

一个置身于大中城市的职业作家,加上工作的保守性,对于社会其他阶层、特别是下层劳动者的相对隔离,也许会平添许多幻想虚念。

这样的状态所产生的艺术品,大半都情感孱弱,不再丰沛,有点百无聊赖。尽管可以发表和出版,甚至也有圈子里扬起的赞语,但仍然给人空荡荡的虚脱感。什么已经"现代派了",已经"神秘地走入了内心了",已经"后现代派了",等等,还是无济于事。

一个人失去了普通人的情感，悲剧也就临近了。

个人生活环境的良好改善，对于一个投身精神求索的人算得了什么。一点点迟来的滋润就使其放弃普通人的情感，才更为可悲。向往，或干脆充任"中产阶级"的生活方式，在情感上认同，这是相当熟悉的情形。

在一片充满苦难、荒芜贫穷、"一穷二白"的国度，这种"中产阶级"情结很不牢固、也很不真实。

同样的情感，与发达国家比较起来，中产阶级所处的地位、代表的利益、发言的方式，都极不一样。发达国家的"中产阶级"艺术家，对上层的反抗性、对底层的贴近性，与此地当有本质不同。那是另一种意义。

在这里做一个"中产阶级"是过于奢侈了。而发达国家的"中产阶级"则自然得多。他们不会一朝醒来就失去了"平常心"，失去普通人的情感。

一个农民国里的"中产阶级"，触目惹眼，无聊而又虚假。这不过是一种模仿，其后果就是弄假成真，失去良知、失去起码的痛与喊。

有的艺术家可能振振有词地反问：凭什么让我们痛与喊呢？

是的。但也可以反问：凭什么不允许别人要你们痛与喊呢？

一九八九年三月二十日

民众的直率的感情。从简单中看出复杂的综合和深刻的总结。

走到民众中间，到市区街巷和乡野村镇，特别是那些在地上做活的人们中，会发现他们有憎恶就直接说出，对人对事不加掩饰。这些倾向和情绪不仅明朗无误，而且泼辣有力。他们的顺口溜即类似的创作品，也是这样的情形。

这就是民众直率的感情。

对此的感受和倾听,对我们这些人十分重要。因为直率的感情比曲折的感情更坚定更有力。这不仅是表达上的区别,而是支撑感情的某些物质不一样。

如果产生感情的心灵质地不同,感情的表达和感情本身就会有不同。劳动者面对土地或其他实实在在的具体的物质,二者声气交流;他们所接受的教育、用来进行思维的材料,都朴素坚实。所以他们可以产生单纯简洁的表达,这表达传递出的,又往往是经过压缩和提炼了的真实和意绪。他们的褒贬刚劲,嘲讽直接,爱憎分明。有时的确简单化,或不够辩证,但仔细想想,又觉得唯其如此才抓住了要领。

他们的这种直率,是劳动中产生的自信力,是土地坚定了他们、支持了他们的结果。比起来,他们比一些居于斗室、徘徊于会场厅堂的"体面人",更有一种可靠感和稳固感。他们的观念,可以从简单中看出复杂的综合、看出深刻的总结。

一九八九年三月二十二日

老旧的语言与稚嫩的语言;书生意气;文学的运命。

在文学批评方面,有人越来越不能忍受老旧的语言。这种语言属于早已逝去的那个时代,并且一去不返。文学是新的,如同刚刚从眼前的河流之上所掬。

老旧的语言能否传递真知灼见？如果与它所评论的作品是分离的，那就可能。可惜它在评说，在倾谈自己对一部作品的感悟。这样，老旧的语言所描绘和转达的，只是他自己，是文评者自己苍老的陈旧的思想，是那种有趣的僵化和教条。这是另一种刻画。它刻画的是一个人在另一个时代的执拗、多少有些天真的可爱。它告诉读者的是，逝去的那个时代曾经成批地制造出一些百用不厌、似乎是屡试不爽的方法，也是一种技术。这种难以失传的技术在今天看，已经是锈迹斑斑；不过可以改装，可以为新的一代拾起。所以老旧的语言也往往是最容易被继承的语言。

还有新兴的一种稚嫩的语言。这种语言与老旧的语言起码从外部看上去是绝对对立的。它选择的是全新的概念，而且这些本来就生僻艰涩的词汇，有时还要常常嵌进个把洋码，看上去是绝对正式的舶来品，而不是冒牌组装。洋码是商标。

仔细看看这些新的语言，无论搞得怎样晦涩，也还是冒着青生气，是学生腔之一种，洋洋万言，不得要领。像是读书超量的中学生，只有勤奋和聪明值得赞扬，但因为读了大量的课外书而耽搁了正式学业，又需要责备。所以连老师有时也颇费踌躇：对学生这些做法是阻止、完全否定，还是留有余地？因为谁也说不准大量涉猎的结果，就一定不会造就规范之外的人才。这就是稚嫩的文评给人的感觉。

由于对艺术品的把握非常复杂，它特别需要人生的阅历和先天的悟力，需要这一类"正式学业"，所以搬来大量时新的外来语也无济于事，而且这样就更加麻烦，将本来就吃力的琢磨和揣度弄得一塌糊涂。

也由于绝望和急切，稚嫩的评说者来不及等待成熟和逐步学习，总是故意蛮干，将稿纸涂得分外缭乱，或者故作惊人之语，颠倒和颠覆一些什么，让人稍稍惊讶。说白了这只是书生意气，同样无济于事。

文学与艰辛的人生连在一起。

文学也与欢欣畅悦的人生连在一起。不过文学首先还是联结了苦难人生，联结了沉重的心灵。愿意认同这一点的，就会因爱而知。不愿或不甘如此的，就会浅尝辄止，半知或无知。

一切虚妄的，都将在时间的延续中败露或萎褪。文学是不欺的。这就是它的运命。

一九八九年三月二十五日

欺世者和混世者；平凡的站立。远离无耻的"同行"。

我们厌恶败坏的文字，却常常忽略它们的不同。其实这其间也并非一样，有时区别还非常大。比如有人完全是以"文学"作为进阶的工具，这样的人难免颠倒黑白，颂扬民众的敌人，甚至是社会渣滓——只要能取悦，能换来什么，他们就会卖力去做。这是无耻者和欺世者。他们目标明确，心肠也硬，是舞文弄墨者中最残暴可憎的一类。他们的使命是造谣、帮凶，是知识分子和艺术家的天敌。而另有一类人只是缺少操守，他们浑浑噩噩，看重眼前利益，糊糊涂涂地卖文为生。他们的失节，常常是并不知其严重后果，糊口第一，信手写来。他们从不将自己做下的这些看得有多么可怕可卑，多么屈辱，有时还津津乐道。这是一些混世者。

欺世者与混世者是有区别的。

渐渐，你会理解什么才是文字生涯，会理解走进这一场跋涉多么不易。这是一场抵御和抗争，也是对自身的叮嘱、考验、鉴定和磨损。诱惑、打击，无形的挤压、劳作的艰辛，都加在了一起。可是无论怎样都不能放弃自己的坚守。永远追求真理、心向底层，永远站立。这样做个平凡的人，即便一生多艰，默默无闻，也远比做一个无耻的"英雄"更光荣。

现在充当黑暗的帮闲、打手之流，也并非罕见。一个从事写作的人要想干净，就必须首先远离无耻的"同行"。

忠诚地书写，写下心灵里的一切，爱、恨、思念、感激，写下身边的真实，看到的想到的，平与不平，变故，经验，昨天和今日……这些工作会有意义，这些工作是命运交予的。

一九八九年三月二十七日

大肆毁坏的沙岸。海水倒灌。七十年代的一次大海潮。

在记忆中，还从来没有人像现在这样放手大干：挖掘、采伐、围田、扩建。到处都成了工地，但主要的却不是建设，而是拆毁。近海沙岸多么美丽，如今却在长达几十公里的一道长线上被毁掉，因为建筑或工业需要，大卡车接连不断地拉走沙子。现在的海岸已惨不忍睹。往常徐缓耸起的高坡，现在已被削平，而且坑洼处处，灌满了海水。许多岸段已被垒上丑陋的石坝。

沙土是一种资源，它是长达几百年上千年的时间、在海浪作用下逐步形成的。它远不像有人认为的那样，是取之不尽的东西。它构成了自然的防波堤，使海水在反常的大海潮来临时，不至于漫走平原。

有人介绍，七十年代中期，此地西部海岸发生海浪潮，结果海水侵陆六七华里。

面对可怕的毁坏，有人多次阻止，但无济于事，一切仍照旧进行。现在沙岸的破坏既未加快步伐，也未放慢步伐。可见破坏者是心情安定、毫不慌乱的。

类似的危机在当地多得不可胜数。比如海边丛林的砍伐——因为地下海水倒灌，雨水少的年头树林会大部死亡，所以海滨植树已成为非常艰难的一件事。保存树木是特别要紧的事项，因为一旦林木伐光，风沙就会南侵，使整个富饶的平原变为沙漠。可是令人焦心的是现在涌入海滩伐树毁林者屡禁不绝。

造纸厂、煤矿、化工厂，这些都是破坏环境最严重的工业。然而这些企业正向美丽的滨海挺进。

一九八九年四月六日

让人年轻和苍老的时代；它们的区别。青春的源泉。

时代与时代的区别非常之大，置身于不同的时代，就等于来到了不同的世界。在"时"与"空"这二者的改变上，"时间"比"空间"的改变给人的感触更深。

有些时代给人生机勃发的感觉，这样的时代大半是崭新的、向上的，洋溢着活力。一个人处于这样的时代，精神就会昂奋、向上，有生长感，有青春的朝气。人的创造力加强了,思索的问题也比较远大;人的私心少,着眼点好。这时候的人,从比例上看,有理想的人非常多。

也有些时代是死气沉沉的,它是等待更新的、拖延和变换的时代。它让生活在其中的人们接受它的感染,跟随它的气氛和节奏,松弛无为,精神萎蔫,不思进取;人的目光都盯在明哲保身或金钱物利上,好像在迫不及待地为一个难以接受的时刻做准备。人与人之间的关系变得冷漠、苛刻,一切以利益交换为前提。

这样的时代即是苍老的时代,人在追逐和焦躁中、在自私的算计和固守中损耗了精力。

那些使人年轻的时代,与使人在昂奋中虚脱的时代又有本质上的区别。不切实际的口号,大而空的计划,专制主义蛊惑人心的远大目标,这一切都足以让盲目的人群涌来荡去,丧失理性;这样的结果可想而知。人的短暂的兴奋过去之后,迎来的将是加倍的疲乏,是对一切全部怀疑、全部丧失信任感的开端。心灵上的白发会在一夜之间生成,天真的童心将快速消失。

真正使人年轻的时代是从里到外的健康,是充满理性和科学的、胸襟开阔的时代。它尊重个人,崇尚真理,向往艺术,一切都在诗与真的光芒照彻之下。

让人年轻的时代和让人虚脱的时代极易混淆。但是让人苍老的时代却是容易辨认的。这样的时代即使偶尔也用金钱和性使人兴奋狂热一下,但总体上是非常实用主义的,是对宝贵时间的耗伤。

青春的源泉仍在心灵之中。一切为心灵的发展和健康负责的时代,都是使人年轻的时代。一切无视心灵的存在，或肆意践踏它的时代，都是使人苍老的、残害青春的时代。

一九八九年四月十日

思想和艺术升华至迫害所达不到的高度。旁若无人的沉浸和冥思。

怎样使思想和艺术升华至迫害所达不到的高度？我们缺少这样的思想家或艺术家——非常独立和强健、非常自信和入世；更不用说深邃的思维、严密的体系，以及飞扬的才情、高超的技艺之类，这一切都是顺理成章的。

盲目的、意气用事的所谓学人和艺术家倒很容易做。可是这往往无济于大事。伪装成得道的高僧、超凡脱俗的神仙，当然更无济于大事。

是的，思想和艺术可以升华到那样的高度。可惜这在一个时代里只有极少数人才能做得到。

迫害达不到其高度，也并不能回避迫害。迫害从本质上讲是一种野蛮无知的力量，所以它若施虐，不必达到与对象相应的高度。迫害的力量是不问青红皂白，拒绝交流的；迫害的力量是凭直感剿杀诗与真的。这些自不待言。

问题是大量的学术艺术仍停留在极低的境界和水准之上，即迫害的力量可以轻易地与之交流，尽管这所谓的"交流"中也不乏粗暴。这种交流失去了学术艺术之尊，是完全没有必要的。

形成这种荒唐和尴尬的主要原因有两个：一是学人和艺术家自身缺

乏能力，即升华的能力，整个操作还处于初级阶段，有些平庸气——这时不是他自己愿不愿交流的问题，而是对方随时可以抓起来搓弄，即所谓的批判争执争鸣商榷；有时学人和艺术家真的有失严谨，破绽百出，于是很快"体无完肤"。另一种情况更是多见，即学人和艺术家对迫害的力量抱有期望和幻想，希望用交流的方式来求得理解，进而解脱。这时他们就不得不低水平要求自己，尽量使用对方听得懂的语言。这是学人和艺术家们可怕的、最大的误解。这是过分天真的表现，在对方看来也不乏幽默。

其实迫害的历史在中外文明史上是源远流长的。不必说哥白尼、屈原和斯宾诺莎，各种例子不胜枚举。关键是学人和艺术家怎样确立和巩固自己的自尊。他们大概别无出路。如果不是堕落和投降，那么就别无出路，照例要进入旁若无人的沉浸和冥思。这是他们的命运，他们也只能如此。

一九九〇年一月二十五日

下篇

第七章　必读的"高原之书"

对西部的向往、想象和感触。必读的"高原之书"。

我们都没有去过西部,这简直成了一个心病。我们觉得这一课迟早要补上,晚补不如早补。因为我们特别觉得像自己这样的情况,更需要接受那种粗犷、骠劲、凌厉严峻的东西。山川土地熔炼一个人的精神的力量是太大了,你怎样估价它都不过分。我们以前多次谈到土地与人的精神气质的关系,多次谈到南方与北方不同的艺术品格。讲来讲去,还是要归结到土地上。我们讲艺术,实际上是在讲土地,是在考察土地这本大书对人教导的成果——这种成果显示在一万个方面,艺术仅仅是万分之一罢了。

高原在我们的心目中只是想象出来的一种形象,它的色彩是我们根据仅有的那么一点儿可怜的知识幻化出来的,对我们产生着神秘的吸引。这种吸引直到我们见过真正的高原之前,都不会变化。那里的山脉如波似涌,时而隐晦,时而灿烂,有时裸露在我们的视界里,有时被葱茏所遮,它们在阴晴雨霁间变幻。那是怎样的一种魅力,一种气魄,一种伟大的魂灵。我们没有见到高原，但我们总以想象和向往弥补着遗憾。愿高原精神在我们心中、在我们追求的艺术之中，永生不灭。

我们跟所有高原来客交流过关于那片土地的一些看法、一些情况，每次都能得到一点满足，一点弥足珍贵的补充。可能因为我们是男人的缘故，我们无比崇尚高原性格。当然，它的性格像人一样，也会是复杂的、多变的，但它总会有一种总体性格，一种公认的倾向。

我们觉得在当代艺术精神中，始终感到缺少的，就是这种高原精神。我们被一种油腻腻的、绵软的东西堵塞了嗅觉，充填了思路，使艺术的肢体处于僵化半僵化的状态。我们不能舒展，也不能洒脱起来。说到这里，你可能想到近几年来流行的所谓"西北风"，所谓"西部的什么什么"；这一切实际上是对以上所言的那种艺术的一种反拨、一种矫正。这是必然的，可惜它的意义更多地停留在表层上，停留在形式上；只从品种的意义上介入进去，而没有从真正的精神气质上深刻地影响和改变什么。这就是我们不满足的地方，这就是我们的遗憾。

我们想使自己的两脚踏上高原的那种愿望，有时强烈，有时又平淡下来。这当然不完全是由于懒惰才迟迟不能成行。好像我们更多地想把它维持在一种想象、一种朦胧里——这跟我们一贯的探求方式似乎又是一致的。但无论如何，"高原之书"是必读的。当我们读过这部"大书"之后，我们相信自己可能会获得新的、空前的成功。

"南方"是我们的又一遗憾。让南方精神掺和溶化。

真正意义上的南方山水我们好像也没有装到心里去，讲起来，这是又一遗憾。镇江、扬州、上海、苏州，这一线以北的自然风貌我们比较熟悉。北到松花江一线，长白山等等，这些我们都算见过了。再往北的漠河、大小兴安岭等地，我们还没有到过。可见我们读大自然这本书的深度和广度、涉及的范围，实在有限。这恰如我们在文学上的深入程度一样浅薄。

真正的南方山水，我们又似乎像对西部的理解方式一样，都只是依靠间接的了解、在想象中描绘和完整它们。我们知道那里的山脉与北方的山脉几乎是完全不同的。那里树木葱郁，整天里水汽缭绕，看上去神秘莫测，鬼气十足。那预示着另一种蓬勃的生命力，一种滋生力，一种涵盖和隐蔽的效果。我们相信在这样的山水之间活动的生灵自有一番面貌。只要是一个艺术家，他必然善于玩弄神工鬼斧，玩笑间就改变了惯常的逻辑。作为一个北方长大的作者来说，我们似乎应该在乎真正意义上的南方山水。对我们来说它虽然不像西部精神那样迫切，但同样不敢忽视。总观我们的写作，我们觉得那些僵直坚硬的部分，就是因为没有让南方精神掺和溶化的结果。我们如果想要再聪明一点，老停留在北方就困难了。我们应该到南方去浸染一下。

一九九〇年二月二十七日

创作中象征手法的减少；简朴是一种富足和优雅。

有人说现在的创作中，象征手法太少了——而我们倒觉得恰恰相反。在我们看过的一些当代作品中，那些"象征"简直触目皆是，好像离了它们就不足以证明这是一部当代作品似的。在他们看来弄点"象征"是再容易不过、也是再有效不过的事情了。实际上再也没比一些直接的肤浅的"象征"更能损害文学作品的了。它直接使一部作品变得矫情和浅薄。

关于"象征"，中外很多作家早就提出过自己的看法——动不动就拿起"象征"这个武器的作家，往往也是到了山穷水尽的境地。他开始没多少内容了，他于是就想让"象征"来充塞和替代枯竭的激情。岂不知任何东西都可以替代，唯有激情是丝毫不能掺假的。有些作家不止一次地指出：只有最质朴最真实地描述出来的事物，才会具有最有力的"象征"意味，才能真正抵达哲学层面。

我们应该避免弄巧成拙、一种姿态、一种廉价的情趣。

我们越来越忌讳"象征"的手法。虽然我们自己的某些作品里也充塞着这一类"象征"，这当然不是什么好兆头。不过也应该说，它们有时还有一个例外的情况：那就是在一部或一篇作品中，这种明显的象征多到让读者目不暇接、神迷色乱的时候，又会产生超出这些"象征"本身所具有的意味。不过那又是另一个问题——那样使用"象征"的作者大半是对其脾气十分了解、能够变通使用、能够牢牢把握它的人。

不管怎么说,你会看到"象征"以及其他花花哨哨的东西都在少起来。简朴恰恰是一种富足、一种从容和优雅。对于文学就尤其是这样。

一九九〇年三月一日

怎样摆脱"陈旧感";挂带着这个星球不断运行的崭新尘埃。

似曾相识的一切,是这些不能忍受的、令人不安的东西一再出现……如何摆脱这种陈旧感,成为我们的难题。因为我们发现自己在写作中无论怎样极力摆脱它,最后还是要落入它的窠臼。差不多没有一个作家能够避免这种命运。其中的一个原因可能是前面的好文章已经太多了,本来不需要后来人再继续写什么了——由于一种职业总要有接续的香火,那么文章就仍需硬着头皮做下去。事实上我们的所思所想,那些自以为新奇的、令我们激动万分的意象,那些离奇而神妙的结构,以及曲折的情节,精设的悬念,都早已经在书籍的莽林中交相辉映,闪烁着亘古不变的光辉。这一切说到底就是造成我们当代写作十分尴尬的一个病根。即便是那些富有创新精神、常常是以惊世骇俗的写作而著称的人,那种陈旧感同样使他躲躲闪闪,仍旧把他逼到了一个角落里。他们那儿,崭新的货色往往同样很少,命运给他们的机会同样不比别人多出多少——甚至更少。他们有时像一个在乞讨和等待中维持生计、却又要装出很富足样子的人。本来家徒四壁,却要装出货色齐全、琳琅满目的样子——不要以为这种尖酸刻薄的指责只是指向别人,它也同时指向了我们自己。

陈旧感像一个饥饿的讨厌的影子一样紧紧跟随,我们一刻不停地逃离，精疲力竭。在艺术求索的崎岖之路上，我们还没有找到一片能够让自己驻足歇息的绿荫。

有人认为，一个作家既要在这种情形之下敢于面对作品，又要使自己放松，即尽可能地达到一种从容镇静的状态。一个人纯粹靠注视和观测别人的脸色是没法生活的，一本书也是一样，因为一本书一副面孔、一个脸色——它们像人群和树林一样稠密，或者愠怒，或者喜悦，看上去脾气有好有坏。我们总要有心绪安静下来独自生活，也就是自己的创作生活。仿佛只有这样，才有逐渐摆脱那种陈旧感的可能。"我就是我"，多少人重复这句话，可是要做到又比什么都难。你怎样才能任由生命的本色往前移动，这才是一个作者应该苦心悟求的原理。

也许我们一辈子都没法回避那些旧有的格局和已成的规范，但我们却可以在这种不可避免之中，显示出一种超拔的境界。我们毕竟是一个二十世纪九十年代的生命，必然挂带着这个星球在宇宙间不断运行的崭新尘埃。我们在重复，可我们同时又在创新。有了这种放松感，有了这种自信心，才会有一种自由。回头观望漫漫的文学世界，我们就会发现，只有那些安然笃定的作家，才能显示自己的生命个性，最后成为标新立异者。

故事性；"外节奏"和"内节奏"。

有些著名的创作，其故事性并不是很强——它们的情节性远远不够曲折。今天看很多名篇名著，都得耐着性子读，它可不让你随随便便消遭它。就像一个有身份的、具有庄严感的人物，不可能总以自己的一段精彩的、吸引人的什么表演来供人欣赏一样。他们有自己的尊严，有自己的矜持。他们高贵的身份不是自封的，而是由一种血统和品质所规定的——这就是那些名著与通俗作品之间的区别。你看，它们不想取悦于任何阶层，也不想把你吸引到设计好的圈套里，只专注于讲述平凡的、却是灵魂里的故事。这也是它的原则。而那些平庸的创作总是充满了各种各样的妥协，其目的无非是讨别人喜欢，让你购买，让你用金钱换取它。它们最有效的一招，当然首先是在故事性上下功夫。

这仅指一般而言，因为并非所有的好作品都舍弃了较强的故事性。文学作品是由多种品格构成的，它不一定从哪个方向去完成自己，只要达到了一种独有的境界，它也就成立了。情节问题实际上也是一个节奏问题。在我们眼里，任何作品起码都有两个节奏，即一个是作品粗略的大致的故事线索，它的曲折和复杂程度决定了一种"外在节奏"；另一个是作品的细部，它在决定一种"内在节奏"。如果我们注意观察一下就会发现，那些比较通俗的作品差不多都有一个规律，就是"外节奏"快而"内节奏"慢、"外节奏"强而"内节奏"弱。反过来，那些比较纯粹高雅的作品，在两个不同的节奏的处理上恰恰相反。

刚才产生了两个概念："外节奏"和"内节奏"，它们与"情节"和"细节"的关系差不多，但又有很大区别，比如"细节"一个概念就不能完全包容"内节奏"这个说法。

是否可以说，那些高雅的作品往往是"内紧外松"？即它们的大路故事简单得很，甚至很一般，而在这层朴素的外壳包容的躯体内，却处处都有激越跳动的神奇。那些局部的细部的色彩,闪烁迷离,让人目不暇接!说到这里有人会想:将两种作品的不同的特点结合到一部作品里,岂不是更聪明的办法?

这样做的人当然很多,其中也不乏成功者。但这两种倾向真的是一对矛盾,它们最终会互相排斥。比如说那些"故事性很差"的作品吧,它们质朴的底色当然首先是由作家本人的修养、由心灵的质地所决定的,他们会像曲艺家一样,不停地运用噱头、不停地渲染?这种可能性不大。

人的记忆力的差别;令人窒息的激情,行云流水般的自由歌唱。

很多聪明人、有才华的人都以强大的记忆力为其特殊标志。他们有的过目不忘,过目成诵,类似的故事从古到今太多了。我认识的一位朋友差不多就是这样的人:考大学时,他不愿从教材中剥离和寻找什么"重点",也不愿猜题——准备历史地理科目的时候,他为了简便保险,索性把这两种教材书全背了下来。有人还能背下《新华字典》——一个能把这么一部枯燥东西背下来的人,需要一副多么古怪、多么特殊的头脑!

类似人物在生活当中会时而碰到,连惊讶都来不及。这些现象,大概能把人的思路引向歧途,因为它常常会改变人们考虑问题的基础,会让人认为,成功者都是一些与常人绝对不同的人物,是天才,是超人。

其实记忆力上的差别绝对存在,而且很大,但又不会像我们想象的那样,完全是来自先天方面的原因。记忆力方面的差异主要来自后天的训练，来自不同的智力类型。就许多人的观察而言，我们会发现那些对事物有极强的辨析和理解力的人，机械记忆能力都不强；而那种强大的机械记忆能力，常常与一个人学术方面的研究能力紧密相连——在文学创作方面，机械记忆力究竟在多大程度上帮了作家的忙，还得打个问号。

一个人充满了幻想和联想，思维在不停顿地跳跃的人不可能一味地死记硬背。而离开了死记硬背的习惯，机械记忆的能力就不会增强。这种种不同的训练也会形成一种惯性、一种嗜好，它们一旦形成，又会从正面遏制人的想象和创造能力。反过来讲，一个人故意回避这种训练，显然又会荒疏学业，会使其在治学上失去根柢，他的创造也会空泛浮躁。这也许是很矛盾的事情。

大概还是尽量地放松自己，而同时又应该是一个真正勤奋的者。不能轻易熄灭某一方面的兴趣，同时又要知难而进，悖着自己的性情，显示一点脾气和拗性——这样做并不一定会窒息你的激情、如行云流水般的自由歌唱。你仍然会保持孩童一般的天真烂漫，具有流畅自然、风流倜傥的华采。大可不必因为在记忆力方面的差异而感到悲观失望——因为你很快就会发现，你在机械记忆力之外，还有一个更广阔的记忆天地，你在那里也许还能展露更有力的一手。你自有自己的独到之处，比如你对颜色、意味等等方面，就特别敏感，而且一旦体察就永不再忘。你只是对一些数字，对一些依靠逻辑关系连缀起来的事物关节，在接受上有些懒惰和迟钝——对于一个作家来讲，这也许并不是什么致命伤。

一九九〇年三月三日

"新潮小说"与叙述角度;"方式"的功勋。

　　有人认为所谓的"新潮小说",不过是、主要是叙述角度的问题。这样说好像也有点道理,因为我们看到的类似小说差不多就是这样:由于作者寻到了某种奇特的角度,所以进入篇章的方式也就完全不一样了——走出篇章的方式也有所不同。这一切又往往会引起他的整个写作状态发生变化——他的作品或者是新奇怪异,或者是有点别的什么,反正是极力要做到与众不同。由于一些人过分地依赖了"角度"上的变换所造成的效果,所以在他们那里,写作越来越多地演变为一种技术操弄。这种操弄如今正日益复杂化。

　　其实如此一来,离艺术创造所要求的那种不可言喻的深邃来讲,还是走向了另一种简单和僵化:表面的东西愈多,内里的东西就愈少。

　　如果我们离开了"角度"的问题去讨论现代小说,也就多少离开了形式问题,有时这种讨论简直就没法进行下去。"角度"这个概念在这里变得宽泛起来,它包括我们惯常所说的"方式"……我们可以更自由地在"方式"的范畴内从容游戏,而且做得津津有味,做出"有意味的形式"——于是这种工作也并非像很多人所非难的那样,因为它同样也建立了自己的功勋,也同样是一次建设、一次开拓。在小说家族里,"现代主义"小说今天早已不是什么新成员,它的精神也已经渗透、感化了所有新时期的写作者。它在参与创造,它本身就属于创造,而且还将一直葆有魅力。

一九九〇年三月五日

当地的最大变化；土地的力量、它的决定意义。

当地的最大变化，要分成两部分：我们亲历的，上一代人目睹的。

首先讲我们亲眼看到的。在小时候，印象中的海滩平原上灌木丛生，草地无边；有的地方丛林茂密，野物啼叫不息。在海滩上常常会遇到手提长枪的粗悍的猎人，他们戴翻皮帽子，有的还戴了风镜。有人会记住一个面孔白皙的文雅猎人，他脸上青青的静脉血管清晰可辨，身背黄色挎包，内装吃物和一些霰弹火药……我们居住的地方在园艺场和林场之间。我们房子四周是品种齐全的茂密高大的果树。有各种各样的杏树——你知道杏树分好多品种，有一种桃杏，味似红薯，杏皮上满是绒毛，红扑扑宛如少女脸颊；还有一种杏子小巧玲珑，洁白如雪，近乎透明，咬一口甘甜如蜜。还有一种"血桃"，吃起来红汁四溅，鲜气荡漾。这种桃子叶片乌黑发亮，枝冠茂密，最适宜攀缘游戏和捉迷藏。我们记得家里老人为了引诱我们多吃这种桃子，就说："闭着眼睛，看谁嘴巴张得更大"——我们刚张大了嘴巴，就有一枚桃子塞入口中……记得有一株桃树，已经被流沙埋至树冠，但它不甘埋没，仍然茂长，在阳光下竟长成了茂密的一丛，欣欣向荣，看上去就像数棵桃树挤在了一起，而且结出了数不清的果实。我们那时候甚至怀疑它们多得都没法收获、也来不及收获——这是真的，因为在秋天我们亲眼看到这棵桃树四周沙地上滚满了数不清的成熟桃子。那时候我们躺在树下滚动玩耍，一张嘴就能咬住一个桃子。值得追忆的还有几株樱桃、几株山楂。樱桃在那时候是特别诱人的一种果实，像玛瑙一样红，像玻璃一样亮，像珠子一样圆润；

它们形成之前的洁白花朵又是最美的——那长长的蒂梗让人无比爱怜。我们甚至记得这几棵樱桃树受伤的时候所流出的树鳔的颜色：像凝固的血，又硬又亮。总之一切都让人永难忘怀。那棵山楂树因为特别大，也值得一记：因为我们后来再也没有见过这么大的山楂树。它的树干，一个人搂抱不过来，连树冠上面普普通通的枝桠也有人的手腕粗了；到了开花季节，它真是繁花似锦，招引来无数的蜂蝶……这些记忆中的景物啊，和那段好时光一起消失啦。

我认为这是一生中最宝贵的一段生活。在我们屋子的西边，就是一处国营林场，它给予的印象极深，后来即据此写出了中篇小说《蘑菇七种》。那些见过这个林场的人如果读了这部作品，定会感到亲切；当然也有人可能说它过于夸张。不过，这种夸张谁能避免呢？真实的情况是，那片林子确实茂密，的确是"上乔下灌"，野物繁多。那里面当然有很多蘑菇，林子里水汽淋漓，蛛网密布，只是书中写过的那种有毒的大蟹子并不常见，但总算有吧。它们是一种旱蟹，浑身长满茸毛。林子里的树种，主要是高大的白杨和粗壮的橡树。所有的杨树都特别茂盛，让人怀疑它们的根须都扎在了一条奇特的地脉上。这片树林即便在白天进入也昏暗如阴，真正是遮天蔽日啊。橡树和山楂在杨树之间油黑坚硬，可爱的橡实结在树上，引诱我们去攀缘摘取。记得我们曾经把它误认为板栗，放在火里烧烤。成熟的橡实在沙地茅草间滚动，可以让我们愉快地捡拾一个秋天。我们耳旁至今还响着风吹树林的呜呜声，响着林场工人的此起彼伏的呼叫，响着姑娘们响亮的笑声。有一个体态婀娜脸形极为奇特的姑娘，至今在记忆里还很清晰：翘翘的鼻子让人想起狐狸，光亮的微凸的额头及一双吊眼,综合出一股迷人的神采。她穿着紫红方格上衣,背着手充满自信地、沉稳地在树棵间寻找蘑菇。她好像是这方面的能手。记得林场里有个模模糊糊的负责人,一身黑衣,口吃,左眼微斜,手持烟斗,爱吃一种海贝罐头。他逮住我们一伙进林子玩耍的儿童,就让我们背着手排成一行张大嘴巴,然后夹住罐头盒里的海贝肉,往我们每人嘴里投一个,然后每人都要踢一下屁股。他有一条狗、一头永远拴在水井旁的黄牛,还有一个眼皮上长小疤的、坐在场房中央补麻袋的姑娘⋯⋯

　　这片林场的北面就是连绵无尽的沙岭,上面长满了无人管理的杂树。这片杂树间有无数新奇的玩意儿,好像里面有一万种野生的果子。这片灌木林杂生着一株株乔木,它于是成为更有诱惑力的去处。我们在林子里迷路是常事。至于藏在林子里的稀奇古怪的故事就数不胜数了。那里面没有什么事情不可以发生。如果说从沙岭丛林间走出一位仙女或者天上的老人、甚至是一只会飞的猪,都不算奇怪。我们屋子南边是一片榆树林,那是青一色的黑榆。到了秋天,榆钱放出的甜香,总是令人无比愉快。榆树林里有一种獾,有一次我们低头探望,正好看见这样的一只獾在仰头看人 —— 我们就那样打了个照面,然后彼此离开。日后我们才意识到这是一场奇遇,并把这故事告诉了每一个人。还有一次,我们在树下的野豆角蔓里无意中按住了一只半大的黄鼠狼,它竟然不慌不忙地从浓密的叶蔓间昂出了小巧的头颅 —— 我们第一次离这样近看到这么一副美丽的容颜,惊讶狂喜不知所措。记得它长了一只青绿色嘴巴,整个神气间是压倒一切的机灵。那一对眼睛才叫水汪汪。那是一对圆圆的大眼睛——我们相信会有人嫉妒的。榆树林的东边,也就是我们屋子的东边,有一条水渠，它日夜哗哗流淌，奔向大海，渠底游鱼，清晰可辨。青苔、水藻，常年不断。藻下有螺，渠岸上一排洋槐树临水解渴，所以就越长越茂，夏天繁花似锦。水渠的东面是一片树棵大小均匀的苹果树。据说那原是一个地主的地产，所以那一小片果园以他的名字命名，一直未改，好像叫什么"权"——那个"权"字直到今天还让我们焕发想象。

这就是我们儿时记忆中的景物。当然了，现在这一切都不复存在了，取代它们的是什么呢？是长着荒草的沙滩，是被取沙车挖成一个个大洞的千疮百孔的沙原；再就是工区、工地、楼房、烟囱，和不知从哪儿汇集而来的阔大的宿舍居住区，人烟理所当然地稠密了，树木理所当然地被排挤了。就连碧蓝的大海也改变了颜色，因为有两个造纸厂正日夜不停地往里排放褐色碱水、往里冲刷纸浆和木材草屑。

至于从老人口中传说下来的自然景观，那是你连想也不敢想的。在他们嘴里，这里完全像是一片原始森林。在这里居住的人，在天边的丛林之下，绝对温顺而恭敬。他们不敢妄动，因为巨大的不可理解的自然力震慑了他们。他们恍恍惚惚知道有个森林的精灵在注视着他们。在他们眼里，林木无边，他们也不想去弄个明白……大概由于水汽充盈丛林茂密的缘故，雨雪大得惊人。那时的冬天才是冬天。那时的冬天像一个严厉的男性，而现在的冬天有时温吞吞，有时又忽冷忽热，像一个性情乖戾的阴阳人。老人曾告诉，在离我们屋子不远处的柳林里，乌鸦成群结队，它们的翅膀每个夜晚扑断的干细枝条，可以覆盖整个地面……野鸽子斑鸠之类在四周田野上飞得呼呼有声。午夜里是雁鸣，那种奇妙的声音越来越稀疏淡远——当这种声音消失了的时候，黎明也就来临了。

你看,这就是变化最大的一些方面。大概正是因为自然景观上的巨大变化,才引出了其它各个方面的变化——在这里,又一次让我们想到了土地的力量、自然的力量,想到了它们在许多方面的决定性意义……

一九九〇年六月二十一日

怎样的小说才值得发表;化腐朽为神奇的根本依据。

小说能够发表,这个标准不高。但从另一种意义上讲又很高——实际上我们在谈它值不值得发表出来、怎样才算一篇过得去的好小说。我们认为一篇小说只要是让人感兴趣、愿意读,就有发表的价值。一句话,对于那些需要从你的作品中得到一点什么的人,它可以满足他的需要。这就是价值。这也是一个刊物发表它的理由。喜欢的人越多,发表的理由似乎也就越充分;喜欢的人层次越高,知识越渊博,发表的理由似乎也就愈充分。

可是我们常常看到的一些出版物上的作品,情形就不是这样。我们常常看到的是一些谁也不需要的东西。也就是说,作者絮叨的那一切,谁也不需要倾听。作为一个作者,他可以说自己写下的文字是来自心灵、也为了心灵——如果真是这样纯粹的话,那为什么还发表呢?可见他有时未免过分,只为了自己的心灵,也就不顾别人的心灵了。有人不厌其烦地描写生活中的一些场景和事物的细部——这样篇幅很容易就拉长,而且这作为一个作者的基本功,长期以来也得到一些人的沿袭和重视。其实这不一定有多少道理——尽管我们也看到一些大手笔这样做过,但那只是一种表面现象——他总是有更重要更现实的东西藏在这些平淡无奇的背后，他在用这一切出色地有效地把另一种深意隐藏了蕴含了，于是才变得曲折厚重。我们不能只学他们的皮毛。

对于一般的写作者而言，他必须刻意追求简洁，把语言写得刚劲有力。这首先就要做到简练和准确，要学会把很多话凝聚为一句话，要坚决杜绝铺陈。

有时候一个作者可能因为更多地去环顾整篇文章，尽量做到圆通，考虑到一些对应、一些关照，这样反而会忽略了局部问题、忽略了语言。于是他忘记了一篇再大的好文章，也是由一个个准确的字和词组成的。如果舍弃了每一句话的精彩，哪里还有什么整篇文章的精彩？我们一直讲"文学是语言的艺术"，可是对语言仍旧关注不够，没有首先从语言着手去搬掉我们的拦路石、去推翻一座座困厄的大山。如果语言真的能够做到让人叹为观止的地步，那么这篇作品一定会被很多人所记住、所珍藏。那就不仅是个发表的意义了。反过来，粗糙的文笔可以把一切都轻而易举地破坏掉——一般化的叙述和描绘人们并不需要，因为日常生活中到处都可以碰到这些，人们要求的是语言的艺术，是它的迷人的魅力。

人们也需要听到闻所未闻的、别具一格的故事，这样的故事也可以吸引人，可以长久地存活。可是要编织这样的故事，就需要心力，需要一副不凡的头脑。我们所常常看到的作品，或流于庸俗的演义，或流于浅薄的传奇，真正的故事的魅力并没有显示出多少。而在一些所谓的"纯文学"写作中，又把事情做到了另一个极端——他们压根就不再用脑想故事，他们认为让故事本身产生魅力是一种俗气。他们已经提前进入了抛弃"故事"的文学时代了——这样做的结果是什么，我们都有目共睹。我们的印刷物中充斥着一些平淡无奇的东西：既没有传奇的品格，又没有哲人的高度，王顾左右而言它，让人不得要领。这样的东西总是水分很多，没有多少干货：他们在敷衍，并不自信。

　　一般说真正有价值的作品，无论平淡与否，都必定包含了一种深刻的哲学底蕴。他们别有深意，有一些崭新的想法，这最终仍然是让读者感兴趣的。他们透过一些似曾相识的生活，把奇特的独到的发现告诉你。这一点上他们总是表现得十分自信。我们认为这一切发现、这种崭新的东西比其他一切更重要，在整篇作品中，是化腐朽为神奇的根本依据。

　　总而言之，一篇小说总要有一点让人心中一动的东西，这样才有发表的必要。

毛泽东诗词。对比另一首杰作。

　　我们有时觉得只有一个艺术气质很重的人才有可能是那么有力的一个政治家和军事家。我们读他的一些诗词，这种感觉十分强烈。最让人喜欢、印象最深的一首是《西江月》——"霜晨月，霜晨月，／马蹄声碎／喇叭声咽……"

　　淡淡几句，活画出一种境界，鲜明逼真。一种苍凉和惆怅微微地掺进了雄壮之中。我们说不准，但是我们相信自己感到了，感到了那种天光和气象，感到了作者的目色和情怀。仿佛可以看到，穿着那样一种衣衫的征士们在那方冰寒天地里蠕动。

同一作者的诗词也不是篇篇都好，有的就显得直硬，没有进入境界很深。刚才这一首是其中最好的之一。旧体诗词讲一个填字，可是很多人就看重了这一个字，填来填去，凑对了平仄，合乎了规范，诗意却抛到了九霄云外。在真正的古诗人那里，"填"应该不成问题。这一点上他必须游刃自如，避免填走了情致和诗意。不过任何一个好的古体诗人，都多少有点"填"味。

还记得"数风流人物，还看今朝"，里面写道："一代天骄，成吉思汗，只识弯弓射大雕，秦皇汉武，略输文采……"气魄之大前无古人，无数的诗人和非诗人都分析过赞颂过，感到由衷的钦佩。他们分析它的时候都不约而同与苏东坡的"大江东去"相比，认为超过、甚至远远地超过了后者。其实一件文学作品的优劣高低，决不仅仅是比"气魄"大小而已，而是建立在感觉的全部总和之上。欣赏中会不自觉地调动起你的一切经验，去划出错综复杂的层次，归纳、咀嚼、判断。我们于是可以发现，这两首诗词有同有异，但都有很深的追思和喟叹意味。苏东坡既写了"浪淘尽千古风流人物"，写了"谈笑间，强虏灰飞烟灭"这种大气洒脱、空前绝后的悲凉感，又写了"小乔初嫁了"这样精细、多情的历史和生活过节——从极大的概括又回到了极具体的事情上，从容不迫，大开大阖。他在写一场战事吗？一段历史吗？一段个人遭际吗？就在你尽情领略和咀嚼这一切的时候，诗中却又立刻来了一句："多情应笑我"——由一句半真半假的自嘲，悄悄掩去了一丝虚无和渺茫、一丝凄苍。而且，苏东坡是指点当地场景有感而发，这就显得更真切更质朴——事出有因，情出有因；由大到小，由抽象到具体，由国事到私情，层次繁多，交错紧密地扣在一起，进入了一种和谐的大境界。

对比苏东坡这一首杰作，另一首就不够紧密细致，也比不上它的自然朴素。当然了，那也是一个时代的绝唱，由我们如此评断，几近简单。不过，我们始终是、毕竟是在揣摸的过程中领味如此、探讨如此而已。

一九九〇年六月二十二日

创作的持续稳定；无捷径可走的艺术。

由于在一个阶段接受了一些强有力的影响——比如读书、交谈，某一个事物的启示，都会造成这种影响——在这影响下，你的心窍被奇妙地拨动了，于是就会有一些好的构想，有一些超水平的发挥；如果顺利的话，你可以写出一系列好的甚至是超出预料的作品。可是这种状况不能持久，你渐渐就会感到后继乏力，不能维持下去。后来的创作竟然比前面的作品拉开了难以置信的差距。

这就好比一棵树木，它在土壤的表层、在就近的地方获取了水肥营养，于是就可以有一阵茂长。但当这些表层的营养被吸收得差不多的时候，属于它的这段好时光也就该结束了。因为它没有及时地扎下更深的根须，不能够吸收更广博更深处的营养。这也就是平常所说的没有"根柢"。可见人真的像一棵树。

一个作者应该从最初的训练做起，经受一连串的辛苦，这里面真的没有捷径可走。一个作者究竟在文字上经受了多少磨炼，日子久了一定会表露出来。所有的辛苦积累起来，就可以化为经验，化为成熟，化为灵感和出人意外的智慧。当然，有的人聪慧一些，有的人愚笨一些，可是聪慧的人也不要免除愚笨的人所花费的功夫才好，这样他只能更加聪慧。而且愚笨的人并不见得就真的愚笨，那只是他在接受客观事物的刺激的时候，做出的另一种不同的反应方式罢了：他接触一个事物的瞬间，思路远比常人开阔，于是也就复杂烦琐——他当时要在这些繁复的事物当中加以迅速地比较、鉴别和挑选，以便最终确定一种答案；也就在这一瞬间，他完成了一个比较和判断的复杂过程，所以从外部看起来，他就显得不够敏锐和灵动，所以就让人觉得他"愚笨"。而那些"聪慧"的人，有的仅仅是思路简单，遇到一个事物立刻就能够迅速做出习惯性的、规律性的反应，他既没有开辟崭新的思路，又没有什么发现和创举，因而他看起来确是显得敏捷多了，我们于是也就说他是"聪明人"。

所以说，要有持续稳定的创作，就要立志吃苦，做"愚笨"的人而不做"聪明"的人；当一个作者感到"愚笨"的时候，他心中的蕴藏也就开始多了。

写出之后就没有了激动；辜负了自己的期待。

一个作者要开始写一部作品的时候，肯定被什么击中了——他因此而兴奋，打破了原有的心理平衡，所以有了创作的冲动。他想了很多很多，伏案工作，要把它落实到纸面上。因为写个不停，越写越多，直到完成整个构思，直到一部作品结束。

问题总是出在后来的阅读上——写作者觉得它不如原来想象的美妙，甚至是辜负了自己的期待。这到底是为什么？为什么当我们极力地、尽情地表述这种"激动"的时候，它反而会从字里行间溜走？难道我们煞费苦心、经过了长时间的工作、织成了密密麻麻的文字之网，还网不住一个"激动"？

事实上正是如此。因为我们往往只感到了"激动"，而没有清晰地掌握这"激动"。当有了创作冲动的时候，我们往往尚不知究竟是什么东西造成了如此的兴奋——其实它有可能是细小无查的，一个细节、一个瞬间、一点点，它在并不引人注意的缝隙里微微闪烁——我们很容易就把它忽略掉。如果我们能够将它看准，进而牢牢地抓在手里，那么一切也就万无一失了。因为接下去的一切努力，都是围绕着那一个点进行的——它在那儿隐隐闪烁，可是我们却要通过自己的工作，把它推到一个明显的位置上，延长它的光芒，增加它的亮度，让它开放突爆，变得光彩夺目。

这时候，一部作品就算成功了。

成功的原因，它的全部奥秘，就来自于那个小小的点。

看来，关键是在伏案工作之前，要把那个隐隐闪耀的"点"看准。这说起来容易，做起来却极其困难，因为我们大多数人都没有这样的耐心和毅力，没有细心考察和分析、预测和参悟的能力。我们极可能在"似乎明白了"的状态下就满足了，直接走进工作，结果可想而知。最初打动我们的那一点点极其宝贵的东西从一旁滑脱：一切正在走样、变调，最后完全地陌生化。这是一个缓慢的逐渐的过程，好比一棵树的死亡，它不是被猛然斩断的，而是一丝一丝干枯、叶片一个一个脱落到地上。

一九九〇年六月二十四日

"饱读"之后的颓败；专心养肥原有的"动物"。

我们大部分人是依靠本色去进行写作的，不仅写作，其他劳动也是如此。因为你在生活中积累的一些经验和方法，再返回到生活中去总是最有效最可行的。一个写作者凭借其直感、他在长期生活中形成的一些捕捉能力，完全可以写出独特的东西。因为他的能力以及运用能力的过程都显示了一种质朴、一种自然而然的状态。一部作品要好，一个起码的条件就是达到某种和谐。一个作者无论具有多么高深的思路，一旦在创作中失去了那种和谐，一切完美也就破坏掉了。

一个作者在没有广泛阅读的时候，尽管不能自觉地运用某些思想，但他完全可以在自己理解的范围内、在经验中去很好地完成自己的工作。当他读了很多书、接触了很多思想和艺术之后，本来应该变得更有深度更有力量，可是事实上却恰恰相反——他们在接触这些书籍的时候，可能并没有接近它们的核心，而是更多地停留在表层，在外部，于是只是吸收了它的周边所有的一切。他如果努力领悟原书作者的精神气质、心地和灵魂，那么他才有可能真正读懂这本书。任何一部书起码都是由三个层面构成的：一是书的形式部分，另外就是书的内容，最重要的一层即是远远超出形式和内容之上的某种神秘之物——那就是原作者所保存在纸页之间的神韵和气息，这才是最核心的部分。

对于一般的读者来讲，他们只能在前两个层面上徘徊，而不能进入第三个层面。所以有时候，一个写作者读得再多，也只能学到"怎么写"和"写什么"的问题，只能学到更多的规矩、范例，而不是靠近一颗活跃的灵魂。

未能沟通灵魂的书，从一个方面讲丰富了深化了我们，从另一个方面讲也给我们的想象设置了障碍——他人的障碍。

一个在生活中深深扎下根须的作者，读书对他来讲往往是极有功效极有意义的。因为外来的风只能给他生命的活力，而不会使他从根本上动摇。他的无数的生活的积累，就等待这些风的催化。因为他常常显示的倒是一些可怕的执拗，于是他更加需要倾听其他的声音。他在书林中信步行走，决不会迷失方向，因为他就是主人，他就是中心，他就是方向，同时他还是目的。任何一本书里所能有的那一个活泼蹦跳的核心，都被他触到了。这些书中的其他有用的部分，常常从另一个方面补充了他的经验，验证了他的观念。他真的因为阅读而变得更加强大，而丝毫不会因此而削弱了自己。

前面所讲的那些因阅读而导致创作衰退的作者，必然是没有根基的人。他们容易盲从，容易被淹没和被移动，因为他们没有扎下很深的生活的根须。他们自己的内容本来就很少，再经过其他书籍的影响和干扰，就越发找不到自己了。一个失去了自我的人，也就难以写出比原来更好的作品。

可是我们无论如何不能反对阅读，因为那样真正变得可笑的还是我们自己。一个因为阅读而使创作出现偏差的作者，要解决这些问题，最好的办法当然还是阅读。书籍最终还是能够使他们聪明起来深刻起来。他们可以在书籍的启发下重新开始寻找自己、巩固自己。当然了，这会是一个漫长的过程。

我们都有过类似的体会，我们的创作都发生过倒退的现象。不过我们不该被这种倒退所吓倒。

除了阅读，当然还有其他，比如更多地将原来的作品找出来看，审视已经走过的道路，认真总结自己——通过纵横反复的比较和研究，找出强大的萌芽，使之加强和扩大，让它成长。

这样，应该避免的东西，也就愈加清楚了。我们不可能把阅读中所看到的好东西悉数搬来，因为那些倔强野性的动物虽然好看，却没法驯服——我们还得专心致志地养肥原有的动物。

摆脱强有力的影响；从文字的栅栏走到作家的对面。

一个作者怎样摆脱其他作家的强有力的影响？大概最好是渐渐地把注意力放到"为什么强大"这个问题上，而不是放到"强大"本身。我们常常发现很多作者在读一本天才的作品时，不去研究形成这些伟大作品的原因、它与作者的关系，不去研究书本之外的无数深邃的问题，而是把目光长时间地局限在作品本身。这样常了，就会在视网上留下永久的视象，更严重的还会造成"色盲"。一部杰作的力量作用于他的身上，既是巨大的又是僵硬的。他盲目地被其左右，于是失去了活泼的创造能力。

其实越是天才的著作，你到后来就越会忽略这部著作的内容——一旦忽略了书中的人物，就会看到另一个人物——写作者自己。那时候你就会走出文字的栅栏，走到作家的跟前，两个人差不多是面对面了：你可以当面向他求教写作的方法，而不仅仅是阅读中的模仿。这样，既可以学到真正的本事，又可以摆脱某一部作品强大的、无所不在的影响。

除此而外，你还要寻找最使你钦佩的那些作品的弱点。你知道，他们不会没有弱点，你抓住这些弱点，就会在他面前变得稍微自信一些。这种自信非常重要，它可以使你主动一些，使你既走得进，又出得来。你对它多了另一层理解，这样即便面对的是一部最了不起的大书，你还是能够拥有自己的主意。

第八章　　灵魂的刻度

"原生性"的强弱与题材的关系；像树种一样在泥土里萌发。

在阅读中，一部作品是否有强烈的"原生性"，这种感觉与题材有关，但关系可能不会是最大的。一部作品，"原生性"的强弱既是一种客观存在，也是一种因人而异的感受——就是说一部作品的读者在阅读过程中，已经不自觉地、或深或浅地参与了该作品的创作活动。同样的一部作品，由拥有不同经历和经验的读者去体味，对"原生性"的感觉有时会完全不同。不能认为农村题材的作品更利于体现那种性质，而城市生活、特别是机关生活、知识分子生活题材的作品就不容易表现那种性质——这是个简单的道理。

当你感觉到一部作品是由一片泥土滋生出来的时候，你甚至闻到了它的扑鼻的泥土气味，那么你会肯定它具有很强的"原生性"。比如说很多写农村生活的作品就是这样。可是这样讲又会引起误解，误解为我们正在谈论的是"生活气息"这样的问题。当然"生活气息"浓烈的作品十有八九也同时表现出很强的"原生性"——但严格辨析起来，又会发现这种"气息"也可以因袭和模仿、可以叠印，可以相当准确地复制出来——这种气息的浓烈与我们所说的"原生性"又恰好背道而驰。

我们真正要探讨的是作品的肌体与写作者的肌体是怎样筋脉相连、

呼吸相接，是怎样充分地蕴含了他的血肉灵魂。他对生活的一切见解，他的若有所悟，都是来自生活对这个生命独一无二的沤制方式，于是他表现的也必然是独一无二的东西。说到这里你就可以明白，我们在修养和提高自己的时候是多么需要书本，而我们在进行创造的时候，又多么害怕书本的影子死死地追随我们——我们害怕自己写出的东西来自书本的投影，来自它现成的理念，来自它简单的启示，来自它派生出的一个偶然的灵感，或道听途说……

一部真正的作品应该像树种一样在泥土里萌发，在自己勤劳而又耐心的灌溉培植下一丝丝长大，而绝不能是半路嫁接或移栽，也不能是硬性地扭曲和改变它，让它长成另一株树的样子。

如果一个作家出生在拥挤繁华的街巷里，生长在闹市中，那么他也完全可以写出原生性极强的好作品。因为"泥土"对他们来说，就是他们所置身其中的全部生活。

作品的技艺和经验；作品的气质。作家的生命性质。

作品的成功与否，有一些因素，绝不是靠技艺和经验所能够改变的。一个作家写了一生，作品越来越多，笔头也越来越润滑；甚至接触的题材越来越宽泛，揭示的思想越来越深刻——这一切也还是让人喜欢不起来。它或许缺乏更内在更久远的某种魅力。原因是什么？作品像人一样，也有自己的气质。而气质，我们知道它会受很多因素制约，没有什么可

《迷宫中的将军》,加西亚·马尔克斯著。

《霍乱时期的爱情》,加西亚·马尔克斯著。

《百年孤独》,加西亚·马尔克斯著。

以取代。它是一种综合的、内在的，由灵魂和肉体一起决定的东西。

有的作品——我们一般是指某个作家的所有作品——给人的感觉凝重庄严；而有的是沉思的、默然的；有的是遐思和幻想的，有的是天真烂漫的、纯洁无私的；有的透着油滑、浮躁、狡黠、吝啬；有的透出毅然和果决；有的又踌躇缠绵；如果足够敏感，还能够区别那种小气和节俭，豪放和粗犷——它们之间极其细微的差异。你可能说这差不多只是在说"风格"——但它们的确不是、或者说不仅仅是。气质，还是气质，只有这两个字才能表达我们所要说的意思。

一个作家也许在各方面的努力都如愿以偿，剩下的最后一个无能为力的方面，就是作品的气质问题了。因为那完全是由作家自己的生命性质所决定的。

你如果对一个作家的作品挑不出什么具体的、说得清的毛病，可就是不太喜欢，那么极有可能是因为这些作品所表现出来的精神气质，它远离了你心中的理想……

一九九○年九月十八日

作家与"生活"；创作力萎缩的作家是一座死火山。

作品不成功，作家就是缺少"生活"——文学批评中最常见的，确乎是这种提醒或指责。从绝对意义上讲，一个作家什么时候都会缺少"生活"。不过，就我们所看到的而言、比较而言，作家更缺少的倒往往是激情。激情是很奇怪的一种东西，它属于生命的一种力量、一种强烈的欲望、一种最健康的情绪——或者是这一切相加的总和。反正是由它决定着整个的艺术创造。

你如果没有了激情，你有再多的"生活"又有什么用？

还有，你难道真的没有"生活"了吗？"生活"又是什么？

你只要活着，"生活"就没有中断。你既然正在"生活"着，剩下的问题会是什么？你要创作，可是没有激情和火焰去冶炼和熔化它们，结果仍然还是一事无成。这才是问题的症结。

"生活"在我们看来，只能推动和引发你心中的激情。如果你的"生活"是指富于曲折和跌宕的人生遭际，是对岁月的领悟和探究的深度，那么，它除了增加你的智慧之外，也确实能够造成你一次又一次的感慨和冲动——所以说它也就属于激情的范畴了。

有的作家在写出一部很好的作品之后，那枝生花妙笔就开始干枯，于是很多人就开始指责他的"生活"已经用尽了。真是这样吗？那就让我们把他前后的作品分析对照一下吧——这样我们就会发现，他后来的那些不成功的作品，其中所缺少的并不是生活中的事件、过程，甚至也不缺少对生活的"知"和"见"，倒是缺少一种拥抱灵魂的大热情，缺少一种源于生命里的悸动；而他以前成功的作品中，字里行间总是气韵饱满，好像有丰富的汁水在其间膨胀着、润湿着，仿佛你轻轻地用手指一戳，它就要喷涌而出。

没有被激情烧得灼热的"生活"，永远只是一堆干燥的石块、冷却了的熔岩。它们最有力量最壮观的时刻已经过去了。这就等于说，一个创造力萎缩了的作家，就是一座死火山。

《迷宫中的将军》；一个有着强大艺术根据的人。

《迷宫中的将军》这本书我看过有一段时间了，一些细节已经记不太清。但我仍然有一个清晰的印象，觉得像作家的其他作品一样，个性刺目，才华横溢。虽然它不是我最喜欢的作品。可能是题材限制了作者，也可能是其他的什么原因，反正它不如前一部作品——《霍乱时期的爱情》；更不能比《百年孤独》。不过，你仍然一眼就可以从中看出，作家是一个倔强的人、一个有着强大的艺术根据的人。

像这样一个毫不认输、轻易不向规律屈服的作家，在当代越来越少。像一切真正杰出的作家一样，当他越来越清楚地明白了自身不可取代和赖以生存的一点之后，也就坚决地将其守住，并且在创作中不断使它凸出，让其闪闪发亮——如果他在不知不觉间把这些稍稍做过了一点，于是也就有了一丝可以原谅的矫情……

我们那么喜欢他的作品、他这个人，所以我们才不会顾及什么，包括这一丝矫情。

从这部书你也可以看出，真正的作家总是思想解放，总是非常自由。当我们看到他前几年出版的《霍乱时期的爱情》，其中写到一个少妇用一个硕大的鸟笼提着自己的孩子旅行的时候，就感到马尔克斯仍处在创作的盛年。他的精力仍十分充沛。他仍然有思维能力最强大的人才具有的完整和周到，以及奇特而丰富的联想。也就是在那一部书里，他仍然做到了妙语连珠。

对比他的上一部著作，我们从眼下的《迷宫中的将军》里能发现什么？

我们发现经验和智慧、老成和技巧都不可取代的最重要的那么一点点东西——我们不想说出那是什么。我们只能说：年龄不饶人哪！

可是我们仍然极其喜欢这部个性毕露的所谓的"传记文学"。你看他处理材料时多么拗气、多么旁若无人！一个被其他人写得烂熟的人物，他处理起来竟可以获得那么大的自由和新鲜感。于是，你即便使用肉眼也可以毫不费力地辨认出：这是一部天才的著作。

一九九〇年九月二十日

有些作家使用很长的句子；一切都是激情的产物。

句子的长短既要考虑到语言环境、语言的逻辑，又要服从于那个作者的语言风格。在我们看来，现在有许多作家喜欢写极不连贯极不符合规范的句子，以此来表现他们心里的自由度、一种反俗的精神，甚至是"风格"。这虽然有可以理解的理由和根据，但做得太形式化，对他们来说还是得不偿失。我们觉得，最好的语言还是朴素自然的——一部艺术品失去了这种品格，其他也就谈不上了。至于说有些名著——我们指一些外国的——常常不加标点，有时好几个页码也看不到一个句子的尽头，这又怎么解释？不知道，因为我们没有在那种语言环境里生活，随便评价就会显得武断。可能拼音文字与汉字会有很大区别，它们的区别不仅是书写方面，在表达上、在形式意味上，恐怕都大相径庭。也就是说，它们在词语的连缀衔接上，不加标点可能产生出更复杂的意义。词与词之间、句与句之间，经过那样的处理，完全可能没有明显的界线。汉字就不行了，在一篇很长的没有标点的文字里边，每一句话的自然停顿都十分明显——词与词，话与话，标界分明，所以不加标点这种模仿并没有太大的效果。当然，我这样讲也不是一概否定这种做法，因为我们的确看到有人做得好或比较好。

我们只是想借此说明，那些在我们看来标新立异、光怪陆离的东西，从它们的起源、以及生成的实际环境去考察，都自然而然得很。自然的确是艺术创作的生命。有的写作显得特别矫情，如仔细考察起来，这种矫情恰恰是从语言开始的。

反过来说，句子特别短就好吗？那也不一定，因为短也要短得自然。我们看到有的作品几个字一个句号，这就不自然。文学语言说到底是从日常口语中提炼出来的，只比口语多了个书卷气，多了个优雅，但仍要保持日常口语的基本规矩和基本品质。在日常的叙述语言当中，在交谈中，哪有长时间几个字一句、几个字一句的情况？那除非是一个思维方式有毛病、发音器官有毛病的人。也就是说，他处于非正常状态。同样那些一句话不能够按时停顿、话与话之间标界不清、语意含混的人，也属于如上一类人。

那么，写出这一类语言的作者，就不能说是很正常很健康的了，那往往是一个人创造力衰退、写不出多少内容的状况下才容易发生的情况——那时候就不得不更多地从形式上去寻找安慰，去加以弥补。

我们这样说，并不是简单地否定形式的创新和创造，但形式上出现的任何激动人心的新东西，都必然和内容融为一体，必然是一个人强大的创造能力的一种直接体现。这种形式是活的、有着滚烫的血液流动的、有着脉搏跳动的，而不是僵死的、干枯的，不仅仅是一种表面上的华丽雕刻。由于它是一种生命力的体现，是激情的产物，所以它才总是自然的。

我们用什么尺子去判断和衡量句子的长短呢？也只有"自然"这两个字。一个好的作家完全可以不顾时尚，随心所欲，该长则长，该短则短，可以拥有真正属于自己的语言——我们跟这样的人往往叫"语言大师"。看来我们自己是没有希望了。

特别费解的语言；"语不惊人死不休"。

新时期以前的文学语言明白如话——语言就是话。那时候的文学语言，也是被逼出来的一种"白"，就是要做到让工农兵"喜闻乐见"。说得通俗易懂没有曲折是最起码的了，可是这种努力，把各种艺术追求、各种尝试也都一块儿废掉了。没有语言创造的千姿百态的活力，必然就没有杰出的文学艺术。今天的所谓费解，有的是真的费解，有的也不算费解。试想一个特殊的时代，训练了一大批读者的阅读习惯，他们不愿意动脑，不愿意参与创造和思索，不愿意去研究和欣赏语言本身。他们在粗俗的语流里畅游日久，已经非常习惯，可是一个时代在他们猝不及防的时刻里结束了，而另一个时代又到来了。他们不适应新的时代的艺术家。每一个时代具有代表性的艺术家，总是走在语言艺术的最前列。他们的话有时候让读者感到一点点费解也是必然的。

可怕的是有人把原本很明白的东西给故意弄得无比晦涩，以便浑水摸鱼，乱中取胜。这样讲可不是玩笑。你如果是一个常读新书的人，就会发现有的人故意把话说得颠三倒四——因为那些品评语言的人当中，也确实有几个怪僻的家伙，他们一遇到看不懂的话，就非要从中找出什么"艺术"来不可，有时甚至敷衍成文，做出"专论"。久而久之，风气大坏，那些"语不惊人死不休"的作者，也就后继有人了。

费解是不得已而为之，能明白还是要尽量明白。白居易的诗之所以千古不朽，除了他的总体成就之外，要剖析起来，还要考虑到他的"白"和"易"，白和易占了诗名的三分之二，却没有损伤诗人的一丝一毫。

一九九〇年九月二十三日

创作的"枯竭"感；再生、繁殖和重铸。

创作的枯竭感——这种感觉对大多数人来说迟早会来，对你也是一样。你以一种形式工作下去，疲惫总会缠上你，但是刚才所讲的"枯竭"，大概还不仅仅是疲惫吧？你可能是指没有欲望、没有冲动，没有令你感兴趣的内容和题材，甚至也懒得去寻找这些。好像整个创作都进入了一种被逼迫的"完成"，进入了一种焦虑、一种无可奈何。

仔细想一想，这似乎并非不可避免的现象。你生活，参与，就会高兴和苦恼，就会若有所思，这一切会慢慢地凝聚、归拢，结出一个全新的思想和艺术之果。

当然，一般化的感想和观察的记录还算不上创作，因为其中没有深长的觉悟，没有真正称得上独特的东西。在一颗真正的艺术家的心灵那儿，必会不断滋生，并源自一种巨大的潜力——这是多么神奇的不可思议的力量！这样的一颗心灵就是一片最肥沃的泥土、一潭最好的泉水，能够自然地生成和不再停止地涌流。

你观察那些卓越的艺术家就会发现，他们在各个不同的历史时期都有自己的代表性创造。无论是在艺术形式的创新方面，还是在一个时代的总体思想内容的挖掘和探索方面，都留下了闪闪有光的篇章。他们无论是记忆能力、联想能力，或是敏锐的洞察力、勇敢的探索精神，都达到了令人吃惊的程度。一般而言，他们留下的文字，都色彩斑斓，数量惊人，好像他的整个生命、他的灵魂和肉体的总和，全部的细胞，都最大限度地投入到一生为之痴迷的事业当中去了。

事实上也正是如此，这样的人不仅有特殊的能力，更重要的是有一种特殊的精神——不是工作的精神，而是生存的精神。就是说，他只能以这样的方式生活在这个世界上，只能属于这一段历史。这样的艺术家有可能"枯竭"吗？我们相信他作为一个时代的心灵，一直在最活跃、最敏感地跳动着。他们有激扬和低沉的时刻，有强烈的矛盾和冲撞，有时炽热，有时激烈——他们一直处于一种再生的、繁殖的和重铸的状态。

从外表看去，他们许多时候是宁静的，或者说他们总是安然如常。但他们是多思的——"我思故我在"——他们因此而"存在"着。"思"对于他们来讲既是言又是行，是一切。有一种剧烈的运算、筹划、幻想，就在他们自己的内心世界运行着。这是一些特殊生命最基本的特征和能力。

独身生活从事艺术是否更好；有时需要独自的安静。

独身生活从事艺术是否更好？这个问题有人不止一次提出，让人觉得何其复杂。一般而言，搞艺术的人都比较孤僻，他们需要朋友，尤其需要一个家庭相伴，以此走过人生的旅途。他们既坚强又脆弱。在他们投入了正常的不间断的工作时，与友人与家庭生活在一起，可能有益无害。浓烈的正常生活的家庭气氛，与一个艺术家的日常创造劳动结合在一起，可能有益于健康。

有人过多地抱怨家庭生活干扰了他的创造，可能不够确切。因为这极有可能是手头工作不顺利的时候产生的一种误解。当然了，他在一个家庭和一帮朋友们当中的关系、位置、分量，都会有所不同——如果他在这诸种因素当中是主动的和积极的，那么这个环境就不会对他构成太大的压力，不会成为重大的负担。

说到干扰，那只是从绝对意义上而言。哪里没有干扰？一个人无论做什么，总需要自己去创造条件、排除麻烦，总要他自己偶尔放下手头的工作，去做一点其他事情。这只能说是正常的。谁也不会获得一种绝对保证的、极其便当极其舒适的、差不多是脱离了一切尘世繁琐的那么一种境域。这是不可能的。

事实上，一个人总是通过与亲友的烦繁和琐屑的交往当中，获得一种安全、稳定与柔和的心境。这完全可以化为他工作的动力，成为一部创造机器正常运转所必不可少的润滑剂。

当然了，任何善于工作的人，都会把如上生活的负面影响降低到最大的限度。任何事物都是利弊相连，关键是要对自己的工作节奏和生活节奏有比较强的控制和调节能力。

　　一个从事创造工作的人不可能、也不应该一直与亲友生活在一起。一个适当的间隔时期，对于他总结式的漫长反思、对于他协调和整理自己的思维都是极其重要的。一个人在沉入一种异常激烈的思辨和试图做出最重大决定的关键时刻，有时的确需要这种独自的安静。不过，这样的时间不必太久和过于频繁。我们可以注意一下那些真正的大艺术家大科学家，他们的家庭生活都比较稳定。如果今天的一个作家能够按时工作，不急不躁地操持家务，扶老携幼，那么他就进入了一种极好的竞技状态。一个杰出的作家往往并不拒绝这种"平庸"的生活——这也是我们的一个观察。

一九九〇年九月二十六日

看不透的小说；作品背后的埋藏不是技法。

　　一些看不透的小说，但确实又是优秀的小说。它们虽然篇幅不长——有的篇幅并不长，但却值得你一遍又一遍地去挖掘。它本身就是一座丰富的矿藏。如果是一个平庸的作者，那么他只能把一点意思充分表露在文字表面；如果再高明一点，他就不会让所有的意思都浮在字面上了。这就涉及大家都很熟悉的所谓"冰山理论"，但我们这里说的还不是这个意思。

　　一个真正的艺术家，可以凭直觉在艺术"取向"上做到极其准确，简直是纤毫不差。可是在一些具体的描绘和细节的表达上，意向又极其模糊。这样，他们就尽量可以把主观色彩抹得很淡，使创作品具有了最大的独立性和客观性。它可以由不同的读者而产生完全不同的阐释。

有人已经悟到了这一点，于是也学习这种笔法——他们故意写得极放松极自由，故意做得"言不及意"，"王顾左右而言他"，结果写出了很多奇怪的作品：表面上看像是可以具有多种解释，实际上却是杂乱无章、矛盾重重……看来，作品背后的宝贵埋藏，还是由作家的深度和天分决定的，而绝不仅仅是一种技法问题。仅仅从技法上去理解，可能永远也不得其门。

"一厘米"的差距与人的一生；灵魂的刻度。

我们都很喜欢"一厘米"这个比喻。作品与作品，作家与作家之间的差距虽然不能用尺子去度量，但我们总是有个感觉分寸。比如他的数量、质量——数量是明显的，而质量却完全要凭感觉去把握。有时候你觉得自己写出的东西比另一个作家只差一点点——就像米尺上的一个小小刻度——可是你要消除这一个刻度的差距，却不知要付出多少汗水和心血——更可怕的是付出了这一切之后，也不一定能够达到。

这好比一个举重运动员，一个田径运动员，他们在决赛场上只突破了原有记录的那么一点点，却不知在场下的训练中花费了多少时间，流下了多少吨汗水，而表现出来的却只是赛场上那么一瞬间、那计量器上的一个小小刻度而已。

所以，我们每逢听到那些用鄙夷的口气谈论作家作品，说"还不就是写了那么几篇东西吗？还不就是那么一两篇东西好一点点吗？"等等，就觉得他们愚蠢到不可理喻。他们就不知道这短短的几篇，已经连带着一个写作者的全部灵魂和血肉的重量，是他灵与肉的一次综合呈现、概括指标；他的这一篇或两篇作品，只是他的现场记录，是他在赛场那一瞬间里计量器上的一个小小刻度而已。

一九九〇年九月二十七日

作品的"激动"部分反而使人"冷淡"；情感的夸张。

一个作家有时候十分奇怪，他在写一部作品的时候，有时候显得笔力"强大"——而实际上这时又恰恰是他笔力不支的时候。比如说他心弦松弛、思维力下降时，反而可以把笔下的那一段文字写得规整严肃。他自觉不自觉地想用一种外在的严整性来遮盖那一刻的软弱无力——有能力这样做的人也"身手不凡"。但是，对于一个敏感的读者来讲，什么都不能够遮掩他们的双目。他们在阅读这些文字的时候是非常"冷淡"的，这是因为，他们已经在阅读中察觉了一点什么。

一种情感无论沿着哪个方向去夸大，都不会有很理想的效果。这种情感上的夸张现象在平时的阅读中始终可以看到。你常常可以看到一种情感被不适当地夸大到决定一切的地步——实际上，我们依靠生活的常识和经验，可以明显地知道那是不可能的。一个最浪漫的生活中的人，也还是现实主义的，情感在他的生活中的分量以及它的决定意义到底有多大,他人很容易就可以弄明白。有时作者为了完成他自己文章中设计的"冲突",就不得不过分地倚重情感,于是才要夸张它。

你还可以看到,即便在大手笔那里也有类似的现象。我们说过他们用一种外在的、仅仅是气氛方面的紧张,掩盖笔力上的软弱。这时,尽管他们在文字上可以搞得天衣无缝,但终究还是一段单薄的文章。这种情况在长篇小说中最为常见。这种情况往往是那些成熟的作家才会使用的"遮眼法"。

可见文章的节奏、气氛,一切方面的严肃和紧张,都必须是内在的。即有内在的根据、内在的理由。比如说,那种严肃和紧张,真正是由极大的利害关系,由心理上的极大不安、极大冲击造成的吗?如果是,那么它就是应该的、有道理的。如果不是,那就一定是作家自己强加上去的——而这时候读者一看就明白:事情还远远没有那么严重。

艺术标准的苛刻;一切必须建立在强大的生活逻辑上。

作品不能有情感的夸张,这作为一条标准当然太苛刻了一点。不过,我们研究的既然是这些问题,就要把理由讲得透彻。我们不能否认自己也有情感夸张的毛病。但关键是察觉之后,要毫不犹豫地去否定和改正它们。我们相信随着自己艺术上的进一步成熟和对质朴精神的一贯追求,会渐渐地克服那些毛病。

既然有艺术创造,就必然允许有夸张,其中当然也包括情感的夸张。

我们只是强调，任何夸张都必须建立在强大的生活逻辑之上。比如说，你由于有了这夸张才表现了一种庄严肃穆、惊心动魄的情节和场景——但是这些场景的背后确实需要一个坚硬的内核。因为它们所涉及的生活内容本身，就是那样的严烈和沉重。这是不容置疑的。

我们为什么特别反对将一部文学作品写得过分戏剧化，而强调它的蕴藉、自然和流畅，强调一种不动声色和内向性？就是依据了以上的原则。正是因为有了这些原则，才有了沉着如一的创作态度，也才有了深长的力量。

一九九〇年十月一日

《聊斋》。它不是今天短篇小说的源与流。

很多人都爱看《聊斋》，大概人们都喜欢这些古怪的故事。蒲氏写的这些东西，从传说的角度上讲都是非常真实的。我们小时候听到的很多民间传说和这些差不多，可见他并没有多少创造。可是从生活的科学常识上讲，又知道那都是编出来的传奇。现在把蒲松龄的这部作品说成是短篇小说集，让人觉得有点勉强。有谁会觉得它们是短篇小说？公道一点讲，它们只是流传在民间的一些传奇故事，相当于现在的民间文学卷中的故事选。当然蒲松龄是一位了不起的记录者和整理者，而且也有文采，也简洁。

小说和故事仍然有区别，尽管它们看上去很像。因为严格一点讲，故事只属于曲艺范畴。在我们清代以前的文学当中，如果粗略地划分起来，是否可以把先秦以来的杂文、散文、诗，和为数不多的几部白话小说划归文学,而把一些传奇故事、鼓词、俚曲和部分话本,划到曲艺的大系里边?如果这样划,就显得雅俗分别,使今天的文字继承上也有个传统有个归宿。比如说,现在所讲的"纯文学"也就只能衔接在我们如上所说的那一些文学传统上,而绝不会与武侠传奇、民间轶闻连到一块儿。

如果说《聊斋志异》就是短篇小说的代表,是那个时候的源头之一,那么显然就与今天衔接不上。它显得太民间化,也太俚俗化。从趣味上看,它也不属于高古纯洁、书卷气十足的东西。

今天有人把作者描绘成一个另有深意、刺疾刺腐,以这些妖狐传说来表达深刻政治意味的作家,那显然是言过其实了。当然他讲述这些故事的同时,也偶有那种牢骚或倾向,或客观上也可以引申出那样的意味;但不可否认的是,作者的主要兴趣还在于这些古怪离奇的故事本身。他主要为这些故事才津津乐道。他并不像后代对他期望的境界那么高。他是一个乡间的故事高手,一个喜欢记录的人。这些,都从他的文字里看得出来。

当然了,他的这些故事是极有趣极好读的,具有很大的观赏性和消遣性。我们不满意的是,个别研究者有时故作惊讶,把事情搞得过于复杂化陌生化了。本来是很朴素的东西,很自然的东西,在他们那里就充满机关,伏笔处处,已经是非常人所能进入的险境了。

总的来说,我们觉得《聊斋》不是《诗经》和《楚辞》的传统,它的文学性还不够强——这样讲不是否定,而是从"类"上去进行一次辨析。

我们在阅读这本书的时候,有些很矛盾的想法。一方面喜欢它的奇巧,被它娴熟的讲故事的手法所吸引,为之倾倒;另一方面,又常常产生一些抗斥的心理，觉得创作者对一些趣味不高的东西有过多的兴致。总之，我们古典文学中最精华部分的余韵，没有从作家和作品身上得到多少体现——由此又想到《金瓶梅》，这部不知被多少研究者捧为"第一才子书"、"伟大的白话小说"的作品，它即便有再高的成就，也将被那些荒唐透顶的描写给毁掉了三分之二。在一些人那里，完全是把一块溃疡说得灿若桃花——平心而论，这部书留给我们的，更多是文字的耻辱，而不是光荣。人类使用文字时，有可能腐烂到什么程度、有多么低劣的机趣，都从其中表露出来了。这种东西，如果单从这个方面而论，根本不是什么文学作品，一个真正的艺术家所应该憎恶的，当然也会包括这一类作品。他们把圣洁的东西玷污了——可恶之处是，他们还打着描绘一个历史风俗画的幌子。

有些人总是要把廉价的东西说成最有价值的东西。《金瓶梅》当然是有用的，它可以认识一个历史时期的社会生活、政治经济、风俗民情；但另一个更重要的认识价值他们忘掉了，那就是：一个读书写字的所谓"文人"，可以做得多么下流，他们搞出的一堆肮脏，足够一代一代人去接连不断地清扫。

一九九〇年十月四日

对大作品可以吹毛求疵；如果真正热爱名著。

是否真的是"大作品"，那也只能留给历史去鉴定——因为与这样的作品处在同时代的读者，是从来不愿承认自己的时代会有什么"大作品"的。同样水平的两幅国画，如果其中的一幅让时间把它变成了古铜色，那么这幅画就要比另一幅"伟大"得多。人们对当代作品总是吹毛求疵，而对于那些经过历史鉴定的大作品却又变得太谨小慎微了。不仅如此，而且还把它们的缺点当成了优点来加以品评。一些明显的败笔，我们却要千方百计地为它掩饰、周全，以至于混淆是非。

或许当代作品中许多不可原谅的局部描写，大都来自一些有定评的好作品或大作品的一些糟糕的片断的模仿。从这个方面来看，对那些大作品来一点吹毛求疵也没有什么不好。

奇怪的是，有人还认为一部大作品如果去掉了那些毛病就不成其为大作品了，甚至还认为一切都是这部大作品有机的、合理的部分。这很荒唐。实际上，败笔就是败笔，如果没有这些败笔，它可能就成了更完美的作品——成了完美无缺的、不属于凡世的仙品了。由人手做出来的东西不是有这样的毛病就是有那样的毛病——这虽然是一种自然现象，但你却不能说毛病等于优点，不能说有毛病更好。我们维护的是一种艺术原则，在这种原则面前，任何作品都是平等的。

当我们指责一部当代作品这样和那样的弱点、一些不可原谅的粗俗之处的时候，立刻有人在旁边唱起了反调，说这都是必要的、可以理解的，是整部作品中的有机部分等等。他们的证据就是某某名作也有类似的描写。其实，名著出现这样的描写也同样不可取。我们认为对于名著中的弱点加以赞颂的人或者糊涂、或者应该说属于其他方面的原因，比如说虚荣。这有点类似于我们生活中常说的"唯上""唯名""长官意志"之类性质的问题。

真正热爱一部名著的人也往往是最能够对其吹毛求疵的人。

那些名著的作者对"疵"的看法。天才的洞察力和局限。

我们可以设想那些名著的作者对"疵"的看法——他们当然不认为是"疵"，如若不然，他们对待自己的弱点会比我们冷酷得多。"不识庐山真面目，只缘身在此山中"。一个天才的作者当然有深刻的洞察力，但是他在完成一部作品的全过程中不知要随时处理多少意想不到的危机。他必须有百战不殆的能力和勇气。然而"智者千虑，必有一失"，千分之一的疏漏也可以让其留下遗憾，而且这里还有个审美趣味的问题，有特定的时空环境对他这些趣味的影响——还有其他意想不到的更复杂的因素。

写作中，当你竭尽全力回避了、绕开了一万个陷阱，那么第一万零一个陷阱又在前边等候你——一个人从事艺术创造的全过程就是这么惊险，这么惊心动魄。你不一定在什么时候犯错误。错误就是错误，生花妙笔就是生花妙笔，瑕瑜不能互掩。

一九九〇年十月六日

总是强调"朴素"；"朴素"是一种品质。

我们总是强调"朴素"。我们不是一般化地去理解"朴素"这两个字，因为这样说说很容易，可是当我们试着去做一下，就知道了它有多么难。

翻开一本杂志,真正称得上朴素的文章才有多少?如果仅仅从文风上去理解,那么也就太简单了。它包括文风的问题,但远比这个更大、更重要。我们说的朴素主要是指一种品质、指整个文章的气质,是它给人的更深部的感觉,是作者心灵的性质。

有的文字初看去也算得上朴实无华,可是那种"朴实"明明是刻意追求而来的,这算得上真正的朴实吗?有的文字干瘦,没有滋润,倒恰恰是因为写作这些文字的人缺乏营养,贫乏,先天不足,没有才情也没有文采——这也能算朴素吗?朴素也不应该作为老年人文风方面的一个专利,老年人见多识广,进入了宽容和安定的境界,容易朴素。正像老爷爷往往比青壮年要显得慈祥一样。可是一个修养极好的青年大概也可以朴素。一个人只要老实本分,勤劳度日,就会朴素。朴素与否还与家世遗传有关,殷实善良的人家出来的孩子就少一些轻狂和虚荣,他们来做文章就会干净结实、天真单纯。

如果是单纯和真诚,就不必害怕绚丽的色彩、神奇的想象,不必怕它们会破坏质朴的品格,不要怕它们的"技巧化"。平常说最高的技巧是"无技巧",谈的当然是朴素问题,但它最主要的还是谈了一个作家的成熟。因为朴素说到底是"德"而不是"功"。"有技巧"也可以朴素,"无技巧"也可以不朴素。

前些年,如新时期以前,有一些作品倒也平淡无奇,有的已经到了不能卒读的程度,充斥篇章的大多是一些谁也不需要去了解的"生活和生产情况",比如说伐木、炼钢、一般化的家庭生活、农业生产,等等。这些作品甚至都很少写到男女私情,也没有多么强烈的个性色彩。这样的作品在我们看来恰恰也是不朴素。可见苍白并不等于朴素，矫情就更是朴素的敌人。

有时候很怪，一部作品看过之后，你觉得它是朴素的，但它又实在不具备一些朴素的外在特征。这样的例子你会举出很多。原因在哪里？当然还是由作者的品格所决定的。我们在这里一再强调作者本身——即一个生命的最基本的特征——即是反对把朴素过多地作为一种手段和色调去理解。在我们眼里，所有轻狂、傲慢、不自重、夸张情感、夸张故事、追求曲折、过分用力地吸引读者，等等一切倾向，都是与朴素背道而驰的。一个人只要尽心尽力、好心好意地写下去，总会越写越好，总会获得很高的技巧——但是，直到最后，他还是与一般作者保持了一个根本的区别，那就是他仍然拥有一种朴素。

阅读那些为艺术辛苦了一生的杰出作家，我们几乎没有发现一个人是不朴素的。

我们强调这些，是因为我们看出，它是通向完美和永恒的。我们觉得它们在我们所追求的一切当中是最难做到的。我们并不认为自己的作品已经是朴素的，但我们会一直去追求，并为此而刻苦地改造自己。

一九九〇年十月十一日

短篇作者与短篇名作。怎样使作品没有"小品气"。

专于写短篇的作者十分重视阅读短篇名作，这当然没有错。大多数作者都是这样理解问题：从同类型当中寻找借鉴。可是另有一些作者却不是这样思考问题，比如一个擅长写短篇的人，很可能也要常常啃一些大部头——他们认为一个好的短篇不仅是小巧、玲珑剔透，而且也应该是深沉厚重、给人以很开阔很大气的那么一种感觉。规模小，境界和气度却不一定就是小的。

既然是这样，短篇作者的注意力就不必一直放在短小的作品上，因为这样时间长了，就会影响他们的视野。我们看到有一些短篇的开篇结尾，其中的照应、起承转合都处理得很好，不能说是生疏之作或浅薄之作，但看完之后，总觉得有"小品气"，好像整个作品就靠一个好的构思、一个点支撑起来的。这很可能就是因为不当的阅读造成的，他们过分依靠研读一些所谓的名篇名作起家——既是研读，他们往往就把阅读对象再三揣摸，像拆卸一部机器一样把零件撒了一地，再加以组装，最后烂熟于心，仿制起来也就毫不费力，重新创作也就有了功底。他们可以从不同的机体上择取几个零件装成一台新的机器。

这严格讲当然不能称之为创作。

要想使作品没有"小品气"，很重要的是一个作者在平常的训练中应注意接触一些更纷纭复杂、更粗犷大气的东西。比如说，多读一些长篇巨制，读一些所谓的"长河小说"，忍受一点难以忍受的冗长和琐碎，接触一些带有明显缺憾、但又被另一种优长所覆盖和取代了的作品……这样当他们自己动手创作的时候，就不会那么热衷于突出技法，不会热衷于追求那点外在的"完整性"了。那时候就会明白：不顾大局，一味耐心地饶有兴味地打磨，效果可能适得其反。它可以使一部作品失去浑然性，失去一种自然而然的品格。

"小品气"说到底也是一种俗气,因为总是那些在艺术欣赏上没有深度的人才更喜欢匠气十足的东西。为了训练一种开阔的富有生气的思路,不仅要读一点长东西,最好再亲自制做一两部长东西——也许它们会失败,但这样做也许会影响文气和笔势,那时候笔下就会少几分拘谨,增加旷敞和奔放;那时候的一支笔才能够做到既甩得开又收得拢。

反过来讲,那些专注于长篇的作者倒应该好好读一读短小的东西,读读短篇、散文和诗,从而知道每一笔都应该极其紧密,不能疏松。疏松就是失败——长篇的局部同样应该比得上短篇的精粹。

我们这里不过是就一般情形而言,具体到每个作者,差异就大了。因为人和人的先天差别既大,后天营养又是千差万别,在世界观和艺术观的形成上都极其复杂。有无"小品气",说到底还是艺术趣味决定的,而艺术趣味的形成,其中的一部分又是由先天因素决定的。有人就是喜欢又好又小的东西,喜欢可以把玩的东西。

一九九〇年十月十二日

翻译文学;好心人做下的错事。

这两年来我们读了很多翻译作品。因为我们接触国外文学主要就是通过翻译家,所以内心里对他们充满了感谢。新时期以来的翻译事业比任何时候都要繁荣,从事翻译的人多,干劲大。有时候我们刚刚看到国外一部新作发表的消息,过了不久这部书就翻好了,摆上了我们的书架。若把我们的文学工作、创作活动纳入整个大系统去考虑的话,我们当然需要更多的信息、更多的参照，当然是从事翻译的人越多越好。翻译工作者从来都只嫌其少，不嫌其多。一部书有两到三个译本完全是一件好事，这样就可以让我们这些读书人有选择的余地，有比较的可能。

作家们同时又是翻译家，这最好不过，比如从"五四"过来的一批作家，很多人都有过出色的翻译作品。我们在学校学过一点外语，于是就产生过翻译外国文学的奢望，可惜后来环境一变，工作一忙，才知道要实现这个目标有多么难。大概一个作家要熟练地掌握一门外语，将付出大量艰辛的劳动，而且必须始终坚持不能松懈，一松懈就前功尽弃了。这样做的好处是可以变得更加开阔，可以直接阅读原著。

不过今天的翻译也稍微有点混乱，很多老翻译家早就指出过：有人根本不负责任，一部书常有几百个错误，有时候简直是笑话连篇，翻得令人啼笑皆非——这样的东西只能说聊胜于无——我们不能自己动手翻，大概也就无权挑剔了。

不过作为一个读者，我们更担心的倒是另一种倾向，那就是在"信、达、雅"三个方面，在"雅"字上做过了头。现在无论是文学作品还是电影、电视片，都有一种很庸俗的做法：为了迎合一些观众和读者的口味，常常译得十分俗艳，完全不顾原作的精神气质，有时候干脆是"驴唇不对马嘴"。这样无论对于原作者或是有自尊心的观众和读者，都是一种羞辱和欺骗——我们说的"雅"做过了头的意思，当然不是指这些，这些简直不值得议论；我们说的，是指有一些翻译者出于好意，想把一部国外作品完全译得合乎国人的习惯，使其尽量变得"中国化"，尽力地贴近汉语的语言习惯，结果是好心做了错事。比如说译文中用上了很多的中国成语，而且还作为人物对话出现在翻译作品中。这样做即便很贴近原作的意思，也已经离原味十万八千里了。

翻译作品就像搜集和整理民间文学一样，特别需要注意保持作品的"原生性"。我们要传达的不仅是直接的字面上的那层意思，更重要的是要把这部作品极其内在的气质呈现出来。我们看到一部翻译作品，译到两个洋人对话时，其中的一个竟然说了这么一句："那真是周瑜打黄盖，一个愿打、一个愿挨了"——我们不知道翻译者是怎样妙笔生花，弄出了这么一句"妙答"。也许这样的翻译与原作意思比较接近，但作为一个读者我们完全有数，《三国演义》的故事远没有在国外普及到那样的程度，就是说洋人不会那样讲话。有很多比较熟练的翻译者动不动就把中国现成的歇后语和成语搬了上去，这样做巧妙倒是巧妙，机智也足够机智，可惜这样做的结果只能把中国读者弄得离原著越来越远。比如说长篇小说《飘》的名字翻译成《乱世佳人》，我们就觉得其中有讹。我们怀疑它能否贴近原著的精神气质。这让我们想起用话本小说的套路翻译国外作品的例子来了，那时字里行间充满了什么"花开两朵，各表一枝"，什么"落难女沦落烟花巷"，什么"贵公子二进后花园"之类的标题和引语，让人哭笑不得。这等于在"文革"后期把《列宁在1918》改编成中国戏曲的道理差不多——在那个戏里，"列宁"和"斯大林"要在急急的锣鼓声里跑圆场、亮相，让"斯大林"接过"列宁"的大衣，再高唱："手捧大衣心欢喜……"这哪里还有半点俄罗斯风味。

我们倒觉得有些很严谨的人，他们总是强调直译，意思是把加工和改装的工作限制到最小的程度——那样尽管有点生硬，有点干涩，可是客观上、总体上倒会使我们在阅读中受益极大。

真的，我们要求译者的主要是准确、别弄错，我们倒不希望他有多么大的改造的能力……

一九九〇年十月十四日

《庄子》。人一辈子离不开的书并无太多。

《庄子》是我们最喜欢的一本书。谁不喜欢这种绝顶聪明、绝顶漂亮的文章。我们觉得从古到今，再也没有比老庄再想得开的人了，他把什么都想透了，想到了底——这就很可怕地诱惑着我们。他有这种聪明，这份智慧，我们害怕自己接受他的思想。

我们喜欢他，也许还因为他的文采，那所谓的恣意汪洋，大概没有人会不喜欢。在我们整个的古典文学中，《庄子》始终是一个方面的代表性著作，具有开天辟地的威力，好比夜间仰望天空的繁星，他是极重要的一颗恒星。虽然我们不能说他是北斗，不过他可以算作"南斗"吧。谁是北斗？孔子可以比作北斗吧？

我们害怕庄子作为一个哲学家而影响了我们，我们只希望他作为一个文学家来影响我们。因为庄子的哲学是一种特别负责任、又特别不负责任、最终也还只能说是很不负责任的一种哲学。他使我们走向聪明，走向微笑，走向谅解，走向妥协。可是全世界的人都如此这般地微笑着，这个世界又怎么办呢？西方有人引用的犹太谚语说："人们一思索，上帝就发笑。"这同样是庄子式的绝顶的智慧。我们的庄子实际上想赶在上帝笑出声来之前，先笑上那么几声。这就大大地长了人类的志气。只可惜，这种笑声只能使我们赖以生存的这个星球变得更加荒凉、更加零乱。

我们认为，一个能够理解庄子，能够包容庄子的人，同时又是一个积极入世的人，那么就是我们这个世界的希望了。

作为一个艺术家，他迷上庄子是自然而然的。连庄子也不读，就不算个读书人。可是我们总觉得，一个人如果想从哲学上变成庄子的信徒，那也算不得多大的聪明。不过，庄子这部书应该摆在我们的案头。人的一辈子离不开的书并无太多，大概《庄子》要算一本。在南方的知识分子那里，庄子的思想比在北方要深入和普及一点，不过也还是抵御不了孔子的思想。孔子的儒家学说有一万条缺点，可有一条极其了不起的优点，那就是思想的严整性。儒家思想看起来是对的，退一步看又是错的，如果再退一步看，它又变成了对的。对于人的生活来讲，它的大效果是不会错的；从文风上讲，儒家的代表性著作都更为质朴、简约，这就更有力量。它好像绝无华而不实的倾向。

庄子的哲学思想，似乎与儒家正好相反，但仍有其共通点。我们在理解庄儒之间的区别时，只是从一个角度而言，换一个角度，也许就会有更多的说法。

一九九〇年十月十六日

第九章　秋天的大地

京剧。艺术的程式化。对艺术家的"制造"。

在所有的戏剧品种当中，许多人最喜欢看的就是京剧，其次是越剧。每一门戏剧艺术，如果有了艺术家的高超表演，再加上极好的剧本，都可能让人喜欢和迷恋。但是剧种与剧种之间，还应该承认它们有差距：有文野之分，精粗之分，雅俗之分。京剧不愧是我们的国剧，它在整个的形成过程中凝聚的劳动最多，沉淀的文化最厚，并且有最多的优秀人物参与其中，所以其他任何剧种都比不了它。这个剧种的艺术根据强大——我们平常所说的专业行当内部往往有一些"讲究"，其实就是在讲规范和程式，讲套路——这就带来了一个很有趣的现象：一般而言套路化、程式化愈重，就愈影响这门艺术的生机勃勃、影响其生存和发展；但是从另一方面讲，这种复杂的程式化又标明了一个艺术品种的成熟程度。任何一种规范的形成都需要时间，需要众多的人付出的汗水，需要否定之否定，需要前赴后继——这说明它是高度精炼的、一丝不苟的。在一种行当内部，这样的限制越多，留给创作者自己再创作的余地也就越少，那么创作者只能在这些限制所留下的仅有的一点空隙里，努力地发展自己——能够从这些小小的空隙里开拓出广阔空间的人，就是伟大的艺术家了。

任何一门艺术要想真正具有深度，最终还是要高雅。从这个角度讲，有些地方剧种也只能安于目前的地位。像吕剧、二夹弦、柳子剧等等，就远远没有像京剧那样，有那么多第一流的艺术家付出过如此的艰辛。他们一代一代添砖加瓦，不断地去粗取精，这才有了今天的格局、今天的精神风貌。

有时候一个剧种的发展，很重要的就是看它在每一个历史时期、每一个发展阶段的代表人物如何。就是这些人物的素质和量级，极大地影响着决定着这个剧种的命运。一个剧种不能连续地拥有真正称得上大师级的人物来支撑和推动，就永远登不上自己的巅峰。有的剧种甚至由于政治原因一直把一些艺术素质很差、才分很低的人推在舞台中央，让他们一连十年、几十年成为这个剧种的代表人物，这个剧种当然不可能成长和发展。

由此我们也可以想到文学——也是由于政治的原因，我们长期以来用各种方法，把一些根本没有文学创作才能的人硬性制造成了"作家""名作家"——他们不仅自己要创造作品，而且还要在不同的范围内影响和管理文学事业，那么可想而知我们将拥有怎样的"文学"！我们现在可以对"贫下中农管理学校"的做法加以嘲笑，可是类似的"管理方法"决不仅仅应用在学校方面。文学界，企业界，经济界，其实一度比比皆是。也许只有我们这个时代才会出现这样的笑话：一个人无论就其文化构成或先天素质而言，怎么也算不得一个文学中人，可是居然成了最有影响的"作家"。

比较戏剧来说，由于京剧艺术属于表演艺术，需要艺术家面对广大观众现场表演,所以也就难以做假。所有戏曲都是这样,演员在舞台上起码要立得住——而文学却可以放在台后。

一九九〇年十月十七日

这个城市的市花是菊花。没有精力深究我们的生活。

这个城市竟然把"市花"定为菊花。因为他们不知道到底什么花才属于"这里的花",还因为很多地方——大概有几十个城市都把菊花确定为"市花"。市花作城市某一方面的标志和象征,必须突出它的个性,强调它的独特,必须与这个城市的历史、传统、习俗,以及它在生活中的实际情形和地位紧密相联。可是我们看到的情况往往不是这样。很多地方确定"市树""市花"竟然突出地表现了一种僵化、刻板,没有创造力的思维特征——一个城市的创造力和发现力已经枯竭。他们不敢有个性化的举措,凡是做的事必定是要有先例,必定是其他人做过许多次才行——说穿了,他们只能模仿,不能创造,也丧失了发现真实和认识真实的能力,流于浅薄和庸俗反而成了自然而然的事情。

在生活中的某些角落,你的确可以发现俗气简直漫卷一切,并且已经不可理喻。菊花不是不可以做市花,问题是已经有了很多城市赶在我们前边将其定为市花——再加上菊花作为一种极为普及的花种,在哪个城市恐怕都容易占居一个数量的优势,因而我们也就大可不必推选菊花了。比如说,我们这里的庭院几乎都离不了一丛美人蕉,离不了一棵石榴,而美人蕉和石榴花就我们所了解的而言,又极少有哪个城市把它们作为自己的市花——起码是在数量上,在选作市花的数量上远远少于菊花,那我们为什么不选美人蕉等作为我们的市花呢?

一块土地上的植物和动物都应该带有这块土地上固有的色彩和气息,我们应该对土地负责。我们生长在这儿,选定的市花要与这片土地和生命取得沟通和谅解;我们本身就要是生气勃勃、鲜活有力,应该是富有生气、富有创造力的。这块土地上到底长出了什么植物?什么花卉?它们当中的哪一种、哪一类才是最为独特的?究竟是什么蓓蕾首先进入了我们的视野?它在哪一点、又在多大的程度上触动了我们的心灵和记忆?这种触动很可能引发我们关于这座城市的历史和未来的一段联想或追念。那类似于怀古、怀旧,类似于一段浪漫的激情…当然了,由于人的文化素养、思维类型的差异,各种联想都会不同,所以围绕这个问题的争执也许会历久不绝。但问题是为什么最后我们会妥协在一朵菊花上呢?在我们眼里,这儿的沟边、渠畔、路侧、荒野,到处可以看到肥硕昌盛的曼陀罗花,它通常被象征为生命、青春、繁衍等等意思。是的,它是永生不灭的花,是殉道的花——那为什么没有妥协到曼陀罗上呢?或许有人在这片土地上提出这个问题,比如说在推举市花的会议上提出,他会被认定为一个疯子。人们宁可推举大丽花,也不会想到曼陀罗。他们回答曼陀罗的,没准会是一句粗话;他们回答美人蕉的,极可能是一句玩笑。

我们没有精力去事事深究自己的生活,如果那样,就再也没有办法摆脱苦涩和悲哀……我们也同样喜欢菊花,喜欢它的清烈和傲骨,但是,我们仍然还要说一句:菊花本身没有什么过错,而是有人想把它弄俗。

一九九〇年十月二十二日

作家访问记；道士，浪漫青年，隐士和儿童。

我们很喜欢看一些"作家访问记"，因为这比我们从作品中了解作者本人更为容易。我们阅读作品时有许多目的，其中之一就为了解写东西的那个人。他除了写作还干些什么、想些什么、有哪些嗜好？在作品之外，他还有什么见解？在访问记中，这些往往都传达得很直接，所以总是很有趣。

作家都是一些极具个性、内心世界极为丰富的人。正因为他们比起一般人有这些不同，所以才成了艺术家。他们的生活特别有内容有趣味，所以很吸引人。我们看过的许多写海明威、写托尔斯泰的，还看了写徐志摩和哈代的，都使人入迷。作家的音容笑貌，以及深邃的个性，好像都有了进一步的理解。如果一部访问记写得自然率直、并不突出自己的技巧，也没有把自己的个性强加到被访者的身上，就会是上乘之作。

而我们看到的某些当代作家访问记，就多少有点毛病。主要是那种矫情让人受不了。访问者往往要像鸡蛋里挑骨头一样，寻找着被访者的所谓"个性"，硬要弄出一点奇闻轶事，至少是一些别扭的言谈举止等等。他们的笔下非要"塑造"出一个人物不可，而不管离那个真实的人有多远。有的作家干脆被写得像道士、再不就像外国的什么浪漫青年。有的甚至给写成了当代隐士——这显然是撒谎和夸张。我们知道被写的人看了也会哭笑不得。

艺术家一般都有一种单纯气质，可是他们经访问者的笔处理之后，往往就变得更加单纯、更加天真，简直像个儿童一样不明事理、无私无邪，不食人间烟火，不通俗事，甚至不懂得人情道理。好像这真是他们做人的一份光荣似的。我们却因此而多了一份怀疑，担心这样的人会成为什么好的作家艺术家。

访问记的作者，如果念念不忘在他的文章里显示自己的才能，比如过多地考虑创建风格和突出文采之类，就写不出一篇正当的访问记来。这样的访问记既损伤作家本人，又损伤作者自己。他想把那个人写得妙趣横生，可是忘了我们这个时代真正妙趣横生的人很少，如果有的话，那也会把"妙趣"更多地藏到自己的作品中去。

此地从事艺术之难；一味毒药；"艺术家"与人渣。

我们发现，在这里从事艺术真的很难。不过如今要找个真正的理想之地恐怕也很困难。在哪里献身艺术都不会容易，从当前到过去，看看那些艺术家们一生的经历就会明白，他们的奋斗道路一般都相当曲折，有的还伴随着巨大的不幸。从最简单的方面讲，艺术家会受到各种各样的影响和干扰，受到世俗物欲的侵蚀；人的一颗为艺术的心，在生活中会一再地遭到拒绝。

小地方有小地方的好处，它固然闭塞，可是它也清静。这就有可能避开喧嚣，避开那些使人头晕目眩的、不同层次的、互相交织的所谓业内纷争——这是艺术界的一味毒药，一旦吃上它，艺术家的生气勃勃的机体就会枯萎衰败，变成一个没有希望的、艰难喘息的人。要知道人生活在那样的一个环境里，要完全躲开也很难。古今中外，那些混进艺术界的渣子总是难以绝迹，他们在艺术上是低能儿，毁坏艺术和艺术家的手法格外卑劣。

相反，在一些小地方尽管文盲较多、贫穷的人较多，他们不谈论艺术，更不涉足艺术，却非常朴素。艺术在这些偏僻的角落往往没有位置——艺术和创造艺术的人一起寂寞，有时却实在是一件好事。这里最贴近自然，有一个使人独立思考的环境。诗人在孤独自己的同时，恰恰也升华了自己。

诗人所要警惕的只是一种过于满足的情绪，或是过于关心眼前的一些世俗之物——当地的很多事物格局小，包含的信息量也小，搅在一起，久而久之就会变得气量狭小、境界平庸。

我们可以拥有美好的读书生活，可以"秀才不出门，读遍天下书"，如果做到了这个，就是非常幸福健康的人了。

一九九〇年十月二十四日

基层艺术家怎样排除干扰；被一种情绪所覆盖。

基层的干扰有别于一些政治经济中心的干扰，它们显然不同。越到基层越接近于创造物质财富的第一线，这里的现实感非常强，可能人们对生活、对事物的认识将缺乏一点点距离感。比较而言，一个诗人生活在这里的人群中，心理要极其坚强才行。

很多基层的写作者在创作上的失败，首先是以生活中的失败感作为开始的。当然了，一种压抑的、愤愤不平的情绪，偶尔也有助于诗意的抒发和产生。但这些情绪仍然对人构成了损伤，如果一个人本来就软弱，那么他就极容易被这种情绪所覆盖，变得畏畏缩缩，一筹莫展。抗拒这些干扰的最根本的办法，就是经常跳出世俗的迷障，与现实生活拉开一定的距离，重新去思考周边的一切——尽量把眼光放得长远，不断地改变自己的视角，不断地更新认识。

"距离"说；一只鹰可以看得很远。

事物就是这么奇怪，有时你离一种东西特别近，与之几乎成为一体、再也不能分离的时候，反而不能够清楚地认识它。就像你的眼睛，离得近了可以看得很清；可是离得再近、几乎贴到眼上时，又全都看不清了。一个人身处基层，必然更直接、更具体地面对生活。你与所要描写的自然、土地、人与客观世界的关系，都离得太近。你就很难全面地清晰地把握它们，很难从一种事物与另一种事物的比较中寻找联系，倒是容易陷入其间，思维变得局促起来。

比如，一个整天在泥土上劳作的人，反而很难产生关于大地的诗意。他这时候的一切联想，都与很实际的东西贴得太紧——产量、耕种、干旱、丰收，以及与这些情绪紧紧相联的那些感慨，将不可避免地笼罩了他，反而不会有那些关于土地的更空旷邈远的想象。他于是很难懂得欣赏田野里的落日、远处的浮云，以及黄昏时的欣悦和惆怅。他的情感既是直率的，又是单薄的；既是健康的，又是干枯的。当然，他没有多愁善感，可是也没有那么多的激情。那种委婉低徊的精神状态，往往也不属于他。

一般而言，如果长期贴近一种东西，有时就需要退远一些；而长期离一种东西太远，就需要接近一下。比如：让一个读书破万卷的书生到穷乡僻壤里打滚，只能使他越来越好；而让一个在泥土上辛劳了一生的人在泥土里打滚，只能使他沾满土沫的身躯愈加疲惫。这是两种不同的人生，他们将有不同的结局。

一只鹰可以看得很远，那就是因为它离开大地有一个距离、有一个高度。它之所以能够捕猎，也是因为它能够迅速及时地俯冲到地面上。

一九九〇年十月二十五日

为什么不直接表现生活；不同程度的失败。

有人常常问艺术家：为什么不直接表现生活？他这里的"表现"实际上是"再现"的意思。艺术家的确很少去直接摹写眼前的生活，甚至也不直接去写那些传闻和历史掌故，不直接写历史。有人认为所谓的艺术家就是纪录生活，纪录得越逼真越好，这不对，或至少不完全对。在历史学家、社会学家那里或许是这样。而一个作家，已经用自己的心灵滤过、溶化和再生了所有的"现实"，笔端所出现的一切，都不过是既熟悉又陌生的东西。他视野极为开阔，但真正容纳的，却只是十分特别的、为其所取的那一部分。在我们的印象当中，所有想做一个社会生活的忠实纪录者的，最后都程度不同地失败了。因为他们试图去完成的是这一部分，压根就不是诗人艺术家分内的工作。

我们这样说，并不是否认一部艺术品在生活、社会以及历史诸方面的认识作用，而只是在强调诗的特质，强调一个艺术家的主观抉择，强调由于这种抉择的不同而带来的不同结果。

翻开一些艺术作品，这里包括绘画、摄影、甚至音乐，当然更包括戏剧和电影——那些热衷于纪录一段社会生活和历史进程的作品，往往是空有其规模，许多时候是大而无当的，并没有多少艺术的根据，没有个性。他们所追求的活鲜生动的社会生活，并没有化为生动的艺术形象，没有意境，当然也没有诗。它们究竟像什么，到最后都没法界定。

一个艺术家在进入创造的时刻，总是浮想联翩，更多的是梦幻、是变形，是如醉如痴的歌唱，是孩童般的纯洁和天真，是偏激，是激赏，是迷狂和不可遏止的冲动……就是这些过程，这些演变，才蕴含了艺术精灵的一场场美丽舞蹈，产生了真正意义上的杰作。

当我们想到这些的时候，就不可能去做那种"再现社会生活"的作家了。

好的文学语言并不像生活。基本原则。

有人认为好的文学语言也并不一定像生活中的语言。有不少文论家——特别是新时期以前的文论家，总忘不了挑剔一个作家的语言是不是"生活化"了，是不是像生活中的语言。他们特别愿意把作品中的人物对话与生活中的人物对话去作比较。这实际上是一件傻事。二者之间怎么会一样呢？如果力求做到一样，那还不容易吗？可惜那样就等于取消了艺术。

有时候，我们也确实发现成功的文学语言酷似生活中的语言，即所谓的生活气息浓烈。但再来深入分析一下呢？那时候就会发现，那仅仅是一种"貌似"罢了——它们与真正的生活中的语言还是隔了一层什么——原来那仍然是一种书面语言的伪装。

我们评价一部作品语言的优劣，主要应该看它是否读起来舒服，是否自然生动，而同时又是否具有强大的个性魅力和深刻的表现能力——这才是我们的基本标准。

一九九〇年十一月二日

生活的重压使人迟钝。不必做职业艺术家。

一个人在现实生活中无论顺利与否，都会不同程度地感到周围世界对自己的挤压。一个人只要生活着就会有这样的感觉。贫穷、政治坎坷、疾病、情感折磨，以及其他的种种不幸，都会使人长久地陷于痛苦。你不得不为摆脱这些去挣扎、奔波，这样，你的注意力就会长久地集中在一个个点上，无暇顾及其他。这样，你其他的感觉功能就会渐渐退化，心灵上的窗洞就会逐渐堵塞，而且也将失去流畅生动的语言表达能力。

本来一个人很难从视野中排除土地、自然，排除原野上苍空中的那些景观，很难排除由此而引出的丰富的、变幻莫测的联想。你可能记得，这些联想在你的童年时代，竟是异常地丰富和发达，一棵树、一枝花、一株草，曾给予你何等新鲜明亮的印象，这印象可以一直保持到你的壮年、甚至老年，这就是人们常讲的童心和童趣。后来这一切都在渐渐地萎缩和消失。

造成这些的原因也许是非常复杂的，但最重要的大概还是生活对人的重压。比如说一个人负重行路，呼吸急促，哪里还有那么多闲心欣赏四周的景物。说到这里我们就要想一下，艺术与生活与人有多么奇怪的联系。你稍微观察一下就不难发现，那些热爱艺术的人、那些艺术家，往往要比一般的人天真得多、敏感得多。许多人早就忘却了的那一切——色彩、滋味、感触，他偏偏会深深地印在脑海里。一个艺术家尽管一生坎坷，尽管有贫穷和其他不幸的折磨，也还是能够葆有这种敏感性。

由此看来，艺术好像是一味医治迟钝和麻木的良药。由此我们可以联想到录音机上的磁头：由于日常的使用，它要不间断地工作，就要被玷污，最后放出的声音再也不清晰了——那时候就要重新清洗——如果你把生活中人的感受器官、感受能力比作磁头的话——你心上的那一部分被慢慢堵塞和玷污的时候，艺术是否也等同于"清洗剂"呢？

从这个意义上讲，为了人类生活得正常和进步，所有的人都应该热爱艺术，应该一生对它怀有浓烈的兴趣。如果仅仅把它当成艺术家的事情，那就大错特错了。降低和减少艺术在整个生活中的比重，是一个社会走向愚昧和腐烂的开端。将艺术与大多数劳动者隔离开来，自觉不自觉地把艺术欣赏职业化、专门化，是与艺术的本质精神格格不入的。因为就它的本质而言，它与劳动和生命是密不可分的。从这个意义上讲，一个人完全可以不必做一个职业的艺术家，但他必须热爱艺术。只有这样，他才会有健康的心理状态。也只有这样的人组成的群众，才会是一群"真正的人"，一群富有创造性和强烈探索精神的、最健康最少私欲的、目光长远的人。

傍晚的田野使人舒畅。秋天的大地。

刚收过玉米的土地显得格外辽阔，刚刚播种了麦子，一片整齐的田垄没有遮拦，这给人的完全是另外一种感觉。太阳在落山之前的这一段时间里，光线也分外柔和。一种静谧的气氛，再加上平坦的田野，使你充满了安宁幸福感。我们以前走到这里，还是茂盛的一片玉米，它密不透风，只是碧绿的挤挤的一片，望不到边缘。

那时候给你的感觉是地力很足，它使生长着的一切鼓足了向上的劲头。好像随便折断地上的什么东西都会流出一些液汁。那时候的田野显得很神秘，有无限曲折，有各种我们所不知道的故事在其中接连发生。而我们一连几天没有出门——恰恰就在这几天里，所有的玉米都收获了。你重新看到的是猝不及防的一个骤变，大自然突然换了一个节奏，让人耳目一新。那种崭新的开阔，使田野上的绿树显得更加突出，更加俊美；整齐的田垄显得娟秀而规范，这时候你不由得想起自己也是一个对大自然施加了影响的劳动者——你虽然没有直接参加耕种，但是你却感到参与了对泥土的整理。你手上也沾了泥土的芬芳。总之，在收获过的秋天的原野上，新的一茬庄稼又播种下去了。这就唤起了你生活中的各种各样的、巨大的希望……

一九九〇年十一月三日

强调"冲突";现代艺术过分省略了"冲突"的外在部分。

　　什么时候都应该强调"冲突"。过去说没有"冲突"就没有艺术，大概这种绝对的说法也需要从绝对的意义上去理解才是对的。一部作品越是优秀，就越是有剧烈的冲突，这本来是可以赞同的一个说法，可惜我们过去在理解"冲突"这两个字的时候，过分地去强调它的戏剧色彩、它的外向性。实际上真正给人深刻印象的冲突往往是更内在的。我们过去所理解的"冲突"往往是表面的、浅层的，并不一定具有多少深刻性。差不多是二十世纪的现代艺术才逐渐把冲突引向了内部。

　　那些恬淡、柔和的作品，那些平静如水的作品就没有"冲突"了吗？它们的"冲突"也许压在了更深的一层，它们或许把"冲突"留给了读者，或者留给了另一个时刻。

　　现代艺术的一个毛病，可能就是过分省略了"冲突"的外在部分，将一些琐碎、细小的纠葛罗列在作品中，于是减少了一些外在的戏剧性"冲突"，也就缺乏一种更有力的节奏。这当然也同时构成了它的一个弱点。一部流畅的艺术品并不排斥戏剧化的冲突，冲突既可以产生和谐，冲突也可以破坏和谐。有时候一种崭新的和谐就在这种破坏当中产生了，使艺术进入了另一种品格。

　　有些冲突是绝对不可调和的。这种冲突的出现，往往表现为作者在为捍卫自己的原则而痛苦地挣扎。现在我们看到的一些平庸的作品，往往缺少真正意义上的冲突。那是因为他们作为一个人还缺少自己的原则，缺乏一个在他的人生经验中所树立起的那么一个标志、一个刻度、一个绝对不可逾越的界限。没有原则怎么会产生深刻的冲突？从这个意义上讲，这些作品也就绝对不会表现真正的苦难，不会表现悲剧，顶多只是一点令人厌倦的伤感。

这几年来，一大批流行于书摊上的文学——这还不包括那些武打色情之类——都是些没有冲突、没有原则的东西，不值得重视。它们大多在写爱情，讲一些可笑的爱与不爱的道理，无非是杯水风波、无聊的缠绵、无聊的痛苦。那种悲欢离合里面缺少的恰恰就是我们上面所讲的原则。这里面的冲突都是编造出来的。这种人为的制作，与我们所讲的"冲突"简直没有多少关系。

我们所说的"冲突"是一种生命现象。

一九九〇年十一月九日

夜晚走向田野；充实和悠闲的意味。

我们在茫茫夜色里走向了田野，往往就是走进了安详和宁静。疲劳和各种各样的牵挂都顿时留在了身后。往前看只有朦朦胧胧的村落，几点灯火，仰头则是一天繁星。脚下的草丛里有小虫在鸣叫——这是田野上永恒的音乐。我们觉得不仅这时候感觉最舒畅，而且也感到最聪明：我们的一些最好的想法，最透彻的思维，都更容易在这片模模糊糊的旷野上产生。

实际上，我们白天在斗室里，思维也容易像我们所处的空间一样，不由得变得狭窄起来。当然，我们讲究"神游"——可是你伏案工作，一抬头就看见了窗外那些楼房、街巷、屋顶，看到那些愉快和不愉快的事物，它们必会影响你局限你。还有你的斗室连接的四个方向的干扰，都会反射到你的脑子里。你的四周是很少变化的那么几件器具和摆设，陈旧单调，很难唤回一种崭新的想象。好像这一切都与创新、探索相去太远。一种老环境老节奏使人疲惫萎顿——从这儿走向田野，特别是夜间的田野，一切也就完全改变。

在夜色里，有点像在大海里的感觉，四边无着，夜气笼罩，周围充满了一种让人猜测、让人探究的气氛。由于突然的放松，我们想起了多少事情：童年的，很久以前的各种各样的故事，各种各样的传闻。这个地方原来曾是怎样、又经过怎样一个过程变成了现在的模样，这些变化又是多么的不可思议——你简直觉得这不是人的力量所能办到的，而直接就是时间的力量。时间本身就是一只万能的手，它能把一整片的土地割成几块，把村庄拢成一座城市，也可以把坑坑洼洼的土地涂得平坦无垠。在这样的夜晚，我们看不到很清晰的东西，但我们知道它们是什么样子。我们踏着湿漉漉的青草往前走，听着更远处传来的狗叫声；空气中还飘来一种米饭的香味、柴草燃烧的气味，这一切都使人滋生精力。这时，有一种充实和悠闲的意味回到了我们身上。

如果走到树林里，那就让人有点害怕。我们不喜欢在黑影里有一片比我们高的东西包围我们，不喜欢细密和曲折簇围着我们。尽管在夜色里，我们看不到很辽远的地方，可是我们必须知道这种辽远。在这样的地方我们可以闲谈，可以怀念，还可以饶有兴味地去展开想象。换一个地方就不行。我们记得小时候走在黑夜的果园里，如果是两三个人，那么大家都不敢吭气，说起话来叽叽喳喳，好像担心有什么可怕的东西注意了我们、担心招致了伤害似的。如果有一群人在一块儿，也就敢于高声谈笑了。不过那也完全破坏了一种安谧。

这一条条耕作小路，石砌的水渠和排水用的一道道土沟，在地上分布得巧妙到了极点，组成了最好的一幅图画。它们或隐或显，作为田野上的一处处标志，再好也没有。还有一株一株的树，它们很孤独，远离了村庄——除了白天有做活的人和它们打个照面之外，大部分时间是它们自己站在那里。大概它们见了我们走近了，也会有些感触吧，它们或许会欢迎我们。因为它们需要沉思默想也有的是时间，它们也不会喜欢寂寞。在树底下徘徊倚靠真是一种幸福，这时候我们如果要思考问题，更多的就是真情实感，是自己的感触。暂时不必有那么多的顾虑了，可以与大自然融为一体：与之亲近，与之对话，倾听它的深长呼吸。

一九九〇年十一月十八日

旧时景物的消失使人惆怅；自发的创造力被损伤。

有些现象讲起来真是让人难以置信，因为有些事物在我们眼里是永远不会改变、或至少是很难改变的——可是过了没有多久回头一看，一切都面目全非了。

我们常常想起小时候记忆当中的一些事物，如园艺场的那片大粉丝厂，一排排的老磨屋……有一次我们走到那里简直吃了一大惊：当年那一片火火爆爆的场面没有了，一片复杂的使人迷向的建筑也没有了。那里只剩下一片荒土和一地碎砖、几个埋下一半的磨盘。还有，我们刚来这里时，有一天傍晚走到了那个园艺场南边一公里多远的那个村庄——因为小时候我们夜间和放学后就常到那里玩，我们仍能回忆起那里的每一个街巷，回忆起村子的什么位置有一个大碾盘、有一个饲养屋、有什么颜色的牛和马……那天我们就这样走到了那里——可是说起来也许你不会相信，那天黄昏只让我们看到了一片垃圾、一片荒草。我们没有看到一幢房子，也没有看到一个人影，就连当年生气勃勃的狗也没有看到一只……一个村庄消失了。

当时我们不知所措地盯着被晚霞染红的枯草，如果说感到了惆怅，还不如说感到了恐惧。我们真害怕一种力量，它是绝对陌生的，没有常性，常常是突如其来……

我们刚才说的只是一些巨大的改变。实际上你如果注意一下，小一些的变化随时都有。时间就是这样送走了昨天，把活生生的、有声有色的、光彩照人的一切，都埋进了模模糊糊的历史中——比如说，可能在记忆中前边不远有一排柳树，柳树下有一个水湾，你在柳树下钓过鱼，发现过一只猫头鹰……可是这会儿呢？前边也只是一片灰蒙蒙的泥土，上面刚发出稀稀落落的麦芽来。再比如说，那些弯弯曲曲的小路非常光洁，路边生着绿草、灌木，可是这会儿再看什么都没有了，土地被拼成了大块，小路像一片绿叶上的筋脉一样被抽掉了。更宽的柏油路就在远处，上面汽车轰鸣。

你不得不说这是一种"进步"，可是这一连串的进步留给我们心灵里的东西又是什么？我们的另一种需求又怎样获得满足呢？我们相信没有任何一种力量可以恢复童年的景物,好像也没有必要去恢复。但是眼前的感慨和惆怅又并非是无所谓的,因为我们都隐隐约约地感到了它在割伤着我们身上最重要的什么,那似乎是一种与生命一起成长的最珍贵的东西,也包括自发的创造的力。

过去的田野不是一览无余;两种文化在心底的冲突。

那时候土地上不仅是路窄、路弯、树多、湾多,而且土地上时有高地、凹地、坡地。那时的人们在能够耕种的前提下,更多地迁就了一种天然性格。这就是艺术家常说的"自然天成"。那时候也没有感觉到在这样的土地上劳作有什么不方便。因为田野就是田野,它不是马路,不是楼板,也不是桌子。田野总的来说是由风霜雨雪,以及上百年的大水的冲旋、更久远的年代地壳的变化所决定了的一种形象,它总的说是高高低低、弯弯曲曲,是多变的,多姿多彩的,它好像与我们东方人的性格及文化情趣都那么贴近和融合。而如今把土地搞得平整四方,由宽路间隔成一大块一大块,把田野搞成这样一种几何形结构,这就多少有点西方气,大概与近代西方的科技文化传入紧密相关。大概我们对这些现象的惆怅和若有所失,不仅仅是一种恋旧的缘故,而是两种文化在心底深处隐隐冲突的结果。

一九九〇年十一月十九日

《白石老人自述》书影

书画作品。真正的艺术家怎样过完自己的一生。

有人说我们这一代人已经读不懂民族的艺术，比如许多人不喜欢书法和国画。这并不真实，因为如果是真正的艺术，总会有人喜欢。

可是现在虚假的东西太多了。我们有个感觉，这个年头再也没有比艺术领域里的假冒作品更多的了，而艺术当中做假最多的又是书画界。很明显，有一批以从事书画艺术为名，实际上却专心于攀附的人，他们混迹于艺术界。这些人有个共同的特征，就是一般都来往于上层、官场，又借上层欺压真正的艺术家；而那些长期做行政工作的官人又往往对艺术缺乏基本的辨析能力，于是钻进书画界的伪艺术家们也就有机可乘了。在艺术界，人们对这部分人特别厌恶，只是无可奈何。

书画艺术可以出大师、大手笔，可是如今一提起书画艺术，许多人已来不及谈论对大师们的崇拜和敬仰，首先触动的倒是深深的反感。他们反感这门高雅的艺术被玷污，愈来愈藏污纳垢。还有，一个"人物"只要年纪大了，大半也要写写画画，要别人把他们称为"艺术家"。这些人走到哪里屁股上都要带几管大笔，一有机会就铺开宣纸题字，而且一般都会写一个斗大的"寿"字或"虎"字；还有人专门学着画竹子或者老虎。总之，他们总是较快地掌握了一点机械化的笔墨，沾沾自喜，窃以为当个艺术家原来竟这般容易——既然艺术家都是一些无能之辈，那么藐视和压迫一些艺术家的做法也没有什么不合适——自己仅仅拿出了生命和精力的一个小零头，就堂而皇之地成了一个"艺术家"。

这些无知的东西把一些脏物涂抹在书画艺术上，使人懒得走近，也懒得谈论。前不久看过齐白石的一本自传，叫作《白石老人自述》，从中你可以清楚地看到一个真正的艺术家是怎样过完自己的一生的，他们一辈子的心血全倾注在笔墨之中。那真是一个身心朴素、神采鲜亮的一个老人。你还可以怀着同样的心情去看其他国画大师的传记，去看我们书画史上一座座的高峰，瞻仰他们的作品，领略那种神韵。你展开一幅幅长卷，去感受生命的奇迹吧。他们就是这样地既伟岸又朴素、既神秘又平凡，难以言喻。看过这些，再回头看看混迹于艺术界的这些虾皮烂蟹，会感到悲哀而又绝望。

书画艺术要比文学作品抽象得多，含蓄朦胧得多，所以也更有利于骗子们藏身。艺术之树往往就是毁在蛀虫身上，在艺术的各个门类里，都是一样的道理。

我们所说的那些半路掺进来的所谓"艺术家"也许并不可怕，因为他们的低劣浅薄是特别明显的；就艺术界而言，他们远远不是行当中人，要讲损害，也极其有限。可怕的是那些在艺术领域里颇有阅历、从某种程度上讲已成为一个方面的代表人物，甚至是大红大紫做了头领的人物——这些人在本质上完全不是什么艺术家，他们的兴趣主要在于二媚：媚上、媚俗。这一类所谓的"艺术家"才是艺术界里真正的蛀虫。

一九九〇年十一月二十一日

要经常强调"去做"；重视行动性的人。

有些事情最好亲自动手去做一做。作家往往偏重思想而轻视行动，常常以思代行，这样日久，两腿越来越沉，就越发不愿行动了。不仅是一个文学创作者，任何一个积极生活的人都应该重视"行动性"。只要你觉得这行动是有意义的，有助于发现、有助于判断、有助于感觉的，那就不妨去实践一下。就是说，一个人要勤于亲临现场，让行动尽可能地跟上思想。

我认识的一个朋友，他想看一看鲁南山区，于是就在工作之余自费去了一趟，尽可能仔细地看了一遍，因为他想亲眼看看那里的山和植物、那里的人。他又想拜访某个城市的一位老作家，又千里迢迢地去了。他想和朋友探讨有关的几个问题，每一次都主动联系，而且绝对守约。

这样的人表面看起来只是勤一点、生活得认真一点，但实际剖析起来，却有重视行动性的了不起的品质。你分析一下历史上的记录，会发现自古以来做成了大事的，往往都是这样的人。

重视行动性就是深刻地理解了行动对于生命的意义。它首先绝不亚于行动的欲望。实际上，我们很多人都明白具体的行动在那个阶段和范围内的意义，可惜总有心理上的某些障碍，结果就把应有的行为给废除了、省略了。

现在的作家比较起"五四"前后的作家有一个很大的缺陷——你比较一下就会发现——我们这一代作家参与的重要历史事件太少。许多重大的事件与我们没有直接的关系，我们既不是设计者，又不是参与者，甚至也算不得一个好的目击者。我们很难深深地感受时代和历史的脉搏，没法体味真正的欢乐和痛苦。

再回到日常的生活中来看，我们往往不守约，不守计划，没有恒性，也没有操守，只任时间之河慢慢往前推拥。这就决定了我们不会有大的造就，事业上表现得平平常常。

重视"行动性"还包括果决和勇敢，因为一个人需要这样的素质。我们看到一个严肃的学者有时候就为了一个"小题目"，会毫不犹豫地漂洋过海去做实地考察，把辛苦、疲劳和可能遇到的危险，全抛到了脑后，毅然地踏上征途。日本作家井上靖刚刚出版了一本《孔子》——我没有读过，不知道写得怎样；但我们知道他为写这本书三番五次来到中国，沿着孔子周游列国的路线扎扎实实地勘察体味了一遍。而实际上，他手头占有的关于孔子的资料已经数不胜数了。但他远远没有满足于这些。他把剩下的希望寄托在实际的行动上。我们这儿有几个青年作家徒步走黄河、走长城，这也非常动人。也许这在他们一生中只是短短的一瞬，可是因为要完成这一瞬，也需要有决心，需要去理解和重视"行动"的意义。

一九九〇年十一月二十四日

小说的第一笔；学外国人要绝对小心。

无论是一部短篇，还是一部中长篇，第一笔都是至关重要的。我们记得已经有作家谈过类似的意思：第一笔往往就决定了一部或一篇小说的色调、意味，甚至是境界。有很多小说写得好，那首先是因为第一笔写得好，由它诱发出了许多灵感、许多机智。我们知道，有时候一个好的题目就可以决定或影响一部作品的命运，那么第一句话有多么重要也是可以理解的。题目对于整个作品来说是居高临下的，不是让它的光芒把全篇照亮，就是全篇的光辉把它反射得耀眼夺目，对于全篇来说，它不言而喻有一种概括作用、一种若即若离的关系。"第一句话"就不完全是这样了，它是胚芽，是根，可以慢慢生长。一部作品无论有多么巨大的规模，它都是由第一句话慢慢生长出来的。它跟通篇的关系如此紧密，不可分离。有人把诱发整个创作的灵感看成是一部作品的种子，可是这个种子在适宜的温度和水分之下，还要发出根芽 —— 根芽就是第一句话。

于是，有的小说写坏了，第一句话也就变得责任重大——细究起来，它就是从第一句话坏起来的。好比弹一首曲子，头几个键就给按错了，对这场演奏来说是很糟糕的事情。大概第一句话至少在决定语言的节奏和风格上，作用是明显的。第一句话的语气是既定的，那么接下去要迎和这种语气，就需要做出相应的努力。还有节奏，通篇的语言往往都是由第一句话的节奏转化而来的。至于它所表达的时态、时间空间，对全篇都有一定的限制和决定作用。一篇文章很难脱离了它规定的时空去运行，所有的操作也要限定在它允许的范围之内。

这都是比较明显的问题。实际上夸张一点说，第一句话往往隐隐包含了这部作品的全部信息密码。一部作品就是一个有机的整体，我们取第一句加以诊断，或许可以了解通篇的问题。当然了，第一句话也是一个作者全部的功力和素养、自身的才气、运笔那一刻的运气，等等因素的凝聚和体现。谁不想写好第一句话？它是很难的。但正因为难，才需要极其认真地对待：放松了又紧张，紧张了又放松，寻求机会，求助于灵感，往往一个机灵就写出了第一笔——第一笔是绝妙的，那就紧紧扣住它往前走。

可惜现在的许多作品并不是那样写出了第一笔，而往往是随手扯来的一句话，就那样写下去，渴望奇迹会在半路发生。我们知道，这种奇迹是难以出现的，即便出现了，那也已经是太晚了。

第一句话要有个性，既不能俗气，又要自然得体，要凝炼简朴，还不能总是抄外国书——"我想我们的故事开始了……""我记得那一天下午……"这一类句式不是很可笑吗？这就好比看见了一个漂亮的人穿了一条健美裤头，我们羡慕不已，在冰天雪地里也非要穿不可，结果冻个半死。学别人，尤其是学外国人，绝对要小心。学他们的第一句话，那就得小心再小心。

一九九〇年十一月二十六日

一部作品的主人公往往不如其他人物写得好。他只能"平庸"。

主人公常常是作者投放力量最大的人物形象，可是有时这样的人物费力不讨好。哪个作者都遇到过这样的埋怨，说他的主要人物往往不如某某次要人物写得更生动更传神、更有魅力、也更让人记得住。其实分析起来原因也很复杂。我们看到那些更有深度的评论者，在做出这样的评论时就审慎多了——因为那样讲讲很容易，也能获得很多赞同的声音，但问题究竟如何，还得好好琢磨呢。

不错，有时候那个主要人物确实是被作者弄坏的。他从各个角度去塑造他，其实是转着圈糟蹋他，把他弄得越来越不含蓄、越贫乏，最终失去了神采和活力；而那些次要一点的人物，作者写起来就放松得很，这样反而会出来一些真性情。而那个花费笔力最多的人物，总是要分担全部失败的责任。如果一部书基本是失败的，那就更没有什么好说的了。如果一部书部分地失败，而失败的原因又是非常复杂，那么读者也往往要把全部的责任推到那个主要的人物身上。这虽然有欠公道，但大致还是准确的。

一部书里所写到的一群形形色色的人物，无论他们的身份、职业、面貌以及素质有多大的差异，那个主要人物总算这个地方的一个领导者吧？一个地方的工作出了问题，主要领导就得负主要责任。

当然也有另一种情况，就是说评论者的眼睛出了毛病：短视，没有透视能力，看问题没有深度。这样的情况也不少见。有时候明明作品中的主人公写得非常扎实，非常有深度，他偏说不如那个次要人物写得更好、更鲜亮更生动。这说明他只知其一不知其二。他对于艺术以及艺术表现生活的过程知之甚浅——主要人物往往代表了生活的更大的真实性，有时候并不一定就是个特色人物。他常常像生活一样地深厚、复杂，而又特别平凡。他无论在作品中、在生活里所扮演的角色的性质，都决定了他必须这样；而其他一些次要人物可以是一个剪影、一个类型、一个粗线条的勾勒和概括——他可以十分传神，却不一定十分耐久；他可以留下读者再塑造的余地，却没有那么多被作者早已把握了的、实在而具体的内容；他只是更具个性而已——这种个性只是勾勒出来的图像，或者仅仅具有这些方面的倾向而已。那个主要人物呢？他只能像真实的生活一样"平庸",他就是以自己的这种"平庸"才换来了其他人物的个性光彩。

一九九一年三月二日

第十章　心灵的周游

一部战争小说；历史也要接受道德的检验。

一些描写战争的小说真是不太好读。比如我们手边的这本书。在我们这样的年龄，或者说再大一点的，有多少人还对这类题材感兴趣？或者说这类小说会有多少读者？大概读者很少了，特别是中青年读者比较少。老人大概还读那么一点儿。如果调查一下，就会得出一些具体的、不太让人乐观的数字。

作品没人读，读者急剧减少，原因在哪里？原因一定非常复杂。好像打了那么多仗，作家就得写出好的战争小说，写不出就是作家无能——当然，你得承认作家本身的努力确实不够，写作者当然有责任。他们大约没有在这个时代所能提供的基本条件下写得更好一些。特别是这几十年的时光，大家更有理由拿出描写战争的好作品，但事实上一直没有。从很大范围看，真的没有太引人注目的东西。每出一部战争题材的作品，就淹没在书海里了，一点反响都没有。

不过细究起来就不是那么简单，到底是什么耽误了作家还得好好研究。搞数学搞物理学，中国人不比外国人差，大概搞文学也不会差。

我们现在具体分析这本书。实事求是地讲，它有些出乎意料。我原来没有想到这部书能写得这样引人入胜，没有想到有人会拿出这么一部作品。像这样的题材越来越难写了，因为无数的故事都被人反复咀嚼过，再写就很难出新意。这部书倒有自己的花样，有内容。从今天出发去寻找昨天，那一定不是一件容易事。

但不会有许多人夸这本书。好的作品常常被误解，而不是及时到来的赞扬。艺术从来都是有要求的，没有无要求的艺术。一本庸俗作品讲的是破烂故事，于是大家听着都熟悉，也顺耳。比如最近大家都叫好的那个电视连续剧，就是彻头彻尾平庸的。

有人说这部作品形式上有新意，我倒觉得更重要的不是表现在形式上，也不是表现在某个人物上。如果与我们已有的写战争的作品相比较，会发现它思考的问题增多了，范围扩大了，思考的角度也有变化。作者无论是自觉还是不自觉，在客观上所表达的，都是一些上好的道理。这些道理几十年没人讲了。有人说它的爱情部分写得好，好在哪里？就因为有那个哭哭啼啼的女人吗？关键不在她，关键在于作家说了老实话：无论怎么忙，一旦有了爱情，还是先忙爱情去，别的先放一放再说。

作品给人印象最深的是女性，而不是男性；女性中，写得最好的人物就是那个哭哭啼啼的小女人——她虽然不是冰清玉洁的少女，但写得就是好。海明威在《丧钟为谁而鸣》中也写了个类似的女人，她也并非冰清玉洁，但写得也好。要紧的是她要可爱，有质感，表达出的温情又可信、诱人，让人思念，希望她真的存在……第二个好的人物就是那个老大娘。她穿得破破烂烂，贞洁而又坚定，对革命的贡献可真不少。书中有不少景物描写，都不太行。作者在情感上对景物还不够亲近，他对姑娘亲近。应该有景物描写，这是作品的空灵之地，那怕有一点也好。这部书基本上写得比较实，虽然用许多新的手法伪装。

有色彩的东西只要有一点，就会给人留下很深的印象。它有个地方写了优美的泉水，以及少女在泉水中沐浴的情景——作者本来想让这个场面楚楚动人，结果适得其反。他大概想让人去思考：如果没有这场战争，我们人和自然，我们的女性，该有多么幸福。少女们这么美丽，形态婀娜，心灵又那么美好，是不是可以多待在这样的泉水里。看吧，历史却把她们推到了战争中，推到了战场上，推到手术刀和鲜血中去了。当然他的这些想法也不错，只是写得太俗浅而已。

这个作品还写到许多庙宇，写到庄子老子的话，以及古人对战争的描绘。这一些都说明作者有余力，有闲心，并不紧张，也多多少少制造了那么一点气氛。

还有一个印象，就是作品的表达非常强烈，可见作者在写作时考虑到要打动更多的读者。有的章节算得上惊心动魄。一个有力的作品，无论有多少长处和短处，有一点是必须具备的，那就是要有强烈的场景，不然很难产生动人的力量。我们可以把作品写得很优美很闲适，但这至多是一种有特色的作品，不可能成为一个有力量的作品。这部书给人总的感觉就是：强烈、沉重、悲怆。

当然，它写得很有激情，尽管这种激情是时断时续的。我们过去讲得虚玄一点，就是读作品要读"气"：创作时作者有一股"气"注入其中，"气"随意行，笔到"气"到。我们觉得这部书不能说笔笔得"气"。但有很多得"气"之处。作品一开始就让人感到这一点。激情是从哪里来的？好像是出自作者对那场战争中的人的情感，这是主要的。歌德讲过：有些作家的才能本来很平凡，但是当他具有一种强烈的义愤时，他的作品也就显得很有力量了。作家对艺术事业本身的赤诚也很重要，他把整个身心扑在了艺术上，这种赤诚直接可以化为艺术激情，灌注在作品之中。

这部作品有意思的地方，还表现在作者并没有流于一种时尚，去追求所谓"从政治和历史的高度评价生活"。作家更多地运用了"道德"这把尺子，我们觉得这也很重要。它涉及了文学界长期争论不休的一个问题。特别是写战争题材的作品，尤其需要考虑这样一些问题：我们怎样把握战争生活中的人和事？怎样去判断？我们当然不能放弃政治、经济、历史等等尺子，但是也绝不能舍弃道德这把尺子。作家手中的这把尺子可太重要了——不能纯粹道德化地评价生活，但却要更多地从道德入手来评价生活。如果我们能冷静地分析，不牵强附会，那么就会发现许多好作家都是这样的。是不是可以这样说：我们对人物的历史判断，应当渗透到作家的道德评判之中？用道德评判去包容历史的、政治的、经济的判断？我们常常讲，"道德"要接受历史的最终裁决；但我们很少讲历史也要接受道德的检验——历史感的体现，更多地应该从作家的道德判断中渗透和显示出来。

如果一个作家还没有学得那么时髦，那么他就会更多地从人性和人情入手去理解事物。他运用了道德这把尺子，量来量去，心情会处于非常紧张、激烈、矛盾的状态之中。这种心情同时也自然而然地感染了读者。正是因为这样，才有可能写出让人亲近的人物。我们有时过多地强调"从历史的高度去把握生活"，其实更多的是在搞一点庸俗社会学，搞一点短期的和具体的配合，恰恰远离了"历史感"，是一种投机。

一部好的战争小说，会给写死了的一个题材带来生机，以自己的艺术实践证明：打仗的事儿还可以写出更多的好作品，不但可以写，而且可以有各种各样的写法。

我们还得谈谈这本书的缺点。这样一部作品，毛病也不少。首先是需要压缩，它太长了，应该压掉三分之一。一经压缩，它就更有力量了。目前看最大的缺点是不含蓄，写得太实，一些过多的议论、不必要的交代，都显得太多。大家可以预料的、预感的，心中明了的一些东西，作者就不必交代。而过多的议论，常常是不会精彩的。如果能够把这些压缩掉，就能够减少很多文字。对话再变得简明些更好。有些地方写得小巧，而好作品都是大巧若拙。应该把一些花哨的东西统统去掉，毫不吝惜。比方，每章前面那段名人语录应该去掉……总之一切工作都为了使之更淳朴、凝练、含蓄，使其变得刚劲有力。

一九九一年三月十四日

一部引起"轰动"的电视剧；制造与欺骗。

也许我们置身于一个相对寂寞的角落——不过我们接触的人也不算少，却没有像报上说的，感到这部电视剧有什么"轰动"。可能有人就愿意说什么又轰动了，以此来增添平凡生活中的意趣。

有时大家真的十分注意（愿意看）一部作品，但还未到轰动的程度。

作为观众和读者，麻木和冷漠的时候很多，要"轰动"不会那样简单。现在我们觉得人们普遍在关注海湾战争，而不是什么戏剧之类。那个电视剧看了一点点，觉得比较浅俗，就再也没看。四周的人几乎没有谈论它的，后来报上说这部电视剧"轰动"了，都觉得奇怪。看来它至少在办报的那个地方轰动了。不过只要是在大众中轰动的东西，人们也不太指望它会有多么好。因为深刻的高雅的艺术从来不是为了每一个人的——即不会是"大众艺术"，而只会是"小众艺术"。如果有谁说他的艺术既是大众的又是小众的，那么你可以把他的话看作言过其实。

艺术总会有它自己的要求，任何一个读者或观众，必须先满足它的那些"要求"，才会走入这部艺术品中。如果大家都同时喜欢、同时被其强烈地感染，那就说明这件艺术品可能是没有什么要求的，也就是说它太一般化了。

有人说作为戏剧，如果演员演得好呢？这只是稍微的弥补，因为即便是天才的演员，也不可能从根本上改变一部平庸的作品……很长一段时间里有人总试图制造出一点"轰动"，可惜真正重要的作品并不是招之即来的。它的产生往往不在人的视野之中，而是慢慢地、自发地生长。你不能指望一方面给大地浇洒酸水，而一方面又会不断地收获硕果。这是不可能的。

任何一种事物，只要出现，就会引起不同范围、不同层面的人去注意它。这是很自然的。值得重视的只有一个问题，那就是到底有哪些人在注意它。是真正有修养有见地的人吗？是有广泛阅历和人生经验的人吗？如果不是，那就又当别论了。有人会批评说这是在"藐视人民"——

难道把人民等同于无教养无知识就不是一种藐视吗？再说谁是"人民"？"人民"仅仅是以人数论吗？这其实是在用一个抽象的概念来掩盖真实。

"人民"可以理解为认识真理的不可掩埋的一种力量。"人民"也并非是被随便利用和借用的什么。真正有知识的人、掌握了一点真东西的人，才更容易接近"人民"。谈到艺术，那么只有艺术上深邃高超的人才更容易接近"人民"，而不是相反——你看艺术史上那些真正伟大的人物，他们的作品或许在当时难以被更多的人喜欢和理解（至少有时是这样），但在后来、在接下来的一个又一个世纪里，会那么强烈地震撼着、激励着一个民族，引导和启示这个民族，成为长久不熄的灯火。你能说他们不是代表了"人民"吗？相反，在当时迎合了众人的庸俗浅薄的东西，尽管一群又一群人向他欢呼，但后来还是不能长久，很快就被遗忘了，谁也不去注意了——他属于"人民"吗？

我们对动不动就自诩代表了"人民"的人十分警惕。如果真的热爱艺术、有独到的思维，那就不必请出一些谁也摸不着边的东西来支撑自己。

"轰动"的东西越来越多，平庸的东西就会越来越多。有人在屋里编个消息，第二天登上报纸，说什么又"轰动"了，其实是骗人的把戏。有人口口声声"人民"，其实是一种愚弄。前一段还有一个电影，据说谁看谁哭，于是就说不得了——其实该笑不笑、该哭不哭的人是很多的。再说"哭"与"好"本来就不是一回事儿。千方百计让观众哭的作品，本来就是很无聊的——我们从未见过杰出的艺术家总是让人哭泣。相反，他总是给人更深处的欣悦，或引人思索更深邃的问题——人在激烈思考的时候当然不会号啕大哭。那些让人哭泣的人、催人泪下的人，也许有一个目的，就是让你哭昏了头，于是不辨是非、失去了基本的判断能力，再糊糊涂涂去说好话。

一九九一年三月十八日

有些作品用词十分大胆。被语言兴奋着。语言就像他的指纹。

在书面语言习惯上，我们的手脚同样是被传统的绳索捆绑了，于是不能自由舒展。我们的常用词汇以及方法就是那些，这样日久，文章难免要死气沉沉，不能开创崭新的意象。所以有一段时间你说的那种"用词大胆"的作品一出现，就让人惊讶不已。好像大家在一个早晨突然明白了奇迹是怎样创造的。

有好长一段时间读者是被语言兴奋着，而这之前一直是被内容兴奋着。不过如果一直这样下去，人们的兴奋点又会转移到内容上，这是个规律。当然语言的革新也在丰富内容——不过专心摆弄语言的人可真不少，不能贬低这种做法。

具体到一部作品的总体价值上，那又是另一种说法……我们曾长时间为自己缺少变化、十几年如一日的语言状态而苦恼。好像没有办法改变。有人想在一个月或一个星期内改变自己的语言，只是幻想。语言习惯非常顽固。一个作者如果成熟了，他的语言简直就像他的指纹。

尽管这样，也不能说就毫无作为。你总会在可能的范围内尝试点什么——使之更简洁、更质朴，那总是应该的，也做得到。时间长了会明白一个道理：什么语言也不如准确的语言好。比如用词，不必总是讲究巧劲儿或大胆泼辣——那样也会让人发笑。真正有功力的人并不这样，相反他会极力使词汇沉稳隐蔽，而让一句话的意思变得明亮。这样创造出的美才会持久。别看一些普普通通的词儿，你在具体的语言环境中真正地把握它可不是件容易的事儿。你真的弄明白了它、感觉到了它，再去使用它。我们在修改自己的作品时，有时觉得有什么不对劲的地方，琢磨之后才发现，原来是一些词儿没有把握住，只是觉得差不多，就使用了。过去写的东西现在看，常能发现这样的毛病——写作那一刻并未深深地感知那个词儿。

一篇结结实实的文章，作者在使用词汇方面一定是谨慎有余的。他大概只用那些切实入心的词儿，自己也浸透在那个词儿所给予的情境中去了——每个词儿都规定了一种情境，如果突破这种规定，就要有相当大的理由。遵循一种规则办事，是任何竞赛能进行下去的基本前提。对于语言艺术来讲，也只有这样做才能摆脱一切浮华和矫饰，创造出真正健康和充实的美，它持久、实在，永远是清新的。即便时尚过去了，它还在那儿站立着。

一九九一年三月十九日

《他的琴》。就像抚摸自己的昨天。

这本小书让我牵肠挂肚。它印得不错，令人高兴。它的模样使人感到了劳动的快乐：不论劳动在昨天还是今天，只要勤奋地尽力地做了就好，就不会有什么遗憾和空虚。

《他的琴》书影,明天出版社一九九〇年版。

这本小书收了整整三十篇短篇小说。它们都是十七岁到二十来岁的作品，又稚嫩又让人珍惜。本来它们都堆在那几百万字的旧纸堆里，每一次搬家都要小心地带上。有时不知为什么打开来，长时间地看下去，岁月积存的尘土直呛鼻子。这二十多年走了不少地方，变换了很多住处，就从未有过扔掉它们的念头。每一次翻动都让人内心深处涌起什么，有些难以平静。陈旧的纸头颜色不一，字迹不一，有的潦草，有的规整，常常让人回忆起每一篇东西写作时的情况、人的境遇。有时蹲在这些旧稿堆跟前，半天不愿离开。有的稿子就写在废纸头上，为了节省纸张，字写得很小很小，真正像蚂蚁。有的稿子写在漂亮的方格稿纸上——至今还记得当时得到这些稿纸时的兴奋。大概就是从那时起养成了收集纸张的习惯。

　　日子久了，多少觉得这些废稿是些负担。这不仅指它们的体积，而是指它们所包含的真正的内容——它所代表的那一段岁月、里面的故事，以及不必要的缅怀。在这样的年龄，过多的缅怀是不好的，也不自然，但它又让人情不自禁。曾起意要烧掉它们，好像那样做了也就一了百了，利利索索了。想是这样想，真要动手了又难过起来。好像一把火就会烧掉昨天一样。

　　说实话，它们尽管稚嫩，但记录的是一个更年轻的人的心路历程，它不可能被现在的作者所代替。我明白它的不可重复性——这大概就是长期不忍毁掉的原因吧！现在可以更成熟地表现想表现的东西，但却没有能力复制过去的那一切。这就是生命的奥秘。保留了它们，也就是保留了青春，保留了永远不甘失去的那一部分生命、它的痕迹……就这样动手编了一本书，把它们编成一本小小的选集。

这也许是个折中的办法、一个牢靠的纪念。

在这本小书印出来的一天，也许真可以烧掉它们了，那时好像就可以轻松地踏上新的征程，就像人们习惯于说的那样——"向前看"了。

如今这一切真的做过了。在《他的琴》分送朋友的同时，就毁掉了全部旧稿子。毁的那一刻心情仍旧十分矛盾，当然不会好受。为它们花费的时间和精力毕竟太多了，那时常在深夜写作，在蚊虫的嗡嗡声中写下了这么多。无数的不眠之夜，无数的心血。这当中包括了四部长篇、一部长诗，几十篇散文和短篇小说。其中的一部长篇小说四十五万字，一笔一画用复写纸抄写了四份……那时候好像精力无限，勇气也大得无边。当然，也比较无知。

这本选出的小书只是短篇小说类，数量仅占全部的十分之一还不到。但这已经给了作者诸多安慰。记得它印出不久就因病住院了，朋友带着崭新的小书去探视，很让我感动。抚摸着这本小说选集，就像抚摸着自己的昨天。

一九九一年三月二十日

反常的气候。植树运动；让世道求助于绿色。

我们这一代人已经没有机会享受更好的气候了。我们只配消受反复无常的天气、生病，以及由此带来的各种各样的不测。这好像是必然的。你看我们一代一代人对大自然做过了多少蠢事，真是"不是不报，时候不到"——报应在我们这一代出现了。

一听说政府动员人栽树就觉得是大好事，是正经事情——再也没有比这个更重要的了。我们有时就想：一个国家的土地荒凉到这个地步，到处不见绿色，尘土飞扬，为什么就能无动于衷呢？为什么不能全力以赴地植树、让人人懂得爱绿色爱树木呢？厌恶绿色，这在我们怎么也弄不明白。要知道树木长得也不算快，要它们顺利地长起来活下去，并非易事。大概今天栽下的树，十年后仍然健在的，不会超过半数。总会有人把它弄坏。为什么？就因为它是美好的、生机勃勃的东西。

走在田间小路上，你常可以见到这样的情景：路边上一排本来就疏疏落落的榆树或杨树，被在地头歇息的人顺手拢堆火就给活活烧死了——看到这样的事情你就会对人性之恶感到恐惧，感到绝望。一棵树长到像模像样的时候大概需要十几年，可是有人拢一堆火在树根部，一会儿就把它四周的皮烧脱了烧爆了，再过不了多少天这棵树就缓缓地干枯了，死了。人是多么残忍。难道留下这棵树给他遮荫挡风不好吗？再说它丝毫也没有妨碍他。

这个地方有一些人非常奇怪，他们极讨厌两种事物：知识分子和树木。

可是我们从来就没有人去追究这类恶性事件。大家都觉得没什么。实际上这种行为本身就埋藏了人类自我毁灭的种子，简直无可疗救。

根据西方古人的试验，树木——森林可以极大地调节改变气温。如果成片的树木多了，遮蔽的泥土多了，那么天气就会寒冷。树木少了，天气就会酷热。古时的西方人很懂得这个道理。大雪封地，严寒逼人，他们就无休止地伐树。森林渐渐少了，气候也就转过来了。可是如今的主要恐怖来自气候转暖，并且由于这个猝不及防的变化，人们无法适应，各种奇怪的疾病也都泛滥起来了。

在济南，记得三月中旬里有一天的气温是零下五度，可第二天或第三天，气温骤然提高到了二十二摄氏度。而且类似的情况并不少见。你想人会过得好吗？正常的东西——人的生理状态，全给扰乱了，如此，人们对世界、对周围事物的判断也会出问题，会干出更蠢的事情，会进一步损害这个世界。这会是一种恶性循环。

由此我们甚至想到，解救这个世界的办法也许有许多种，但有一个办法是简便易行的，那就是不停地植树，让世道求助于绿色。

一九九一年三月二十三日

时下对一位理论家的批评。无法遮掩的同情心。

近来我们听到了一些令人不安的消息，许多这方面的传说。但我们看到的针对他的文章（批评、批判）不多。有一个大块文章发在一家显赫的刊物上。文章不能说毫无道理——绝无道理的文章是极少见的——但我们还得说它是一派胡言。我们十分厌恶这样的文章。文章作者根本不配这样谈论一位学者。在学术问题上，在心灵的邈远博大方面，他们基本上还摸不着他的边。任何人在学术研究上偶尔都会犯一点技术性的错误，他们于是抓住了这位学者的一些微不足道的东西去嘲弄他、挖苦他。是那位学者自己可笑吗？况且有的根本就算不得错误，就连技术性错误也算不上。

听说前不久还在一所大学开了一个会,会上有不少年轻的研究生也口吐狂言,按照时下某些人的要求向他发起了攻击。我不知道他们将来能否害羞。一个立志做学问的人首先要诚实,要一辈子求真求实,不能苟且。谁还能指望一个爬行尾随的人在学问上有所作为?

那位学者更应该算一个诗人。他的激情、他的无法遮掩的同情心,都曾经使人感动不已。

现在的人应该有勇气承认他的诗心、他的爱。

一九九一年三月二十五日

嫉妒者从来都要借个题目;"有原则的人"的特征。

嫉妒者从来都要借个题目。因为嫉妒这个词儿不好,没有光彩。一个人如果自己不肯劳动,或者没有才分,才要嫉恨比他更有成就的人。这无论如何不能说是件光彩的事。所以他们总要找个适当的时机向那些有成就的人发起进攻,一般情况下,他们攻击的理由据说是"为了某种原则"。好像越是业务上的低劣者,比较起来越是有原则似的。不过你只要好好观察一下就不难看出,这些所谓的"有原则"者,一般都具有以下特征:一、专业上比较平庸;二、总跟着风头跑;三、尽可能地追逐有权势的人。

我们到现在还未见到一位真正的艺术家会那样表现自己的"勇敢"——"勇敢"地诽谤别人,"勇敢"地捍卫"原则","勇敢"地讨要别人吐掉的东西……科学界、艺术界,哪里都有这样匍匐在地的可怜相。值得庆幸的是，他们往往很容易被辨认出来——对这一类人仅仅是蔑视还不够，因为他们常常蜷在人的视野里。

事情从来就是这样：艺术学术界之外的坏人并不可怕，可怕的倒是界内的蛀虫。他们看上去似乎也有自己的"专业"，而对于界外的来讲，他们的"专业"好像也坏不到哪里去——尽管在界内的专家眼里，他们所谓的学术和艺术往往一钱不值。

嫉妒者如果勤奋工作和读书；改变本质之难。

有人常常惋惜地说：那些嫉妒者如果勤奋工作呢？比如更多地读书呢？这只是别人的一片良好用心。事实永远不会这样。如果那些人能坚持这样做，就会是另外一种人了。

我们常常谈到人的改造，总是满怀希望。实际上你在生活中看到几个人真的被改造变了过来？大概绝无仅有。人要从一类变成另一类，这几乎是不可能的。

一个人无论做什么都一样，都只能是优秀的或不那么优秀的。而真正优秀的人在任何行当里都是极少数，是极珍贵的。他们需要保护。

优秀人物除了才分高，一个共同的特点就是勤奋，是忘我的劳动精神。他们差不多把劳动当成了自己的生命，不顾一切地创造和探索，除此之外不知世界上还有什么更大的乐趣。我们真分不清是因为勤奋刻苦、还是因为天才等其他不可理解的神秘因素，才使他们取得了令人瞩目的成就。他们都向往真理——在这里"真理"的含义更宽泛一些——对另一些优秀人物（先行者、导师）佩服得五体投地。仅就这一点而言，那些品行低下的人也应永远羞愧——有人可以在方便的时候一脚踢开哺育了自己的人——一方面吸吮了别人的营养、暗暗地长久地在学术和艺术上模仿和汲取一个人，另一方面又要寻找机会攻击和诅咒这个人——人世间还有比这更可恶的行为吗？

一般而言，我们可以原谅一切在专业成就上远比自己高的人的过错——因为他们是心中的一部分圣洁的理想，是它某种意义上的代表。

嫉妒容易在人的心上滋生。但仅仅靠嫉妒是成不了什么事的。如果对人的嫉妒可以转化为更大的钦佩、一种仰慕，那就好了。用嫉妒积聚成一种毁灭别人的力量，结果非但毁灭不了别人，反而会烧坏自己。

在一个时代的转折期间，需要多么谨慎。这当然不是指胆小怕事。各种力量在演化中闪烁着不同的色彩，需要悉心辨析。特别不能迫于压力而苟且。歪风邪气再猛烈也会吹过去，最基本的原则却会永远存在那里。投机者一方面证明了他们自己是坏的、低劣的，另一方面也证明了他们是愚蠢的。一个人不管怎样，总要维护真和美，总要向善，真善美仍旧是存在的。

有这样好的愿望尚且做不好，如果没有这个愿望不是更可怕吗？

一九九一年三月二十六日

《托尔斯泰传》，艾尔默·莫德著。

莫德的《托尔斯泰传》。无人对其不恭。

大概翻译过来的托尔斯泰传记我们都看过了，还有那些回忆录什么的。大概最好的就是莫德的这一本。看了好几遍，其中有两遍读得很细。这本书有七十多万字呢，还有那么好的插图。写得详尽，很细，写这么伟大的一位人物，可能写少了不行。

托尔斯泰的作品伟大，这不用说了。一切都是因为他这个人伟大。他是善的化身，仁的化身，道德的象征，良知的代表。我们有时不知怎样尊敬他才好。在写作的间隙中，读谁的作品都可以，为了调节一下精神；不过最好还是读关于托尔斯泰的书。他有自己独特的精神生活，他拥有人的正气。他的气息会培育人、滋润人，使人更加健康。这一点上，那些很聪明很有才华和成就的现代主义作家就不行了。现代主义作家完成的仅仅是自己，他们有时并不太照顾周围的世界。而托尔斯泰活着时，考虑得更多的是怎样才能有益于这个世界。从艺术的角度看，当然我们没有贬低现代主义作家，因为他们的出世也不是自己的错。我们也推崇现代主义，因为我们也生活在这个时代。

托尔斯泰永远活着。海明威是个大狂人，连他也不敢对托尔斯泰不恭。

一九九一年三月二十六日

住院。疲劳和专一。安宁的人不易磨损。

好像再也没有比九〇年更不顺利的了。一年里住了两次院，第一次在一月份，第二次在十二月份，共三个月是在医院里度过的，整整一个季度。在这样的年龄来说，算是极不顺利了。我们大多数人对自己身体的态度够好的了，是它不客气。

　　住院时不想别的，那里十分寂寞，只是想写作——写点什么才好。当然了，头一个月里差不多不能下床，连看书都不行。

　　那时想，以后身体一定会非常强壮，因为这使自己有了总结经验的机会。这种机会也并非易得。有人说过："人这一生，得个小病获得个小聪明，得个大病获得个大聪明，得个绝症彻底聪明——不过那时什么都晚了。"

　　躺在床上想，得病也因为对生活懂得还太少，还太蠢。

　　劳累并不是主要原因。从一九八八年到现在，不认为太累，工作节奏还不错。得病的原因，有时候是自己误认为自己太累了。

　　一些真正优秀的艺术家一生写了多少杰作、经历了多少激动人心的大事件，可他们仍然十分健康。真正献身给一种事业的人，一颗心会用得非常专一，又激动又安宁，倒是不容易磨损的。

　　常常想的是，怎样使自己的心用得更专一。人这一辈子做不成多少事，除非专一。不然身体与事业就会一块儿糊涂。

　　只有专一的人才能缓慢悠然起来，而那些急切不已、只争朝夕的人，有时只会事倍功半。

一九九一年三月二十七日

人在观察自然时的心情。情绪的影响。

　　用心观察自然的人,是特别聪明的人,他们往往有一颗纤细之心。我们知道艺术家善于观察自然,大自然对于他就是一本无所不包的大书——而同样是观察自然,如果带着一颗俗心,那也不会有什么收获。我们觉得做出一副投身自然、观察自然的样子并不难,难的是能与大自然的律动、它的内在节奏和谐统一,能够与之共同呼吸。我们可以从不同的描绘大自然的作品中看出点什么——有的沉醉其中,有的只浮在表面。

　　要发现大自然的奥秘、它的美,并不那么容易。我们眼里的大自然,往往是更多地印上了那一刻的情绪的烙印,或欣喜或沮丧,或昏暗或明朗……大自然自身倒是一如始终地宽厚坦然。为了能真正地深入它的精神、领略它的胸襟,唯一的办法就是要做到心明如镜地观察自然。

　　如能那样,偏见即将消失,雾障也会隐退;你的心情安静、舒畅,眼前的一切就会比过去更凸出、更容易辨别。既然心明如镜了,那么自然的景物、它的绚烂色彩,都可以倒映在你的心底。

　　我们有个体会——我们无数次地到永汶河入海口那儿去,印象却大不一样。有几次印象深极了,觉得那里简直是好得不能再好——而实际上作为自然景观,它的风貌变化远没有那么大。那么我们感到的巨大差异是什么造成的?是我们观察自然时的心境。印象极其深刻的那几次,是我们心境坦然明朗的时刻,因为那时极容易贴近它的脉搏,走入它的深处。而另外的几次恰恰相反,我们的眼前就像有了无形的屏障,目光也就失去了穿透的能力。

比如说我们看过不知多少次蓉花树开放在河岸上,树下是洁白的沙子,是浓浓的树荫,可我们真正能回忆起它具体、鲜亮的形象的,也只有一两次。我们写到它的丰姿、它给河岸展示的美,也只是以那一两次的感觉和印象做依据。其他时候的所见所感又在心头留下了什么?好像什么也没有。

不同的时刻观察自然,所获得的差异竟是如此之大。

这样的道理要明白也不难。要做到心明如镜地观察自然,要紧的还不是什么道理,而是一种境界。人要达到一种境界,很可能要靠几十年如一日的磨炼。

说到这里,就想起了著名的大画家黄宾虹。随着年老,他的眼睛不行了,可是他在一生执着的追求中,望向大自然的双眼却永远明晰和深邃。那是一双打开的"天目"。还有俄国作家——那个大自然的不倦歌手、至死都对大自然保持了孩童般好奇的普里什文,像我们刚才说的画家一样,都表现出类似的特质。他们的心与一般人的不同之处就在于:他们可以感知大自然每一点最微细的变化。

一九九一年三月三十一日

是否准备长久居住这座小城。年轻与忍受。

以前曾经想过,就一直居住在这座小城吧。现在不怎么想了——不是这里不好,它在许多方面比省城要好。比起大都市,小城总是寂静悠闲一些,而这样的特点,恰恰又为许多人所渴求。写作者的艰苦劳作、其工作的性质，常常使其回避，他们不愿混在那些嘈杂地方。那里各种会议、杂色人等，都会消磨时光精力，最浪费不过。最恼人的还要算各种各样的传闻、消息和流言，它们多少会干扰人的心境，破坏最宝贵的宁静。

而一座小城，对一个写东西的人、对追求安静的人来讲，就要好得多了。

这里的空气、食物，比较起来也都更新鲜一些。人要活得好，必须在一种新鲜宜人的空气里才行。人对饮食、居住条件都可以迁就，唯独对空气不能。大城市里可以有一万条优点，但差不多都是空气恶劣。说起济南，一直称之为泉城，应该是滋养人的地方，实际上烟尘滚滚，干燥少雨，没有多少树木——这是人类生存的一个大忌。人离开了绿色就会变得不近情理，就会愚蠢得不可救药。如果一些人生活在无草无树的地方，而另一些人生活在林木蓊郁之地，那么前者一定要在一切方面都大大落伍于后者——几十年几百年下去，两地的文明就会发生极大的变化，如果二者是竞争对手，那么前者的失败就是必然的。原因主要在于前者失去了绿色的陪伴，已经走入了极不正常的生存状态，智力思维等等都渐渐变得极不健康，难以进步。那里的日常生活也绝对不会有良好的秩序。

做学问的一大要求就是择居。近来翻看了德国黑塞的不少作品，发现他写得那么安然宁静，充满了人生的智慧。他一生差不多一直生活在乡村。还有很多哲学家，也是这样。一个具有二流才能的人，如果他一生基本上可以回避嘈杂，能够在绿色的陪伴下觉悟人生，那么就可以取得一流的成绩。反过来也是一样，一流的天才葬送在一个坏环境手里，也是很容易的事情。

既然这样，我们为什么不能立即告别大城市呢？因为我们发现，一个人如果处在学习阶段，最好还是居于闹市，这样就可以开阔眼界，接受各种思想的冲击。他鉴别和思索、陷于矛盾的机会会成倍地增加，于是有利于成熟。这是吃苦的时期。一个远离政治经济中心、消息十分闭塞的地方，很不利于一个年轻人的成长。一个人在居于闹市的这个阶段，一是要学会忍耐，二是要勤奋和有勇气，不必回避生活中来临的那一切。一个人早早地学会了超脱和聪明并不是好事。人要趁着年轻的时候多经历，要忍受下来。

我仍处于学习的阶段，而没有进入创造的阶段。人尚年轻，还能够忍受，也有这个体力。等到一个人比较成熟了，形成了自己的很多固定的、有深度的看法时，那时他就该离开闹市了。他只有在一块寂寞之地才能好好地总结，把一切早年播下的种子润出叶芽，让其慢慢长壮长高。

当然，学习和创造是交互进行的，不是截然分开的。我们上面只是相对来讲。一切还要取决于条件——一个人活着就会有各种牵累和制约，并不是你想居住到哪里就居住到哪里。现在就尤其是这样了。

一九九一年四月二日

艰苦的工作条件。电脑。创作的量与质。

每个人的能力、素质等等差异很大，因此环境对他作用的结果也大不相同。有人在一种环境里可以陷于绝望，而另一个人在相似的环境里不仅能活得很好，而且还有激动人心的艺术活动。一般讲，恶劣的艰苦的条件也难以扼杀一个真正有才华的人，因为他特别顽强，有生存的激情。虽然坏的条件能够极大地损害他，消耗他，使他的创造在总量上降低下来——如果条件允许的话，再好一些的话，他会创造更多的好东西出来，可以更完整地展现他这个生命。但是，我们总怀疑恶劣的条件会从根本上改变他；甚至我们想，这也不会严重影响他创造的绝对高度。因为生命的精华总要以一种方式暴突出来，达到命定的高度，就是平常说的"命数"。

至于说很坏的条件也可以化为一个人的动力，那倒是很好理解的。不过这只是一定阶段内的事情，它终究还是消蚀了他。

中国作家写不多，有人就指出这是汉字太难写、写不快的缘故。这不会是个站得住的理由。现在一般的国外作家，工作室里总要有电话、打字机、复印机等等。这就方便得多。这样虽有利于他积累出更多的文字，但似乎不能从根本上改变他创造的性质。有人一直从工作条件上找原因，大概那是思路的问题。

人的工作能力、精力、勤奋懒惰……一切方面差别太大了。同样使用汉字写作，有的作家的创作数量是另一些人的十几倍甚至上百倍。现在中国作家也大多有了电脑打字机，这样就该免除了一个大遗憾——可是他们因此就会飞跃起来吗？也不一定，因为这是两码事。电脑打字机可以提高速度，也可以降低速度，就看使用者的情况怎样了。至于说它可以神奇地提高作品的质量，我们无论如何也不相信。更有可能的是，它会使质量不同程度地下降。想想看，一个人用手写了多半辈子，一下子改用电脑打字，这可不是什么好玩的事情。

如果人一开始就学习打字——从一开始学习作文那天起就这样，当然会好一些。不过打字比起用笔来写，那种机械操作的成分还是大大地增加了，很难说不影响一个人的创造思维。有人说熟练了可以实现盲打，盲打就不费脑筋吗？看到打出的整齐划一的稿子就说好——是内容好，还是外观看着顺眼？这是不能混淆的。

我也用电脑打字，但重要的东西，花大力气的东西可不敢使用它。抄稿子可以，不太重要的文字也可以，其他的就得放弃这种方便了。我亲眼见过一个朋友，用电脑以前写得蛮扎实，用了之后文风就飘浮起来，再也不受读了。

一九九一年四月四日

作家不能藐视当代生活。责任心。

一个人无论写什么题材，比如说写古代的故事、纯粹个人的情感世界等等，那种冲动和激情都应该来自当代生活。无论是有意识还是无意识，一个写作者都不能藐视当代生活。可是你只要冷静分析和观察一下就会发现，我们自己有时就有这样的情况：藐视当代生活。这有点危险。

这种藐视常常会导致对生活的不负责任、失去价值标准，对追求真理和维护原则的冷漠，最终导致了对艺术本身也失去热情，粗造滥制等毛病都出现了，等等。大多数情况下这种藐视是不太自觉的，它往往是因为你藐视生活中的某些部分而引起的。你面对的，应该是生活全部的复杂性、它的永恒意义,而不是某一个侧面或片段,更不是组成生活的某些元素。对于过去的一段生活,比如说对待历史,我们常常是不会藐视的,因为它已经有了距离,变得非常客观化。

说到底,这种藐视因为是含混的,所以它本身也就不会具有什么深刻性,也不具有什么哲学意义。你置身其间、须臾不可脱离的东西是无法藐视的,比如空气、水——如果我们有谁非要去藐视它们不可,那就一定是非常可笑的了。而当代生活就好比水和空气。水和空气有时会是非常污浊的,就如同生活本身。但你需要研究的是污染的原因、它的各种成分。你抛弃的只会是水和空气中你不喜欢、有害于你的杂质,而不会是水和空气本身。

研究当代生活、关注它、投入热情,就是平常所说的负责任。当然了,投入的方式会是各种各样的,有时也恰好表现为拒绝和斥责,但只要不是拒绝生活的全部就行。写作是一种独立的工作,必须关起门来作,可是这也容易使人产生超然世外、大大咧咧的那股劲儿。这当然是有害的。

一九九一年四月六日

在什么上花费的时间最多;心灵的周游。

前些年,我们总以为自己在读书上花费的时间最多,其次才是写作。后来才发现不是这样。我们许多人是这样的:没事了就读书,一天到晚泡在书房里,花掉的时间最长——但我们坐下来就是读书吗?严格一点儿讲,我们只要捧着书就算是读书吗?我们知道自己明明有很长时间沉浸在一个想象的世界里,那时什么也没干,只是想着什么……我们想到了很远很远的事情,内容十分驳杂。一句话,身在书房,心灵却在不停地周游。

现在明白了,我们花费时间最多的,原来是心灵的周游。

这好像不该是年轻人的特点,可是记得从很早以前就常常返思和默想了。因为只有这样才使我们感到幸福和宁静,感到了人生的意义。这种周游很少能形成文字——但它与我们的创作是同等的,或者更重要一些。人如果没有这种周游,就会变得粗俗。

一幅画、一本书,它的某一个细部、某一笔某一句,都不一定把我们的思绪引向何方,让我们产生奇怪的联想。有时我们长久地停留在一件艺术品所给予的情境中,度过一段离现实遥远又遥远的生活。人生是有限的,人的步履所及总是太少了。可是人的心灵应该是自由的,它会飞翔到宇宙间的任何地方。

我们常常想,就是这种心灵的周游使人真正获救,脱离了做人的寂寞——或者说挨过了寂寞。没有一点别的办法可以取代这个,那些智者也不会有别的办法。在漫漫的、缓缓的思绪里,你的脉搏会跳得更加均匀更加缓慢,呼吸也平稳起来,做到了真正的沉静。这是使人成熟、成长和纯洁的重要途径。

不能说所有的思索都算"心灵的周游"。首先,游动于远方的应该是"心之灵",是尽可能超凡脱俗的、有别于现实利益计算的那种神思。我们觉得再也没有比书房这个环境更能有助于它的了。在这安谧的、较少尘埃的地方,你暗暗相迎的是一颗颗心灵的回响,它们就藏在四壁的书中，藏在变色的或透出新鲜墨香的纸页之间。翻开书，思路却从字迹上、从黑墨的缝隙间溜开，不知走到多远、多久，才渐渐地游荡回来。接上再读下去，一股甜丝丝的意味泛上心头：这样的生活纯粹而充实。

第十一章　人与书

纷争使精力和时间消耗。勇敢的人；世俗的精明。

无谓的纷争必须躲开，尽管有时很难。牵涉到原则的、尤其是需要拿出一点勇气的，就不一定躲开了。为了一种道义而争就像写作一样重要。有人大谈特谈什么好的艺术家的基本特征：从不参与争执、斗争，永远地写着、从事他的艺术。这是胡扯，是唬人。我们就从未见过这样的好艺术家。这样的艺术家只能是平庸的、浅俗的。他倒懂得节省精力和时间的窍门，不管窗外风雨埋头著作，好像世上只有他才聪明超然。可惜这只不过是一种世俗的精明。

艺术家首先需要有血性。艺术有时也是比较人在各个方面的"血性"：对真理的追求和维护、捍卫正义。为了探索真理，可以明明白白地宣战——这一切都是艺术、艺术行为。

真正的艺术家无论在作品中或是现实生活中，都有勇气对邪恶的东西说一声"不"。

现在的从事艺术的人，要躲开纷争是多么难。没意思的争吵比比皆是，没大意思的争吵也太多了。可是在真正有价值的争执面前，有几个是始终清醒、勇气常在的人？恐怕极少极少。倒是有些年纪尚少，比如二三十岁的青年，却被屡屡叮嘱要背向一切争执，埋头于艺术……这不是与艺术的精神背道而驰吗？一个人不要说是从事艺术，就是从事任何行当，从一点点年纪起就开始变得鬼精明，还会有什么希望吗？大不了是俗人一个，不会有什么作为。

人要活得有几分精神，不能一直蔫着，耷拉着眼皮盘算物益。讲安全，最安全的事情是不要出世，一直待在母体里——可是母体如果受到了致命的伤害呢？那时他也完了。人的可贵之处在于：即便离开了母体，当母体受到伤害之时也要舍命为之一搏，誓死捍卫。那么一个人活在世上，卫护真理、道义、良知，与卫护母体不是一样吗？

躲开没意思的争执，这个道理我们从很小的时候就懂得了。可是当我们三十多岁时，才开始懂得不要回避纷争。

怎样分清争执的意义；有意和无意间的背叛。

争执有无意义，这又怎么分得清？标准在哪里？不知道，这只能依赖自己的判断，只能看一个人的境界。境界低的人，卫护自己一点点的私利就认为意义大得不得了。境界高的人，总是较少为自己而争——可能遇到的事情与你没有任何直接关系，但你觉得一生为之坚守的某种东西、某种至关重要的东西被损害了，而它对于你、对于无数善良的人，都是不可侵犯的——这时候你就会挺身而出。

一个敏感的、有道德的人，他往往能够较早地触摸到问题的症结之所在。在一个民族处于重要的历史转折时期，他会保持自己的清醒，懂得冒极大风险去维护什么，也知道从何处着手。一个人难能可贵的是站在历史的高度去洞察事件、分析问题，永远也不做有意无意间的背叛。一个真正的人不能苟且，一个艺术家首先要做一个真正的人——这不是什么大话和漂亮话，因为人生活着，时时都要面对真实。

一九九一年四月九日

反复无常的春天。对春天感觉的变化。

尽管人们说春天是个萌发的季节，同时也是个多病的季节，但春天总是给人特别的愉快。到了春天，只要一转暖，人就觉得高兴起来，兴奋得无缘无故似的。不过今年的春天有点骗人，起码在四月上旬以前是这样。本来天暖洋洋的，人人都换上了鲜艳的衣服，很多人还手扯孩子上野外放风筝，谁知道一会儿变了天，气温一口气降到零度，先是下小雨，后来就下小雪。有好几次是这样了。

在春天总是有着强烈的写作欲。好像春天的风把心里的什么东西给吹活了。在春天，写不出最好的东西，但写出的东西总不会太错——这是十几年来得出的一个结论。大概春天容易产生激情——你知道，写作中唯有激情才是最重要的东西；可是春天人的身体一酥，气血不如秋天充足，所以思维还不是最有力的时候。一般的，人在秋天最充实有力，所以写作的人一般就在秋天优质高产，写得很沉着很内向，判断力也好。秋天可以干出奇迹来，像普希金有过的那个秋天。

人类把地球生态弄糟了，于是就把挺好的春天也给弄糟了。我们担心接下去还要把秋天、冬天弄糟。夏天早就糟了,热得死去活来。在过去,在我们童年的记忆中、老人们的口中,每个季节都有清楚的层次感。那时人是幸福的,大家懂得怎样与大自然相伴,安然愉快地度过它,并且在每个季节干出点成绩来。现在不行了,忽冷忽热,人人都招架不住,忙着感冒,一片怨天尤人的声音,还顾得上好好劳动吗?

我们现在对春天的变化、它的层次感觉迟钝多了,不知是年龄的原因还是春天自身的原因,或者二者都有。

记得小时候,春天离得尚远就能把它捕捉到。虽然积雪厚厚,到处是沙土覆盖的雪岭,可是春天已经启程的那个秘密仍然不能掩藏。海滩上柳条开始悄悄变色,由暗红向淡绿转变。有小虫子在飞,它们异乎寻常地不怕冷了。这些都是春天将临的征兆。接着,大约是五六天之后,阳光明显地变柔了,热乎乎的风偶尔吹过一缕。中午,天最亮最热的那一段,你可以看到雪岭上的一层沙沫起了皱褶——那是雪岭要融化的信号。空气中有股香味儿,花粉已在远处播撒也说不定。又是五六天的样子,脚下流水了,雪岭开始大模大样地融化了,中午有一个小蜥蜴在沙土上跑——我们都跟在它后面小步跑着,像是去追赶或迎接春天一样。

接下去春天就明显地、大踏步地走来了。柳树条上暴起毛绒球,再就是各种树木的花蕾、飞来的蜂蝶。在盛春里,各种鲜花的气味让人一辈子也无法忘记。树木的粗粗枝干被太阳烤得热乎乎的,粗糙的纹理让人觉得格外亲近。绿绿的树叶一点点长出来,看一眼心情就愉快起来——好像它们会带来出人预料的好运气似的。春天越深入,我们的兴奋就越增加。

这就是过去对春天来临时的感觉：有层次、强烈、伴着嗅觉上的记忆。

而现在，春天晃来晃去，总也不实在，就这么飘飘浮浮地一闪而过了。大概这主要是感受的差异，是年龄的关系，很可能只是这样。青春在可怕地消逝，对于大自然的敏感也在无情地消逝。如果一个生命像春天一般新鲜，那他怎么会感觉不到一个实实在在的春天呢？原因怕是在于一个生命变得陈旧了。

一九九一年四月十日

这座小城面临的最大危险。人心的荒芜。

不仅是我们居住的这座小城，还有我们看到的很多地方，从省城到东部沿海，沿途有很多类似的地方。它们的危险是共同的，就是到处空气都在变坏，绿化也越来越严重地遭到破坏。在许多人看来绿化算不了什么，因为我们还很贫穷，为了迅速摆脱这种寒酸和不体面，就顾不得其他了——这看起来至少是灾难的一个原因。当然原因还有很多。爱好虚荣、自私，不顾及明天和他人的利益，像是赶在世界末日之前一样地匆忙享乐，穷奢极欲，这才是深层的原因。一座城市的危机总之还是来自人性的弱点——有时它才是真正不可克服的。如果可以克服，那么我们世界的环境就不会是这样了：越来越坏，越来越趋近于危机的边缘。

人们常常歌颂一个地方的美，特别是故土的美。这可以理解。但这种歌颂必须是积极的、清醒的，而不是一种可怜的鹦鹉学舌、是一种可笑的心理惯性所致。从某种角度上讲，土地和自然是永远可爱的。不幸的是我们的赞扬恰好也包括了人与土地之间全部关系的总和。这就使问题复杂了。我们爱这片土地，就没有理由对施予它的粗暴和武断保持沉默。这种关系算是美的吗？人们对待这片土地的结果是美的吗？人们的所有创造真的值得赞美吗？恐怕不是那么简单，有时看来还正好相反。

我们随处可见目光短浅的规划和实施，它不仅浪费了有限的钱财物力，更重要的是把好端端的一片土地给弄得面目全非。你知道，我们很少将一些破旧的建筑物拆掉，然后还原成一片土地，而总是不断地侵占和扩充新的农耕地。粮田面积越来越少，可以生成绿色的泥土越来越少。这就是残酷的现实。

人人注重物利，差不多都在忘记一切地追逐钱财。没有人提醒和引导，没有人有效地倡扬新的风气。人心在荒芜，结果是土地变糟了，不可挽回了。即便是尚存的一些好地方不久也会被破坏，这是没有异议的。

哪一个时期的人都会有失误。但问题是我们今天的失误太多太多了，多到了积重成灾的地步。由此你可以想到，世界上任何一个角落屹立着的可爱的城市，都是那里的管理者和民众努力上进、不断地向善向美、不断地革除恶习的结果。成功不是十年二十年完成的，成功依靠传统的力量，而传统又在一点一滴的时光中形成或流失。

前几天我们又看到了路边上被烧死的三棵挺好的榆树——当时大家站在那儿看了半天，心里想：大概有些可怕的结局是不可避免了，因为人心变坏了。

一九九一年四月十二日

永汶河的变迁。河边葡萄园。

再没有比这条河更让人伤心的了。它现在很寒酸。一年里没有多少时间有水,河岸上那些高大茂密的树木也快要不见了。没有水的滋润,你想两岸的植物也不会好。记得过去一走近这条河就有一种奇怪的感觉:森严神秘。它那时水流或静或急,总是有水吧。有苇丛,有鱼,有捉鱼的人。

水到哪里去了?主要是天旱了——我们走进了干旱的时代。再一个原因是上游修了水库,水不能从发源地尽情地流淌下来。

现在随便一个小村庄就可以欺辱这条河:他们任意将河堤往里推,以便挤出更大一片田地来。河道逐年变窄,可见两岸的人胆子越来越大,他们试着将河堤一改再改。仔细观察,你可以看出老河道有多么宽。

有一年秋天我们来到河边,正看到又长又宽的大水汪汪地向北涌去,气势吓人。离河很远水声就震人耳膜,走近了,这声音反而并不增大多少。近堤处有不少柳树给冲倒了,发红的树根露出水面。那时的永汶河多么壮观。

多少年来,两岸的葡萄园主要依赖这条河。那时园中没有现在这么多的深井,而是直接从河里引水。河水可能比井水肥,那时的园子黑乌乌油亮亮,长势总是好极了。我们总觉得现在的葡萄树变得小了,不像过去那样郁郁葱葱的。原以为可能是树种变了,一问才知道是肥水不行,它们于是萎缩成这样,就像缺乏营养的人发育不好一样。那时候雾气也多,看园子的人常在晨雾里吆喝什么,就是见不到他们的影子。

无论是园子、河水、河岸的一切,回忆昨天,总有一种童话似的意味和色彩，有一种神秘秘湿漉漉的感觉。这究竟是年龄大了，那种感觉损失了，还是河岸的景物本身就变化了呢？要知道人小时候、更年轻的时候，人们眼里的东西是别一种颜色和氛围。可是当我们现在用心辨析，还是发现：时代变了，河流的确是变了，变得更荒凉更平淡。一切都在枯萎，它离诗意越来越远，离不堪的现实越来越近。

　　看来要描绘出一条动人的河、一片迷人的土地，还必须依靠回忆。这是谁也没有办法的事。一条河的过去与今天有多么不同，而不仅是感觉上的差异。一切都装在心里，我们会将其表达出来，我们表达的是完全不同的两个世界。

一九九一年四月三十日

　　这里与省会的最大差异；根本优势。

　　从省城来到这里，我们可以发现：每次都在很短的时间内脸色就要变黑一点。而我们在室内和户外活动的时间的比例，与那里差不多。可能是因为这里的风新鲜，还有不同的阳光。同样是在阳光下，那里的阳光要透过一层层烟雾瘴气，而这里的阳光却差不多是直射到人的身上。这里四周都被绿色的田野包围，一股清新的气息在流荡。这里的食物比较起来更接近自然生长的状态，因为它们吸收着更清新的水，呼吸着更新鲜的空气，它们就是这样生成的；生成后，又从就近的土地上搬移到市场、厨房，所以它们给予人们更新的滋养。

　　小城与省城比较起来，会发现这里更缺少法度，缺少当代生活所必需的规范,即城市管理的框架。管理者和被管理者的素质都比较低。这里的精神生活仍然限定在较低的层次上,生活中难以自然地形成有内容有深度的专业聚会。缺少这样的聚会,生活中就会缺少活泼有力的创造,形不成变革和改造社会的力量。你随便在这里走上一会儿,就会感受到一种急于模仿的气氛,这里没有个性。因为个性的保持和表现需要自信和力量。而自信和力量都来源于知识和修养。如果没有独立的创造精神,就必然会陷于奔忙,因为模仿是没有尽头的。在这样的一种文化氛围里生活,无形中就会产生一种怨怒和窒息感。

这里真正有个性的事物在哪里?在田野上,在未加雕琢的自然中。海浪按照它自己的节奏拍击着海岸,各种野花迎着自己的季节开放,开出它的紫色、黄色,发出芬芳或者是辛辣的气味。总之它们在以自己独有的音韵迎接眼前的世界。在它们那里,任凭生命的力量鼓舞着、生长着,完全没有什么简单的模仿。

而在省会城市就很难看到这一切了。那里,大自然的个性遭到了磨损和消蚀,它们更多地打上了人为的烙印。哪怕是文化人的烙印,对于大自然来讲也不是什么吉兆。

这座小城的噪音当然比省会要少得多,可是这里超过规定音量的扬声器倒有很多。这一方面是因为我们上面说的缺少管理法度,另一方面也反映了当地人想以喧哗制造繁华的可笑心理。

比较起来,对于一个人的健康来讲,这里具有最根本的优势:食物、水和空气的新鲜,呈现绿色的泥土,空旷的田野……我们唯一担心的是这里的人究竟有多少力量来保护这一切,使它不受破坏、不受扭曲——

不像省会城市那样，以高昂的代价来获取那点可怜巴巴的繁荣。这是我们真正忧虑的，也是我们害怕看到的。

一九九一年五月八日

当代文学创作的主题。马尔克斯的"拉美的孤独"。

整个当代文学创作很难讲有什么主题。如果新时期十年的开端还能够寻找一个主题的话（尽管很勉强），那么，对于大多数作家所共同关注的一些东西来说，已经是越来越淡，以至于荡然无存了。这不仅是中国当代作家的悲哀，也不仅是当代文学的悲哀，而是整整一个时代的悲剧。记得契诃夫有一个短篇名作，上面讲一个人的苦恼：找不到"主题思想"。我们这个时代的人也就临近了契诃夫所描绘的那种情状，整整一代人都失去了主题思想。

不仅是当代文学失去了主题，而且具体到一个作家那里，也往往找不到主题。

马尔克斯发现了"孤独"这个主题——这在一个成熟的、重要的作家那里是自然而然的。一个人一生无论写了多少作品，提出了多少诘难，回答了多少问题，但他一辈子总会围绕着一个大主题——就像马尔克斯总是围绕他的"孤独"一样。

具体到一个作家那里，任何时代都有杂乱无章的、循情入理的、鸡毛蒜皮的、深邃沉重的……形形色色的现实，他的一生可能都身陷其中，都在徘徊，缺乏一个接续不断的寻找过程，从形式到内容只能模仿和追逐。

他们没有自己的一块土地,他们不是在种植自己的作物,而是忙着移栽。这样的时代,一个人无法贯彻自己的劳动准则。

作家这一生所要表达的主题并不是一朝一夕就能成熟起来的,而往往是在不间断的、始终如一的工作里逐渐显现出来。观察一个作家的全部劳动,才能感悟和领受那个主题。对于那个莫大的主题来讲,最好不要逻辑地加以概括,而只能去感觉它。

嘈杂紊乱的当代文化生活,把人的注意力吸引到各个方面,值得研究和关切的方面太多了。信息传播的复杂性,超过了以往任何时代——这一切就是造成整整一个时代的思想者精神窘迫的根本原因吗?

十分让人怀疑。

一九九一年五月十一日

文学欣赏的"绝对标准"。永恒的意义。

在文学欣赏上有没有一个绝对标准?如果没有这个标准,那么在不同时空里发生的艺术作品之间就没法比较优劣了。譬如说,《诗经》中的一首诗,就绝对不可以比今人的诗。这显然是荒唐的。我们有时候在文学欣赏上过分迁就了一时的舆论,过分迁就了一些世俗的因素。实际上真正的欣赏是独立的,是一个人和一部作品之间形成的一个完整的世界。由于各种各样的原因,一部平庸的作品也可以激起强烈的反响。因为反响是需要很多外部条件的,一旦满足了这些条件,就会获得这种效果。而这些条件又往往与一部艺术品的优劣没有多少关系。我们这样讲,实际上就是在说文学艺术的绝对标准，也就是从它们的永恒意义上去加以考察。

而另一方面，我们又都会发现，我们常常陷入这样的困境：即离开了特定的时间和地点，我们简直就无从评价一部作品。因为一部作品无论如何还是刚刚脱胎于社会的母体，这个胎儿与整个社会有着千丝万缕的联系，它们的脐带、它们的血脉神经还没有切断。它们究竟怎样展现一个时期的特质，你就必须将它与之相连的那个大环境一起加以考察。社会的活水在流动，你从今天去追寻昨天的艺术，就有点应了"刻舟求剑"那个笑典。我们这样讲，其实是在讲文学艺术的当代性。

任何一部作品，我们都可以看到这两个基本特征的相互交融、相互制约和相互渗透。随着时间的流逝，产生一部作品的具体环境让我们变得陌生以至于遗忘，而那部作品却保留下来。就好比你到河流之上，水流舟动，而刻下的痕迹却历历在目。你所要评价的，仅仅是这道痕迹本身而已。你要联系刻上痕迹那一瞬间的河流吗？那么对不起，你所看到的河流已经是全新的了。

但是，只要有舟、有河流、有痕迹，那么它们三者就永远存在着这种关系：舟映在水里，而痕刻在舟上。这种关系是永远不变的。我们在评价这种关系的时候，也可以使用固定的尺度，这当然就是所说的永恒性了。

有绝对标准，可又没有这种标准。也就是说，"当代性"和"永恒性"是一对矛盾。你为一部作品叫好很容易，你弄明白它为什么好也就难了。最重要的还是相信你自己的感觉和经验吧。经验不足，感悟力不足，不看重自己的感觉，人云亦云，那么经验也就给浪费了。我们在评价一部作品的时候，常常指出这部作品产生的年代，它当时受到如何如何的欢迎等等。这就冷静不下来，那个"绝对标准"也就来不到你的面前。实际上，尽管随着时间的推移，新鲜的可以变得陈旧，但是那些崇高的、伟大的、美好的，以及生化它们的种种规律，却是一直存在着。

一九九一年五月十二日

"九成宫"字帖；一扫平俗的书法艺术。

就一些写字人的摸索来看，大概再也没有比"九成宫"再难学的了。有人学了很多年，可是仍然写得很不成样子。就练字来说，走这条路不见得聪明。可是我们也不能仅仅是为了练字。在我们眼里，这种字体坚硬、清秀、怪倔。从事艺术者，追求的还不就是这点精气神？以前说过，书法艺术中，一个字的结构与一部作品的内在结构规律完全相似——让这种字的神韵和气质天长日久地感染你，一定是个吉利。

练字当然是为了练性，为了在劳动中变成一个沉得住气的人。这样的人有同样的体力和智力，却会首先成功。"九成宫"下笔往往出其不意，一扫平俗。你看，它的这一笔与那一笔看起来离得何等遥远，好像缺乏关照，缺乏内在的呼应一样，写下来的结果一定会是松散、拙气。可是结果呢？正好相反。实际上这是书家获得了更大的自由、进入了更高的境界的一个显现。它潇洒得很，流畅得很，同时又可以称得上法度严谨。这与一部杰出作品的内在情形何其相似！你如果为写作中的不断落入窠臼、不断重复和因袭而苦恼的话，那么你就好好地揣摸这种书法艺术罢。看久了，就如同听一种音乐一样，它有旋律，有音响，它在鸣奏一曲不同凡响的音调。

当然了，你最好与它长久相伴，耳濡目染，这样才能做到悉心揣摸，与之默默交流起来。你会从它身上得到一些好东西，而且这些收获你并不容易从其他艺术中得到。

一九九一年五月十五日

巴尔蒂斯的画。展现个性的能力。

在这一本杂志里，所有的画幅都可以忽略过去，你只是随便翻翻而已。可是你到了这一幅画面前，就不得不踌躇一会儿了，接着把眼睛对上去，慢慢屏息静气了。它的色彩也不绚丽，题材也不怪邪，可是它有什么特别的力量，能够粘住你、迷惑你。这种力量很神秘，这种力量即便经过一再复制印刷，经过遥远的传递，也仍然没有消失殆尽。它就潜藏在这一张画页之中。

这种力量是什么？就是生命及其个性。只有它才具有这样的不可替代性、不可重复性。巴尔蒂斯是二十世纪最后一位具有历史意义的大艺术家了。他的所有作品都像梦一样迷人，绝然不同于古典主义。比如这幅画中的蓝色，在古典主义画风里就很难出现；还有室内饰物，活的人体，都被一只巨手悄悄地改变了，扭曲了。特别是人体，这一最光润最灵动之物，有时却被他处理得稚气十足。手臂画成了蹩脚的泥塑。但你只要稍微注视一会儿，就能发现这一切故做的稚拙背面，隐藏了多么巨大的艺术活力、洋溢着生命的不可遏制的巨大热情……

真正的艺术品都有刺目的个性、有一种与世俗精神决不妥协的、骨子里挑战的坚定气质。它不是在宣布"我就是我"，而是在展现"我自然是我"。

由此你又可以想到这些年来我们这儿的所谓"现代主义"画家，他们所表现出来的"现代精神"，无非就是胡抹，是伪装的"绝望"和打扮起来的"疯狂"，是没有痛苦的呼喊和装腔作势的呻吟。这些东西还是用来糊弄小孩子去吧，或者用来糊弄热爱艺术的"时髦一代"去。

打开这本杂志，看看另一些印得很绚丽很明亮的几幅彩画，在巴尔蒂斯作品的映照下，它们显得是何等苍白无力。他们也同样画了女人，可他们只能画出粗笨的老羊皮外套，深厚的、然而是没经梳理的头发，娇美而粗糙的面容，稚气的、微微受惊的眼神——总之，一个生活在蒙昧山区、远未开化的美好少女，仅此而已。它表达的恰恰是一种粗浅的、极其容易捕捉的精神和状态。作者的思维没有扎进生命和生活深层的锐力，画笔也没有那样的手劲，扎不进命运的底层。他们所能表达的无非就是伤感、羞怯、困苦、惊讶、再加上愚昧……这都是一些浮在表层的、伸手就可以摸到的东西，如果不是一个艺术家，他差不多同样也可以碰到。一句话，他们并没有用自己的画笔告诉我们极其特别的、真正内在的东西。

向社会展现自己的个性，说到底不仅需要一种勇气，更重要的是需要一种能力。我们说过的那些胡涂乱抹的"现代派画家"，他们有时候疯狂得恨不得在自己刚完成的画幅上撒一泡尿，你能说他们没有勇气吗？

他们真正缺少的是能力，是才华，是现代主义的精神和内容。当然了，一个人只有生活在更广阔的天地里，让最清新最自由流畅的空气和水去滋润，才能使个性之树长得强大。

我们觉得一个艺术家是否具有强盛的生命力，有时就要看他能不能在自己的作品里表现出那种极其独特的、偏僻的内心角落里的某种隐秘……他不是一个古怪的人，怎么会有如此古怪的观察？他表现出的那种古怪劲儿，总是引人长久地咀嚼。你总想钻到他作品的背面去，想看看背面有一只什么手在摆弄它。你想笑，想用力拍打什么，以发泄艺术家送给你的快意、勾起的那股奇怪滋味……比如巴尔蒂斯，我们说过，他就是这么一个古怪的人。大艺术家没有不古怪的。你看看《用纸牌算命的女人》这幅画吧，那真算一个"女人"了，四十啷当岁，大概经历过的事情不少，个人生活挺孤独，又富有又清苦，大概漂亮的男子不会太喜欢她，她才用纸牌打发寂寞了。你看她目不斜视，两眼发直，差不多是平伸右臂，用力地去翻那张与性命有关的牌了。好家伙，一只手立在桌上，手指骨节拐在桌面上，马上就要扑棱一翻。人家嘴唇紧张着，那表情在求助于冥冥之中的神灵，滑稽幽默，活脱脱一个奇怪的女人活起来了，让你对她的遭际、命运、事故做多方面的想象。再比如那幅《卡佳读书》，也是同样的效果。卡佳反坐在沙发上，衣衫不整，漫不经心地端起一本精装书来，好像是画册。弄不明白她用哪种眼神去看书？顽皮高傲，营养丰富，性感十足。你想猜测她的心灵、她的经历，想与她结识，想知道画面背后的那一切。有关这些生活的内容和个性，都是深深地刻在画布上的，而不是一般的、浮光掠影的表面化的涂抹。

对比起那些一般的画家，他多了点什么又少了点什么——多了一点稳、准、狠；少了一点平庸气。他从来不直直白白地表现苦难和所谓的"生命力""青春的美"，也不用同样的方法去表现什么"生命"和"土地"。关于艺术的这些"老理儿"，一旦让我们的艺术家知道了，那就热闹起来了，他们会不停地表现什么"苦难""生命""土地"，弄到最后都是一些表面的、浅近的概念化的东西，等于什么也没有弄出来。那些低能的艺术家最好还是剪剪窗花、搞搞宣传，写一点"张大爷扶犁前头走"之类的诗歌……千万不能让其知道艺术的"老理儿"，那样直到把人累坏了，也弄不好。

一九九一年五月十九日

比较起来农民最苦。关于土地。

比较一下，还是农民最苦。虽然不能说世界上各国都是这样，但绝大多数国家恐怕是这样。这看起来好像是自然而然的，事实上却包含着许多可怕的东西在里面。你想一想，人在土地上行走、建筑、繁衍生息、获得水和吃食，而他们当中最亲近土地的这部分人却要活得最苦。可怕的颠倒，可怕的不近情理。照这个方向发展下去，人类必然是贫穷，是走向彻底的衰败。

农民是侍奉最神圣、最根本的东西——土地——的人，他们理应得到最优厚的待遇和最大的尊重。我们相信一个充分进化、高度文明的未来国度和民族，必将把这一部分人看得像今天的权贵、学者、教授一样，去崇敬,去尊重。到了那时候,在土地上劳作就是一件了不起的事情,因为他有了得以亲近土地的最重要的机会。而那些社会地位比较低下的所谓"下等人",该没有资格更多地沾染"地气"。那个社会懂得:把泥土的气息与人隔离开来,把各种植物从泥土中萌发、成长和成熟的过程遮掩起来,不让其看到溪水和河流在土地上流动,看不到风卷麦浪、小鸟等动物欢蹦跳跃……对他来讲,这才是一种根本性的惩罚,是一次不可弥补的削弱,会像抽掉人的筋脉一样抽掉了他的健康。那时候,一个现代人所需要的所有聪慧、灵巧、无与伦比的想象能力,都将受到损害。

我们今天真正在心灵和现实上拥有一片土地的人只能是农民了。而他们的劳动却被看成是最无诗意、最无希望、最不需要灵感的事情。实际上一切只会相反。当农民感受了这一切诗意、领受了这一份光荣的时候,我们人类从精神到物质都不会贫穷了。可是你知道,人类要等到这一天有多么难。

不断地损害土地、侵占土地,这已经习以为常。既然这样对待土地,又怎么会很好地对待农民呢?一切都是可想而知的。

一九九一年六月十五日

创作。写巨大的或琐屑的都有可能成功。

写什么只是一个角度、一个外在形式的不同。每个人都有自己的一个方法,只要能成功就好。其实二十世纪以来的一些现代主义名作,内容大多是琐屑的,可也并没有影响它们什么,特别是没有影响它们的深邃性。在这方面福克纳就是个绝好的例子。他的沉着古怪看上去多少像个弱者、像个怪异的人,他写出了多少"琐屑"。但你只要耐着性子读下去,就不仅会感到它的意趣,还会感到它的庄严和崇高。

它里边有许多诀窍,其中之一就是它们差不多都在写一个关于"天、地、人"——这样一种大三角关系。用前一段流行的一种气功用语就是:"通天无限远,入地无限深,我在其中"——"我"就是人类;"天"就是太阳;而"地"更好理解,简单一点讲就是土壤,是脚下的泥,是可以滋生万物、让无数英雄豪杰争来夺去的那片平原或者山岭。所有巨大的或者琐屑的事物,无非都在这种大三角关系之中所蕴藏、所生发,而且总在曲折地、委婉地表达它们与大三角之间的关系。整个表达的过程应该是一部完成了的艺术品。你想一想,太阳照耀着绿色植物,进行光合作用,产生氧气,并使其籽粒或根茎成熟。而人(也包括其他动物)吃掉了这些果实,才可以繁衍生息。人在生活中消耗掉的所有热量都来自土地上寻觅到的食物,热量就贮藏在果实里。果实的概念还可以扩大到叶片、枝茎等等。其他动物的热量来源也同样如此。这样你就完全可以看作是滚烫的太阳给了植物热量,通过一个消化过程又回到了人的身上。而土地又差不多决定了所有生物的性质,因为土中有水,还有各种各样的元素。泥土与泥土之间哪怕只有微小的差异,滋生出的生命都会有所不同,这在植物和动物之间的观察对比中是再清楚不过了。

你从非常质朴的角度去理解这几个大关系,就会稍稍领悟事物的一些本质方面,明白它的起源和归宿,理解那些不可思议的事情——原来一切都发生得这样自然而然。

一部书不必刻意去表现这样的一种关系。一个生命落地扎根，在世俗世界里磨砺，一定会逐渐触摸到那些至关重要的根须。一个好的作家，关键是要从生命的角度去体验、去感觉、去探究。如果这样做了，他的思维指向、他的笔力就会趋向那样的一个大关系。

一九九一年七月一日

　　日常的苦恼。牢骚、伤感、低沉。

　　没有一个人是始终愉快的，只是你常常看不到一个有作为的人牢骚满腹罢了。因为牢骚等于呻吟，人在重病缠身的时候才不停地呻吟。它只对当时有点用处，后来他自己听到这呻吟都要脸红。你面对着一个永远不想妥协的生活环境，更不必呻吟。因为你首先要忙自己的生活。只要活着就得准备自己，不准备是不可能的。想求得生存，就得让心灵愉快——也就是工作下去。属于自己的这份工作是必不可少的。

　　你的那种牢骚来自一种压抑感，来自对权力、金钱等等世俗的权威事物的深层的、无形的崇拜。它们吸引你也压迫你，你有时会以责怪和疏远的态度去表达，曲折地表达对它们的向往和热情，而不是真正的疏远。要做到真正的疏远当然对谁也不容易。不过要在这个方面剖析自己、明白自己，看清利弊，及时调整——退一步天高地阔，何必追求那些很费力、很有悖于性情的东西。拥有者本身也不见得愉快，它们给人的愉快真的是短暂的。你要获得一种世俗的权力并不容易，获取之后还要保持，还要企求更大的权力——一种梦想把人缠住，就像游泳时被落水鬼缠住一样，非淹死不可。权力和金钱，终归要以衰老和其他方面的变故而失去，这时候留给人的缺憾、失意，是无法抵挡的。为什么？因为它实在属于身外之物，它与心灵的关系太遥远了。

你如果是个心中有诗的人，那么你就有了一份表达生命的厚礼，生命不止就受用不完，真正是幸福无边。你用这一辈子守住的诗心驱逐了人人都害怕的失落感，不是最聪明的办法吗？你留下的是心灵的记录。它滋润了自己的心灵，也可以滋润别人的心灵。而追逐权力和金钱，不可能不伤及别人——无论你有多么好的愿望，多么高的技巧，你都做不到洁身自好。

诗意，说到底是用来安置自己这颗苦涩的心。人活着，心的安置成了第一要事。没法安置，就有了无边的懊恼、牢骚、嫉妒。有了诗意的驻留，一切全都改变。你从此追求的是永恒的东西，跳出了世俗生活狭窄的圈子，开始放眼去看遥远之地，你生命中的参照于是为之改变。

一个人的境界高下，主要是因为生命的参照不同——我们眼前的许多事情根本算不了什么，不久的将来就会毫无痕迹，可谓轻若鸿毛。

一九九一年七月一日

你的真诚。偶尔缺乏宽容。激情是百发百中之物。

人的最大长处是真诚。有人或许认为这种真诚近似于笨拙，但我们却觉得这是为人最了不起的一个长处。没有这种东西，就不会有真正的成功。

但你缺少与自己保持一段距离去加以审视的能力,有时太迁就和沉浸于一个阶段的、一时一地的情感,特别偏激。你有时候把一些并不太重要的东西挂在嘴上,喋喋不休像个老人……我们一旦察觉自己这样,常常就想:这是生命力衰退的一种表现……人没有旺盛的生命力,就难以冲破这些偏见,溶化这些琐碎。你当然还不到衰败的年龄,但人人都可以有某个阶段上的、生理和精神上的不健康时期。

多么希望你有更好的文字。你是一个摄影家和画家,使用的工具是摄影机和画笔。可是文字表达能力却是一切艺术形式的初步,人要有"起草"能力,这个基本功如何,肯定会影响艺术创造。

有时候你不够放松,对一些友谊也做出过分敏感的理解和揣测。这影响了你,你在这方面敏感了,艺术上就会失去敏感。

偶尔缺乏宽容。有些东西根本不值得如此。它们使你放弃了一些迫切需要去做的重要事情,因为你心绪不好。这样也会耽误一些必要的合作,因为合作并不一定都发生在尽善尽美的人物之间,合作如果是为了一个美好的目的,也就可以迁就对方的一些弱点。而你恰恰相反,嫉恶如仇,于是抑制了你关怀重要事物的那种了不起的热情,耗费了你的激情。人在一个阶段里、一种事物面前,往往只激动一两次,不必要的冲动会让人失去更宝贵的机会。

简单点说,艺术和诗的事业中,唯有激情才是百发百中之物。

一九九一年七月二十一日

艺术之路上的同行者。人与书。

我们常常这样想：在崎岖漫长的旅途上，在疲惫饥渴再也不愿举步的时刻里，我们最需要的究竟是什么？是援助的手臂，是甘饴和清泉，是一片遮荫的绿树？这正是我们的希冀和企盼……可我们觉得这一切，尚比不上如下的情境更能使人感奋——无边的旷野上遥遥走来一个同行者，他像我们一样疲惫，但也像我们一样执拗……

当我们熟悉了一个人，以及了解了他所进行的事业的时候，心底也就涌起了如上的感觉。与他在一起，我们会感到一种极少有的温馨和安慰。如果我们相聚在一起，我们会很少交谈，因为他也会是一个沉默的人。但一种安静的相视和同处就已经足够了。他的纯洁和韧力，他的坚定和无畏，那么清晰地凸现出来。不需要什么解释，不需要什么注解，他的默默耕耘说明了一切。

摆在我们面前的一部好书，就会像它的作者一样朴实无华，内容厚重。我们如果有幸接触的是原稿，还可以看到他苍劲的笔力，领略一种力透纸背的意境。我们将感动得一时无语。他度过了多少寒暑，费去了多少劳动，只是一声不吭。我们不记得读过同类文章。那时对于他的心力与信心、悟性与才华，都感到了深深的钦佩。

尽管我们不是一个方面的专家，也谈不上是一个具有很高修养的人，但我们还是阵阵入迷。因为它所包蕴的深深的文化精神与人的追求一脉相通。它给我们开启智门，使我们增加聪明，让我们在咀嚼和领悟中得到点化。

时光如箭,一切都在流逝。但是唯有心灵化成的东西才能永存,永远也不会磨损——而我们正在谈论的这些书,正是一个艺术家的心汁浸泡而成的。

我们将一再地阅读它,并永远记住人的劳作。

一九九一年七月二十二日

日常生活。家庭的压力。

在日常生活中,家庭的压力常常是直接的、每时每刻都在发生的。有时候它们是强烈的,但更多的时候它们是淡淡的深长的……唯其如此,才更为可怕。亲人不经意的一瞥,包含了多少复杂的内容。如果这种内容包含的世俗的东西更多一些,那么我们相信它对人构成的压迫就会是沉甸甸的,使人难以摆脱,对一种事业的损伤也最大。

因为你抵挡世俗压力的那种免疫力,一直是面向家庭之外的。来自家庭内部的侵腐,对你来说等于是一种特殊的"细菌"。对于这种"细菌",你暂时还没有建立起一整套的防御系统。

家庭不总是给人亲和向上的那种情绪和气氛。一个家庭里也有不同的各自独立的空间。比如夫妻之间仅仅拥有长久生活形成的共同习惯,就能够遮掩所有深刻的分歧吗?这些分歧之所以称得上深刻,就因为有时它们不得不牵扯到人生的原则等等。能够妥协吗?温柔、亲密,可以使你把那些严厉的东西忘掉一时,但能把它们彻底抛到脑后吗?不过,你如果执着于这些原则,就会挑起极大的冲突——你会让这种冲突继续下去吗?

家庭就是家庭，亲人就是亲人，你将设法消融这其间的那种压迫感。我们应相信，很多东西都能在一种微笑中冰消瓦解。而这样做，又大致不会损伤你的什么。你最终要贯彻自己的原则，也必须依靠一个大致温暖的环境。有人不信这一套，结果惹出了麻烦，痛苦不堪，到最后弄得没地方吃饭，只得到我们这里找饭吃。

一九九一年七月二十五日

第十二章　　走向开阔的生活

知识分子的责任；时代的物质主义应该得到揭露。

在目前的情状之下，大家认为过分的叹息、一再做出的无能为力的表示，都有害无益。实际上不同的阶层和职业，也各有自己的特征和局限。知识分子的责任就是不断提出新的警醒，并与更多的人融为一体。他们既有作为一个劳动者的生活贴近性，又有一个思想者的时代远瞻性。

叹息是与责任背道而驰的。叹息伤及自信和自尊。自尊不是世俗上的"有用"所能满足的，而只有劳动才能满足。而知识分子的劳动方式，其中最重要的就是不能停止的思想，不能休止的批判。

一部分从事技术者，如果仅仅停留于科技的层面，就会削弱了知识分子性。他们在走向真实——科学——的探索中，应该贯彻深刻的理性，最终走向精微而犀利的分析和判断。这与专业特质具有真正的一致性。

任何民族任何时代都曾出现过拜金主义，人群着魔般趋向金钱物利，不惜伤害千百年来赖以生存的生活准则，践踏基本道义，形成恶劣可怖的社会环境。

但伴随其同时出现的，就是知识分子对物质主义的揭露。

这种揭露是时代的清醒剂。这种揭露使一个时期的物欲和竞争难以溢出自己的轨道，使其尽可能避免对社会生活的侵伤，比如对政治、体育、艺术、道德、教育等等诸方面的腐蚀。

物质的交换和流通应该得到限定和肯定。这一规范的形成，必须建立在对物质主义深入揭露的基础上。这不仅可以使一个时代走上健康发展的正轨，可以使时代的精神蓬勃向上，而且就经济活动自身来看，也将会变得更为扎实和有力。

在物质主义泛滥的时代，人们绝无幸福可言，整个民族一旦陷入这种盲目的欲望跃进，就像人患了热病，除了狂乱失控的行为，还会有令人震惊的呓语和尖利。

一九九二年七月六日

尚未成熟的性格。表达和怀疑。敢于前进的勇气。

一个人不仅是见解，即便是表现这些见解的方式，也会随着年龄的增长而渐渐稳定下来。思路和行为之中，跳跃和中断式的停顿少了。这就是成长的结果。

人一开始容易被引领，愿意跟从，有过多的好奇与过多的听信，冲动频繁。可是失望和萎顿也多，困惑常常光顾，一种情绪可以把自己全部笼罩，并且长久难以从中走出。认为自己有无数的选择，并且都会成功。这些选择有些甚至能够坚持下来，还做出了一定成绩。但由于其他种种干扰，又不得不放弃；放弃之后，回忆时颇为惋惜，却又担心重新拣起时不会有太大的效果。

这是一种尚未成熟的性格。

性格在生命的发展过程中会逐步变得丰盈饱满，并相对固定。成熟的性格会产生深长的魅力，而且更有力量。这种性格要改变是非常之难的。

任何一个人大概不会在自己的性格成熟之后才去行动。人的生命过程即是不断表达的过程，行动即是表达。但性格在趋于成熟之前，表达中会贯穿着不间断的怀疑。不仅是对内容的怀疑，还有对形式的猜度。总是认为方式有问题，认为是不得当的方式严重地伤害了内容。

即便这样，一个人仍然不能停止向前，不能停止探索，这如同不能终止一棵植物的前期生长一样。

为了突破来自内部和外部的恐惧，一个人在任何时候都不能失去前进的勇气。

一九九二年七月七日

认真的态度，严整的精神和思想。无足轻重的嬉戏者。

没有多少人对始终如一的认真态度给予应有的评价，有人甚至对其冷嘲热讽。他们可能认为这不过是一种迂腐刻板，是"智商"不高的表现。这样的误解可太严重了。

任何一个历史时期，那种认真的、自始至终贯彻某种精神原则的人，都只嫌其少不嫌其多。

对于人生和社会，最缺少的就是认真负责的态度。认真不仅是一种特征，更是一种品质。它是一个生命的性质，更是一个生命的力度。

有人只会嘲讽、戏弄、玩笑、卖弄聪明，其实是没有能力进入真正有意义的生活。这种自封的聪明、颇能唬人误人的聪明,大多是无价值的。一个人对什么事都不能够认真,不能前后一致,当然不值得信任——与类似的人交往,也是对生命的浪费。

学术界和艺术界当然不乏严整的精神和思想。但还远远不够。越来越多的学人和艺术家倒是崇尚"机智"和"急智",崇尚应变的能力,希望自己与所处的时代风尚能够相处默契。

考证的功夫、实证的决心、纵横比较的能力、沉淀反思的耐心,这一切都是思想者的特征。他们有不动声色的观察,有咀嚼和反刍;他们也正是在这些重复或等待的过程中,战胜了盲目和冲动的热情。他们的全部见解如珠子般串起,服从于整体的完美和缜密,很少有前后矛盾、破绽百出的时候,也极少因为受到时尚风气的侵染而改变色泽。

他们的声音在时代的鼓噪中往往被一度淹没,但不会永远淹没。这声音落地为石,让风雨磨洗得晶莹璀璨,所以流习和烟雾吹散之后,它们就光芒闪射了。

比起另一些不断设法使自己跟随世风的人、不停显示小聪明的人,那些认真的人的确重要得多。

人的天性中自有浅薄的一面,嬉戏者就是突出了这种浅薄。他们应时多变、随机苟且,常常沦为时代的打诨者。这些人对于人类的事业是无足轻重的。

一九九二年七月十日

纯粹的心境。自我安定的时刻，连续不断的过程。

当芜杂混乱的感觉缠住了我们，无论什么工作都难以进行下去——等待渐渐平静一些、从容一些，让一切从头开始。

可是各种牵挂仍要不时地打扰，现实利害仍在冲击着情绪。我们生存在一个竞争的时世、复杂而庸碌的岁月。如果是一个从事精神劳作的人，必将迎来极大的考验。仅仅是回避芜杂、摆脱混乱仍嫌不够，还要看自己的心情落实到了什么地方。

高洁深远的思想、向上的精神，总是产生在比较纯粹的心境之中。这种纯粹一是有心灵的秩序，二是有心灵的洁净。只有这样才适合思悟、适合在苍茫的忆想中探求。

有时我们虽然急切，却不能有所作为。急切也不能帮助我们形成所需要的心境。千头万绪的日常生活，隐隐的威胁，人生不可避免的忧虑，使人来去匆忙，惶惶不可终日。焦虑着现实，又焦虑着未来。既沉浸入过去，又企盼于明天。矛盾的心情交织不绝。人的思绪在这种矛盾面前开始和终结，欣悦和懊丧都在尽可能的理解之中。理解之后就有助于迎送岁月，而不至于在突兀的冲击下溃败。

我们总是寻找着徐徐展开忆想的那种感觉，因为它美好而又宁静。作为一种心境，它往往是清洁自然的，较少焦恼，也较少私欲。

让这种自我安定的时刻尽可能地延长，以形成一个连续不断的过程。这既是方法，又是良好的生存状态。

一九九二年七月十二日

苦难在遗忘中积累。总结和记录的功绩。"新人"并非吉音。

常常让人感到震惊的是，刚刚过去没有多久的大悲剧，转眼之间就遗忘了，没有多少人谈论了。他们在反复提醒下或许还可以随声附和几句，但口气平淡极了。

可怕的淡漠和遗忘。

应该相信，苦难必是在遗忘中生成，并将不断地积累。人们失去了记忆，于是形成悲剧和劫难的诸多因素也就不被注意，不被追究——当它们重新出现时，也全然不曾察觉。苦难的积累过程就这样暗暗地、视而不见地开始了。

历史上的许多悲剧和苦难经历都似曾相识，所以就有"历史总有惊人的相似""前事不忘，后事之师"的说法。许多人为此惊呼，振聋发聩，但能够记取的仍旧只是极少数。这是人的一种天性吗？

从另一方面看，这遗忘也可能是对苦难的恐惧造成的。因为人们对于生的困苦和艰辛，实在是经历得太多了，他们活得太难，不得已只求"速忘"。这种不能直面、不敢直面的境况，却又换取了双倍的苦难。

对待苦难和悲剧的唯一办法，就是牢牢记取，反复提醒，并在一代一代人当中研究和探讨。这当然不是一个让人愉快的过程。可是歌舞升平的愉快中，苦难之丝就会偷偷地把人缠住。

所以说，那些历史的有心人，那些记录者和总结者，当归于人类中最光荣、最伟大的行列。他们的功绩永不磨灭。他们帮助我们恢复记忆，战胜遗忘。他们阻止某些病菌在头脑中的空白处繁衍弥漫。

我们过去常常呼唤摆脱历史重负的"一代新人"的出现，并急切地制造这样的"新人"，让其早日出世，幻想着这些"新人"会以全新的思路、以远比上一代人大得多的勇敢和直率，改变人类伤痕累累的现状，走上坦途。这实在是一种幼稚的想法。

"新人"如果是以遗忘为特征的人，如果其"勇敢"是建立在无知基础之上的，那么这些"新人"就是苦难和灾难的病菌最容易感染的一类。他们没有经验，没有比较，在灾难面前看不到"预兆"，没有任何免疫力，当然没有阻挡灾难的方法。"新人"的出现并非吉音。

我们应该培养起成千上万的不会遗忘者。我们的全部希望，就在于有一大批具有历史重负的人。他们心上沉重，所以步伐稳健。

一九九二年七月十五日

没有明天的人，毁坏者的特征：放纵和掠夺。

到处都可以见到放肆消耗的人：对物质和文化资源毫不顾惜。他们的狂饮和享用、掠取和贪婪，让人想到这是一群没有明天的人。他们明确无误的只有一点，即他们在这个世界上只活一次。所以他们认为不必负责，不必怜惜，更不必多愁善感——一切都是多余的，他们只为自己的一生负责。

没有明天的人实际上也没有昨天。他们否定人类业已建立的一切理想和规范，特别不能容忍道德伦理范畴的框束，砸毁和推倒各种制约，以便堂而皇之地夺取。

从长计议的任何步骤都在其嘲笑的范围，对自然环境、精神环境，给予毫不犹豫的摧毁、毫不顾及后果的榨取。对于明天可能出现的任何危机，都不闻不问，不在思考之列。

这就是毁坏者的特征。他们在一个鼓励竞争的时代是颇有活动余地的，因为一切都得到了鼓励，有合理合法的遮掩，毁坏被说成了"开拓"，掠夺被说成了"开发"。

在一场可怕的放纵和掠夺之后，留下来的将是需要几代人打扫的狼藉。

一九九二年七月十六日

音韵，语言的天才。叙说与歌唱；足踏大地的行吟。

文本语言对于写作者而言，其自身当有一定的独立性、分离性，但这应该是适当的、毫不过分的。

生命的特质时刻规定着语言的音韵。音韵是对于语言特别敏感的人才会关注和理解的。一般的语言操作者只满足于把话说清楚、说漂亮，而从不去注意它的音质和韵律——如同音乐般的神秘回旋，在心灵的空间穿越。它的节奏、色彩和重量，都敲击在心上、引起震荡、喜悦或惊讶。

音韵往往不可言表。它的存在，只可以感受。它是一个生命的声律，随生命的波动而起伏，与生命的轨迹完全一致。一个生命在世界上运动的全过程，就是一首长歌，徐徐急急高高低低，越过时间的隧道。一个生命的全部经历，它的曲折旅途，就像是一场难以终止的叙说与歌唱。

人这一生，行走，倾诉，歌唱，直到生命的终了。每个人的音质和节律都不相同，但并非每个人都能自觉地感悟这种韵律。

而作为一个写作者，一个语言艺术家，却必须对此有敏感的思悟和把握。他应该自如地贴近生命的律动，随波逐流。一个写作者、文学家、诗人，本来就应该是一个足踏大地的行吟者。

他关注这吟唱，视吟唱为生命，并从这吟唱中展示生命的色彩和变化。

一九九二年七月十八日

深沉内向的艺术和缺少心智的艺术；水流与泡沫。

任何时代总有一些"喧哗的艺术"，这往往是极为活跃的一部分艺术家制造的。他们敏感地抓住了这个时代表层上的一切，但仅仅是一些漂浮物。他们是一个些于驱赶和拍打水面泡沫的仰泳者。这就产生了拍水声，产生了喧哗。

喧哗的艺术缺少触动实质的力量，只是更多地制造了热闹，吸引了一部分注意力，并可以吸引比较多的人参加进来。这种参与所需智力不高，难度不大，尽可以普及。

真正的敏感应该抓住、至少是触及时代本质的某些方面，比如一个时期人性的文化的风习的大层；仅仅是不断地、及时地回应一些即时性的喧嚷和浮躁，没有太大的意思。

人面对一个时代，的确需要用心去思悟。心与脑是有区别的，脑想敏捷迅速，条理清楚，明朗动人，色彩也绚丽。心想迟缓多了，混沌多了，有时思路还会冲突矛盾，但它会像雾气一样笼罩大地，极其仔细地润湿和抚摸万物。可是大雾终有消散的一天，到那时一切都将变得格外清晰，鲜亮逼人。由于要等待，要化解，要在徐缓的状态下挨蹭，所以并非所有人都有这份耐心的。

用脑与用心的方法不同，结果也不同。用心的艺术家很可能长期默默无闻，因为他不曾拨动过喧哗，也不曾参与过喧哗。但作为生命的一份沉重、一种大力，在时间的流动里，总会让人感到。因为他的确存在着。他用特殊的方式把握和左右生活，他是深沉内向的艺术家。

抛弃世俗的恐惧；独立自守的精神。在命运面前的谨慎。

人们有时不得不如此匆忙，处于十分尴尬的境地。在生活的喧闹中，那些灵快的反应和对策、机智的运作和表现，其实正是面对世俗的恐惧而自然生成的。这种恐惧是具体的、危及生活的、近在眼前的。这些恐惧任何人都不会视而不见，无动于衷。因为生存问题就是现实问题。

但一个艺术家完全专注于、过分专注于世俗得失，对现实生活的威胁、潜在的种种危机耿耿于怀，就不会有深远宏阔的思维，不会有邈远的艺术想象，就会丧失形而上的关怀。所以他也必须一度抛弃那些牵念，变得更自在一些——这时独立自守的精神才会发展强大，变得更有气度、更为敏感。

但没有恐惧的生命是浅薄的生命，没有恐惧的艺术家更是平庸的艺术家。问题是恐惧什么？那些杰出的艺术家只在命运面前谨慎，他们于无言中体悟，感受某种神秘难言的定数。

一九九一年七月二十日

事物的极端状态；某些艺术品的"虚假"。

"物极必反"真是一条不变的至理。我们可以多次观测事物的极端状态，发现事物每走到了一个极端，再运动就要走向反面，就要回流。如果停留在极端状态，也往往是与另一端仅距一步之遥。

特别真诚就近似虚伪，特别宽容又显得苛刻。再比如花束：某些制作的塑料或绢花走到了极端，看去几可乱真；而有一些真花，特别完美的盆花，又常常让人误认为是假花。

文学作品也是如此。许多作品因为太逼真了，直逼人性或社会的真实，欣赏者在一瞬间又闪过一丝怀疑，怀疑它的真实性。而有一些作品正好相反，由于非常虚假，与生活中常常呈现出的假象毫无二致，所以又给人以"真实无误"的感觉。

人们在对事物的判断中如何避免这种尴尬，走入真正的理性和真实，的确是个难题。但真实的显露，它的识别，最终也是一种必然。虽然时间会告诉我们一切，教给我们一切，但有时这判断又不能完全依赖时间，它需要我们尽快做出取舍——也正是这种时间上的局限和制约，使我们产生了不可避免的失误。

不断地从这个角度提醒自己，尽可能地放松、冷静，让心境变得清纯和达观，也许会稍稍好一点。

不仅对于艺术品，就是对于一个时代，有时也会犯下类似的判断错误。这种错误，将是分外严重和可怕的。

人们对这样的情景不会陌生：有人把最混乱、最荒谬的时代，歌颂为最光辉灿烂、最伟大的时代。这其中有献媚，有假话，却绝不仅仅止于此。有人就是做出了这样的判断。

一九九二年七月二十二日

个人冲动；民众的直率的激情；比较和验证的方法。

生活中常常看到某些人的突兀举动，出乎预料，令人惊讶。这往往属于个人的冲动——行动者自己长期沉浸在一个世界里，已经走得很远。这爆发式的行为，在他那儿其实是一种必然，自有其内在的逻辑依据。

尽管每个人都生活在同一个时代，同一个大环境，有着大致相似的外部条件，但每个人所受到的具体刺激不同，有时差异大得难以形容。每个人的经历、心理状态及其他区别都很大。这些区别会造成人与人的难以沟通。他人就是他人，一个人就构成了一个复杂的世界。他可以是至为独特的，其内心生活、精神状态，与外部世界发生联系的方式，与他人完全不同。个人与客观世界发生了对抗，或者是强烈的对抗，这都不奇怪。

个人冲动的特殊性，无论怎么理解都不过分。它是令大多数人感到茫然、不可分析不可探究的一种心理结果。

但人们仍然还有不约而同的、大致相似的心情和心理。在一定的时期和环境中，这种情形可以表现出惊人的一致性。一种难以遏制和阻挠的情绪渐渐激烈起来，而且表达方式也非常接近——这或可称为民众的直率的激情。

民众直率的激情是难以否定的。它不是靠某一部分人的引导才出现的，也不可能是盲目冲动的结果。民众的激情大多数时候具有自己的真理性。

然而个人冲动在某些时候是十分深刻的、不可替代的。它的可贵之处就在于是自主自为的，是一个生命的迸溅和冲决，需要真正的勇敢。个人冲动往往是民众直率激情的先声和引导，它陌生地走在了前方。个人冲动可以是盲目的，它的盲目性似乎可以被验证——在比较漫长的一段时间过去之后，人们不仅发现它与大多数人的情绪相对抗，而且更重要的是，冲动者自身开始了深深的否定和不安——由于缺少深刻的依据而无法持续，无法在心理和思想等等方面找到连续的支持。

而有一些所谓的"个人冲动"，却会长久地保留和发展，并在一个较长的过程中变得充实有力，也更坚定了。它有坚实的内在依据。它是自己的、个人的，同时又是民众的。

一九九二年七月二十五日

遥远的悲怆和切近的爱情；抽象的人。

生活过多地造就了两种人，而很少造就第三种人：一种人是彻头尾地悲观,他的悲凉的心情是真实的、并非矫揉造作的,而且常常能够感染别人。他的悲观不是浮浅的,而是有深度的,有哲学背景,也有经历和感触,即建立在深刻人生体验的基础之上。我们甚至无法简单地否定这种悲观。

但同时我们也知道,仅有这种悲观是不够的。生活毕竟不尽是悲观,不全是悲剧。它无助于人生的全面发展,无力推动生活、改善生存,相反会使人失掉创造的热情。没有了向上的热情,生活将多么可怕。所以说仅仅是充满悲观的人,也并不能导致好的、积极的人生。

另一种人近似于无知的傻乐,心无皱褶,从青年到中年再到老年,生活就是教不会他沉重。懊丧来临时,如果有机会挣脱,他很快也就回到了乐观。在他而言,这乐观也是真实的。他很少去想什么形而上形而下,而是生活在一个非常具体和现实的世界里。他驱除不快和懊丧的方法,永远是从世俗的角度入手,很快求得一个适合自己心情的眼前环境。他们不曾有过真正的远虑,对于"杞人忧天"这个成语中描绘的"杞人",有十二分的不解和讨厌。他们特别讲究生活的眼前享受,尽量抓住当下。

这种人往往很普通,容易理解也方便沟通。他们如果也曾有一个比较远大的目标的话,那么这目标只会是比较现实可行的。

毋庸置疑的是,第二种人在很大程度上陷入了盲目。他们对生活和生命的理解过于简单化,当然也是一种肤浅。

与以上两种人不同的是,第三种人既有远大关怀的能力,又是一个从现实入手解决问题和分析问题的人。从根本上讲,他不乏悲悯的心情。他很容易理解眼下的生活,懂得具体的事物,也能爱一些很具体的事物。

他知道具体的热情、爱恋，是支撑他生命的最宝贵的东西。他常常心怀遥远的悲怆，又有非常切近的爱情。他可以爱人，爱动物，爱自然，爱身边一切可爱之物，深深地投入自己的情感，流连忘返。他就是在这种生活中忘掉了悲凉，获得了力量，保持了一颗健康的心灵。

可惜第三种人太少了。而且第一种人与第二种人的简单结合，也并不等于第三种人。

生活中时常可以看到那些在一个领域愈走愈深的专家或学者，他们高深固然高深，但却逐渐告别了具体而鲜活的生活。他们渐渐待在一个抽象的世界里，变成了一个抽象的人，对一切具体的事物都失去了兴趣。

这也是人的悲惨。

一九九二年七月二十六日

频繁而复杂的现代干扰；人性的历史脱节。密切与土地的关系。

由于影视声光等现代通讯传播工具高度发达，不可思议地改变了当代人的生活。从另一方面讲，这也是一场快乐的谋杀：人类在自身的创造中被阉割和异化，变成了陌生之物。人类或许已经无法为自身的行为负责，无法为自己的明天负责。

电视时代的市场经济、政治变动和商业流通、科技竞赛……一系列呈现复杂因果关系的事物，使当代生活变得极为紊乱难测。整个世界更为安全还是更为危险，已经难以判断。这种不测的现实主要是由不测的人性造成的。

因为在频繁而复杂的干扰之下，人性的历史已经脱节。人们已无法像过去一样考察和梳理人的变化、分析它的质地与轨迹了。人性之树失去了正常的土壤，它正畸形生长，改变，难以预料的因素多得不可胜数。人由动物间脱颖而出，经历了千万年的演变，人性的萌发、成熟、发展、保持，都有自己清晰而执着的历史。人性在大自然的培植下得到了常规性的发展和继承；而到了当代，这种继承性受到了致命伤害。

主要原因就是人类空前地脱离了自然背景，在拥挤的超级城市里生活，甚至如此终了一生。计算机、光盘多媒体、立体音响、高清晰电视，几乎所有给人类以方便的最新科技成果，都缩短和减弱了人类的听力和视力、手臂和双腿。人类与大自然、与土地，产生了空前的隔膜和距离。

现代科技的发展有一个积累和突破的过程；这个过程终于有一天突破了一个度，伤及人性的朴素和自然的属性，而且难以换回。这将是当代人类诸多难题和困境、导致未来灾难的总根源。

人类也许在这方面的觉悟和进而采取行动已为时过晚。但又不能放弃努力，不能束手待毙。所以人类唯一的出路仍在于借助记忆、记录，去恢复起一些"原来"。人与人、人与群体、民族和血脉、土地与家族、传统和宗教、神秘主义……从诸方面关系中梳理寻找，力求保护最有利于人性发展的那一切。

这样做是困难的，但舍此人类就不能康复，也不能存在。

一九九二年七月二十八日

关心具体的痛苦和不幸；社会的不公道以个人痛苦的形式出现。

任何时候，惯于"大处着眼"的人总是太多。他们习惯于说"总的看"如何如何、"全社会"如何如何，而对于街头巷尾那些活生生的痛苦视而不见。

其实具体到一个村庄、一个城市街道，都有不少生活上难以为继、陷于绝境的人。在城区，每一个垃圾箱都有不止一个人光顾，他们靠拣拾里面的东西过活。

这些现象太多，多得让人习惯。流浪汉成群结队，长年宿在城区隐蔽之地，在立交桥洞。对于具体的贫民、流浪讨要群落，关心的人不多了。而一般市民和群众即便关心，也无力解决这么一大拨人的温饱。看来这必须由社会管理机构去承担，并化为它的日常工作。

这儿不存在财力人力物力不足的问题。因为我们各个机构都人手过剩，人力不成问题；从财力物力上看，政府的接待部门酒肉成河，进口的豪华轿车也排成了河，豪华馆舍也雨后蘑菇般钻出地面。看来物力财力也不成问题。问题在哪？问题只在于正常的人道不足，人心如冰，没有同情心，没有起码的道德义愤。

具体人的痛苦和不幸，就是全社会的痛苦和不幸。不幸和痛苦总要通过一部分人去显现。它实际上预示了每个人生活情状变迁的一种可能性。由于社会变故、各种各样的原因，痛苦和不幸选择了这一拨人，不一定什么时候又会选择另一拨人。这一帮痛苦者的上几代很可能是贵族，而今天的权倾一方者很可能上一代就是衣不蔽体的人。所以说世事变幻是无常的、有时还是极偶然的；他人的痛苦和哀伤应该也是自己的，或自己的一部分。

谁想得出那个满脸污垢的乞讨者在许多代以前就是另一个权贵的表亲或直系亲属呢？谁又想得出另一个衣衫褴褛者的前几世会是朝廷的重臣呢？

尊卑贵贱贫富这一类，在人类的海洋和时间的长河中不断互置，已经不可测知。我们拒绝帮助的痛苦贫寒者，极可能是个潜在的有血缘之亲的长辈或晚辈。所以说不必在贫富贵贱之间划上太深的壕沟，人类的幸福和痛苦本来就有着一致性，他人的欢笑或者眼泪，应该有着巨大的感染力。

评价社会生活离开了具体的人的痛苦和幸福，也就失去了标准和原则。社会的不公道总是以个人痛苦的形式表现出来的。如果越来越多的人内心有了哀伤，陷入了其他不幸，被苦难缠住，那么就很难说它"总的看"如何如何。乞讨和流浪比起有屋可居有饭可吃者，在数量上看常常居于少数；那么依此比例去"总的看"，任何社会都是充满幸福的、不需变革的，都可以颂歌长鸣——我们只凭常识就会知道，这是最荒唐的见解。

无论痛不欲生的人群多么少，我们都要关心、探问，理解他们的不幸与社会生活的关系、它的性质，并从中去理解和判断社会生活的不尽如意之处、不公道之处，并设法改变它，以不断地求得社会和人类的进步。

一九九二年八月六日

专注于有意义的探讨；最糟的莫过于不能严肃认真地对待自己的激情。

    应该专注于有意义的探讨。一个人常常在脑海中涌现一些东西，各种思绪经过时间的整理和归结，最后只剩下一些极感兴趣的题目。但有人可以把这些题目作到底，而有的人不能。他们的兴趣很快转移，刚刚着手不久又抛弃。这样闪烁不停，活络跳跃，结果是半途而废。

    一个生命对于社会的价值，常常体现在它的专注性、执拗性。如果每个生命都能抓住自己感悟的一点意义，并且不再松脱，那么整个人类社会将会发生了不起的进步。可惜这样的生命太少。更多的是浅尝辄止，是兴之所至，随意敷衍；他们的个人兴趣更多地迁就一个时期的风气。其实个人的觉悟、对生命、对社会和自然的思索，并不总是与时风一致。

    人是有激情的。来自生命之源的激情是创造的动力，是人世间最可宝贵之物。由于它是生命的摇撼和震动，就远远不同于一般的冲动。这种激烈动荡的情怀应该让其记住。

    人面对着人类社会和自然社会，在人间万象、世故变迁之间，常有怦然心动的时刻。他在激动起来的时候会敏感有力地抓住自己的使命；他认为必须做出一点什么，否则就不算什么有价值的人生。他认为自己有能力有必要去贯彻和实践一种思路。他甚至在激动不安的那个时刻里，清晰地看到了自己努力的结局。他似乎下了决心。

    但接续下来的日子，情况就会因人而异。岁月之水时缓时急，冲刷着肉体和心灵，让人在不断迎接中遗忘和记取，确认和改变。新的主意生成了，旧的计划放弃了。新的感激怀念像浪潮一样，把昨日激动全部覆盖。

这样下去，循环往复，没有终止，直到一切结束。

看来世上最糟的事情，莫过于不能严肃认真地对待自己的激情。激情的浪费耗失，是最为奢侈的。这样，也就没有了创造，没有了改变生活的力量，使生命力在游动漂移中变得轻如鸿毛。

一九九二年八月七日

走出拥挤的人群之后；热爱自然的人与自然的清福。

很难设想一个人总是陷入拥挤的人群、纷争的人事关系中，会有什么清洁高远的思想。认真和入世是必需的，但这一切最终还要回到纯洁和远阔的胸怀上来。所以一个人在一定的时间里，应该、也必须走出拥挤的人群。这之后就是另一番情怀，另一番感觉，另一种角度。回视这之前的一些争执、磨擦，其中大部虚妄。它的虚妄性，就在于背离了生命的意义和目的。

心理上的距离有时的确依赖于地理上的距离。要移动身体，要使自己到远方，到自然之中、到新的环境之中。思路会攀附新的事物走远，会有新鲜的、超脱般的欣悦。如果纯粹到一种自然的天地，那么心情和思路该有多么放松和真挚。不放松就不能真挚，不能愉悦。

大自然是善良者所依赖的。温柔和勇敢的人是有"故乡"的人。大自然是所有人的"故乡"，但并非所有人都有"故乡感"。他们其中有的遗忘了这个关系，有的干脆遗弃和嘲弄这个关系。他们即便走入自然的怀抱，也不曾有被拥抱感，而是用陌生费解的、疏离的目光去观察四周的一切。大自然柔长和蔼的触角最终也不会触摸他们。他们走开了，回去了，回到自己那个拥挤又昂奋的窝里。

只有热爱大自然的人才会享受自然的清福。幸福与幸福是有差别的。清福就是清静清洁清纯之福。与"清福"对应的大概还有"荤福"。"荤福"是耗人的，它不会养人，尤其不会滋养出挺拔高贵的人格。

人与自然互爱的结果，也是迎来清福的岁月。

一九九二年八月十日

平和明静的胸襟；笃定的人有最多的勇气。追求安然。

比起另一些时候，现在的人要冷静平淡地享受日常生活是困难多了。没有什么独立完整的生活空间，现代生活的相互依赖性和联结性渗透性，使每一个角落都不得不跟从统一的节奏波动摇摆，让人受尽颠簸。

人的疲惫、焦灼甚至愤懑，皆由此而生。

即便那些宗教圣地，参观的人流，再加上电视电话录音设备等当代视听手段的涌入，也难以设想还会是一个闭门静修的清净之地。

看来寻求安静与平和，要害不再是寻找某一个绝尘场所，而是首先保持一个平和明静的胸襟。当代喧嚣在穿透各种心障的时候，情形当有区别。对于嘈杂无聊的呼叫，人应该筑起坚厚的心障，让其难以渗入。

如果人能够放眼历史和自然，在更为宽阔的参照中确立自己的人生理念，也许一切会从容安定许多。眼前的一些争执得失，包括一般而论的"重要损失"，大概都会减轻分量。这样做的目的并不是销蚀自己的斗争锋芒，折掉尖锐，而是增强生命的底力和元气。有了大的方面的参照，才能确信，所谓的艰辛其实只是不足道的短促，同时也会更为主动地走向真善美，并在整个过程中增加人的自觉性，对事物的分界和极限都有个了解。

实际生活中，尖声辣气的人并无多大勇力，而看去主意笃定的人才有最多的勇气。他们有气量有眼界，有开阔的视野，懂得世故而不世故，知世则更入世。这样的人一旦维护原则，确是最好的战士，是不会背叛和妥协的。正因为他们极少一般化的冲动，所以也是可以长久指望的中坚。

在急速的历史长河中，在时间的漫流中，短暂而多劫的生命是宝贵的。当它为永恒的东西去贡献的时候，才显出了真正的意义。人世间、自然界，有许多永恒存在着，人类为之探索、付出，一代一代延续。在这样的过程中，生命追求安然，期待和思悟着永恒，积蓄着勇敢和智慧，确是最好的状态。

一九九二年八月十四日

艺术家的自主性；商业时代的损坏与恩惠。

与十几年前的区别是，现在刚进入商品经济的试验中，文化开放度加大，竞争和适应环境的心理空前增强。要竞争和适应，就没有了"自主"的艺术。所以艺术家从现实角度讲，要存活就得适应环境，制造出有竞争力的、满足大多数消费者的作品；而从艺术的角度讲，要使一个艺术家存活，就得无视环境的冲击和其他一些要求，专注于自己的思考和追求，与商品社会的要求有一个距离。

没有艺术家的自主和自为，就不会有优秀的艺术品的产生。任何时代，艺术家强化个性的力度，都是至为重要的。

现在令人忧虑的是，我们可能被商品环境、被这个时期荡起的物欲之流席卷而去——不得不挖空心思包装自己，或顺应，或逆向，总之完全失去了自主的力量和信心。作品是操作和制作的产物，没有了心血和汗水，没有了灵魂，完全沦为职业化操作。我们甚至不再明白：为什么真正的艺术家会把自己工作的职业性降至最低，以至于使其成为生命的结晶？

商业时代的来临，对艺术和艺术家的损坏是显而易见的。它的残酷无情，与物质主义的携手合作、对精神的有力扼杀、推动人性中的盲目跟从和冲动，都是非常明显的。但是它对于艺术、精神的恩惠呢？这恐怕又不能得到充分的认识和肯定。

首先是它的开放性、多样化。这里不仅是物质创造和竞争的激烈，还有精神和思想存在与表达的活跃。这种相对自由和多元的色彩，本质上只能有利于思想家和艺术家，有利于他们的尝试和创造。时代的变革总是辐射出自己的文化意义，商品之河完全可以负载和运行自己的精神之舟。这是必然的、不必置疑的事实。

在一个更多比较、鉴别和试验的时代，有作为的艺术家将进一步加快成熟。无论是思想还是经验，都将迅速生成和积累。观察机会的增多，考验机会的增多，使其更有可能踞于个性的一隅，发出自己的声音。

在各种各样有形无形、有声无声的召唤之中，如果一个艺术家能大致保持自己惯常的步履与节奏，就会显得极为有力。这是一种自然的状态、自然的艺术生涯,可是在一个剧烈嘈噪的环境中,就已经显得非常执拗、非常触目了。

一九九二年八月十六日

并非无聊的"现代主义"。命中注定的牺牲;领受集体光荣。

就一个民族文化艺术的历史和现实而论,或许会对新时期以来的中国式"现代主义"艺术评估失误。而且这种失误本身,有时也算是眼光尖锐、卓有见识。从局部或全局,这种评估都是正确的。但失误的原因何在?

他们认为处于模仿阶段的"现代主义"既然是无根的,那么一切都无从谈起。模仿从"形式"入手尚且不足论,如果从"形式"转入对"主义"的模仿,那简直就不仅无聊,而且还有害。这种从"形式"到"内容"的虚假、做作、矫情、苍白,似乎是非常明显的。

从"现代主义"的试验者而言,操持者大多是新时期文学阵容中的"后生代",他们的人生内容相对单薄,也是开放以来受舶来品之惠较多、处于胃口极佳的生长期。从吸收和释放的规律上看,给人不信任感是必然的。因为艺术、诗,说到底还是一个生命对世界强烈冲撞的产物,是它的激情。激情不可以学习,不可以从技术入手移植。这种移植从本质上伤害而不是强化了生命的感动。

但问题远不止那么简单。首先新时期以来对现代主义的模仿不是偶然而是必然,是中国作家对僵死刻板的文学实行突围的一部分。这其中就包含了生命的冲动。

其次这种"移植"或"模仿"激活了当代文学,给整个文学创作提供新的经验和参照,瓦解了各种板结。它为另一种新的、更本土也更成熟的民族文学提供了养料,催其成长。真正的艺术必须是民族的,而今天"民族艺术"这个内涵已丰富得多宽阔得多。它不再是粗疏简陋的俚语小调,而是充分融合了时代精神的、深邃博大的作品。

从这个意义上讲,新时期以来的"现代主义"作品并非是无聊的。它是汇入合唱的清新的旋律,是巨幅绘画中多彩的一笔。

在整个当代文学的发展和成长中,"现代主义"的移植和模仿做出了极大的牺牲。它们由于先天因素,由于选择本身,造成了命中注定的牺牲。它将领受集体的光荣。

一九九二年八月十九日

思考和反省的艰难。在大量感觉中建立相对的重点。

一个人好像随时都可以思考和反省 —— 其实人远没有这样的自由,他在很多时间里被剥夺了这样的权力。

在紊乱的当代生活中,人要奔波和应付,满足周围世界对他的各种要求,思絮在大量时间里是急躁紧张和被动的。有时围绕某一问题的思索好像是自己的、自主的,实际上仍是被迫的、他人的。一种独立的思考,特别是关于自身的反省,需要相应的自身条件和外部环境。

思想的闲暇和身体的闲暇不是一回事。人被大量的现代问题所焦虑,就会有焦思的痛苦。人不得不思索一些原本不愿动脑的问题，不得不设法对应客观世界。世俗的扰烦频频而至，更根本更远大的思考不得不退居角落。人没有空闲去反思关于生活、自身的一系列问题，也不可能有比较周全的总结。人在一些重要的问题上深入不下去，而要被迫把目光收束近前。

这样一来，人就不能在大量感觉中建立自己相对的重点。方向和重点都被迫移动，人的行为也就走向了盲目。当代生活的混杂、虚妄、荒谬，在很大程度上就是由个人的盲目交织而成。这样反过来又作用于个人，形成劣性循环。

人要有强大的自主性，并以此遏制干扰，制止自身滑向种种世俗要求的运动惯性。

一九九二年八月二十日

诗人与人口的比例；土地的器官。文化的代表和产儿。

谈到诗人的珍贵和缺乏，有人往往会感到费解。他们自觉不自觉地以欧洲或其他人口较少的国家去比较，认为十几亿人口的大国，真正的诗人应该多得多；既然吟唱是一种生命现象，我们这片土地上有这么多生命，为什么就不能产生更多的卓越歌手？

好像是对的。其实这里有个比一般想象和推导复杂得多的问题。同一片土地，面积再大，也仍然只是一片土地。一片土地生长着它自己的器官，即诗人。如果一片土地是小的，那么它也仍然要生长出自己的器官。

尽管比较起来，土地有的肥沃，有的贫瘠，但大致的原理是不会变的。

土地是文化的分割和标界，一种文化对人的培育是相同的；而同一种文化在接受外来刺激时，产生的反应、滋长的因素也大致相同。无论有多少人口，只要是同一个民族、受同一种文化的饲喂，那么这种文化就要有自己的代表者。它派出的各方面的代表，即便在数量上多一点，也不会多到按人口比例增殖的地步。

一个人数较少的民族，如一千万人口的国家，在一个世纪的时间内产生了两个优秀诗人，那么等于每个世纪产生五百万分之一的优秀诗人。按这个比例，中国在一个世纪内要产生多少优秀诗人！这样换算当然是荒谬的。

诗人仅是同一片土地、同一种文化的代表和产儿。

一九九二年九月十一日

讲述人类经验中的某一个方面；比较和加强。轻浮的当代创作。

现在长期专注于研究某一领域、体验某一主题的创作者越来越少了。他们主要是迅速地写出手头的东西，然后再写其他，既"丰富"又"多产"。

这样的著作可能很快消失。因为它没有讲述出人类经验中的某一个方面。

在人类漫长的历史中，有许多方面的经验，它们或许芜杂，有时掩埋着，需要挖掘和考查。然而所有经验都是弥足珍贵的，不加以提炼，就会遗失和腐烂。它们有可能生长在日常和当代，也有可能存在于以往。

《你在高原》书影，作家出版社二〇一二年版。

它们更多的是在某一段历史中蕴涵，在某一个群落中生存。即便抓住其中微小的一部分，也需要一个人付出毕生精力，需要全神贯注。

那些在自己的著作中抓住了某种意义的，时间会告诉我们。它们必有重量，于是在大量满天飞翔的读物中，终有一二本落定下来。这样的文字一定有内容、含宝贵金属。

只有真正的、不被掩埋的人类经验，才可以用来进行比较；比较的结果是人类聪明了，获得了发展。这种多次的、反复的比较中，会有美好的东西得到鼓励和加强，而糟粕将被扬弃。人类生存中，最宝贵的是经验。真理、逻辑、理性，也要来自经验。当代创作是相当轻浮的。那些匆忙制作的文字除了干扰人们的思索，使混乱中增添更多的混乱，连腐败沤制的资格都没有。它们起码是不认真的，更不必说犀利的目光和穿透力。没有基本的认真态度，也就只剩下了游戏和嘈杂。这样，庄严的工作没有了，写作者最终沦为插科打诨的角色。

一九九二年九月十六日

埋藏起孤独和忧愁。走向开阔的生活；创造和劳动的无穷魅力。

挥之不去的懊恼。它纠缠着、侵扰着。没法拒绝，就像没法拒绝喜悦的心情一样。可是喜悦的心情能够伴随人的行走，而懊恼附加在人的身上，人就无法迈开步伐。

且埋藏起孤独和忧愁。把它遗在原地、滋生之地，迈开大步走向开阔的生活。到思念和现实的遥远之地，那里足可以吸引我们的视线。目光在阳光里变得柔和起来，心情安定自然。

在嘈杂的人群中，一个人是会孤独的。在空洞的欢笑中，一个人是会忧愁的。这是现代生活的特征。

生活失去了最初的质朴，深深的隔膜和频仍的伤害同时存在。个人已经无法搬开心灵与心灵的阻障，无法回避和预防。人求助的只能是远离，只能是把目光投向更遥远的地方。

在一切的方式中，一切有效的方法中，唯有创造和劳动才有无穷的魅力。在这样的岁月里，那些纠缠、无谓和无聊的扰烦，都会像一种短促的细菌一样，随着时间的延续而自行消亡。而当再一轮细菌袭来时，人的免疫力已经大大增强了。

目光永远注视前方，在各种与人生伴随的忧烦围困下也绝不停步。这既是对无聊的藐视，也是前进的必需。走向远方，走向心灵呼唤和确信的远大目标，才是人生的欢乐，永久的欣悦。

这欢乐滋养着一个人，使其变得洁净而高大。

一九九二年十月十一日

图书在版编目（CIP）数据

存在的执拗 / 张炜著. —济南：山东教育出版社，2016
　（张炜文存）
　ISBN 978-7-5328-9254-9

Ⅰ．①存… Ⅱ．①张… Ⅲ．①散文集—中国—当代 Ⅳ．① I247

中国版本图书馆 CIP 数据核字（2015）第 315564 号

总 策 划： 刘东杰
出版统筹： 祝　丽
特邀编辑： 马　兵
责任编辑： 白汉坤　刘仕洋
装帧设计： 王承利　宋晓军
手稿摄影： 曹清雅

张炜文存
存在的执拗

张炜著

主　管：山东出版传媒股份有限公司
出版者：山东教育出版社
　　　　（济南市纬一路 321 号　邮编：250001）
电　话：（0531）82092664　传真：（0531）82092625
网　址：sjs.com.cn
发行者：山东教育出版社
印　刷：济南大邦印务有限公司
版　次：2016 年 3 月第 1 版　2016 年 3 月第 1 次印刷
规　格：720mm×1092mm　16 开本
印　张：41.5 印张
字　数：481 千字
书　号：ISBN 978-7-5328-9254-9
定　价：80.00 元

（如印装质量有问题，请与印刷厂联系调换）印厂电话：0531—88038616